凡尔纳科幻三部曲

神秘岛

[法]儒勒·凡尔纳◎著　束光辉◎编译

中国华侨出版社

目录

contents

神秘岛

神秘岛

【第一部】 高空历险

第一章 仓皇落难

“我们又在上升吗？”“不，下降！我们在下降！”“更糟糕的是，史密斯先生！我们正在往下掉！”“天哪！快把重物扔出去吧！”“看！这最后的一袋都没了！”“现在气球上升了吗？”“没有！”“听，我仿佛听见海浪拍打的声音！”“吊篮下面就是海！”“离我们超不过500英尺了！”“把所有有重量的东西都扔下去！……所有的！”

在1865年3月23日下午4点左右宽广的太平洋上空飘来阵阵喊声。

那年，从东北方吹来的暴风至今令人记忆犹新。狂乱的风暴从3月18日到26日不间断地肆虐着大地，在北纬35度到南纬40度的1800英里中，它肆意地穿梭破坏。在美洲、欧洲和亚洲它对人们的生产生活和环境产生了巨大的破坏，城市被毁，树木死亡，堤岸被狂暴的巨浪摧毁。仅从部分公布的数据中，就有几百只被抛上陆地的船，部分龙卷风经过的地方都夷为平地，光在陆上和海里失去生命的就有好几千人，这就是当时暴风造成破坏的铁证。就算与1810年10月25日哈瓦那和1825年7月26日瓜德罗普的可怕灾情相比，这次的灾情也远远地超过了它们。

在陆地和海洋惨遭浩劫的时候，同样惊心动魄的表演在高空中也上演了。

一只氢气球以每小时90英里的速度冲向太空，被龙卷风带到水柱顶的皮球好像被空中旋涡黏住了似的，不停地旋转。

在气球的下边竟还系着一只吊篮，里面坐着5个人，在浓雾和水汽作用下的整个洋面上，人们也很难观察到。

可能有人会问，这个气球——狂风的玩具是从哪儿来的？是从世界的哪个角落飞过来的？当然，它是不会在狂风来临后起飞的。但是，狂风已经没日没夜地刮了5天了，并且早在18日那天风暴要来临的征兆就已经出现了。毋庸置疑，这个气球绝对来自遥远的地方，毕竟大风一昼夜之间最少能把它带到2000英里之外。

那些失去方向的乘客无论怎样也没法计算他们起航以来所经过的路程。难以置信的是，在这怒吼的暴风中他们不断地飘荡，竟然平安无事。丝毫不觉得自己在滚动，也不觉得颠簸。哪怕他们在空中飞来飞去，被风吹得打转。

吊篮下面的浓雾遮挡住他们向下的目光，他们四周充斥着阴云，他们不知昼夜。在高空中悬浮的他们处在一片黑暗之中，既没地上的反光穿过，也没地上的人声传入耳中，甚至连海洋的澎湃声也没有了。只有在气球飞快下降的时候，他们才感受到死亡的危险。在扔下了弹药、枪支和粮食及一些重负之后，气球又重新上升到 4500 英尺高的空中。在飞行的人们发现气球下面是大海时便会觉得空中的危险比面对海洋的危险要小些，因此不加思考地把最后有用的东西也扔掉了，同时他们用尽方法尽量不让气球泄漏出氢气来，现在氢气才是他们唯一可以保命的根本，只有这样才能保证他们悬在海洋上。

惊险恐怖中的黑夜终于过去了（胆小鬼恐怕早已成鬼了），白天又来临了。随着白天的到来，暴风也逐渐露出平静态势。在 3 月 24 日的清晨开始，暴风有了明显减弱，日出时分，一片片的轻云开始向更高处飘去。没几小时的工夫，飓风就变成了"强风"，这就是说，大气流动的速度最少已经降低了一半，即便现在还是水手们所说的"紧帆风"，但是风势真的减弱不少了。

11 点钟前后，下层的气体显得比较清新了，像雷雨过后常有的那种湿润的气息开始充斥在大气中。暴风仿佛不再向西前进了，风力似乎已经进入风烛残年了。它会跟印度洋上的台风一样，说停就停，一下子就结束吗？

但是，就在那时候，气球竟然慢慢地又下降了。看来它正在逐渐微缩，气球从球形变成了椭圆形，气囊也变长了。中午时分，气球离海面仅仅只剩 2000 英尺了。那是可以容纳 50000 立方英尺气体的气囊，正因为它的容量，才能在空中上升得很高，保持平行方向移动甚至停留很长时间。

当危险感再次来临时，乘客们把仅存的一些可以减少下降的物品扔下（少量存粮、衣袋里的小刀等每一件东西）。这时，有一位乘客爬到套住网索的圆环上，想要把气球的下部系得更牢些。

然而，乘客们都心知肚明，氢气已经不多了，气球不可能再向上或维持现在的高度，他们离死亡只有一步之遥。

他们下面没有陆地，哪怕是一个小岛也没有，全是一片海洋，以至于没有地方用来着陆和下锚。

大海依旧汹涌澎湃！辽阔的洋面，哪怕居高临下地望去，视野放到 40 英里开外，也了无边际。洋面在暴风无情的鞭挞下卷起汹涌的浪花，像万马奔腾，一片片白马鬃毛随风飘荡。望不到一片陆地，更别说一叶孤帆！乘客们在生死关头拼尽全力试图阻止气球的下降，以免被波浪吞没，可气球在顺着东北风以极大速度移动的同时，依旧快速下降，他们的努力似乎都白费了。

他们都身处在万分危险的地方！气球不再属于他们，他们的一切努力都白费了。氢气的外泄已经没有办法可以阻挡，气囊越来越瘪，下降的速度也显得越来越快。吊篮在午后 1 点时离洋面已经不到 600 英尺了。

气囊中的氢气在裂缝中喷涌而出，仿佛已经无力回天。一切物体都被扔了下去，重量有所减轻，因此，乘客们还可以在空中待几个小时，不会掉进海里。但这仅仅是几个小时而已，如果在天黑以前还没有合适的地方着陆，那一切都结束了。

这时他们只能殊死一搏了，他们都是聪明勇敢的人，他们没有任何抱怨，只有想尽办法延长降落的时间，他们誓要奋斗到最后时刻。吊篮只是一个柳条编的篮子，不可能在水上漂浮，一旦入水只有沉没。

2 点钟时，离洋面只有 400 英尺的高度了。就在这时候，一声洪亮的让人充满安全感的声音传来，回声同样铿锵有力。“东西都扔了吗？”“不，只剩 10000 金法郎。”一个钱袋立即沉没在海底。“气球上升了吗？”“上升了一点点，可是它马上又会下降的。”“还有什么可以扔的吗？”“没有了。”“有！还有吊篮！”“让我们抓住网索，把吊篮扔到海里去吧！”

这是目前唯一的减轻气球重量的方法了。吊篮的绳索最终被割断了，吊篮也掉进海中了。于是，气球又上升到 2000 英尺的高度。

爬上气球网的 5 位乘客，紧紧攀住网眼，双眼无助地注视着下面的无底深渊。

众所周知，气球最敏感的是重力的增减。就算扔下很轻的东西，也能改变气球高度，它就像是空气中极为精准的天平。毋庸置疑，它只要有丁点重量的减少就会迅速地上升。此时正是如此。可是，没过多长时间大量的气体从裂缝中向外跑，气球又下降了，这次似乎真的无力回天了。

他们都竭尽所能了！现在除了上帝恐怕没人能拯救他们了，他们只能听天由命了。

此时，现在距海面只剩 500 英尺了。

突然传来一声犬吠声，他们竟然还带条狗！狗紧紧依偎在主人身旁并攀着网眼。

一个人大喊道：“托普你到底看见了什么？”

接着有人回答道：“陆地！陆地！”

原来从天亮到现在，气球在大风的作用下向西南飘行了好几百英里。现在前面终于出现了有点高度的陆地，但是这片陆地距离这里至少还有 30 英里，按现在飘行的速度，最少也要一个小时才行。

一个小时！气球所剩的气体会不会在一个小时以内消散完呢？

现在最严重的问题就是它了！热气球上的人们已经清楚地看到了陆地的所在，因此他们必须不惜代价到达那里。尽管他们不知道那是岛屿还是大陆，因为不清楚他们被飓风吹到地球的哪一个角落来了。但是，他们别无选择，只能去那片陆地，哪怕那里没有人烟，或者去不得。

4点钟的时候，气球更加贴近水面了，它已经支持不下去了！好几次，巨浪都穿过网的下部，它变得更加沉重，它就像翅膀有伤的鸟，想飞也飞不高。又过了半小时后，他们离陆地只有1英里的距离了，可现在只有气球上层还有一些气体，但气球已经耗尽了精力，萎靡不振地悬在半空中。尽管他们拼死攀住气球网，可还是太重，不久，他们便有半个身体没入海水中，翻滚的波浪不停地冲击着他们。没多长时间，气球的气囊变成口袋状，如同帆片般向前飘去，可能这就是到达陆地的方法吧！

在离岸只有两锚链远的时候，4个人一起叫尖了起来，那下降沉没的气球在一个巨浪的作用下，竟又一下子上升了。没多长时间，它仿佛又减少了一部分重量，一下子升到1500英尺的上空，在那里它遭遇一阵风把它吹向与陆地相对平行的地方，却没把它吹上岸。

万幸的是，两分钟后它又斜转到原来的方向，并降落到一个远离波浪的沙滩上。热气球中的人们相互帮助着从网眼里逃离出来。没有重量压迫下的气球像精神恢复的小鸟，风轻轻一吹便起飞消失在空中了。

吊篮中本来有5个人和一只狗，最后着陆时却只剩下4个人了。

那个人一定是在波浪冲击时从气球网上被卷到海里的，不然怎会有着陆前那一下子的上升呢。刚脱离危险的4个人一踏上陆地，就大声呼喊营救失踪的伙伴，并大声喊道，“他应该会游上岸，救他，救他！”

第二章　五个战俘

刚被风暴卷上岸的几个人是一群战俘，根本不是气球飞行员，更别说什么专业不专业的了。他们每个人都英勇豪迈，才想出这奇思妙想的方法来逃离囚牢。

他们在生死线上挣扎了几百次！有几百次竟仿佛要从破裂的气球上掉到海洋里，不知为何，上帝似乎存心要保住他们的生命。在3月20日，他们从里士满逃离出来，在天空中没日没夜地飞行了5天，现在他们距离弗吉尼亚的首府有7000英里了。在恐怖的南北战争期间，里士满是南方阵营的要塞，当时尤利斯·格兰特将军的部队已将它团团包围。

战俘们是这样出逃的：

1865年2月期间，格兰特将军计划出奇兵占领里士满，结果失败了，他部下的几个军官也被敌人泰利士所俘虏囚禁在城堡内。其中最为特别的代表是联邦参谋部的赛勒斯·史密斯，他是马萨诸塞州一位渊博的学者，在战争期间，他曾被当时的政府委派在战略上负责极其重要的铁路作管理工作。作为一位地地道道的北方人，他瘦骨嶙峋，约有45岁，并且他的短头发和一小撮浓胡子都已经变得灰白了。他头型方正，就像是为了铸在勋章上而生似的，双眼有光，嘴型严肃。从面相看，他绝对是一位激进的学者。他是一个舞锤弄斧出身的工程师，就像行伍出身的将军。他头脑清楚，心灵手巧。他身强体壮，筋骨强健。他不仅是一个活动家，更是一个思想家。他热情乐观，能正确处理每一件事。他见多识广、随机应变、在任何困难面前都能保持头脑清醒，有坚强的信心和毅力，这三个条件让他成为真正的英雄。他常用的座右铭是16世纪奥兰治的威廉的话："即使已经没有成功的希望，我也能够承担任务，坚忍不拔。"

赛勒斯·史密斯是英雄的代表。南北战争的各次战争他都参加过。他自愿在伊利诺斯州投效尤利斯·格兰特以后，在巴丢卡、柏尔梦特、匹兹堡埠头等地都作过战，在科林斯、吉布森港、黑河、差坦诺加、魏尔德涅斯、颇陀马克等地的围击战役中，他总是骁勇善战。史密斯几乎数百次成为威严的格兰特那些无名无姓的阵亡将士之一，并且在从战争开始到里士满战场受伤被俘之间，他一直都是幸运平安的。在史密斯被俘的同时也有一位重要人物落到南军手里，他就是《纽约先驱报》的通讯记者吉丁·史佩莱，他奉命在北军中进行战地报道。

吉丁·史佩莱是英、美新闻采访员当中极度有名的人物，如同史坦莱等人一样，什么困难都不能打倒他，他决心要采访到正确消息，并且第一时间内将信息送回报社。众多联邦的报纸，如同《纽约先驱报》，拥有强大的实力，他们的代表就是报刊的通讯记者。吉丁·史佩莱是最出名的记者：他是一位强壮精明、办事利索、善于思考的人；他环游过世界；他不仅是一个兵士，更是一个艺术家；他说话热情，行动利落，不惧劳苦，更不怕危险；采访新闻时，他既是为了自己，也是为了报刊；只要是特殊的、奇特的、他人无法采集到的事件，他都能采集到；他是一位有胆识的战地记者，他习惯在枪林弹雨中写稿，一切危险在他看来就像是最好的报道资料的铺垫。

他在战役中总是深入前线，左手持着左轮枪，右手拿着笔记簿；哪怕是葡萄弹也没有使他的铅笔颤抖；他绝不像有些人那样没事找事，总是不耐其烦地打着电报；他每一篇报道的要点都是简短有力、明确、具有说服力的。他比较幽默，在黑河的战斗结束之际想要不惜一切代价独占电报局窗洞的也是他。他在向报刊报道了战争结果后接连拍发了圣经的前几章，尽管一共拍了两个多钟头之久，还花费了2000美元，但是《纽约先驱报》最先登载了他所报道的消息。

吉丁·史佩莱身材雄伟，估计有40来岁。他的面庞被淡红色的胡须所围绕，眼神透露出坚定活泼的目光，且善于变化。也许只要其目光轻轻一扫，其他景色便一览无余，他那能够适应各种气候的强健体格，就好比一根在冷水中淬硬了的钢筋一般。

吉丁·史佩莱在《纽约先驱报》当通讯记者已经有 10 年之久了。他不仅文笔美妙且善于绘画，他报道的通讯和插画都使报刊的内容更加充实，哪怕在他被俘的时候，他还在描写着战役和画素描，他在笔记簿中写的最后一句是："一个南军的士兵正拿枪对着我，但是……"然而那个南军的兵士却没有击中吉丁·史佩莱，他向来是幸运的，在那次事件中并没有受到伤害。

赛勒斯·史密斯对于吉丁·史佩莱以前只是闻其名却不相识，这次他们一起被押送到里士满。工程师的伤口很快治好了，他在养伤期间与这位通讯记者相互结识，他们似乎相见恨晚。没过多久，他们就有了共同的奋斗目标，那就是逃离这里，返回格兰特的军中。并且提出了"借西方文明之学术以改良东方之文化，为了联邦的统一而继续战斗"的口号。

这两个美国人一来就想寻找机会逃跑，尽管他们可以在市镇里自由自在地溜达，但是里士满戒备森严，逃脱难度很大。就在这期间内，史密斯遇到了一个昔日的仆人，一个对史密斯竭尽忠诚的人。他是一个黑人勇士，他出生在一个工程师的家庭，父母都是奴隶。但赛勒斯不仅在信仰上更在道义上反对奴隶制，所以很早便让他重新获得了自由。可这个获得自由的奴隶不愿意离开他的主人，他愿为他的主人赴汤蹈火，他大概有 30 岁，强健、活泼、聪明、伶俐、温柔、顺从，甚至还有点天真，平时总是一团高兴，勤劳诚恳朴实。他的全名叫做纳布加尼察，但他习惯让人称他为纳布。

当他主人被俘的消息传入纳布的耳朵时，他毫不犹豫地从马萨诸塞来到里士满，凭借着机智的头脑，在 20 多次出生入死后，最终潜入进被围的城市。当史密斯与纳布相见时，那种喜悦感难以用任何一种语言来形容。

虽然纳布进入里士满容易，可再想要出去就难了，因为看守把北军战俘看管得极为严格。除非有特殊的机会否则真的很难顺利地逃跑！这种机会不仅不会送上门来，更且极为难找。

在这阶段，格兰特将军依旧继续作战，他付出极大的代价才赢得了匹兹堡的胜利。但在里士满战线上，他和巴特莱部队并肩作战还是不能取胜，因此战俘们幻想早日释放的希望可能要破灭了。

在被囚禁的单调无味的生活中，没有什么事情值得记述，通讯记者再也忍耐不住了，现在只有一件事充斥着他的大脑——不惜一切代价逃离里士满。他已经尝试了好几次，但都被难以克服的困难所阻碍。围困依旧继续着！如果战俘急于逃离回到格兰特的军中，那么围困的人更加想要与南军取得联系，约拿旦·福斯特就是南军热烈希望的人之一。被俘的北军难以逃离出城，当然南军也离不开，北军把他们都给包围了。里士满的总督与李将军很长时间都没有联系了，他迫切想要把当地情况与李将军进行交流，以便援兵的迅速到来。于是约拿旦·福斯特就提出了用氢气球越过包围线的建议，以方便直接到达南军的兵营。

总督同意了这个计划的实施，命人制造了一只氢气球以供福斯特使用，还派了 5 个人做他的助手。他们不仅携带降落时自卫的武器，还预备了干粮，以供应航途延迟使用。

气球预计在 3 月 18 日起航，但起飞必须在夜间，还要有和缓的西北风以策应。根据飞行员的预算，他们只需要几个钟头就能到达李将军的军营。

但刮的风却不是和缓的西北风，在 18 日开始就变成了风暴，风暴在极短的时间内变得猛烈起来了，福斯特没办法只能延期，因为谁也不会在这个危险的时候去冒险。

氢气球充足了氢气，放置在里士满的一个广场上，只要风势减弱，便马上起飞。困守城里的人们希望暴风赶快减缓的心情是显然易见的。3 月 18 日和 19 日这两天很快过去了，然而天气却没有什么转变，狂风把地上的气球吹得猛烈的冲来撞去，想要保护它都很困难。

19 日的夜晚也过去了，然而第二天早上的风暴却更加猛烈，气球更是无法起飞了。

就在那天，工程师赛勒斯·史密斯在里士满的大街上却被一个素不相识的人突然喊住了。那是一个名手，名叫潘克洛夫，年纪大概在 35 岁到 40 岁之间，身强体壮，皮肤被太阳晒得黝黑，他有一对炯炯有神的眼睛和一副英俊的面庞。潘克洛夫是一个地地道道的美国北方人，他航行过各个大洋，参加过人们所能想到的和不能想到的探险，只要是陆地上动物所能碰见的遭遇几乎全被他遇到过了。由此可知，他是一个胆大凶猛的家伙，什么困难都难不倒他。年初的时候，潘克洛夫因为有事情处理便来到里士满，他还带着一个新泽西的小男孩，他是一个已过世的船长的孩子，年仅 15 岁，潘克洛夫把他当作自己亲生孩子般爱护他。但在北军围城之前，他没有机会逃离这个城市，直到发觉自己被困在城里后才感到懊悔至极。可他不是一个会向困难低头的人，因此他要想法从这里逃离出去。他从别人的口中听说过这工程师军官的大名，他十分清楚这位男子汉在囚禁中所受的苦闷。于是，这天他找到工程师并毫不犹豫地直接问工程师："史密斯先生，你想离开里士满吗？"

工程师一脸茫然地看着对他说话的人，对方又赶紧低声补充一句："先生，你想要逃跑吗？"

"什么？"工程师急忙问道，这句话明显是不假思考的回答，毕竟他还不知道他面前的陌生人到底是谁。但是当他用敏锐的目光打量了水手的面貌后，他肯定对方是一个诚实的人。

“你是谁？”他简短地问道。

潘克洛夫简单地做了介绍。

“好吧。”史密斯回答说，“你计划使用什么方法逃跑？”

“用那只气球，它在那儿一无是处，我看它就是为我们而准备的……”

水手的话没说完，工程师就知晓他的意思了。他一把抓住潘克洛夫的胳膊，将他拉到自己的住处。在那里，这位水手说明他的计划。计划倒十分简单，除了有生命危险，其他什么危险也没有。当然，飓风的威力真的很巨大，但是，像赛勒斯·史密斯这样聪明能干的工程师是完全知道怎样操控气球的。如果潘克洛夫对飞行技术，如同他对航海般熟悉，那他绝对早不假思索地带他的小朋友赫伯特出发了，他习惯了在海里冒狂风骇浪的危险，这场飓风是难不倒他的。

史密斯一声不吭地倾听着水手的讲话，他的眼中闪着满意的光芒。他期待已久的机会终于到来了——他不是一个错失良机的人。这个计划是具有可行性的，但不可否认，非常危险。尽管夜间有岗哨，他们还是有机会走近气球，潜入吊篮，然后割断吊篮的绳索。当然，他们也可能被打死，而另一方面，他们也有很大的希望成功。如果没有这场风暴该多好！——不过话要说回来，如果没这场风暴，气球早就起飞了，这个千载难逢的机会也不会有。

“我不是一个人！”史密斯最后说。

“你要带几个人？”水手问道。

“两个人。我的朋友史佩莱和我的仆人纳布。”

“那就是三个人。”潘克洛夫说，“连同赫伯特和我一共是五个人，气球能载六个……”

“那就好，我们一定走。”史密斯坚定地说。

这个“我们”包括史佩莱在内，因为史密斯非常了解，这位通讯记者不是胆小如鼠的人。史佩莱知道这个消息后非常高兴，令他惊奇的是：如此简单的方法，他过去竟然没有想到过。对于纳布，他总是跟随他的主人一起的。

“那，就今晚吧，”潘克洛夫道，“大家都在那个地方集合吧。”

“今晚10点钟，”史密斯回应道，“但愿上帝保佑我们，在离开之前，风势别减弱呀。”

潘克洛夫向工程师辞别后返回了他的寓所，年轻的赫伯特·布朗还一个人留在那里。当这个英勇的少年知晓水手的计划后，急迫地想知晓向工程师提议后的结果。就这样五个意志坚决的人就决定在暴风雨中碰运气了！

没有！风势它并没有减弱，约拿旦·福斯特和他的伙伴们可不想在那不保险的吊篮里任由风吹雨打。

当然那一天的日子绝对不是轻松如意的。工程师目前只担心一件事，那就是在地面上的气球可能会在大风猛烈的撞击下被撕成碎片。他在空旷无人的广场上来来回回踱了几个钟头，仔细打量着这个飞行工具。潘克洛夫也同样采取了这样的方式，他的双手插在衣袋里，就像在设法消磨时间似的，时不时地打着哈欠，但实际上他也像他的朋友一样，同样很担心气球是否会损坏的问题，风到底会不会把它的绳索刮断，再把他刮到天上去。天黑了，夜色十分昏暗，大雾如同乌云般弥漫在地面上，雨和雪同时在天空中飘下，天气十分冷。浓雾完完全全地笼罩里士满，风暴似乎在攻守之间取得了和平的状态，不再那么强烈，在怒号般的狂风中，就连炮击声也听不见了。城市的街道上也没有一个人影，在那极端恶劣的天气中，官方恐怕也没有想到会丢失气球吧，因此也会觉得没必要在广场上设立岗哨。这一切都为俘虏们逃离提供了有利的条件，但是，他们在狂风暴雨中所作的冒险飞行的结果最后到底会怎样呢?

“天气糟糕透了！”潘克洛夫喊道，他一拳把头上要被风刮走的帽子压住，“但是，我们最后会成功的！”

9 点半的时候，史密斯和他的伙伴们纷纷从不同的方向赶到广场，大风把汽灯吹灭了，广场处于一片漆黑之中，就连那似乎马上要被吹倒在地上的大气球也看不到了。沙囊上系的是网索，但吊篮却是用单独的一根结实钢缆穿在便道上的一个铁环里。吊篮边五个俘虏悄悄地会合了。没有人发现他们，天色极度昏暗，甚至他们彼此都看不见对方。

史密斯、史佩莱、纳布和赫伯特不发一言地在吊篮里各自坐好，潘克洛夫则按照工程师的指示把沙囊一一解开。仅仅花了几分钟的工夫，水手就返回到他的伙伴身旁了。

现在只有一根钢缆系着气球了，只要工程师的一声令下就可起飞了。

就在这时，突然又有一只狗跳进吊篮中。原来那是工程师的爱犬托普呀，那只忠实的狗挣断了链索，最终赶上了它的主人。可工程师怕这多余的重量会影响他们气球的上升，很想打发它离开。

“多可怜的狗！多它一个吧！”潘克洛夫一边说，一边把两袋沙土扔出吊篮，减轻了吊篮上的重量，然后迅速解开了钢缆，气球斜着急速往上升去，因为起势凶猛，吊篮在两个烟囱上轻轻碰了一下，然后才消失得无影无踪。

飓风依旧汹涌地怒号着。在夜间下降，工程师都不敢去想象，拂晓时分，吊篮下的大地在浓雾的遮挡下一点也看不到了。

到了第五天后，他们才在云隙中看到吊篮下面是一片汪洋大海。在飓风的推动作用下，气球以惊人的速度飞行。

大家都明白：在 3 月 20 日起飞的这五个俘虏中，后来在 3 月 24 日有四个人被遗弃在远离祖国 6000 英里的荒凉海岸上，其中一个人丢失了！而这个丢失的人正是他们的领袖，工程师史密斯！他们一着陆，就急忙赶到海滩边上去，打算营救他——他们的领袖。

第三章　营救工程师

工程师刚从网眼上掉下来后，就立马被海浪带走了，连吊篮里的那只狗也失踪了。那只忠诚的狗主动地跳出吊篮去营救它的主人。“向前啊！”通讯记者大声喊道；他们四个人——史佩莱、赫伯特、潘克洛夫和纳布——似乎全都忘记了疲倦，四处寻找。可怜的纳布甚至痛哭流涕，一想到这世界上自己唯一心爱的人现已经丧命，他不由得感到伤心。

从赛勒斯·史密斯失踪到他的伙伴们安全着陆，他们所跨过的时间前后只有两分钟。因此他们希望还能来得及去救他。

纳布喊道：“让我们去找他吧！让我们去找他吧！”

“对，纳布，”吉丁·史佩莱说，“我们一定要找到他呀！”

“他还活着吗？”

“一定还活着！”

“他会游泳吗？”潘克洛夫回问道。

“会的，”纳布答道，“不还有托普跟他在一起吗？”

水手看着那巨浪一遍遍拍打着岸边，不由自主地摇了摇头。

工程师是在海滨的北岸消失的，距离这群人着陆的地点仅仅不到半英里。因此，这样计算，他的位置离最近的海岸足足有半英里远。

这时候是6点钟了，在浓雾笼罩下的暮色，显得格外昏暗。那群遇难的人从他们偶然落下的地方朝着北面一片陌生的地区走去，那里的地理环境他们根本无法猜测。他们艰难地在草木不生的沙地上跋涉着，地面坎坷不平，有些地方甚至完全是坑洞，走起来很困难。还不时有许多不擅长飞翔的大鸟从那些坑洞里朝着各处飞去，那些比较灵活的鸟则成群地像云似的从他们头上飞快地掠过，水手认出这些鸟是海鸥和鸳鸯，它们的尖叫声连澎湃的潮水声也遮掩不住。

这些遇难人时不时地站下来高声呼喊，仔细倾听海上有没有回声。在他们看来，假如工程师已经登岸了，而他离登岸地点又不是太过于遥远，那么就算史密斯没有办法表示他在这里，那他们至少还可以听见托普的叫声。当他们站下来仔细静听时，除了澎湃的海水和拍岸的惊涛声之外，什么声音也听不到。于是这一小群人继续向前走去，仔细找遍了海滨的角角落落。

当他们徒步走了近 20 分钟以后，这四个脱险的人突然发现脚下的海浪不停翻滚，没办法只能停了下来，陆地就这么大了，他们不禁发现自己来到了一个海角的尽头，海水猛烈地拍打着它的尖端。

“那是一个海角。”水手说，“我们只能按原路返回，顺着右边走，那样我们就能顺利地返回到本土了。”

“兴许他就在那个地方，我们还是再呼喊几声吧！”纳布一边说，一边手指着在黑暗中白浪翻滚的大海，于是他们又一起大声地呼喊起来，但是还是没有一点反应，他们又稍微等待了一会儿，再次呼喊了一次，可依旧没有任何回音。

他们只好回去了，他们沿着另一边的海角走着，那里不仅遍地沙石，而且道路崎岖难走。但是，潘克洛夫渐渐发现海岸线较直，而且地面也高起来了，他向大家说，这里紧靠着丘陵斜坡，穿过浓雾，他隐隐约约看到山峦的英姿。这一海岸带的鸟类较少，海水的喧嚣所发出的声音也不大，他们还发现波涛的声音减弱了，甚至几乎都听不见海水拍岸的声音。在海角的这面显然形成了一个半圆状的海港，海里的浪花几乎把海角的尖端掩盖。按着这个方向走是向南陆的去，与史密斯有可能登陆的海岸截然相反。步行走了 1.5 英里以后，他们在海岸上根本找不到拐到北面的弯路。这个海角——他们曾经绕到过它的尽头——一定是与本土相连。尽管他们已经筋疲力尽，但是他们还是鼓起勇气前进，随时希望着能遇见一个转角，让他们返回到原地。又走了近 2 英里的距离以后，他们到了一个高耸的地岬上，又滑又湿的岩石布满了地面，前面又被海水阻挡，他们不禁失望至极。

潘克洛夫说：“我们现在是在一个小岛上，我们已经从海岛的一端勘察到它的另一端了。”

水手说得对，他们降落的地方既不是大陆，也不是海岛，而只不过是一个小岛，它的长度还不到 2 英里，宽度就更不用说了。

那是一片海鸟所栖身的荒地，遍地都是乱石，草木不生，至于它是不是还与其他比较重要的群岛相连，这个也很难说。飞航员还在吊篮的时候，透过云雾发现了这片陆地，可是他们没有来得及仔细观察，就算这样，依照潘克洛夫航海多年的经验，他的眼睛还是在昏暗中几乎可以肯定那西方蒙胧的巨影就是隆起的海岸。不过他们在黑暗中无法判断那里是一个孤岛，还是与其他岛屿相连。他们也无法离开这个海岛，周围都被大海包围，没有办法他们只好把寻找工程师的事拖到第二天了。更糟糕的是他们甚至连一声呼喊声都没有听见，更别说知道工程师的死活了。

“我们的朋友虽然一直沉默没有发出声音，但这并不能说明什么问题，”通讯记者说，“他可能会是晕了过去，也有可能是受了伤，不能立即回答，我们不能灰心。”

随后通讯记者建议在小岛上燃起一堆火来作为给工程师的信号。可是这里遍地沙石，找不到一点树枝和干枯的荆棘。纳布和他的伙伴们对勇敢的史密斯十分敬爱，他们的悲痛只能通过画笔来描绘，而无法用任何文字来形容。显然，他们已经没有任何办法去帮助他了，他们也只能忍耐到天亮，除非工程师他自己能够逃生，在海岸上寻找到一个可以避难的地方，不然他只能永远地离开这个世界了！

漫长而痛苦的时光过去了，天气极度寒冷，遇难的人所处的环境也是十分的困难，但是他们似乎一点也没有感觉到。他们甚至连一分钟也没有想过休息，他们一心想着他们的首领，他们心里怀着希望，换句话说他们还抱着一丝希望能在这片不毛之地上继续行走，好几次都返回到小岛的北端，那就是离遇难地点最近的地方。他们不断倾听、喊叫、齐声高呼，他们还打算叫得更加响亮些，让更遥远的地方也能听见。可现在早已风平浪静，纳布在一次呼喊以后仿佛传来了回声，赫伯特赶紧提醒潘克洛夫说:“这表明西边不远处有海岸。”水手点了点头，他相信自己的眼睛是不会欺骗自己的。他只要发现了陆地，就算再模糊不清，那一定是陆地。可回答纳布的呼唤声的只有那遥远的回声，并且整个小岛的东部都是一片昏暗的。

在这时，天空渐渐转晴，午夜时分，满天星斗，如果工程师还在这里的话，他会告诉他的伙伴们，那些不是北半球的星星。这个地方看不到北极星，那些星座也并不是美国极为常见的星座，而南十字座在天空中不断闪烁着亮光。

夜晚慢慢过去了。在 3 月 25 日凌晨接近 5 点钟的时候，天逐渐亮了起来，可地平线上还是漆黑的一片。破晓时分，海面上一抹朝雾缓缓升起，他们站在那里甚至都看不清 20 英尺以外的东西。最后大雾动荡不安地向四周散去。

然而这有什么用，他们依旧无法看见周围的任何东西，通讯记者和纳布仔细观察着海洋，水手和赫伯特则急迫地寻找着看西边是否还有海岸，可依旧连一丁点儿陆地的影子都没发现。“没关系，”潘克洛夫说，“就算现在我没有看见陆地，但是我依旧感觉得到……那里一定有陆地……就像我们目前绝对不会在里士满那样肯定。”朝雾没多长时间就停止了上升，那只不过是晴天的烟霭，极为炎热的阳光很快就要照射到海岛之上。大概在 6 点半的时候，也就是在太阳升起来的三刻钟左右，雾变得更加淡薄了，它的上层慢慢变厚，而下层却全部消散了。没过多长时间，整个岛就如同从云端里面降下来的一般，整个地面都显现出来了。连同周围的海洋也同时显现出来，它在东边向远处伸展，却被突然插入的险滩在西边阻挡了。

是的！那里还有陆地。他们现在还算是比较安全的，小岛到对岸之间只有一条半英里宽的海峡，海峡水流湍急。

这时，纳布在内心的驱使下，并没有和其他伙伴商量，就一声不吭地跳下水去了，他很急于到达对岸去，并且向北面爬去。他们想拦住他也是有心无力。潘克洛夫大声呼喊他也听不进去。通讯记者也打算跟着前去，可潘克洛夫却把他拦住了。“你想要渡过海峡吗？”他问道。“是的。”史佩莱答道。“好！”水手说，“稍等一会，纳布一个人足以帮助他的主人了。如果我们现在冒险跳到海峡里面，那就有很大的危险被急流冲到大海里面去；如果我没有看走眼的话，现在正处在退潮的时间。看，那沙滩上的潮水渐渐退下去了。别急，水浅的时候我们就能比较容易地发现一条可以涉水过去的道路了。”“说得对，”通讯记者答道，“我们不能太过于分散，不然大家无法相互照应。”

纳布正在和急流进行着殊死的搏斗，他正在横渡海峡。就在他划水的时候，他的黑肩膀从水中露了出来，他很快就被急流冲往下游去，但最终还是接近了对岸。从小岛到对岸起码要半个小时以上，当他登上海岸的时候，他离对面的出发点的距离已经有好几百英尺了。

他在一片高大的花岗石壁下登上了对岸，用力地抖了抖身子，然后撒腿就跑，不一会儿就在一个岩石的后面消失了。这个海角的高度几乎与小岛北端的高度相等。

纳布的伙伴们焦急地看着他的挑战。在他的身影消失之后，他们一边吃着散落在沙滩上的贝壳动物的肉，一边凝视着他们希望具有安全性的陆地，虽然那种食物十分难吃，但比饿着肚子要好得多。对岸是一个宽广的港湾，而南端的一个险要的海角，它的上面寸草不生，看起来一片荒凉。这个海角与海岸相互连着，连成一片千奇百怪的花岗石轮廓，耸立在地面上。相反，向北的港湾则变得更加宽广，这里的海岸线显得更加蜿蜒，从西南向东北弯曲，最终形成一个狭长状的地角。港湾弓形地带的两岸之间相距大概 8 英里。小岛距离海岸有半英里，如同一头鲸一般。最宽的地方也不及四分之一英里宽。

在小岛对面的海滩上，最低层的物质是沙砾，黑石头散布在上面。退潮之后，这些石头就慢慢暴露出来了。有一道垂直的花岗石峭壁把海滩的第二层隔离开了，顶端的峭壁参差不齐，最少有 300 英尺高。峭壁绵延起伏了 3 英里，在右方一座如同人工开凿的断崖处突然停止了。左面，海角的上面，那座参差不齐的悬崖变成一片很长的砾岩山坡，一直延伸到海角的地面上才消失。海滨的高地上连一棵树的影子都看不到，有些地方如同好望角开普敦的平坦台地似的，只不过小一点罢了，至少从小岛上望去是这个样子的。悬崖右边倒还是长了不少青翠的植物，他们一眼就望见一望无际的树木。看着绵延的花岗石丘陵，又看了看那一片翠绿的绿荫，不由自主地让他们感觉到满目清凉。最后，穿过高原，在西北方最少 7 英里以外的地方，他们看见一个在阳光下闪闪发光的白色山巅，那是一座顶部有积雪的雪山。

这片土地是一座孤岛？还是与大陆相互接连？现在还无法知晓，如果地质学家们看了左边那些因为地震所形成的石堆以后，一定会肯定地指出，这是因为火山爆发才引起的，这些东西绝对是大地内部震动的结果。

吉丁·史佩莱、潘克洛夫和赫伯特仔细研究了这片土地，也许他们要在这片土地上生活好几年。如果这个荒岛远离船舶经过的航线，那么他们很有可能要在这里住上一辈子。

赫伯特问："喂，潘克洛夫，你怎样认为？"

"任何事情都一样，具有好的一面，也具有坏的一面，"水手答道，"等着看吧，现在正是退潮时间，再过三个钟头我们就能想办法过去了。只要到达了对岸，我们就可以想办法脱离这个困境了，我觉得是有很大希望找到史密斯的。"果然和潘克洛夫所想的一样，三个钟头过后，海水处于低潮之时，海峡中大部分都露出沙滩。小岛和对岸之间只有一条窄窄的水道，想要渡过去是十分容易的。

10点左右，吉丁·史佩莱和他的伙伴们纷纷脱掉衣服，把它们捆起来顶在头上，然后跨进不足5英尺深的海水中。赫伯特甚至觉得海水太深，自己就像一条鱼一样出色地游了过去。三个人都十分顺畅地到达了对岸。在阳光的照射下他们很快晒干了身子，穿上衣服，还好，衣服没有被浸湿。

第四章　神秘的小岛

通讯记者突然跳了起来，让水手在原地等着他，然后他便沿着几小时前纳布所经过的方向爬上了悬崖，他十分焦急地想要知道朋友的下落，因此加快了脚步，很快绕过峭壁的拐角消失不见了，赫伯特很想与他同行。

"别过去，孩子。"水手说，"我们需要寻找一个住宿的地方，顺便再想办法弄点比贝类动物更好吃的东西，他们返回后需要吃点东西，每个人都有各自的任务。"

"那我们现在就准备开始吧。"赫伯特说。

"好。"水手说，"干吧，我们要好好准备一下。我们不仅累，还冷，更饿，因此我们一定要找个住的地方。生一堆火，找点吃的东西。森林里有柴火，鸟窝里面有蛋，只要有个安身的地方就可以了。"

"很好。"赫伯特说，"我去寻找个山洞，我相信一定会有个可以容纳下我们所有人的山洞。"

“可以。”潘克洛夫说，“去吧，孩子。”

他们两个人走到巨大海滩的石壁底下，潮水距离这个地方已经很远了，他们并没有继续向北走，而是往南。潘克洛夫早在着陆时就注意到有一个狭窄的山口处在几百步以外的地方，他觉得那可能是一条河流或者小溪的出口所在。现在他们很需要安身在有一条现在这样的淡水河旁边；从另一方面考虑海流也有很大的可能把赛勒斯·史密斯冲到这边的岸上来。

前面已经介绍过了，悬崖高过 300 英尺，它从头到尾没有一个空洞，波涛很难把工程师冲到它的下面，因为连一点点可以容身的裂缝也没有。悬崖是一片坚硬且险峻的花岗岩，甚至连海水都没有办法把它侵蚀。数不清的海鸥在悬崖顶上不停地盘旋着，其中蹼足鸟类是最多的，它们有又扁又长的尖嘴，叽叽喳喳地不停尖叫，见到人了也不害怕——这很有可能是人类第一次侵犯它们的领地。在那些鸟类中，潘克洛夫认出来人家通常称作游禽类的这一种大鸥，此外还有数不清的贪吃的小海鸥偷偷隐藏在花岗岩的缝隙之中。如果向它们打一枪，肯定会打死很多的，可首先要有枪，但潘克洛夫和赫伯特都没有枪，再说了，那些海鸥的肉都是十分难以下咽的，甚至连它们的蛋也是腥臭无比的，赫伯特又向左边走了好几步，突然碰到一堆被海藻覆盖的乱石，等几个小时过后潮水就要将这里也淹没了。在那些岩石和湿滑的海藻之间，到处都是蛤蜊类的动物，那些看见它们的饿着肚子的人是绝对不会轻易放过这么好的机会的。赫伯特向潘克洛夫喊了一声，水手便急急忙忙地跑了过来。

“什么！这些都是贻贝吗？”水手喊道，“这些完全可以取代鸟蛋了！”

“不是贻贝，”赫伯特一边回答，一边仔细观察着岩石上的那些软体动物，“是茨蟹。”

“它们好吃吗？”潘克洛夫问道。

“美味极了。”

“那我们就吃一点茨蟹吧。”

水手十分信任赫伯特，少年不仅热爱博物学，而且精通这门学问。他的父亲就曾鼓励过他，让他在这方面认真钻研，并且让他在波士顿的名教授讲课时旁听，这个聪明好学的少年十分讨那些教授们的喜欢。过去他一次次地证实了博物学的用途，这次也没有弄错。那些茨蟹有着椭圆形的贝壳，它们一群群地紧紧粘在岩石上面，一动不动。它们都是穿孔类软体动物，可以在最为坚硬的岩石中间挖洞，他们的外壳两端浑然天成的圆润，这个特征是一般贻贝所没有的。

在日光中半开着壳的茨蟹让潘克洛夫和赫伯特饱餐了一顿，他们如同吃蛤蜊一般地吃着。茨蟹的味道非常辣，就算不添加任何作料也是十分可口的。

他们总算暂时地吃饱了，但是他们吃了这些算得上是“自来香”的软体动物后，便感觉比以前更加口渴了，因此他们必须找到水源。而这一片崎岖的山区，想必是不会找不到淡水的。潘克洛夫和赫伯特把许多茨蟹捡了回来，装满了整个衣袋和手帕，随后便返回到悬崖的下面去了。

他们步行了大概200步，便到了潘克洛夫认为可能有河水流出来的那个山口边，然而究竟到底是不是淡水，这还不能确定。这里的石壁似乎是由于剧烈的地震所震裂开的，一股小溪在石壁的底下，一个极为尖锐的弯角在溪流的尽头形成。溪流宽度达100英尺，两岸不到20英尺高。在花岗石夹壁中的河水显得格外湍急，石壁紧邻着河口，然后，河身突然在前方转了个弯，在半英里外的矮树林中消失了。

"这里有水源，那里有我们所需要的木柴！"潘克洛夫说，"赫伯特，我们现在只缺少住的地方了。"

河水是极为清澈的。水手十分相信这时候的河水——也就是趁着海水没随着涨潮倒灌进来的时候——是十分清澈可口的。当这个重要的问题解决了之后，赫伯特便去寻找可以容身的山洞了，可到处都是陡峭光滑的石壁，因此多方寻找也没有结果。

但是，就在河口比涨潮的水面高的地方，大地因为剧烈的震动而叠起一大堆的岩石——那可不是普通的岩洞——那高大的岩石堆在花岗石产地被称为"石窟"。

潘克洛夫和赫伯特转进了岩石堆，随着沙路走了好远的距离，那里并不算是太黑暗，因为在石缝中有阳光照进来。有些石块如同奇迹般保持着平衡，随着阳光，连风也透了进来，形成了一股过堂风，随着风，外面的寒气也跟着进来了。但是，水手却认为用沙石把一部分的石缝堵住，"石窟"里面还是可以让人居住的。石窟的平面图很像印刷体中的"&"字形，也就是缩写的拉丁文的"和"字。的确，只要把上面的口堵住，那强烈的西风和南风进不来，那他们就可以在这里安身了。

"我们有活儿干了。"潘克洛夫说，"如果我们能找到史密斯先生的话，他一定会更加好地利用这座迷宫的。"

"我们绝对会找到他的，潘克洛夫，"赫伯特大声说，"当他回来的时候，一定要让他好好看看这个像样的住所。如果我们左边的通道生火，再预留个洞口出烟就行了。"

"这事好办，孩子，"水手答道，"'石窟'足够我们使用了。我们行动吧，但首先要去寻找些木柴来，我认为可以使用树枝来堵塞石缝，不然的话，风吹进来的时候就如同鬼叫一般。"

赫伯特和潘克洛夫从"石窟"离开了，转过拐角，爬到了河的左岸。那里水流十分湍急，顺流冲下来一棵枯树。那是上涨的潮水——现在已经很明显地看出来了——一定会很有力度地把它推到更远的地方。于是水手想到了可以利用潮水的涨落来运送较重的东西。

行走了一刻钟之后，水手和少年便走到河流向左拐弯的拐角处，在那里，河水穿过一片美丽的森林。即使现在已经是秋天了，但这些树木依旧保持着苍绿的颜色。这种松柏科的树木在地球的各个区域都有存在，一直从北方较冷的地区延伸到热带。一棵发散出一股清香的喜马拉雅杉被这位少年博物家认了出来，在那些貌美的杉树中间，还掺杂着枞树，它们向周围伸展着茂密而阔大的伞形树枝。当他们走过树林深处时，潘克洛夫脚下的枯枝发出鞭炮般的响声。

"孩子，"他对赫伯特说，"虽然我现在不清楚这些树的名字，但我们可以把它称做'柴树'，目前我们最需要的就是它了。"

"我们多拾些回去吧。"赫伯特一边回答，一边就动手收集起来。

收集木柴并不耗费力气，满地都是枯枝败叶，以至于甚至都不需要他们到树上去折。虽然现在拥有了燃料，但是运输的办法却一时半会没有想出来。木柴很干燥，燃烧起来绝对十分快，必须多带一些回去！据赫伯特估算，两个人所能带走的远远不够。

"孩子，"水手说，"必须要想个好办法来搬运木柴，不论干什么总要有个办法不是。如果我们有一辆大车或是一只船，那就好处理了。"

"可我们有河呀。"赫伯特说。

"对。"潘克洛夫说，"河就相当于我们的自动运输线，我们做个木筏。"

"不过，"赫伯特说，"现在这运输线的方向不对，现正在涨潮呢！"

"等到退潮的时候就可以了，"水手答道，"到时候我们可以利用河流把燃料运到'石窟'去。我们先做好木筏吧。"

水手带领着赫伯特，一直向河边走去。他们两个人用尽全力，把成捆的木柴搬去河边，又在河畔草丛中找到大量的枯枝，也许这里从来没有人来过。潘克洛夫立即开始造木筏了。堤岸的一部分突进到河里，水势因此减弱，形成了小港。水手和少年就排了几根很粗的木头在这里，使用爬藤把它们捆绑在一起，这样就是一只木筏了。所有捡来的木柴都堆积在上面。真的，这些木柴就算有20个人都搬不完。一个小时以后，任务就完成了，木筏在岸边，就等退潮了。

距离退潮有好几个钟头，潘克洛夫和赫伯特商量过后，决定爬到高地去，观察周围更远的环境。

在距离河流的拐角整整200英尺的地方，石壁的一端向下倾斜，慢慢伸展到森林的边缘，随后平伏了下去，那是一座天然的梯子。赫伯特和水手向上走去，他们身强体壮，没几分钟的工夫便到了山顶，随后走到俯临河口的地方。

到达山上，他们最先看见的是他们当时在十分危险的情况下渡过的海洋。他们怀着激动的心情望着海岸的北部，赛勒斯·史密斯就是在那个地方失踪的！他们还渴望看见气球的残骸，史密斯还有可能在上面。可是什么都没有，四周都是辽阔的海洋。海岸上同样没有一个人影，没有通讯记者和纳布的踪迹，可能是他们离得太远，所以根本看不见。

“我总觉得，”赫伯特声音洪亮地说，“像史密斯那样能干的人是不会如同平常人那样被淹死的，他一定是在什么地方上岸了，你是不是也是这样想的，潘克洛夫？”

水手一声不吭摇摇头，他似乎觉得再也见不到赛勒斯·史密斯了，但他不想让赫伯特丧气，因此说：“当然，当然，就在别人无计可施的情况下，工程师也总是能脱离危险的。”

在那段时间里，他仔细察看了海滨。下面是一片沙滩，它向外延伸着，一直到河口的右边被翻滚的浪花拦住，露出来的礁石如同水陆两栖的怪物般静静地躺在波涛里。在礁石以外的大海在阳光的照射下闪闪发光。一个突出的海角把南面的水平线遮住了，看不出来陆地是沿着哪个方向伸展出去。还是东南和西南，让海岸成为很长的半岛。在港湾北部的尽头，海岸的轮廓伸展到很远的地方，形成一个巨大的弧形。那里海滨地势平坦，没有悬崖，只有退潮后暴露的大片沙滩。潘克洛夫和赫伯特随后就向西走去。他们最先注意到六七英里外那座顶端积雪的高山，从距离海岸两英里以内到山坡下斜的地方，生长着大片的树木，还有部分常绿树夹杂在里面，因此看起来一大片苍绿的绿荫，没有单调之感。从森林边缘到海边是一片平原，上面乱七八糟地生长着树丛。左边的林地闪烁着小河的流水，顺着这弯曲的河流可以到山岭的支脉中，河水的发源地似乎就在那里。就在水手放木筏的地方，它开始在雄伟的花岗石中间流了出来，左壁虽然峥嵘险峻，右壁截然相反，它渐渐倾斜了，整片的石壁也变成一块块的岩石，岩石又演变为石子，石子又化为沙砾，一直演变到海角的尽头。

“我们是在岛上吗？”水手嘟囔地说。

“再怎么说，这个岛似乎挺大的。”少年答道。

“不管怎样，岛终归还是个岛！”潘克洛夫说。

可这个重要的问题还一时半会得不到解答。想要解决这个问题就必须全面观察这个地方。不管是岛也好，是大陆也罢，看起来这里的土地十分肥沃，风景也挺美，物产也丰富。

“不错。”潘克洛夫说，“有这样的地方就算不幸中的万幸了。”

“谢天谢地。”赫伯特说，他诚恳地向上苍表达了感谢。

潘克洛夫和赫伯特在他们落难的地方观察了好长的时间，可就是走马观花地看了一遍，也难以想象到他们未来的命运。

随后他们顺着花岗石台地南边的山脊往回走了，台地的边缘是一道千奇百怪的石块，石穴里面栖息着千百个飞鸟。赫伯特从石头上跳了下来，把大群的飞禽都惊动了。

“天呀！”他喊道，“这既不是海鸥，也不是沙鸥！”

“到底是什么呀？”潘克洛夫问道，“我想大概是鸽子！”

“对，不过这些是野鸽子，或是山鸽子，在它们的翅膀上有两道黑纹，尾巴还是白色，羽毛是青灰色的，因此我认得出来，野鸽子肉本来就十分美味，它们的蛋想必更加美味了，我们去看看它们的窝里到底有多少蛋！”

“我们不给它们时间来孵蛋了，除非它们能孵出荷包蛋来！”潘克洛夫兴高采烈地说。

“现在你想用什么物体来煎荷包蛋呢？”赫伯特说，“使用你的帽子吗？”

“好哇！”水手回答说，“可我不会变这样的魔术。我们只能将就地吃一些泡蛋了，最硬的蛋交给我来处理吧！”

潘克洛夫和赫伯特仔仔细细地搜查了花岗岩的空隙，果然在一些洞穴中发现了部分鸟蛋。他们一连捡了好几打，用水手的手帕包在里面。等到快满潮的时候，潘克洛夫和赫伯特便从山上走了下来，回头向河边走了一会儿。再次回到河边的时候已经是午后的1点了。海潮已经改变了方向。现在他们必须借助低潮把木材运送回河口。潘克洛夫不情愿亲自到筏上控制方向，但也不想让木筏因无人照料而随波逐流，即使没有绳索和钢缆，可是水手也不是因此而无计可施的。潘克洛夫很快便使用干爬藤拧成一条绳子，并把藤索系在木筏的后面，用手操控着另一端，赫伯特使用一根特别长的竿将木筏撑开，使其漂在水流之上。这工作干得十分漂亮，大批的木柴跟着水流漂走了。河岸十分平坦，根本不用担心木筏会在水中打转。还没到下午2点钟的时候，他们就赶到河口，离“石窟”只有不到几步远。

第五章　岛上的第一晚

潘克洛夫将木筏上的干柴卸下去之后，最先忙着将那灌风的窟窿堵上，这样才能让山洞可以住人。使用沙土、石头、弯枝、烂泥，封闭了迎着南风的洞口。旁边则留下一道弯弯曲曲的细缝，既能通烟，还能拔火。这个洞窟就这样被分成了三四间房屋（假如还能称得上房间的话），那里面光线黑暗，但洞内十分干燥，中间最主要的房间能站直身子。他们又在地上铺上一层细沙。待一切收拾妥当后，他感觉十分满意，毕竟除此之外再也不能找到比这更好的地方了。

“可能我们的伙伴已经找到比这更加好的地方。”赫伯特一边忙着帮潘克洛夫工作，一边说。

“很有可能。”水手说，“就算我们什么都不知道，也必须要照常进行工作。有备无患总比没有强！”

“啊！”赫伯特大声说，“如果他们把史密斯先生找回来，那该有多棒呀！”

“是的，没有一点错！”潘克洛夫说，“如果他还活着的话，真是个了不起的人呀。”

“活着！”赫伯特大声说，“你认为没有希望见到他了吗？”

“谁说的？”水手说。他们的工作很快就完成了，潘克洛夫表示十分满意。

“现在，”他说，“我们的朋友现在回来了，他们将会有一个十分好的地方安身了。”

目前他们只差造炉子生火做饭了，这件事十分的简单。他们铺了几块平板石在保留下来的细缝口，只要热气不被烟带出去，就可以保持里面适当的温度。他们的木柴储藏在另一个房间里面，水手在生火的位置摆放了一些木柴和树枝。水手正在忙得带劲，突然赫伯特问他有没有火柴。

“肯定有啦，”潘克洛夫说，“这可以作为一个好消息告诉你，如果没有火柴或火绒，那我们就无计可施了。”

“我们可以学习以前的人那样钻木取火啊。”赫伯特说。

“好，你试一试吧！孩子，除了能让你的胳膊进行一些活动外，你看到底能不能磨出火来。”

“嘿，这太容易了，在太平洋海岛上的土人经常采用这个办法。”

“这方面我承认，”潘克洛夫回答道，“可我一连试了好几次都没法弄出火来，也许土人有什么特殊的方法吧，要不就是使用的木头不同。在我看来还是火柴好用。哎呀，我的火柴去哪儿了？”

潘克洛夫是个老烟鬼，他平日总爱把火柴盒放在坎肩口袋里，他伸手前去摸，可惜没有摸到，整个裤子口袋都摸遍了，可哪里都没有火柴盒，他不禁大吃一惊。

“糟了！”他看着赫伯特说，“口袋里的火柴盒肯定是丢了！赫伯特，你通常总有火绒盒之类能生火吧？”

“不，我没有，潘克洛夫。”

孩子跟随着水手向外跑去，他们在沙滩上、石缝里和河岸上仔仔细细地寻找。火柴盒是铜的，应该十分容易便能看见，可到处都找遍了，依旧没能找到。

“潘克洛夫，”赫伯特问道，“你没把它从吊篮上扔了下去吗？”

“我清楚地记得没有扔掉，”水手回答说，“不过那么小的东西很容易在慌乱之中丢失的。可真要丢失的话，我宁愿丢失烟斗！真糟糕！火柴盒到底去哪儿了？”

“你看，现在退潮了。”赫伯特说，“我们先到着陆的地方看看吧。”

想要找到火柴盒恐怕是没多大的可能了，当涨潮的时候，海浪都把沙滩上的鹅卵石冲过了，不过，尝试一下也行。赫伯特和潘克洛夫急匆匆地走到昨天着陆的地方，那里距离山洞大概有 200 步。他们在砾石堆和岩缝里找来找去，可惜什么都没找到。如果丢在这个地方，那它肯定会被海浪冲走的。退潮以后，他们找遍了每一个缝隙角落，但依旧白费力气。按他们当时的情况来说，那可是不可计算的损失，并且这个损失还是无法弥补的。潘克洛夫隐藏不住他自己内心的不安，紧皱眉头，着急得连一句话都没说出来。赫伯特只能安慰他说，就算找到了火柴，那也肯定被海水浸湿了，没法使用。

“不，孩子，”水手说，“火柴是被装在盖得严密的铜盒子里面，现在我们该怎样处理呢？”

“我们绝对会有办法生火的！”赫伯特说，“史佩莱先生他们是不可能没有火柴的。”

“不错，”潘克洛夫答道，“可毕竟远水不解近渴呀，他们回来也没法吃到好东西。”

“那么，”赫伯特迅速地说，“你看他们到底会不会有洋火或火绒？”

“我看不一定有，”水手摇晃着头回答道，“纳布和史密斯都不会抽烟，史佩莱更是宁愿扔掉火柴盒也必须留下他那个笔记本的。”

赫伯特没有应答，丢了火柴盒确实让人感到十分遗憾，可少年依旧相信还能用别的方法生出火来。潘克洛夫有丰富的经历，他也从不会自寻苦恼，但是他的想法的确与少年的不一样。不管如何，他们也只能等纳布和通讯记者回来了，不得不放弃了蒸蛋的计划。不论对他们自己还是他人而言，生吞活咽终究不是一个舒服的事。

火肯定是没有了，水手和赫伯特就只能又捡了些蛤蜊，然后默默地回“石窟”去。

潘克洛夫双眼紧盯地面，依旧寻找他的火柴盒。他甚至还爬上河的左岸，从河口到停靠木筏的河湾一直寻找。他还返回到高地上四处搜查了一下，连森林边缘的深草丛中也找了，可还是没有。

傍晚 5 点钟左右，他和赫伯特返回“石窟”。更不用说，他们把洞里最黑暗的角落也摸索个遍，这才算死心不再寻找了。大概 6 点钟，太阳落山的时候，在海滨散步的赫伯特通知纳布和史佩莱回来了。

他们没能找到史密斯！……少年内心很失望，水手没有猜错，工程师赛勒斯·史密斯果然没能找到！

通讯记者回来以后，一言不发，只身在石头上坐下来，他早已筋疲力竭，肚子还饿，连说话的力气都没有了。

纳布两眼哭得通红，他的眼泪依旧不停地往下掉，很显然已经绝望了。

通讯记者讲述了他们寻找赛勒斯·史密斯的过程。他和纳布沿着海岸一直寻找到8英里之外，远走过气球最后降落的地方，那次降落过后，工程师和托普就消失了。海岸上冷冷清清的没一个人，没有痕迹。鹅卵石也没有动过的痕迹，沙滩也没有迹象，那一带的海滨甚至连个脚印都没有。显然，那段海岸从来没有一个人涉足，大海和陆地一样地荒凉，工程师绝对是在离岸几百英尺的地方被淹死的。

史佩莱说完以后，纳布依旧抱有希望，他跳起来大声说，“不！他没有死！他是不会死的！别人可能会，但是他绝不可能死！无论什么样的灾难都会被他逃脱的！”接着他嘟囔着说：“啊！我受不了了！”

“纳布，”赫伯特跑过去对他说，“我们肯定会找到他！上帝会把他还给我们的！现在你饿了吧，去吃点东西！”

他一边说，一边递了几把蛤蜊给这个可怜的黑人。这些食物真心是既难吃，又不能饱腹。纳布早已经饿了好几个钟头，可还是不肯吃，他离开了主人就无法生活，并且他也不愿一个人活下去。

吉丁·史佩莱狼吞虎咽地吃了一些蛤蜊肉，然后躺在岩石脚下的沙土上便睡着了，他很疲惫，可情绪还算稳定。赫伯特来到他的身旁，握着他的手说：“先生，我们寻找到一个住处，比躺在这儿好多了。天黑了，走，去睡吧！明天我们再去更远的地方寻找。”

通讯记者站了起来，跟随着孩子往“石窟”走去。在路上，潘克洛夫十分自然地问他身上还有没有火柴，就算有一两根也行。

通讯记者停下脚步，摸遍口袋，但还是没能找到，他说：“原先是有的，可能被我扔了。”

水手又问纳布，他也没有。

“该死！”水手喊道。

通讯记者听见之后，一把抓住他的胳膊问道：“那你有没有火柴？”

“一根都没有，所以没法生火！”

“唉！”纳布喊道，“如果主人在这里，他肯定会有办法的！”

四个遇难的人一动不动地站在那里，不安地互相观望。赫伯特最先打破了沉默：“史佩莱先生，你是会抽烟的，平常总是带着火柴，可能你没有仔细找，再找找，只要有一根就行！”

通讯记者又在裤子、大衣和坎肩的口袋里面寻找了一遍，没想到竟然在坎肩的里层摸到了一根小木棒。潘克洛夫不禁大喜，他隔着衬里轻轻捏着它，可是拿不出来。如果那真的是火柴，那么这就是唯一的一根，必须万分小心，绝对不能碰掉火柴头。

“让我试一下，好吗？”孩子说。于是他万分灵巧地将小木棒拿了出来，没有把它弄断，虽然这根火柴本身不值一文，但是对于这群可怜的人而言，却是万分珍贵。这根火柴还从未使用过。

“哈哈！”潘克洛夫喊道，“有一根就跟拥有一整船火柴没啥区别！”

他拿着火柴，带领着他的同伴们，向洞里走去。

在那些有人居住的地方，这样的火柴被任意浪费得太多，也值不了几个钱；但是这根火柴在使用时，却必须万分小心。

水手首先确认它是干燥的，然后说：“必须准备好引火纸。”

史佩莱犹豫了一瞬间，然后在笔记本上撕下了一页，说：“拿去。”

潘克洛夫将通讯记者手里的纸接了过去，跪在柴堆的前面，架起木柴，下面垫了一些枯草、树叶之类和干燥的地苔，可以让空气流通，这样很容易把干柴点着了。

于是潘克洛夫将纸卷成一个圆锥形筒，就像在有风的地方吸烟一样，将纸筒插进地苔里。随后他捡了一小块粗糙的石头，十分仔细地擦干净，他屏住呼吸，心里乱跳，轻轻在石头上划火柴，一下竟没有划着。原来潘克洛夫害怕碰掉火柴头，没敢使劲。

“不成，我完成不了这个任务，”他说，“我的手光发抖，火柴划不着。不行，我干不了！”于是他站起身来，让赫伯特替代他。

的确，这孩子从出生以来都没像这样紧张过。当日普罗米修斯上天偷火的时候应该也不会比他更为紧张了吧。然而，他没有丝毫犹豫，拿起来就划。

“哧”的一声响，接着火柴就燃起一小团蓝色的火苗，冒出一股呛人的烟出来。赫伯特稳妥地使火柴向下倾斜，这样就让它燃烧得更加旺盛了。随后他将火柴放在了纸筒里面，几秒钟过后，纸筒和地苔也都点着了。

水手用让嘴使劲地吹气，一分钟过后，干柴迸发出爆炸的声音，熊熊的一堆烈火在黑暗中燃烧了起来。

“谢天谢地！”潘克洛夫站起来喊道，“我从未像这样紧张过！”

平板石构成一个奇妙的火炉。炉子里的烟极为容易地排到狭缝外面，烟囱拔着火，没多长时间，“石窟”里变得温暖舒适了。

现在他们必须要万分小心不让篝火熄灭，永远留下一些红火炭。他们拥有大量的木柴，并且可以随时补充新的燃料，因此他们只需多加注意就可以了。

潘克洛夫首先想要使用炉火做一顿比生蛤蜊更加营养的晚餐。赫伯特拿来了两打蛋。通讯记者依偎在角落里，一言不吭地看着他们做饭，他脑子里思考着几个问题，赛勒斯还活着吗？如果还活着，那他在什么地方呢？这时纳布独自在海滩上徘徊，就像丢了魂似的。

潘克洛夫知晓50种做蛋的方法，但这次却不能让他自由选择了，他只能将蛋焖在火灰里。五六分钟过后这饭就算做成了，水手将通讯记者喊来吃他的那份晚餐。这就是这群遇难的人们在这无名的海岸上吃到的第一次美味。焖蛋十分好吃，再加上蛋里含有各种人体不可缺少的养料，于是这群可怜的人们感到十分的满足，吃完以后也感觉更加有精神了。如果吃一顿团圆饭那该多好呀！如果那从里士满逃离出来的五人一个也不少，都盘坐在“石窟”的干沙地上，围绕着那噼噼啪啪旺盛的篝火前，他们该怎样感谢上苍呀！然而他们认为共同的领袖，最渊博多才的赛勒斯·史密斯竟失踪了！死后连坟地都没有。

3月25日就这样过去了，黑夜已经来临。洞外狂风乱号，惊涛拍岸，发出单一的声音，波涛冲刷着沙石，发出震耳欲聋般的声响。

通讯记者简洁地记录当天的情况，他记下了对这片新发现的土地最初的印象，他们领袖的消失，以及探索海岸和生火的事情等。因为过于疲劳，同时也想用睡眠来忘掉内心的忧愁，于是他退到一个黑暗的角落里去。赫伯特刚躺下来就睡着了。水手甚至在整夜的睡梦中都还惦记着篝火，他丝毫不吝啬地大量添加燃料。可是有一个人并没有睡在“石窟”里，那就是绝望的纳布，无论伙伴们怎么劝他休息，他依旧整夜在海滨徘徊，寻找着他的主人。

第六章　两个好猎手

这几个遇难的人在云端上掉到这片荒无人烟的海岸之后，很快便清点了他们的全部物品。那时，除了随身的衣物以外，他们一无所有。然而必须说明，吉丁·史佩莱还剩有一个笔记本和一只表，无疑那是疏忽才留下的。他们没有武器、工具，甚至连一把小刀都没有。还在吊篮里的时候，为了减轻气球的重量，他们扔出了几乎所有的东西。就连但尼尔·笛福和魏斯的小说里的主人公或者在约翰斐南得群岛和奥克兰群岛航海遇难的赛尔寇克和雷纳，也不像他们这样一无所有。那些人不是在搁浅的船上获得大量的物资——粮食、家畜、工具和弹药，就是在海滨寻找到了生活必需品。可这里并没有任何工具和家具，他们只能凭着双手来创造一切。

但是，如果赛勒斯·史密斯和他们还在一起，假如工程师利用他的实用的科学，针对他们现在的情况开动脑筋，发挥创造，可能还不会一筹莫展。但是他们今生可能再也看不到赛勒斯·史密斯了！这些遇难的人只能将希望放在自己身上，但愿上天不负有心人，此外也没有别的指望了。摆在大家面前的问题很多，这里属于哪个大陆海岸，有没有人，他们现在待的地方是不是一个荒岛，他们能不想法调查清楚就定居吗?

这是一些十分重要的问题，必须尽快解决，才可以决定下一步该做什么。然而，依据潘克洛夫的建议，最好还是等几天后再进行探索，他们必须预备一些干粮，一些比鸽蛋和软体动物更好的食物，在新的繁重工作开始之前，探险的人必须首先恢复体力。

“石窟”目前还足以安身，篝火生起来了，保留炭火也很容易。石缝里鸽蛋有的是，海滩上还存有大量的蛤蜊。高地上数以千计的野鸽子在盘旋，不管是棍子或石头都能轻松打下几只来。森林里也有可以食用的果子。最有利的方面是：周围有淡水。

他们决定暂时在“石窟”里住几天，做足准备，随后沿着海岸，或深入内陆去探险。纳布十分赞同这个计划，他的思想和预测都坚定不变，他不愿离开遇难的海岸。他不相信，或者说不情愿相信赛勒斯·史密斯已经死了。不，他觉得像史密斯那样的人绝对不会不清不楚地死去，肯定不会被海浪卷走，淹死在离岸不过几百英尺的海滨。除非海浪将工程师的尸体带到岸上来，让他亲眼看见和摸到他主人的尸体，否则他是绝对不会相信他的主人已死去的！这个念头似乎在他心中已经扎根，越来越坚定。可能这是一种幻想，但这是值得尊敬的幻想，因此水手也不愿意说破。水手自己肯定早已不抱希望了，然而他清楚与纳布争论是没什么用的。纳布如同一条在主人的坟旁徘徊的狗，他几乎哀恸得无法活下去。

同样在这天，3 月 26 日的清晨，纳布向北一直沿着海岸走着，他赶到了遇难的海滨，他记忆犹新，不幸的史密斯就失踪在这个地方。

那天早上他们吃的全是鸽蛋和茨蟹，赫伯特寻找到在石头凹处海水蒸发后的盐，这矿物来的很是时候。

吃完饭之后，潘克洛夫问通讯记者是否愿意陪他和赫伯特到森林打猎。考虑过后，他们觉得必须要留一人在洞内照看篝火，再说，虽然纳布找到史密斯的几率很小，但也需要有一个人在附近协助他。因此通讯记者就留在家里了。

“赫伯特，我们去打猎的途中，要在路上寻找猎具，在森林里找些武器。”水手说。可在出发之际，赫伯特却提出了另一个问题，他说，既然没有火绒，最好还是找些替代品。

“找什么？”潘克洛夫问道。

“焦布。”孩子回答说，“也许它可以当火绒使用。”

水手认为这个办法很好，只不过这样就必须牺牲一块手帕了。不过这一切还是值得的，于是潘克洛夫就撕下一块大花格子手帕，立即烤成半焦的破布。

他们将这块极易着火的焦布放在石洞中堂的一个小窟窿的深处，防止风吹和受潮。

早上9点钟，天阴沉沉的，东南风刮着。赫伯特和潘克洛夫避开“石窟”的拐弯处，时不时看看那缕从石尖顶端袅袅上升的轻烟，他们一路向河是左岸走去。

进入树林，潘克洛夫最先从一棵树上扳下两大根粗树枝来，做成棍子，赫伯特又把棍子的两头在石头上磨尖。如果能有一把刀子，他们一定会不惜代价地去换取！

这两个猎人在河岸的深草中前行。河身拐个弯则向西南流去，越往上河床则越发狭窄，两岸高耸，上面的树枝搭成一座拱门。为了防止迷失方向，潘克洛夫决定顺河向前，就这样他们可以随时返回原点。可惜岸上的障碍太多：有些地方柔韧的树枝轻轻掠过水面，有些地方他们又必须在荆棘和爬藤之间用棍子开路，赫伯特在树桩间来回跑，如同一只小猫般灵巧，在矮树丛中瞬间就不见了。当遇见这种情况潘克洛夫立即会喊他回来，忠告他不要走失。同时水手随时注意观察周围的风土和地势。河的左岸多平坦和沼泽，慢慢向内陆平稳上升。看起来这如同一片水网，毋庸置疑，这些水都是从地下泉眼通到河里的。部分矮树丛中有毫不费事就可以安然渡过的小溪。河的对岸更加崎岖，河水穿过的一条峡谷显得格外突出。一座小山，上面生长着层峦的树木如同席子般挡住视线。行走在河的右岸一定很困难，因为这里地势陡峭，弯向水面的树木全部依靠着它们的根部存活着。

不用说，这片森林与他们之前观察过的海岸一样，都是毫无人烟的地方。潘克洛夫仅仅发现了兽类的脚印，动物新迁移留下来的脚印，可他不知道那到底是什么动物。赫伯特认为其中必有凶猛野兽留下的，这些野兽必然会给他们制造些麻烦，然而他们并没发现树木上有斧头砍过的迹象或篝火残渣，更别说人类的脚印。这倒是值得他们庆幸一番的了，要明白在太平洋任一岛屿上，有人是比没人更加可怕的。因为走起来困难重重，前进速度很慢，赫伯特和潘克洛夫更没时间谈话。出发一个钟头过后，才勉勉强强地走了1英里多。到现在为止，打猎还是一无所获。还好，树枝中有小鸟在胡乱地飞叫，显得十分胆小，仿佛看见了人，才明白了害怕。在森林的一块沼泽地带，赫伯特看到一种像鱼狗的鸟，长着长尖的嘴，尽管羽毛发出金属般的光彩，可并不漂亮。

“那绝对是啄木鸟。”赫伯特一边说，一边想要走近些。

“这一次有机会尝尝啄木鸟的肉了，”水手说，“看它是否愿意让我们烤一烤！”

说话之际，赫伯特轻巧地抛出一块石头，正中啄木鸟的翅膀，可并没有将它打倒，一转眼它消失得无影无踪了。

“我的手段真不高明！”赫伯特喊道。

“不，不，孩子！”水手说，“你打得很准，恐怕别人还打不着呢！来吧，别灰心，迟早我们能捉住它的！”

猎人们向前继续走，树木越来越稀少，许多树看起来十分美丽，可结的果子却并不能吃。潘克洛夫来回寻找却没找到日常生活中用途最广的棕榈树，这种树从北半球到北纬40度都有，可在南半球却只存在到南纬35度。这片森林仅有松柏科的树木，赫伯特认出来的有：喜马拉雅杉，如同北美洲西北部的那种洋松，和高到150英尺的大枞树。

这时忽然飞过一群漂亮的小鸟，有着绚丽的长尾巴，它们停在树枝上，身子抖一抖羽毛就纷纷落下，地面上如同铺上了一层上等的鸭绒。赫伯特捡起几根羽毛，观察一会儿，然后说：“这是锦鸡。”

“我比较喜欢松鸡和珍珠鸡，”潘克洛夫说，“可是如果好吃的话……”

“锦鸡很好吃，它们的肉很鲜嫩，”赫伯特答道，“还有，假如没记错的话，这种鸟不怕人，我们可以靠近用棍子将它们打死。”

水手和少年从草丛中爬行到树底下，这棵树临近地面的树枝上歇满了锦鸡，它们专门等待吃路过的爬虫，它们依靠吃小虫过活。这些鸟用毛爪攀着小树枝，停留在树上。

猎人们站了起来，他们的棍子如同镰刀割草般将它们连串从树上打下来，这些锦鸡并不想飞走，呆板地任人将它们打落。等剩下的锦鸡要飞走时，地面上已经堆积了100只左右。

“好，”潘克洛夫说，“这种野禽很适合像我们这种猎户，伸手就可以拿到它们！”

水手用柔韧的细枝将它们穿连成串，如同一行飞行的云雀。穿好以后，他们继续向前。河流在这地方向南转弯了，可这个弯并没有延长太远，因为河的源头就在前面的深山中，河水是主峰的积雪汇集而成的。

他们远征的目的早已说过了，就是要多找些野味供给“石窟”里的居民吃。可要承认，到现在这个目标却依旧没有达到，所以水手继续向前探索。突然有一只动物跑到草丛里去了，可水手还没来得及看明白是什么，忍不住喊道：“如果托普在这儿该多好啊！”可托普和它的主人同时失踪，也许他们是死在一处了。

临近3点钟的时候，树林间又飞来一群鸟，它们在林中的杜松上啄美味的松子。忽然森林里传出喇叭般的一声长鸣，这种奇特而洪亮的鸣叫是由美国常有的一种带颈羽的松鸡发出的。他们没多长时间就看见好几对，这些松鸡有艳美的栗色羽毛，深褐色的斑点点缀在中间，尾巴的颜色也是同样的。有几只松鸡脖子上还长有两片如同翅膀般的肉瓣，赫怕特认出这是公的。这种鹑鸡类的动物与普通鸡的大小差不多，但肉味比笋鸡更要鲜美，潘克洛夫打定主意最少也要捉一只。

但是要想捉到它们却十分困难，因为这松鸡不易接近。尝试了几次，一只也没到手，只将它们吓得一阵乱飞。因此水手对赫伯特说：“既然它们会飞，无法逮到，我们就用绳子钓。”

“像钓鱼般钓松鸡吗？”赫伯特听了这个建议后，惊奇地喊道。

“是的。”潘克洛夫很正式地说道。他已在草丛中发现6个松鸡窝，每个里面有三四个蛋。水手万分小心地不把鸡窝弄坏，他明白松鸡肯定会回来的。他就计划在这些窝的旁边设置绳索——不是圈套，却是真正的钓丝。他把赫伯特带到离鸡窝几步远的地方，在那里细心安排了一套奇妙的装置，这只有依萨克·华尔顿的门徒才会用。赫伯特很有兴趣看着他工作，可依旧不太相信他会成功。钓丝是由细爬藤连接起来的，每根有15到20英尺长，潘克洛夫将一棵矮小的刺槐上的粗大结实的倒刺扳下来，绑在爬藤边当做钩子，把地面爬行的红毛虫作为钓饵。

安排完后，潘克洛夫偷偷从深草丛中走了过去，将绳子带钩的一端安放在鸡窝边，然后拿着绳子另一端返回原处，与赫伯特一并藏在一棵大树后面，他们耐心地等待。必须说明，赫伯特认为潘克洛夫的这个发明不一定能成功。

整整半个小时过去了，依旧平静，又过了一会儿，不出水手所料，果然有好几对松鸡回到窝里来。它们一边走，一边在地上找东西吃，一点也不怀疑这附近会有猎人，原来猎人考虑完善，在下风处躲着。

这对赫伯特来说十分有趣，他屏住呼吸。潘克洛夫瞪大双眼，嘴张着，撅着嘴唇，如同正要吃松鸡肉一般，几乎大气都不敢出。

正在这时，松鸡在钩子周围来回走动，一点也没有注意到地上的钓饵。于是潘克洛夫轻轻拉了几下绳子，钓饵微动，虫子如同活着一般。

水手心里明显比钓鱼的人着急，因为钓鱼的人无法看见水中的鱼。绳子一动，松鸡就被吸引住了，它们使用嘴啄食钩子上的食饵。仿佛同时，有三只贪吃的松鸡，把连虫带钩的食饵都吞了下去，潘克洛夫迅速地将绳子一抖，三只松鸡扑着翅膀却被钩住了。

“哈哈！”他一边喊，一边向野禽跑去，立即将它们捉住。

赫伯特高兴得鼓掌，他这是第一次看见用绳子钓鸟，可水手却谦虚地说，这在他那里早已不是创举了，并且这发明的荣誉也不属于他。

“不管怎样说，”他补充道，“在现在的情况下，我们一定要找到些窍门。”

他们用绳子绑在松鸡的爪子上，潘克洛夫十分高兴，现在不会空手回去见他们的伙伴，再看天色已晚，他觉得最好马上就回去。

河流就是他们回去的方向，他们只需沿着河走就可以了，快到6点钟时，赫伯特和潘克洛夫筋疲力尽地返回了“石窟”。

第七章　发现工程师

吉丁·史佩莱站立在海边，双臂交叉在胸前，一丝不动地凝视着大海，东方的水平线上遮掩着一层层厚重的乌云，它迅速地向头顶上扩张。风早已很大，随着夜幕来临，天更冷了。可清楚地看出，天空表现出一副险恶的样子，这是暴风雪来临的前奏。

赫伯特进入“石窟”，潘克洛夫向通讯记者走去，史佩莱正在发呆，没有发觉有人向他走来。

“今天晚上恐怕会有暴风，史佩莱先生，海燕是十分喜爱暴风雨的。”

这时候通讯记者转过身子，他看见潘克洛夫，第一句话就问：“你记得海浪将我们的伙伴卷走时气球距离海岸大概有多远？”水手没想到他会问这个问题，他回想了一会，然后答道：“最多两锚链。”

“一锚链有多长？”吉丁·史佩莱问。

“大概有 120 寻，也就是 200 米左右。”

“那么，”通讯记者说，“赛勒斯·史密斯失踪的地方距离海岸最多不会超过 400 米？”

“差不多。”潘克洛夫说。

“他的狗也在那个地方失踪的吗？”

“是的。”

“我感到奇怪的是，”通讯记者接着说，“如果说是我们的伙伴死了，托普也淹死了，可狗和它的主人的尸体都冲不到岸上吗？”

“这并不奇怪，海里的风浪如此的大，”水手答道，“并且海水也很有可能将他们带到更远的地方去。”

“那么，你也感觉我们的朋友都死在海里面吗？”通讯记者又问道。

“我是这样认为的。”

“潘克洛夫，我当然佩服你的经验，”吉丁·史佩莱说，“现在不管他们到底是不是真的死了，可我总觉得赛勒斯和托普一起失踪这件事上，有些地方是无法解释和不合情理的。”

“我也希望我跟你想的一样，史佩莱先生，”潘克洛夫答道，“可惜，在这个问题上我已经肯定我的想法了。”水手回答完，就回“石窟”去了。炉架上噼里啪啦地燃烧着烈火，赫伯特刚将一抱干柴扔在上面，火焰连通道里最暗的地方都照亮了。

潘克洛夫马上开始做饭，按理饭食中应该添加一些可以吃饱的食物，毕竟他们都需要恢复体力。他们将大串的松鸡留在了第二天，将两只松鸡拔毛，穿叉在棍子上，在旺盛的火上烤了起来。

晚上 7 点钟了，纳布却还没回来，这令潘克洛夫感到十分不安。他们害怕这个伤心的人会在这陌生的土地上遭遇意外，或是由于绝望而自己想不开。但赫伯特看法却截然相反，他觉得纳布没有回来是因为发现了新的线索，因此延长了寻找主人的时间。并且，每个新的发现都是对赛勒斯·史密斯有利的。如果不是怀有希望，纳布为什么不会来呢？可能他是发现了痕迹，一个脚印，或者残留的什么东西吧，因为这样才能把他引对路。可能他现在正沿着线索寻找呢，甚至他现在就在他的主人旁边。

少年这样推测，这样谈了自己的看法，通讯记者独自表示同意，而潘克洛夫则认为纳布多半是沿着海岸走得比前天远了，所以还没来得及回来。

赫伯特不知为何却总是坐立不安，他几次表示想要出去寻找纳布，可潘克洛夫对他说那是没有用的，在黑暗又阴森的天气里，是不可能找到纳布的痕迹的，还不如在家里等他回来。如果到第二天纳布还不回来，潘克洛夫会不加思考地与他一起去寻找。

吉丁·史佩莱赞同水手的意见，也劝他不要独自离开，赫伯特只能放弃他的计划，可两颗大粒的泪珠却从眼睛中落了下来。

通讯记者忍不住将仗义的孩子紧紧搂在怀里。

天气变了，东南方吹来一阵狂风，刮过海滨，万马奔腾般的海水冲打着礁石。大雨被暴风吹得如同滚滚灰尘一般。岸边笼罩着一团团激发起来的雾气，砾石在风浪的威逼之下不断撞击海岸，如同成车往外倒似的，发出哗啦啦的响声。飞沙走石，给雨水造成的烟尘里添加了一种矿物的尘土，这两股力量结合成了一种无法阻挡的力量。在河口和峭壁之间旋风在打转，阵阵旋涡抽打着峡谷中的流水。“石窟”里向外冒出来的烟也被顶回缝隙之中，通道里充斥着烟气，在里面十分不舒服。

因此，待松鸡烧好过后，潘克洛夫就将篝火熄灭，只剩下几块火炭留在灰烬里面。

到了晚上 8 点，纳布依旧还没回来。毋庸置疑，那可怕的天气将他阻挡在外面了。他肯定已经找到藏身的洞穴，计划等到暴风雨停了以后，或者等到第二天再返回，现在要想去接他，或想要将他找回来是不可能的。

晚餐吃的是打来的野味，松鸡肉十分鲜美，潘克洛夫和赫伯特打猎累了一整天，十分饿，更加吃得有味。

晚饭过后，大家都返回到前晚自己休息的角落里面去，水手又歪歪扭扭地躺在烤火的地方，赫伯特在他身旁很快就入睡了。

夜渐深，外面的风雨也越来越紧，春秋雨季暴风雨特别频繁，常常造成巨大的灾害，在广阔无边的海洋上，没有什么可以阻挡住它，因此更加可怕，一个没有屏障的东海岸在如此般可怕的狂风袭击下的惨状是无法形容的。

幸好堆成“石窟”的岩石是比较牢固的，这是些由巨大花岗石堆成的“石窟”，有几块并不牢固，风吹过来好像连同地基都在晃动。潘克洛夫头枕在岩石上，可以感受到头下的岩石在频繁地震动，他不断地安慰自己不用害怕，他们的避难所是不会倒的。可是他也听见高处有石头被风吹走，掉到海滩上，甚至有几块正好落在“石窟”的顶上，有的则被垂直地卷起来了，分裂成小块向外射去。水手两次起身，一边借助通道入口的地方挡着身子保护自己的安全，一边向外看。雨没什么了不起，因此不用害怕，所以他又返回到篝火前的铺子上，火炭依旧在灰烬中爆裂发响。

尽管外面风雨在咆哮，雷声轰隆，可赫伯特还是睡得很香。最后潘克洛夫也困了，航海的生涯让他对什么都习惯了。只有吉丁·史佩莱着急得无法入睡，他抱怨自己没有陪纳布一块儿去。显然史佩莱还没有放弃希望。让赫伯特心神不宁的预感同样让他放不下心。他脑子里想的全是纳布。为什么纳布还没回来？他躺在沙地上翻来翻去，根本完全不理会外面的狂风暴雨，他偶尔合上沉重的眼皮，但那仅是一会儿，往往是突然想到这些立刻再次睁开双眼。

夜色已经深了，大概在第二天凌晨2点钟，睡得正香的潘克洛夫突然被推醒。

“什么事？”他醒过来喊道，同时很快恢复了神志，这是水手所具有的本领。

通讯记者在他上面俯身说：“听，潘克洛夫，听！”

水手竖起耳朵，可是除了外边的风雨声之外，其他什么响动都没听见。

“那是风。”他说。

“不，”吉丁·史佩莱答道，他又听了一会，“我好像听见……”

“什么？”

“狗叫的声音！”

“狗！”潘克洛夫跳起来喊道。

“是的……狗叫……”

“不可能！”水手说，“并且，在暴风雨中……”

“别说话……听……”通讯记者说。

潘克洛夫又仔细听了一会儿，果然在风雨间歇的时候，听见了远方好像有狗叫声。

“是不是？”通讯记者紧握潘克洛夫的手说。

“是……是的！”水手答道。

“是托普！是托普！”赫伯特一醒就喊起来。于是三个人一并向“石窟”的洞口冲去。然而他们想出去十分困难，大风将他们吹得倒退，最终出去了，但也只能一动不动地依靠在岩石上。他们四面张望了一下，却无法开口说话。夜色昏暗，海洋、天空和陆地都变得漆黑一片，一丝光线都没有。

通讯记者和他的伙伴们就这样站立了好几分钟，他们在狂风中没一点办法，浑身被雨水打湿，风沙让眼睛睁不开。

在暴风雨稍微减缓时，又听见狗叫了，他们判断声音的来源离这里还挺远。

一定是托普！但是它是孤单一个还是有人与它一起呢？多半是孤零零的，如果纳布和它在一起，它肯定会往“石窟”来。潘克洛夫无法让别人听清他的话，就捏了下通讯记者的手，意思是让他“等一会儿”，随后水手就回到“石窟”里去了。

时间不长，他拿着点着的干柴跑了出来，将它扔在黑暗里，同时吹起了尖锐的口哨。

好像远处就在等待着这个信号一般，狗叫声很快接近了。不久之后，一只狗跑着跳着到了通道里。潘克洛夫、赫伯特和史佩莱都跟随着它跑了进来。

火炭上添加了一把干柴，通道很快被照亮了。

“是托普！”赫伯特喊道。

果然是托普，那是一只美丽的盎格鲁—诺尔曼杂种狗，因为它具有两个品种的特点，它跑得又快，嗅觉又灵。猎狗特别需要这种品质。这正是工程师赛勒斯·史密斯的狗。可它是孤零零的！纳布和它的主人都没有和它在一起！

托普不知道这里有个“石窟”，它的直觉怎会将它直接带到这儿呢？这好像是不可思议的，最特别的是在这茫茫的黑夜之中，这样的暴风雨中！更奇怪的是：托普表现得既不疲倦，也不劳累，身上甚至连一点烂泥也没有！赫伯特将它拉到自己的身边，拍着它的头，托普用它的脖子来回摩擦少年的手。

“狗找到了，它的主人呢？”通讯记者说。

“希望上天保佑！”赫伯特说，“我们去找吧！托普会领路！”

潘克洛夫并没有表示反对，托普的回来更是出乎意料，他说：“那么走吧！”

潘克洛夫仔细盖住灰堆的火炭，又添加了几块木炭在里面，让篝火能维持到他们回来。托普发出短促的犬吠，好像要让大家一起跟着它走似的。于是潘克洛夫用手帕将剩下的晚餐包起来带在身上，跟着狗一起冲出去，他的后面紧紧跟着通讯记者和少年。

这时风雨正急，可能正是威力最大的时候。云端没有一点月光透露出来，想要直线地前进是十分困难的，只能跟着托普走。他们就是这样做的，通讯记者和赫伯特跟紧托普，水手则走在最后。想要说话是不可能的，雨虽然不大，但是风势十分猛烈。

但有一点是对水手和他的两个伙伴很有利的，当时刮的是东南风，正吹到他们的背后，大风在他们的身后吹起烟尘，可对他们的前进丝毫没有阻碍，如果风沙迎面吹来，那就无法抵挡了。一句话，他们常不受控制的跑得很快，想要站住脚都是很不容易的，特别的希望给他们带来了力量。不过这次并不是毫无目标地沿着海岸前进的，他们深信纳布找到了他的主人，所以才把忠实的托普打发过来喊他们。可工程师是不是还活着呢？会不会是纳布喊他的伙伴们来一并给不幸的史密斯料理后事呢？

走过悬崖之后，赫伯特、通讯记者和潘克洛夫都小心翼翼地站在一旁，停下喘息。岩石的转角有个能避风的地方，经过这般劳累——也不过是15分钟的奔跑——他们能在这个地方喘一口气了。

现在他们能听见彼此对方的话，并且能张嘴回答了。少年刚提到赛勒斯·史密斯，托普就发出几声急促的叫声，好像是说，它的主人能得救了。

“他得救了吗？”赫伯特重复地问，“得救了吗？托普？”

它叫了几声，表示答复。

他们继续向前赶去。这时潮水上涨了，在狂风的推力下，它竟达到了不同平常的高度——这已经是春潮了。滔天般的巨浪如同千军万马汹涌地奔腾过去，在礁石上冲撞得粉碎，潮水似乎要把整个小岛都给淹没了。现沿岸没有长堤的保护，海滨直接受到大海的侵犯。

水手和他的伙伴们才刚刚离开悬崖，暴风就马上重新向他们展开了攻击。尽管他们在大风里弯腰前进，可依旧跑得很快，托普在前方领着路，方向不变，不加思考。

他们向着正北往上走去，右边是一片苍茫的大海，波涛在狂风中发出震耳的声响，左边是一片乌黑的土地，无法想象到底是什么样子。可他们总感觉那里比较平坦，因为风吹过时没有阻碍，看起来不会再刮到悬崖上来。

清晨4点左右，他们估计大概已经走出5英里以外了。阴云有一点上升，风中的水气虽然减少，可依旧冰冷刺骨。因为衣服单薄，潘克洛夫、赫伯特和史佩莱都冻得受不住了，可他们丝毫没有诉苦。他们决定跟着托普，这头机灵的牲畜走到哪里，他们也就跟到哪里。

快到5点钟时，天开始破晓，头顶上迷雾有点稀薄，阴云的周围也镶着一道浅灰色的边缘。在一片灰暗的天空下，一线白光清清楚楚标志出水平线，浪涛上不断闪烁着动荡不安的亮光，水花再次变成白色的。这时，左边起伏的海岸渐渐模糊地显现出来，但也只像黑底上的灰色点般那样难以辨别。

6点钟的时候，天亮了。密云快速升起，水手和他的伙伴们离开“石窟”大概已经有6英里左右。他们沿着一道广阔的海滩前进，这一带沿海有许多的礁石，不过大多都淹没在很深的海水中，很少暴露出水面。左边好像是一片宽广的沙丘，许多笔直向上的蓟草生长在这里。这里没有悬崖，面临海洋的地方也没有屏障，只有一堆堆错综零乱的山石。树木稀松成丛地生长着，树枝向西倾斜着，枝干同样朝着这个方向。在西南方向的远方，是森林的边缘。

这时候托普表现得十分焦急，它跑到了前面，然后又跑了回来，好像求着他们走快一点似的。随后它就离开了海岸，神秘的直觉，使它毫不犹豫地在沙丘中一直走着，他们则一直跟在后面。四周完全像一片沙漠，什么生物都没有。

这片沙丘十分宽广，有许多的山石，还有些甚至是由小山组成的，分布很不平衡。整个地形像在沙上制作的瑞士的模型，只有具有惊人的直觉，才不会迷路。

离开海岸之后 5 分钟，通讯记者和他的两个伙伴走到了一个洞口，这个洞在一座高大的沙丘背后。托普停在了这个地方，它的叫声一声比一声清楚而响亮，史佩莱、赫伯特和潘克洛夫则往洞口走去。

一个人直着身子在草铺上躺着，纳布则跪在他的身旁……

躺在那里的就是工程师赛勒斯·史密斯。

第八章　恢复知觉

纳布一丝不动，潘克洛夫只问了一句：“还活着吗？”

纳布没有应答，史佩莱和水手的脸都变了。赫伯特紧紧握着双手，呆板地站在那里。可怜的黑人因为伤心过度，明显没有看见他的伙伴，也没有听见水手的话。

通讯记者跪到赛勒斯·史密斯僵硬卧着的身体旁，解开他的衣服，把耳朵凑在他的胸前。

一分钟如同一个世纪般那么长！好不容易一分钟过去了，这时，他尽力倾听着极为微弱的心跳声。

纳布微挺着身子，两眼发直，可什么也没有看见。因为悲伤过度，他的面容早已完全改变了，人们几乎都无法认出他了。他以为他的主人已经死了。

经过漫长时间的仔细检查后，吉丁·史佩莱终于站了起来。“他还活着呢！”他说。

潘克洛夫赶紧跟着也跪在工程师旁边来，他同样听到一阵心跳声，在唇边甚至还有一丝的呼吸。

赫伯特一听见通讯记者的话就前去找水。他在 100 英尺外发现了一条清澈的小溪，可能是因为下雨的原因，水上涨了，溪里的沙粒被流水滤得十分干净。可是赫伯特找不到盛水的容器，沙丘甚至连一枚贝壳都没有。少年无可奈何，只能将他的手帕浸在小溪里，然后匆忙跑回山洞里去。

幸好湿手帕足够吉丁·史佩莱使用了，他只想让工程师的嘴唇湿润一下，冷水似乎立刻发生了奇迹，史密斯的胸部吐出了一口气体，仿佛想说话。

“我们必须救活他！”通讯记者大声说。

纳布听了这话，又有了一线的希望，他将主人的衣服解开，查看受伤情况，他的头上、身上和四肢没一点伤痕，这的确让人奇怪。本以为他一定是摔在乱石丛中，然后才挣扎到波涛达不到的地方，可竟然没留下一点痕迹，甚至手上都没有伤，这简直无法用道理解说。

不过他们过不了多久就可以得到解答。等赛勒斯能够说话的时候，他就能把经过谈出来了。现在的问题是如何才能将他救醒，看起来使用按摩的方法可以达到这个目的，于是他们就使用水手的绒衣对他进行按摩。

在一阵剧烈的按摩过后，工程师慢慢苏醒了过来，他稍微动了动胳膊，呼吸也开始正常了。他因为耗尽精力而陷入瘫痪，肯定说，如果不是通讯记者和他的伙伴们及时赶到，赛勒斯·史密斯就没有可能活过来了。

“你认为你的主人死了，是吗？”水手对纳布说。

“是的，我认为是死了！”纳布回答，“如果不是托普找到你们，将你们领到这里，我就要将主人埋了，然后死在他的坟边！”

赛勒斯·史密斯算得上死里逃生。

随后纳布叙述了这些过程。前天黎明，他离开了“石窟”，爬上海滨后向北方走去，一直走到他之前到过的那一带海岸。

纳布对此并没有抱什么希望，他在海岸上、岩石里和沙滩上寻找，只不过是想哪怕有一丁点的线索呢，他十分注意潮水无法冲到的海滩，因为靠海的潮水会将所有痕迹都冲掉的。纳布并没奢望将他活着的主人找到，他希望找到主人的遗体，可以亲手埋葬他！

他寻找了很久却毫无结果。这片荒凉的海岸上似乎从来没有人烟，成千上万的贝壳分布在海水无法冲到的满潮线上，没有一个被人碰过，个个都完整无缺。

因此纳布决定沿着海滨再走几英里，也许海水将尸体冲到更远的地方去了。通常说，假如海岸是较低的，并且尸体就在不远处的海面上飘浮的话，尸体早晚会被潮水抛到岸上来的。纳布明白这一点，便想见主人的最后一面。

“我又沿着海滨前进了 2 英里，不管是水浅处的岩礁还是水高处的沙岸，我都仔仔细细地查看了。最后我觉得不可能找到什么东西，便绝望了，可就在昨晚大概 5 点钟的时候，我发现沙滩上有好多的脚印。”

“脚印？”潘克洛夫喊道。

“是的！”纳布说。

“那些脚印是从水边开始的吗？”通讯记者问道。

“不，”纳布说，“全在满潮线上，其他的绝对是被潮水给冲掉了。”

“继续说吧，纳布。”史佩莱说。

“我看见这些脚印都快高兴疯了，脚印十分清楚，一直通到了沙丘的上面。我跟着脚印走了四分之一英里，一边跑，一边注意不把它们踩掉。5 分钟过后，天逐渐地黑了，我听见了狗的叫声，那是托普，它一直将我带到这里，带到主人的身旁！”

纳布最后谈到当他看见这具毫无生机的躯体时心中是多么的悲伤，他看来看去也无法看出一丁点活着的样子，最初只想找到主人的尸体，可等找到以后，他便希望他还活着。可他耗尽力气也没用！他没有办法，只好面对这最心爱的人尽自己最后的一分责任了！这时纳布想起他的伙伴们。毋庸置疑，他们肯定也希望再看一眼这个不幸的人。当时托普就在那里，难道他信不过这只忠诚的狗的智慧吗？当然不，纳布来回重复着通讯记者的名字——这群伙伴之中，这名字是托普最熟知的——随后他指着南方，于是托普便跑向他指的方向。

托普凭借它那近乎神奇的直觉最终找到了它从来没有到过的“石窟”，找到了他们。

纳布的伙伴们仔仔细细地听完这段经过。

赛勒斯·史密斯肯定是跨过重重的岩石，经过很多的努力才从海里逃上岸来的，可他的身上没有一点伤，这一点让他们实在搞不明白。工程师到底使用什么办法走完这 1 英里多的路，从海滨到沙丘这山洞里，这就更无法解释了。

“按这么说，纳布，”通讯记者说，“不是你将他带到这里来的？”

“不，不是我。”黑人答道。

“很明显，他是自己来到这里的。”潘克洛夫说。

“事实显然很清楚，”史佩莱说，“可这依旧令人难以置信！”

这件事只有等着工程师亲自解释了，他们必须要等到他可以自己说话。经过按摩，血液流通了，赛勒斯·史密斯的胳膊又动了一下，随后又动了动头，然后他说了几个字，可谁都没能听清楚他在说什么。

纳布弓着身子呼唤着工程师，可是工程师似乎没有听见，他的眼睛依旧紧闭。只有从他的动作上才能证明他还活着，他还没完全恢复知觉。

潘克洛夫觉得十分遗憾：既没有火，又没有取火的东西，他忘记将焦布带在身边，不然就可以使用两块火石砸出火星来，这样就很容易将焦布点着。工程师的口袋里什么都没有，只在坎肩口袋里有一只怀表。现在必须赶快将史密斯抬回到“石窟”去，这点大家意见完全相同。

在他们大力的照顾下，工程师逐渐恢复知觉了，他们也都没有想到会这般快。使用湿润嘴唇的水让他逐渐苏醒过来，潘克洛夫想到了带在身上的松鸡，他想将鸡肉汁加到水里制造成饮料。赫伯特还特意跑到海边，带回来了两只大蚌。水手将调制好的饮料送到工程师的嘴里，工程师一边贪婪地喝着，一边睁开了双眼。

纳布和通讯记者正在他的身上伏着。

“主人！主人！”纳布喊道。

工程师听见了，他最先认出纳布和史佩莱，随后认出其余两个伙伴，他无力地握了下他们的手。

他又说了几个字，可以看出就算在这个时候，他的脑子依旧在思考问题。这次大家都听清楚了，刚才他想要说的无疑也是这句话。

“荒岛还是大陆？”他嘟囔地说。

“管他是大陆还是荒岛？”潘克洛夫不由自主地喊道，“有的是工夫去看，只要你活着，其他的我们不在乎。”

工程师有气无力地点了点头，随后便睡着了。

他们都没有打搅他的睡眠，通讯记者想要马上将史密斯抬到一个相对舒适的地方去。纳布、赫伯特和潘克洛夫离开山洞，朝一座耸立的小山跑去，有几棵东倒西歪的树在小山顶上。一路上水手不禁重复地说：“‘荒岛还是大陆？’只有一口气了还想这些，真是个了不起的人呀！”

潘克洛夫和他的两个伙伴爬到小山后便开始工作了，他们没有任何工具，只能赤手空拳地去扳树的粗枝。那是一棵类似海枞的树，早已十分干枯，他们计划用这些枝干做担架，铺些野草和树叶在上面来抬工程师。

他们用了快 40 分钟才将担架做好，在这期间，史佩莱从头到尾都没有离开工程师，在他们回来的时候，已经是上午的 10 点钟了。

他们返回到洞里才看见工程师刚从梦中（或是昏睡状态中）醒来，他的脸色始终如同死人般苍白，直到这时候才开始恢复正常。他微微抬起身子来，看看四周，好像想知道自己身在何处。

“你听我说话没感觉到累吗，赛勒斯？”通讯记者问道。

“不累。”工程师说。

“我以为，”水手说，“假如史密斯先生再吃些松鸡冻，那么就会更加有力气了。史密斯先生，我们这儿有些松鸡。”他一边说，一边把肉冻给史密斯吃，他还特意加了一些肉在里面。

赛勒斯·史密斯只吃了一点点松鸡，余下的都由伙伴们分着吃了。他们正饿得厉害，而这顿早饭对于他们来说真的太少了。

“对啦！”水手说，“‘石窟’里吃的东西多得是，你知道，史密斯先生，从这里一直向南，我们拥有一座房子，里面有房间，有床铺，还生着火，光伙食就有好几打鸡，我们的赫伯特叫它们什么锦鸡。担架已经给你准备好了，只要你恢复了力气，我们就将你抬回去。”

“谢谢你，我的朋友。”工程师答道，“再等个一两个钟头我就可以走了。现在由你来谈吧，史佩莱。”

于是通讯记者将他们的经历都讲述了一遍：气球最后怎样一次下坠到这如同沙漠般的陌生土地上（且不管它是荒岛还是大陆）；怎样发现的“石窟”，以及怎样寻找他，当然也少不了纳布的一片忠诚，忠心的托普的智慧以及许多其他的事情。只要是史密斯不知道的他全部都谈了出来。

“那么，”史密斯用虚弱的声音问道，“难道你们不是在沙滩上将我救起来的吗？”

“没有。”通讯记者答道。

“不是你们将我带到这个洞里来的吗？”

“不是。”

“这山洞距离海有多远？”

“大概半英里。”潘克洛夫答道，“你们没感到奇怪吗？史密斯先生，我们在这儿看见你才感到奇怪呢！”

“的确，”工程师说，这时他逐渐康复了，他对这件事很感兴趣，“太奇怪了！”

“可是，”水手接着说，“你可以告诉我们你掉进海里后的情况吗？”

赛勒斯·史密斯开始沉思了起来。他知道得很少，波浪将他从气球网上卷到海里，他最初下沉了几寻深。在向水面上升的时候，他隐隐约约觉得有一个活的东西在他身旁挣扎，那是托普，它是从气球上跳下来救他的。当时气球早已不知去向了，因为减轻了他和狗的重量，气球就如同箭一般飞了上去。

他就这样掉在了汹涌澎湃的海洋里，这里距离海岸最少有半英里。他拼命游泳，准备与波涛进行一番斗争。托普紧紧咬住他的衣服，让他浮在水面之上。可一股激流向他冲来，一直将他带到了北面去，他挣扎了半个多小时后，便和托普一并下沉到很深的地方。从那时开始，一直到他苏醒在朋友的怀中，他什么都记不得了。

“不管如何，”潘克洛夫说，“你绝对是被海水冲到岸上的，随后才拼尽余力走到这里的，因为纳布寻找到了你的脚印！”

“是的……当然……”工程师若有所思地回答，“你们在海滨上有没有发现人迹？”

“连鬼影都没看见。”通讯记者说，“再说，如果真有人在紧要关头赶巧将你救了起来，那么离开大海这么久，为什么又将你扔下来呢？”

"说得对，亲爱的史佩莱。告诉我，纳布，"工程师转过头对着他的仆人说，"不是你……你不是一时失去知觉……那时候……不，那太奇怪了……现在还遗留的脚印在哪儿呢？"史密斯问道。

"有的，主人，"纳布说，"这儿，入口的地方，在小山背后，只要在风雨吹打不到的地方都有，剩下的都被暴风雨冲掉了。"

"潘克洛夫，"赛勒斯·史密斯说，"请你把我的鞋子拿去进行对比，看看到底是不是我的脚印，好吗？"

水手听从工程师的话去做了。当纳布带着赫伯特去找脚印时，赛勒斯对通讯记者说：

"这件事实在太奇怪了！"

"根本无法理解！"吉丁·史佩莱说。

"先别考虑这些吧，亲爱的史佩莱，我们以后再谈吧。"

没多长时间，纳布和赫伯特进来了。

毫无疑问，工程师的鞋子和脚印完全相同。因此沙滩上的脚印绝对是赛勒斯·史密斯留下的。

"好吧。"他说，"刚才我以为是纳布失去了知觉，照现在说那绝对是我自己的了。我肯定是像害了梦游病一般，糊糊涂涂走着，肯定是托普将我从海里拖上来的，然后把我吸引到这里的……过来，托普！过来，我的狗！"

这只美丽的动物一边叫，一边跳到它主人的身边来，史密斯尽情地一阵抚摸。大家都认为没有其他的理由可以解释赛勒斯·史密斯的得救了，这件事应完全归功于托普。

快到12点的时候，潘克洛夫问工程师，现在他们是否能抬他。史密斯没有回答，他表现出坚定的意志，竟然努力地站起来了。可他不得不依靠在水手的身上，要不然就会跌倒。

"好！"潘克洛夫说，"将担架抬来。"

担架抬来了，野草和树枝铺在交叉的枝干上。史密斯在上面躺着，潘克洛夫和纳布各自抬着一头，随后他们就向海滨出发了。这段距离有8英里，因为他们无法走得很快，并且还要不停地停歇，估计最少需要要6个钟头才能到达"石窟"。风依旧很大，幸好这时候已经不下雨了。工程师在担架上躺着，还使用胳膊支撑着身子，观看着海岸，尤其是内陆。他没有说话，只是睁大了双眼观察周围的景物，坎坷不平的地势以及森林和各种物产都在他的脑海里留下了印象，可是行走了两个钟头之后，他感觉疲倦睡着了。

5点半钟的时候，他们走过了悬崖，马上就要回到"石窟"了。

他们停下来了，将担架放在沙地上，赛勒斯·史密斯在酣睡中依旧没有醒过来。

可怕的暴风雨大大改变了这里的面貌，潘克洛夫不由大吃一惊。这里产生了巨大的变化：海滩上添加了许多大的石块，上面覆着一层厚厚的水草、海藻和其他漂上岸的水生植物。漫过小岛的海水很明显曾一直冲击到巨大的花岗石壁下。石穴前的泥土已被汹涌的海浪冲走了。潘克洛夫的脑子里突然闪出一个可怕的念头，他急忙冲向通道里面去，可是很快就回来了。他呆呆地站在那个地方，眼睛紧紧盯着他的伙伴……火灭了，灰烬也被水泡成一摊烂泥，连留着取代火绒的焦布同样不见了！海水一直涌到通道的最里面，“石窟”里所有的东西都被冲倒破坏了！

第九章　升起一缕轻烟

吉丁・史佩莱、赫伯特和纳布都知晓发生的事情了。这件很有可能引发严重后果的意外（至少潘克洛夫这样认为）在忠诚的水手的伙伴们身上产生了不同的反应。

纳布找到了主人十分高兴，根本不听或不情愿听潘克洛夫到底在说什么。

赫伯特和水手多少有些同感。

通讯记者听了潘克洛夫的话之后，只是简单地说：“真的，潘克洛夫，我也一点都不在乎！”

“可我还要再重复说一遍，我们没有火了！”

“呸！”

“也没法再生火了！”

“没有关系！”

“可是我说，史佩莱先生……”

“赛勒斯不在这儿吗？”通讯记者答道，“我们的工程师不是还活着吗？他会想到方法给我们取火的！”

“用什么？”

“什么都不用。”

潘克洛夫也没有什么好说的了，他也没话可说了，因为事实上他和他的伙伴一样相信赛勒斯・史密斯。在大家的心中，工程师就是一个天才，他是一切科学和全部人类智慧的结合。与赛勒斯在一起，就跟在美国工业最发达的城市一样，有他什么都不缺了，和他在一起是不会感到失望的。如果有人告诉他们，这块陆地马上会被火山吞没时，将要下沉到太平洋的深处时，他们则会镇静地回答：“有赛勒斯在这里！看赛勒斯的吧！”

工程师躺在担架上，因为一路的颠簸，再次昏睡过去，因此他们也没有办法请教他。晚餐也只能将就一些，松鸡肉已经吃没了，现在也没有办法来烹调其他的野味，并且留下的锦鸡也不见了。他们只能思考下一步应该怎么办。

他们首先将赛勒斯・史密斯抬到中堂里去。在那里他们使用海藻铺成了一个床铺，海藻还很干，工程师睡得十分舒服，这可以使他更快地恢复健康，这无疑比吃任何的营养品都有好处。

黑夜到来了，随着风向转为东北风，气候变得十分寒冷。潘克洛夫在通道里分的隔间则都被海水冲毁了，寒风直接灌了进来，“石窟”里更加冷得不能住人。幸好大家把自己的外套和坎肩小心地盖在工程师身上，否则工程师的处境则更加困难了。

赫伯特和纳布在海滩上捡了一大堆的茨蟹，晚上只能将它们当成饭吃。除了这些软体动物之外，少年在高处的岩石上搜集到一些可吃的海藻，只有在潮水很高的时候，海水才能冲击到这些高处岩石的旁边。这是马尾藻属的植物，是一种昆布（海带的别称），晒干之后会产生一种胶状的物质，营养十分丰富。通讯记者和他的伙伴们吃了不少茨蟹，又吸了些昆布的汁，味道还算不坏，亚洲沿海地带部分居民经常吃这些。“不要紧！”水手说，“赛勒斯先生很快就能帮助到我们了。”天气寒冷得更加刺骨，不幸的他们没有什么有效的御寒办法。

水手心里十分焦急，千方百计地希望取到火。纳布也曾帮他实验，他也找到了一些十分干燥的地苔，用两块鹅卵石砸出火星出来，可地苔十分不容易起火，点不着，其实这种火星只不过是达到白热状态时发出的一点光而已，完全不像用同样的方法从火石中迸出来的火星那样稳定，所以试验的结果没有成功。

潘克洛夫虽然一丁点把握都没有，可他依旧接着干，他也模仿土人的办法，使用两块干柴摩擦起来。他和纳布进行了一阵剧烈的运动，假如根据新的理论将这种运动转化为热的话，那肯定地说，这连轮船的锅炉也都可以烧开！但依旧没有其他的结果。小木块肯定被磨热了，可与这两个劳动者身上的热量来比，这还相差很远。

干了一个多小时后，潘克洛夫挥汗如雨，赌气将木块摔在地上。

“不管他们怎样说，我也不相信土人是用这个办法取火的，”他大声说，“再这样磨下去我的胳膊要先烧着了！”

水手否决了摩擦取火的办法是没有依据的，土人时常使用剧烈摩擦的办法使木柴着火，而并不是每一种木柴都能取火。此外，除了最为一般的办法外，还有个“秘诀”，潘克洛夫摩不出火大约就是不知这个“秘诀”的缘故。

潘克洛夫发了一阵脾气，过会儿就好了。赫伯特捡起来了他扔的小石块，用力地摩擦。这位健壮的水手看见少年依旧抱着成功的希望重新干着他失败的事，不由哈哈大笑了起来。

“加油吧，孩子，加油吧！”他说。

“我是在加油呀，”赫伯特笑道，“可我仅仅是想让身子暖和一些，省得冻得直抖，并没说想要摩出火来。马上我就要像你一般热了，我的好潘克洛夫！”

不久，少年累得满头大汗，他们不得不放弃这项工作，最少是当天晚上不再重复取火的尝试。吉丁·史佩莱足足重复了20次，说了不能因为这丁点儿困难去打扰赛勒斯·史密斯。说完以后，他便躺在一个隔间的沙铺上去了。赫伯特、纳布和潘克洛夫也同样躺了下来，托普则睡在它主人的旁边。

第二天是3月28日，早上8点钟，工程师醒了，他发现伙伴们都围在周围看着自己，他还是如同前一天一样，开口就问：“荒岛还是大陆？”

他现在最为惦记的就是这个问题。

“我们还一点也不清楚，史密斯先生！”潘克洛夫答道。

“你们还不知道呢？”

“等你带着我们到内陆去察看过后，”潘克洛夫补充说，“我们就知道了。”

“我想我是可以去试一试的。”工程师说，他没耗费多大的力气，就站了起来。

“太好了！”水手大声说。

“我感到浑身软得很，”史密斯说，“给我些吃的，朋友们，过不了多久就会好的，你们不是有火吗？”

他们并没有立即回答，隔了几秒钟，潘克洛夫说：“唉！我们没有火了，说得更准确些，我们现在没有火！”

因此水手将前天的事从头到尾讲述了一遍。他把那根唯一的火柴的趣事也告诉了工程师，随后他又谈到使用土人的办法取火却没有成功的经历。

“我们还可以想办法，”工程师说，“如果找不到跟火绒差不多的东西……”

“那该怎么办？”水手问道。

“那么，我们就自己制作火柴。”

“化学火柴吗？”

“化学火柴！”

“这并不比你昨天的那样简单。”通讯记者拍了下水手的肩膀，大声说。

水手可总觉得事情没那么简单，可他也并不反驳。大家都出去了，天气变得十分晴朗。太阳刚好从水平线上升起来，高大的悬崖上一层层的岩石照得一片金黄色，十分漂亮。

工程师匆匆地向四周看了一眼，就靠在一块石头上坐了下来。赫伯特递给他一些蛤蜊和马尾藻说："我们只有这些了，史密斯先生。"

"谢谢你，孩子。"史密斯说，"够了……至少今天早上是足够了。"

他津津有味地吃着这些粗劣的食品，喝了几口淡水，那是用一个巨大的贝壳从河水里舀出来的。

伙伴们都默默地看着他。赛勒斯·史密斯吃饱了，叉着两臂说："那么，朋友，你们还不知道命运将我们扔到的这是荒岛还是大陆上，是吗？"

"是的，史密斯先生。"少年说。

"明天我们就会知道了，"工程师说，"到时就没其他的事了。"

"有的。"潘克洛夫说。

"什么？"

"生火。"水手说，这个念头深深占据着他的脑海。

"我们必须要生火，潘克洛夫。"史密斯说。

"昨天你们抬着我的时候，我好像看到西边有一座高山俯瞰着这片土地，是吗？"

"是的。"史佩莱答道，"那座山肯定相当的高……"

"好吧。"工程师说，"明天我们就到那山顶去，到时候就可以知道这片土地是荒岛还是大陆了。我再说一遍，到时就没有其他的事情了。"

"有的，生火！"固执的水手又说了一遍。

"他会帮我们生火的！"吉丁·史佩莱说，"要有些耐心，潘克洛夫！"

水手瞪了史佩莱一眼，仿佛在说，"如果靠你的话，我们暂时就不要想吃到烤肉了。"可他并没有说出口。

这时候史密斯则没有回答。他仿佛一点也不为取火的事操心。他经过几分钟的沉思，然后说："朋友们，总的说来，我们的处境可能十分的悲惨，可是也十分的明显，我们不是在大陆上，就是在荒岛上。如果是在大陆上，那么到达有人居住的地方，那只是费多少力气的问题。要在荒岛上呢，假如荒岛上有人，我们可以寻找居民的帮助，想办法脱离困境；假如岛上没有人，那就只好自力更生了。"

"一点也不错，没什么比这个更要明显了。"潘克洛夫说。

"可是，不管是荒岛还是大陆，"吉丁·史佩莱问道，"你认为我们这是被风暴扔到什么地方了，赛勒斯？"

"这我无法肯定。"工程师回答说，"可我的猜想是太平洋里的陆地。在我们离开里士满的时候，刮的是东北风，风力十足，这足够证明我们的方向一直没有变化。如果风向始终保持着从东北到西南，那我们就越过了北卡罗来纳州、南卡罗来纳州、乔治亚州、墨西哥湾和墨西哥本土的狭窄地带，随后是太平洋的一部分。我估计气球最少飞出六七千英里了。即便风向改变了一些，我们也肯定被带到了曼达瓦群岛，或是帕摩图群岛；可是如果风力比我想的更大的话，那我们甚至还有可能来到新西兰。要如果真的到了新西兰，我们就很方便回到故土了。不管是英国人或是毛利人，我们总可以找到些可以打交道的。反过来讲，如果这里不过是一个小群岛中的荒岛海岸，——这点我们可以从那可以俯瞰周围的高山顶上看出来——那时候，我们就只好在这里做长期的准备了，考虑如何舒舒服服地住下来了。”

“‘长期’？”通讯记者喊道，“你说‘长期’，亲爱的赛勒斯？”

“开始的时候凡事都要往最坏处想，”工程师说，“如果将来会有个好的结果，那就把它看做意外的收获吧。”

“对。”潘克洛夫说，“不过，如果这真是孤岛的话，我希望它不在船的航海线之外，如果那样就真的倒霉了！”

“在没有上山之前，我们无法肯定应该指望些什么。”工程师说。

“可是，赛勒斯先生，”赫伯特问道，“明天上山，你能经得起这番劳累吗？”

“我希望自己能做到，”工程师回答说，“这要看你和潘克洛夫是不是个灵活能干的猎手了，孩子。”

“史密斯先生，”水手说，“既然你说到了野味，那我可以向你保证，只要能烤，我绝对能把野味带回来……”

“不管如何，你将野味带回来吧，潘克洛夫。”史密斯说。

大家商量后的结果是这样的：这一天工程师和通讯记者留在“石窟”里，顺便考察一下海岸和上面的高地，纳布、赫伯特和水手依旧去森林，一方面搜集柴火，另一方面只要遇见动物，无论是飞禽还是走兽，到手就抓。

大概上午10点的时候，他们出发了，赫伯特信心满满，纳布兴致勃勃，只有潘克洛夫一个人在帝边嘀咕：“如果回来以后家里有火了，那绝对是电火点着的。”

三个人一起爬上了河岸，到河流拐角的时候，水手站稳了脚，对他的两个伙伴说：“我们先打猎，还是砍柴？”

“先打猎，”赫伯特答道，“看，托普已经在搜寻野味了。”

“那就先打猎吧，”水手说，“等回来的时候再捡木柴吧。”

大家同意，赫伯特、纳布和潘克洛夫就在一棵小枞树上各自扳了一个粗枝，跟上托普，这时它正在深草丛中胡乱地蹦跳。

这一次猎人们并没有沿着河道前进，而是直接深入到丛林之中。这里的树木大多都一样，大多属于松柏科，只是有些地方的松树比较稀疏罢了，一丛丛地生长在一起，十分高大，看他们的生长情况来看，当地的纬度似乎比工程师想象中的还要高一些。林间的空地上有很多的树桩，这些都是因为年代久远而逐渐磨秃了。这里遍地干柴，燃料简直都烧不完。走过了空地之后，矮树林开始密了起来，想要穿过去十分困难。

这些树丛中没一条现成的通道，想要找到路的确很费劲。所以水手每走几步就折断一根树枝，以便回途时来辨认。第一次他是和赫伯特沿着河道走的，今天没按照这样走可能是失算了，因为走了一个钟头，什么动物也没有看见。只有一些小鸟，他们还没靠近，鸟就被在树枝下乱窜的托普惊了起来。连锦鸡都没看见，看样子水手也只能返回到森林的沼泽地区了，也就是上次他偶然钓到松鸡的地区。

“潘克洛夫，”纳布略带讽刺地说，“如果你答应带给主人的野味就是这些，那也并不需要什么火来烤它们！”

“有点耐心，”水手说，“恐怕回去时没有的也并不是野味。”

“难道你还不相信史密斯先生？”

“是的。”

“你以为他不会取到火？”

“只有等到亲眼看见木柴在炉子里烧我才会相信。”

“既然主人说了，那肯定会有火的。”

“等着看吧！”

这时太阳还没升到空中，于是他们继续进行着搜索，赫伯特发现一棵树上的果子是可以吃的，这样的搜索多多少少是有些成果了。那是一棵南欧松，松子十分好吃，是欧美温带地区的珍品。这棵树上的松子早已经熟透了，大家一边吃，一边听赫伯特介绍。

“好吧。”潘克洛夫说，“拿海藻当做面包，生蛤蜊当肉，松子当饭后的点心，对我们这些口袋里连根火柴都没有的人而言，这一餐就可以说十分不错了！”

“我们不该去埋怨。”赫伯特说。

“我并没有去埋怨谁呀，孩子，”潘克洛夫说，“我只再说一遍，这顿饭，肉太少了。”

“托普找到什么了！”纳布一边喊，一边向一丛树木中奔去，托普已钻到里面看不到的地方，但还在叫。与托普的叫声夹杂在一起的还有另一种奇怪的声音，好像是什么在哼。

水手和赫伯特紧紧跟着纳布跑去。很明显，如果那里有野味，现在最先应该考虑的是怎样才能将它捉到，而不该是怎样烹调。

猎人刚进入灌木丛，就看见托普咬住一只野兽的耳朵在和它进行着搏斗。这只四足兽很像猪，大概有 2.5 英尺长，身体是深褐色的，肚子上的颜色也比较浅，浑身的毛则是又稀又硬。这时它的足趾被紧紧按在地上，趾间还像有脚蹼连着。赫伯特认出它是水豚，这是啮齿动物中最大的一目了。

这时水豚并没与狗进行搏斗，它的眼睑十分厚，眼珠也紧紧陷在里面笨拙地转动。可能它还是第一次见到人类呢。

纳布紧紧握着棍子准备过去将它打倒，这时它却摆脱了托普的利齿（因为托普仅仅咬住了它的耳边）低低地叫了一声，向赫伯特冲去，仿佛要将他撞倒，随后跑进丛林里不见了。

“该死的东西！”潘克洛夫喊道。

三个人跟着托普立即追了上去，可他们刚赶上托普，水豚就跳进一个古松覆盖的水池中不见了。

纳布、赫伯特和潘克洛夫呆呆地站在那里，托普纵身跳入了水池，可水豚一直躲在水里面不出来。

“我们再等一会儿吧，”少年说，“它没多长时间就会到水面来呼吸的。”

“它不会淹死吗？”纳布问道。

“不会。”赫伯特回答说，“它长着蹼足，可以算得上是一种两栖动物，注意看着它。”

托普依旧待在水里面，潘克洛夫和他的两个伙伴则站在池边的三面把守着，切断水豚的退路，托普在水面上不断找着水豚。

赫伯特的话果然没有错，没过几分钟它就露出水面来，托普一下跳到它的身上，拖住不让它沉没下去。过了一段时间，水豚则被拖到岸上来，纳布一棍子将它打死了。

“哈哈！”潘克洛夫叫唤着，他总是第一个发出胜利的欢呼声。

“只要有火，就能将这只猪吃的只剩下骨头！”

潘克洛夫将水豚扛在肩上，他看了下太阳，大概已经 2 点钟了，随后挥手喊大家回去了。

托普的直觉给猎人们带来了很多的好处，幸亏这只聪明的狗，他们才找到了回去的路。只花费了半个钟头的功夫，他们便到达了河边。

潘克洛夫依旧像以前一样很快地做了个木筏，当然，如果没有火，那这一切的劳动都会白费了。木筏顺流而下，一直朝着“石窟”漂去。

还没走 50 步，水手就停住了脚步，他手指着悬崖的转角，敞开嗓门呼喊了一声。

“赫伯特！纳布！瞧！”他喊道。

只见岩石中，有一缕轻烟慢慢上升。

第十章　山间探索

几分钟过后，三个猎人就赶到噼噼啪啪的篝火前面了。史密斯和通讯记者就站在旁边。潘克洛夫手中提着水豚，一言不发地瞧瞧这个，又看看那个。

“怎么样，我的勇士。”通讯记者向他打着招呼。

“火，真是火，这样就可以将这只大肥猪烤得烂熟，我们很快就可以大吃一顿了！”

“这是谁生的火呢？”潘克洛夫问道。

“太阳！”

吉丁·史佩莱回答十分正确。让潘克洛夫感到奇怪的是这股热居然是从太阳里产生的。水手根本无法相信自己的眼睛，他不由惊讶得愣住了，甚至都没想起问工程师一声。

“你是不是带了放大镜了吧？”赫伯特向史密斯问道。

“没有，孩子，”他答道，“可我做了一个。”

于是他把充作放大镜的工具展示给大家。它的构造十分的简单，工程师和通讯记者每人都有一只表，这就是使用表上的玻璃制作成的。工程师使用一点土将两片玻璃的边缘粘住，中间灌满了水，就这样制成了一个正式的放大镜了。它把太阳光凝聚在干燥的地苔上，没多长时间地苔就燃烧了起来。

水手仔细看了工具以后，什么话都没说，呆呆地看着工程师。从他的这个神情中可以看出来，在他的心中，赛勒斯·史密斯就算不是个神仙，也绝对是一个不平凡的人。终于他说话了，他大声喊道：“记下来，史佩莱先生，记到你的本子上！”

“已经记下来了。”通讯记者答道。

接着纳布帮助水手准备了肉叉，洗干净了水豚，很快就在旺盛的、噼啪作响的篝火上，如同烤小猪般将它烤了起来。

“石窟”里再次变得舒适起来，不仅是有了暖和的炉火，而且还有用木柴和泥土再次建立的隔板。

显然，工程师和他的伙伴们这天工作的成绩很不错。赛勒斯·史密斯的体力也差不多完全恢复了，从他能爬上高地这一点就足以证明。他比较擅长目测高度和距离，他站在高地的顶上，很长的时间注视着火山锥，他打算明天就爬到锥顶上。这座山在距离这里大约 6 英里的西北方的地方，他估计大概有 3500 英尺高。如果在山顶上站着，最少可以看到 50 英里以外去。于是史密斯十分关心的“荒岛还是大陆”的问题，就可以十分容易地解决了。

他们的晚餐很丰盛。大家对水豚肉都赞不绝口。再加上有马尾藻和南欧松的松子，这顿饭算得上很齐全了。在吃饭的时候，工程师很少说话，他一直在盘算着第二天的计划。

潘克洛夫有几次提出最好这样办，最好那么办，可是赛勒斯·史密斯考虑问题十分具有条理，他只是摇头不作声。

“明天，”他重复道，“我们知道应该指望些什么了，随后我们就应该采取些必要的行动了。”

吃完饭后，他们又在篝火堆上添加了几把木柴，然后“石窟”里的全体居民——包括忠诚的托普在内——很快都进入了梦乡。这一晚安然度过了，没发生任何事情。第二天是 3 月 29 日，他们精神抖擞地爬起身来，准备参加决定他们未来命运的一次远征。

万事俱备，只剩下出发了。余下的水豚肉最少还可以让大家吃上一昼夜。此外他们预计还能在路上找到更多的食物。作放大镜用的玻璃再次安到工程师和通讯记者的表上去了。潘克洛夫烧了些焦布替代了火绒。在那火成岩的地区，火石是不会少的。早上 7 点半，每人都带上木棍，从“石窟”出发了。潘克洛夫建议走森林里已经开辟过的小道，返回时再寻找其他的路，大家都同意了这个意见。这同样是到达高山去的最直的道路。他们绕过南面的拐角处，沿着河左岸走着，到河流转向西南时，他们则离开了河道。他们在常绿树下找到了曾经走过的旧路，9 点钟的时候，赛勒斯和他的伙伴们都到达了森林的西部边缘地带。刚走过的那一带，最先地面全是沼泽，随后是一片干燥的沙地，可始终很少起伏，直到这里才有斜坡，从岸边一直到内陆的高处去。在这一带的树林中则看见一些胆小的动物。托普立即向它们扑了过去，可是它的主人却认为这还没到时候，打猎要在以后再说，因此立即将它喊了回来。工程师只要明确一个主张，他就会下定决心，不会轻易地去改变。对于周围的地势及所有的自然物产，他甚至连看都不看一眼，他现在最伟大的目标就是爬到前面的高山上，所以他朝着高山一直前去。10 点钟的时候，他们休息了几分钟。走出森林之后，山区的形势完全呈现在这群探险家的前面了。这座山有两个火山锥；一个大概有 2500 英尺，锥顶如同被削平一般，下面是许多拱柱般的乱石支持着，就像一只大爪子站立在地上，足趾向四面撑开着，趾间则形成许多的峡谷，谷内树木丛生，最后的一丛树木则直齐较低的锥顶。面对东北的山坡则树木比较少，清楚地看到上面有那一条条极深的罅隙，那里绝对是水道。

第二个火山锥就在第一个的上边，略呈圆状，稍微偏向一边，好像一顶歪戴在耳朵上的大圆帽子。这个火山锥看来全部是由泥土构成的，表面上则突出一块块的石头。

他们准备爬上第二个火山锥，从地势上来看，最好是顺着支脉的山脊爬上去。

“我们到了火山地带了。”赛勒斯·史密斯说完后，就带领着他的伙伴们一步步地从一个支脉向上爬去，这个支脉弯曲着通向第一个高地，所以走起来十分容易。

显然这里曾经发生过地震，各处都是乱石、大量的玄武岩和浮石的碎片。枞树稀疏地生长着，它们的枝叶十分密集，将几百尺以下的峡谷深处都遮盖得似乎连一线阳光都无法透过去。

在爬山过程的第一阶段，赫伯特认出一些庞大动物的足迹是最近才留下来的。

“这些野兽可能不会轻易地放我们过去。”潘克洛夫说。

“看吧，”通讯记者曾经在印度打过虎，非洲猎过狮，他说，“我们会想到办法的，不过现在我们必须十分小心！”

他们慢慢地向山上爬去。

因为道路崎岖，还有许多障碍，他们无法直接往上爬，距离因此变得更加远了。有时地面突然一落千丈，他们发现自己面对的是一个深渊，只能绕道过去。他们将大把的时间和力气都浪费在寻找可以通过的道路上了。12 点钟的时候，探险小队停在一大丛松树下吃饭，不远处有一条山涧，流水向下冲成一个瀑布。在这里他们才发现到第一个高地才走了不过一半的路程。估计在天黑以前是无法到达高地了。这里能看到的海洋要宽得多，可惜右边却有个隆起的海角阻挡了视线，看不见那边是否有陆地。左边则可以一直看见几英里之外的地方。可再向西北部他们所住的那个地带看去，视线就突然被一道奇怪的山脊遮住了，这道山脊组成了中央火山锥的最有力支柱。因此史密斯的问题大家依旧一点也推测不出来。

1 点钟了，他们继续上山。他们斜着向西南方向往上爬，他们又走进了一个茂密的灌木丛。有几对雉科的鹑鸡类飞禽在树荫下不停地拍打着翅膀。这些飞禽是角雉类，它们的喉咙下有肉瓣，一对圆形的小冠毛在眼睛的后面。这种鸟的大小与鸡相差无几，雌的是全身褐色，雄的羽毛通红，上面点缀着白色的斑点，十分美丽。吉丁·史佩莱飞抛起一块石头，抛得巧妙且有力，一下子就将一只角雉打死了，潘克洛夫呼吸了一会儿新鲜的空气，肚子已经饿了，因此双眼自始至终贪婪地盯着它们。

当他们离开灌木地带后，就相互蹬着肩膀，协助地翻越了一段大概 100 英尺的陡坡，爬上了一个平台。这里树木很少，土壤也似乎是火山土。从这里再向上爬就必须要弯曲的绕道而行了，毕竟这里的坡度很陡，每跨越一步都有粉身碎骨的危险，必须万分小心。纳布和赫伯特在前，潘克洛夫在后，工程师和通讯记者则在中间。这里有许多的兽迹，能够经常到这一带高岗上来的动物绝对是能站得稳且脊骨软的羚羊或山羊，他们看见几只，可是潘克洛夫认错了，他突然喊道："绵羊！"

大家都停止了前进，在距离他们大概 50 英尺的地方，有 6 只十分大的动物，它们的角向后弯，顶端稍平，看起来十分有力，褐色柔滑的长毛下隐藏着松弛的底绒。

赫伯特告诉大家说，那并不是普通的绵羊，而是在温带山区十分常见的摩弗仑羊。

"它们有羊腿和羊排吗？"水手问道。

"有的。"赫伯特说。

"好吧，那它们就是绵羊！"潘克洛夫说。

这些动物一丝不动地站在大块玄武石中间，呆痴地看着人们，好像还是第一次看见人类。然后，它们不知为何突然一惊，跳过山石就逃，转眼就消失不见了。

"再会吧，我们改日再见！"潘克洛夫望着它们戏弄地喊道。赛勒斯·史密斯、吉丁·史佩莱、赫伯特和纳布都不由地大笑起来。

他们继续登山。这里各处都是遗留下的熔岩，有时含硫的泉水会阻挡住他们的道路，他们只能从旁边绕道过去。有些地方，硫和其他物质形成了晶体，比如在由无数的小长石晶体组成的白色火山岩滓中。

较低的火山锥顶部被削割成一块高地，当临近第一高地时，登山就非常困难了。快到 4 点钟了，他们走过了最后一带林区。现在四周偶尔有些地方生长着几棵弯曲的矮松，它们生长在那么高的地方，显然是经常与海上吹来的狂风进行斗争的结果。这一天晴空万里，大气宁静，这实在算得上是工程师和他的伙伴们的幸运，因为毕竟在海拔 3000 英尺的地方，哪怕是一阵微风，也对他们的攀登十分的不利。他们只感受到天气的晴朗，四周连一点声音都没有。他们看不到太阳，因为那个高火山锥挡住了西方的半边水平线，将太阳挡住了。跟随着红日的西落，海滩上庞大的山影也显得越来越长。东方出现了水汽——与其说是云，还不如说那是雾——在日光的照射下，显得色彩斑斓。

这群探险家距离高地只有 500 英尺了，他们计划到那里扎营过夜。然而因为山势弯曲，实际上他们最少还要走 2 英里，脚下的泥土好像在往下滑。这里山坡通常十分陡峭，只要遇见经不住踩的风化的石头，他们就会向下滚去。夜幕下垂，赛勒斯·史密斯和他的伙伴们都耗尽了力气，爬了 7 个钟头，直到黑夜降临前，才到了第一个火山锥的高地上。现在最重要的是安排露宿，准备填饱肚子，然后睡觉，这样才可以恢复体力。

第二个火山锥的底层是很多的岩石，在这些石堆中间，十分容易就可以找到一个安身的地方。周围的燃料并不多，然而高地上多多少少还有几处长着些灌木，他们还可以捡些干柴和地苔回来生火。水手想法子用石头围成一个火炉，这时候纳布和赫伯特出去捡柴了，他们很快就捡回来了许多。他们用火石打出火星来，点着焦布，纳布使劲吹了好几口气，几分钟过后，在岩石的避风处，一团烈火就噼里啪啦地烧了起来。他们生火的目的是为了夜间御寒，而不是烤鸟肉，纳布准备把打下来的鸟留在第二天吃。他们的晚餐是：余下的水豚肉和几打南欧松松子，这顿晚餐一直吃到晚上的6点半。

然后，赛勒斯·史密斯想要趁着天还没黑透以前，探索一下较高火山锥的环状底层。他准备在休息以前去了解一下，如果火山锥的四周都陡得没法上去，那可不可以从它的底下绕过去呢。这个问题让他想得出神，因为依据“帽子”向北倾斜的方位，高地很有可能是走不通的。如果没有办法从这边爬上去，又不能从火山锥底下绕过去，那就根本无法视察西方的陆地了，也就是说，他们登山的目的就要变成泡影了。

因此工程师顾不上疲惫，沿着高地的边缘向北走，留下潘克洛夫和纳布准备睡铺，吉丁·史佩莱则在记录当天所发生的事，只有赫伯特陪他一起去了。

夜色优美而宁静，周围的光线还算不上太暗。赛勒斯·史密斯和赫伯特挨在一块走着，路上一句话也没说。高地上有些地方地势开阔，他们顺利地走过去了；有的地方则有许多岩石阻挡住了去路，只留下一条窄道，两个人并排就走不过去了。步行了20分钟之后，赛勒斯·史密斯和赫伯特就不得不停了下来，两个火山锥的斜坡在这个地方会合成一个了，这里并没有山肩把山的两部分隔开，坡度快达到70度，无法通行了。

工程师和少年没办法只能放弃从下面绕过去的念头，可是这样，他们却得到一个爬到火山锥的机会。

他们前面有一个深洞，那就是棱角粗劣的火山口，火山爆发时，岩浆就是从这里喷发出来的，凝固的熔岩和坚硬的火山渣形成了一层层宽广的天然阶梯，这样他们要爬上山顶就十分方便了。

史密斯匆忙忙地看了一眼，就带着少年毫不犹豫地朝着巨大的山洞里面走着，越往里面走，光线就变得越来越暗。

距离山顶还有1000英尺。火山口里的斜坡到底还能不能走？这个问题很快就会知道了。意志坚决的工程师决定走到无法再走的地方为止，幸好火山内部的斜坡一直蜿蜒而上，因此他们可以顺顺利利地攀登上去。

火山是完全地熄灭了，山坡上没有一丝的烟，黑洞里也望不见一点火星，既没有轰隆响声，也没有低微的响动，这个黑黝黝的深井可能一直会通到地壳的底层，然而这里面连一点颤动都没有。火山口里的空气一点也没有硫磺的蒸汽味，说明它还不仅仅是一座沉睡火山，而且是一座完全熄灭的死火山。赛勒斯·史密斯的探索成功了。

工程师和赫伯特一步步地爬上内壁，只看见头顶上的火山口越来越大了。通过火山口能看到的圆形的天空半径显然扩大了。这两位探险家每行走一步，就会有更多的星星进入他们的眼帘。满天美丽的星座闪烁着、照耀着。天蝎座的主星也在头上大放光彩，不远的地方则是人马座的马腹，据说这颗星离地球的距离是最近的。然后，随着火山口的不断扩大，又看见了南鱼座的北落师门和南三角座。最后几乎是在靠近南极的地方，南十字座在天空中闪烁，它的位置可以算得上是北半球的北极星。

赛勒斯·史密斯和赫伯特到达火山锥顶最高峰时，已经将要接近晚上8点钟了。

这时候四周一片漆黑，他们甚至连2英里之外的地方都看不见。这是大海包围着陆地？还是与太平洋中的什么大陆相连呢？现在还没法知道。西方的水平线上清晰地呈现一条带状的乌云，它令夜色更加的昏暗了。周围只有那一个大圈，根本分不清哪里是陆地，哪里是海洋。

可是水平线上突然有一处透露出一丝微弱的光，乌云逐渐向头顶上移动，光线跟随着慢慢照到地面上。

原来是一钩新月正在西沉之中，乌云移开之后，月光足够清清楚楚地照出水平线。一瞬间，工程师看见了新月倒映在水上，荡漾不止。赛勒斯·史密斯一把抓住少年的手，沉重地说："是一个荒岛！"这时候，这一钩新月逐渐落到水波之下了。

第十一章　勘探海岛

半个钟头之后，赛勒斯·史密斯和赫伯特返回到了营地。工程师简洁地告诉伙伴们说，上天将他们扔到一个荒岛上了，至于其他的情况明天再研究吧。随后大家都准备去睡觉了。这群在荒岛上的居民，就在海拔2500英尺的山洞里安稳地睡了一晚。

第二天，3月30日，匆忙地吃完早饭——除了烤角雉之外，其他的什么都没有——工程师准备再爬到火山顶上去，仔细考察一下，如果荒岛距离任何的陆地都不算太近，或是都在来往的太平洋各群岛的航线之外，那么他们就很有可能会一辈子困在这里。这次伙伴们都跟着他去参加这次新的探索。他们也想看清这荒岛，毕竟今后他们的一切需求都必须要靠岛上的物产来供应。

大概7点，赛勒斯·史密斯、赫伯特、潘克洛夫、吉丁·史佩莱和纳布都离开了营地。他们对于当前的处境仿佛并不感到着急，他们对自己拥有信心，这是没有疑问的，可有一点必须要指出来，就是，史密斯的信心基础与他的伙伴们的并不一样。史密斯之所以满怀信心，是因为他认为可以从这片荒凉的土地上获取到他和他的伙伴们所需的一切生活必需品，而伙伴们没有一点担忧是因为有赛勒斯·史密斯和他们在一起。特别是潘克洛夫，从那次取火的事情之后，他任何时候都没有悲观，只要工程师和他在一起，哪怕是在一块光秃秃的石头上，他也不怕。

“呸！”他说，“我们没有官方的许可照样可以离开里士满！何况这里绝对没人会来阻挡我们，我们要是再想不出办法逃离出去，那才怪呢！”

赛勒斯·史密斯依照昨天行走过的路出发，他们顺着形成山肩的高地，绕过火山锥朝巨大的山洞走去。天气十分晴朗，太阳悬挂在万里晴空中，阳光将整个东面山坡都照亮了。

他们一齐走到火山口前，它和工程师在黑夜中所辨认出的一模一样，也就是说，如同一个庞大的漏斗，从上到下，越来越宽，从高地到达顶端有1000英尺。洞口下则是一道道宽厚的熔岩，它们从山坡上一直蜿蜒到山下，标志着当初岩浆流出山谷的路线，荒岛的北部到处都是由这些山谷形成的凹沟。

火山口内部的斜坡只不过是35度到40度之间，爬上去既没有困难也没障碍。从这里也可以看出，很久以前留下来的熔岩大约在侧面新喷口没开出来前从顶口上漫出来的。

火山管从底部一直通到火山口，它的深度肉眼根本无法观测到，毕竟光线实在太暗了。然而火山早已经完全熄灭了，这是毋庸置疑的。

不到8点钟，史密斯和他的伙伴们就到了火山口的顶峰，他们站立在北面凸起的锥形小丘上。

“海，到处是海！”他们不禁这样喊道，这句话让他们摇身一变成为了岛上的居民了。

不错，一片广阔无边的大海环绕着他们！可能赛勒斯·史密斯在没有二次爬上火山锥顶之前，还希望前天晚上在黑夜中看错了，希望这次可以看见海滨和岛岸。然而直到天边，也就是说在那半径50多英里圆的周围，什么都没有。看不到一片陆地，也没有一叶孤帆。四周空旷的地方只见茫茫的海洋——荒岛就是这辽阔无边圆的中心。

工程师和他的伙伴们一丝不动地站在那里，默默地查看了几分钟，大海的每个方向，直到最远的边缘都看了个遍。潘克洛夫的眼睛向来出奇的好，可他也看不到任何的东西，如果水平线上有一片陆地，哪怕模糊得像水汽一样，可以肯定地说，水手也能找到，他就像生来带着一副望远镜似的。

他们看遍了海洋后回头看着他们下面的整个海岛，吉丁·史佩莱最先问道："这个岛大约多大？"

的确，在这广阔无边的海洋里，它看起来并不大。

赛勒斯·史密斯思考了几分钟，他仔细观看了一下海岛的周围，又考虑到他们现在所处的高度，然后说："朋友们，岛的周围大概有 100 多英里，我想这是不会错的。"

"那么面积呢？"

"这很难估计，"工程师答道，"主要是地势太不规则了。"

假如赛勒斯·史密斯没有估计错的话，那么这个岛就跟地中海里的马耳他岛或赞德岛差不多大，不同的是它的地形复杂得多，而海角、地岬、地角、港湾和河流却相对较少。这个岛奇怪的地形格外显眼，吉丁·史佩莱按照工程师的意见将海岛的轮廓画了下来，他们感觉它十分像一只奇怪的动物，就好像是一只极大的海兽躺在太平洋的水面上。

事实上海岛的形状的确是这样的，掌握了这点具有十分重大的意义，通讯记者当即就正确地画了一张海岛的草图。

海岸的东部——就是这批遇难的人上岸的地方——形成一个宽广的港湾，在港湾的尽头是一个突出的海角。潘克洛夫在第一次观察时，由于被隆起的地岬遮住，因此没能看见。东北方另两个海角包围着港湾，海角中间还留着一道狭长的海峡，看起来如同一只可怕的角蛟半张着嘴。

从东北到西北海岸都是弧形的，十分像动物的扁平头盖，跟着海岸往上突起，又在地面上高出一大块，可这部分海岛的形状不是很清楚，海岛的中间就是火山。

从这隆起点开始，海岸从南到北都是十分平直，三分之二沿岸的地方，都有一条狭窄的小河将海岸分开，从那小河分割的地方开始，海岸就构成了长长的一小条，就像大鳄鱼的尾巴。

这根尾巴往海里伸出了 30 多英里，构成了一个名副其实的半岛。半岛弯过来，形成了可以停泊船只的宽广的海湾，它就是这块地形最特别的土地上低海岸部分。

从"石窟"到这纬度相同的西海岸小河，这是海岛最窄的地方，距离也只有 10 英里；可那最长的地方，也就是从东北的峡口到西南的半岛尾部，最少有 30 英里。

海岛的内陆大概是这样的，从高山到南部海岸这一带的树木有很多，北部是干燥多沙的。在火山和东部海滨之间，在赛勒斯·史密斯和他的伙伴们的意料之外，竟然看见了一个湖。湖边生长着很多的常绿树，岛上有树，这也是他们事先都没想到的。在山顶上看过去，这个湖和海面那样高，可工程师测量了一下，他告诉大家，湖面绝对在高约 300 英尺的地方，因为海滨向上延伸出了一片高地，而湖就坐落在高地上。

“那是一个淡水湖吗？”潘克洛夫问道。

“当然。”工程师说，“湖水绝对是山里流下来的。”

“看！一条小河正在朝湖里面流呢。”赫伯特指着那条极窄的溪水说道，它明显从西边一带流过来的。

“是的，”史密斯说，“既然有小河在往湖里输送水，那么在靠海的地方肯定会有个出口，湖水很多的时候就是从那儿排出去的，等我们回去的时候可以去看一下。”

岛上的水系最少包括这条曲折的小河以及前面已经提过的河流，这些都是探险家们已经看见的。然而，整个海岛大概三分之二都覆盖着树木，形成了一片广阔的森林，因此也很有可能有其他的河流在树底下流到海里面去，甚至由此可以推断，从这一带看来，这地区内美丽的温带草木种类实在太多了。北部则根本看不到任何的河流，可能东北部的沼泽地带只有些死水吧。除此之外就是些沙丘、沙滩和干燥的土地。这与海岛上其余树木茂盛的地方比起来，显得太不一样。

火山并不是在海岛的正中央，相反，它耸立在西北部，似乎成了这两个地带的分界线。在西南、正南和东南三面，绿荫把第一部分的支脉都给遮住了。北边则不同，山脉的分支清楚地呈现在人们的眼前，这些分支一直伸延到沙地的平原上才算结束。当初在火山喷发的时候，就是朝着这个面冲开破口的，大堆的熔岩一直分布到形成东北港湾的峡口。

赛勒斯·史密斯和他的伙伴们在山顶上足足待了一个钟头。海岛在他们的眼下呈现，就像一个彩色的立体地形图，绿色的代表森林，黄色的代表沙地，蓝色的代表水。他们将它完完整整地看了一遍，除了绿荫覆盖下的土地、下塌的山谷和火山口的内壁外，也没有什么隐藏看不到的地方了。

现在还有一个重要的问题没有解决，而这个问题的答案对于这群人的前途有很大的影响。

岛上有人吗？

这个问题是由通讯记者提出的，经过一番仔仔细细的观察，答案好像是否定的。

这里没有人类开拓过的痕迹。没有一簇房舍，没有一幢小屋，海滨上更没有一个渔场，陆地上没有一丝可以证明有人的炊烟。当然，他们距离最远的地方——也就是伸向西南半岛还有大概 30 英里，就算是潘克洛夫的眼睛，也很难看出那里是否有住宅。海岛四分之三的面积都被森林覆盖，他们没有办法看出其间是否藏着稀疏的村落。可总的来看，他们是遗落在太平洋一个空旷的海岛上，这个海岛看起来是没有人烟的。

要想最后确定岛上是否有居民，那还必须经过更为彻底的探索。可这周围的岛屿是不是经常——或者是偶尔——有土人会到这里来呢？这个问题也很难说。周围 50 英里内看不到陆地，可是不管是马来人的帆船还是玻里尼西亚人的独木舟，想要渡过 50 英里的海面都是十分容易的。问题还是要依据海岛的位置来决定，到底是孤零零地独自在太平洋上，还是周围有什么群岛？赛勒斯·史密斯不使用仪器可以算出它们的经纬度吗？这是很难的。在没弄清情况之前，应该按照附近的土人可能会来到的情况作准备。

海岛已经查看完了，他们确定了它的形状，了解了它的地势，算出了它的大小，查清了它的山丘与河流，森林和平原的分布也被通讯记者大概地画了出来。现在只等下山从矿物、动植物这几个方面来勘察这土地的资源。

在招呼伙伴们动身之前，赛勒斯·史密斯祥和沉着地对着大家说：

"朋友们，上天将我们扔到这一小块的土地上，我们必须在这里生活，可能会住很久。假如碰巧有船经过，也有可能会突然得救。我之所以说'碰巧'，是因为这海岛实在太小了。甚至连一个可以停船的港口都没有，恐怕也是在一般船只航线之外，也就是说，对于常常来往于太平洋各群岛的船只来说，我们的位置过于偏南，可对于那些绕过合恩角到澳洲去的船只说来，我们又太过于偏北。对于我们的处境我丝毫不准备隐瞒你们……"

"说得对，亲爱的赛勒斯，"通讯记者兴奋地说，"能和你在一起的都是男子汉大丈夫，我们大家都相信你，你也可以相信大家。对不对，朋友们？"

"我听从你的指挥。"赫伯特一把抓住工程师的手说。

"不管是在什么时候，什么地方，你都是我的主人！"纳布喊道。

"我呢？"水手说，"不管叫我干什么，要是我稍有迟疑，那我就不叫杰克·潘克洛夫，只要你愿意，我们就将这个海岛变成一个小美国！我们会开辟城市，铺筑铁道，拉电线打电报。有一天，待岛上的面貌一切都改变了，一切都有条理，变得文明时，我们就将它移交给联合政府。目前我只有一个要求。"

"什么要求？"通讯记者说。

"就是：我们不能将自己看做遇难的人，而是当做一群来这开垦的移民。"

史密斯不由笑了起来，水手的建议被采纳了，因此他向大家表示感谢，并补充说，他要借助大家的力量。

"好了，现在我们要返回'石窟'了！"潘克洛夫大声说。

"稍等一会儿吧，朋友们，"工程师说，"我认为应该给这个海岛，还有我们所见的海角、地岬和河流，起个名字。"

"很好，"通讯记者说，"我们将来会有许多的事情要做，有了名字将比以前简单得多。”

“真的，”水手说，“现在我们来来去去这几次，已经有东西可以表达了，至少有这么个地方……”

“比如说，‘石窟’吧。”赫伯特说。

“这一点儿也不错！”潘克洛夫说。“这个名字最为方便了，这就是我在无意中想出来的。我们就将第一次过夜的地方叫做‘石窟’好吗，赛勒斯先生？”

“行，潘克洛夫，既然你给它起了名字，那就这样叫吧。”

“好极了！其他的也这样办。”水手兴高采烈地说，“赫伯特经常给我说鲁宾逊的故事，我们就学着鲁宾逊给这些地方起名字吧，就像什么上苍湾、鲸鱼岬、失望角！”

“要不，用史密斯先生的名字？”赫伯特说，“史佩莱先生的名字，纳布的名字！……”

“我的名字？”纳布露出他那雪白的牙齿说。

“为什么不行呢？”潘克洛夫答道，“纳布港，不很好吗？还有吉丁角……”

“我建议借用祖国的地名，”通讯记者说，“这样让我们不忘记美国。”

“好，对于主要的地方，”赛勒斯·史密斯说，“我十分赞成这样的方式来给港湾和海洋命名，比方说，我们可以将东边的大海湾叫做联合湾，将南边的大海湾叫华盛顿湾；将我们现在所占的山叫做富兰克林山，将我们现在所看见的湖叫做格兰特湖；再好的也没了，朋友们。我们就使用这些名字来怀念我们的祖国吧，纪念那些为国争光的伟大公民。对于我们从山顶上所看见的那些河流、海湾、海角和地岬，最好还是根据它们的形貌特征来命名。这样可以方便记住，并且更加贴合实际。这个海岛的样子十分特别，我们要想出个能形容它形状的东西并不困难，各处森林里的河流虽然我们现在还不知道，但那些森林早晚是要去探索的，那些河流和日后发现的小溪，我们都能随时发现随时命名。朋友们，你们觉得怎么样？”

工程师的提议得到了大家的一致赞同。海岛就像一幅地图般展现在他们的眼前，现在只差给各点各处起一个名字了。吉丁·史佩莱将这些名字记下来之后，海岛的地理名称就正式地确定下来了。

首先，他们根据工程师的建议，将两个港湾命名为联合湾和华盛顿湾，高山命名为富兰克林山。

“现在，”通讯记者说，“我提议将海岛西南的那个半岛叫做盘蛇半岛，将半岛末端的那个弯尾巴叫做爬虫角，因为它看起来很像爬虫的尾巴。”

“同意。”工程师说。

“现在，”赫伯特手指着海岛的另一端说，“这个海湾简直就跟张开的大鱼嘴没什么两样，我们就叫它鲨鱼湾吧。”

“好极了！”潘克洛夫大声说，“我们再将嘴上下两部分叫做颚骨角，那才是丝毫不差了。”

“可那是两个海角呢。”通讯记者说。

“不要紧。”潘克洛夫回答说，“我们就叫它们北颚角和南颚角。”

“都把名字记下来”史佩莱说。

“现在只有荒岛东南端的海角没名字了。”潘克洛夫说。

“是联合湾的尾端吗？”赫伯特问道。

“就叫它爪角吧。”纳布随口说到，他也十分想成为他部分领土上的教父。

纳布起的名字十分恰当，毕竟这片奇特的陆地就像只怪兽，而这个海角就如同怪兽强有力的利爪。

潘克洛夫对于事情的发展感到十分的满意。气球将他们降落在河水的周围，让他们可以喝到这条河的淡水，于是他们很快就给它想好了一个名字，叫做慈悲河，以表示对于上苍真诚的感激。遇难的人最先着陆的那个小岛被称作安全岛，“石窟”的上方则有着一个高耸的花岗石峭壁，峭壁的顶端是片高地，站在那里整个海湾都呈现在眼前，他们就将这个高地称为瞭望岗。最后，他们又将覆盖着盘蛇半岛的密林称作远西森林。

海岛上能看见的和已经知道的地方就这样完全命名了，等将来有了新的发现，还要继续完善这项工作。

对于各个部分的方位，工程师依据观察太阳的高度和方向的结果，大致作了一个测定：联合湾和眺望岗位置在正东。可到了第二天，根据日出日落的精确时间和记录午时太阳的位置，他准确判断出海岛的正北方向，因为海岛在南半球，所以太阳在正好过中天的时候，所经过的是北面而不是南边，与在北半球看到的太阳方位并不相同。

所有的工作都做完了，居民们现在只等着走下富兰克林山返回“石窟”了，这时潘克洛夫忽然大叫了起来：“好哇！我们真是大傻瓜！”

“怎么？”吉丁·史佩莱问道，他已合上了笔记本，站起身来准备走了。

“怎么了！我们现处的岛，竟然忘了给它起名字了！”

赫伯特正准备建议用工程师的名字来给海岛命名——伙伴们绝对都会同意的——可这时赛勒斯·史密斯简单地说：“朋友们，让我们用一个伟大的公民的名字来给它命名吧，这个公民现在正在为了保卫美利坚合众国的统一而在作斗争，让我们把这个岛叫做林肯岛吧！”

大家连续欢呼了三次，表示拥戴工程师的提议。

那天晚上睡觉之前，这群新来的移民谈到他们许久未知的祖国；谈到恐怖的流血战争；他们深深地相信南军很快将要失败，有了格兰特将军，有了林肯，北军的事业——那就是正义的事业——绝对会胜利的！

那是1865年3月30日的事情。他们想不到16天之后，华盛顿会出现了一件可怕的阴谋，也就是在受难日的星期五那天，亚伯拉罕·林肯竟死在一个疯狂的暴徒手里。

第十二章　大自然的馈赠

林肯岛的居民向四周看了最后一眼，随后便爬下火山口，绕过火山锥，大概半个小时以后，他们就返回到昨晚过夜的高地，潘克洛夫认为已经到了吃早饭的时间了，因此他们就想起了应该把通讯记者的表与工程师的表核对一下。

吉丁·史佩莱的表并没有被海水侵入，因为他是降落在海水到达不了的沙滩上。那是一件做工精良的用品，一只十分完好的怀表，通讯记者每天都不会忘了给它上发条。工程师的表则是在他到沙丘上的那段时间内停止的。

现在工程师将他的表上足了发条，根据太阳的高度确认大约是在早上9点钟，因此就将这个表对在这个时间上。

吉丁·史佩莱也准备按照当地的时间对表，可工程师却拦住他的手说：

“不，亲爱的史佩莱，稍等一下。你的表上的时间是里士满的吗？”

“是的，赛勒斯。”

“那这么说，你表上的时间是按照里士满的子午线确定的，而里士满和华盛顿的子午线又相差无几，对不对？”

“当然。”

“很好，那就先保持这样吧。记住每天要给它上发条，可千万不要拨表上的针，这可能会对我们有用。”

“这有什么用途？”水手暗自想道。

他们痛快地吃了一顿，剩下的野味和松子全部都吃完了，可是潘克洛夫一点也不发愁，他们边走边补充。给托普吃的那份似乎十分适合它的胃口，它总能在灌木丛中寻找到新鲜的野味。水手还想让工程师制造一两支猎枪和一些火药，他认为这对工程师而言是小事一桩。

下了高地之后，工程师向伙伴们建议不再从原路返回“石窟”，而另选择一条新路。他想视察一下那在树木环抱中的漂亮的格兰特湖。因此他们便沿着一支山脉的山脊走去，汇聚成格兰特湖的细流，大概就是在这些支脉中发源形成的。居民们在谈话中都使用了新的地名，这些地名极大方便了他们互相表达。年轻的赫伯特和天真的潘克洛夫都已着了迷，水手一边走一边说："嘿，赫伯特！听起来很顺耳！我们再也不会走失了，孩子，哪怕是朝着格兰特湖方向走，还是顺着慈悲河穿越远西森林，我们都能走到瞭望岗，然后就可以到达联合湾了！"

大家一致同意，必须等到聚齐之后再走，坚决不单独走。海岛的密林里肯定有凶猛可怕的野兽，谨慎起见，应当严加提防。在通常的情况下，总是由潘克洛夫、赫伯特和纳布开路，托普在前方带领着他们，每一簇树木之间它总会去钻一钻，通讯记者和工程师肩并肩走着，吉丁·史佩莱随时准备记录发生的事，工程师通常很少开口讲话，有时则会独自去捡些东西，有些是矿物，有些是植物，他总是一声不吭地将捡来的东西放到口袋里。

"他在捡些什么呢？"潘克洛夫嘟囔地说，"我找来找去也没看出来可以值得去弯腰捡的东西。"

快到10点钟的时候，小队走过了富兰克林山的最后一级山坡，那里的树木还十分稀疏。他们走过了一片黄色石灰质的地面，这种土壤几乎形成了一块长达1英里的平原，一直伸延到森林的边缘。大块的玄武岩——按毕斯可夫的学说，最少要经过三亿五千万年，这种岩石才会冷却——分散在平原各处，分布得十分不规则。可是北部山坡上独有的熔岩，在这里一点也没有。

赛勒斯·史密斯准备一路上平安无事地到达小河的源头，他认为小河发源于平原边缘的森林脚下，这时候他突然看见赫伯特急忙忙地往回跑，纳布和水手则躲在岩石的后面。

"怎么了，孩子？"史佩莱问道。

"烟，"赫伯特回答说，"我们发现在距离我们100步远的石头丛里在往上冒烟。"

"这儿有人？"通讯记者喊道。

"在不清楚对方来历之前，我们坚决不能暴露自己，"赛勒斯·史密斯答道，"我觉得这个岛上是没有土人的，我最害怕碰见他们了。托普去哪里了？"

"托普在前面呢。"

"它没有叫吗？"

"没有。"

"奇怪。可我们应该想办法把它叫回来。"

没多大工夫，工程师、吉丁·史佩莱和赫伯特就与他们另两个伙伴聚在一起，他们都藏在玄武岩的石堆的后面。

从那里他们清晰地看出一丝黄烟升向天空。

托普的主人轻轻吹了声口哨，将托普喊了回来，他朝着伙伴们做了一个手势，让他们等着他，随后就从岩石中悄悄地溜了过去。这些新移民们一丝不动地等待着探听出的结果，等得十分不耐烦，这时候突然听见工程师喊了一声，于是他们都急匆匆地向前冲去。他们很快便来到了他跟前，只感觉到空气中弥漫着一股刺鼻的臭气。

工程师乍看到烟的时候也大吃一惊，这并不是没有道理的，可是这股烟味却十分容易辨认，他一闻便猜出它的来源了。

“这个火，”他说，“或者说这股烟，根本都是大自然产生的。那儿有一个硫磺泉，如果我们喉咙痛了，治一下就会好了。”

“史密斯先生！”潘克洛夫喊道，“可我并没有伤风呀！”

因此居民们便向着浓烟上升的地方走去，他们看到在那里有一股硫磺泉水从岩石中涌现出来，泉水再吸收了空气中的氧气之后，便散发出一股强烈的硫酸味。

赛勒斯·史密斯将手伸到泉水中，便感到泉水滑腻腻的，他品尝了一下，味道十分甜，水的温度约有华氏 95 度。赫伯特问他根据什么才能计算出水的温度。

“很简单，孩子。”他说，“因为当我将手伸到水里的时候，我既然感不到烫，也不感到凉，因此它的温度与人的体温差不多，而且人的体温就在华氏 95 度左右。”

硫磺泉对于居民们来讲并没什么实际用途，因此他们便朝着几百步外的森林边走去了。

果然不出所料，清澈的河水就是在这里流出的。小河的两岸都很高，都是红土，这种颜色表明土壤中含有氧化铁，根据这个土色，他们立即将小河命名为红河。

其实这是一条大河，河水又深又清，都是由山涧水汇合而成的，它半像河水，半像奔流，有时候安安静静地流过砂石，潺潺作响，有时则冲击到岩石上，或从高处直泄而下，形成一个瀑布，从这儿流到格兰特湖，最少在 1 英里以上，宽 30 到 40 英尺。这条河是淡水河，湖里的水想来也就是这样的，如果可以在湖边找到一个比“石窟”更为适合的住所就好了。

河水流出几百英尺之外，两岸有许多的树木都被遮盖着，这些树木大多是美国和塔斯马尼亚温带地区最为常见的品种，却不是他们在离眺望岗几英里那一带所见的松柏科。那时正是 4 月初，这就相当于北半球的 10 月，初秋时节，树木的枝叶还算得上茂盛，林中最主要的是柽柳和有加利树，其中有的到明年就能生出一种香甜的甘露蜜，这与东方的甘露蜜没什么两样。倾斜的河岸上成丛生长着澳洲杉，地面还覆盖着一种极高的草，新荷兰将它称作“袜草”，可太平洋各群岛上盛产的椰子这里却没有，没有疑问，这是因为纬度实在太低了。

“真可惜！”赫伯特说，“那般有用的树，果实又是那般好！”

飞鸟群集在有加利树和柽柳的稀疏的树杈之间，树枝根本就没遮住它们的翅膀。黑的、白的与灰色的美冠鹦鹉、五颜六色的长尾鹦鹉、浑身闪烁着绿色光泽的红头鱼狗、蓝鹦鹉，以及四周其他各种花花绿绿的飞禽，就像万花筒一样。它们一边拍着翅膀，一边叽叽喳喳地乱叫，几乎都要将耳朵吵聋了。突然，丛林中好像响起了奇怪的合奏，许多不和谐的声音一并响了起来。居民们先后听见鸟叫声、野兽吼声，还有种好像是土人嘴中发出的声音。纳布和赫伯特朝着灌木丛冲去，连“必须小心戒备”的基本原则都忘了。幸好他们在那儿既没有看到凶猛的野兽，也没看到可怕的土人，只发现了6只擅长模仿各种叫声的鸣禽，那也就是所谓的山雉。一根棍子准确地打了几下，它们的合奏立即中断了，居民们还可以用它们做一顿上好的晚餐。

赫伯特还发现一些漂亮的鸽子，它们有些长着青铜色的翅膀，有些长着华贵的冠毛，有些全身碧绿，仿佛就是麦加利港的鸽子，可想要捉到它们是没有希望的，以及那些成群飞翔的乌鸦与喜鹊同样无法捕捉。

如果有支猎枪，一枪就能打死它们一大群，可是猎人们手里投掷的武器只有石头，当做枪的也只是棍子，这些原始武器真的不能满足打猎的需要。

没多长时间又有一群动物在丛林中跑了过来，它们连蹦带跳，一跃就是30英尺的距离，是一种真正的“飞兽”，跳得既快又高，看起来与松鼠没什么两样，从一棵树跳跃到另外的一棵树上，这时候居民们更加感到武器不中用了。

“袋鼠！”赫伯特喊道。

“好吃吗？”潘克洛夫问道。

“袋鼠肉啊，”通讯记者说，“炖好了就能比得过最好的腊味！……”

吉丁·史佩莱这句诱人的话还没讲完，水手就带领着纳布和赫伯特朝着袋鼠赶了过去。赛勒斯·史密斯想将他们喊回来，可是白费力气。这种灵敏的动物一看见有人来，就像皮球般跳走了，猎人想要追赶它们，一样是白费力气。他们追了5分钟，连气都喘不上来了，袋鼠却全都钻进了森林中，一只也看不到了。托普与它的主人相比，也没什么好的办法。

“史密斯先生？”潘克洛夫等到工程师和通讯记者走过来之后说，“你看！必须要造几支枪不可，你说能不能造？”

“也许可能。”工程师答道，“可是我们第一步要先制造些弓箭，我相信你肯定能使用得跟澳洲猎人同样娴熟。”

“弓箭！”潘克洛夫不屑地说，“那是些孩子们玩的！”

“别骄傲，我的潘克洛夫先生，”通讯记者说，“从很多世纪前开始，弓箭就让大地染上了鲜血。火药只是不久前才出现的，可是战争呢——十分的不行，可以说从有人类起就有了！”

“不错，说得对，史佩莱先生，”水手说，“我说话总不加思考，请你原谅。”

赫伯特向来对他自己所爱的博物学感兴趣，这时他再次回到袋鼠的话题上去了：

“并且，我们现要对付的是最为难捉的一种，那是一种大袋鼠，长着灰色的长毛。如果我没有记错的话，那么还会有黑色的和红色的袋鼠，岩石袋鼠和鼷，那些袋鼠捉起来相对容易。据统计大约有 12 种……”

“赫伯特，”水手直截了当地说，“在我看来，袋鼠只有一种，那就是‘肉叉子上的袋鼠’，可我们今晚却偏偏没捉到！”

他们听了潘克洛夫新的分类方法之后，都不由得大笑起来了。晚上只能吃山雉了，忠诚的水手丝毫没掩饰他内心的遗憾，可是他竟又遇见了一件幸运的事。

托普为了切身的利益，四处去搜索，它肚子越饿，直觉就越灵敏。假如托普私自去打猎的话，恐怕不管是什么野味，只要落到它的爪牙之下，一点也不会留给猎人们，可惜现在纳布在监视着它，它只能老老实实的了。

快到 3 点的时候，托普钻进灌木丛里不见了，一阵低低的咆哮声表明它在与什么动物扭打。纳布跟着也冲了进去，立即就看见托普在拼命地吞食一个小动物，再晚去个 10 秒钟，这只小动物整个就会被它吞下肚去了。幸好托普攻击的是一窝，除去它吃掉的之外，还有两只啮齿动物（这些动物从属这一类）瘫在草地上。

纳布一手提着一个胜利地返回了。它们仅仅比兔子稍微大一点，全身长着黄毛，夹杂着绿色的斑点，尾巴退化得只剩下短短的一点。

这种啮齿动物正确的名称没能将这些美国公民难住，它们都是刺鼠的一种，叫做“马拉”，比热带地区的与美国常见的兔子稍微大一点，都长着一对长耳朵，跟刺鼠不同的是：嘴的一边长着五个臼齿。

“哈哈！”潘克洛夫喊道，“烤肉来了！我们能回家了。”

他们停留了一会儿又继续向前走。柽柳、山茂和高大的橡胶树形成了一道拱门，清澈的红河在下面流过，漂亮的丁香树竟然高达 20 英尺，这里面还有很多年轻自然学家不知道的树，它们都垂在小河上，绿荫下的河水潺潺作响。

这边的河面宽了许多，赛勒斯·史密斯估计着他们很快就要到达河口，果然，当他们在一丛美丽密林钻出来时，就看见已经到了尽头。

探险家们赶到格兰特湖的西岸，这里的景色很有观赏价值。湖的四周大概有 7 英里，面积大概有 250 英亩，湖边生长着各种各样的树木。东边几处较高的湖岸有道美丽的苍翠屏障，透过屏障清楚地看见一道海洋闪闪发光。湖岸的北边明显错落有致，跟南部俊俏的轮廓形成鲜明的对比。这小小的格兰特湖湖畔常栖息着很多的水禽，距离南岸几百英尺的湖面上有许多的岩石暴露出水面，它们就像是安大略湖里的“千岛”。几对鱼狗和谐地群居在那里，一丝不动地停在一块石头上，静悄悄地等待着游鱼，只要有一点发现，便尖声一叫，钻到水底，紧接着便衔着猎获物出来。岸上和小岛上许多的水禽都无所顾忌地走着，其中便有野鸭、塘鹅、水鸡、红嘴鸟、舌头像刷子般的水鸟和一两只漂亮的琴鸟——它们光鲜的尾巴张开了，就跟“里拉”一样。

这是一个淡水湖，湖水颜色十分深，却很清澈，水面上常有几处水泡泛起，荡漾出无数一圈圈的涟漪，随后又彼此碰撞到一起，由此可见这水底的游鱼是不会少的。

“这个湖好美！”吉丁·史佩莱说，“最好我们就住在湖滨一带！”

“我们会住到这里的！”史密斯说。

居民们准备选一条最近的路返回“石窟”，因此就朝着湖南边的拐角处向下走。这里的灌木和丛林从来没有人走过，要想从中开辟出一条路来十分不易。他们就这样朝着海岸走去，一直到眺望岗的北边。他们披荆斩棘，向着这个方向行走了2英里，越过最后的一带树木，高地就在他们眼前呈现。高地上铺着一层厚实的绿茵，再往前就是一望无际的海洋。

想返回到“石窟”，只需要斜着穿过高地走1英里，后再向下走到慈悲河第一个拐角就到了。可工程师想了解一下湖水涨满后是从哪里泄出的，因此他们便穿过树木，又向北探索了1.5英里。周围一带可能有瀑布，是从花岗石缝中倾斜出来。简洁地说，这个湖是一个庞大的中心盆地，小河的流水慢慢将它灌满，湖水注定会形成瀑布再流向大海。要是真的是这样，工程师认为也许能利用瀑布的力量，要不这股水力也是白白浪费掉了。因此他们爬上高地，继续朝着格兰特湖前进，可是按着这个方向走了1英里，赛勒斯·史密斯还没能发现这个在他看来必定存在的瀑布。

那时已经是4点半了，为了晚餐，居民们不得不返回到家里去。因此小队折回原路，沿着慈悲河的左岸回到了“石窟”。

篝火点了起来，纳布和潘克洛夫向来是负责烹调的——一个是黑人，一个是水手，都具有这种本领——很快便烤好了一些刺鼠肉，大家都饱餐了一顿。

晚饭吃完了，大家正准备睡觉，赛勒斯·史密斯突然从口袋中拿出几块不一样的小矿石来，他简洁地说：“朋友们，这是铁矿石，这是黄铁矿石，这是陶土，这是石灰石，这是煤，自然界将这些东西都提供给了我们，至于能不能好好的利用就看我们自己了，明天我们就要开始工作了。”

第十三章　海岛经纬度

“那么，史密斯先生，我们从哪儿开始干呢？”第二天早上潘克洛夫向工程师问道。

“从头开始。”赛勒斯·史密斯答道。

的确，居民们不得不从“第一步”开始。他们甚至连制造工具的基本工具都没有，他们没有时间，因为他们需要自己制造一些必不可少的生活必需品，尽管他们有着许多经验，犯不着自己去探索，可一切还是要自己去动手做，他们的钢和铁还处在矿石状中，陶器也处在陶土状中，布匹和衣服则处在纺织原料状态中。

可有一点必须声明，这些居民都是“人”，并且是不折不扣的万物之灵。工程师史密斯根本找不到比这些伙伴们更聪明热情的助手了。他了解他们，他知晓谁有多大的本领。

吉丁·史佩莱是一个精巧的通讯记者，由于职业的要求，因此他什么都学。这个孤岛的开拓，他的头脑和双手都能发挥出极大的作用。他不惧怕任何的工作，他是一个热爱打猎的猎手，可现在他要将自己一向当做消遣的事情变为自己的职业了。

赫伯特是一个有胆量的孩子，他已经具备了十分丰富的自然科学常识，他可以为共同的事业给予很大的好处。

纳布则是热诚的化身。他聪明、机智、刚强、健壮，有着钢铁般的体格，并且还懂得一些打铁的常识，在小队里绝对有很大的用处。

至于潘克洛夫，他在各个海洋都航行过，在布罗克林的造船所里当过木匠，在这个州的船上做过助理裁缝，假期中还做过园丁、栽培匠等。同时他也跟所有的水手一样，什么都能干，并且样样都精通。

这五个人都敢于同命运作斗争，并且都有极大的把握取得胜利，能将这五个人凑在一块儿，的确很难得。

赛勒斯·史密斯已经说过了，要“从头做起”。工程师所谓的这个“头”，就是要先制造出一种器具，让它来改变天然的物质。大家都清楚，在这过程中必须要有大量的热量。燃料（木柴或是煤炭）随时都会有，现在要做一只炉子。

“做炉子干啥？”潘克洛夫问道。

“用来晒制我们所需的陶器。”史密斯回答说。

“可用什么来做炉子呢？”

“用砖头。”

“砖头从哪儿来？”

“用陶土做。我们开始吧，朋友们。为了方便，我们就将原料产地辟为工厂，纳布负责送吃的东西，那里火多的是，可以烹调。”

“不，”通讯记者说，“没有可以打猎的武器，吃的东西也就没有，那该怎么办？”

“啊，要是有把刀就好了！”水手洪亮地说。

“怎么？”赛勒斯·史密斯问道。

“是啊！有了刀我立刻就能做一副弓箭。这样，伙食房里就有众多的野味了！”

“是的，一把刀，一把快刀……”工程师自言自语地说。

这时史密斯看到托普在岸边奔跑，他的脸上突然奕奕有神起来。

“托普，过来！”他说。

托普一听见主人喊它便跑了过来，史密斯用两肘轻轻夹着它的头，将它脖子上的套环解开，他将它折成了两段，说：“这是两把快刀，潘克洛夫！”

水手兴奋得欢呼了两声，代替了回答。托普的套环是使用薄的挥霍钢片造成的，只要在沙石上将它开了口，随后在较细的石头上磨快就可以了。海滩上沙石很多，只需要两个小时，他们就磨好了刀，装上牢固的刀柄，因此小队就有两把快刀当做工具了。

制造成第一批的工具之后，他们高兴地欢呼起来。这确实是他们珍贵的劳动成果，并且完成得十分及时。于是他们出发了。赛勒斯·史密斯提议到格兰特湖的西岸去，前天他还曾注意到那里的陶土地，还捡了些作为标本带了回来。于是他们顺着慈悲河，穿过眺望岗，行走了 5 英里多，到了一块林间的空地，这里距离格兰特湖还有 200 英尺。

赫伯特在路上还发现了一种树木，南美洲的印第安人就是将它的树枝做成弓的。那就是棕榈科的克里井巴树，这种树的果实并不能吃。他们砍了些长直的树枝，捋去树叶，将两头削细，让中段比较粗壮，就这样只需要寻找一种适合的柳条做弓弦。最后他们找到一棵木槿，它的纤维十分结实，可以跟动物身上的筋腱相比。于是潘克洛夫就把它做成一张极为有力的弓，现在就只剩下箭了。箭杆是十分容易做的，他找了些硬直且没有节的树枝就做成了。可还缺箭头，铁的替代品却不易找到。潘克洛夫说他已用尽全力，余下的只能靠碰机会了。

居民们来到前天发现的地方，这里到处都是陶土，适于制造砖瓦。这项工作并不算困难，只要用沙子将陶土中的杂质滤净，然后将陶土做成砖头的形状，用柴火烧制就可以了。

砖坯通常都是用模子压出来的，可工程师只能用手来做。这件工作整整做了两天，工人们将陶土浸在水里，手脚并用，将陶土调和好。随后将它们分为一样大小的块，一个熟练的工人一般 12 个小时就能做 1 万块，可林肯岛上的这 5 个制砖工人，两天所做竟还不到 3000 块。他们将制成的砖坯一块接一块地排在一起，等过三四天全部烧干，就可以来砌炉子了。

4 月 2 日那天，史密斯测定出海岛的方位，也就是说，确定看日出的准确方位。前一天他就精确地记下了太阳落到水平线下的时间，并且将折射差也考虑了。这天早上，他又再次精确记录了太阳升起的时间。从日出到日落共是 12 小时 24 分。于是在日出后 6 个小时 12 分时，这天的太阳应该正好通过子午线，它在天空中的方位就是正北。

到了上述的时刻，赛勒斯就将这一点也记了下来，找到与太阳连成一条直线的两棵树，这两棵树能帮他确定方位。他一个人默默地完成好这项工作，就这样便找到当地永恒的子午线。

在炉子做好的前两天，居民们寻找到了大量的燃料。他们把林间空地周围的树枝全部都砍了下来，还捡回了全部落在树底下的枯枝。潘克洛夫现在有了几打带着尖头的箭，打猎也相对顺利了。这些箭头是由托普提供的，它打到了一只豪猪，虽然这豪猪的肉不好吃，可它身上竖满的硬刺却是十分的宝贵，将这些硬刺装在箭头上，再添加些美冠鹦鹉的羽毛，射起来就很准确有效了。通讯记者和赫伯特没多久就成了技术娴熟的神弓手。自此“石窟”里便有了大量各色各样的野味，比如：水豚、鸽子、刺鼠、松鸡等。这些动物大多数都是从慈悲河左岸的森林地带打来的，他们将这部分森林称为啄木鸟林，因为在潘克洛夫和赫伯特第一次出来探险时，曾在这里追过一只啄木鸟。

这些野味大多在新鲜时就被吃了，不过居民们也留了些水豚腿。他们先用清香的树叶将水豚腿裹上，后用柴火熏烤。这种食品尽管非常富有养分，可他们今天烤，明天烤，大家都十分希望火炉上能有一些熬汤的声音；这必须要等到制造出锅子的时候，也就是，必须要等到炉子造完以后。

这几次出猎都没离开制砖场太远。有一次，猎人们还在途中发现了大动物留下的足迹，这些动物脚爪十分有力，可他们认不出是哪类野兽。赛勒斯 · 史密斯让大家谨慎些，森林里可能有许多猛兽。

他的指示是十分正确的。果然，有一天吉丁 · 史佩莱和赫伯特发现了一只野兽，它的样子很像美洲豹。幸好它没有扑过来，不然就算他们能侥幸逃离，也少不了身受重伤。吉丁 · 史佩莱决定只要有件正式的武器——那就是潘克洛夫所想要的枪——就可以与这些猛兽们拼命，将这些荒岛上的猛兽全都消灭了。

这几天他们没有修整“石窟”，因为工程师想要找到一个更方便的住所，必要时，可以自己制造一个。他们就暂时在通道沙地上铺上一层地苔和枯叶，可并没有作进一步的打算，工作累了之后，便睡在那些原始的床铺上。

他们将在林肯岛上所度过的日子计算了一下，从那时候起，他们就保持了每天记日志的习惯,4月5日星期三，这是风暴将这些遇难的人扔到海岸上的第12天。

4月6日，天刚破晓，工程师和他的伙伴们都在林间空地上集合，准备在这里烧窑。这种工作经常不是在窑里就是在露天的地方进行，凝固的砖坯砌成大窑，随后再用窑来烧砖坯本身。他们将捆好的木柴放在地上，把早已干的砖坯成排地围在燃料外，没多长时间就围成一个立方形，在立方形的最外层，又打通了几个通气孔。这项工作完完全全地进行了一天，直到傍晚，他们才在柴捆上点火。当天晚上大家都没睡觉，全部都在小心地看着柴火，不让它熄灭。

烧砖工作整整进行了48小时，最后完全成功。接着还必须要等到热气腾腾的半成品冷却下来，在这期间，纳布和潘克洛夫在赛勒斯·史密斯带领下返回到湖的北边去了，将那里的石灰石和普通的石头使用一个树枝编成的筐子装了一大批运回来。经过加热，它们就将分解成一种浓度极高的生石灰，经过沸化，生石灰的体积极大地膨胀了。它们的质地十分纯粹，最少与白垩或碳酸钙烧成的一样。将石灰与细沙搅拌在一起，就成为了上等的灰泥。

分别开始了这些准备工作，到4月9日那天，工程师就有了相对多的熟石灰和几千块砖头可使用了。

他们抓紧时间，立即开始砌窑，准备焙烧他们不可缺少的日常生活陶器。他们没有碰到多大的困难就成功了，5天过后，窑里就开始烧起了煤——那是工程师在红河河口一带露天的地方发现的。第一缕炊烟在20英尺高的烟囱里缓慢地升起来，林间空地成为了一个作坊，潘克洛夫甚至以为这个土窑可以制造出各种现代的工业品来，这种想法也不算太过分。

在这期间，居民们最先制造出了一只可烹调用的陶土罐。主要原料是陶土，史密斯还在里面添加了一些石灰和石英混合而成的正式“管土”。他们拿着适当形状的石头当做模子，用陶土做饭碗、茶杯，另外还添加了些盛水的大壶等。虽然这些陶器看起来很笨重，且很不美观，可是经过高温焙烧后就不一样了，“石窟”的厨房里添加了不少的器皿，居民们把它们看得跟最精致的上釉瓷器同样宝贵。可必须提起，潘克洛夫为了知道这种陶土配不配称得上“管土”，便做了几只大烟斗，结果他感到十分满意，可遗憾的是没有烟叶，这一点让他十分气馁。“别的东西能找到，烟草也同样能找到的！”他信心满满地重复着。

这项工作一直持续到4月15日，中间没浪费一点时间。居民们一下都变成陶土匠，整天只做陶器。什么时候赛勒斯·史密斯觉得可以做铁匠活了，他们则会变为铁匠。第二天是星期日，是复活节，大家都同意休息一天。

4月15日傍晚，他们将陶器运到“石窟”，炉子早都熄灭了，等以后有新用途时再烧吧。他们返回的时候，碰见了一件值得庆幸的事，工程师发现了一种可以替代火绒的东西。他从一种多孔菌科的植物上得到了一种海绵状的柔软菌肉，这种菌子进行适当的加工，特别是事先让它粘上火药，或是在硝酸盐或氯化钾的溶液里煮沸之后，特别容易燃烧。之前，他们没能找到这种多孔菌，也没有发现一种可以替代的食用菌。这天工程师发现一种艾属的植物——主要品种是苦艾、薄荷、茵陈蒿等等——他把采集的几把植物递给水手说："拿去，潘克洛夫，这回你应该高兴了吧。"

潘克洛夫认真地看了一下，这种植物上有许多鲜亮的长须，叶子上遍布着软毛。

"这是什么，史密斯先生？"潘克洛夫问道，"是烟草吗？"

"不，"史密斯回答说，"是苦艾，学者们将它叫做中国艾，可我们要将它当做火绒使用。"

等苦艾干燥到一定程度之后，特别是当工程师事后将它在硝酸盐溶液里浸透了以后，它就变成了一种十分容易燃烧的引火材料。对于硝酸盐，事实上就是硝石，岛上有许多这样的矿层。

这一天，移民们的晚餐十分丰盛：纳布炖了一锅刺鼠肉汤，还有一只熏水豚腿，他特意在熏腿上加了些煮熟了的"贝母属"块茎，这种白星海芋属的草本植物，十分好吃，并且富有营养，有点像英国所卖的"朴德兰西米"，现可以拿它当做面包吃，因为林肯岛上的居民，到现在还没有面包。

吃过晚饭，在睡觉之前，史密斯和他的伙伴们到海滩上去散步。那时已经是晚上的 8 点钟，夜色十分优美。这是满月过后的第五天，月亮还没升起，可水平线上已泛起一片银白柔和的光辉，那可以算得上是月亮的"曙光"。周极星在南边的天顶上闪烁，其中最明显的就是南十字座。几天以前，工程师就曾在富兰克林山顶上见到过它。

赛勒斯·史密斯凝视着这个美丽的星座好久，它的上下各有一颗一等星，左边有一颗二等星，右边有一颗三等星。

他考虑了几分钟，随后向少年问道："赫伯特，今天是 4 月 15 日吗？"

"是的，史密斯先生。"赫伯特说。

"一年之中，总共有 4 天时间与平均时间全部相等，如果我没有记错的话，明天就会是其中的一天，也就是说，孩子，在明天刚到 12 点时，太阳会在几秒钟内正经过子午线。如果天气好，我想可以大致准确地算出海岛的经度来，最多不会相差几度。"

"不用仪器，不使用六分仪吗？"吉丁·史佩莱问道。

"不用，"工程师说，"并且，今天晚上的夜空十分晴朗，我现在就要算出南十字座的高度，也就是说，依据水平线上的天际，想办法求出我们的纬度。要知道，朋友，在没准确确定方位之前，我们还无法确定这片陆地是不是一个孤岛；我们必须要尽可能精确地知道它与洲、大洋洲，或是太平洋主要群岛的距离。”

“确实，”通讯记者说，“如果我们距离有人的海岸还不足100英里，那制造一只船就会比盖一所房子更加重要。”

“因此，”史密斯说，“今天晚上我要想办法算出林肯岛的纬度来，明天中午我再继续想法求出经度。”

于是史密斯返回到“石窟”里去了，他在火光下，削了两把小平板尺，将它们的一端连接起来，制造成一个圆规。圆规的两只脚能分开，也能合并在一起，连接的部分是用柴火堆里找来的一枚结实的橡胶树刺钉在一块的，仪器制造完了，工程师又返回到海滩上。可天极的高度必须在没云的水平线上进行测量，也就是说，必须在海上测量，可南方的水平线则被爪角挡住了，因此他不得不找另一个比较合适的地方。最理想的地方显然是正对南方的海岸，可那要费一些事，渡过慈悲河。最后史密斯决定在瞭望岗上进行观察，他自然而然地也考虑到高地的海拔——他准备第二天应用几何原理，将高地的高度求出来。

于是居民们都爬到慈悲河的左岸，到高地上去了。他们都站在高地的边缘，也就是自西北到东南沿河一带奇特的石头上。

这带高地的前面就是慈悲河左岸的山岗，这片山岗一直朝着爪角的尽头和荒岛的南部倾斜下去。他们一眼就看了过去，从爪角到爬虫角整个半圆形的水平线都能看得清楚，没有任何阻挡。初升的月亮将南边的水平线照亮，在天空的衬托下，这部分水平线看起来很清晰。

这时候，南十字座在观察家的眼前出现了，在星座的底部十字架二倒置，那也就是距离南极相对近的地方。

这个星座距离南极比北极星距离北极远。十字架二大概在距南极27度的方位，赛勒斯·史密斯知晓这一点，在计算的时候就将这个角度计算在内了。当十字架二正对着经过南极的子午线时，他同样仔仔细细地进行了观察，因此这样的工作就简单了。

赛勒斯·史密斯将圆规的一只脚对着水平线，另一只脚则对着十字架二，两只规脚之间的距离，就构成了十字架和水平线之间的角距。为了能将这个角固定下来，他用刺针将一根木条横钉在圆规的两只脚上，就这样能将它们之间的角度准确地保留下来。

完成了这一步工作，下步只要计算一下角度就可以了。可首先要将水平线的俯角考虑在内，因此必须要到海平面上去观察，量一下峭壁的高度。有了以上的角度就能求出十字架二的高度，也能求出天极在水平线上的高度，那也是海岛的纬度，因为地球上任何一个地方的纬度都等于当地天极在水平线上的高度。

计算工作预留在第二天进行，到了10点钟的时候，大家都进入了熟睡。

第十四章　小岛坐标

第二天 4 月 16 日是复活节的星期日，居民们刚天亮就从“石窟”里出来，去洗衣服。工程师准备去找到必须的原料——小苏打或是钾碱，脂肪或是油料——立即便开始制造肥皂。对于换新衣服，那是一个十分重要的问题，应找个适合的时间地点来进行讨论。他们的衣服十分结实，哪怕体力劳动天天磨损，最少还可以维持 6 个月，可这一切还要看这海岛是不是靠近有人居住的大陆。如果今天天空放晴的话，这一点就能得到充分的解决。

太阳从清晰的水平线上升起，向人们宣告着一个晴天的到来。那是一个美丽的秋日，似乎温暖的季节就要离别，特意给人们留下的纪念。

现在要测量峭壁的海拔高度，以便完善昨天晚上的观察。

“你不需要一个像昨晚那样的圆规的仪器吗？”赫伯特对工程师说。

“不，孩子，”工程师答道，“我们得换一种方法，但要做到跟昨天一样精确才行。”

只要一有机会，赫伯特什么都想学，因此他跟着工程师一并去了海滨。潘克洛夫、纳布和通讯记者则留在原地做别的工作。

赛勒斯·史密斯预备了一根笔直的木竿，他清楚地知道自己的身高，因此就比对他的身高准确地算出木竿的长度是 12 英尺。赫伯特拿着史密斯给他的垂线，那是用柔韧的植物纤维制作成的，一端紧系着石头。他们走到离海边 20 英尺，距垂直的峭壁快 500 英尺的地方，史密斯小心翼翼地将木竿插入沙地 2 英尺深，他使用垂线让木竿与地面保持垂直。

做完这步，他后退了一段距离，随后趴在沙滩上，在这里眼睛能同时看到木竿的顶端与峭壁的上沿，他仔细地用木棍在观察点上做了个记号，随后对赫伯特说：“你知晓几何学最基本的原理吗？”

“稍微知道一点，史密斯先生。”赫伯特说，他其实一点也不想表现自己。

“你记得两个相似三角形应具备的条件吗？”

“记得，”赫伯特答道，“它们的对应边成比例。”

“好，孩子，我刚做出了两个相似的直角三角形，第一个较小，它的三边是：那根垂直的木竿与从这根小棍子到木竿底部的距离，我的视线就是那三角形的斜边。第二个的三边是：垂直的峭壁——我们想要测量出的就是它的高度——这根小棍子与峭壁底部间的距离，和一样是由我视线所形成的三角形斜边，这斜边也就是那第一个三角形斜的延长线。”

“啊，史密斯先生，我明白了！”赫伯特大声说，“小棍子与木竿之间的距离比小棍子与峭壁底部之间的距离，就相当于木竿的高度比峭壁的高度。”

“一点儿也没错，赫伯特，”工程师说，“我们现在知道木竿的长度，再量一下两段的水平距离，随后按照比例一算，就能求出峭壁的高度，避免了直接去测量。”

他们利用木竿测量出了两段水平距离，木竿在沙滩上的高度是整整 10 英尺。

第一段距离就是从小棍子到插木竿的地方，相距 15 英尺。

第二段距离就是从小棍子到峭壁底部，相距 500 英尺。

量完之后，赛勒斯·史密斯就与少年一起返回“石窟”去了。

工程师把一块平板石拿了出来，这是他一次出外打猎的时候带回来的。这块石头就像块石板，很方便用尖锐的贝壳在上面划出数字来。他算出了以下的比例：

$15 : 500 = 10 : X$

$500 \times 10 = 5000$

$5000 \div 15 = 333.3$

从中可知，花岗石峭壁约是 333 英尺高。

随后赛勒斯·史密斯就将前一天晚上制造的仪器拿了出来，圆规两脚之间的距离就是那十字架二和水平线之间的角距。他最先将一个周圆分成 360 等分，后十分准确地把圆规角落在圆周上，算出的结果是 10 度。在这个角度上再加上十字架二离南极的 27 度，随后再减去观察时在峭壁上离海面高度的值，便得到了一个 37 度的角。南极到水平线之间相差 90 度，从 90 度里减 53 度只有 37 度。因此，赛勒斯·史密斯得到的结论是：林肯岛处在南纬 37 度线上。假如将计算时不精确的程度计算在内，假设误差大概有 5 度，那海岛的位置绝对在南纬 35 度到 49 度之间。

现只差算出经度，就能确定出海岛的位置。工程师准备在这天的中午 12 点钟，太阳经过子午线时进行测试。

他们决定在星期日出去旅行，也就是去湖的北边和鲨鱼湾间的那一带探险。如果时间还来得及，他们就会继续朝着南颚角的北边前进。准备在沙丘上吃早饭，到了傍晚再返回。

8 点半时，小队顺着海峡的边缘前进。对面的安全岛上众多的飞鸟在肆无忌惮地走着。它们的叫声就跟头驴子似的，一听见就知道是潜水鸟。潘克洛夫只从吃的方面来看待它们，他十分满意，尽管这种鸟肉黑些，可吃起来味道却不错。

他们还看见一些巨大的两栖动物在沙地上爬行，毋庸置疑，那是海豹。它们估计是准备在小岛上安家，这种动物是不能从吃的观点来看待的，因为海豹的肉十分油腻，并不好吃。可赛勒斯·史密斯还是十分仔细地看着它们，他并没有说出自己的想法，仅仅告诉大家，没多长时间他们就要去小岛上一次。海滩上散着无数的贝壳，假如让贝壳学家看到了，绝对会心花怒放的；其中有酸浆贝、三角蛤等。可更加实惠的是：纳布在退潮时，在距离“石窟”快 5 英里的岩石丛中发现了一片蛤蜊场。

“纳布这一天没有虚度。”潘克洛夫望着这一大片的蛤蜊场说。

“这个发现真是有运气。”通讯记者说，“听说每只蛤蜊每年可以生产 5 万到 6 万个，那样我们再怎么吃也吃不完了。”

“可我只知道蛤蜊没什么营养。”赫伯特说。

“没错，”史密斯说，“蛤蜊里具有的蛋白质是十分少，假如一个人整天光吃蛤蜊的话，那每天最少要 15 到 16 打才行。”

“好极了！”潘克洛夫说，“那我们就能拼命地吃了，反正这蛤蜊吃不完。我们需要带些当早饭吗？”

水手和纳布知道大家一定赞成，没等回答，便捡了一大堆。他们将蛤蜊装在纳布用木槿纤维做成的网袋里，跟以前已经装的其他食物放在一块，随后他们继续爬上沙丘和大海间的海滨。

史密斯不时地看表，以方便准时观察太阳，这项工作要在正午进行。

海岛这部分，一直到联合湾尽头的南颚角，都十分荒凉。这里什么都看不见，进入眼睛的全是沙石和贝壳，中间夹杂些熔岩的碎片。只有一些海鸟常到这荒凉的海岸上来，比如海鸥、巨大的信天翁和野鸭，潘克洛夫对野鸭十分向往。他想用箭射下来几只，可没成功，野鸭很难停下来，他还没有在它们飞翔时射中它们的本领。

因此水手又对工程师说：“看，史密斯先生，如果没个一两支猎枪，我们这辈子都打不到什么东西！”

“这没什么疑问，潘克洛夫。”通讯记者说，“可这还要靠你，你给我们寻找些铁做枪身，钢做撞针，硝石、炭和硫磺做出火药，水银和硝酸做雷汞，铅做子弹，有了这些东西，那便是最新式的枪，赛勒斯也能帮我们做出来。”

“噢！”工程师答道，“绝对地说，这岛上是能找到这些东西的。不过枪的构造很精致，必须要有特殊的工具才能制造。我们将来再说吧！”

“那么，”潘克洛夫大声说，“我们为什么当时要把吊篮里全部的武器，全部的用具，甚至连我们的小刀都扔了呢？”

“假如当时不将它们扔了，潘克洛夫，气球就要将我们沉到海底了！”赫伯特说。

“嗯，你说的同样也是实话，孩子。”水手说。

随后，水手又想起了其他的问题。

“你想，”他说，“约拿旦·福斯特和他的伙伴在第二天早上发现人跑了，气球也飞走了，绝对要急死了！”

“我才不管他们呢。”通讯记者说。

“那些都是我的主意！”潘克洛夫得意地说。

“这个主意很好，潘克洛夫！”吉丁·史佩莱笑道，“我们被它弄到这儿来了。”

“我宁愿在这儿，也不想在南方人的手里，”水手大声说，“特别是史密斯先生又回到我们的身边来了。”

“咱们想的一样，真的！”通讯记者说，“并且，我们还要些什么呢？什么都不缺了。”

“如果不是这样的地方……什么都要了！”潘克洛夫耸耸肩笑道，“再说，早晚有一天，我们会想办法离开这儿的！”

“假如林肯岛离有人居住的海岛或大陆只有一般的距离，”工程师说，“朋友们，这个日子可能会比你们所想的来得更早些。林肯岛的位置我们在一个钟头内就能知道了。虽然我没有太平洋的地图，可是我脑子里太平洋南部地理记得很清楚。依据我昨天测出的纬度，林肯岛西方是新西兰，东边则是智利的海岸，可这两个国家中相差最少有6000英里。因此，绝对要确定这个岛究竟在这片海洋中的哪一点，这一点我们很快就能从纬度上知道了，我相信应该很准确。”

“帕摩图群岛是在同纬度上离我们最近的吗？”赫伯特问道。

“是的。”工程师答道，“可是我们距离它最少还有1200英里。”

“那边呢？”纳布指着南方，别人的谈话让他很感兴趣。

“那边什么都没有。”潘克洛夫回答说。

“没错，什么也没有。”工程师补充道。

“赛勒斯，”通讯记者问道，“假如林肯岛距离新西兰或是智利不足两三千英里呢？”

“那么，”工程师回答说，“我们不会盖房子，而是先造船，让潘克洛夫来指挥……”

“好哇！”水手大声说，“我随时准备当船长——只等着你造艘能航海的船！”

“如果有必要，我们就制造一只。”赛勒斯·史密斯回答。

的确，这些人遇事向来不慌张，他们谈着谈着，离观测的时间也就近了。赫伯特怎么也想不明白赛勒斯·史密斯在不用任何仪器的情况下如何确定太阳通过海岛子午线的路线。

这时候观测家们距离“石窟”大概走了6英里，距工程师在神秘地得救后被他们寻找到的那部分沙丘不远。他们在这里停了下来，准备吃饭，那时已经11点半了。赫伯特朝着附近的一条小河跑去，使用纳布带来的瓶子装了些淡水返回来。

在将要吃饭的时候，史密斯把全部的东西都安排好了，准备进行天文观测。他在海滨上选取了一片开阔地，这里落潮之后，地面很平整。这片细沙地和冰面同样平滑，甚至没有一粒沙子摆错了地方。对于地面是不是水平的，并不重要，同时，插在地上的那根6英尺高的标杆是否跟地面垂直，也没多大的关系。相反的，工程师还将它歪向南边，也就是海滨背朝太阳的方向，可有一点必须要记住：因为海岛在南半球，所以林肯岛上的居民所有看到的太阳运行弧线不在南边的水平线上，而全在北边。

现在赫伯特清楚工程师准备怎样确定太阳的中天，那也就是经过海岛子午线的方位。所谓经海岛子午线的方位，换个方式说，那就是当地的正南方。他的方法是测量标杆在沙地上的投影，在没有任何仪器的条件下，这个方法能让他测出十分准确的结果。

按道理说，在影子的长度到最短的时候，那就应该是正午12点钟，仔细看影子的末端，就能找到影子在逐渐缩短后，又突然伸长的一刹那。赛勒斯·史密斯将标杆偏向和太阳相对的方向，就能让影子更长一些，因此它的变化可以看得更加清楚了。日晷的时针越长，针点的移动也就越来越方便辨认，标杆的影子也就像是日晷上的指针。

赛勒斯·史密斯估莫时间到了，便跪在沙地上，标杆影子渐渐缩短，他就用小木桩一个个地随着影子插在地上当做标志。他的伙伴们都对此有极大的兴趣，弯着腰观看着工作的进行。通讯记者手中拿着表，准备随时报告影子变到最短的时间。还有一点必须说明，赛勒斯·史密斯开始观测的那天是4月16日，这一天的正式时间与平均时间全部相同，因此吉丁·史佩莱表上的时间，也就是那时华盛顿的真实时间，这样计算起来就更加简单了。这时候，跟着太阳的移动，影子也越来越短，等赛勒斯·史密斯看到影子开始变长时，他就问道，“什么时间？”

“5点1分。”吉丁·史佩莱立即答道。

他们现在只需要将结果算出来，没什么比这更容易了。由此可知华盛顿和林肯岛的经差大概是5小时，也就是说，在林肯岛正午的时候，华盛顿已经到了傍晚5点钟了。太阳绕地球的视动每度要4分钟，那就是1小时移动15度。15度乘5（小时）等于75度。

华盛顿的经度是77度3分11秒，那正好就是从格林威治子午线——美国和英国都以格林威治为经线起点的——算起的第77度，由此算出：海岛绝对在格林威治子午线以西77度加75度，那也就是西经152度的地方。

赛勒斯·史密斯向伙伴们宣告了这个结果，同时，也跟计算纬度时一样，预计出观察时可能出现的误差。他相信他可以确定林肯岛的位置在纬度35度到40度间，经度在格林威治子午线以西150度到155度间。

由此看出，在观察中，他估计可能出现的误差就在上下5度浮动，1度就是60英里，可在实际位置上，经纬线5度可能出现的差错也就是300英里。

可是这误差不影响所要知道的推断。明显林肯岛离任何一个国家和岛屿都很远，如果准备乘一只小船到那里去，那也是太冒险了。

根据计算出的结果，这个海岛事实上离泰地岛和帕摩图群岛最少有 1200 百英里，距离新西兰 1800 多英里，与美国的西海岸相距至少在 4500 英里以上！

赛勒斯·史密斯仔细回忆了一下，他实在想不起在太平洋的这部分还有哪个岛屿靠近林肯岛。

第十五章　开始冶炼工作

第二天 4 月 17 日，水手说的第一句话是对吉丁·史佩莱说的。

“先生，”他问道，“我们今天干什么？”

“赛勒斯先生说该干什么就干什么。”通讯记者答道。

在前个时期，工程师的伙伴们不是制砖工人就是陶器工人，现在他们全部都要变成冶金工人了。

昨天吃完早饭过后，他们就一直走到离“石窟”7 英里的颚骨角，那连绵不绝的沙丘走到了头。那里的土壤看起来像是火山土，并没有像瞭望岗那样的悬崖峭壁，只有一种火山喷发出的奇特矿物质，在两个海角中形成狭长海湾的边缘。居民们来到这里之后，便往回走了。暮色苍茫时，他们返回到“石窟”，可他们想到能不能离开林肯岛还是个问题，就都睡不着了。

海岛距离帕摩图群岛 1200 英里，这是段十分遥远的距离，一只小船是没法渡过的，再说，都快到冬季了，潘克洛夫很强调这点。就算有必要的工具，造只小船也是相当艰难，并且移民们还没工具，他们必须先做锤、斧、锛、锯、钻、刨等，这要很长的时间去准备。因此他们必须要在林肯岛上过冬了，并且需要找个比“石窟”更舒服的地方避寒。

首先需要找铁矿，工程师以前在海岛的西北部发现这种矿藏，这种铁矿不仅适合炼钢，还适合炼铁。

通常情况下，金属埋藏在地下时，质地并不是非常的纯粹，它们通常与氧或硫化合在一起，赛勒斯·史密斯上次带回的两种标本就是这样，一种是没碳化的磁铁矿，另一种是黄铁矿，也称为硫化铁。因此，他们首先要用炭将氧化铁还原，也就是除去氧，那样才会得到纯粹的铁。这个还原过程是必须用炭将矿石烧到温度很高的时候才能进行的，可用这种迅速又简单的土法（它的优点是只要一道工序，就能将铁矿石练成铁），也能用鼓风机——首先将铁矿石融化，后排除与矿石化合在一起的百分之三到四的碳，让它变成铁。

现在，赛勒斯·史密斯需要铁，而且要尽快炼出来。他所捡到的铁矿石质地很优良纯粹，是氧化铁。在捡来时，它是不规则的深灰大块，从中能得到一种正八面结晶体形成的黑色碎末。天然的磁石中都含有这种矿石，瑞典和挪威大量出产这种原料，再将它炼成欧洲最好的生铁。离这个矿脉不远处就是煤层，居民们已使用过这儿的煤了。炼铁需要的原料也在这附近，这就给工作带来了极大的便利。英国的矿藏之所以宝贵，就是因为能从地下同时开采出煤与金属来进行冶炼的缘故。

“那么，史密斯先生，”潘克洛夫说，“我们这就要开始炼铁了吗？”

“是的，朋友，”工程师答道，“为了这点，我们先要进行一种你们所喜欢的工作——去小岛上打海豹。”

“打海豹！”水手转过脸来对吉丁·史佩莱说，“炼铁需要海豹吗？”

“既然赛勒斯说了，那就没错！”通讯记者答道。

工程师已经离开了“石窟”，别人又无法解答这个问题，潘克洛夫只能去准备打海豹的工具。

赛勒斯·史密斯、赫伯特、吉丁·史佩莱、纳布和水手没多久就在岸边集合了，退潮的时候，这一带海峡形成了一条浅滩能通过，猎人们都涉水过去，水还没到膝盖。

史密斯是第一次来小岛上，他的伙伴们却是第二次了。当初，气球就是将他们扔到这里的。

他们上岸的时候，有几百只企鹅望着他们，一点都不害怕。猎人们手中都拿着棍子，本来十分容易就能将它们打死，但这时还不能无端地杀害它们，因为海豹正在几锚链以外的沙滩上躺着，不能惊动它们了。还有一种鸟，样子可老实了，它们的翅膀都退化成了短肢，就跟鳍似的往两边张开，浑身的羽毛跟鳞片一样，居民们也没去侵犯它们。地面上遍地都是小洞，海鸟就在洞里面做窝。他们悄悄地穿过这带沙滩向北走去，小岛尽头那一带水面上有很多黑色的大脑袋在漂浮，如同岩石在移动。

那就是他们准备捕猎的海豹，可要想捉到它们，必须要等它们先上岸，因为它们都长着细密的短毛与纱锭般的躯体，在水里游起来很快，想在海里捉住它更是困难，在陆地上，因为它们的蹼足短小，它们只能摇摆地慢步走动。

潘克洛夫知道这种动物的习惯，他让大家等着，海豹们自然会到沙滩上晒太阳的，并且一会儿就会躺下睡熟，到那时再切断它们的归路，击打它们的头部。

猎人们全都躲在岩石后面，静静地等着。

一个钟头过后，海豹都到沙滩上来玩耍了，上来的有半打多。潘克洛夫和赫伯特绕过小岛海角，切断它们后路，从后面朝着它们进攻。这时候赛勒斯·史密斯、史佩莱和纳布也从石头后爬了出来，向将成为战场的地方溜去。

水手突然站了起来，他大吼一声，工程师和他的两个伙伴立即跑过去站在大海和海豹之间。没多长时间，两只海豹便死在地上了，可其他的几只却安全地逃回了大海。

“史密斯先生，你不是需要海豹吗，现在有了！”水手一边说，一边朝着工程师走去。

“棒极了！”史密斯答道，“我们要用它们来做风箱！”

“风箱！”潘克洛夫喊道，“怎么！这些海豹的命运还算不错呀！”

原来工程师准备用这种两栖动物的皮来制造冶炼时不可缺少的鼓风机。这两个海豹大小平常，身长不足6英尺，它们的头部跟狗的脑袋很像。

如果将这两只海豹抬回去，既费力，也没什么用，因此纳布和潘克洛夫要在这儿剥了它们 的皮，赛勒斯·史密斯和通讯记者趁着这个时间去巡视小岛了。

水手和黑人剥得很巧妙，3个钟头之后，赛勒斯·史密斯就得到了两张完整的海豹皮，他准备不加鞣制，就这样使用。

待潮水再次退下去的时候，居民们就涉水过海峡，返回到“石窟”了。

然后，他们将海豹皮绷在木架上，用纤维将它缝起来，尽量让它不漏气。赛勒斯·史密斯除了有托普的套环做成两片钢刀外，其他什么工具也没有。然而他很有办法，发挥了伙伴们无穷无尽的智慧，3天过后，小队的工具便增添了一件鼓风机，在矿石加热时，就用这个工具朝着矿石里送风——这是争取胜利完成冶炼不可缺少的一个条件。

4月20日清晨，就像通讯记者所记载的，“金属时代”开始了。前面说过的，工程师决定在靠近煤矿和铁矿的地方进行冶炼。根据他的观测，矿脉就在富兰克林山东北支脉的山麓，这地方距离“石窟”6英里，每天都往返家中是没有可能的。因此，决定用树枝搭个棚子过夜，这样，他们就能昼夜不停地进行这项重要的工作。

早晨，这个问题决定之后，他们便出发了。纳布和潘克洛夫先找了一个筐子，将风箱放在上面拖着走，另外还在筐上放了许多的蔬菜和兽肉，除此之外，他们还准备在沿途补充些。

途中要路过啄木鸟林，他们从东南方进入丛林，经过树木最密集的地方，朝西北方斜穿出去。他们必须要开辟一条道路，将来这条道路能把瞭望岗与富兰克林山直接连接起来。沿途有许多很美丽的植物，它们的品种都是大家很熟悉的。赫伯特又发现了一些新的品种，其中有的潘克洛夫将它们叫做“假韭菜”，因为尽管比韭菜大得多，却也与洋葱、日本葱、冬葱和芦笋一样，都属于百合科。这些植物长着木质的根，烧出来很好吃。这些根经过发酵之后，还能制成一种十分可口的饮料，于是他们采集了许多这种树根。

他们在森林里行走了很久，因此有足够的时间去观察林中的动植物。托普则专门搜寻兽类，它在草木间来回穿，将各种动物都赶了出来。赫伯特和吉丁·史佩莱使用弓箭射死了两只袋鼠，还射死了一只既像刺猬，又像食蚁兽的动物。从它缩成一团、全身刺针倒竖的样子看来很像刺猬，它长着利爪，嘴部细长，末端跟鸟嘴一样，这又十分像食蚁兽，另外它还有根伸缩灵活的舌头，舌头上有许多小刺，可以用来捕食昆虫。

“待它下锅之后，”潘克洛夫照例这样问道，“它会像什么？”

“像最好的牛肉。”赫伯特答道。

“好，我们的要求也不能太高了。”水手说。

在旅途中，他们好几次看见野猪，可这些野猪并没朝着小队冲来，看起来他们好像是不会遇见猛兽了，可这时通讯记者隐约发现在几步外的浓密树林中，有只野兽伏在一棵树的低枝间。他原本认为那是只熊，就十分镇定地将它画下来，幸好这只动物并不是可怕的蹠行类，它仅是只无尾熊，一般称作“懒兽”，体形跟较大的狗差不多，身上的毛既硬又脏，脚上有着有力的爪子，能攀登树木，它通常吃树叶。他们认清了这个动物，也没侵犯它。吉丁·史佩莱将写生画的标题“熊”擦了，改为“无尾熊”，随后大家便继续前进了。

傍晚5点钟，赛勒斯·史密斯命令大家停下来，现在他们都穿过森林了，来到富兰克林山东部主要的支脉下。红河就在几百英尺外的地方流过，周围可以得到大量的淡水。

营地很快就安排好了，没一个小时，他们就都在森林边缘的树木间，用爬藤将树枝编了起来，搭成一个营棚，在外面抹上层泥土，就这样建成了一个不坏的住处。他们的地质勘探工作准备在第二天进行。先在营棚前生起了一堆熊熊燃烧的篝火，烤肉在火焰上不停地转动。晚饭准备好了，8点时，大家都睡了，只有一个人在守夜，不让篝火熄灭，防止野兽潜到营地周围来。

第二天，4月21日，赛勒斯·史密斯与赫伯特一同去找古代生成的土层，上一次他已在这片土地上发现了铁矿石标本。他们还在东北一支脉下发现矿脉，这个地方临近红河发源地，并且矿石就暴露在地面上。这种矿石很易融化，含铁量也非常大，十分适合工程师准备采用的还原炼铁法，那也就是加泰罗尼亚人用的土方法，只不过是像科西嘉人那样将这种方法简化了。通常说的土法，需砌个熔炉，造几个坩埚，将矿石和炭一层夹一层地放到坩埚里，随后让它变化还原。可赛勒斯·史密斯不准备使用这些设备，只想将矿石和煤造成个立方体，使用风箱将空气鼓进立方体的中心。毋庸置疑，这是土八该隐以及世界上最早的冶金学家使用的办法。既然亚当的子孙使用这个办法可以成功，并且在铁矿和燃料富足的国家也曾有良好的效果，那林肯岛上的居民也会成功的。

他们在地上不费力气地捡到炭和铁矿，他们首先将铁矿石打碎，用手将铁矿石表层的杂质擦干净，然后就将炭和铁矿石一层夹一层地堆积起来，就跟木炭工人用木柴烧炭那样。这样，在鼓风机的作用之下，炭变成了碳酸，随后又变成了氧化碳，在变成氧化碳的过程中让氧化铁还原，释放出氧气来。

工程师就是这样工作的。他事先在窑内造了一根陶土的管子，将它装在海豹皮风箱一端，后将风箱装在矿石堆周围，工程师使用一个木架、一些植物纤维制造的绳子和一个秤锤做成鼓风机，把大量的空气都吹到立方体中，温度提高之后，空气也催化了化学反应，等到一定程度就能冶炼出纯铁来。

工作很艰巨，需要他们很大的耐心和足够的智慧。最后成功了，冶炼出一块跟海绵差不多的生铁，这块生铁还需要锤炼，就是说，必须要打铁，将熔解的杂质排出去。当然，这些业余铁匠都没有锤子，可他们的情况并不见得比最早的冶金家更糟糕，因此他们便模仿着前辈们的样子干起来了。

他们给一块生铁装上木柄，作为锤子，将花岗石作为砧子，就这样先进行打铁了。他们打出的铁，虽然粗糙些，却十分有用。在无数艰苦尝试过后，最终在4月25日打几根铁条，用它们制作出很多工具，如铁橇、钳子、鹤嘴锄、铲子等。潘克洛夫和纳布拿这些工具，高兴得跟得了宝似的。

可这种金属并没有达到完美的程度，也就是说还不能称之为钢。钢是铁和炭的混合物。要想取得钢，必须要从生铁中去除多余的碳，或是将一定数量的炭加进熟铁中才行。第一种脱炭的方法能生产天然钢或铸钢，第二种加炭的方法则可以制成泡钢。

赛勒斯·史密斯准备炼制第二种，因为他炼的铁质地十分纯。为了这工作，他先用陶土制造成了一个坩埚，将铁和炭末放进坩埚里加热，因此钢就练成了。

这种钢不管是在冷或热的情况下，都能让人随便摆布，因此他就使用锤子在钢上加工。纳布和潘克洛夫在他精确的指导下，把钢烧红了，然后突然浸到水中，制造出许多硬度很强的斧头。

还有许多其他的工具也被制造出来了，形状自然是很简陋，其中有：刨刀、砍柴斧、做短斧用的钢板、做锯和凿子用的钢块；此外还制造了铲子、鹤嘴锄、锤子、钉子用的铁等。5月5日那天，“金属时期”结束了，铁匠们都返回到“石窟”里，很快就有新的工作了，他们也有了新的头衔。

第十六章　托普奇迹脱险

5月6日，这一天相当于北半球的11月6日。连着好几天天气都是阴沉的，现在必须要准备过冬了。可是现在气温还不太低，如果林肯岛上用摄氏寒暑表量一下的话，平均温度绝对还保持在零上10度到12度。这没什么奇怪的，因为林肯岛大概就在南纬35度与40度之间，它的气候跟北半球的西西里岛和希腊是相同的。可希腊和西西里岛也会有严寒和冰雪，因此在冬季最寒冷的时候，林肯岛上肯定也会封冻的，最好还是先做好准备。

总之，就算没有严寒的威胁，雨季也快要来了。这荒凉的海岛孤独的处在大洋中，任凭风吹雨打，这里常常变天，经常造成严重的灾害。因此，寻找比“石窟”更舒服的住所的问题，就要认真考虑并需要立即解决。

自然，潘克洛夫对于自己寻找到的这个住所是有些偏爱的，可他也知道必须要寻找另一个地方了。海水已经来过“石窟”一次了，当时的情况大家都明白，如果再出现一次类似的事件，那就更加无法收拾了。

“并且，”赛勒斯·史密斯当天和伙伴们谈这些问题时补充说道，“我们还需要有些防御设备。”

“为什么？岛上也没人呀。”通讯记者说。

“我们还没看过内陆。”工程师说，“也有可能没人，不过，就算没人，我想猛兽是不会少的。我们必须对可能受到的攻击有所防备，这样就不用每晚守夜或生火了。另外，朋友们，我们对每件事都要有远见。我们所在的地方，是太平洋上海盗常出没的地方……”

“什么！”赫伯特说，“距离陆地那么远他们还会来？”

“是的，孩子，”工程师说，“海盗都是些勇敢的水手，但同样也是十分可怕的敌人，我们要采取一定的措施。”

“好。”潘克洛夫说，“不管是两条腿的野人还是四条腿的野兽，我们都需要提防，可是，史密斯先生，我们先将海岛搜一下，然后再决定行动不好吗？”

“再好不过了。”吉丁·史佩莱加了一句。

“我们在这儿找来找去也没发现一个山洞，可能山的那边有，可谁知道呢？”

“对，”工程师答道，“可你们忘了，朋友们，我们必须要住在靠近水的地方。根据在富兰克林山顶上看到的情况，西边既没有小溪，也没有河流。相反，我们这里却在慈悲河跟格兰特湖之间，这个优越条件是无法忽略的。还有，南半球的风是从西北吹的，这里朝着东方，不似其他地方迎着风。”

“那么，”水手说，“我们就在湖边造所房子吧。现在砖头和工具我们都有了，我们制砖工作、陶器工作、冶金工作和铁工的工作都能干，瓦工的工作肯定能做得了！”

“是的，朋友。可我们不管作什么决定，都要经过全面的考虑。如果我们能找到一个天然的住处，就能省掉许多工作，并且比较安全，因为天然的住宅不仅能防御本岛的敌人，还能防御外来的敌人。”

“对，赛勒斯，”通讯记者说，“可整个花岗石壁都被我们检查过了，连一个窟窿、裂缝都没有！”

“的确，什么都没有！”潘克洛夫补充说，“唉，如果我们能在峭壁高处，在任何危险都达不到的地方凿个住处，那就太好了！面朝大海，有五六间房……”

“房间还有窗户透亮！”赫伯特笑着说。

“还有楼梯能上下。”纳布补充道。

“有什么可笑的？”水手大声说，“难道我所提议的办不到吗？我们现在不是有了鹤嘴锄和铲子了吗？史密斯先生就不能给我们制造火药炸山洞吗？史密斯先生，只要我们需要火药时，你就能做好，对不对？”

潘克洛夫兴奋地发挥着他的幻想，赛勒斯·史密斯静静地听着。如果想要将花岗石炸开，哪怕有炸药也是十分的困难，如果自然界不能帮他们解决住的问题，这确实是一件麻烦事。工程师没有回答水手的问题，而是建议再从河口到北部峭壁尽头的拐角处去细细地检查一遍。

因此大家都出去了，在那快 2 英里的一段距离中，作了一次十分仔细的检查，可峭壁光滑而陡峭，没找到一个洞穴。许多野鸽则在峭壁上空盘旋，它们的窝就在峰顶上，实际就是那参差不齐的花岗石边缘上的部分小孔。

这种情况让人很为难，哪怕是用鹤嘴锄或炸药，要想在这个峭壁上开出一个能住人的山洞来，那全是妄想。因此，当下的情况是：一方面他们必须要放弃以前潘克洛夫所找到的“石窟”；但另一方面是，除了“石窟”之外，这带海岸再也没有什么能藏身的地方。

搜索过后，移民们都来到峭壁北边的拐角处，峭壁一到这里便是终点，再过去是一段十分长的距离往下倾斜，平伏在海岸上。从这里一直到西边的尽头，只剩那一层厚厚的岩石、泥土和沙粒所构成的斜坡，上面点缀些草木，它的倾斜度仅仅有 45 度。斜坡上的树木都是一丛丛地生长在一起的，此外还铺着十分厚的野草。可过去不远，便没有植物了，成了一片铺展得十分开阔的沙地平原，这片平原在斜坡的尽头开始，一直蔓延到海滨。

赛勒斯·史密斯认为漫出来的湖水肯定会流到这边的，他的想法并不是没有依据。红河流过这么多的水，当然需要有河流或其他水道才能输出。可在已探索过的岸上，也就是说，从瞭望岗以西的河口开始，工程师自始至终都没找到这个出口。

工程师现在向伙伴们提议爬上斜坡，从眺望岗返回“石窟”去，这样就能探索湖的东岸与北岸了。大家都表示同意，几分钟过后，赫伯特和纳布便爬上了高地。赛勒斯·史密斯、吉丁·史佩莱和潘克洛夫也沉着地爬了上去。

太阳照射在美丽的湖面上，阳光穿过树木射了出来，这是海岛上景色最优美的地方。他们都看着成群的树木，老树在绿茵上显得更加黝黑，光彩夺目的美冠鹦鹉在枝头尖叫，跟转动的万花筒似的，来回在树木间跳跃。

居民们没有直接走到湖的北岸，他们从高地的边缘绕过，从左边朝着河口走去。那段弯曲的道路最少有 1.5 英里。不过树木疏松，间隔十分宽，走起来不是很困难。显然肥沃的土地到这儿就结束了，红河与慈悲河之间的草木估计不会像这样茂盛。

赛勒斯·史密斯和他的伙伴们都十分小心地在这片新土地上走着，他们的武器只有弓箭和带着铁尖的棍子。幸好没有什么野兽出现，可能它们通常在南部密林出没吧，可居民们突然看见托普站在一条蟒蛇跟前，不由大吃一惊。这条蛇有 14 到 15 英尺，纳布一棍将它打死了。赛勒斯·史密斯仔细查看了一下，后告诉大家这蛇没有毒，它是衲脊蛇，新南威尔士的土人经常饲养这种蛇。可这里也有可能有其他能让人致命的毒蛇，比如叉尾的蝰蛇——它们经常从脚底下竖起来；或飞蛇——它们长着一对耳朵，爬得十分快。托普刚受到一次惊吓，又去追捕别的爬虫去了，它跑得很急促，大家都为它捏了把汗，它的主人立即将它喊了回来。

他们没多久就来到红河注入格兰特湖的地方。探险家们依旧记得，对岸就是他们从富兰克林山下来之后到的地方。赛勒斯·史密斯认为流到湖里的水量是十分可观的，因此大自然绝对会给过多的湖水找个出口，并且会形成一个瀑布，如果能找到它，那会有很大的用处的。

移民们拉开距离向前走，但彼此间保持着联系。他们围绕着湖岸走，湖里的水相当深，看起来每处都有游鱼。潘克洛夫要做几根钓竿，想法钓上来几条。

他们先绕过东北角，湖水可能就是从那儿流出的，因为湖岸差不多跟高地边缘一样高，可还是找不到任何排水的痕迹。移民们又顺着沿岸搜，拐了一小弯过后，湖岸低了下来，跟海岸相平行。

岸这边的森林相对稀疏，可东一丛西一簇的树木却让这周围的风景更加的美妙，从这里能看到格兰特湖的全景，水面没有一丝波纹。托普在灌木丛中搜索，赶出一大群各色的飞鸟。吉丁·史佩莱和赫伯特朝着它们射了几箭，有一只让少年射中了，掉落在草地上。托普跑了过去，衔着一只美丽的水鸟返回，它全身青灰色，嘴十分短，前额相当发达，脚爪有蹼连着，跟花边一样，翅膀的四周镶着一道白线，这是一只“黑鸭”，大小与较大的鹧鸪没差多少，是一种长趾类的水禽，处在涉水鸟和蹼足鸟之间。这种鸟的味道真心不值一提，跟雉相比差多了。可托普并不跟它的主人们那样挑剔，因此大家决定将“黑鸭”留给它当晚饭。

居民们现在朝着湖的东岸走着，没多长时间就到了上次来过的地方。工程师没找到湖水流出的迹象，感到很诧异。他在与通讯记者和水手说话时，也没隐藏住内心的惊讶。

托普保持着安静，这时候突然显得急躁了。这个灵敏的畜生在岸边来回奔跑，忽然停下看着湖面。它把一只爪子举起，仿佛指着什么看不到的动物似的，随后狂吠了几声，又突然安静了下来。

最初，赛勒斯·史密斯和他的伙伴们都没注意到托普的异常行为；可它叫得越来越厉害，这才引起了工程师的注意。

“托普怎么了？”他问道。

托普朝着它的主人跑来，变得十分不安，接着又朝着岸边冲去，突然，它又跳到湖里去了。

“回来，托普！”赛勒斯·史密斯喊道，他怕狗进入水中会有危险。

“那里出什么事了？”潘克洛夫望着湖面问道。

“托普闻到什么两栖动物了吧。”赫伯特回答说。

“可能是一只鳄鱼。”通讯记者说。

“我想不会是的，”史密斯答道，“只有在低纬度的地方才有鳄鱼。”

这时托普被它的主人喊住了，又返回到岸上了。但它没办法再安静下来了，它伏在深草丛中间，受着直觉的支配，两只眼睛好像紧盯着什么看不到的在水下移动的动物。这时湖上非常平静，水面连一点涟漪都没有。居民们好几次都停在岸边，凝视着湖水，可什么都看不到，水里不知藏着什么哑谜。

工程师也感到莫名其妙。

“我们将探索进行到底吧。”他说。

半个钟头之后，他们都在瞭望岗上湖的东南角聚齐。到这儿为止，湖岸算都搜查完了，但工程师还没发现湖水是从哪里流出去的。“这个出口绝对存在。”他重复说，“既然看不到，那湖水肯定是从西边花岗石壁里流出的！”

“你知晓它从哪里流出有什么用途呢，亲爱的赛勒斯？”吉丁·史佩莱问道。

“很重要，”工程师说，“如果水是从峭壁里流出的，那峭壁里很有可能有洞，只要将洞里的水排出，那样就能住人了。”

“可是，史密斯先生，”赫伯特问道，“难道湖水没可能从湖底流出吗，通过地道进入大海吗？”

“这也有可能，”工程师说，“如果真是那样，那就是大自然没给我们准备住的地方，我们就只能盖房子了。”

移民们正准备穿过高地回到“石窟”去，托普又显得急躁起来了，它生气地叫着，它的主人还没来得及阻挡，它又跳进水里了。

大家都往岸边跑去，托普都游到 20 英尺之外去了。赛勒斯正喊它，突然水里钻出一个大脑袋，那里的水看起来不深。

那是一只两栖动物，有着圆锥形的脑袋，一双大眼睛，嘴边还长着柔软的长须。赫伯特看了一眼就知道它的种类。

“海牛！”他喊道。

这并不算是海牛，而是鲸类的一种，叫儒艮，它的鼻孔长在鼻子的上部。这只巨大的动物朝着托普扑来，托普想向岸上逃去。这时它的主人也没法救援，吉丁·史佩莱和赫伯特匆忙之中也没想到拉弓射箭。儒艮抓住托普，将它拖进水底去了。

纳布手持着铁头标枪，准备到那恐怖的动物活动区域去，救出托普。

“不行，纳布。”工程师阻止了勇敢的仆人。

这时在水底进行了一场搏斗，这是一场不可思议的搏斗。以托普所处环境来看，它根本没法招架。水面上白浪滚滚，这场搏斗十分可怕，看来托普肯定要死在这里不可了！然而，突然托普又从另一个旋涡中钻了出来，不知哪里来的一股力量将它一下抛出水面 10 英尺，随后又掉进动荡的湖水中，不久之后，它便游上岸了。奇怪的是它身上竟没受到重伤，轻松地脱险了。

赛勒斯·史密斯和他的伙伴们都不清楚这是怎么回事。同样让人惊讶的是：水里好像还在继续搏斗。可能儒艮正在遭受什么猛兽的攻击吧，因此才放弃托普进行自卫。搏斗并没持续很久，湖水都被鲜血染红了，儒艮在四周一片猩红的湖水中浮出来，没多久就在湖南角的一片沙滩上搁浅了。移民们朝着它跑去，儒艮已经死了，那是一只巨大的动物，长度有 15 到 16 英尺之间，最少有 3000 到 4000 磅重，它的颈部有处伤口，像是被尖刀割破了。

到底是什么两栖动物发动了这惊人的袭击，将凶猛的儒艮咬死了呢？谁也说不清，史密斯和他的伙伴们都对这件事怀有极大的兴趣，返回到“石窟”去了。

第十七章　炸开岩石

第二天，5 月 7 日，史密斯和吉丁·史佩莱爬到瞭望岗上，赫伯特和潘克洛夫则到河的上游去了，准备补充些木柴，留下纳布一人在家里预备早饭。

工程师和通讯记者没多长时间就来到儒艮搁浅的小沙滩上，这沙滩就在湖的南头。一大群飞鸟都在啄它的肉了，赛勒斯准备把肉留给小队里吃，因此用石头将鸟赶走。这种动物的肉是十分好的食物，在马来群岛和其他有些地方，那是当地王孙的特色菜，不过这还需要纳布亲自动手做。

这时赛勒斯·史密斯又产生了新的念头，他对昨天的事情充满了兴趣，他准备揭穿那水底战斗的秘密，证实一下到底是什么怪兽让儒艮受到这般奇怪的创伤。他在湖边站了很长时间，看了又看，可什么也没有，只是晨曦乍起，照耀下的平静的湖面闪闪发光。

临近儒艮搁浅的沙滩一带，湖水较浅，可从那里开始，湖底就渐渐地向下倾斜了，估计湖中央水很深。整个湖就像是一个巨大的中央盆地，红河的流水将它灌满了。

“赛勒斯，”通讯记者说，“水底好像没什么可疑的东西。”

“确实，亲爱的史佩莱，”工程师答道，“可我真不知道应该怎样解释昨天的事。”

“我承认，”史佩莱说，“至少儒艮受到的伤害是奇怪的。还有一点我不太明白，托普怎么会被猛烈地扔到水面上来呢？不知道的人绝对以为有只强大的胳膊将它扔了起来，后又用刺刀将儒艮杀死！”

“是的，”工程师说，这时他也陷入了沉思，“有些事情我也真的不明白。可有个问题你想过没有，亲爱的史佩莱，我到底是怎样得救的——怎么从海浪里被拖了出来，带到沙丘上的？是啊！这不算问题吗？现在我能肯定，这里头一定有什么秘密，这个秘密将来一定可以揭穿。我们不妨留心观察一下，但不用在大家面前讨论这些奇怪的事，我们先将这些话藏到心里，继续我们的工作。”

大家都记得，工程师到现在为止，还没发现多余湖水外泄的地方，但他知道一定有这么一个地方。他在这里看到一股急流，感到十分奇怪，他便扔了几块木头到水里，看到它流到南边的拐角，他跟随着水流，到了湖的南端。

这里湖水下面的一块，仿佛有部分水漏进地缝一般。

史密斯将耳朵贴在跟湖面一般高的地面上，静静地听着，他清楚地听见了地下瀑布的响声。

“排水的地方有了。”他一边说，一边站起身来，“没问题，湖水流过花岗石壁里的一条甬道，一直到大海，我们能利用它所流过的石洞。瞧吧，我肯定能找到它！”

工程师砍了一根很长的树枝，除去树叶，将它放在夹岸的拐角处。他看见水面下只有1英尺的地方，有个大窟窿，这就是他们找了很久都没找到的排水口，水流的力量很大，连工程师手里的树枝也被冲得不见了。

“现在没有疑问了，”史密斯重复道，“出口就在这里，我要将它打开来看看！”

“你准备怎么办？”吉丁·史佩莱问道。

“将湖面降低3英尺。”

“可你怎么降低湖面呢？”

“开出个比这儿更大的出口。”

“开到哪里，赛勒斯？”

“开在距离海滨最近的地方。”

“那可是一片花岗岩呀！”史佩莱说。

“嗯，”赛勒斯·史密斯说，“我要将花岗岩炸开，水流出去之后，湖面就会降低了，那时就会露出洞口了……”

“还能开辟一个瀑布，将水泻在海滩上。”通讯记者补充道。

“开辟个我们能利用的瀑布吧！”赛勒斯说，“来吧，来吧！”

工程师催促着他的伙伴走了，通讯记者完全相信史密斯，他并不怀疑这事可以成功。但是，没有火药，工具还不齐全，到底怎样才能将花岗石壁炸开呢？工程师对这个工作虽非常热心，可他们的能力能达得到吗？

当史密斯和通讯记者回到“石窟”时，赫伯特和潘克洛夫正在木筏上向下卸木柴。

“樵夫的工作刚做完，史密斯先生，”水手笑道，“你要当泥水匠的时候……”

“泥水匠，不要，现在需要化学家。”工程师答道。

“对了，”通讯记者接着说，“我们需要炸海岛……”

“炸海岛？”潘克洛夫大声问。

“最少要炸一部分。”史佩莱答道。

“听我说，朋友们。”工程师说，接着他向大家告知了视察的结果。

按照工程师的说法，不管大小，在眺望岗下的花岗石壁里，肯定有个山洞，他准备要穿开石壁到里面去。为了实现这个目的，首先就要凿开一个比较大的出口，让湖面降低，随后清理急流通过的山洞。因此要制造炸药，在岸上的其他部分炸出一条深沟。这就是史密斯准备利用自然界给他个住处的计划。

不用说，大家都热烈拥护这个计划，尤其是潘克洛夫。进行大量的工作、炸花岗石、人工制造瀑布，这些事都很适合水手的胃口。既然工程师需用化学药品，他就要跟过去一样变成泥水匠般的，一下子又要变成化学家了。大家需求什么，他就能干什么，就像他对纳布说过的话，有必要的话，“连舞蹈和礼仪教师也都能担任”。

纳布和潘克洛夫先是被派去取儒艮的油，将它的肉留着食用。他们对工程师很信任，连一句话都不问，立即便出发了。几分钟过后，赛勒斯·史密斯、赫伯特和吉丁·史佩莱也带着筐子朝着煤层去了，在那里，蕴含着大量的黄铁矿石，史密斯上一次就曾找到一块这类的标本。他们用了整整一天的工夫，将矿石运回“石窟”，傍晚时，这些矿石都已运来了好几吨了。

第二天，5 月 8 日，工程师要开始工作了。这些黄铁矿石的最主要成分是炭、火石、矾土和硫化铁，其中硫化铁的含量太多，必须让它分离，尽快地让它变成硫酸盐。取得硫酸盐之后，就能蒸馏出硫酸来了。

他们的目的是要得到硫酸，硫酸是不能缺少的原料，看硫酸的消耗量，就能估算出一个国家的工业生产情况来。这种酸用处十分大，居民们以后能用它来制造蜡烛、鞣制皮革等，可这次工程师有其他的用途，便把它留下了。

赛勒斯·史密斯在“石窟”后找了块很平坦的地方，他在地面上铺了层树枝和木柴，上面堆了几块黄铁矿石，相互架了起来，上面又铺了层薄薄的黄铁矿石，那都是事前打碎的，大小都跟核桃差不多。

这一步完成之后，他们就将木柴点了起来，热量传到片岩上，片岩都含有炭与硫磺，立即便燃烧起来。随后他们又添了几层碎矿石，堆成一大堆，外面铺上干土与野草，还预留了通气的孔，就像在把一堆木柴烧成木炭一般。

硫化铁变成硫酸铁和矾土变成硫酸铝的过程最少需要 10 天到 12 天，他们经过上述的安排之后，便让它自己去变化，不再照看。硫酸铁和硫酸铝都可以在水中溶解，可其他如火石、焦炭、灰渣等是不可能在水中溶解的。

在进行这项化学工作的同时，赛勒斯·史密斯还在干着其他的工作，他们干得很起劲，恨不得马上就成功。

纳布和潘克洛夫已将儒艮身上的脂肪全都取了下来，装进大陶土罐里了。现在要用碱化的方法将甘油从脂肪中分离出来。完成这项工作，要有小苏打或石灰，使用其中任一种都能分解脂肪，便能形成肥皂，把甘油分离出来，这种甘油正好就是工程师想得到的。用石灰十分方便，可这样得到的是石灰质的肥皂，无法在水里溶解，于是没一点用处。相反，如果使用小苏打，就能得到一种可溶解的肥皂，可以日常使用。赛勒斯·史密斯是一个从现实出发的人，他宁愿费事也要弄到小苏打。困难吗？不，因为岸边水生植物有许多，有海蓬子、番杏和各种各样漂到岸上的马尾藻科。他们将这种植物大量收集了起来，先将它们晒干，然后在露天的坑洞里烧。一直烧了好几天，最后得到了许多灰粉，很长时间以来，人们就将这种物质称作“天然小苏打”。

有了小苏打，工程师就用它跟脂肪混合，结果既得到能溶解的肥皂，还有中性物质——甘油。

可这还不算完，为了以后的工作着想，赛勒斯·史密斯还需要另一种东西，那就是硝酸钾，平常叫做硝盐，也叫硝石盐。

赛勒斯·史密斯能用硝酸和碳酸钾化合制造成硝酸钾，碳酸钾十分容易从植物灰里面得到，有问题的却是硝酸，如果硝酸不跟其他物质那样，伸手就能拿到的话，他就遇见到困难了。幸好赫伯特在富兰克林山麓探索到了一个硝盐矿脉，他们只需将这种盐稍微提炼一下就可以了。

这些不同的工作持续了一个星期，在硫化铁没变成硫酸铁之前便完成了。余下的几天，居民们赶时间，砌了一个特别的砖炉，准备蒸馏还没制成的硫酸铁。大概到5月18日，这一切跟化学实验一起完成了。几天来，吉丁·史佩莱、赫伯特、纳布和潘克洛夫都在工程师有效的指导下，变成了最能干的工人。

大堆的黄铁矿石经过加热之后，全部还原了，他们将得到的硫酸铁、硫酸铝、火石、炭渣和灰烬全部放到一个盛满水的盆子中，将这种混合物搅拌一阵，接着使其沉淀，后把水倒出来，便得到了一种含有硫酸铁溶液和硫酸铝溶液的纯净液体，其他无法溶解的物质，依旧保持着固态。最后，蒸发了部分液体，形成了硫酸铁结晶，其余含有硫酸铝的没经过蒸发的液体就都不要了。

赛勒斯·史密斯现有大量的硫酸铁结晶能用来提炼硫酸，制造硫酸要很大的成本，有些设备是必需的，如：一套特殊的工具、白金的仪器、不惧怕酸类腐蚀的铅室——用来在中间进行化学变化，等等。这些东西工程师手中一件都没有，可他知道，尤其在波希米亚，有种十分简单的制硫酸的方法，这种方法能生产浓度很高的硫酸。“北欧硫酸”也就是使用这种方法制造成的。

赛勒斯·史密斯制硫酸的最后工序，便是将硫酸铁的结晶封在瓶子中，进行煅烧，让其蒸发为水汽，经过冷却，就能变成硫酸了。

他们将结晶放到锅里，点起炉火，结晶就蒸发成了硫酸，这项工作便成功地完成了。5月20日，也就是开始工作后之后的第12天，工程师得到了大量硫酸，他准备以后要多方面使用这种化学品。

现在他为什么需要这种化学品呢？只是为了制硝酸，制造硝酸很简单，只要将硫酸和硝石化合，就能蒸馏出硝酸来。

可是，他到底要把硝酸用在什么地方呢？伙伴们还不清楚，因为他还没有向大家告知他的目的。

然而，工程师的目的却快要达到了，再有一道工序，他千辛万苦想得到的东西就能制造出来了。

他先用蒸馏的办法浓缩出了甘油，现在他就用一只水槽将少量的硝酸和甘油混合在一起。因此，连冷却剂也不需要了，就得到好几品脱的黄颜色的混合油液。

在处理最后一道工序时，赛勒斯·史密斯为了防止万一爆炸伤害大家，他离开“石窟”一段距离，找到一个比较偏僻的地方去独自处理。制成之后，他拿着一只瓶子让他的朋友们看，一边得意扬扬地说：“这是硝化甘油！”

的确，这是一种恐怖的药品，它的爆炸威力差不多要比普通炸药大10倍，它的爆炸经常造成事故，可是，自从人们发现了将它制成炸药的方法之后，——就是使用一种多孔的、能吸收液体的固体（黏土或是糖）和它混合起来——再使用这种危险的液体，就相对安全了。不过，当居民们在林肯岛上实验的时候，他们还不知晓这种方法。

“我们就用这液体炸石头？”潘克洛夫怀疑地问道。

“是的，朋友，”工程师说，“这种硝化甘油能产生很大的力量，因为花岗石很坚硬，阻力大，爆炸起来会更加厉害了。”

“我们什么时候能见识一下，史密斯先生？”

“明天，现在就等着挖埋炸药的坑了。”工程师答道。

第二天，5月21日，天刚亮，工兵们便都到格兰特湖东岸那一带去了，这里距离海滨只有500英尺。高地从水边开始，就往下倾斜，湖水只有一道花岗石的外围阻拦着。因此，只需炸开外围，湖水就能从缺口冲出，形成一条河，沿着高地的斜坡朝着海滩一直冲下去。这样一来，湖面就能大大降低，泄水的石洞也会露出来，这也就是他们的目的。

在工程师的指导下，潘克洛夫拿着一把鹤嘴锄，巧妙且有力地凿着花岗石面。坑是挖在岸边斜坡上，比湖面低了许多。这样岩石炸开之后，就能有个很大的缺口让湖水向外流了。

这项工作耗费了一些时间，工程师为了得到更大的效果，决定最少要用7夸尔的硝化甘油进行爆炸。潘克洛夫和纳布轮换替班，工作得十分顺利，下午4点钟，就将炸药埋好了。

现在又出现了一个问题，就是如何点炸药。通常都是利用雷汞爆发引起硝化甘油爆炸的。必须要有股冲力才能爆发，点火只能让它燃烧，却不能产生爆炸。

当然，赛勒斯·史密斯是能制造出雷汞的。尽管他缺少雷粉，但很容易制造出一种类似棉花火药的东西，因为他有的是硝酸。只要将这种药品塞到弹药筒里，再加上硝化甘油，用火绳就能让它炸裂，产生爆炸。

硝化甘油在撞击下也可以爆炸，这点赛勒斯·史密斯是清楚的。因此他决定使用这种方法，如果不成功，再思考其他的办法。

事实上，只要将少量的硝化甘油滴到坚硬的石头上，用锤子一击，立刻就能产生爆炸了。可要是那样做，敲锤的人肯定会牺牲的。因此史密斯设法用一根植物纤维的绳子将一块几斤重的铁正吊在炸药坑洞的上方，另外又使用一根长绳子事前蘸硫磺，将它的一端系在第一根绳子的中央，另一端拉到距离炸药几英尺之外的地面上。将蘸上硫磺的绳子用火点着之后，没多久就会烧到和第一根绳子的接头处。只要火烧到接头的地方，第一根绳子就会被烧断，铁块也就会砸到硝化甘油上，产生爆炸。装备妥当之后，工程师让他的伙伴们退到很远的地方去，他把坑里灌满了硝化甘油，一直灌到与坑口齐平。随后他又在岩石的表面滴了几滴，这时岩石上面的铁块早已悬好了。

安放完毕后，史密斯便点着了蘸有硫磺的绳子，随后离开了这里，和伙伴们一并返回“石窟”去了。

这根绳子预计要燃烧25分钟。果然，在25分钟之后，只听见一声惊天动地的爆炸声。海岛似乎连根都被震动了。石块跟火山爆发似的冲天飞起。空气的激烈动荡产生巨大的力量，让“石窟”的岩块都颤抖了。居民们虽然离那里有2英里远，但也被掀翻在地上。

湖岸肯定炸开了，他们站起身就朝着高地爬去，朝着湖岸直奔而去。

他们欢呼了起来！只看见花岗石壁上炸裂了一个大缺口！一股急流白浪滚滚穿过高地，从300英尺高的地方朝着海滩直泄而去！

第十八章　花岗石宫

赛勒斯·史密斯的计划胜利了，可他还是跟过去那样，看起来并没有很满足，他的嘴唇紧闭，眼睛大大地睁着，一丝不动地站着。赫伯特却高兴得快要发狂，纳布乐得手舞足蹈，潘克洛夫则点着他的大脑袋，自言自语地说：“好，我们的工程师真有办法！”

硝化甘油确实发挥出了很大的威力，它所炸开的新出口很大，流出来的水最少要比从旧道排出的多三倍。爆炸之后不久，湖面就降了3英尺，可能还要多些。

居民们回到“石窟”里去拿了几把鹤嘴锄和铁头标枪，还有些纤维绳索、火石和钢块，随后回到高地上，托普也和他们一起来了。

一路上水手不禁对工程师说：“你做的那种油真好，用它能将我们的海岛全都炸毁，你说是不是，史密斯先生？”

“别说海岛，连大陆、全世界都可以，”工程师答道，“那只是数量多少的问题。”

“那你能使用硝化甘油来做弹药吗？”水手问道。

“不能，潘克洛夫，它很容易爆炸。可要做一些棉花火药，甚至是普通的火药也不算太难，因为我们有硝酸、硝石、硫磺和炭，可我们没有枪。”

“啊，史密斯先生，”水手答道，“只要有决心就可以办到……”

潘克洛夫已经将“难”字从林肯岛的字典上擦去了。

格兰特湖以前的出口现在都暴露出来了。居民们到眺望岗上，马上就向那里走去。这个出口现已没有湖水在流了，可以行走了。肯定地说，他们能不受一点阻碍地察看洞内。

几分钟之后，居民们到了湖的南端，他们一眼就看见目的地已经到了。

果然，湖里露出了他们寻找很久的洞口，现在这个洞口已在水面之上了。湖水下降之后，留下一道又长又窄的分水线，让他们能走近洞口。这个洞口横宽大概有 20 英尺，可高度却几乎不足 2 英尺。它的样子很像人行道边的下水道口，因此居民们要想进去十分不容易。可纳布和潘克洛夫抡起鹤嘴锄，没多久就将洞口凿成一个合适的高度。

随后工程师走到前面，他发现洞里的坡道斜度最多也超不过 30 到 35 度，最少洞口这一带是这样的，因此是能通行的。如果再向前走坡度不变，甚至一直朝海面走下去都不困难。花岗石的内壁里很有可能有庞大的石洞，如果真是这样，可能会有很大的用处。

“怎么，史密斯先生，我们这样待这儿干吗？”水手问道，他急着要到狭长的甬道里去，“你看，托普现在都进去了！”

“很好，”工程师答道，“可我们必须要看清道路呀，纳布，去砍些带有树脂的枯树枝来。”

纳布和赫伯特跑到了湖边，这一带长着很多松树和其他的苍翠树木，他们很快就带了些树枝回来，制作成火把。用火石和钢片将它们点着，于是赛勒斯·史密斯就带着大家冒险进入以前灌满湖水的漆黑甬道里。

出乎意料，探险家们越往前走，甬道的直径也就越大，走了一会儿，他们能站直身子了。这里的花岗石在常年流水的冲洗下，又湿又滑，走在上面随时都可能摔跤。因此居民们采用了爬山时常用的办法，用一根绳索将大家连起来。幸好有些花岗石向外凸出，形成了天然的阶梯，这样向下走去就不会摔跤了。在火把的照耀下，有众多水珠在石头上闪烁，探险家们预计石壁上可能垂着数不清的钟乳石。工程师仔细查看着这些黑色花岗石，上面看不出来地层，连一条缝都没有，石头都是整体的，并且石纹十分细致。估计从有海岛的那天开始，便有了这条甬道了。它并不是因为流水而逐渐冲出来的，造成这个石洞的不是尼普顿而是柏鲁图，石壁上还留着熔岩的痕迹，长期的水流冲刷也没能将它们全部磨灭。

居民们往下走得相当的慢，这个石洞还是第一次有人到来，没有人知道它到底有多深。他们冒险向深处走着，不由得产生了一种无名的恐惧。他们谁也没有说话，而脑子里却不停地在思考。这个地洞通往大海，可能有水螅或其他巨大的头足类动物在里面居住吧。好在托普在小队前面，他们能依靠它的机智，在紧要关头，它是肯定会发出警报的。

他们沿着弯曲的道路，大概走了100英尺的光景。走在前面的史密斯停住了，他的伙伴们也都到他的跟前，他们站的地方十分宽，这里是一个大小适宜的山洞。顶上一滴一滴地朝下掉水，但是大家很清楚，水并不是从岩石里渗出来的。只不过是多少年来石洞经过的急流所留下的一点残迹罢了。这里的空气尽管有些潮湿，可却十分新鲜，没有一丝浊气。

"亲爱的赛勒斯，"吉丁·史佩莱说，"这个地方正处在岩石的深处，藏身倒是十分安全，可不能住人。"

"为什么不能住人？"水手问道。

"因为实在太小了，光线又昏暗。"

"我们不能将它扩大一些，凿得更加深一点，再开几个窟窿透光和通风吗？"潘克洛夫答道，他现在觉得没有一件事是办不到的。

"我们继续搜索吧。"赛勒斯·史密斯说，"可能再往下些，大自然会让我们省下这力气的。"

"我们才走了三分之一的路程而已。"赫伯特说。

"将近三分之一，"史密斯说，"我们才从洞口朝下走了100英尺，没准100英尺以下就……"

"托普去哪里了？"纳布打断了他主人的话问道。

他们在周围搜索了一会儿，可托普不在这里。

"它可能往前走了。"潘克洛夫说。

"我们跟上吧。"史密斯说。

他们继续向下走去。工程师每到甬道拐弯处，就特别注意，尽管曲折很多，他还是能没任何困难地说出大致的方向。石洞是通往大海的。

居民们又走了大概50英尺，突然听见下面很远的地方传来声音。他们停下来又听了一会儿，甬道像传声筒般送来一些声音，听起来很清楚。

"是托普在叫！"赫伯特喊道。

"就是它，"潘克洛夫说，"我们勇敢的狗在凶猛地叫呢！"

"我们还有铁头的标枪，"赛勒斯·史密斯说，"提防点，向前走！"

"越来越奇怪了。"吉丁·史佩莱在水手的耳边悄声说道，水手点了点头。史密斯和他的伙伴们匆匆奔去，打算帮助他们的狗，托普的叫声越来越清楚，它仿佛很生气。是不是它侵犯了某些动物的窝，双方正在进行斗争呢？探险家们在好奇心作用下，连可能遇到的危险也不管了，几分钟之后，他们又向下走了 16 英尺，找到了托普。

甬道走到头了，那里是一个宽敞且高大的石洞，托普来来回回地乱跑，愤怒地叫着。潘克洛夫和纳布手中都举着火把，将每一个缝隙都照亮了。这时史密斯、吉丁、史佩莱和赫伯特拿着标枪，随时防备可能出现的紧急情况。宽阔的石洞里空空如也，什么都没有。居民们四处搜查了个遍，里面没任何东西，没一只野兽，更没一个人，可托普还是依旧在叫。抚摩也好，呵斥也罢，都不能让它安静下来。

“湖水肯定是在这里通过什么地方流向海里去的。”工程师说。

“当然，”潘克洛夫说，“大家都留点神，别掉进窟窿里去了。”

“走，托普，走！”史密斯喊道。

托普听到它的主人一喊后，就激动地跑到石洞的尽头去了，它在那里叫得更起劲了。

他们往前跟去，用火把照了一照，看见花岗石地面上有个洞，简直就像是一口正规的井。湖水就是由这儿排出去的。这里面倒不是什么倾斜的、可以通行的甬道，而是一口直上直下的井，要向下冒险是不可能的。

他们把火把凑到井口来，什么也看不到。史密斯将一根点着了的树枝往深渊里扔去，点着的树枝在迅速下坠时变得更明亮了，它将井的内部全照亮了，可还是看不到任何东西。只听嗤的一声，火就灭了，说明树枝已落到水里了，那也就是海面。

工程师依据树枝坠落的时间，计算出井的深度大约在 90 英尺左右。

因此，这里的地面肯定是在海拔 90 英尺的地方。

“这就是我们以后的住所了。”赛勒斯 · 史密斯说。

“可还有什么兽类在这儿住着呢。”吉丁 · 史佩莱说，他的好奇心并没满足。

“不管到底是不是两栖动物，反正它都从井里逃走了。”工程师答道，“将地方让给了我们。”

“不管怎样，”水手说，“托普向来是不会无故乱叫的！我好想变成托普，哪怕是一刻钟也行。”

赛勒斯 · 史密斯看看他的狗，嘟囔着说：“是的，我相信托普比我们知道更多的事。”

不管如何，居民们的希望可算得到了大部分的满足。一方面是因为机会，另一方面也因为他们的领袖有着惊人的智慧，让他们得到很多的好处。现在他们已经占有了一个巨大的石洞了，尽管火把的光线太暗了，还没法准确预测这石洞究竟有多大，却能肯定能用砖头将它隔离成许多的房间，哪怕不能将它当做一栋住宅，最少能将它作为一个宽大的公寓。湖水改道之后，再也不能回来了。这个地方能随便利用。

现在有两个困难：首先，怎样才能使这岩石中间得到阳光；其次，必须想办法让大家进出更加方便些，头顶上的花岗石十分厚，想从上面得到光源是不可能的，因此只能将面向大海的岩壁凿穿。赛勒斯·史密斯在往下走时，大约估计了一下甬道的坡度和长度，他觉得外壁不会太厚。假如能让光线从这里进来，那也绝对能打开一扇门，毕竟门和窗凿起来都是相同的，只要在外面装个梯子，这也算不上是难事。

史密斯将他的想法告诉了大家。

“那么，史密斯先生，我们开始动手吧！”潘克洛夫说，“我这儿有鹤嘴锄，很快就能将墙凿穿。你告诉我需要在哪里动手？”

“这儿。”工程师说，他将强壮的水手带到了一个地方，这里的石壁凹进去十分深，岩石的厚度也要比别处的薄得多。

潘克洛夫在火把的照射下对着花岗石进攻了。碎石迸溅得到处都是，凿了半个钟头，纳布替换了他，随后吉丁·史佩莱又替换了纳布。

他们持续干了 2 个钟头，便开始怀疑了，觉得这里可能不是鹤嘴锄能凿通的。就在这时，吉丁·史佩莱最后一锄竟然凿穿了岩石，工具脱手就掉到外面了。

“哈哈！”潘克洛夫不由喊道。

这里的石壁仅仅有 3 英尺厚。

史密斯将眼睛凑在壁孔上，这里距离地面有 80 英尺。前面延伸着海岛跟小岛，远方则是辽阔无边的海洋。

阳光穿过缺口，将这个雄伟壮丽的石洞照亮。石洞左边的高度和宽度都超不过 30 英尺，右边却十分宽敞，圆形的顶壁高度最少有 80 英尺。

洞里的穹窿就好比那教堂中央的圆顶，由很多不规则的花岗石支撑着。这些石柱有的就像侧面的扶壁，有的则像椭圆形的拱门，上面点缀着很多刻画明显的花纹。在那些阴暗的角落中，还隐藏着众多的图案，就跟挂着的装饰品似的。通过这些石柱所构成的奇特的拱门，隐约穿过些光线来。这个山洞就像是人类全部的拜占庭、罗马和哥特式建筑艺术的综合体。可这却是大自然制造出来的，大自然在花岗石中一手制造出这亚亨伯拉式的洞天福地。

居民们不由得赞赏这个地方，他们以前以为这里就只有个狭窄的石洞，结果却看到了一个奇妙的宫殿，纳布跟进了大庙似的，将帽子也摘下来了！

每个人都大声地赞不绝口，欢笑声充斥着整个石洞，回音来回传播，最终才消失在这黑暗的中堂里。

“喂，朋友们！”赛勒斯·史密斯大声说，“等我们在这里开了窗户之后，我们就将左边当做房间和仓库，这一边瑰丽的石洞要留作书房和博物馆！”

“我们给它起个什么名字呢？”赫伯特问道。

“‘花岗石宫’。”史密斯说，他的伙伴们听了之后，再次欢呼起来，表示赞同。

火把已快要烧完了，他们不得不再从甬道返回到高地上去。大家决定将整理新住宅的工作放到第二天来做。

临走之前，赛勒斯·史密斯又趴在黑黝黝的井口上查看了一下井底的海面，并又仔细地听了一会儿。井底没一丝动静，连深处经常有的汹涌的波涛声也没有。他又朝下扔了一根燃烧的树枝。刹那间，照亮了井的四周，然而还是与第一次一样，没有看见一点可疑的东西。

工程师安静地站在那里，凝视着深渊，一句话也不说。

水手走到他的身旁，碰了一下他的胳膊，喊道：“史密斯先生！”

“什么事，朋友？”工程师仿佛刚从梦中醒来，开口反问。

“火把就快要熄灭了。”

“走吧！”赛勒斯·史密斯说道。

小队离开了石洞，开始朝着漆黑的甬道向上爬去，托普跟在最后，还不时低吼着。往上走是很困难的，居民们在上面的石洞中休息了几分钟，在那漫长的花岗石的阶梯上，这里仿佛就是个中转休息站，接着他们又朝着上面爬去。

没过多久便呼吸到比较新鲜的空气了，石壁上晶莹的水滴都蒸发掉了。光亮的火把渐渐黯淡了下来，纳布手里的一支都已经熄灭了。如果不愿意在黑暗中瞎摸，那就只能加速前进。

他们都加快了步伐，快 4 点钟时，赛勒斯·史密斯和他的伙伴们走出了甬道，这时，水手的火把也熄灭了。

第十九章 装饰新居

第二天是 5 月 22 日，他们开始装饰新房了。确实，因为“石窟”不够住，居民们早都想搬到这宽大且合乎卫生的住宅里来，这个住宅藏在坚硬的岩石里，海水灌不着，雨水也打不到。可他们并没完全放弃旧居，工程师准备将它开辟成重要工作的作坊。赛勒斯·史密斯最先想从外面找到“花岗石宫”的正面，他到海滩上，通讯记者甩掉的鹤嘴锄肯定从峭壁上直落下来，只要能找到鹤嘴锄就可以知道凿穿花岗石的地方。

他们立即就找到了鹤嘴锄，鹤嘴锄掉下来之后就陷到泥沙里。他们就从这点朝上望去，看见了那个缺口。已经有几只野鸽在这个小洞口来回进出了，它们显然觉得“花岗石宫”是特意为它们开凿的。工程师主张将石洞的右部分分为几间，前面预留一条过道，另外再在迎面开辟五扇窗跟一扇门，用来透光。潘克洛夫对于开五扇窗子这点十分同意，可他却不明白门的用途，他觉得甬道就是“花岗石宫”的天然梯阶，从这里进出没什么困难。

“朋友，”史密斯说，“假如我们为了方便，从甬道里走到住宅，那么其他的人要想进去也是同样的方便。我的意思跟你相反，要将那个入口堵死，如果有必要，再制造一道堤坝，让湖水再次升高，将入口全部淹没。”

“可我们怎么进去呢？”水手问道。

“从外面使用梯子上去。”赛勒斯·史密斯答道，“用绳子制作一个软梯，只要把它吊起来，就谁都不能进入我们的住宅了。”

“你为什么要这般胆小呢？”潘克洛夫问道，“到现在为止，我们还没有见过什么猛兽。如果说我们岛上有土人，那我也不相信！”

“你敢肯定吗，潘克洛夫？”工程师看着水手问道。

“我们还没有搜查过全岛，这当然无法肯定了。”潘克洛夫说。

“是呀，”史密斯说，“到现在为止，我们才仅仅了解了它的一部分。再说，就算我们岛上没敌人，外面还是有可能有敌人来的，因为太平洋的有些地方十分的危险，我们必须提防一切意外。”

赛勒斯·史密斯的话是相当英明的，潘克洛夫没有再反对，就执行了他的命令。

因此大家一致同意在“花岗石宫”的正面打开五扇窗和一道门，此外，还要开一扇朝外凸出的大窗子跟几个相对小的椭圆形窗孔，以方便透进大量的光线。他们这样计划，就是要将这奇妙的中堂当做最主要的房间。“花岗石宫”的正面比地面高出 80 英尺，朝着正东，只要太阳一升起来，首先就会将它照亮。他们发现如果从构成“石窟”的乱石堆上画出条垂线到地面来，那“花岗石宫”在峭壁上的位置就正处在这条线跟慈悲河峭壁凸出的地方中间。因为有凸出的峭壁遮挡着，东北风只能从侧面吹过来。此外，工程师还准备在窗架制造好之前，先安上厚实的百叶窗，将窗洞挡起来，防止室内遭到风吹雨打，必要时，还可以将这百叶窗隐藏起来。

第一步工作便是凿洞。如果仅靠鹤嘴锄，那不知道需要花费多少时间才能完成。好在大家都知晓史密斯能干，他还有部分硝化甘油并没用完，正好在这件工作上又发挥了它的效力。工程师使用这种炸药将这石壁上选定的地方进行精确爆炸。随后，大家就使用鹤嘴锄和铲子将门窗凿成一定的形状，粗糙的边缘也被磨平了。就这样工作了几天，早上的阳光便大量地穿过“花岗石宫”来，就连最隐蔽的角落都被照亮了。按照赛勒斯·史密斯的计划，下一步就该将石洞分为面朝海洋的五间空房；最右边凿开一道门当做进口，门外安装上梯子；随后便是一间30英尺长的厨房，40英尺长的饭厅跟大小一样的寝室；还有间“会客室”，这是按照潘克洛夫的请求设立的；再朝左便是大厅了。这些房间——实际上就是一套房间——并将整个石洞都给占满了。因此他们还准备设立个走廊和一间仓库，他们的工具、食品和储备物资都能放在仓库中。这是个相当好保存东西的地方。岛上的各色物产，动物和植物，放在这里都不会受潮。这里十分宽敞，能井井有条地将每样东西放在一处。并且，除了这个大石洞之外，上面还有个小石洞，可以让他们随便使用，这个小石洞就像新居的气楼一般。

计划拟定之后，就能实施了。他们又变成制砖工人了。砖头烧成之后，便搬到“花岗石宫”来了。到现在为止，史密斯和他的伙伴们都是通过狭长的甬道进洞的。他们要先爬上眺望岗，绕过河岸，随后在甬道里朝下走200英尺，想返回到高地上来，就还要朝上爬行一样长的一段距离。这样不仅会浪费很多时间，并且十分吃力。于是赛勒斯·史密斯决定不再拖下去，立刻开始制造结实的绳梯。以后只要将梯子拉起来，就没有可以上“花岗石宫”的道路了。

软梯做得十分精美，梯帮是用一种爬藤植物的桑韧纤维制作成的，跟粗索差不多一样结实。横档用的是红杉的树枝，既轻巧还结实，这套设备是由绳梯专家潘克洛夫独自制作的。

此外他们又用植物纤维编成了一些绳子，在门上拴了个辘轳，装置起一架相当于起重机的工具，这样就能毫不费力地将砖头运到“花岗石宫”上去了。因为材料的运输工作简单了，内部的整修工作就能立即开始了。他们有的是石灰，砖头也存了几千块，也随时能用。隔间的初坯很快就砌起来了，起初显得十分简陋，可是不久之后，石洞就全部按照通过的计划，隔成了房间和仓库。

工程师带头亲自拿着锤子跟刮刀干，每项工作都进行得十分迅速。他愿意干任何工作，他总是以身作则，给聪明且热情的伙伴树立良好的榜样。他们对工作有很大的信心，干起来十分愉快。潘克洛夫总爱说笑话，他一会儿变成木工，一会儿变成绳索工，一会儿变成泥水工，总是给这小世界制造笑点。他对工程师佩服得五体投地，不管什么也无法改变他的信仰。他觉得工程师是一个万能博士，什么事情都能完成。服装问题（这确实是一个严重的问题）、冬季室内的照明、使用岛上的肥沃土地以及将野生植物变为栽培植物等问题，这一切在他眼里都十分容易，有赛勒斯·史密斯帮助，到时候这些全部都能解决。他还梦想着开辟几条运河，方便运输岛上富裕的物产；开矿，制造各种工业生产机器；修铁路，不错，铁路！肯定地说，林肯岛上的铁路总会有一天稠密得跟蜘蛛网似的。

工程师让潘克洛夫一个人自己去说，他没有让这位勇士扫兴，他知道信心是具有感染性的，甚至他一边听他说，一边笑着，只字不提他觉得日后会遇到的困难。事实上，在这航线之外的太平洋地区里，他们很可能这辈子都不会得到人们的援助。居民们只能依靠自己，其他的什么都得不到，因为林肯岛跟任何岛屿都离得很远，他们又无法造出更好的船来，如果想要冒险乘小船去航海，那就更加危险了。

“可是，”正如水手所说的，“鲁宾逊奇迹般地得到了一切，而我们还占了鲁宾逊的上风。”

事实上，他们的精力相当，在这样一个懒汉绝对会死的地方，他们是能成功的。

赫伯特在这一段工作里表现得很突出。他聪明活泼，学得快，干得好，赛勒斯·史密斯越来越喜欢这个少年了。赫伯特对工程师也持有一种热情且尊敬的爱，潘克洛夫见到他们相互亲近，没有一点妒忌的意思。纳布还是跟以前一样，一贯表现出勇敢、热心、忠诚、无私的美好品德。他和潘克洛夫一样崇拜他的主人，可表现得并不是那般热烈。每当潘克洛夫兴高采烈时，纳布总带着一种表情，仿佛在说，“那有什么稀奇的”。然而潘克洛夫跟他却是好朋友，他们很快便用“你”来互相称呼了。

吉丁·史佩莱在共同的事业中也分担了辛劳，并且干得十分熟练，并不比伙伴们差，这一点水手总是很诧异。这个“新闻记者”不仅能分析问题，做起活儿来还是那般能干。

软梯终于在5月28日装好了。80英尺的垂直高度上，最少有100档阶梯。也算是运气，在距离地面40英尺的地方，峭壁上有个凸出的地方，史密斯可以利用这里将软梯分为两截。他们使用鹤嘴锄仔细地将凸出的部分凿开，构成一个平台，随后将第一段梯子从这儿系了下去，这样就减少了一半的摇晃程度，并且还能用一根绳子将软梯吊到“花岗石宫”上去。第二段梯子的下端固定在平台上面，上端系在“花岗石宫”门口。总之，现在想上去容易多了。此外赛勒斯·史密斯还准备将来装置一种水力机械，到那时，就可以根本不用“花岗石宫”里的居民来浪费时间和气力了。

居民们很快就适应了用软梯上下，他们的胳膊和大腿固然都很灵活，可这跟潘克洛夫的指导是分不开的，因为他是水手，习惯了爬桅杆和帆索。托普更是要教的，按理说这只可怜的四条腿的狗，真心不适合受这种训练，可经过潘克洛夫热情的教导，托普最后居然也可以勉强攀爬，并且不久它爬梯的技能可以跟马戏团的相比了。不用说，水手有个这样的学徒，是感到非常骄傲的。然而，潘克洛夫有时还是背着它攀爬，托普自然不会拒绝的。

必须要说明，当上述工作正开展得热火朝天时——因为寒冷的季节也快到了——大家也没忘记吃饭的问题。通讯记者和赫伯特被推选为小队的食品采办员，他们每天都会抽出好几个小时去打猎，到现在为止，他们活动的范围也只是在啄木鸟林和河的左岸一带，因为缺少桥梁和船只，他们还不能渡过慈悲河。被命名为“远西”的大片密林也没去探索过。这项重要的探险工作准备留到开春之后天气转暖的时候再开展，可啄木鸟林就是个鸟兽群聚的地方，这里袋鼠和野猪多得是，猎人们的标枪和弓箭也经常神出鬼没，常常打到很多。另外赫伯特还在湖的西南发现了一片天然的养兔场，这是片稍微有点潮湿的草地，到处都是杨柳枝条摇曳，各色的香草散发出阵阵清香，其中便有麝香草、“罗勒”、香薄荷和各种唇形科的芳香植物，这些都是兔子非常喜欢吃的。

通讯记者觉得这片草地既然是天然的养兔场，可没有兔子，那就有些奇怪了，因此这两个猎人便仔细地搜索起来。这里生长着很多珍贵的植物，对于自然学家来说，在这儿研究植物界的品种倒是个很好的机会。赫伯特搜集了几把“罗勒”、迷迭香、薄荷、郭公草等的嫩芽，它们各有各的药用价值，有的能治肺病，有的能作为收敛剂，有的能作为退热剂，还有的能防止痉挛或风湿症。潘克洛夫问这些草有什么用途。

“入药，”少年答道，“留到生病时吃。”

“岛上又没医生，我们为什么要生病呢？”潘克洛夫正经地说道。

少年并没回答这个问题，还继续搜集，“花岗石宫”里的人对这件事都表示十分的欢迎。除了这些药草之外，少年还带回一种北美洲的“薄荷茶”，能用它泡成很可口的饮料。

经过彻底的搜查之后，猎人们最终找到真正的养兔场了。这里到处都是窟窿，跟筛子似的。

“到兔子的老家了！”赫伯特喊道。

“不错，”通讯记者说，“我看也是这样的。”

“可它们在家吗？”

“那十分难说。”

这个问题很快就得到了解答，话还没说完，就有成百上千只像兔子般的小动物朝四面八方逃去，它们跑得很快，连托普都追不上。猎人和狗白白赶了一阵，这些啮齿动物很容易地逃走了。可通讯记者并不死心，决定最少要逮住半打再走。他准备先抓来充实他们的食品室，以后有时间了再捉些来驯养。要想捉住它们并不算困难，只要在洞口安上几个圈套就可以了。可是，目前没有圈套，又没合适的东西可以制造。他们只能到每个洞里去搜寻，把棍子伸进去搅一阵，别的方法都无效，他们就只能耐心等待了。

半个钟头之后，他们终于在洞里捉到了 4 只兔子。这种啮齿动物跟欧洲种差不多，一般叫做美洲兔。

他们将捉到的兔子带回“花岗石宫”，晚餐的时候，就当做主菜端了出来。没有人瞧不起养兔场的住客——美洲兔，因为它滋味十分鲜美。这是小队的一个很有价值的资源，而且看起来仿佛永远吃不完。

5 月 31 日，隔间的工程就这样完成了。房间里只差添加些家具，这项工作准备在漫长的冬季进行。他们将第一间房当做厨房，里面砌了个烟囱。业余制砖工人们感到将烟排到外面去的烟囱很难做，史密斯觉得要想凿一个出口通到上面的高地去是没有可能的，最简单的方法便是用砖头砌烟囱，因此就在厨房的窗子上凿开了一个小洞，烟囱跟铁炉一般，从洞里通出去。假如有风迎面吹过来，烟囱可能会倒烟，然而迎面吹来的风很少，并且炊事员纳布在这点上也不怎么挑剔。

内部装修完毕之后，工程师就去堵塞湖水以前的出口，这样任何人都无法从这条路进入。他们将大块的岩石滚到入口处去，牢固地砌到一起。赛勒斯·史密斯并没按以前的计划筑堤坝，让湖水恢复到以前的高度来淹没洞口。他只是在石缝间种植了些野草与灌木，等到明年春天，这些草木就会长得十分茂盛，堵塞的地方也就一点都看不出来了。此外，他还想利用瀑布将淡水引到新居里来，在地面上凿出一道小沟，这个工程就算完成了：引来的湖水很清澈，并且永远也流不完，每天的输水量都在 25 加仑到 30 加仑之间，这样“花岗石宫”里也不会没有水用了。现在，一切都准备妥当，这些工作完成得相当及时，因为寒冷的季节马上就要到了。迎面的窗口都安有厚实的百叶窗，关闭时十分紧密，只等工程师以后有时间的时候再来制作玻璃。

吉丁·史佩莱将各色的植物，还有很多长的浮草装饰在窗子四周凸出的岩石上，布置得相当艺术化，窗口就跟镶在漂亮的绿框架里一样，看起来赏心悦目。

住在这幢坚固、舒适且安全的住宅里的人，不由得对自己的成就开始自我陶醉。从窗口看出去是辽阔的天空，北边的尽头则是颚骨角的两个部分，南边是爪角，站在窗前能看见整个联合湾。确实，我们这些勇敢的居民感到满足不是没道理的，潘克洛夫对他们的住宅更是赞赏有加，他幽默地将住宅称做“五层楼上的公寓”！

第二十章　一粒麦子

从6月份起，便进入了冬季，这时相当于北半球的12月，入冬之后，不是狂风就是暴雨，一直没停歇过。有“花岗石宫”的保护，居民们可以高枕无忧，对这种险恶的天气一点都不必担忧。“石窟”却相反，那里是无法抵挡住严寒的入侵的，并且汹涌的潮水可能还会再次灌进来。赛勒斯·史密斯已经料到这种可能出现的意外，因此做了很多的防御工作，尽可能保护已在那儿安置好的炼铁工具和熔炉。

整个6月中，他们仅做了些杂活，没有去打猎，也没有去钓鱼，因为食品室里早就准备了许多的食物。潘克洛夫闲下来就建议做几个捕兽机，他在这上面赋予了极大的希望。不久他就使用爬藤制造了几个圈套，从此之后，每一天养兔场都会供应一定数额的啮齿动物。纳布几乎整天都在忙着腌肉和熏肉，确保大家永远都吃到美味的食品。可居民们除了从气球上落到海岛上时随身所穿的衣服之外，再也没有其他的衣服了。因此他们认真地研究起制作服装的问题。原来的衣服虽然够暖和，也十分结实，他们穿得很省，甚至他们的衬衣一点都没坏；可马上就该换装了。再说，如果真到了严寒的冬天，居民们就会更冷得受不了了。

聪明的史密斯正在这个问题上作难。目前他们已解决了最急需的要求：安居了下来，储存了大量的食物；可这样一来，怕等不到解决穿衣的问题天气就会转冷了。因此他们只能在设法不添加衣服的情况下度过第一个冬季。他们上次到弗兰克林山探险时，发现了摩弗仑羊，以后到天气转暖时，他们就能经常捕猎它们了。只要有了羊毛，工程师就能够将它们织成既暖和又结实的衣料了……怎么织呢？他在思考。

“我们就在‘花岗石宫’里像烤肉般尽量地烤我们自己好了。”潘克洛夫说，“反正这燃料多的是，犯不着节省。”

“并且，”吉丁·史佩莱补充道，“林肯岛并不是在纬度很高的地方，这里的冬天应该不会太冷。赛勒斯，你不是说35度差不多等于北半球的西班牙吗？”

“那是没问题的，”工程师答道，“可西班牙的冬天有时也会很冷，冰和雪都不少，林肯岛也有可能冷得厉害。不过，这是个海岛，我想这里的气候应该会暖和些。”

“为什么，史密斯先生？”赫伯特问道。

“因为大海就像是个巨大的储藏器，它将夏天的热都储藏了起来了。一到冬天，它就会将热释放出来，能确保沿海一带温度适中，比夏天低，可比普通地方冬天要高。”

“这点我们到时就会知道，不用谈了。”潘克洛夫说，“其实我倒也不在乎它冷不冷，有一点却能肯定，现在白天已很短了，夜晚很长。我们就谈谈照明的问题吧。”

“这再容易不过了。”史密斯答道。

“容易解决吗？”水手问道。

“非常容易解决。”

“我们什么时候开始解决它呢？”

“明天，先打海豹吧。”

“做蜡烛吗？”

“对。”

这就是工程师的计划，这个办法是可以行得通的，因为石灰和硫酸都是现成的，而小岛上的两栖动物又能供给他制造蜡烛的脂肪。

今天是6月4日，这一天正是圣灵降临节的星期日，大家都同意按习惯休息一天。全部的工作都停了下来，他们还向上天做了祷告，说了些感恩的话。现在林肯岛上的居民已经跟当初掉在小岛上可怜的遇难人大不一样了。他们不再奢求些什么——他们仅仅是感谢上苍。第二天，6月5日，天气有点靠不住，但他们还是朝着小岛出发了。目前他们只能在退潮时才能跨过海峡，因此大家决定造一只小船，并且要尽可能制造好，有了船之后，交通就便利了许多，将来朝海岛西南部去大规模的探险时，还可以使用它延着慈悲河朝上游航行，进行探险工作，他们决定到天气转好之后再进行。

海豹的数量很多，猎人使用标枪，毫不费力地刺死6只。纳布和潘克洛夫就在那儿剥皮，又将皮和脂肪带回“花岗石宫”，海豹皮是用来制作皮靴的。

打猎的结果是得到了快300磅的脂肪，全部都将使用在制造蜡烛上。

制造蜡烛十分简单，就算不能做得完美，至少实用。赛勒斯·史密斯手里面只有硫酸，随后将硫酸跟中性脂肪放在一块儿加热，这样就能分离出甘油来；然后，他从这新形成的化合物里，用开水很方便分离出油脂、人造奶油和硬脂酸来，为了让工序更加简单化，他使用石灰碱化了脂肪，这样他就可以得到一种石灰质的肥皂，这种肥皂十分容易被硫酸分解，硫酸让石灰沉淀为硫酸盐，游离出来脂酸。

这三种酸——油酸、真珠酸和硬脂酸，第一种是液体，只要给它施加一定的压力，就能排出去；其余两种正好是制造蜡烛的原料。

这项工作总共花了不到24小时，接着又试验了几次。他们用植物纤维制作成蜡烛芯，将它放在熔化的蜡油里，用手捏制，就制作成了地道的油脂蜡烛，所差的只不过是颜色不够白和外表不光滑而已。如果蜡烛芯能在硼酸里浸过，就能在燃烧的过程中半融化并且跟着蜡烛烧尽；自然，现在蜡烛芯还不具有这个优点，可赛勒斯·史密斯还制作了一把巧妙的烛花剪刀。在“花岗石宫”漫长的黄昏里，这些蜡烛绝对会受到大大的欢迎。

这个月里他们在新居中有许多的工作要做，这些都是些细活，他们将粗糙的工具改造得更加精致了，并且又新添置了一些。

居民们最先制造了剪刀，到现在他们才第一次理发，不过刮脸却还不行，但至少可以将胡子剪短些。赫伯特并没有胡子，纳布虽然有，但也十分少，另外三个伙伴却全是满脸须毛了，可见剪刀还是很有需要的。

要想做一把小锯子十分麻烦，可最后终于做成了，只需使用时用点力气，就能将木头踞开了。因此他们做了很多桌子、凳子、碗柜，放在最主要的房间里，此外还有床架，床上铺着草垫作为被褥。厨房里放着食具架，上面摆放着烹调用具，此外还有个砖炉。整个厨房看起来十分有序。纳布经常勤恳地工作，就跟化学家在实验室一样。

这些做细活的工人没过多久就要变为大木匠了。因为爆炸之后产生了瀑布，要搭两座桥，一座建在眺望岗上，一座建在岸上。现在有一道水将高地和岸边分隔开了，只有跨过这道水才可以到海岛的北部去。移民们为了不涉水，就只好爬到红河的发源地，从那儿绕道过去。最简单的解决办法就是在瞭望岗和岸边各自搭一座长 20 到 25 英尺的桥梁。在这个工程里，所需的全部木工就是伐木，这需几天的时间。桥梁很快就建好了，纳布和潘克洛夫过了桥到上次在沙丘周围发现的蛤蜊场去。他们用一辆简单且粗糙的大车替代了以前不便使用的筐子，拉了好几千个蛤蜊回来，将它们放在慈悲河口，不久它们就会在岩石丛中繁殖，长成一片新蛤蜊场。这种软体动物十分好吃，移民们每天都会吃一些。

尽管居民们到现在仅探索了林肯岛的一小部分，但从中可以看出，这一小部分几乎可以满足他们全部的需要了。如果他们再深入到最隐蔽的地方，到慈悲河与爬虫角间的其他森林中去打猎，他们还会发现新的物产。

居民们仅有一样没满足。肉类和菜蔬都不缺少，找来的木质树根经过发酵之后，又可以给他们提供一种带酸味的饮料，比凉水的味道好很多。他们用不着甘蔗和甜菜，就可以炼制糖，所用的原料是“酿母枫”中蒸馏出的液体，这是枫树的一种，在各个温带地区都有，这个海岛上同样生长着很多。他们再往饮料中添加些从养兔场采来的香草，就成为十分芬芳可口的茶了，最后，他们还有许多的盐，这是唯一食物中的矿物……可是没有面包。

可能不久之后居民们能找到面包的代用品，这是可能的，因为在南部的森林里可能找到一些西米或面包树，不过到现在为止，他们还没有发现这珍贵的树木。可在这件事上，上天没过多久就直接给他们提供帮助了。确实，它所赐给他们的东西很渺小，但赛勒斯·史密斯就算绞尽脑汁，用尽全部的智慧，也创造不出来，有一天，当赫伯特补坎肩时，无意在夹层中有了发现。

这天外面下着瓢泼大雨，居民们都聚在“花岗石宫”大厅里，忽然少年高声大叫起来：“看，史密斯先生，……一粒小麦！”

于是他将一粒麦——独一无二的麦粒——给伙伴们观看，它是从坎肩口袋里一个窟窿中掉到夹层里的。

麦粒的来源能这样解释：在里士满时，有一次潘克洛夫送给赫伯特几只鸽子，麦粒就是那时赫伯特用来喂鸽子的。

“一粒小麦？”工程师立即问道。

“是的，史密斯先生，可仅有一粒！”

“呃，孩子，”潘克洛夫笑道，“我们的日子因此越来越好了！嗯！一粒小麦可以做什么呢？”

“做面包。”赛勒斯·史密斯答道。

“面包、蛋糕、馅饼！”水手说，“哈，这粒麦做成的面包肯定不会将我们噎住！”

赫伯特认为这个发现没有多大的意义，正准备将这麦粒扔掉，可史密斯将这颗麦粒接过来，仔细观看了一下，看到这麦粒是完整的，一点都没有损伤，因此就对水手严肃且平静地说道：“潘克洛夫，你知道一粒小麦可以结多少穗子吗？”

“我想也就只有一个吧！”水手听了这个问题认为很奇怪。

“10个，潘克洛夫！你还知晓一个麦穗可以结多少粒麦子吗？”

“不，这我不知道。”

“大约80粒！”赛勒斯·史密斯说，“因此，要是我们将这粒小麦种下去，第一次能收到800粒；再将它们种下去，第二次就会有64万粒；第三次就会有5亿多万粒；第四次就会有4000亿粒之上！”

史密斯的伙伴们沉默着听着，这些数目让他们惊讶，可这却是真实的情况。

“是的，朋友们，”工程师接着说，“这就是一般繁殖的等差级数。可不要认为小麦每一个穗子结800颗麦粒就是多的，比起罂粟和烟草来那又算得什么呢？罂粟可以结3万多颗种籽；烟草可以结36万颗，要是不限制它们繁殖，几年内整个地球都会被这些植物长满了。”

工程师没再往下细讲。

“现在，潘克洛夫，”他接着说，“你知晓4000亿粒麦合计多少蒲式耳吗？”

“不知道，”水手答道，“只知晓我是个大傻子！”

“每蒲式耳平均13万粒，4000亿粒能合300万蒲式耳以上，潘克洛夫。”

“300万？”潘克洛夫叫道。

“300万。”

“是在4年之内吗？”

“在4年之内，”赛勒斯·史密斯答道，“甚至这也只需要两年，依据这里的纬度，我想每年是能收成两次的。”

潘克洛夫依旧老脾气，他又不由得要用大大的欢呼声来替代回答。

“因此，赫伯特，”工程师补充道，“你的发现对我们很宝贵。每一样东西，朋友们，在我们现在的环境中，每样东西对我们都是很有用的。希望大家不要忘了这一点。”

“不会的，史密斯先生，我们不会忘的，”潘克洛夫答道，“如果有一天让我发现一粒能结36万粒种籽的烟草，我向你保证，坚决不会将它扔掉！现在，我们该怎么做呢？”

“我们将这粒小麦种下去。”赫伯特答道。

“对，”吉丁·史佩莱补充道，“尽量小心，我们以后的收获全指望它呢。”

“就看它会不会发芽了！”水手喊道。

“会发芽的。”赛勒斯·史密斯说。

这一天是6月20日，播种这唯一的珍贵麦粒正是时候。最初有人建议将它种在盒子中，经过考虑，最后还是决定要种在地里，按照大自然去安排，当天就将它种了下去。不用说，他们将它关怀得无微不至，一心想让实验成功。

雨过天晴，居民们爬到“花岗石宫”的高岗。他们在这高地上选了处朝阳又避风的地方，他们将地面打扫干净，清除了杂草，消灭了昆虫，做成了一个土质肥沃的苗畦，又在上面撒了层石灰，畦的周围围上栏杆，麦粒就掩埋在这滋润的土壤中。

居民们这种情况，不正是在为一所大厦奠定了第一块基石吗？潘克洛夫不由想起燃起唯一的火柴那天的情景和当时的焦急心情来了。这一次情况更为严重，火万一灭了，遇难的人总能想一些其他的办法，可要是不幸丢失了这粒麦子，要想再寻找到一粒那就不是人力可以办到的了。

第二十一章　天气转冷

从那以后，潘克洛夫没有一天不去他称作“麦田”的那块地去。如果有什么昆虫敢去那里的话，那它就会倒霉了！潘克洛夫对它们丝毫不客气。

快到 6 月底，一连几天阴雨之后，天气明显地变冷了。29 日那天，温度在华氏 20 度上下（摄氏冰点以下 6 度 67 分），第二天是 6 月 30 日，等于是北半球的 12 月 31 日，这天是星期五。纳布说这一年的最后一天并不吉利，可潘克洛夫却说这样更好，因为明年的第一天就是个好日子。

不管如何，年初总是十分寒冷的。慈悲河口都封冻了，不久之后，整个的格兰特湖面也快结冰了。

居民们要常常去补充木材。潘克洛夫十分机灵，他乘着河水还没封冻的那几天，使用木筏运回了大批木柴来。河水是一股不知晓疲倦的动力，他们使用它运送木柴，直到结冰为止。除了从森林里取得大量燃料之外，他们又在富兰克林山的支脉下运送了几车煤炭回来。在天气寒冷时，能产生高温的煤炭很受欢迎。到 7 月 4 日那天，温度仅有华氏 8 度，也就是摄氏零下 13 度。大家常常是在饭厅中进行各种不同的工作，于是就在这里又砌了个火炉。“花岗石宫”里用的水源是由赛勒斯·史密斯从格兰特湖里引过来的，现在天气虽然很冷了，从冰面下将湖水输送过来的水道却依旧保持畅通，他对于这股流水很满意。为了储存流来的湖水，还在仓库后面凿出个蓄水池，池满了，多余的水就由地下井流到海里去了。

这些天天气很干燥，移民们决定挑选个日子穿足衣服，到慈悲河与爪角之间去探险。那是片广阔的沼泽，他们觉得在那里能打到上好的野味，因为这种地区极大可能有许多的水禽。

他们预计到那里有八九英里的路程，来回需要整整一天的时间。因为目的地是岛上还没到过的地区，因此全体移民都参加了这次远征。在 7 月 5 日早上 6 点钟，天刚刚破晓，赛勒斯·史密斯、吉丁·史佩莱、赫伯特、纳布和潘克洛夫便拿着标枪、圈套、弓箭，预备着干粮，从“花岗石宫”出发了，托普活蹦乱跳地在前面领路。

这时慈悲河已经结冰了，最近的路便是从冰上过河。

“可是，”工程师说得很对，“这不能替代正规的桥梁！”因此，搭桥被列为以后的重头工作之一。

居民们还是头一次踏上慈悲河的右岸，冒险深入到高大且美丽的松柏林，现在这些树上都披了一层雪花。

他们走了还不足半英里，托普便惊动了一窝在密林中安家的走兽，它们朝着空旷的地方窜去。

“啊！我看像是狐狸！”赫伯特看着这群急着搬家的动物说。

这是群狐狸，并且个子非常大，托普在追赶途中听见它们发出一种嗥叫声，不由得吓了一跳，突然停了下来，这些跑得很快的动物便乘机逃得不见踪影。

狗是不懂博物学的，怪不得它会吃惊。可经这样一叫，这些全身灰红，黑尾巴梢上长着一绺白毛的狐狸，就相当于将它们的身份暴露了出来。赫伯特立即告诉大家，这种兽学名叫做“白狐”，在智利、福克兰群岛和美国北纬30度与40度之间的整个区域里都能看到。让赫伯特感到遗憾的是：这种食肉动物托普竟一只都没捉到。

“好吃吗？”潘克洛夫问道，他对这海岛上的动物只关心这一点。

“不好吃，”赫伯特说，“可动物学家们到现在为止还不清楚这种狐狸长的是昼眼还是夜眼，也不知道通常将它和狗划到一类是不是正确的。”

少年记得很熟，可见他对这门功课相当有研究，史密斯听了之后，不由得微笑了起来。至于水手，他一听说这种狐狸不隶属“可食类”，就不将它放到心里了。不过他也觉得将来在“花岗石宫”附近建立家禽场之后，应当小心些，防止这些四只脚的强盗去光顾，对于这点大家都没有意见。

绕过这一带，居民们发现有很长一段海滩依旧被海水冲击着。这时正是早上8点钟，天气很晴朗，长期的严寒之后，天气常常会这样。他们走过一段路，感到暖和起来了，史密斯和他的伙伴们都不再感到寒气逼人。并且，因为没有刮风，虽冷但也不至于让人吃不消。水平线上太阳刚出，可没一点暖意。海面风平浪静，一片蔚蓝，像晴天中的地中海湾一样。爪角就像一把弯刀，朝东南拐去，直到4英里之外的地方，越到尖端越细。左边沼泽地带的边缘突然构成一个小尖角，这时正被阳光照射着。联合湾的这部分没任何东西能当做大海的屏障，甚至连一片沙滩都没有，如果有船只受到东风袭击，那明显是没法躲避的。这里海面平和，没有浅滩，海水的颜色各地都是相同的，没有土黄般的色调，连一块礁石都没有。海岸陡峭，按照看到的一切，可以确定沿岸这一带海水十分深，水下面就是万丈深渊，背后向西4英里的地方，那就是远西森林的边缘了，他们认为这里就是冰雪袭击下南极岛屿的荒凉海岸。移民们在那里停下吃早饭，用木柴和晒干的海藻生起了一堆火，纳布将冻肉烤成早点，另外还沏了几杯薄荷茶。

他们一边吃，一边看着四面八方。林肯岛的这部分十分贫瘠，跟整个的西部形成了鲜明的对照。通讯记者不由想起，如果当初掉在这部分海岸上来他们肯定想象不到未来的领土是什么样子。

“我确信要是当初掉到这儿，我们是上不了岸的。”工程师说，“这里海水十分深，甚至连块能攀扶的石头都没有。‘花岗石宫’前面最少有些沙滩。尤其是那个小岛，它大大地增添了我们能脱险的可能性。这里什么都没有，只有万丈深渊！”

“真奇怪，”史佩莱说，“这般小的海岛，地形竟然这般复杂，按理说，这种复杂的地形只可能在相当大的陆地上才会有的。真能这样说，林肯岛的西部物产丰富，土地肥沃，是因为有墨西哥暖流经过的原因；而北边和东南地区却像沿着北冰洋一样。”

“你说得很有道理，亲爱的史佩莱，”赛勒斯·史密斯说，“我同样注意到这点。我认为这个海岛的地形和自然状况都很特别。它包括了大陆的全部面貌，如果说它以前是一块大陆，那我一点都不感到奇怪。”

“什么！太平洋中有大陆？”潘克洛夫大声说。

“这有什么稀奇呢？”赛勒斯·史密斯答道，“澳大利亚、新爱尔兰、澳大拉西亚和太平洋里的群岛难道还不可以称作世界上的第六大洲吗？难道它不跟欧洲、亚洲、非洲和其他两个美洲一样重要吗？我觉得所有这些大洋里的岛屿都有可能是一个大陆的高脊，现在大陆估计是沉在水里了，可是在人类有史之前，它们都是在水面上的。”

“像以前的亚特兰梯斯一样。”赫伯特说。

“是的，孩子……如果真有的话，就是那样的。”

“林肯岛是不是那片大陆的一部分呢？”潘克洛夫问道。

“可能，”赛勒斯·史密斯说，“那就很容易说明岛上各种物产都有的原因了。”

“还有遗留下来的众多飞禽走兽。”赫伯特补充说。

“是的，孩子，”工程师说，“你这样一说给我的理论找到了依据。按照观察的结果，岛上有许多动物，这一点能肯定，更奇怪的是，动物的种类非常多。这肯定是有原因的，我觉得林肯岛过去很有可能就是某个大陆的一部分，后来大陆逐渐沉没到太平洋底下去了。”

“那么，总会有一天，”潘克洛夫说，他好像不能全部相信，“古代剩下的这部分大陆会都沉没下去的，那时候，美洲与亚洲之间连陆地都没有了。”

“不，”史密斯说，“将来会出现新的大陆的，现在有数以千万计的微生物正在建设着。”

“这些泥水匠都是些什么东西呢？”潘克洛夫问道。

“珊瑚虫，”赛勒斯·史密斯答道，“它们不停兴建的结果，构成了克列蒙岛和太平洋里其他很多的珊瑚岛。四千七百万个这样的昆虫才仅有 1 厘米厚，可吸收了海里的盐分、消化了水里所存的固体物质之后，这种微生物就可以生产出石灰来，并且这种石灰可以在海底构成大块的物质，跟花岗石一般的坚硬，一样的结实。过去，在古代初期时，大自然利用火山堆积成陆地。现在地壳内部的动力明显是减退了（地面上有许多火山现在都全部熄灭，这就可以证明这一点），可有微生物来代替火的职务。我相信一年年地过去，经过许多数不清的珊瑚虫的努力积累，太平洋早晚有一天会构成一片新大陆的，让我们的后代去居住跟开发的。”

“这可需要很长一段时间。”潘克洛夫说。

“大自然有的是时间去展开这项工作。”工程师说。

“可要新大陆有什么用呢？”赫伯特问道，“我认为现在适合人类居住的地方都已经足够了，当然，大自然创造的东西是不会没用的。”

“不错，不会没用的，”工程师答道，“这就是为什么在珊瑚岛所在的热带地区未来绝对会有新大陆的原因，至少我觉得这样解释是合情合理的。”

“你给我们仔细讲讲吧，史密斯先生。”赫伯特说。

“这仅是我的看法。科学家们通常都认为地球将来是会毁灭的，最少将来的动植物都会灭绝，因为那时候地球上要变得十分寒冷。他们意见分歧的地方只存在于造成这严寒的缘故。有人认为千百万年之后，地球会因为太阳的温度下降而变冷，有人认为是因为地球内部火焰的逐渐熄灭。这种影响会比通常想象的要大得多，我赞同后面的说法。依据什么呢？比如：月亮事实上是一颗冷冰冰的星球，虽然太阳永远不偏移，一点也不会减少给它的热，可它上面却无法住人，月亮之所以这般冷，就是因为它内部的火焰——宇宙间全部的星球，包括月亮在内，都是由这火焰产生的——全部熄灭了。最后，什么原因先不管它，我们的地球总有一天也要冷却，这种冷却过程只会慢慢发生。那么，那时会产生什么情况呢？温带地区经过相当时期之后，就要跟我们现在的南北极地带一样无法住人了。人类和其他动物都会大量地朝着赤道地带涌去，那时会形成大规模的移民潮。欧洲、中亚细亚、北美洲会慢慢被放弃，澳大拉西亚和南美洲的南部同样如此，那里的草木也会随着人转移，植物会和动物一同向赤道发展。南美洲的中部和非洲的中部将要变成最主要的居住区。拉伯兰人和萨摩亚人会发觉地中海沿岸的气候和寒带相同。很可能那时赤道地区会变得太拥挤，资源也不足以让地球上的人类消耗，那谁会料到呢，可自然界的目光是远大的，它在赤道地区建立新大陆的基础，让所有迁来的动植物都不至于无处安身，这不是很好吗？那些小昆虫不就是可能受自然界委派来进行这项工作的吗？所有这些事情常常让我思考。朋友们，并且我深信我们的地球以后会变得面目全非的。新大陆产生之后，大海就要将原有的陆地淹没，在将来的时代里，会有一个像哥伦布那样的人发现琛玻拉索山、喜马拉雅山和勃朗山所构成的岛屿，它们是美洲、亚洲和欧洲下沉之后的遗迹。然后，就要轮到这些新大陆变得无法居住了；热度会慢慢消散，就跟人死了身体慢慢冷下来似的。那时地球上的生命就要绝迹了，就算不是永久绝迹，最少也要有一个时期。也许到那时候，我们的整个地球都变得安静了——变得死气沉沉——等到条件好转时，再复活！可是，朋友们，这全部都是自然界的秘密。我从珊瑚虫的工作讲起，一直研究到将来的秘密，可能扯得太远了。”

“亲爱的赛勒斯，”史佩莱答道，“我觉得这些理论都是预言，将来能实现的。”

“那都是上帝的秘密。”工程师说。

“你们说得都很不错，”潘克洛夫聚精会神地听完之后说，“可是你可以告诉我吗，史密斯先生，林肯岛是不是你所说的那些虫子做的？”

“不，”史密斯答道，“这里完全是由火山制造出来的。”

“那么以后它会被消灭吗？”

“可能。”

“希望到那时我们都不在这里了。”

“不，别担心，潘克洛夫，那时我们都不会在这儿的，因为我们并不愿意老死在这里，我们还希望早晚有一天会离开这里呢。”

“不过，”吉丁·史佩莱说，“我们还应像永远要住在这里一样建设我们自己的家园。事情干一半就泄气不干是没有好结果的。”

谈话到这里就结束了。吃完早饭之后，继续前进，居民们都到了沼泽的边缘地带。这片沼泽大概有 20 平方英里，一直蔓延到海岛东南的圆形海岸，土壤都是火山黏土，其中夹杂着一些腐烂的植物，比如灯芯草、芦苇、野草等残余。一层厚草像地毯般铺在沼泽地各处。不少水坑都结了冰，在太阳底下闪着光。雨水和暴涨的河水都不会在这里积累成池塘。因此他们觉得沼泽地的水分是从土壤里渗透出来的，这是十分自然的，且事实上也是如此。天热时，这里可能有瘴气让人生病。

死水塘里生长着一些水生植物，许多飞禽都在上面扑着翅膀。野鸭、小凫、鹬都成群结队地栖居在这里，它们一点都不惧怕人，人们能一直走到它们的身旁去。

这些水禽密集地聚集在一块儿，一枪绝对能打死好几打。可探险家们只能使用弓箭，虽然效果差些，可也有个好处，就是没有声响，不会惊动其他飞鸟，如果是枪声，那就要将它们吓得飞往沼泽各地去了。这一次猎人十分满足，他们打到一打鸭子，这些鸭子身上都是白的，上面有道黄褐色的花纹，头是绿的，翅膀上一共有黑、白、红三种颜色，有着扁平的嘴，赫伯特将它们叫做潦凫。在捕捉时托普也出了力。他们就将海岛的这部分叫做潦凫沼地。居民们能从这里得到大量的水鸟。他们准备以后再来仔细观察一下，也许发现些能驯养的鸟类，假如能将它们赶到湖边去，捉起来就更加方便多了。

傍晚 5 点钟，赛勒斯·史密斯和他的伙伴们都穿过潦凫沼地，走过慈悲河上的“冰桥”，向回走去。

晚上 8 点钟，他们返回了“花岗石宫”。

第二十二章　冬日活动

严寒一直持续到 8 月 15 日，可没有之前那样低了。在天气晴朗时，温度就算再低些，也还可以受得住，万一刮起风来，可怜的居民们因为穿得太少，就要受尽苦难了。潘克洛夫感到十分遗憾：林肯岛上住着很多狐狸和海豹，却没一只熊。假如有熊的话，使用它们的皮制作衣服，那该多好呀！

“熊，”他说，“总是会舒服的，别的我也不要，只想将它们所披的那些温和的斗篷借几件来过冬。”

“可是，”纳布笑道，“可能熊不会答应将自己的斗篷借给你的，潘克洛夫，它们不是圣·马丁。”

“我们能让它借给你，纳布，能让它愿意借的。”潘克洛夫信心满满地说。

可岛上并没有那种凶猛的食肉动物，至少到现在为止，还没看到过。

在这期间，赫伯特、潘克洛夫和通讯记者都在眺望岗和森林边缘布置陷阱。

按照水手的看法，任何一种动物，被人猎捕都是合法的，不管是啮齿动物还是食肉动物，只要跑到新做的圈套里，就应该将它请到“花岗石宫”里来招待一番。

陷阱的构造十分简单，在地上挖好坑，上面铺一层树枝和野草，将洞口遮蔽起来，坑底再放一些食饵，食饵散发出香味，就会将野兽吸引过去了。应当说明，这些陷阱不是随意乱挖的，而是必须安置在一定的地点，什么地方野兽的脚印最多，就说明野兽常常到这一带来。居民们每天都来查看陷阱，在最开始的几天内，陷阱里一连三次都捉到了在慈悲河右岸已经见过的白狐。

“怎么，这里全是狐狸！”潘克洛夫第三次将一只白狐扔到陷阱外面的时候说，他十分厌恶地看了它一眼，随后补充道，“这种野兽一点用都没有！”

“不对，”吉丁·史佩莱说，“它们总会有些用途的！”

“有什么用？”

“拿它当做引诱其他动物的食饵！”

通讯记者的意见十分正确，从此之后，陷阱里的食饵就改为用死狐狸了。

水手又使用一种树木的长且结实的纤维制做了几个圈套，效果甚至比陷阱还要好得多。每天总会有几只兔子进入圈套，捉来的尽管只有兔子一种，可纳布的烹调花样很多，于是居民们百吃不厌。

在8月份的第二个星期，猎人们终于有一两次在陷阱里捉到比狐狸更好的东西了，那就是在湖北边见过的小野猪。潘克洛夫不用问就知道这种野兽很美味，因为它们跟美洲和欧洲的家猪很像。

“可这并不是家猪，”赫伯特对他说，“我可要警告你，潘克洛夫。”

“孩子，”水手一边说，一边俯身到陷阱口去，一手抓住短尾巴，提了一只野猪出来，“我还是将它当做猪吧！”

“为什么？”

“我高兴呀！”

“那么，你十分喜欢猪吗，潘克洛夫？”

“对，我很喜欢猪，”水手答道，“尤其是猪腿，如果它的腿不是四只，而是八只，那我就会加倍地喜欢它！”

野猪科共有4种，从上所说的那只动物，就是其中一种，叫做西瑞，特点是颜色很深，没同类嘴部所生的长牙。西瑞通常都是群居的，海岛的森林地带也许有很多。

总之，这种动物全身上下都可以吃，潘克洛夫对它们也没什么别的要求了。

8月快过一半的时候，风向转为西北，气候也忽然变了。温度上升了几度，空气里的水汽没多长时间就变成雪了。整个的海岛被一层白皑皑的银甲覆盖，居民们顿时感到海岛面目一新。接连下了好几天大雪，地上没多久便积了2尺厚。

风刮得十分猛烈，在雄伟的“花岗石宫”里，能听见海水撞在礁石上，发出轰隆的声响，地势弯的地方，旋风将雪花吹得滴溜溜地转，构成一根根高大的柱子，就像齐根盘旋的水柱——船只在海中碰到这种水柱，是需要开炮轰击的。暴风雪都是从西北吹来的，横扫海岛，因此“花岗石宫”并没受到正面的袭击。

可在那些日子中，风雪怒号，同在某些寒带地区碰到的情况同样可怕。赛勒斯·史密斯和他的伙伴们虽然想出去，但也只能耐住性子躲在家中，从8月20日到25日，一连被困了5天。他们听到风雪在啄木鸟林中耀武扬威，那里绝对受到它的蹂躏，肯定会有许多树木连根都被拔起了，可潘克洛夫却拿省去砍伐来安慰自己。

“风变为樵夫了，让它尽情刮吧。”他重复着。

事实上，即便他们想阻止，也办不到呀。

这时“花岗石宫”里的居民们多么感谢上苍给他们安排了这个铁桶般的住所呀！他们也向赛勒斯·史密斯表达了该有的谢意，虽然这个巨大的石洞到底还是自然界造出来的，不过是由工程师发现罢了。暴风雪侵犯不到他们，每个人都十分安全。如果用砖头和木料在眺望岗上建造一所房子，不用说，是受不住这场风暴的。

“石窟”肯定完全不能居住了，因为海水漫过小岛之后，就会排山倒海地朝它冲去。只有“花岗石宫”位于磐石的中心，风吹不到，浪打不着，根本不必担忧。

在隐居的这几天中，居民们也没闲着。

仓库里以前存放着很多木材，他们将木材锯成木板，慢慢就把家具凑齐了。因为不吝惜木料，做成的桌椅都相当结实。纳布和潘克洛夫对这些笨重的家具很满意，不管谁拿来什么东西来，他们也都不愿换掉。

不久，木工们又学习了编篮子，他们在这新的工作中，成绩也倒是不错。湖的北部有部分凸出的地方，他们在那里发现了一片柳林，生长着很多紫红色的绢柳。在雨季之前，潘克洛夫和赫伯特就将这些有用途的灌木砍了下来，经过加工之后，枝条就能有效地被利用了，开始试编时没经验，可是因为工人们的聪明和智慧，再经过研究和回想以前见过的篮子的形状，通过互相竞赛，小队里很快就添加了几个大小不一的篮子了。他们将篮子放在仓库里，纳布还特意挑选了几个篮子专门存放他收集的块茎和南欧松子等。

8 月的最后一个星期，天气有变化了。温度再次下降了，暴风雪也稍微平和了些。移民们立即组织了一次旅游。岸边的积雪绝对有 2 英尺厚，并且地面冻得僵硬，可他们走起来并没感到多困难，赛勒斯·史密斯和他的伙伴们爬到了瞭望岗上。好大的变化呀！森林中的树木，尤其是那些主要长着枞树的地方，上次看到的时候还是一片翠柳，现在什么都没了，只能看到一片白色。从富兰克林山山巅一直到海边，森林、平原、湖泊、河流都连成了一片白茫茫。慈悲河的河水在冰檐下流过，当涨潮和落潮时，就会将冰胀破，发出巨大的响声，封冻的湖面上有数不清的飞鸟在振翼飞翔。鸭子和鹬、水鸭和海鸠都数以千计地聚在一起。岩石丛中流出瀑布的地方倒挂着很多水柱，乍一看以为瀑布是从一个奇特的漏斗中泻出来的，它的样子很特别，就像是一件文艺复兴时艺术家的作品。暴风雪在森林里所造成的破坏究竟有多大，他们暂时还没法确定，必须要等到表层冰雪融化之后才会知道。

吉丁·史佩莱、潘克洛夫和赫伯特并没错过这个机会去查看他们的陷阱，陷阱被积雪遮住了，好不容易才找到。他们还要万分小心，防止掉到里面去，如果落在自己布置的陷阱中，那不仅危险，并且太丢脸了！幸好他们很幸运的，找到了他们丝毫未动的陷阱。里面没动物，可附近却有许多脚印，其中有许多爪印十分清晰。赫伯特一点不犹豫地确定以前有猫科食肉兽类从这里走过，因此可见工程师说得十分正确，林肯岛上是有凶残野兽的。毋庸置疑，这些动物肯定是住在远西森林里的，因为饥饿，才冒险跑到瞭望岗来的。可能它们已经嗅出“花岗石宫”中有人居住了。

“那么，这些猫科食肉兽类是什么兽呢？”潘克洛夫问道。

“是老虎。”赫伯特回答说。

“不是只有在热带才会有老虎吗？”

“在新大陆上，”少年说，“从墨西哥布宜诺斯艾利斯的判帕草原这一带一直都有。既然林肯岛的纬度和拉巴拉他附近相差无几，那么在这里见到老虎也不算奇怪。”

“好吧，我们需要防着它们。”潘克洛夫答道。

因为温度的上升，积雪没多长时间便融化了。经过一场雨之后，大地披的银甲顿时消失了踪迹。虽然天气很坏，居民们还是依旧补充了各种各样的东西，植物的有南欧松子、块茎和枫树的糖浆，动物的有养兔场的兔子、刺鼠和袋鼠。为了得到这些东西，他们先后几次到森林里去，发现风暴将很多树木都刮断了。潘克洛夫和纳布还推着大车到远处的煤层那儿去了，运送了好几吨燃料回来。路上他们看见烧陶器的土窑受到大风的严重破坏，最少有 6 英尺长的一段烟囱被风刮掉了。

他们要给“花岗石宫”补充大量的木材和煤炭，正好慈悲河再次畅通了，因此他们就使用河水输送了好几木筏的燃料。然而他们能看出来，寒冷的季节还没到头。

居民们也去了“石窟”一趟，他们在暴风雪的日子并没住在那里，不能不说很幸运。现在留下的迹象说明，大海肯定在这里见识过威风。怒潮漫过小岛，闯进了通道，将里面灌满了泥沙，岩石上还布满了一层厚实的海藻。当纳布、赫伯特和潘克洛夫去打猎或去砍柴时，赛勒斯·史密斯和吉丁·史佩莱便忙着整顿“石窟”，他们发现炼铁工具和风箱好像一丝都没受到破坏，还跟以前使用沙子保存时一样。

贮藏的煤起了相当大的作用，居民们有了它才没有遭受到严寒的威胁。大家都清楚，北半球 2 月主要的特点是温度突然下降。南半球同样如此，这里的 8 月底差不多等于北美洲的 2 月，也脱离不出气候的一般规律。

25 日左右，在雪再次变成为雨之后，风向开始转为东南，这时突然变得相当寒冷起来，按工程师估计，温度最高不会超过华氏零下 8 度，这次严寒带着刺骨的狂风，更是让人难以忍受，这样一直持续了好几天。移民们再次将自己紧闭在“花岗石宫”里。因为要将上面全部的窟窿都堵严，只留下一条窄缝用来通风，因此蜡烛的消耗量十分大。为了节约蜡烛，他们没有吝惜燃料，经常将烧得很旺的炉火作为石洞中唯一的光源。有时，也有一两个居民取到冰雪——这些冰雪都是因为潮水的一涨一落堆积起来的——包围的海滩上去的。可他们没多久就跑回“花岗石宫”来。每当他们用双手握住梯棍往上攀登时，他们不仅觉得困难，而且感到阵阵的剧痛。因为严寒的缘故，他们的手指一遇到梯棍，就跟燃烧起来似的。

为了让“花岗石宫”的居民能利用自由支配的闲暇，赛勒斯·史密斯选择了一项能在室内开展的工作。

前面都已说过了，居民们吃的糖都是枫树的液体，他们将树皮割开一个相当深的裂口，让液体流进瓶子中，随后使用各种不一样的方法烹调。经过一段时间，它便开始发白，变成一种十分浓的糖浆了。大家对这种东西都感到相当的满意。

然而，还可以将它制作成一种更好的东西。有一天赛勒斯·史密斯告诉伙伴们，他们要变为炼糖工人了。

“炼糖工人！”潘克洛夫说，“我觉得这个买卖不错。”

“是的，相当不错。”工程师答道。

“那就好了！”水手说。

一听“炼糖”这字眼，可能觉得需要庞大的工厂、复杂的设备和无数的工人了吧！其实根本不是那么回事！只要经过一道十分简单的工序，就能使这种液体变为结晶体了。将糖浆盛在一只庞大的土罐里，在火上熬着，没多久表面上就凝结了一层碎屑。等这层碎屑逐渐变厚之后，纳布就使用一把木刀小心地将它掀起来。这样不仅可以加速蒸发，而且还能避免晶体发焦。

糖浆在旺盛的炉火上熬了几个钟头之后，不仅成了浓缩的蜜糖，而且炼糖工人的身子也变得暖和了。他们先在厨房火炉里制造了一些形状不一的陶土模型，这时候就将蜜糖倒进去。第二天蜜糖冷却了，凝结成很多糖块和糖片，这种糖的颜色稍微发红，可仿佛就是透明的，味道也十分好。

天气一直到9月中旬都是冷的，“花岗石宫”里的“囚徒”们渐渐感到烦腻了。他们几乎每天都要想法子突围出去，可总恨自己无法走远。他们不断改善他们的住宅，一边工作一边谈话。史密斯向他的伙伴们讲述了很多的事情，主要是向他们讲述科学的实际应用，移民们没有图书馆，可工程师就是一本能随时参考的百科全书，它总是打开在需要的这一页上，这本书可以解决他们全部的问题，他们常常翻阅。时间就像这样快乐地度过了，这些勇敢的人似乎并不为以后担忧。

空守在屋内的日子也快结束了。人人都在着急地等待，即使不盼望美好的季节立即到来，也盼望着难以忍受的严寒快点过去。只要可以再多点衣服，他们的打猎活动就不知道能进行多少次了，不管是去沙丘也好，到潦凫沼地也罢！飞禽走兽是十分容易接近的，出去打猎绝对能满载而归。可赛勒斯·史密斯觉得保护大家的健康更要紧，因为人手一个也不能少，大家都按照他的意思去做了。

必须说明，最耐不住性子在房间困守的，除了潘克洛夫大概就是托普了。这条忠诚的狗认为“花岗石宫”狭小，它从这个房间再去那个房间来回乱跑，用种种方法来表达关在室内的烦闷。史密斯常常注意到，每当托普靠近仓库后边通向大海的黑井时，它就奇怪地乱叫起来。井口盖着一个木盖，它绕着井口来回转，有时甚至将一只爪子伸到盖子底下去，似乎要将它掀起来似的。随后它便奇怪地大叫一阵，显得愤怒和不安。

这种情形工程师已不止一次看到了。

深渊里到底有什么东西让这只机灵的动物忘不了呢？井通往大海是不会错的，可会不会另有什么窄道通往海岛的地底呢？会不会跟别的小洞相连呢？会不会经常有海兽到井底来呼吸呢？工程师产生了很多荒唐的奇想。他是习惯深入科学现实领域的，于是不愿意想入非非，更不愿朝迷信方面想，可托普是一只具有理性的狗，它绝不会没事对着月亮大闹，如果没有其他原因引起它的不安，它怎会捕风捉影，坚持去探索这深渊呢？托普的行动让赛勒斯·史密斯充满疑惑。

话虽这样，工程师仅仅将他的想法告诉了吉丁·史佩莱，他觉得告诉其他的伙伴们都没有用，这些疑团也可能只是因为托普的幻觉产生的。

严寒终于过去了。在这期间也有过雨、风雪、冰雹和狂风，可这些险恶的天气并没有持续太长时间。冰雪都融化了，海滨、高地、慈悲河的两岸和森林又可以通行了。“花岗石宫”里的居民都为春回大地而感到高兴，再过不久，他们就只有在吃饭、睡觉的时候才会待在家中了。

9 月下旬，他们经常去打猎，这么一来，潘克洛夫又求着要赛勒斯·史密斯造火器了，他一口咬定史密斯曾答应过他。工程师十分清楚，没有特殊的工具几乎没有任何可能制造出一支可以用的枪，于是他将这一工作推到将来。他跟平时一样淡淡地说，赫伯特和史佩莱已经成了相当熟练的神箭手，很多鲜美的野味，像刺鼠、袋鼠、水豚、鸽子、鸨、野鸭、鹅等，总之，各种飞禽走兽在他们箭下都别想逃命，因此，他们不妨再等些日子。可顽固的水手并不听这一套，他总缠着工程师，直到工程师答应满足他的要求时才结束。吉丁·史佩莱对潘克洛夫却是很支持的。

“海岛上有没有猛兽现在还无法确定，”他说，“假如有的话，我们就绝对要想法子与它们斗争，将它们消灭掉。早晚有一天这会成为我们首要任务的。”

可这时史密斯所考虑的并不是火器，而是衣服的问题。居民们凭借身上的衣服度过了这个冬天，可不能穿到明年冬天。他们必须不惜代价取得食肉动物的皮或反刍动物的毛，他们发现过很多摩弗仑羊，因此大家一致同意想法子捉一群来，可能饲养下来能对小队有用。这就必须要先开辟一个养牲畜用的畜栏和一个养鸟类用的家禽场，总之一句话，需要在海岛上建设起饲养场，这是季节好转之后的两件大事。

为了将来的这些工作，他们必须要先深入了解林肯岛上那些还没到过的地方，也就是慈悲河右岸从河口一直延伸到盘蛇半岛尽头的大片密林，以及海岛的西部。可这需要有稳定的天气，要再过一个月才可以有把握地进行这次远征。

于是他们焦急地等了一个时期，在这期间忽然发生了一件事，让居民们要探索整个王国的心情更为焦急了。

这天是 10 月 24 日，潘克洛夫去查看他的陷阱。他平时总是将食饵在里面准备得好好的。在一个陷阱里，他发现了三只十分适合放在食品室里的动物，那是一只母西瑞和它的两只崽子。

潘克洛夫回到“花岗石宫”，他捉到这样的野兽觉得相当得意，跟以往一样，向大家大肆炫耀一遍。

“来吧，我们能大吃一顿了，史密斯先生！”他大声说，“还有你，史佩莱先生，还有你一份！”

“我十分高兴，”通讯记者答道，“可你要请我吃什么呢？”

“烤小猪。”

“啊，真是烤小猪吗，潘克洛夫？听你的口气，我还认为你带回来的是一只塞满松露的小松鸡呢！”

“什么？”潘克洛夫大叫道，“你看不起烤小猪吗？”

“不，”吉丁·史佩莱答道，他显得丝毫不起劲，“如果不是吃腻了的话……”

“你有理，你有理，”水手回答说，他打来的东西并没受到欢迎，让他很不高兴，“你真心难伺候，要是 7 个月之前，刚在岛上登陆那时，让你看见这种野味，你早就会高兴死的！”

“算了，算了，”通讯记者说，“人总会有缺点的，并且也不会满足。”

“现在，”潘克洛夫说，“我希望纳布可以拿出他的本事来。你们瞧！这两只小猪不超过 3 个月！它们简直跟鹌鹑同样嫩！来吧，纳布，来！我要看你亲自烹调。”

于是水手带着纳布去厨房了，他们很快便专心地烹调起来。

大家都按自己的想法去烹调。结果纳布做出一顿相当精致的晚餐——两只烤小猪、袋鼠汤、一只熏腿、南欧松子和薄荷茶。确实，他们将最好的食品都拿出来了，可在这全部的菜肴里，还要数烤小猪最让人满意。

5 点钟的时候，晚饭在“花岗石宫”的餐厅里开始了。袋鼠汤在桌上散发着热气，他们都觉得汤的味道很好。

喝完了汤，接着便是烤小猪了，潘克洛夫坚持要亲自动手分割，他给每个客人都取了相当大的一块。

烤小猪确实好吃，潘克洛夫狼吞虎咽，正吃得起劲儿时，突然他叫喊一声，接着便骂了一句。

“怎么回事？”赛勒斯·史密斯问道。

“怎么回事？是这么回事，将我的一颗牙给崩掉了！”水手答道。

“什么，你的烤小猪里会有鹅卵石吗？”吉丁·史佩莱说。

“可能是的。”潘克洛夫一边说，一边从唇边将那个东西拿出来，这是他以一颗牙齿的代价换来的……

那并不是鹅卵石——而是一颗铅弹。

【第二部】 荒岛上的人

第一章 一枚子弹

气球上的冒险家落在林肯岛上已整整7个月了。在这期间，尽管他们四处搜索，可始终不曾发现有人。在荒岛上，甚至从没升起过一缕表示有人的炊烟，也找不到一点人们劳动的痕迹来证明以前或最近曾有人住过。移民们凭借种种事实不得不认为：除了他们自己之外，荒岛上不仅找不到其他人，并且从来就不曾有过人。现在，这些复杂的推论都被一颗小小的金属子弹给推翻了。这颗子弹是在一只不会伤人的啮齿类动物身上寻找到的！它是从枪里射出来的，那是毋庸置疑的，可除了人类之外，谁还会有这种武器呢？

当潘克洛夫将子弹放在桌上，他的伙伴们看了以后都感到十分惊讶。虽然子弹的样子平淡无奇，可他们却马上联想到这件事情可能会产生的一切后果，他们都惊慌得跟白日中见到了鬼似的。

赛勒斯·史密斯毫不犹豫地讲出由这件突如其来的怪事让他产生的一些联想，他拿起子弹，在手指间来回转动，随后转身向潘克洛夫问道："你能确定被这颗子弹打伤的西瑞生下来最多不过三个月吗？"

"不会再多了，史密斯先生，"潘克洛夫答道，"我在陷阱中发现它的时候，它还在吃奶呢。"

"好吧，"工程师说，"可见3个月之内曾有人在林肯岛上开过枪。"

"并且打中了这只小动物，尽管没有死，却受伤了。"吉丁·史佩莱补充道。

"这是毋庸置疑的，"赛勒斯·史密斯说，"我们能通过这件事作出这样的推论：在我们到达这里之前，岛上曾经有人住过，要不然就是3个月以内，有人在这儿着陆。这些人是有目的的还是偶然来的，是乘船靠岸还是遇险着陆的呢？这只有等到以后才能弄清楚。至于他们到底是什么人，欧洲人还是马来人，敌人还是朋友，我们还没办法猜测，他们是不是已离开了这个岛屿，我们同样不知道。可这些问题十分重要，我们不能等闲视之。"

"不，决不会！肯定不会！"水手从桌边跳起来喊道，"林肯岛上除了我们以外没有别人！我敢打赌！这个海岛并不算大，如果这里曾有过人，我们早就该发现他们了！”

“要不然那才怪了。”赫伯特说。

“我觉得如果这只西瑞生来肚子里就有一颗子弹的话，”通讯记者发表意见道，“那就更为奇怪了！”

“除非，”纳布严肃地说，“潘克洛夫……”

“你看，纳布，”潘克洛夫劈口打断了说，“如果是我的下巴颌里有一颗子弹，我能五六个月找不出来吗？它可以藏在哪儿？”他问道，随即便张开了嘴，露出32颗牙齿来。“你仔细地看一下，纳布，如果你能找到一个窟窿，我便让你拔下六个牙齿来！”

“纳布的假定肯定是站不住脚的，”史密斯说，虽然他满肚子的心事，也不由笑了笑，“我们能确定，最多不过3个月，曾有人在岛上开过枪。我的想法是：这些人是在不久前才登陆的，可能他们只是路过，因为当我们在富兰克林山山顶上俯瞰全岛时，如果这里已经有人的话，我们肯定会看见他们，要不然他们也绝对能看见我们。因此这些人也可能在几星期前才遇难，被风暴刮到海岸上的。但不管如何，都应将这个问题弄明白，这对我们来说是十分重要的。”

“我认为我们应当小心点。”通讯记者说。

“这正是我应该劝告大家的，”赛勒斯·史密斯说，“说不定就是海盗在岛上登陆了！”

“史密斯先生，”水手问道，“在出发之前，我们先制造一只平底船，你觉得怎么样？造了船我们既能顺流而上，又能随意沿海环视全岛。不做些准备是不行的。”

“你的意见很好，潘克洛夫，”工程师答道，“不过我们现在等不及了，造一只船最少需要一个月呢。”

“是的，可那是正规的船呀，”水手回答说，“我们并不需航海的船，最多5天，我就能造只平底船，保证能在慈悲河上航行。”

“5天造一只船？”纳布叫道。

“是的，纳布，一种印第安人的船。”

“木头的？”黑人依旧不信。

“木头的，”潘克洛夫答道，“说得更加准确些，树皮的。我再说一遍，史密斯先生，5天之内绝对完工！”

“5天之内，那么，干吧。”工程师答道。

“可在这期间我们绝对要万分小心。”赫伯特说。

“确实要十分小心，朋友们，”史密斯回答说，“同时我要求你们，打猎的时候不要距离‘花岗石宫’太远了。”

他们在紧张严肃的氛围中吃完了午饭，潘克洛夫觉得有些扫兴。

居民们得出了这个结论：荒岛上除了他们自己之外，还有别人居住着，或是以前有人住过。正如子弹所表明的那样，这已经成为了一件不能怀疑的事实，这个发现不由得让移民们提心吊胆。

赛勒斯·史密斯和吉丁·史佩莱临睡之前在这件事情上讨论了很长时间。他们自己问自己，这件事情跟工程师不可思议的得救以及他们很多次碰到的怪事有没有关系？赛勒斯·史密斯经过来回考虑，最后说："一句话，你愿意听我的意见吗，亲爱的史佩莱？"

"愿意，赛勒斯。"

"好吧，我的推测是这样的：不管我们在岛上搜查得再仔细，我们都不会发现什么的。"

第二天，潘克洛夫开始工作了。他并不准备造一只有甲板和船舵的船，而只是要制造一只适合在慈悲河上航行的简单的平底船——最主要的是，要能通过平常河水较浅的地方，航行至这条河的发源地。只要将一片片树皮连接起来，便能成为一只轻便的小船了，如果遇到自然的障碍，必须要搬运的话，也不算累赘。潘克洛夫准备用钉子将树皮钉起来，这样能确保平底船不透水。

为了有坚韧的树皮来造船，首先要选择树木。上一次风暴中刮倒了很多高大的桦树，这些树的树皮正好适合他们的需要。有些树倒在地上，只要将它们的皮剥下来就可以了，可这却是最为难做的工作，因为他们没有足够的工具。可他们毕竟克服了种种困难。

水手在工程师的帮助下，每时每刻都在工作着。吉丁·史佩莱和赫伯特也并没有闲着，他们负责提供全队的食品。通讯记者不得不钦佩赫伯特这个孩子，因为他使用弓箭和鱼叉的本领相当高明。此外，赫伯特还表现了十分的勇敢和真正的"英明判断"。这两个猎人按照赛勒斯·史密斯的意见，没离开"花岗石宫"方圆 2 英里远。森林的边缘有许多的刺鼠、水豚、袋鼠、西瑞等，就算陷阱不如天冷时有效，也还能供给林肯岛上居民日常食用的需要。

10 月 26 日，在打猎途中，赫伯特照例跟吉丁·史佩莱探讨起子弹问题和工程师的推论。他说："可是，史佩莱先生，如果遇难的人在岛上登了陆，他们竟一直没有到'花岗石宫'周围来，你不认为奇怪吗？"

"如果他们还在这儿，当然十分奇怪，"通讯记者答道，"可倘若他们已不在这儿了，那就不足为怪了！"

"那么你觉得这些人已离开荒岛了吗？"赫伯特反问了一句。

"很有可能是这样的，孩子。如果他们在这里逗留的时间过长，特别是他们还在这里的话，他们总要暴露行踪的。"

"可是如果他们能够离开这儿，"少年说，"那他们就不能算是遇难的人。"

“不错，赫伯特，他们至少是所谓暂时的遇难人。很有可能是风暴将他们吹到岛上来的，只是他们的船只并未损坏，于是风暴一过，他们便走了。”

“我认为有一点是事实，”赫伯特说，“史密斯先生似乎害怕岛上有人，而不是希望岛上有人。”

“一句话，”通讯记者答道，“经常到这周围海上来的只有马来人，并且这些人都是恶棍，最好躲开他们。”

“史佩莱先生，”赫伯特说，“可能有一天我们会发现他们登陆的痕迹吧。”

“那当然，孩子。只要寻找到一个遗留下来的帐幕，或一堆灰烬，我们就能追踪了，这便是我们要在下一次探险中探寻的东西。”

谈话的这天，他们是在慈悲河周围的森林里，这儿的树林尤其优美。在一些树木之间，屹立着几棵高达200英尺的松树，新西兰的土人将这种松树称为卡利松。

“我有一个主意，史佩莱先生，”赫伯特说，“如果爬到一棵卡利松上去，周围的景物便能看得更远了。”

“主意倒不错，”通讯记者答道，“可这么高的树，你能爬得上去吗？”

“不妨试试看。”赫伯特回答说。

这个行动敏捷的孩子纵身一跳，便上了头几档树枝，因为树枝交叉得当，要攀登这棵卡利松并不算困难。几分钟过后，他都爬到树顶了，高居在这宽旷的绿色平原之上了。

在这居高临下的地方，他将整个海岛的南方都看了个遍，从东南的爪角一直到西南的爬虫角。富兰克林山高高耸立在海岛的西北，将很大一部分地平线都给遮住了。

在这雄伟的瞭望台上，赫伯特能看见岛上全部还没勘察过的地方，这些地方都有可能成为他们所怀疑的那些陌生人的藏身之处。

少年仔细地查看着。海上什么都没有，不管是水平线上，还是海岛的四周，都见不到船只。可是，有段海岸被许多树木挡住了，因此也极有可能有一只船在那儿——尤其是当它失去桅杆，靠近海岸时，赫伯特就更没法看到它了。

远西森林里也见不到有什么东西，树木构成一道无法穿透的屏障，广布好几平方英里，密集得连一丝空隙都没有。甚至要想沿着慈悲河一直朝上看去，或是想确定它的源头在深山的哪一部分都是不可能的。可能还有其他的小河朝西流去，然而见不到它们。

退一步说，就算赫伯特将全部的宿营痕迹都给忽略了，难道他连一缕轻烟都见不到吗？在明朗的大气中，就算是一丝极其淡薄的轻烟，也是十分容易觉察到的。

一刹那，赫伯特仿佛看到西方有一缕淡薄的轻烟，可定睛一看，就确定自己看错了。他尽量查看四面八方，他的眼睛是十分敏锐的。他确定地说，那儿什么都没有。

赫伯特从卡利松上爬了下来，这两个猎人返回到“花岗石宫”里来了。赛勒斯·史密斯听了少年的报告之后，摇了下头，连句话都没说。显然，在彻底搜查全岛之前，还无法给这个问题下结论。

两天过后，10月28日，又发生一件无法理解的事。

赫伯特和纳布顺着海岸，在离“花岗石宫”大概2英里的地方散步，他们碰巧捉住一只鼋龟目的漂亮标本。这是一只米达斯种能食用的绿海龟，这个名称来历是因为它的壳和肉都是绿色的。

海龟从乱石堆中朝海里爬时，被赫伯特发现了。

“帮帮忙，纳布，帮帮忙！”他喊道。

纳布便跑了过来。

“多好看的家伙！”纳布说，“可我们怎样才能捉住它呢？”

“这还不容易？纳布，”赫伯特答道，“只要将它翻过来，它就不管怎样也跑不了啦。拿起你的鱼叉，我怎样做，你也怎样做。”

这个爬行动物发现遇到危险，就将头和脚往硬壳和腹甲里一缩，像一块石头般一丝不动。

赫伯特和纳布将棍子插到海龟身子下面去，两个人一起使劲，一下子就将它翻了过来。这只长达3英尺的海龟，体重最少有400斤。

“真好！”纳布喊道，“潘克洛夫看见之后肯定会高兴死的。”

的确，潘克洛夫肯定会从心里高兴的，因为这种海龟吃的是海藻，肉味极为鲜美。这时，海龟的脑袋露了出来，它的头部有很长的上颚骨，前边小还扁，从隐藏在上颚骨下的巨大颞窝起，脑袋就慢慢粗大了起来。

“现在，应怎样处理我们的俘虏呢？”纳布说，“我们没办法将它拖回‘花岗石宫’去！”

“反正它没办法翻过身来，就将它留在这儿吧，”赫伯特回答说，“回头我们再驾大车来将它拉回去。”

“这个主意棒极了。”

赫伯特又不厌其烦地在海龟两边砌上石头，将它夹在中间，以防万一；纳布觉得不用多此一举。然后，这两个猎人就顺着退潮之后露出来的海滩回“花岗石宫”去了。赫伯特想让潘克洛夫惊讶一下，于是对他们在沙滩上翻倒一只能作为“上等海龟标本”的事，故意只字不提。两个钟头过后，他和纳布驾着大车再次回到他们放龟的地方，然而，那只“上等海龟标本”却消失了！

纳布和赫伯特刚开始面面相觑，随后他们又四处看了一下。没错，海龟就是放到这里的，少年还找到了他用来夹着海龟的石头，因此他确定没搞错。

“好吧！”纳布说，“那么，海龟是可以自己翻身的。”

“可能是的。”赫伯特答道，他根本摸不着头脑，呆呆地朝着沙滩上的石头发愣。

“潘克洛夫会不高兴的！”

“史密斯先生对于海龟的失踪，可能也要认为不好解释了。”赫伯特暗自想道。

“听着，”纳布怕人笑话，准备不再提起，“我们不谈这个了。”

“不成，纳布，我们不谈不行。”赫伯特回答说。

大车现在是丝毫用处都没有了，两个人拉着空车朝“花岗石宫”走去。

工程师和水手正在造船工地上工作，赫伯特回来后就将经过情形讲述了一遍。

“唉！傻瓜！”水手喊道，“最少丧失了五十顿饭！”

“可是，潘克洛夫，”纳布答道，“海龟消失了可不能怪我们，我都说过了，我们将它翻过个儿来的！”

“那就是你们翻得不算彻底！”固执的水手说。

“不够彻底！”赫伯特大声说。

因此他又将怎么小心地用石头将海龟砌在中间的事讲了一遍。

“那真是奇怪了！”潘克洛夫答道。

“史密斯先生，”赫伯特说，“我觉得海龟只要身子仰过来，是绝对不会爬起来的，特别是大海龟，是不是？”

“是的，孩子。”赛勒斯·史密斯说。

“可他怎么会跑掉呢？”

“你们将海龟留在距离海多远的地方？”工程师问道，他停下了手中的工作，思考着这件事。

“不足 50 英尺。”赫伯特答道。

“当时是低潮吗？”

“是的，史密斯先生。”

“好了，”工程师回答说，“海龟在沙滩上办不成的事，在水里可能是办得到的。涨潮的时候，它就可以翻过身来，然后它便不慌不忙地返回到大海的深处去了。”

“啊，我们真是傻瓜！”纳布大声道。

“不错，刚才我就是这样称呼你们的！”水手回了一句。

赛勒斯·史密斯这般解释自然合情合理，可是他自己觉得这样解释正确吗？恐怕不见得。

第二章　神奇的箱子

10月29日，树皮平底船彻底完工了。潘克洛夫根据自己的保证，在5天之内，制造了一艘轻舟，船身是使用“克来金巴”树的柔韧细枝编织而成的。这只小船总共有三个座位，一个在船尾，一个在中间，用来保持船只本身的平衡，一个在船头。此外还有两个桨架跟一个掌控方向的尾橹。全长12英尺，重量才不到200斤。

想让它下水是十分简单的。平底船被带往海滨来，放在“花岗石宫”前的沙滩上，潮水一涨，它便自己浮了起来。潘克洛夫立即跳上船去一边摇起橹来，一边称赞这只船，说对大家再合适不过了。

“哈哈！”水手喊道，他不得不为自己的胜利而高兴，“我们能利用它周游……”

“全世界？”吉丁·史佩莱问道。

“不，全海岛。再找些压仓的石头，竖一根桅杆，过几天史密斯先生再给我们制作一面帆，我们就能耀武扬威地出航了！史密斯先生，还有你，史佩莱先生，还有你，赫伯特，还有你，纳布，你们要不要来尝试一下我们的新船啊？来呀！看看它能不能将我们5个人都给载起来！”

这确实有一试的必要。潘克洛夫立即通过一条岩石间的水道，将平底船摇到岸边来。他们商量完，当天顺着海岸一直划到第一个海角，也就是南部岩石的尽头，作为一次试航。

他们上船时，纳布喊道：“你的船有些漏水呢，潘克洛夫。”

“不要紧，纳布，”水手答道，“木头它自己会密合的，两天之内，连一条缝都不会存在的，那时候，我们船里的水就会比醉鬼胃中的水还要少。跳进来！”

大家很快都坐下来，潘克洛夫荡起了桨。天气十分好，海面上风平浪静，简直跟湖水相同。因此航行中十分的安全，就像在平静的慈悲河上逆流而上一样。

纳布用手掌握着一支桨，赫伯特掌握着另外一支，潘克洛夫则坐在船尾摇橹。

水手最先穿过海峡，将船摇到小岛的南端，一阵微风从南边吹来。不管在海峡中还是在碧绿的大海中，都没有翻腾的巨浪。海面上滚动着长波条纹，但是因为船载很重，船上的人几乎没有丝毫感觉。他们划到距离岸边大概有1.5英里的地方，准备好好地查看一下富兰克林山。

看完之后，潘克洛夫又返回到河口，平底船就接着沿岸航行，海岸一直通往尽头的海角，将整个的潦凫沼地全给遮住了

这个海角距离慈悲河大概有3英里，由于海岸线格外曲折，因此距离才会有

那么远，他们决定划往尽头去，在有必要时，还会更远些，以便大致地观察一直到爪角一带的海滨。

平底船绕过潮水逐渐淹没的礁石，沿着弯曲的海岸航行。峭壁由河口慢慢向海角倾斜下来。它是由花岗石构成的，东一堆西一堆散乱地分布着，跟瞭望岗的峭壁完全不一样，并且看起来十分荒凉，仿佛曾有人在这里开采过大量山石一般。从森林中向外突出的这段长达 2 英里的险峻的海角，没有一点植物，看起来就像一只从枝叶茂盛的衣袖中伸出来的巨大手臂。

平底船在双桨的推动下，顺利地往前行进着。吉丁 · 史佩莱一手拿着铅笔，一手拿着笔记本，将海岸的轮廓鲜明地画了下来。纳布、赫伯特和潘克洛夫一边聊天，一边查看他们的这部分新领土；随着平底船往南前进，颚骨角的南北两个部分也仿佛移动了起来，将联合湾包围得更紧密了。

赛勒斯 · 史密斯一言不发，他只是凝神看着，他的目光有点疑虑，似乎在观察一个陌生的地区。

平底船前进了三刻钟之后，便到达了海角的顶点。潘克洛夫正准备掉转船头，赫伯特忽然站起身来，指着一件黑色的东西说："那边海岸上有什么东西？"

大家都向着他所指的方向望去。

"怎么？"通讯记者说，"确实有东西。似乎是一只破船的残骸，一半陷入在泥沙之中。"

"啊！"潘克洛夫喊道，"我明白了！"

"什么？"纳布问道。

"木桶，木桶，可能还满装着东西呢。"水手回答说。

"靠岸，潘克洛夫！"赛勒斯说。

他们便划了几桨，平底船进入一条小河中，船上的人都跳上岸去。

潘克洛夫并没猜错，那儿有两只木桶，半掩埋在沙里，可是，还紧绑着一只大箱子。这只箱子因为木桶浮力支持着，起初在水上漂浮，后来便搁浅在海滩上了。

"那么，在荒岛上有过遇难的船只了。"赫伯特说。

"很明显。"史佩莱答道。

"可箱子里面是什么？"潘克洛夫不由问道，"箱子里是什么？锁着呢，没关系，将它砸开！好吧，用石头吧……"

水手举起一块厚实的石头，正准备将箱子的一面砸破，可工程师却抓住了他的手。

"潘克洛夫，"他说，"你能再忍耐一个小时吗？"

"史密斯先生，你想，可能这里面有我们所需的东西呢！"

"我们总会拿出来的，潘克洛夫，"工程师说，"将它交给我，不要将箱子毁了，我们也许用得着它。我们应该将它带回‘花岗石宫’去，到了那儿不用打坏，就很方便将它打开了。这个箱子带起来也并不算费事，既然它都漂到这儿了，不妨再让它漂到河口去。”

“说得对，史密斯先生，我又错了，不过人有时总无法控制自己。”水手说。

工程师的意见十分正确。确实，这只箱子既然要两只空桶将它浮起来，无疑是十分沉重的，将箱子里所盛的东西全部都装到平底船上去恐怕会带不动。因此，最好还是在水上将它拉到“花岗石宫”前的海滩上去。

这只箱子到底是从哪里来的呢？这是一个十分重要的问题。赛勒斯·史密斯和他的伙伴们留神查看四周，又视察了一下几百步之外的海岸，再也没发现船上其他的遗物。赫伯特和纳布爬上一块矗立的山石去俯瞰大海，也什么都没看见——既没有折断桅杆的孤舟，也没有扬帆行驶的船只。

这里曾有船只遇险是可以肯定的。可能这也跟子弹事件有关吧？可能有一些人在荒岛的其他地方登了陆，或许他们还在这儿，他们都自然而然地想起了这一点，那就是：这些陌生人不可能是海盗，因为这只箱子一看便知道是欧美制造的。

大家都围在这只大得出奇的箱子旁来。箱子是橡木的，关得很严，外面还包着一张相当厚的兽皮，使用铜钉子钉在上面。两只庞大的木桶密封着，敲起来发出空洞的声音。这两只木桶被绳子牢固地缚在箱子的两旁，绳结相当巧妙，潘克洛夫一看见便说，只有水手才会系出这样的结来。箱子看起来一点都没损坏，只要看它是搁浅在沙滩上，而不是撞到乱石堆中，就可以说明这一点了。经过仔细观察之后，他们都一致肯定：箱子在水中的时间还不算久，甚至是刚刚才上岸的。海水似乎还没有透到里面去，箱中的东西自然还没损坏。

显然，有一只折断桅杆的船在荒岛周围漂浮时，将这只箱子扔了出来，船上的人希望箱子可以到达陆地，以方便事后找回，所以才用这一套办法小心地将它浮了起来的。

“我们把箱子从水上拖到‘花岗石宫’去。”工程师说，“到了那儿我们就能清点一下其中的东西了。以后，如果要是能发现在假设的遇难中逃离出来的人，我们就要将箱子还给他们。如果找不着……”

“那就算是我们的了！”潘克洛夫大声说，“可是，里面到底有些什么呢？”

海水已迫近箱子，上涨的海潮明显要将它浮了起来。他们解开一根绳子将这套漂浮的设备拴到平底船的后边，随后潘克洛夫和纳布就用他们的桨挖开泥沙，让箱子移动起来更方便，平底船拖着箱子，很快就绕过了遗物角——这个因遗留箱子而命名的地方。

箱子十分重，空桶勉强将它保持在水面上。水手时刻都在担心箱子会脱扣从而沉到海底去，幸好他的顾虑并没成为事实。他们启程之后的一个半小时——这个时间中航行了 3 英里——就在“花岗石宫”下靠岸了。

于是，他们将平底船和箱子都拖上沙滩。这时候正遇上退潮，他们很快便高居在没有水的海滩上了。纳布急忙跑回家，拿来几件应手的工具，以预防打开箱子后不受一点损伤，随后他们准备清点东西。潘克洛夫表现得兴高采烈。

水手开始动手将两个木桶卸下来，木桶十分完整，还能用。随后他用凿子和锤子去打锁，盖子被打开了。箱子的内壁衬着一层锌皮，这明显是为了防止箱中的物件受潮。

“啊！”纳布大声喊道，“可能是罐头！”

“但愿不是。”通讯记者说。

“如果是……”水手低声说。

“什么？”纳布无意间听见了，问道。

“没有什么！”

水手扯开锌皮，将它扔在箱子上，随后就将各种各样的东西逐个拿出来，放在沙滩上。每当拿出一件新东西，潘克洛夫都会欢呼几声，赫伯特则拍着手，纳布在旁边手舞足蹈——跟黑人跳舞似的。赫伯特发现有书，不由得喜出望外。纳布拿着烹调器具不停地亲吻。

总之，他们都感到满足是应该的，因为箱子里工具、武器、仪器、衣服、书籍都有。下面便是一张吉丁·史佩莱在笔记本上记录的一张所有物品的清单：

工具——三把多开的小刀，两把砍柴斧，两把木工斧，三个刨子，两个锛子，一把鹤嘴锄，六把凿子，两把锉，三把锤子，三把螺丝刀，两把钻孔锥，十袋洋钉和螺丝钉，三把大小不同的锯子，二十二匣针。

武器——两支燧发枪，两支撞针枪，两支后膛马枪，五把尖刀，四把马刀，两桶火药（每桶有 25 斤），十二箱雷管。

仪器——一个六分仪，一副双筒望远镜，一架长筒望远镜，一匣绘图仪器，一个航海指南针，一只华氏寒暑表，一只无液晴雨表，一只装有照相器材、对物透镜、感光板、药品等的匣子。

衣服——两打衬衫（由一种相当于羊毛的织物制成，但明显是植物纤维），三打长袜（也是同样的质地）。

器皿——一只铁汤罐，六把带柄小铜锅，三只铁盘，十只钢精羹匙和十只钢精叉子，两把水壶，一个便式火炉，六把餐刀。

书籍——一本《圣经》（《新旧约全书》），一本地图，一本《玻里尼西亚成语辞典》，一部《自然科学辞典》（共包括 6 本），三令白纸，两本白纸簿子。

“必须承认，”通讯记者在清点完毕之后说，“这个箱子的主人绝对是个经验丰富的人！工具、武器、仪器、衣服、器皿、书籍……什么都有了！他仿佛就是料到要遇险，因此事先便做好了准备。”

“真是什么东西都有。”赛勒斯·史密斯若有所思地说。

“可以肯定，”赫伯特补充道，“这只箱子和它主人的船不是海盗的！”

潘克洛夫说：“除非箱子的主人让海盗俘虏了……”

“这是不可能的，”通讯记者答道，“可能是一只欧美的船只被风暴吹到这里来，乘客们准备最低限度的将必需品保留下来，所以才准备了这个箱子，将它扔在海里的。”

“你同意这个看法吗，史密斯先生？”赫伯特说。

“是的，孩子，”工程师答道，“可能就是这样。遇险时，或是知晓要遇险的时候，他们可能将各种最有效的东西收集到一块，放在箱子中，希望事后可以再在海岸上寻找到它……”

“难道连照相器材的匣子都需要收起来吗？”水手疑惑地喊道。

“至于照相器材，”史密斯答道，“我还不太清楚留着干什么，要是再多放一些衣服或火药对我们及任何遇难人就会宝贵得多！”

“这些仪器、工具和书籍上有没有记号和线索能知道它们的来历吗？”吉丁·史佩莱问道。

这些是能证明的。全部的东西，尤其是书籍、用具和武器，都经过详细的检查。可这些武器和仪器都与一般的不同，没有制造厂的牌号。并且，它们简直与新的差不多，看来根本没用过，工具和器皿也有同样的特点，所有都是新的。这一点说明这些东西并不是随意扔到箱子里的，相反，都是经过深思熟虑挑选的。此外，还有一件事也可以说明这一点，那就是，这些东西用锌皮来防潮，假如在慌乱之中，进行金属焊接是根本不可能的。

《自然科学辞典》和《玻里尼西亚成语辞典》都是英文的，可上面既没有出版者的名字，也没有出版日期。

那本四开本的英文《圣经》也是这样，它印刷得十分特殊，而且一看便知道是常常使用的。

那本地图是一件相当精致的作品，它包含世界各国的分图和几幅按照墨卡托投影法制成的地球平面图，专业术语都是法文的——可也没有出版日期和出版者的名字。

因此，在这很多不同的东西上，他们发现不出一点线索。这艘船近期曾在附近沿海航行过，这是能肯定的，但要想进一步知晓它是哪个国家的，却没有任何东西可以表明。

不管这只箱子到底是从哪里来的，但它毕竟让林肯岛上的居民增加了财富。在这之前，他们都利用自然产物，给自己创造了所拥有的一切，同时因为他们的智慧，让他们战胜了困难。可现在凭空有了这些工业品，就跟上苍有意回报他们似的，因此他们都一同感谢上苍。

他们中还有一人并不满足，那便是潘克洛夫。箱子里似乎还少了一样他尤其重视的东西，当他们翻到箱底时，他的欢呼也慢慢地不如以前热烈了，清点完毕之后，只听见他嘟囔地说：“都不错，可你们看，箱子里却没有我想要的东西！”

纳布听了之后说：“怎么，潘克洛夫，你还想要些什么？”

“半斤烟草，”潘克洛夫严肃地答道，“有了这个我就完全知足了！”

听了水手的话之后，大家都不由得笑出声来。

发现了箱子，大家感到现在更有必要去彻底搜查全岛了。他们都同意第二天早上天亮便出发，顺着慈悲河向上游航行，一直到西海岸。他们考虑到，如果有遇难的人登陆，他们可能没有生活资料，因此要不加迟疑地去帮助他们。

天黑以前，他们将各种物品都搬进“花岗石宫”，井井有条地放到大厅之中。

10 月 29 日这天是星期日，在临睡之前，赫伯特要求工程师给大家念诵一段福音。

“好。”赛勒斯·史密斯回答说。

他拿起《圣经》，正准备翻开，潘克洛夫却拦住他说：

“史密斯先生，我有点迷信，你随意翻开一页，将最先看见的那一行念出来，看看跟我们的遭遇是不是相同。”

赛勒斯·史密斯听了水手的话之后，微微一笑，他果然按水手的意思随便一翻，正好这一页夹着一个书签。

他立即注意到，在《马太福音》第七章第八节的周围有一个铅笔画的红十字。他将那一行念了出来：

“凡祈求的，就得着。寻找的，就寻见。”

第三章　搜查全岛

第二天，10 月 30 日，大家都为即将的探险做足了准备。最近的许多事情让这次探险变得相当必要。的确，情况不一样了，林肯岛上的居民不仅不需要别人帮助，并且还能够帮助别人了。

于是大家一致的意见是：只要能走得通畅，便尽可能地往慈悲河的上游驶去。这样探险队就能不费力气地走一段很长的距离，同时还能将他们的武器和粮食运送到荒岛的西面去。

现在除了要思考带去的东西之外，还要考虑到他们可能会带一批东西回来。如果真跟想象的那样，海滩上曾有船遇险的话，那就会有许多的东西被遗留下来，这些东西，他们是能合法占有的。在这种情况之下，大车就要比便捷的平底船更有用了。可大车太笨重，拉起来相当不方便，因此潘克洛夫又感到遗憾了，以前是觉得箱子里没给他准备“半斤烟草”，现在则觉得箱子中缺少两匹新泽西的壮马，因为这对探险队而言，是十分有用的。

纳布已经将粮食包装起来了，其中有大量的肉类和好几加仑的啤酒，这些东西能够让他们吃三天——这也是史密斯所规定的探险时间。此外，他们还准备一路上补充，纳布并没忘记带轻便火炉。

他们带的工具只有两把砍柴斧，在经过密林的时候，用来开路；仪器方面，则带了一副望远镜和一个袖珍指南针。

至于武器，他们选了两支燧发枪，因为他们觉得带燧发枪比撞针枪更为合适。燧发枪所需火石更易补充，而撞针枪却必须要用雷管，如果常常使用，他们有限的贮存就会用完了。可他们也带了一支马枪和一些弹药。至于火药，桶里大概共有 50 斤，他们必须要稍微带些，但是工程师准备自己制造一种炸药，这样他们就能将火药省下来了。除了火器以外，他们又带了五把藏在皮鞘里的尖刀。有了这些装备，居民们可怀着成功的希望，去大森林中探险了。

不必说，潘克洛夫、赫伯特和纳布有了这般装备，自然是相当满意。当然，赛勒斯·史密斯让他们提出保证，不到万不得已不能随便乱放一枪。

早上 6 点钟，平底船离了岸，包括托普在内，全部都上了船，他们开始朝慈悲河口驶去。

半个钟头之前便涨潮了。潮水将会往里面流水几个小时，这对航行是十分有利的，等到退潮时，逆流而上，则会增加困难。三天之内月亮就会圆了，潮势已经相当猛，足够将船身保持在潮流的中央，让它漂浮在耸立的两岸中快速前进，不需要使用双桨来增添它的速度。几分钟之后，探险家们便来到慈悲河的一个拐角处。7 个月之前，潘克洛夫就是在这里造出第一只木筏的。

过了这个突出的拐角之后，河面开阔了许多，船从高的绿枞树下驰过。

慈悲河两岸的景色相当秀丽。大自然用河水和树木随心安排的美景，让赛勒斯·史密斯和他的伙伴不禁称赞起来。他们越往前走，树木的种类就越多。河右岸长着漂亮的榆树科植物，这是建筑师珍视的榆树，哪怕长期浸在水里，也不会腐烂。此外还有许多同科类树木，其中有一种比较特殊，它的果仁含有一种相当有用的油。再向前去，赫伯特又看见了木通科植物，这是一种盘藤灌木，它的枝条在水里浸过之后，能做成相当好的索具，他还看见两三棵黑檀，带有漂亮的黑色奇异花纹。

平底船一到方便靠岸的地方就会停下来，吉丁·史佩莱、赫伯特和潘克洛夫拿着枪，跟着托普跳了上去。除了猎得一些野味之外，还能碰见一些有用的植物。少年自然学家看见了一种藜科的野生菠菜跟白菜类的许多十字花科蔬菜——这种蔬菜是绝对能移植的——感到十分高兴，这里还有水芹、萝卜、芜菁，最后还有些 1 米高的多毛多枝丫的草茎植物，结着褐色种籽。

“你知道那是些什么植物吗？”赫伯特问水手。

“烟草！”潘克洛夫大声说，显然，除了在他烟斗中之外，他从来没见过这种他喜爱的植物。

“不是！潘克洛夫，”赫伯特说，“那不是烟草，而是芥菜。”

“管它什么芥菜呢！”水手说，“可孩子，如果你碰到烟草，可千万不能放过它！”

“早晚有一天我们能找到的！”吉丁·史佩莱说。

“好吧！”潘克洛夫大声说，“等到那个时候，我就真想不出我们岛上还会缺些什么了！”

他们将各种各样的植物小心翼翼地连根挖起，带回了平底船，这时，赛勒斯·史密斯还在那儿思考着心事。

通讯记者、赫伯特和潘克洛夫就这样不停地上岸下岸，有时去慈悲河的右岸，有时去左岸。

慈悲河的左岸相对平坦，可右岸的树木却更加茂密。工程师看了一下他的袖珍指南针，河的方向从第一个拐弯处开始，明显是从西南到东北的，大概 3 英里之内全是笔直的。可在第一个拐弯之后，方向也许就改变了，慈悲河上游很可能往西北伸去，一直到河流的发源地，富兰克林山支脉。

途中有次登岸，吉丁·史佩莱竟捉到了四只鹑鸡。这种鸟的嘴薄长，头颈细长，翅膀短小，尾巴仿佛都没有。赫伯特将它们叫做鹌鹑，他们决定养育这些鹑鸡，当做他们将来家禽场上的第一批住客。

直到这时，他们还没开过枪，第一声枪响是在远西森林中发出来的，他们发现了一只像鱼狗的漂亮飞鸟。

“我认识它！”潘克洛夫喊道，他的枪不由地从肩膀上滑下来。

“你认识什么？”通讯记者问。

“我们第一次打猎时逃走的那种飞鸟，我们曾用它的名字给这一带森林命名。”

“啄木鸟！”赫伯特喊道。

不错，那就是只啄木鸟，它的羽毛散发着金属般的光泽。一颗子弹将它打下来，托普将它衔到平底船去了，与此同时还打下了半打猩猩鹦鹉。它们的大小跟鸽子差不多，羽毛掺着绿色，翅膀部分都是深红的，冠毛镶着一道白边。这些鹦䴗都是少年打下来的，他感到相当得意。猩猩鹦鹉要比啄木鸟更加好吃，因为啄木鸟的肉很粗糙。可要让潘克洛夫承认他打到的并不是最好吃的飞禽，却并不是件容易事。早上10点钟，平底船到了距离慈悲河快5英里的第二个拐角。他们便在那里停了下来，在漂亮的树荫下吃早饭。这里河流的宽度大概还有60到70英尺，河床的深度则大致在五六英尺。工程师发现支流越来越多了，可这些支流并不能通航，因为它们只不过是些小溪。附近的森林（包括啄木鸟林和远西森林在内）一望无际。不管是在森林的深处，还是在慈悲河岸的大树底下，都没有人迹。探险的人们找不到一丝可疑的迹象。看得出，这些树木根本没被柴斧砍碰过，丫杈横生的灌木和深草丛中大树间的爬藤也从未让开路的人用刀砍过。如果遇难的人确实是上过荒岛的话，他们肯定不会已离岸了，可从林里也没法找到那些在假定的遇难中脱险的人。

于是工程师急于赶到林肯岛的西海岸去，据他预计，这段距离最少还有5英里。

他们继续向前航行，慈悲河现在仿佛并不是往海岸流，而是朝富兰克林山流去。他们决定只要河水还能将船浮起来，就继续使用平底船往前进。这样既省力，又不浪费时间，要不然，他们就要用斧头在密林中开路。可潮水没多久便失去了作用，不知是因为退潮（现在已到退潮的时间了），还是距离慈悲河口太远了，总之，察觉不到海潮是否向前流动，于是他们只好使用双桨，赫伯特和纳布每人拿了一支，潘克洛夫摇起橹来依旧逆流而上。树木越来越稀疏，树木的间距也隔得更远了，时常有些大树孤零零的树立着，可它们彼此距离越远，长得也就越发美丽，这是因为树木间空气流通的原因。

这一带的植物是如此繁茂美丽！植物学家见到这些花草树木，肯定能毫不犹豫地说出林肯岛的纬度来的。

“有加利树！”赫伯特喊道。

不错，正是这漂亮的树木，一种亚热带的大树，和澳大利亚、新西兰（这两处都和林肯岛在同一纬度）的有加利树隶属一类，这些树木中有的高达200英尺，树干下部四周就有20英尺，凹凸不平的树皮足足有5英尺厚，里面蕴含着芳香的红色树脂。这种高大的桃金娘科树木真是珍贵稀有，它们的叶子是垂直的不是水平的，也就是说，向上生长的是叶边，并不是叶面，因此，阳光十分方便透过树木照射下来。

有加利树底下是片绿荫，一群小鸟从灌木丛中逃离了出来，它们在阳光下展翅飞翔，就像长了翅膀的红宝石一样。

“似乎是一种乔木！”纳布喊道，“可它有用吗？”

“嘿！”潘克洛夫答道，“这些大树就跟大胖子似的，中看而不中用。”

“我觉得你错了，潘克洛夫，”吉丁·史佩莱说，“有加利树是制造家居的优等木料。”

“我还再补充一句，”赫伯特说，“有加利树的这一科包含了许多有用的种类，其中番石榴的果实能制造果子酱；丁香树可以出产香料；安石榴树结安石榴；桃金娘丁香树的果实能酿造美酒；乌葛杨梅树含有相当浓的酒精成分；石竹科的杨梅树皮能制成珍贵的肉桂；尤琴椒树能制造牙买加辣椒；普通杨梅的嫩芽和果子中有时能提取出胡椒。有加利树能供应一种香料，几内亚有加利树的树液通过发酵便能制作成啤酒。一句话，澳大利亚所有的橡皮树和铁皮树都隶属这种桃金娘科，它包含了四十六属和一千三百种。”

少年滔滔不绝地往下说，他兴致勃勃地将他在植物学上的一些常识都谈了出来。赛勒斯·史密斯一边听，一边微笑着，而潘克洛夫有种骄傲的表情。

“很好！赫伯特，”潘克洛夫说，“可我敢打赌，这些大树绝对不是你刚提到的那些有用的品种！”

“不错，潘克洛夫。”

“这就证明我刚说的话并不错了，”水手接着说，“可这些大树皮有什么用处？”

“那你便错了，潘克洛夫，”工程师说，“我们头上那些高大的有加利树用处多的是。”

“有什么用处呢？”

“保持着当地的卫生，你知道澳洲和新西兰的居民将它们称为什么吗？”

“不知道，史密斯先生。”

“将它们叫做‘寒热病树’。”

“是因为它们传播寒热病吗？”

“不，是因为它们防止寒热病！”

“好，我要将这记录下来。”通讯记者说。

“记下来吧！亲爱的史佩莱。有加利树能驱除瘴气便得到了证实。在中欧和北非，有许多国家的土壤对健康是很有害的，这种自然的解毒药都在那儿试验过了，当地居民的卫生条件慢慢得到了改善。现凡是有桃金娘科森林的地区，都没疟疾了。这都是已经得到证实的事实，因此这样的环境对我们这伙林肯岛上的居民是相当有利的。”

“啊！这个岛很不错！这个岛真是太好了！”潘克洛夫喊道，“我说，这儿什么都有，只差……”

“会有的，潘克洛夫，都会找到的。”工程师回答说，“可现在我们要继续航行，河流可以让我们航行到哪里，我们便航行到哪里！”

他们又向前行进了两个钟头，这一带长遍了有加利树，在荒岛的这部分森林中，最主要的便是这种树。慈悲河弯曲着往前伸去，夹岸是耸立的绿色陡坡，河岸两边，都是一望无际的有加利树。河床里不时看到很长的水草，甚至还有些突出的岩石，给航行添加了许多困难。划桨受到了阻碍，于是潘克洛夫便只好使用一支长竿来撑。他们发觉河水越来越浅，平底船没过多久就不好走了。太阳都往水平线下沉去，遍地都是长树影。赛勒斯·史密斯知道要想一下就到荒岛的西岸是不可能的，哪怕是继续航行，河水又太浅，因此决定就地宿营。他估算他们离海滨还有五六英里，要是在黑夜中穿过陌生的丛林走完这段距离，显然是太遥远了。

平底船穿过森林往前行驶着，现在森林又逐渐密集了起来，并且看来这里“人烟”好像更为稠密，如果水手并没看错的话，他仿佛看到树上有很多猴子在跳跃。甚至有两三只猴子都来到平底船近旁了，瞪着眼看着他们，没一点害怕，似乎是初次见到人类，还不懂什么叫害怕。要想一枪打中一只这样的猴子是十分容易的，潘克洛夫很想试一下，可史密斯却不赞成这种没一点意义的屠杀。这样做相对谨慎，因为这种猴子（其实是人猿）看起来相当灵敏有力，无缘无故侵犯它们的领地大可不必，况且它们很有可能不怕火器的威力，朝探险家进攻。不错，水手是纯粹从食物方面来看待这群猴子的，他知道这种草食动物是最佳的野味，可既然他们的口粮还相当充裕，那么浪费火药就有点可惜了。

到 4 点钟的时候，因为水生植物和岩石阻塞了河道，在慈悲河上航行就更为困难了。两岸越来越高，他们都接近富兰克林山支脉了，离慈悲河的源头也不会太远了，它便是由南面山坡的涧水汇集而成的。

“一刻钟之内，”水手说，“我们就必须停船不可了，史密斯先生。”

“很好，就停吧，潘克洛夫，我们需要扎个野营。”

“我们距离‘花岗石宫’有多远？”赫伯特问道。

“将河道的弯曲也算在内的话，”工程师说，“我们大概到了西北方 7 英里的地方。”

“我们还要再往前走吗？”通讯记者问道。

“是的，只要可以向前走，我们还要再往前走。”赛勒斯·史密斯回答，“明天天一亮就离开平底船，我希望在两个钟头内可以到达海滨，那样我们就有一整天的时间去巡视海岸了。”

“那就再往前走！”潘克洛夫道。

可平底船马上就要触到了石头的河底，现河宽最多不过 20 英尺。两岸的树木在河上搭建了一个凉棚，让四周的环境半明半暗。他们还听到澎湃的瀑布声，几百英尺的上游明显有道天然的障碍。

河身突然拐个弯之后，他们透过树木的间隙发现了一个瀑布。平底船又触碰到河底了，几分钟之后，它在右侧一棵大树下靠了岸。

快5点钟了，茂密的枝叶间闪烁着落日的余晖，它照射在小瀑布上，让溅起的水珠构成一道七彩长虹。再向前，慈悲河便在远处灌木丛中消失了，那里藏着它的源泉。在这之下有无数支流朝它汇拢来，让它变成一条真正的河流，可在这儿它仅有一脉清澈的浅溪。

四周景色优美，大家都赞同在这儿露宿。他们跳下船来，立即在一丛小树下升起一堆篝火，如果有必要的话，赛勒斯·史密斯和他的伙伴们还能在周围的大树枝杈上过夜。

大家都饿了，他们风卷残云地吃完了晚饭，然后便只等着睡觉了。可是，在入夜时，他们听见一种可疑的咆哮声。为了保护大家的安全，他们便燃起一堆烈火，火堆噼里啪啦作响。纳布和潘克洛夫轮换守夜，不停地大量增加燃料。他们在黑暗中似乎看到从灌木丛中出来一些野兽围绕着帐篷偷偷来回走动。可这一夜到底是平安地度过了。第二天，10月31日，他们早上5点钟便都起来了，准备再次上路。

第四章　荒岛西海岸

清晨6点钟，大家都匆匆地吃完早饭，找一条捷径朝着荒岛西岸出发了。多长时间才会走到那里？赛勒斯·史密斯曾说过，可能需要两个钟头，可这当然要看他们遇到的障碍如何。远西森林长满了一望无际的各种灌木丛，他们也许要在荒草、灌木和爬藤中开辟道路，因此手中拿着斧头。枪支也随时准备好了，这是因为夜间听见野兽咆哮的原因。

露宿的地点确实由富兰克林山的方位来决定，火山就在北边下3英里的地方，他们只要笔直朝着西南走去便能到达西岸。他们将平底船小心翼翼地拴好，随后出发。潘克洛夫和纳布最少给小队预备了两三天的食粮，这样就不一定要去打猎了。工程师劝大家不要随意开枪，防止岸边知晓这里有人。他们第一次使用斧头的时候是在瀑布上方不远处的一片乳香树丛里，赛勒斯·史密斯拿着指南针在前方引路。

周围森林里的树木大多都在湖边和瞭望岗上见到过。其中便有喜马拉雅杉、洋松、柽柳、橡皮树、有加利树、木槿、杉树和其他树木，都是寻常大小，因为树木太紧密，阻碍了它们的生长，居民们需要边开路边走，因此不能走得太快。按工程师的计划，准备在这里开一条路，与红河的道路连接上。

出发之后，居民们都从荒岛的高山斜坡地带到了干燥的土地上。这里植物繁茂，表明它不是吸收地下沼泽的水分，便是受到某些小河的灌溉。可赛勒斯·史密斯记得在去火山口时除了红河和慈悲河之外，没有见到其他水源。

在第一段行程中，他们碰到了无数的猴子，这些猴子在见到这些从未遇到过的人类之后，都感到相当惊讶。吉丁·史佩莱打趣地说，可能这些活泼愉快的四足动物将他们当做是自己退化的弟兄呢。

的确，这些徒步旅行的人每行走一步就会遭受到灌木的阻碍，被爬藤勾住衣服，被树干阻拦住道路，可那些灵巧的动物，却可以在树枝间纵跳自如，通行无阻，跟它们比起来，人类明显逊色多了。幸好这些猴子并没表示出丝毫敌意。

他们还见到一些西瑞、刺鼠、袋鼠和其他的啮齿动物，潘克洛夫十分想开枪打它们。

“你们先跳吧，玩吧，”他说，“等我们回来时再收拾你们！”

9点半时，忽然有一条三四十英尺宽不知名的河流阻拦住了前进的道路。湍急的河水冲击着河中间的岩石，溅起一片片白沫。河水相当深，也很清澈，可根本不能通航。

“我们无路可走了！”纳布喊道。

“不，”赫伯特说，“这条小河算不上什么，我们能很容易游过去。”

“何必呢？”史密斯答道，“这条河明显是通往大海的，我们还是留在这边吧，顺着河岸走，要是不能很快到达海滨才怪呢。前进！”

“等会儿。”通讯记者说，“给这条河起个什么名字呢，朋友们？别让我们的地图上留有空白。”

“好！”潘克洛夫说。

“就给它起个名字吧，孩子。”工程师对少年说。

“等我们到达河口之后再起名不好吗？”赫伯特回答说。

“很好，”赛勒斯·史密斯说，“我们别停留，尽快顺着河前进吧。”

“再等会儿！”潘克洛夫说。

“什么事？”通讯记者问道。

“尽管不让打猎，我想捕鱼总行吧？”水手说。

“我们不可以浪费时间。”工程师答道。

“哎！只需要5分钟！”潘克洛夫接着说，“为我们的早饭着想，我只需要5分钟！”

于是潘克洛夫便趴在岸边，将胳膊伸到水中去，立即就从岩石缝中抓起了好几打活琵琶虾来。

“好！”纳布一边前去帮助水手，一边说。

“我说，岛上什么都有，就是没烟草！”潘克洛夫叹了一口气，嘟囔地说。

捕鱼的时间还不足 5 分钟，因为满河遍是琵琶虾，他们装满了一袋湛蓝色的带壳动物，随后又继续上路了。

他们在河岸上比在森林中走得更快、更简单了。他们时不时看到一种动物的足迹，这是一种庞大的野兽，可能是到河边来喝水的，可实际上却一只都看不到，显然，那只西瑞绝不是在这带林中被子弹——潘克洛夫曾被它崩掉一颗牙——打中的。

同时，史密斯从那股急流中看出，他和他的伙伴们距离西岸比自己以前想象的要远得多。的确，如果河口距离这儿只有几英里的话，上涨的潮水这时肯定会将河水顶回来的。可事实上并不是如此，河水依旧自由自在地流着，工程师觉得十分奇怪，他时不时拿出指南针来，看是不是河流拐了几个弯又将他们带回远西森林去了。

终于河面宽了起来，河水也不那般湍急了。左右岸的树木一样稠密，要想透过树林看到什么东西几乎不可能，可这一片森林中现在明显没有人，因为托普没有叫，要是周围有陌生人的话，这只灵敏的狗决不会一点表示都没有。

10 点半的时候，赛勒斯·史密斯忽然听到赫伯特在前面不远处停下来喊道："海！"

几分钟过后，荒岛西海岸的全景便全呈现在他们的面前了。

可这里跟他们无意中着陆的东海岸显得多么不同呀！这里没有花岗石的峭壁，没有岩石，甚至连沙滩都没有。森林一直延伸到海边，庞大的树木俯身到海面上，激起的浪花激溅着枝叶。通常的海岸不是一片宽广的沙滩，便是成堆的乱石，可这里的海岸却跟别处的不同，它是一道边缘，上面长着无比美丽的树木。海岸比水平面稍高一点，这片肥沃的土壤下面有着花岗石的基面，风景宜人的森林生长在上边，跟生长在荒岛内陆上的同样牢固。

他们到了一个不知名的港岸之上，这个海港仅仅能勉强容纳两三艘渔船。它是一条通往新河的海峡，这条新河跟一般不同的是：它的河水并不是缓慢流往大海的，而是从一个高达 40 多英尺的地方泄下去的，这便是他们在河的上游感受不到涨潮的缘由。的确，就算太平洋的潮水达到了最高潮，也不可能升到与这河面一般高，并且这是无疑的，即使再度过几百万年，潮水也同样没法将花岗石侵蚀成一个真正与海水相连的河口。

大家都同意将这条河命名为瀑布河，迎面向北，森林的边缘持续约有 2 英里长，随后树木稀疏了，再向外去，风景如画的山岗从北到南差不多形成一条直线，相反，在瀑布河和爬虫角之间的海岸上则全部都是森林和漂亮的树木，有的笔直冲天，有的弯腰拂水，凶猛的海浪冲击着它们的根部。现在，他们便要在这海滨，也就是在这整个盘蛇半岛上展开搜索了，因为这部分海岸就是遇难者天然的存身

之地，其他空旷且荒芜的海岸是无法供他们居住的，

这一天天气晴朗，纳布和潘克洛夫在一块山石上预备着早餐，这里能看见很远的地方。附近没有一只船，视线之内什么都没有。可在没有搜查到盘蛇半岛的海岸尽头之前，工程师是不会罢休的。

早饭很快便吃完了，11 点半时工程师命令动身。为了可以继续顺着海岸前进，他们并没到峭壁和沙滩上去，仅在大树的浓荫下穿行。

从瀑布河到爬虫角大概有 12 英里，如果有一条平坦的道路，只需 4 个钟头就能走到了，他们也不用匆忙，可现在却要两倍的时间，因为需要绕着大树走，遇见灌木还需要砍伐，有了爬藤要斩断，每走一步都会受到阻碍，这些困难极大延长了行程。

这里一点也看不出来最近有船遇险的痕迹。吉丁·史佩莱说得对，遗留下来的东西也许被海水冲走了，因此他们不可以因为寻找不到踪迹，便觉得没有船只在海滨遇险。

通讯记者的观点是正确的，况且子弹的事情也表明了以前 3 个月内绝对有人在林肯岛上开过枪。

已经 5 点钟了，他们距离盘蛇半岛的尽头还有 2 英里。事实很明确，史密斯和他的伙伴们到达爬虫角之后，想在天黑之前赶回他们在慈悲河发源处的营地已经来不及了，于是必须在海角上过夜。幸好他们并不缺少粮食，岸上尽管没有走兽，却有许多的飞禽——啄木鸟、锦鸡、角雉、松鸡、猩猩鹦鹉、红鹦鹉、野鸡、鸽子，以及许多其他鸟类。每棵树上都有鸟窝，每个鸟窝里都住着飞鸟。

快 7 点钟的时候，探险家们拖着疲倦的脚步到达了爬虫角。那里是海边森林的尽头，海岸又变成以前的模样：散布着岩石、暗礁和泥沙。这里很有可能找到一些东西，可夜幕已经低垂，进一步的搜寻只能等到明天了。

潘克洛夫和赫伯特急忙寻找可以露宿的地方，少年在远西森林的尽头见到几从密集在一块儿的竹子。

“好呀，”他说，“这个发现十分有价值。”

“有什么价值？”潘克洛夫问道。

“当然，”赫伯特回答，“我能告诉你，潘克洛夫，将竹子削成柔软的竹篾能用来编篮子；将竹皮捣成糊浆能制造中国纸；按照竹竿的粗细，可以将它们做成竿和竹管，用来输送水；高大的竹子是一等的建筑材料，因为它们既轻便又结实，并且不怕虫蛀。还有，将竹节锯成一段段的，一头带节，还可以当杯子使用，这种杯子在中国相当流行，不过，你对这些是不会有兴趣的。可是……”

“可是什么？”

“如果你不知道的话，我可以告诉你，印度人将竹子当芦笋吃。”

“30 英尺高的芦笋！”水手道，“好吃吗？”

“好吃极了，”赫伯特回答说，“可印度人吃的并不是30 英尺高的竹竿，而是嫩芽。”

“棒，孩子，棒极了！”潘克洛夫答道。

“我再补充一句，将嫩茎剥去皮浸泡在醋里就变成了一等的调味品。”

“越说越好了，赫伯特！”

“最后，竹子中还有一种香甜的汁水，可以用来制造一种十分可口的饮料。”

“完了吗？”水手问道。

“完了！”

“能拿来当做烟抽吗？”

“不能，可怜的潘克洛夫。”

赫伯特和水手很快便找到能过夜的地方了。岩石上有很多洞穴，多半都是被西南风冲起的海浪冲击而成的，在那些洞穴中栖身，就能避免夜晚的凉风了。可他们正准备走进一个洞去，忽然听见一声吼叫。

“向后退！”潘克洛夫喊道，“我们枪里装的全是小粒子弹，这只野兽能叫得这般响亮，看样子它是不会在乎的！”因此水手抓住赫伯特的肩膀，将他拉到一块岩石后面去了，就在这时，一只彩色斑斓的野兽出现在洞口了。

那是一只美洲豹，大小跟亚洲种不相上下，换句话说，全部身子有 5 英尺长。它那金黄色的毛片上有着黛眉般的条纹跟整齐的卵形黑点，与雪白的胸膛构成鲜明的对比。赫伯特知晓它是老虎的劲敌，跟大豺狼的劲敌花豹一样，都些恐怖的猛兽！

它向前迈出了一步，目光炯炯地看着四周，毛发倒立起来，似乎这不是第一次闻到人味儿了。

这时通讯记者从一块石头后跑了出来，赫伯特以为他没看到野兽，正准备冲过去拦他，吉丁·史佩莱对他打了一个手势，让他不要动。他已有遇到老虎的经验了，他走到距离野兽仅有 10 英尺的地方，一丝不动地站在那里，将枪抵在肩窝上，让全身肌肉全都保持不动。野兽正准备纵身跳过来，就在这时，一枪打到豹的两眼之间，它便倒毙在地上了。

赫伯特和潘克洛夫朝它跑去，纳布和史密斯同样跑了过来，他们凝视了一会儿倒在地上的野兽，不由想到，用那漂亮的兽皮将“花岗石宫”的大厅装饰起来真是太美了。

“啊，史佩莱先生，我真是既羡慕又妒忌你呀！”赫伯特不由热烈地喊道。

“好，孩子，”通讯记者答道，“你同样能做到的。”

“我！这般沉着！……”

"赫伯特，你就将它当做一只野兔子，就可以非常沉着地开枪打它了。"

"对啊，"潘克洛夫答道，"它并没兔子狡猾！"

"现在，"吉丁·史佩莱说，"它已将窝让出来了，朋友们，我们为何还不进去过夜呢？"

"可能还有别的野兽会来。"潘克洛夫说。

"在洞口点起一堆火，"通讯记者说，"野兽就没胆量进门了。"

"那么，去豹窝里吧！"水手拖着野兽说。

于是，纳布留下剥豹皮，他的同伴们则到森林中捡了很多干柴堆放在洞口。

赛勒斯·史密斯看见那丛竹子之后，便砍了些，跟木柴放在一堆。

干完这些事，他们便钻进洞去了，洞里遍地都是白骨，他们准备好枪支，防止突然受到袭击。吃过晚饭，在临睡之前，他们将洞口的篝火点了起来。一阵阵的爆炸声（说得更确切些，是一连串的爆炸声）打破了四周的沉寂！那是竹子的声音，当他们开始燃烧时，就跟炮仗一般爆炸起来了，任何胆大的野兽听到这片响声都会胆寒的。

这种产生巨响的爆炸法并不是工程师发明的，据马可·波罗说，从好几世纪以来，中亚细亚的鞑靼人都是使用这种方法来驱散到他们的帐篷周围来的野兽。

第五章　发现气球

赛勒斯·史密斯和他的伙伴们就在这个美洲豹礼让给他们的山洞中，跟土拨鼠似的睡了一夜。

日出时，他们都赶到海角尽头的海岸上，详细观察着海面；这里可以看到周围三分之二的水平线。工程师最后一次确定了海上既没有一只航行的船，也没有一只难船的残骸，甚至使用望远镜也看不到一点可疑的东西。

岸上同样如此，至少在构成海角南边 3 英里长的一条直线上什么都没有，因为海岸的其他部分都被隆起的高地遮挡住了，并且就算在盘蛇半岛的尽头，也看不到爪角。

荒岛的南岸还从没视察过，他们要不要立即出发，会不会到那里去花费上 11 月 2 日整天的时间呢?

这一点他们起初并没在计划之内。当他们在慈悲河发源的地方弃舟登岸时，仅决定到西岸观察一下，便回到船上来，从慈悲河回"花岗石宫"去。当时史密斯觉得西岸是可以住人的，不管是遇难的船，还是在正常航行中的船都有可能在那里停泊。可他现在发现那里并没有适合抛锚的地方，于是他准备到南边去，可能在那里能找到他们在西边所没发现的东西。

吉丁·史佩莱提议继续探索，以便根本解决这假定中的遇险问题，他问爪角距离半岛尽头大约有多远。

“如果将海岸的曲折计算在内的话，”工程师答道，“估计有30英里。”

“30英里！”史佩莱说，“这可要走一些天呢，不过，我想我们能从南部海滨回‘花岗石宫’去。”

“可是，”赫伯特说，“从爪角到‘花岗石宫’最少还有10英里。”

“总共算它40英里吧，”通讯记者说，“别怕，我们对于陌生的海岸总要视察一下，这样将来就不用再重复探索了。”

“很好，”潘克洛夫说，“可平底船呢？”

“船都留在慈悲河发源地一整天了，”吉丁·史佩莱答道，“再留两天也没什么大不了的！到现在为止，我们还没理由认为岛上有贼！”

“可是，”水手说，“我一想起海龟的事来，便没法相信这一点了。”

“海龟！海龟！”通讯记者说，“你还不相信是海水将它翻过来的吗？”

“谁知道呢。”工程师嘟囔地说。

“可是……”纳布说。

纳布明显有话要说，可他张开了嘴，却没说下去。

“你想说什么呢，纳布。”工程师问道。

“如果我们沿着海岸回爪角去，”纳布回答，“绕过爪角，我们的去路就会被拦住……”

“被慈悲河拦住了！当然了，”赫伯特接着说，“我们既没桥又没船能渡河。”

“可是，史密斯先生，”潘克洛夫补充道，“只要有几根树干，我们便能不费一点力气地渡过河去。”

“不要紧，”史佩莱说，“如果我们准备找一条近路到远西森林去的话，我们便有必要搭建一座桥！”

“一座桥！”潘克洛夫喊道，“对啦，史密斯先生不就是最好的工程师吗？必要时他可以给我们搭建一座桥的。至于大家今天晚上要到慈悲河的对岸去，这个我能负责，保证让你们身上滴水不沾。我们还拥有一天的粮食，并且我们还能打到大量的野味。走吧！”

通讯记者的提议在水手的热烈支持下，得到了大家的广泛赞同，事实上人人都渴望解决疑团，从爪角回去能完成探险任务。可现在连一个钟头也不能浪费了，因为40英里是一段遥远且漫长的路程，他们不到天黑是回不到“花岗石宫”的。

早上 6 点钟，小队便出发了。谨慎起见，枪里都装上了子弹，托普被派在森林的边缘探索，大家跟在它的后面前进。

半岛的尾端形成一个海角，从海角的尽头开始算起，海岸的四周长达 5 英里。这一段海岸没多久便搜查完了，甚至经过最详细的检查也没有发现任何以前或现在有人登陆的痕迹：没有残存的东西，没有扎营的迹象，没有燃烧的灰烬，甚至连个脚印都没有！

居民们来到了海角，弧形地带到此为止了，之后便拐向东北，构成华盛顿湾。从这里能看到全部南部海滨，它的尽头是 25 英里之外的爪角。穿过清晨的薄雾，能隐隐约约看到爪角的轮廓。因为人们的错觉，它似乎是悬挂在陆地和海洋之间的。

从他们所站的地方到对面庞大港湾之间，海岸总共能分成三个部分，眼前这一带地势平坦，背景便是一片森林；向前看，海岸相对曲折，很多尖角突在海面之上；最后一直到爪角都是一片黑色的岩石，它们堆积成一片凌乱的图案。

这便是荒岛上这部分的情况，他们停留了一会，大致看了一下。

“如果有船到这儿来，”潘克洛夫说，“那它绝对会沉没，遍地是沙洲和暗礁！这个地方真是太险了！”

“要是船沉了，总会留下些东西的。”通讯记者说。

“石头上可能会有木片，可沙滩上却不会有。”水手说。

“为什么？”

“因为沙滩比石头更为危险，不管什么东西掉到上面，都会沉陷下去的。上百吨的大船仅要几天，就会连船身都消失了！”

“那么，潘克洛夫，”工程师问道，“如果有船在这儿遇了险，现在又找不到它的痕迹，那就不足为怪了吧！”

“不错，史密斯先生，再加上时间和风暴的缘故，这不足为奇。可是，哪怕是在这种情况下，竟然没有一点桅杆和圆木被抛到波浪冲击不到的海岸上，这还是不能想象的。”

“那么，我们继续探索吧。”赛勒斯·史密斯说。

他们行走了 20 英里的路，到达了华盛顿湾另一边，那时已经是下午 1 点了。

于是他们停下来吃饭。

海岸从这里便曲折起来，遍布了岩石和沙洲。波涛长时间冲击着海湾中的岩石，构成一道水花四射的边缘。从这个海角到爪角，森林和礁石之间的海岸十分狭窄。

因为海滩上有很多岩石，现在走路就更加困难了。越往前走，花岗石的峭壁越高，只能看到它的顶端有绿色的树梢。

休息了半个钟头以后，他们又继续上路了，岩石间各处都要检查一遍。潘克洛夫和纳布只要看到一样东西，哪怕是在海浪中都要冲过去看一下。可他们什么都没发现，只有些奇特的石头迷惑了他们。有一点他们倒能确定，就是周围盛产能食用的蛤蜊，可现在慈悲河两岸之间往来还相当不方便，运输困难，这个发现对他们并没有多么大的价值。

在海岸上，他们没看到任何东西能帮助他们解释清楚这假定的遇险，尽管任何一件值得注意的东西（比如难船的残骸）都逃不过他们的眼睛，任一根桅杆和圆木都和20英里之外的那只箱子一样，有可能被冲上岸来，可什么都没发现。

快3点钟的时候，史密斯和他的伙伴们来到一个流淌的小溪旁，小溪构成了一个天然的港口，这个港口在海里是看不到的，只有经过一条狭长的海峡，才可以进来。

在小溪的背后，强烈的地震将岩石的边地给分裂开了，从一个破口上去，能经过一个角度很小的斜坡到一块高地上，这块高地距离爪角最少10英里，因此，它和眺望岗的直线距离也不过是4英里。吉丁·史佩莱向伙伴们提议在这儿休息一下。大家很快同意了，因为经过一番跋涉之后，他们都感到很饿，尽管还不到平常吃饭的时候，可谁也没反对吃点野味来充饥。这一顿饭能让他们一直维持到吃晚饭的时候，而晚饭他们是准备回到“花岗石宫”之后再吃的。几分钟之后，大家都坐在一丛漂亮的海松下面，纳布从口袋中拿出了食物，他们便狼吞虎咽地吃了起来。

这个地方比海面高出五六十英尺，四周视野相当广阔，可在海角之外，只能看见联合湾。因为隆起的地面和森林构成一道屏障，挡住了北边的地平线，因此在这里看不到小岛和瞭望岗。

不用说，尽管他们能看到很大一片海洋，虽然工程师使用望远镜扫视了水平线，可结果还是找不到船只的痕迹。

自然，海岸上从水边到峭壁都同样详细地查看过了，就算是使用仪器也查不出任何东西来。

“好吧，”吉丁·史佩莱说，“看样子我们能放心了，也许不会有人来跟我们争夺林肯岛了！”

“可那颗子弹，”赫伯特大声说，“那并不是凭空想象出来的吧！”

“该死，不是的！”潘克洛夫喊道，他又想到他的缺牙来。

“那该如何下结论呢？”通讯记者问道。

“那就是，”工程师回答说，“3个月之前，或更早点，不管有意无意，是有一只船曾经来过这儿！”

“什么！赛勒斯，那么你也觉得它是不留痕迹地陷到沙滩里去了吗？”通讯记者叫道。

“不，亲爱的史佩莱！你想，我们既然能确定有人到岛上来过，同样也能确定他现在已经离开了。”

“那么，如果我没误会的话，史密斯先生，”赫伯特说，“你是说船又开走了吗？”

“当然。”

“我们错过一个能回国的机会吗？”纳布问道。

“好像是的。”

“很好，既然都失去了机会，我们便继续赶路吧，这也是没法子了。”潘克洛夫说，他不由怀念起“花岗石宫”这个老家来。

他们正准备起身，忽然听到托普大叫，它从森林中跑了出来，嘴中衔着一块全是泥污的破布。

纳布一把抢了过去。这是一块相当结实的布！

托普还在叫，它来回跑，似乎要喊它的主人跟它一起去森林。

“现在能猜破枪弹的哑谜了！”潘克洛夫大声道。

“这里有遇难的人！”赫伯特说。

“可能受了伤！”纳布说。

“也许死了！”通讯记者作了补充。

他们都在森林边的大松树底下跟着狗跑，史密斯和他的伙伴们都预备好了火器，以防万一。

他们在森林中走了一段路程，还没发现有人从这里经过的痕迹，不禁有点失望。灌木和爬藤都没受到损坏，他们甚至像在密林中一样，需用斧头去砍它们。难以想象这儿曾有人走过，可托普依旧来回乱跑，看起来这只狗不像在随便找些什么，而像一个有头脑的人在追索着什么。

七八分钟之后，托普在很多株大树间的空地上停住了，他们看看四周，可灌木丛下和大树间都没有什么。

“怎么了，托普？”赛勒斯·史密斯说。

托普叫得更响了，在一棵高大的松树下来回跳跃着。忽然潘克洛夫喊道：“啊，好！太好了！”

“什么？”史佩莱问道。

“我们去海里和陆地上去找遇难的船！”

“怎么？”

“怎么，现在却在空中找到了！”

水手指着勾在一棵松树顶上的一块白布，托普衔给他们的便是从上面掉下的一片。

“那也不是破船呀！”吉丁·史佩莱大声道。

“对不起！”潘克洛夫答道。

“怎么？是……”

“这便是我们的飞船，我们的气球遗留下来的所有东西，全都在上头，在那棵树顶上！”

潘克洛夫并没说错，他兴奋得大叫起来：“这些布十分好！这些布够我们使用好几年呢。我们能用它做手帕和衬衫！哈哈，史佩莱先生，这个荒岛的树可以结衬衫，你说怎么样？”

气球在最后一次的空中飞行之后，竟然落到岛上，让他们失而复得，这对林肯岛上的这群居民而言，不管他们是准备就这样将它留下，还是使用它返回故土，或是准备打算很好的利用这几百码优秀的棉布，都是一件极大的喜事。因此人人都跟潘克洛夫同样高兴。

现在，首先要将这个残缺不全的气球从树上取下来，好好保存着，这可不是件容易的事情。纳布、赫伯特和水手爬到树上，想办法去解掉这个瘪了气的气球。

他们工作了两个钟头之后，不仅将带有活门、弹簧和黄铜零件的气囊都拿到地上来，而且网子（也是大量绳索）、套环和吊绳也都被取了下来。气囊除了一部分——仅是下部扯坏了——以外，其他都完整无缺。

这真算是喜从天降。

“一样的，史密斯先生，”水手说，“就算我们决定离开这个岛，我们也不会乘坐气球，是不是？这种飞船不会听从我们控制，愿上哪儿就去哪儿，我们在这方面都有很多经验了！你看，我们能造一只20来吨重的船，使用那些布做一面主帆、一面前帆和一面三角帆。剩下的就用来做衣服穿。”

“再说吧，潘克洛夫，”赛勒斯·史密斯说，“再说吧。”

“在没进行处理之前，绝对要将它放到一个安全的地方去。”纳布说。

当然，现在他们是没法将这些布和绳索搬回“花岗石宫”去的，因为十分重，要找到一辆适合的车子才可以搬运，在搬运之前，不能将这些宝贝留到露天的地方，任凭雨打风吹。在全部w的努力之下，他们将它一直拖到岸边，那边有个石洞，按照它的位置，这里是不会有风雨入侵的。

“我们需要一个柜子，现在有了，”潘克洛夫说，“可我们没法上锁，为了安全起见，还是将洞口堵起来吧。我倒不怕两条腿的贼来偷，我是担心那些四只脚的野兽！”

6点钟，一切全收拾好了，他们给小溪起了个适合的名字叫气球港，随后便沿着爪角继续走了。潘克洛夫和工程师讨论了很多计划，他们都全部主张不再耽搁，尽快地去完成这些计划，首先必须要在慈悲河上架一座桥，以便跟荒岛的南部联系，随后拉着大车来，将气球运回去，单靠平底船是没办法将它装回去的；下一步他们就能制造一只带着甲板的船，潘克洛夫准备制造一艘单桅快船，他们能用来环游全岛，以及干其他的事情。

这时黑夜来临了，当他们走到发现宝箱的遗物角时，天色都已昏暗了。在这里，跟别处一样，还是没找到一点难船的痕迹，再一次证实了史密斯之前下的结论。

遗物角距离“花岗石宫”还有 4 英里，他们顺着海岸来到慈悲河口，到达慈悲河第一个拐角时，已是午夜了。

这边的河面有 80 英尺宽，想要渡过河是十分困难的，可潘克洛夫事先已保证会克服这个困难，因此他只能硬着头皮去想主意了。这一行人都已经疲惫不堪，他们走了相当长的一段路，并且在取下气球时还用尽了力气。他们恨不得立即就回到“花岗石宫”里去，饱餐一顿，然后睡觉，如果河上有桥的话，只需一刻钟，他们就能到家了。

夜色十分黑暗。潘克洛夫准备实践自己的诺言，造一个木筏以便渡过慈悲河。他和纳布各自都拿着利斧，在河边选择了两棵树，齐根砍了起来。

赛勒斯·史密斯和史佩莱坐在岸边，想要去帮助伙伴们，赫伯特在周围徘徊。少年走到河边之后，忽然跑回来指着慈悲河喊道：“什么东西在那儿漂？”

潘克洛夫暂停了工作，在黑暗中隐约看到有一个东西在移动。

“一只平底船！”他喊道。

大家都跑了过去，果然有只小船顺流而下，他们不由得大吃一惊。

“来船注意！”水手喊道，他也没思考下，不作声不是更好吗。

没有回答，小船继续往前飘来，离他们最后不过 12 英尺时，水手忽然喊道：“是我们的船呀！它绳子断了，所以才顺水而下，来得正好。”

“我们的船？”工程师嘟囔地说。

潘克洛夫并没看错，正是他们的平底船，船上的绳索绝对是断了，它是从慈悲河的上游一直飘过来的。现在要将它截住，否则急流就要将它冲出河口了，纳布和潘克洛夫用长竿巧妙地将它勾着了。

平底船靠岸了，工程师最先跳了进去，经过检查之后，发现绳子真是在岩石上磨断的。

“哼！”通讯记者轻声地对他说，“这真是怪事。”

“确实奇怪！”赛勒斯·史密斯道。

不管奇怪不奇怪，他们都是幸运的。赫伯特、通讯记者、纳布和潘克洛夫都陆陆续续上了船。绳子是磨断的已没一点疑问，奇怪的是：这只船竟然不前不后正好在这时被他们半路截住，早或晚一刻钟，它就会漂到大海里去了。

他们生活的时代已不再是神话的时代了，要不然，他们肯定会觉得荒岛上有什么神仙在暗中关照他们呢！

他们划了几桨，便到了慈悲河口，平底船停在“石窟”周围的海面，大家都朝“花岗石宫”的软梯跑去。

可这时候托普忽然愤怒地狂叫起来，纳布正在找梯子，也忽然喊了一声。

梯子不见了！

第六章　洞口的猴子

赛勒斯·史密斯一言不发，停住了脚步。他的伙伴们在昏暗中摸索着石壁，可能是软梯被风吹到一旁去了，也可能掉在地上……可是四处无影无踪。是不是一阵狂风将它吹到半截的平台上了呢？这一点在黑暗中还没法得到证实。

“如果是开玩笑的话，”潘克洛夫喊道，“这真是太过分了，回到自己的家门口却找寻不到进屋的梯子，对于那些累得要命的人而言，这并不是什么好玩的事情！”

纳布没有办法，急得大声嚷叫。

“我现在才觉得林肯岛上的怪事层出不穷！”潘克洛夫说。

“奇怪吗？”吉丁·史佩莱接口道，“一点都不奇怪，潘克洛夫，再自然不过了。有人乘我们出去时强占了我们的房子，将软梯拉上去了。”

“有人，”水手喊道，“你指的是谁？”

“除了那放枪的猎人还有谁，”通讯记者接着说，“没别的，就算我们倒霉！”

“如果上面有人的话，”潘克洛夫便不耐烦地说，“我喊他一声，他一定会答应的。”

“喂——”水手用霹雳般的声音拉长了这个字喊了起来，峭壁和山石间不停传来回声。

他们侧耳静静听着，似乎有种咯咯的笑声，大家都猜不到它的来由。可没人回答潘克洛夫，他不停大声叫喊，都没用。

的确，就算是最麻木不仁的人，在这种情况下也该不寒而栗，何况他们还并不是那种人。在他们所在的环境中，每件事都是举足轻重。可是，从他们留在这荒岛上的 7 个月来，确实还没遇到过像这般的怪事。

虽然他们因为诧异而忘了疲劳，但是他们只能停留在“花岗石宫”下面，他们不清楚该如何考虑，怎样行动，明知道他们中谁都不会给自己一个满意的答案，大家还是相互询问，每人都在胡猜乱想，而且越想越离谱。纳布因为不能进厨房而感到遗憾，因为他们所带的粮食都已吃完了，现在还没法补充。

“朋友们，”赛勒斯·史密斯终于说，“现在仅有一个办法，就是等到天亮，再见机行事。我们先返回‘石窟’，安下身来，就算没有吃的，至少还能睡一觉。”

“可谁在跟我们开这么大的玩笑呢？”潘克洛夫又问了一遍，他犹豫着，不想离开这儿。

不管是谁，最可行的办法还是工程师的提议，去“石窟”里等天亮。在这期间，他们命令托普在“花岗石宫”窗下看守，托普接到命令之后一声不吭。于是这条有胆识的狗便留在悬崖脚下了，它的主人和它主人的伙伴们则在乱石丛中寻找地方去安身。

这些人已经相当疲倦了，可如果觉得他们能在“石窟”的沙石上安眠的话，那便错了。这不仅因为他们急着想知道那是怎么回事——是事出偶然，一到白天就可以真相大白呢？还是有人在存心捉弄他们？——并且在那儿睡也不舒适。但是，不管如何，他们的住所还是被霸占了，一时也没有办法回去。

“花岗石宫”不仅是他们的住所，还是他们的仓库。他们的全部武器、仪器、工具、火药、食粮等全在那里。如果这一切全被洗劫一空，他们便要从头开始，制造新武器和新工具的话，这个问题确实是十分严重的。他们都焦急不安，每隔几分钟便有一个人去看托普是不是还老实地在那里。只有赛勒斯·史密斯还跟平常一样镇静地等着，可是，面对着这般不可思议的事实，他那坚强的理智也发挥不出力量了。同时，当他想到有种说不出来的权威在他旁边——可能就在上面——这时候，他不由恼恨起来了。吉丁·史佩莱在这方面也有同样的感觉，于是他们两个人低声谈论起这莫名其妙的情况了，他们的智慧与以前的经验也无法解释和解决这些情况。这个岛上绝对有什么秘密，可是，怎样去解开呢？赫伯特仅会幻想，只爱向史密斯问长问短。纳布觉得这是他主人的事，如果不是怕伙伴们生气的话，这位好心肠的黑人准能跟在“花岗石宫”里一样安稳地睡一觉。最着急的是潘克洛夫，他快要气疯了。

“这是开玩笑的，”潘克洛夫说，“有人在跟我们捣蛋。我并不喜欢这种玩笑，这位开玩笑的人最好能留神些，如果一旦落到我手里的话，我就会给他好看！”

一线曙光刚刚从东方露出来时，大家便马上武装起来了，返回到峭壁旁的海岸上。朝阳直照着“花岗石宫”，一会儿就会将它照得通亮的。在早晨5点钟时，透过遮蔽的枝叶，就能看到紧闭着的窗户。

一切看起来都十分正常，可他们出发时关好的门现在却被敞开了，他们看见之后，不由失声大叫起来。

有人到“花岗石宫”里了——这是毋庸置疑的。

上半段软梯通常是从门口挂到平台上的，现在还在那里挂着，可下半段却被拉到齐门槛那儿去了。显然，这些侵略者想使用这种方法来预防意外袭击。

要想知道他们是什么样的人，到底有多少人，这都是不可能的，因为，到现在为止还没有一个人露面。

潘克洛夫又喊叫了一会儿。

依旧没人回答。

“该死的东西，”水手喊道，“他们安静得就跟睡在自己家中似的。喂，你们这些强盗，土匪，海寇，约翰牛！”

潘克洛夫是个美国人，当他骂到“约翰牛”时，他觉得已将对方污蔑到极致了。

太阳完全升起来了，阳光将整个“花岗石宫”的正面照亮，可里外都鸦雀无声。

他们不清楚“花岗石宫”里有没有人，可从梯子的位置看明显是有的，同时还能确定，不管这些人是谁，他们并没逃走。可，怎样才能抓到他们呢？

赫伯特建议在箭上系一根绳子，然后把箭朝门槛上挂下来的软梯上射去——射到软梯的第一个空档里面。这样他们就能拽箭上的绳子，将软梯从门槛拉到地面上来，恢复地面与“花岗石官”的交通。除此之外，显然没有其他的方法，如果射箭的本领好，这个方法还是可以成功的。好在弓箭全在“石窟”里，他们还在那儿找到一些很轻的木槿绳子，潘克洛夫将它系到一支上等的羽箭上，随后赫伯特就张弓搭箭，瞄准了软梯的下部。

赛勒斯·史密斯、吉丁·史佩莱、潘克洛夫和纳布都向后退了几步，这样如果窗口有什么东西出现的话，他们就能一目了然了。通讯记者举起枪来，将枪托抵在肩窝上，枪口对准“花岗石宫”的门户。

赫伯特拉满弓，那支箭带着绳子直线飞出去，正好射到软梯最后两档之间。

他们成功了。

赫伯特立即抓住绳子头，他正准备一下子将软梯拉下来，忽然从门缝中伸出一只手来，一把抓到绳子，将它拉到“花岗石宫”去了。

“该死的东西！”水手喊道，“如果给你一颗子弹的话，你早活不成了。”

“是谁呀？”纳布问道。

“谁？你没有看见吗？”

“没有。”

“是一只猴子，一只蜘蛛猿、一只猩猩、一只狒狒、一只大猩猩，一只猿猴，我们的住所变成了猴窠了，它们趁我们不在时从梯子上爬进去的。”

这时候，似乎要证实水手的话并没错，有两三只猴子在窗口露脸出来，它们打开窗户，朝房屋的主人做了无数个鬼脸。

“我早知道这是开玩笑的，”潘克洛夫喊道，“可我们必须要杀一儆百不可。”

说完之后，水手便举起枪来，瞄准一只猴子放了一枪。一只猴子掉到沙滩上只留一口气了，其他的全不见了。这只大猴子明显属于猕猴类的第一目，可能是黑猩猩，也可能是猩猩，也可能是大猩猩，总之，它隶属类人猿，这是因为它们与人长得相似而得名的，可精通动物学的赫伯特却一口咬定那是只猩猩。

“这个畜生长相多么好呀！”纳布喊道。

“好就好吧，”潘克洛夫道，“可我看还是没法到屋里去。”

“赫伯特是一个射击能手，”通讯记者说，“他的弓还在，不妨再试一次。”

“怎么，这些猴崽子十分机灵，”潘克洛夫说，“它们不会再到窗口来的，我们打不到它们，我一想起如果他们在房间和仓库里要起把戏来，就……”

“别急，”史密斯说，“我们肯定不会被它们弄得没一点办法的。”

“它们不下来我真不敢相信，”水手说，“现在，史密斯先生，你知晓上面有几打吗？”

潘克洛夫的问题十分难回答，少年要想展开第二次尝试也十分不易，因为梯子的下部又被拉到门里了，下面拉第二把时，绳子就断了，软梯却还牢固地留在原地。情况确实让人为难。潘克洛夫着急得暴跳如雷。从某方面看来，这个局面是相当滑稽的，可他却丝毫也不认为可笑。自然，最后他们会将侵略者赶出去的，重新返回家中，可那要等到什么时候呢？又该如何办？困难就在这里。

两个钟头过去了，在这段时间内，这些猴子都小心翼翼，没敢露面，可它们仍在里面不肯出来，有三四次门口和窗户上伸出一个鼻子或爪子来，他们立即就给它一枪。

“让我们躲起来吧，”工程师最后说，“可能它们觉得我们走远了，便会重新出来的。史佩莱和赫伯特埋伏到石头后面，一见他们出来就打。”

大家立即按照工程师的命令去了，通讯记者和少年在这些人中射击技术最好，他们找到个不让猴子看到的地方躲了起来，这时，纳布、潘克洛夫和赛勒斯爬上高地，到森林里打猎去了，因为现在都是早饭时间了，他们连一丝余粮都没有。

半个钟头之后，打猎的人带回一些野鸽子，他们尽可能将这些野鸽子烤得恰到好处。猴子依旧一只都没出来。吉丁·史佩莱和赫伯特将托普留在窗下，去吃早饭了。吃完之后，又返回继续埋伏着。

又过了两个钟头，还没一点好转。猴子都销声匿迹，似乎都失踪了似的，实际上它们可能看到同伴被打死了，恐惧了，又怕枪声，因此躲到房子后半部分去了，跑进仓库里去了。他们一想起仓库中珍藏的东西，便急得跳了起来，连一向耐心的工程师也有些不管不顾了，这也并不是没原因的。

“真糟糕，”通讯记者说，“最麻烦的是，它闹起来没完没了，我们竟然没一点办法。”

“可我们总要想个办法将这些畜生赶出去，”水手喊道，“就算它们有 20 只，我们也能很快地制服它们，不过这就要和它们面对面干一场。来吧，难道你没办法抓住它们吗？”

“我们想办法从以前湖边的那个洞口到‘花岗石宫’里去吧。”工程师说。

“啊！真糊涂！”水手喊道，“我怎么会没想到呢！”

确实，这是进入“花岗石宫”与这群侵略者打仗和将它们赶出去的唯一办法。不错，洞口已被石头和泥土砌成的墙给堵住了，现在只能做一次牺牲，但这是十分容易修补起来的。幸好还没执行赛勒斯·史密斯的计划，将湖水引到高处来淹没洞口，不然就要多浪费些时间了。

他们带着武器，拿起锄头和铲子离开“石窟”，经“花岗石宫”的窗下，这时已是 12 点多了。他们将托普留在原地，随后爬上慈悲河左边的堤岸，朝瞭望岗走去。

可他们朝这方向走了还不足 50 步，就听到托普怒吠起来。

因此大家又从河堤上冲了下去。

他们一转弯就看出情况变了。

一大群猿猴不知为何突然受到了惊吓，正准备逃走。有两三只从一个窗口朝另一个窗口爬去，灵活得跟杂技演员似的。其实将梯子放回原处便会很容易下来，猿猴却根本没准备这样做，可能惊慌得晕头转向了，它们都已忘了可以这样逃跑。现在这些居民们瞄准起来没一点困难，因此他们开枪射击。很多猿猴，死的死，伤的伤，一阵叫喊，都跌进房间里了。其他向外冲的，跌到地上，摔得粉身碎骨，几分钟之后，居民们估计“花岗石宫”里连只活猴都没有了。

“哈哈！”潘克洛夫大声叫起好来。

“不要喊这么大声，行不行！”史佩莱说。

“为什么？”水手说，“它们全被杀光了。”

“我同意，”通讯记者说，“但是，空喊虽好可不能进屋子。”

“那么，我们还是去水洞口吧！”潘克洛夫说。

“对！”赛勒斯·史密斯说，“但最好还是……”

这时候，似乎是回答史密斯的话一般，只见一条软梯从门槛上滑下去了，一直挂在地上。

“啊！”水手一边看着史密斯，一边喊道，“真奇怪！”

“真奇怪！”工程师嘟囔地说，他最先跳上梯子。

“留神，史密斯先生！”潘克洛夫大声道，“这些该死的畜生可能还没死光呢……”

“我们很快就能知道了。”史密斯一边回答，一边还是继续向上爬。

大家都紧跟在他的后面，一会儿他们便到门前了。他们四处搜索，可一个人都没有，连这群猴子“光临”过的仓库中同样也没人。

“那么，梯子，”水手喊道，“是哪位大爷帮我们送下来的呢？”

这时只听一声大喊，接着便有一只巨大的猩猩——它以前是躲在走廊里的——冲进屋子里来，纳布在后面紧追。

“啊，你这个强盗！”潘克洛夫喊道。

他手持利斧，正准备往猩猩的脑袋上劈去，赛勒斯·史密斯一把抓到他的胳膊，说：“留下它吧，潘克洛夫。”

“饶了这个畜生？”

“是的！梯子是它扔给我们的！”

工程师的语气十分奇怪，让人听了之后简直不清楚他说的是真话还是假话。

可大家还是扑到猩猩的身上，它英勇地自卫着，但没多久便抵挡不住了，被捆了起来。

“得！”潘克洛夫说，“现已捉到了，我们应如何处理它呢？”

“当我们的仆人！”赫伯特答道。

少年并没开玩笑，因为他清楚，这种聪明的动物是能利用的。

因此大家来到猿猴的旁边仔细端详着它，它是类人猿的一种，类人猿的面相和澳洲、南非的土人相比并不见得相差太远。这是一只猩猩，它既不像大猩猩那般凶猛可怕，又不像狒狒时常会轻举妄动；既不像南美洲长尾猿那般肮脏，也不像北非叟猴那般暴躁，更不像犬面狒狒那样本性恶劣。类人猿中有一种类型含有很多特点，证明它们的智慧跟人差不多相等，这只猩猩正是隶属那种类型。如果在家里使用的话，它们能伺候人、扫地、洗衣服、擦皮鞋，会规矩地使用刀、叉、汤匙，甚至还会喝酒……做起什么事都能跟长期训练的仆人一样。

在“花岗石宫”里捉住的这只猩猩个子很大，有6英尺高，体格均匀美观，胸膛宽阔，头颅正当，颜面角达65度，脑壳圆圆的，鼻子朝外突出，长着一身光亮且柔然软的毛，总之，这是只品种相当优良的类人猿。它的眼睛尽管比人小点，却闪露着智慧的光芒，雪白的牙齿在胡髭下闪烁，此外，它的下巴底下还生长着一小撮褐色的卷须。

“真漂亮！”潘克洛夫说，“如果我们懂得它的语言，就能与它交谈了。”

“可是，主人，”纳布说，“真的吗？我们真要收它为仆人吗？”

“是的，纳布，”工程师笑道，“你别忌妒。”

“我相信它能伺候得很好的，”赫伯特又加了一句，“它看起来十分年轻，很方便教导，我们不必使用强力压制它，也不必跟有些人那样，拔掉它的牙齿。只要对它好点，它很快便会保护它的主人的。”

“会的。”潘克洛夫说，他对“开玩笑的人”的愤怒早忘得一点不剩了。

因此他走到猩猩前面。

“老兄！”他问道，“你好吗？”

猩猩哼了一声，却没什么怒意。

“你愿意加我们的小队吗？”水手接着问道，“你愿为赛勒斯·史密斯先生服务吗？”

猩猩又哼了一声，以表回答。

“待遇是一日三餐，其他的没了，你满意吗？”

它第三次确定地哼了一声。

“这样谈话未免太过于简单了。”吉丁·史佩莱说。

“简单些好，”潘克洛夫说，“最好的仆人就该沉默寡言。没有待遇，听见没，伙计？我们先不给予你待遇，可将来如果觉得你还不错的话，到时再加倍。”

于是小队里便新加了一个成员。在给它起名字时，水手提出一项要求：为了纪念他以前所认识的一只猿猴，他请求称它为朱波德，简称杰普。

就这样，没其他的仪式，小杰普就在“花岗石宫”里住下了。

第七章　造桥和耕种

林肯岛上的这群居民没有被迫打开以前的洞口进入房子，现又从老路返回到家中了，他们因此省去一番当泥水匠的麻烦。正当他们准备去打开洞口时，猿猴们忽然莫名其妙地受到惊吓，自己从“花岗石宫”中逃了出来，这确实是他们的运气。猴子们发觉他们要转移阵地来攻击自己吗？这是唯一能说明它们退却的原因。

他们乘白天将猿猴的尸体带到丛林中，埋了起来，随后他们便忙着恢复被这群侵略者所弄乱的秩序——仅是混乱，而不是破坏，因为它们尽管将屋子弄得天翻地覆，却并没损坏一点东西。纳布又燃起炉火了，幸好食品室中储藏十分丰富，每人都饱餐了一顿。

他们也没忘了杰普，给了它很多南欧松子和块茎，它吃得津津有味。潘克洛夫将它前肢的束缚松开了，可觉得后肢还是绑着的好，待它听话些再说。

吃完饭，在睡觉之前，史密斯和他的伙伴们便围着桌子坐下来商讨计划了，这些计划必须尽快开展。最重要和最迫切的问题便是在慈悲河上搭一座桥，建立起荒岛南岸到“花岗石宫”之间的交通；随后造一个围栏，准备驯养他们所打算捕捉的摩弗仑羊及其他动物。

这两个计划能帮助他们解决当下最严重的穿衣问题。搭起桥梁之后，就很方便将气球运过来，那时他们就能得到布了，围栏里的动物能供给他们兽毛，用来制作冬衣穿。

赛勒斯·史密斯准备将围栏设在红河的发源地周围，因为那儿有反刍动物所需的大量新鲜牧草。从瞭望岗到红河发源地，有一段已被践踏为道路了，如果有一辆比以前好一点的大车，特别是假如他们可以捉到一些兽类来拉车的话，将东西运到这里就更容易了。

纳布特意向大家提了一个问题，他觉得围栏离“花岗石宫”这么远倒也不要紧，可家禽场距离这么远则不成了。当然，鸟类是必须距离厨房近点的，要建起这样的家禽场，除了靠近以前洞口的那一段湖岸之外，似乎再也寻找不到更为合适的地方了。

在那里，不仅能繁育一般鸟类，还能繁育水禽，他们首先要将在上次狩猎途中所捕捉到的鹌鹑驯养起来。

第二天，11 月 3 日，新的造桥工程展开了，人人都需参加这项关键的工作。现在居民们一下子全成木工了，扛着锯、斧头和锤子，从河岸上走了下去。

潘克洛夫突然说：“多亏昨天小杰普将梯子还给了我们，可今天我们出去时候，它会不会又想坏主意将梯子拿上去呢？”

“我们将梯子的下面紧紧地绑住。”赛勒斯·史密斯答道。

他们在沙地上牢固地钉了两个木桩，将软梯缚住，随后就爬上了慈悲河的左岸，没多久便来到河口拐角的地方。

他们停下来，思考这里能不能架桥。这个地点似乎相当合适。

从这里到前一天在南部海滨发现的气球港仅有 3.5 英里，在桥梁和气球港之间很简单开辟出一条适合大车通行的道路，让“花岗石宫”和荒岛的南部间有更为便利的交通线。

赛勒斯·史密斯向他的伙伴们提出个方案，要将整个瞭望岗孤立起来，让野兽和猿猴都无法到达那里。这样，“花岗石宫”、“石窟”、家禽场和耕种用的整个上半部分高地就能免受它们的劫掠了。这个计划实施起来再容易不过了，工程师就准备这样着手展开工作。

高地的三面都有水围住了，有的是人工开掘出来的，有的是天然的。西北方是格兰特湖岸——从甬道的入口处，一直到湖岸上排水的缺口。

北边从湖岸的缺口一直到海边，是条新的水道，这条水道在瀑布源头的上下两处，经过高地和岸边自己冲出来一条河床，只要将这条小河的河床稍微再挖深些，就能将兽类隔绝在外边了，至于东部全境，从小河的河口到慈悲河口，则有大海作屏障。

最后，南面是慈悲河——从河口到拐角（也就是准备搭桥的地方）的一段。

现只留下高地的西边能通行了，这段从河流的拐弯到格兰特湖的南角相隔大约有1英里。可最简便的办法还是挖一条宽深的沟渠，这条沟渠能用湖水将它灌满，一旦湖水过多，就能通过沟渠迅速地流往慈悲河去了。湖水骤然排出之后，湖面就要降低一些了。赛勒斯·史密斯已证实红河的水量很大，足以来实现这项计划。

“这样一来，”工程师说，“瞭望岗四周全是水，就变成一个正式的岛屿了，要想跟我们岛上其他领土联系，只有通过桥，一座是我们准备搭在慈悲河上的；此外两座小桥，一座在瀑布之上，一座在瀑布下方，都已经搭好了；最后我们还需建造两座小桥，一座造在我准备开凿的运河上，另外一座通向慈悲河的左岸。如果这些桥可以随心所欲地吊起来的话，瞭望岗就能安如磐石了。”

为了让伙伴们了解得更为清楚，赛勒斯·史密斯画了一幅瞭望岗高地的详细图。这幅图让大家清楚了他的计划，因此大家都表示赞成。

潘克洛夫挥舞着斧头，大叫道：“我们先修桥吧！”

修桥是现在最急迫的工程。他们砍伐选定好的树木，除去枝杈，制作成横梁、托架和厚板。这座桥，在慈悲河右岸的那头是固定的，可在左岸的那头却是活动的，能像一些运河吊桥一样，使用均衡锤吊起来。

当然这项工程是相当艰巨的，尽管领导有方，可还是花了不少的时间，因为慈悲河在那里宽达80英尺。必须要在河床中打下一些桥桩，这样才可以支撑桥板，为了打桩，就要安装打桩机。桥桩应形成两个弓架结构，让桥身可以承受重量。

幸好木工用具、金属的安装工具和这方面的专门人才都并不缺少，伙伴们的热情也十分高。经过7个月实际锻炼，他们在利用工具上已有了相当的技术。必须说明，吉丁·史佩莱的技术也十分熟练，他的灵巧程度与水手差不多不相上下，潘克洛夫想道：“一个记者竟可以这样，真没想到！”

他们艰苦且有规律地进行了三个星期的劳动，才将慈悲河上的桥梁工程完成了。因为天气很好，甚至他们连吃早饭都在工地上吃，只有在吃晚饭时才回“花岗石宫”。

在这期间，小杰普对它的新主人慢慢熟悉了，它总是好奇地看着他们的一举一动。可为了谨慎起见，潘克洛夫还没完全解除它的束缚，他考虑得十分正确，必须等到高地界河的工程完成之后，才允许它自由。托普和杰普相处得很好，它们很愿意在一块儿玩，可杰普不管做什么都是一本正经的。

11月20日，桥梁完工了。桥身的活动部分因为有均衡锤的作用，很方便悬吊，只要稍使用些力气，就能将它升起来，枢纽和最后一根横木（当桥落下时，就用它来支撑）间相隔20英尺，任何动物都跳不过来。

现在居民们开始谈论搬运气球的问题了，他们急于要将它放到一个万无一失的地方，可如果要搬运，就必须拉着大车去气球港，要拉大车，就必须在远西森林中开出条新路来。这需要很长的时间。纳布和潘克洛夫到气球港去观察了一下，回来之后说，藏在石头洞中的布肯定不会坏的，因此大家决定还是不要暂停瞭望岗的工作。

潘克洛夫说："既然不怕狐狸和其他野兽到这里来，我们就能安心地开辟家禽场了。"

"那么，"纳布加上一句，"我们就能开出一块高地，将野生植物移种到那里。"

"准备我们第二块麦田！"水手得意扬扬地喊道。

的确，第一块麦田种那棵唯一的小麦，在潘克洛夫的细心照料下，长得相当好。工程师说过能结 10 个麦穗，现在都结出来了，每个麦穗有 80 颗麦粒，6 个月的工夫他们就可以得到 800 颗麦粒了，因此他们每年都能收获两次。

这 800 颗麦粒，除了拿出 50 颗珍藏起来之外，都准备种在一片新开垦的地里，他们决定要跟以前照料那个单株一样细心地去照料它们。

耕地的准备工作做好之后，他们又在四周造了一道结实的栅栏，栅栏不仅高，而且顶端全削尖了，一般的走兽是很难跳进来的。至于飞鸟，在潘克洛夫天才般的设计下，用木板制做了几个人体模型和发出响声的风车就能把它们吓走。他们将这 750 颗麦粒种在整齐的畦垅里，随后任凭大自然去摆布。

11 月 21 日，赛勒斯・史密斯开始准备运河工程了，这条运河将要把高地与西边分割出来，也就是从格兰特湖的南角一直到慈悲河拐弯的地方。这里的地面有两三英尺深全是腐殖土，其余下面便是花岗石，因此必须要再制造些硝化甘油。硝化甘油照例发挥了作用，不到两个星期，便在高地的坚硬地面上开出了一条 12 英尺宽、6 英尺深的沟渠。他们又使用相同的方法在岩石的湖岸上开出一条沟渠，从湖中引出水来，构成一条小河，他们将这条小河命名为甘油河，成为了慈悲河的支流。正如工程师事先说的那样，湖面降低了，不过降得不多。为了将高地附近全用河流包围起来，他们将海滩上的河床适当加宽，同时使用木桩隔离泥沙。

到 12 月中旬，这些工程全部完成，瞭望岗——它成了一个不规则的五边形了，4 周将近四英里，流水像条带子似的环绕着它——现在根本不怕盗贼侵扰。

12 月时，天气正热，可居民们依旧工作，因为他们急于想建立一个家禽场，就立即动起手来。

自从高地的隔离工程完成之后，不用说，杰普便恢复了自由。它没离开它的主人，并且根本没逃跑的意思。它十分温和，气力又大，而且惊人地矫捷。你看，它爬起"花岗石宫"的梯子来，谁都比不了。通过人们的教养，它已可以拉木料了，将甘油河里的石头成车地运走了。

"它虽然还不算是个泥水匠，但已是只猴子了！"赫伯特开玩笑地说。"猴子"

这个外号，原是泥水匠称呼自己徒弟的，这个外号可说是再合适不过了。

家禽场占地有200平方米，在格兰特湖的东南岸。它是由一道栅栏围成的，中间有各种供飞鸟繁殖的窝棚。这些窝棚都是用树枝构造的，分隔成很多单间，随时能供应新来的客人居住。

第一个住进来的就是那一对鹌鹑，不久它们就孵出很多小鹌鹑来了。跟它们住在一起的还有一打鸭子，这些鸭子习惯住在格兰特湖边，其中有些是中国种，它们张开翅膀就跟扇子一般，羽毛光彩绚丽，能跟锦鸡媲美。几天之后，赫伯特套住一对鹁鸡，它们的尾毛很长，朝外张开，这是一种漂亮的野鸽子，很快便驯养了。至于塘鹅、鱼狗等，它们全都是自动到家禽场的岸边来的，这个小集体唧唧喳喳地吵叫一番之后，也便安稳地住了下来，它们的数目增长得很快，小队可以不愁没食用的了。

赛勒斯·史密斯为了完美起见，又在家禽场的一角建起了一个鸽棚。他养了一打经常到高地岩石上的鸽子，它们很快便住熟了，每天都早出晚归，跟同类斑鸠比起来，它们要好养些。

终于到了该使用气球来制作衬衫和其他物品的时候了，至于想保持气球的原状，吹足了气，冒险渡过无边的大海回家，只有那无法生存下去的人，才会有这种打算，而事实上赛勒斯·史密斯连想也没想过。

必须将气球的气囊运往“花岗石宫”，大家都想办法要让他们的大车减轻些分量从而方便驾驭。尽管他们有一辆车，可还没办法解决拉车的动力问题。

难道荒岛上就没有一种动物能替代马、驴或牛的吗？这确实是个问题。

“当然，”潘克洛夫说，“目前牲口对我们还非常有用，日后史密斯先生会制造蒸汽大车，甚至会造火车头的，以后火车能从‘花岗石宫’直达气球港，支线通向富兰克林山！”

单纯朴实的水手相信自己所说的话。你看：当幻想中添加信念时，它的力量有多大呀！

平心说，只要有一头拉车的牲口，就可以完成潘克洛夫全部的事了。的确，老天爷尤其宠爱他，并没有让他失望。

12月23日那一天，纳布和托普忽然大喊大叫起来，显然他们都在尽力喊叫。居民们正在“石窟”中忙着，以为发生什么事情了，迅速跑了出来。

他们看到了什么？原来是两只驯良的大牲口乘桥通着时冒失地闯进高地上来了。人们也许会将它们当做马，最少是驴子，一公一母，长得十分匀称，全身都是淡灰色的，腿部和尾巴雪白，头部、颈部及全身都有着黑色的条纹。它们稳步朝前走来，一点儿也没惊慌，瞪着眼望着人们，现在它们还不知晓这些人就是它们将来的主人。

“是野驴！”赫伯特喊道，“一种介于斑驴和斑马之间的牲口！”

“难道不是驴子吗？”纳布问。

“因为它们耳朵并不长，长相也要比驴子漂亮些！”

“驴也好，马也好，”潘克洛夫插嘴说，“反正都是史密斯先生所说的‘动力’，必须将它们逮住！”

水手悄悄地从草中爬上甘油河的桥，将桥板拉了起来，因此这两只野驴就变为俘虏了。

现在需用暴力抓住它们，强行驾驭它们吗？不，他们决定先让野驴自由地在高地上待几天，反正这里有充足的牧草。工程师立即着手在家禽场旁边建了一个牲口棚，里面准备了野驴的饲料，垫上干草，以便让它们晚上在里面过夜。

工作完成了，他们让这两头美丽的牲口行动完全自由，甚至避免靠近它们，防止它们受到惊吓。好几次野驴对于长时间留在这里出不去表示不耐烦，很想离开高地走远些，因为兽类是习惯生活在原野上和森林间的。居民们只见野驴顺着四处阻挡它们的河水徘徊，发出一阵短促的叫喊，在草地中跳了一会儿，最终安稳下来，它们有时还呆呆地看着那片丛林，它们今后不可能旧地重游了！

在这期间，他们又使用植物纤维制造出一套挽具。野驴来后没多少天，不仅大车做好了，并且还在远西森林中笔直地开出一条通道——说得更恰当些，是条便道——从慈悲河的拐角一直通到气球港，大车可以驶过去。12 月底，他们第一次尝试驾驭野驴。

潘克洛夫已能让牲口来吃他手中的东西，走到它们的身旁也不跑了，可一套上挽具，它们便直立起来，很难勒住。可不久它们对这种新的差事也顺从了，因为野驴不似斑马那般倔强，南非的山区里经常用它来当做动力，甚至在欧洲相对冷的地区，它们也可以适应。

这一天，全体队员全都上了大车，潘克洛夫一个人在前领着牲口，顺着通道一直往气球港走去。

当然，在这坎坷不平的通道上，是少不了颠簸的，可大车还是平安无事地到达了气球港，并且很快便装上了气球的气囊和绳索。

当天晚上 8 点钟，大车便回来了，通过慈悲河上的桥，下了左边的堤岸，停留在海滩上。他们解开野驴的缰绳，将它们牵到牲口棚里去。潘克洛夫在临睡之前，高兴得大吼一声，整个“花岗石宫”都被震动了。

第八章　和谐棉花

他们在 1 月份的第一个礼拜里赶制出大家所需的衣服。所使用的针全是箱子里的，他们的手尽管不巧，却十分有力，我们能肯定，做出来的活儿是相当的牢固。

居民们并不缺少线。幸亏赛勒斯·史密斯的建议，他们使用气球上的旧线，解决了缝纫的问题。吉丁·史佩莱和赫伯特以令人惊讶的耐心将它们全拆了下来，潘克洛夫则感到这工作对他来说根本无法容忍，便半途而废了，可在缝纫方面却谁都比不上他。的确，水手们十分善于缝纫，这是所有人都知晓的。

他们从焚烧植物的灰中取得了小苏打与钾碱，用来洗气囊的布料，经过洗涤之后，棉布上的油漆全脱落了，恢复了它以前的柔软与弹性，晾干之后，它便洁白如新了。他们缝制了好几打衬衫与袜套来——当然，这些袜套并不是针织的，而是用棉布做的。这群居民全换上洁净的布衣，他们感到十分舒适！固然这些布料十分粗糙，可他们一点也不介意，同时他们也有了被单，这些被单顿时让“花岗石宫”的睡榻变为舒适的床铺了！

也在这时，他们还制造出一批海豹皮靴，从美国穿来的那些靴子现在是必须要换了。这些新靴子制作得相当宽大，肯定不会挤痛他们的脚。

现在已是 1866 年，年初时天气十分热，可他们仍然去森林里打猎。这里遍地都是刺鼠、野猪、水豚、袋鼠和其他各种兽类，史佩莱和赫伯特的射击技术相当高明，可谓百发百中。

赛勒斯·史密斯依旧要求大家节约火药，他尽可能想别的办法替代，将箱子中的弹药，留到以后使用。在伙伴们和自己离开这块领地之前，谁都没法预料会发生什么事？因此，他们应为这不可知晓的前途节约火药，尽可能使用方便补充的替代品。

史密斯在岛上寻找不到铅，于是他使用铁粒来替代，这是十分容易制造的。既然铁弹没铅弹那样重，他就只好将它们做大些，少装些火药。虽然这样效力差些，可由于射击者的技术较好，可以弥补这个缺点。至于火药，赛勒斯·史密斯本来也可以制造的，因为他有的是硝石、硫磺和木炭，可这项工作必须要十分小心，没有特殊的工具很难确保质量。因此史密斯决定还是造棉花火药，那也就是火棉，这种东西并不是一定要棉花不可，只要是植物纤维就能使用，大麻和亚麻、纸张、接骨木树心等纤维，都与棉花纤维同样纯净。荒岛的红河河口这一带生长着很多接骨木，这种灌木隶属忍冬科的植物，移民们都使用它的果实造过咖啡了。

唯一需要收集的便是接骨木的树心，至于造棉花火药其他的必需品，便是发烟硝酸。现在史密斯手头有硫酸，只需加入硝石，就可以十分容易地获得硝酸了，而硝石又是能从自然界中取得的。因此他决定生产棉花火药以供使用，可它有些缺点，就是效果并不稳定，极易燃烧——它不是在 240 度，就是在 170 度就自燃——枪枝很易因走火而损坏。另一方面，棉花火药也具有它的优点，那就是：不怕受潮，不会弄脏枪筒，并且力量相当于普通火药的四倍。

制造棉花火药只需将棉花放在发烟硝酸中浸一刻钟，随后在冷水中洗净晒干。没比这更简单的了。

赛勒斯·史密斯手头仅有普通的硝酸却没有发烟硝酸或是硝酸单水化合物，也就是说，他的这种硝酸只要碰到潮湿的空气便会冒出白烟，因此工程师在普通的硝酸中掺了三倍至五倍的浓硫酸，也能得到一样的效果。于是岛上的猎人没多久就有了许多火药，因为使用谨慎，效果也十分好。

到现在为止，他们在高地上已开拓出 3 英亩的土地，其余的部分因为照顾野驴的原因，至今保存着草地。他们去啄木鸟林和远西森林里好几次，从那里带回许多的野菜、菠菜、水芹、萝卜和芜菁，这些菜蔬只需小心栽培，很快便能生长起来，这也能调剂他们长久以来一直借以生存的食品。木材和煤炭也是成车的装回。每出外一次都能随时修整路面，道路在车轮的滚动下，变得更加平坦光滑。

“花岗石宫”的食品室还不断地从养兔场中获得肉类，幸好养兔场就在甘油河的对岸，否则它的“居民”便要到高地上来破坏新农场了。岩石间的蛤蜊场中经常有新食品补充进来，从那里能得到上好的软体动物。除此之外，不管是在格兰特湖还是在慈悲河上钓鱼，都能得到巨大的收获，潘克洛夫已做了几根钓丝，上面装着铁钩，他们常钓到美味的鳟鱼，还有一种鱼，银白色的腹部点缀着金黄色的斑点，也十分好吃。炊事员纳布擅长烹调，常常更换菜单。他们差的只有面包了，前面都已说过了，这才是他们最迫切需要的。

居民们也常常捕捉到颚骨角沿岸来的海龟。这带海滩上丘陵起伏不定，藏有雪白滚圆硬壳龟蛋，它和鸟蛋不同，蛋白是不会凝结的。这些龟蛋在阳光下自己孵化，每年每只海龟能产卵 250 枚左右，因此海滩上的龟蛋很多。

“真是片蛋田呀，”吉丁·史佩莱说，“我们只需伸手去捡就可以了。”

可他们对这些产品还不满足，于是又去猎捕产品的供应者，结果带回一打海龟，从营养角度来看，这确实十分珍贵。纳布在海龟汤中加了些香料调味，大家吃得赞不绝口。

还有件幸运的事也应提一提，他们得到了大批冬季储备物资。一大批的鲑鱼进入慈悲河了，分布在上游好几英里内。原来这是雌鱼寻找地方产卵的季节，它们吸引着雄鱼成群进入淡水，激起一阵唧唧声。一千多条长达 2.5 英尺的鲑鱼来到了内河，居民们在河中制作了一个水闸，将它们阻挡住，于是他们就这样捉住了一百多条，全都腌了起来，以备冬天河水结冰无法钓鱼时食用。这时候，伶俐的杰普也升为仆役了，它穿一件外套，一条白亚麻的短裤，系着一条围裙，它对围裙上的口袋最感兴趣。这只聪明的猩猩通过纳布精巧的训练，已有很大的进步，人们看到他们俩在谈话，肯定会觉得这个黑人和猩猩是彼此懂对方语言的。杰普真心喜欢纳布，纳布对它也是同样。杰普的日常工作就是搬柴和上树，当它没事时，通常是待到厨房里，模仿着纳布的举动。黑人极其耐心且热心地教他的徒弟，徒弟也异常聪明，在师父的教导下学会了许多东西。

有一天，杰普将餐巾搭在胳膊上，忽然出人意料地到桌边伺候大家吃饭了。“花岗石宫”的主人们是多么高兴呀！它动作迅速，专心致志，完全尽了自己的责任；换盆子、拿碟子、倒水，一切都做得十分沉着，每个人都放声大笑起来，潘克洛夫更笑得无法自持。

“杰普，拿汤来！”

“杰普，给我点儿刺鼠肉！”

“杰普，拿一个盆子来！”

“杰普，好杰普！忠实的杰普！”

只听大家都嚷成一片，但杰普还是有条不紊地一一办到，注意着每件事，当潘克洛夫再次提起第一天的笑话时，它摇头摆尾，似乎通人性似的。

“真的，杰普，你的待遇将要提高了。”

不用说，现在猩猩在“花岗石宫”里已完全驯养了，它经常跟主人到森林中，可从没想过离开他们。最有趣的是，它跟扛枪似的扛着潘克洛夫给它的棍子走路。如果人们想摘树顶上的果子，它就立即爬到树上。如果车轮子陷到泥里，它也只需肩膀一扛，便不费吹灰之力就可以解决了。

“这家伙真有意思！”潘克洛夫经常这样说，“如果它光会顽皮而不好好干活，那就没办法了！”

1 月底，他们开始到荒岛中部劳动。他们决定在红河发源地周围，富兰克林山的山脚下建立一个畜栏，用来豢养反刍动物——因为将它们放在“花岗石宫”周围会发生一些麻烦——尤其是他们为了取毛制做冬衣的那些摩弗仑羊。

每天早上，小队里的人——有时是全体，可多半是史密斯、赫伯特和潘克洛夫三个人——总要路过新辟的畜栏前往红河的发源地，这一段路不足 5 英里。

他们在富兰克林山南边选择了一处地方，这是一块草地，其中有几棵树，一条小溪从山坡上流了下来，将这块地方的一边围住。这里有新鲜的野草，并且四周的大树并没将这块地方遮挡住。他们准备做一道十分高的栅栏围住草地，让最矫捷的兽类也无法跳进去。这个畜栏要能容下 100 只摩弗仑羊和野山羊以及将来的羊羔。

工程师勾画出畜栏的边界后，他们下一步工作就是去采伐装栅栏所必需的木料了，在筑路时，他们已砍倒了不少的树木，这时就拿来做成100个木桩，牢固地埋在地里。

栅栏的迎面留出个大的出口，有两扇结实的大门能关闭。

建立这个畜栏花费了不少于三个星期的功夫，因为除了栅栏之外，赛勒斯·史密斯还做了一些很大的兽棚供动物居住。这些兽棚也要做得相当牢固，因为摩弗仑羊力量十分大，它们初来时，那股兽性是很可怕的。因此就将木桩上端全削尖了，而且将它烤得十分硬，用横木钉到一起，每隔一段距离就有一根支柱，这样就可以保证整个栅栏的结实耐用。

畜栏完工了，该在反刍动物时常出没的草地打围了。他们选在了2月7日，那是个明朗的夏天，小队全部都出动了。这时候两匹野驴也全部训练好了，史佩莱和赫伯特骑着它们。在这次打猎之中，它们的用处相当的大。

他们的计划十分简单，便是包围摩弗仑羊和山羊，随后逐渐将包围圈缩小。赛勒斯·史密斯、潘克洛夫、纳布和杰普在森林中各守一方，两位骑士和托普则在畜栏四周半英里内来回奔驰。

荒岛的这一带有许多摩弗仑羊，这种优良的动物和鹿不相上下，它们的角比山羊角还坚硬，灰色的底绒上，夹杂着很多长毛。

这一天打猎相当辛苦，他们来回奔跑，有时骑坐，有时叫喊！他们围住大约上百只摩弗仑羊，可逃走的却占了三分之二，最终有30只摩弗仑羊和10只野山羊慢慢被逼近畜栏，畜栏的大门大敞着，就像是条逃生的路，可以冲进去，就会被擒住。

总之，成绩还算不错，他们没有理由去抱怨，这些摩弗仑羊大多是母羊，其中有几只快要下羊羔了。因此，无疑羊群是会逐步扩大的，不久之后就有羊毛使用了，并且能得到大量的皮革了。

当天晚上，这群猎人都筋疲力尽地返回“花岗石宫”，虽然大家都很疲惫，可第二天还是到畜栏里去看了看。俘虏们曾试图撞倒栅栏，当然它们都没成功，不久之后，也便安静下来了。

2月份没发生什么重要的事。他们照例展开日常工作，在改进畜栏到气球港间的道路的同时，又开始修第三条路了——从畜栏通向西海滨。在林肯岛上，他们至今还没探索过盘蛇半岛的森林，那里藏着很多野兽，吉丁·史佩莱恨不得一下子就将它们从小队领土上全驱除出去。

在天气变冷之前，他们尤其小心地培育着从森林里移植到瞭望岗来的植物。赫伯特每次出游都会带回一些有用的菜蔬。有时他带来几棵菊苣科的标本（它的种籽能压榨出一种上等的油料）；有时带回一些寻常的酸模（它是治坏血病的特效药，于是不可忽略的）；此外，还带回些珍贵的块茎（它们在南美洲常年生长着）和马铃薯（目前已知的，已经超过 200 种了）。现在菜园里出产丰富并且不怕鸟，许多菜畦分种着莴苣、卵形马铃薯、酸模、芜菁、萝卜跟其他十字花科的植物。高地上的土壤尤其肥沃，丰收是有很大希望的。

他们也有各色的饮料，就算是最爱挑剔的人也没什么可抱怨的。除了薄荷茶与从麒麟树根里提炼出来的酿造酒之外，史密斯又新增加一种正式的啤酒，这种饮料是用针枞的嫩芽通过发酵与煮沸制造成的，味道相当好，英美人将它叫做“泉水啤酒”，也就是“松啤酒”。

夏末时，家禽场里新添了一对美好的鸨，这种鸨隶属鸨科，全身的羽毛十分特别；还有一打阔嘴鸭，它们的上喙两旁都多长了两片长膜；此外有一些漂亮的公鸡，它们和莫三鼻给的公鸡有点相像，鸡冠、肉瘤和表皮全是黑色的。到现在为止，一切都十分顺利，这应归功于这些智勇双全的人的积极肯干。当然，他们的自然条件也十分好，可是，他们坚守一句伟大的格言:“人必自助，而后天助之。”

在这酷热的夏天，白天的酷暑过去之后，晚间便吹来阵阵海风，这时正好工作结束了，他们总喜欢坐在瞭望岗的边缘，那是纳布利用爬藤的覆盖而安置的一个平台。他们在那里谈心，相互提出意见，策划着未来，心直口快的水手经常给这小世界带来笑料，他们之间永远无比融洽。

他们经常谈到自己的国家，可爱的美国。南北战争的结果如何？战争是不会拖太久时间的，里士满会很快就落到格兰特将军手中，一旦攻破南部联邦的首府，这场恐怖的战争就会结束了，现在北军正义的事业已取得了胜利，林肯岛上这群异乡的流浪人是多希望有份报纸啊！他们与自己的同胞断绝音信已有 11 个月了，没多久就是 3 月 24 日了，这是气球将他们抛到这无名海滩上来的周年纪念日。从去年那时起，他们就变成了一群难民，甚至在风霜雨雪的侵扰下，也不知到底该怎样保全自己的残生！依靠工程师及大家的智慧，他们现在有了武器、仪器和工具，成了真正的移民，他们利用了岛上的动物、植物和矿藏——自然界三大物类。

是的，他们经常讨论这些，并且为将来拟订更多的计划。

赛勒斯·史密斯大部分时间都保持沉默，他总是听伙伴们讲话，很少自己发言。当赫伯特天真地谈理想和潘克洛夫信口开河时，他可能跟着笑一笑，可他随时随地总在思考着那些不可思议的事情，到现在为止，他还没有猜出那些神奇的秘密！

第九章　制造玻璃

3月的第一个星期，天气有了些变化。月初时，月亮还十分圆，天气也相当热。大气里仿佛充满了雷电，能预感到暴风雨就要来临了。

果然，在3月2日那天，传来了隆隆的雷声，大风从东边吹来，冰雹如同一阵葡萄弹一般乒乒乓乓朝着“花岗石宫”打过来，他们迅速关上门窗，要不然房里的东西全要被搞湿了。这些冰雹大小跟鸽蛋差不多大，潘克洛夫一看见立即想到：他的麦田会遭殃了。

他立即朝地里奔去，绿色的穗梢已能看见了，他用一块大布将庄稼罩上了。他为了麦穗不受冰雹袭击，一点也不抱怨。

这次坏天气持续了一个星期，在这期间，雷声不停在空中响着。

在两次暴风雨之间，天边不停传来隆隆的雷声。狂风暴雨再次来袭，空中闪烁着一道道电光，岛上好几棵树都让雷给击倒了。森林边湖畔的那一棵大松树同样被击倒在地上。有两三次，雷电打到沙滩上，让沙滩融化为一种玻璃样的晶体物质。工程师发现了这些玻璃物质之后，就想到能否用来制造玻璃，如果在窗上安装厚且结实的玻璃，就再也不担心风霜雨雪的侵袭了。

他们没什么急需要出去干的工作，就乘天气不好，在“花岗石宫”中干一些事情，现在屋子里的布置逐渐完善起来了。工程师造了一台车床，旋了几件盥洗室和厨房的用品，尤其是纽扣，这是他们现在非常需要的。又造了个置放武器用的枪架，他极其小心地保管着它。此外，不管是桌子也好，碗柜也好，他们锯的锯，刨的刨，锉的锉，旋的旋，在这几日闹天气的日子里，只听见工具车床响成一片，跟雷声相互呼应。

大家并没忘了小杰普，他们将它安置在后面仓库旁边的一间房里，这个房间跟船舱似的，里面有个吊铺，上面总铺着干草，完全适合它的胃口。

“杰普真好，它从来不会顶嘴。”潘克洛夫经常重复这句话，“它也决不强辩！多好的仆人，纳布，多么好的仆人啊！”

当然，现在杰普服务得相当好。它给大家刷衣服、烤肉、侍候吃饭、扫地、捡木柴，还有一件最妙的差事让潘克洛夫尤其高兴——它不将可敬的水手侍候到钻进被窝，决不会先去睡觉的。

至于小队成员的健康问题，不管两足动物或两手动物，四手类或四足类都没问题。户外的生活，卫生的环境，温带的气候，脑力和体力的劳动，在这样条件下他们肯定不会会生病的。

的确，大家都十分健康。经过一年，赫伯特又长高了2英寸，他的身体慢慢发育，更像个大人了，他立志要成为一个德才兼备、体魄健壮的全面发展的人才。他干完活，一有空便自修，他阅读箱子中找到的书，随时随地都从日常生活中获取实际知识，此外，他又向工程师学科学，向通讯记者学语文，这些老师都是十分愿意将他教育成人的。

工程师要将自己知道的一切全教给赫伯特，他不仅讲给他听，还会做给他看。同时，赫伯特也能很好地将工程师教给他的知识应用到实际中。

“要是我死了，”赛勒斯·史密斯这样想，“替代我的就是赫伯特了！”

3月9日，暴风雨结束了，可在这夏季最后一个月，天空经常阴云密布。大气经过雷电的激烈震荡之后，还没恢复它原有的宁静，除了三四个晴朗的日子出猎几次之外，似乎不是下雨就是有雾。这时，母驴生产了，生下来的一头小母驴长得十分快。畜栏里的摩弗仑羊群也增加了不少，有几只羊羔都已在兽栏里咩咩地叫着，纳布和赫伯特听了之后十分高兴，他们在这新添加的羊群中，都有自己心爱的羊羔。此外，居民们还试着驯化野猪，结果也相当成功。

家禽场周围新建了一个猪圈，里面不久便有了几只猪崽，并且性格也慢慢有了变化，也就是说，在纳布饲养下，越吃越胖了。小杰普每天十分热心地送给它们饲料和厨房里的剩菜，有时它喜欢拽那些小猪崽的尾巴玩，可这仅是淘气，自然不能说是残忍，它的天性跟孩子同样，将这些弯曲的小尾巴当做玩意儿了。在3月中的一天，潘克洛夫在和工程师谈话时，提醒了赛勒斯·史密斯一件他答应完成却还没时间完成的任务。

“队长，你曾说过的，能用一种机械来替代‘花岗石宫’的梯子，”他说，“你能找个时间做吗？”

“你说的是一种升降梯吗？”赛勒斯·史密斯说。

“随便你说！我们就叫它为升降梯。”水手回答说，“不管它叫什么，只要它能让我们在上下‘花岗石宫’时不费力气就可以了。”

“那再容易不过了，可这真的有用吗？”

“当然有用，史密斯先生。等到有了这东西之后，想来就会舒服多了。当然，对人来说，你认为是讲排场，可对搬运东西而言，那就是必须的了。带着沉重的东西爬梯子该多不方便啊！”

“好吧，潘克洛夫，我们能让你满意。”赛勒斯·史密斯说。

“可你手头没有机器呀。”

“我们能做一架呀。”

“做一架蒸汽机？”

“不，做一架水压机。”

的确，工程师已掌握现有的自然力量，能不费一点困难的让这种力量为他们的机器服务。要想达到这个目的，只需增加供应“花岗石宫”内部用水的水流就可以了。他扩大了石子到草丛间的缺口，让甬道的底部产生一种湍急的瀑布，甬道里的水漫出来之后，就再从地下井排出了。工程师在瀑布的下方装上一个带有螺旋桨的圆筒，外有一个轮盘，上面缠绕着牢固的绳索连在螺旋桨上，绳索挂一吊篮。这样，他们使用一根拖在地面上的长绳调节动力，就能坐在吊篮里，一直升到“花岗石宫”的门口。

3 月 17 日开始使用升降梯，结果大家都很满意。从此之后，它替代了原始的梯子，全部的重荷，包括木料、煤炭、食粮，连同他们自己在内，都从这个简易的装置中上下了。能想得出，没有一个人对于这项革新表示不满意。托普更是对它着了迷，因为它不能并且也绝不可能具有小杰普那样的登梯技术，它通常不得不攀在纳布的背上，甚至有时攀在猩猩的背上上下“花岗石宫”。也就在这时，赛勒斯·史密斯准备制造玻璃，他将那只陈旧的陶土炉子又用在这新的用途上。困难很多，几次试验都没一点结果，但最终他配备好了一个玻璃工厂，他的老助手史佩莱和赫伯特连续好几天都没离开那里。制造玻璃的原料相当简单，包括沙粒、白垩和碳酸钠或硫酸钠。海滩上有沙粒，石灰里有白垩，小苏打在海藻里，硫酸在黄铁矿里，地里有的是煤，陶土炉子能加热到要求的温度。赛勒斯·史密斯很快就万事俱备了，只等开工了。

最难制造的工具便是吹玻璃的吹管，那是一种五六英尺长的铁管，它的一端是用来蘸液体玻璃，潘克洛夫将一条薄薄的铁片卷成枪筒形，也就做成了一根能随时使用的吹管了。

3 月 28 日，吹管开始使用了。他们在一百分沙粒，三十五分白垩，四十分硫酸钠中掺了两三分煤屑，混合在一起放到坩埚里。当炉里的高温让原料化为液体时——说得更为恰当是胶状物——赛勒斯·史密斯便用吹管蘸了一些，在事先准备好的一块金属板上滚了滚吹管，制作出一个适于吹的形状来，随后将吹管递给赫伯特，教他吹旁边的一端。

“像吹肥皂泡那样吗？”少年问道。

“是的，完全一样！”工程师说。

赫伯特鼓起嘴巴，朝管子里用力一吹，同时两手不停地旋转着吹管，玻璃就被吹得膨胀了起来。他们在半成品上又涂了层胶状体，不久便制成了一个直径达 1 英尺的玻璃球。随后史密斯将赫伯特手里的吹管拿过来，不停地来回摆动，最后他将这个柔顺的玻璃球拉长了，让它成为一个两头尖的圆柱体。

经过吹的工序，再去掉两头的半圆形帽子之后，就形成了一个玻璃圆筒。这做起来十分容易，只要用锋利的铁片先在冷水中浸湿，就能将两头去掉了，他们又用同样的方法将玻璃筒直着割开，再经过一次加热就让玻璃软化了，就铺在平板上使用木滚子碾平。

第一块玻璃就这样完成了，他们按这个办法重复了50次，便得到了50块玻璃。“花岗石宫”的窗洞立即就变成玻璃窗，虽然还不算结白，可却足够透明了。

至于做瓶子和杯子，那更不算回事了。当这些东西从吹管的末端形成时，他们感到十分得意。潘克洛夫想要试试，大家也让他“吹”了一回，这对他是一种乐趣，因为他吹气太猛，结果吹出来的东西十分奇怪，可他却爱不释手。

在这期间的一次旅行中，他们探索到了一种树，它又增添了居民食物的来源。

有一天，赛勒斯·史密斯和赫伯特外出打猎，到慈悲河左岸的远西森林里，少年照例提出了数不清的问题，工程师都一一角答了。打猎也跟世界上任何工作相同，不专心去做，也是无法成功的。工程师不是猎人，而赫伯特又尽情谈论化学和物理学，因此大批的袋鼠、水豚和刺鼠进入射程之内时，都被少年给错过了。最后时间已入暮，这两个猎人几乎就要空手而归了。正在这时，赫伯特忽然站住，兴奋地大叫起来：“啊，史密斯先生，你看见那棵树吗？”他指着一棵树说，这棵树与其说是乔木，不如说是灌木，因为它只是一根树茎包着层鳞状树皮，上面生长着叶脉平行的树叶子。

“这很像棕榈树，到底是什么树呢？”史密斯问道。

“这是一棵凤尾松，我曾在我们的《博物学大辞典》中见到过这样一张图画！”赫伯特说。

“可我看这棵树上没有果实呀！”他的同伴说。

“不错，史密斯先生，”赫伯特答道，“可它的树干里却有一种‘面粉’，这是大自然帮我们磨好的。”

“那么，那就是面包树？”

“是的，面包树。”

“好，孩子，”工程师答道，“我们的小麦还没成熟，这真是个珍贵的发现，我希望你没弄错！”

赫伯特确实没错：他折断一棵凤尾松的枝干，这是由一种腺状的组织所构成的，中间有不少粉末，那便是树心，这种粉状的树心夹着木质纤维，因年轮——也是粉质的——构成一圈圈的同心圆，将它们分隔开。这种淀粉中含有一种气味刺鼻的黏液，不过，只需一压榨，就很容易将它清除掉。这种细胞质的物质是真正的优等面粉，十分富有营养；以前，日本法律还禁止出口呢。

赛勒斯·史密斯和赫伯特观察了生长凤尾松的这一地带之后，划了一个记号，便回“花岗石宫”去了，他们回去之后，向大家告知了这个新的发现。

第二天，居民们便去收“面粉”了。潘克洛夫对于他的岛越来越感兴趣了，他向工程师问道：“赛勒斯先生，你说世界上有没有遇难人的海岛？”

“你说的是什么意思，潘克洛夫。”

“好吧！我告诉你，我的意思是说有些海岛是专门为遇难人准备的，这些可怜的人在那里总有些办法对付过去！”

“这是可能的。”工程师笑着说。

“这是绝对的，先生，”潘克洛夫说，“至少林肯岛就是这样一个海岛。”

居民们将大量的凤尾松茎带回“花岗石宫”来，工程师造了一台压榨机，用来清除淀粉中含有的刺鼻黏液，经过加工，生产出了大量面粉，纳布立即用它做成糕点。这虽不是真正的面包，可已经十分像了。

现在，畜栏里的野驴、山羊和绵羊每天也可以供应小队必要的奶品了，大车已放弃不用，他们经常驾着一辆单人使用的轻便兽力车到畜栏去，每次潘克洛夫去时，他总会带着杰普，让它去赶车，杰普挥舞着鞭子，照样灵巧地完成了任务。

畜栏和“花岗石宫”里相同，一切全是欣欣向荣，日渐发展，如果不是因为离乡背井、远隔重洋的话，他们真没什么可抱怨的。他们已经十分习惯这里的生活，并且也熟悉了这个荒岛，如果一旦要离开这片乐土，他们肯定会依依不舍的！

然而，他们热爱祖国的心情却一点没动摇，如果有船只忽然进入荒岛的视线，他们便会发出信号，吸引它的注意，然后乘船离开。目前，虽然他们过着这样幸福的生活，可他们常常提心吊胆，总希望不要发生任何意外的事情，打断这样的生活。

但是，谁敢夸口，说自己可以永远保住自己的幸福，免去所有的灾难呢？

不管如何，居民们在林肯岛上都住了一年多了，这个岛经常是他们的谈资。有一天，他们对岛的位置再次作了一次观测，而这次观测却跟以后所有的遭遇都有很多关系。

4 月 1 日是复活节后的礼拜天，史密斯和他的伙伴们也休息了一天，并做了祷告。这一天天气晴朗，十分像北半球 10 月里的天气。

傍晚，吃完饭之后，大家全坐在瞭望岗边的平台上，他们凝视着慢慢昏暗的水平线。纳布给大家沏了几杯用接骨木种籽的饮料替代的咖啡。他们漫谈荒岛及它孤悬在太平洋中的位置，吉丁·史佩莱不禁说道：“亲爱的赛勒斯，自从箱子里找到六分仪之后，你有没有再次测定过我们这个荒岛的位置？”

“没有。”工程师答道。

“这个仪器比你以前使用的那套玩意儿要精确很多，用它来测定一下可能会更好呢？”

“那有什么用？”潘克洛夫说，“荒岛还不是仍旧在它所在的地方吗？”

“对！”吉丁·史佩莱说，“可，不精确的仪器会让测量的结果不准确，既然现在能十分容易得到测量结果……”

“你说得对，亲爱的史佩莱。”工程师说，“虽然上次可能出现的误差最多不过5度，不过还是应及早核对一下。”

“那，谁知道呢，”通讯记者回答说，“可能我们离外界比想象中要近得多，可谁知道呢？”

“明天我们就会知道了。”赛勒斯·史密斯说，“如果不是因为事务让我抽不开身的话，我们早就能知道了。”

“好！”潘克洛夫说，“像史密斯先生这样好的测量家是肯定不会错的，只要荒岛自己不向别处跑，那它肯定还在上次所记的地方。”

“等着看吧。”

第二天，工程师就使用六分仪进行了必要的观测，来证实他原来测量的数据，以下便是他所得出的结果。

第一次观测出的结果，他知道了林肯岛的位置：

西经：150度到155度；

南纬：30度到35度。

第二次的数字更精确了：

西经：150度30分；

南纬：34度57分。

虽然上次仪器不够完备，可因为赛勒斯·史密斯测量得极为精细，因此他的误差也不到5度。

“现在，”吉丁·史佩莱说，“既然我们有了六分仪和地图，亲爱的赛勒斯，我们就来看看林肯岛在太平洋中的真正的位置吧。”

赫伯特跑去拿地图，大家都清楚，这地图是由法国出版的，当然，地图上的地名全是法文。

他们铺开了太平洋的区域图，工程师手中拿着指南针，准备确定他们所处的位置。

忽然，指南针在他手里停住了，他大声喊道：“太平洋这一带早就有一个岛！”

“有一个岛？”潘克洛夫大声道。

“那肯定是我们这个岛。”史佩莱说。

“不对！”赛勒斯·史密斯说，“这个岛在西经153度，南纬37度11分。就是在林肯岛西面2.5度，南面2度的地方。”

“那是什么岛呢？”赫伯特问道。

“达抱岛。”

“是个重要的岛吗？”

“不，是太平洋中的一个荒岛，可能根本没有人到过。”

“那么，我们去。”潘克洛夫说。

“我们？”

“是的，史密斯先生，我们能造一只有甲板的船，我来掌舵，我们离那个达抱岛有多远？”

“大约在我们这个岛东北方 150 海里左右。”史密斯答道。

“150 海里！这算什么？”潘克洛夫说，“如果顺风的话，48 个钟头之内就能看到它了！”

“那有什么用？”通讯记者问。

“现在不清楚，以后看吧！”

弄清了这个问题之后，大家都决定抓紧时间造船，预计在将近 10 月天气转暖时启程。

第十章　一缕烟升起

潘克洛夫只要下定决心做一件事，在没有完成之前他绝对不会撒手的。现在他想去达抱岛，航海需要一只十分大的船，因此他决心造一艘。

该用哪种木料呢？榆树和枞树岛上都有很多。他们决定使用枞树，因为它砍伐起来相对容易，且防水的功能并不比榆树差。

决定了细节之后，既然还有半年的时间才会到晴朗的季节，于是决定只抽出赛勒斯·史密斯和潘克洛夫两个人造船。吉丁·史佩莱和赫伯特依旧继续打猎，纳布和他的助手小杰普仍去干他们的家务事。

他们很快就选妥了树木，砍下来，去了杈，锯成板，就算是真正的锯木工人恐怕锯得也跟这差不了多少。一个星期之后，就在“石窟”与峭壁之间的一块地方，置办起一个造船所。一条长达 35 英尺的龙骨在沙地上躺着，它的后部安装上了船尾材，前部安装了船首材。

赛勒斯·史密斯在进行这项新工作时，并不是瞎摸索的。他在造船方面的知识并不比其他方面差，首先他在纸上画好船的图样，此外，还有潘克洛夫做他的得力助手，潘克洛夫在布罗克林的造船所中工作了好几个年头，很有些造船的实际经验。他们通过一番精密的计算和详细的考虑之后，才将肋材架在龙骨上。

潘克洛夫希望实现新计划的焦急心情是可以理解的，可他一刻也不愿离开工作。

有一件事情竟然让他离开了造船所，那真是天大的情面，然而却仅有一天。那就是4月15日第二次的麦收。这一次的收成跟第一次一样丰收，收获量都达到了预期的效果。

“5蒲式耳，史密斯先生。”潘克洛夫仔细地量了量他的珍宝，随后说。

“5蒲式耳，”工程师说，“每蒲式耳13万粒，那我们总共就有65万粒了。”

“好，这次我们将它全都种上，”水手说，“只剩一点。”

“对，潘克洛夫，如果下一次收成也可以这样，我们就能有4000蒲式耳了。”

“那时我们可以吃面包了吗？”

“能吃了。”

“可我们得有一盘磨子。”

“我们可以做一个。”

这一次麦田的面积比以前两次大得多，他们小心翼翼地将地耕好，然后将宝贵的种籽撒下去。完了之后，潘克洛夫又去造船所了。

在这期间，史佩莱和赫伯特在周围打猎，他们冒险深入到远西森林中以前从未到达的地方，他们的枪中装好了子弹，以防万一。那是一片林木幽美的大森林，树与树挤在一块，好像是地方不够似的。在这样的密林里探索是十分困难的，通讯记者每次到这里都会随身带上指南针，因为这里枝叶稠密，几乎连阳光都无法透进来，要想按着原路返回是极为不容易的。一般来说，在这个空间并不大的地方，飞禽走兽较少，因为它们没有活动的余地，可是，在4月份的下半月还可以打到两三只较大的草食动物。这种动物，居民们在格兰特湖的北岸都已见到过了，那便是“考拉”，它们躲在稠密的树枝中呆痴地束手待毙。“考拉”皮被带回了“花岗石宫”，只要使用硫酸鞣制下，就能使用了。

4月30日，这两个猎人再次深入到远西森林。通讯记者走在赫伯特前面，到了一块空地上，这里树叶相对稀疏，阳光一道道透了进来。有几株植物，茎干又圆又直，开着一簇簇葡萄般的花团，结着十分小的种籽，向四周散发着香气，吉丁·史佩莱闻到之后，认为有点奇怪。他折断一两根茎枝返回问少年道：“这是什么，赫伯特？”

“你从哪里找到的，史佩莱先生？”

“就在那儿，那块空地上，要多少有多少。”

“啊，史佩莱先生，”赫伯特说，“潘克洛夫得到这些宝贝，一辈子都不会忘了你的恩情。”

“是烟草吗？”

"是的，尽管不是头等的，但最少算得上是烟草！"

"啊，好潘克洛夫！他会高兴啦！我们不能让他一个人享受，他也应留下我们的那份！"

"我有一个主意，史佩莱先生，"赫伯特说，"暂时我们不告诉潘克洛夫，我们先将烟叶制好了，等到有一天我们再将烟斗装得满满的给他！"

"好，赫伯特，等到了那一天，我们的好朋友肯定会心满意足，什么都不要了。"

通讯记者和少年采集了很多这样的宝贵植物，回"花岗石宫"时，他们偷偷摸摸十分小心地溜了进去，就像潘克洛夫是个最机警和最严格的海关检查员似的。

他们倒没隐瞒赛勒斯·史密斯和纳布，水手自始至终没半点怀疑，这一段时间是相当长的，因为必须先将小片的烟草晒干，再将它们切细，然后放到炙热的石头上焙制。这需两个月的时间，可一切都进行得十分顺利，潘克洛夫一点都不知情，他忙着造船，只有在睡觉的时候才回家。

在5月1日那天，出现个捕鱼的机会，必须全体出动，不管如何，他却不得不放下自己喜爱的工作。

几天以来，他们看见一个庞然大物经常出没在林肯岛周围两三英里的海面上。这是一头相当大的鲸，一看便知道是南方的好望角鲸。

"如果我们能将它逮住，那多好啊！"水手喊道，"如果是有一只合适的船和一副上好的鱼叉，我就会下令'追赶'了，就算麻烦，也是值得捉一捉的！"

"潘克洛夫，"吉丁·史佩莱说，"我很想看看你使用鱼叉的样子，一肯定有趣。"

"有趣是有趣，不过很危险！"工程师说，"现在既然没办法逮住它，也就不操这份心了。"

"我真不明白，"通讯记者说，"这里的纬度很高了，竟然能够看见鲸。"

"怎么，史佩莱先生？"赫伯特答道，"太平洋中英美捕鲸员经常说的鲸田就在我们这儿，在新西兰和南美洲中间这一带的大洋中，最容易碰见南半球鲸。"

"确实是这样，"潘克洛夫说，"我觉得奇怪的是，只看见一头。不过反正我们没法近身，多一些和少一些都是一样的。"

潘克洛夫长叹一声，便回去工作了，水手是天生的渔夫，如果钓鱼的乐趣跟鱼的大小成正比的话，那捕鲸员看到一头大鲸的心情是完全能理解的。要是仅为了乐趣也就罢了！可他们总忘不了这无价之宝会给小队带来的好处，因为鲸油、鲸肉和骨头用处都非常大。

这头鲸现在好像不想离开荒岛的海面似的，于是，赫伯特和吉丁·史佩莱在不打猎时，纳布在不做饭时，总在"花岗石宫"的窗口或是瞭望岗上，拿着望远镜观察着它的一举一动。鲸进入联合湾之后，从颚骨角到爪角，激起了一片片急浪，它的身子作用在巨大有力的尾巴上，依靠尾巴前进，速度每小时约12海里。有时它游到离岸十分近的海面来，可以看得相当清楚。这是头南方的鲸，全身一片黑，头部比北方鲸稍扁一点。

他们还看到一股很高的水汽——可能是水——从它的气孔中喷出来，这仿佛很奇怪，动物学家和捕鲸员在这点上意见并不统一。喷出来的到底是空气还是水呢？一般觉得是水汽，在突然遇冷之后，就又变为水滴降落下来了。

这只哺乳动物的出现，简直让居民们朝思暮想、精神恍惚了。尤其是潘克洛夫，甚至在工作时，他都想着它。最后他就像个孩子想要得到什么东西而得不到的那般神魂颠倒了。他说梦话也说的是这个，如果他有办法去猎捕，且小船又适合入海的话，他肯定会毫不犹豫地去追赶的。

可居民们做不到的事，一个偶然的机会却完成了他们的心愿。5 月 3 日那天，纳布忽然在厨房的窗口嚷叫起来，原来是鲸在荒岛的海滩上搁浅了。

赫伯特和吉丁·史佩莱正准备去打猎，听见嚷声便放下了他们的枪。潘克洛夫也扔下斧头，史密斯和纳布跟伙伴们一起冲往那里去了。

鲸在涨潮时，在距离“花岗石宫”3 英里的遗物角搁了浅，于是，不方便脱身了，可是最好还是抓紧时间，切断它的归路。他们手持鹤嘴锄和搭钩，走过慈悲河桥，跑到慈悲河的右岸，顺着海滨跑去，不到 20 分钟，他们就到了这个大家伙周围了，这时候，已有大群的飞鸟在它的上空盘旋。

“多么大的怪物啊！”纳布喊道。

这声喊叫是十分自然的，因为这头南方鲸长达 80 英尺，是一种特别大的鲸，它的重量不少于 15 万斤！

这时怪物躺在沙滩上一动不动，虽然还在涨潮，可挣扎不到水里去了。

在退潮之后，居民们围绕着怪物走了一圈，他们立即明白了鲸不能动弹的缘由。

它的左侧插着根鱼叉，原来它已死了。

“照这样说，这一带是有捕鲸船的了？”吉丁·史佩莱开口便说。

“为什么呢？”水手问道。

“因为鱼叉还在这儿。”

“哎，史佩莱先生，这并不能说明问题！”潘克洛夫道，“听说鲸能带着鱼叉走上万英里的路程呢，甚至它可能在大西洋的北部被打中，却跑到太平洋南部这一带来死，这并没什么稀奇的。”

“可是……”吉丁·史佩莱说。潘克洛夫的话不能让他满意。

“这是完全有可能的，”赛勒斯·史密斯说，“我们先来看看这鱼叉吧。捕鲸员也许按照惯常的习惯，在自己的鱼叉上刻上船的名字。”

潘克洛夫从鲸身上拔出鱼叉，将上面的字念了出来：

“玛丽亚·史泰拉，葡萄园。”

“一只葡萄园的船！我家乡的船！”他喊道，“玛丽亚·史泰拉，那是一只顶呱呱的捕鲸船！没错，我对它十分熟悉！喂，朋友们，一只葡萄园的船！葡萄园的捕鲸船！”

水手将鱼叉挥舞着，激动地重复着这个他所喜爱的名字——他家乡的名字。

玛丽亚·史泰拉号肯定不会到这里来索取它所投中的鲸，于是他们决定趁鲸没腐烂之前，将它切开。那群飞鸟跟着这个丰富的点心已有好几天了，它们想立即占有它，似乎一时都不能等待了，因此不得不连续开枪将它们驱散。

那是一头母鲸，居民们得到了大量的鲸奶，博物学家德芬巴赫曾觉得它可以代替牛奶。的确，不管是味道、色泽，还是浓度，都跟牛奶没什么区别。

潘克洛夫以前曾在一艘捕鲸船上工作过一个时期，他可以有条有理地领导切肉工作。这一项工作十分艰巨，整整进行了三天，可居民们并没被工作吓住，吉丁·史佩莱也同样如此，就像水手所说的，最后他会成为一个“真正的遇难英雄”的。

他们首先把鲸油切成厚约2.5英尺的方块，随后再分成许多片，每片都重约1000斤。他们就在当地使用陶土罐熬鲸油，以免在“花岗石宫”弄得腥气冲天。在熬油工程中，鲸油的重量几乎减少了三分之一。

可鲸油很多，仅从舌头上就得到了6000斤，下嘴唇上又得到了4000斤。有了它的脂肪，就能在十分长的时期中保证能供应硬脂跟甘油，此外还有骨头，尽管在“花岗石宫”中不用雨伞和支架，但无疑还是很有用的。鲸嘴的上两边有八百块骨头，弹性相当大，是种纤维组织，边上像把巨大的梳子，梳齿长达6英尺，鲸能用它一口衔住上万个小动物——小鱼与软体动物——来营养自己。

工作完成了，人人都感到十分满意，他们将剩下的残骸留在海滩上，飞鸟很快就将它吃得干干净净。这事过后，“花岗石宫”的居民又重复起他们的日常工作。

在回造船所之前，赛勒斯·史密斯突然想制造一些玩意儿，他的伙伴们都感到巨大的兴趣。他挑选了12块鲸的骨头，将它们切成大小相同的六份，并将顶头都削尖了。

“这个东西，史密斯先生，”赫怕特问道，“做好之后有什么用？”

“能弄死狼和狐狸，甚至能弄死豹那样的动物。”工程师回答说。

“是现在吗？”

“不，需要等到今年冬天，当我们手中有冰块时。”

“我不明白。”赫伯特说。

“你过后就能明白了，我的孩子！”工程师说，“这种玩意儿并不是我自己的发明，俄属美洲阿留申群岛的猎人经常使用它。便是这些骨头，朋友们，等到天寒结冰时，将它们用水浸湿了弯过来，使它们完全冻结成冰，因为冻住了，它们就能保持住弯曲状，后在上面涂一层油，将它们扔在雪地中。饥饿的野兽吞下这样的食饵会怎么样？它胃里的热将冰融化了，骨头立即弹直，骨尖就会将它的身子刺穿了。”

“好，真是个天才的发明！”潘克洛夫说。

“这样还能节约弹药。”赛勒斯·史密斯接着说。

“这可比陷阱强多了！”纳布补充道。

“那我们便等到冬天吧！”

“好！等冬天！”

在这期间，造船的工程依旧进行着，到月底时，铺板的工序完成一半了，已能看出它的外形十分美观，适合航行。

潘克洛夫以他那无比的热情，将全部的精力投入到工作里，只有身强力壮的人才能经得住这样的劳累，他的伙伴们偷偷地在为他预备慰问品，5 月 31 日，他碰到了有生以来最大的一次惊喜。

那天吃完饭，潘克洛夫正准备离开桌子，只觉得有人将手放到他的肩膀上。

原来是吉丁·史佩莱，只听见他说：“稍等会儿，潘克洛夫，你别偷偷溜走！你忘记了你餐后的消遣品了。”

“谢谢你，史佩莱先生，”水手答道，“我要去干活了。”

“好，喝一杯咖啡吧，朋友？”

“什么都不要了。”

“那抽一袋烟，怎样？”

潘克洛夫立即跳了起来，当他看见通讯记者将一只装好的烟斗递给他，赫伯特给他送上一块烧好的火炭时，他那忠实的面庞发白了。

水手想说话，可他一个字都说不出来。他将烟斗夺过来衔在嘴里，点上火，随后使劲抽了五六口，一缕缕芬芳的蓝烟立即升了起来，只听到他一次次兴奋地重复道：“烟！真是烟！”

“是的，潘克洛夫，”赛勒斯·史密斯说，“并且是十分好的烟！”

“啊！我的天！万物的主宰！”水手喊道，“现在我们的岛上什么都不缺了。”

因此潘克洛夫抽了一口又一口。

“这是谁找到的？”他终于想起来问，“肯定是你，赫伯特？”

“不，潘克洛夫，是史佩莱先生。”

“史佩莱先生！”水手喊道，他一把抱着通讯记者，紧紧地将他搂在胸前，挤得他喘不上气来，这种滋味是通讯记者从未尝过的。

“喂，潘克洛夫。”史佩莱最终缓了口气说，“饶了我吧。你还应该感谢赫伯特，是他认出这种植物的，还有赛勒斯，是他烤的；还有纳布，他用尽心思保守我们的秘密。”

“好，朋友们，早晚我会报答你们的，”水手说，“我们的交情会持续一辈子的。”

第十一章　初次尝试与外界联系

冬季到来了，这里的6月等同于北半球的12月，现在的大事便是制作暖和又结实的衣服。

他们已经将畜栏中摩弗仑羊的毛剪下来了，现在需要将这些珍贵的纺织原料织成毛料。

赛勒斯·史密斯既没有刷毛机、梳毛机、磨光机、绷架、绞丝机和纺织机，也没有自动纺车和织布机，因此只能采用一种相对简便的方法来替代纺织工序。他准备使用羊毛纤维的特点——在强大的压力下，这种毛质纤维便会粘在一块——用容易的方法制造毛毡。毡的制造过程十分简易，羊毛压缩得越紧，就越能保暖。摩弗仑羊的毛很短，用来制毡非常合适。

工程师在伙伴们的帮助下——潘克洛夫只好再次将造船工作搁置在一边——开始了预备工序，这道工序的目的便是除掉渗透在羊毛里的脂肪和油质，也就是兽脂。清洁工序是这样进行的：先将羊毛放在盛满水的大桶里，保持着70度的温度。浸泡24小时之后，再拿出来放到小苏打溶液中彻底清洗，等它挤干到一定的程度，就能压榨了，也就是说，能用来生产出一种结实的毛料了，这种毛料自然是粗糙的，拿到欧美的工业中心去不值一文，可在林肯岛的市场上，它却相当受人重视。

这种制造毛料的方法，肯定在很早之前就有人使用了。事实上，最原始的毛料就是使用现在史密斯采用的方法制造出来的。在制造压榨羊毛的机器时，史密斯又施展了工程师的本事；他知道应如何巧妙地利用海滩上瀑布的机械动力——这种动力直到现在还没人利用过——发动起一台水力压榨机。

没有比这更容易的了。将羊毛放在凹槽中间，用沉重的木槌不停交替地捶着，这便是他们要做的机器。几世纪以来，人们都是采用这种机器，直到后来发明了压滚，人们才不再使用捶打，而采用了具有规律的压滚方法。

这项工作在赛勒斯·史密斯的指导下，取得了完全的胜利，他们事先将羊毛用肥皂水浸过，一方面利于交织、压榨和让羊毛柔软，另一方面又能免得羊毛在捶击之后会收缩，等羊毛从压榨机里出来之后，就变成厚毡了。羊毛原材料本十分粗糙，因为交织的细密，结果制成的毛料不仅适合做衣服，还适合做被毯。当然，这些既不是美丽诺呢、细毛呢、开斯米、花毛呢、纺绸、缎子、丝毛呢、驼绒、呢子，也不是法兰绒，那是"林肯毡"，林肯岛上的一种工业品。居民们现在有了暖和的衣服和相当厚的被子，他们能毫无顾虑地迎接1866年的冬天了。

6月20日，严寒降临了，潘克洛夫原准备在开春之前完成造船工程，这时只好暂时停止了，他感到十分遗憾。

水手最大的愿望便是到达抱岛去做一次探险，但史密斯却不赞成纯粹因为好奇而进行航海，因为在这个荒芜不毛的山石上，肯定是不会找到什么东西的。这样一只船——这只船未免稍微小了些——在陌生的海洋上去航行150海里，不能不让他有所顾虑。万一他们的船入海之后，到不了达抱岛，而没法回来，那在这灾难重重的太平洋中，该如何办呢?

史密斯和潘克洛夫经常探讨这个计划，他发现潘克洛夫对这次航海的要求十分迫切，可他却说不出一个充分的理由来。

"你瞧，朋友，"一天工程师对他说，"一方面你对林肯岛是赞不绝口，经常谈到一旦要离开这儿时，你会如何的悲伤，另一方面你又是第一个想要离开林肯岛的。"

"只是想要离开这儿几天，"潘克洛夫答道，"只是几天，史密斯先生。去去便回来，看看那个小岛上到底是什么样的！"

"可它还不如林肯岛呢。"

"这我早就知道了。"

"那为什么还要冒险去那儿呀？"

"去了解一下情况。"

"那儿什么都没有，也不可能有什么的。"

"那谁敢说！"

"如果你遇到飓风呢？"

"在天气好的季节里，是不用担心这些的，"潘克洛夫说，"可是，史密斯先生，既然我们需要以防万一，我要求让赫伯特和我两个人一起去。"

"潘克洛夫，"工程师拍拍水手的肩膀说，"如果你或是赫伯特——别忘了，他仅是碰巧才成为我们的孩子的——万一发生什么不幸，你想我们后悔都会来不及的！"

"史密斯先生，"潘克洛夫的信心依旧没一点动摇，"我们不会让你们担忧的。航海的事等以后到时间了再说吧。我想，等你看到我们的船装备好了，等你看到我们乘着船下海，环绕我们的荒岛——我们会一块儿去——我敢说，你便会毫不犹豫地让我去了。不瞒你说，你的船肯定是头等的。"

“还是说‘我们的’船吧，潘克洛夫。”工程师道，他暂时让了步。谈到这儿便告一段落，水手和工程师谁都没说服谁，都等待将来接着再谈下去。

快6月底时，下了第一场雪。畜栏里事先就准备了很多的饲料，不用每天都去，他们决定最少每星期派人去一次。

他们又布置了些陷阱，史密斯制造的玩意儿也都试验过了。他们将鲸骨弄弯后，外面冻上层冰，随后涂上厚实的脂肪，放在森林的边缘——野兽到湖边去时常路过的地方。

阿留申群岛渔夫的发明很灵验，工程师十分高兴。他们获得了一打狐狸，几只野猪，甚至还有一只美洲豹；这些动物都死在地上，伸直了的鲸骨将它们的胃都刺穿了。

有一件事情绝对要提一下，不仅因为它本身十分有趣，而且因为这是他们跟外界的第一次尝试联系。

吉丁·史佩莱已想过很多次了，但没肯定，到底是在瓶子里装一封信扔到海里呢——可能海水会将它们冲到一个有人居住的海岸上去——还是使用鸽子带信呢？

可他们的海岛与外界相隔1200英里，一心指望信鸽或瓶子远渡重洋，那怎么可能成功呢！简直是在开玩笑。

6月30日，赫伯特一枪打下了一只信天翁，它的腿受了点轻伤，大家好不容易将它捉住了。这是一只十分美丽的鸟，两翅展开长达10英尺，它连太平洋都飞得过去。

赫伯特很想将这只艳丽且雄伟的飞鸟养下来，因为它的伤并不重，很快便会痊愈，并且他觉得能将它驯养好，可史佩莱向他解释，他们不应错过机会——利用这个使者跟太平洋沿岸地区取得联系。如果这只信天翁是从有人居住的地方过来的，那将它放走之后，它肯定会立即回到那里去的。

吉丁·史佩莱不愧为一个新闻记者，可能他很想找一个机会，将他们在林肯岛上的冒险事迹写成惊心动魄的通讯寄往外界去。如果这篇通讯能寄到可敬的编辑约翰·裴尼特那去，这对于《纽约先驱报》的记者史佩莱本人及刊载这篇通讯的那份报纸而言，是多大的成功呀！

因此吉丁·史佩莱写了一篇简单的报道放到一个一点不透水的口袋里，袋上写了几句话，恳切拜托捡到的人将它寄给《纽约先驱报》。他们知道这种鸟习惯于在海面休息，就将这个小口袋系到信天翁的脖子上却没系在它的脚上，随后他们就将这个快速的飞行使者放回天空中去了，他们看着它飞向朦胧的西方，直到见不到为止，大家心里都十分激动。

“它上哪儿去了？”潘克洛夫问道。

“朝新西兰飞去了。”赫伯特回答道。

“祝你一帆风顺！”水手大声喊道，其实他自己对这种通讯方式也没抱多大的希望。

随着冬天的到来，他们又开始在“花岗石宫”中干活了，缝衣服或干些别的事，有时就利用气囊上多得没处用的材料制造船帆。

7月里天气十分寒冷，可他们木材、煤炭并不缺少。赛勒斯·史密斯在餐厅中安装了第二个壁炉，他们就在那儿消磨着冬天漫长的夜晚。他们一边工作一边谈话，闲下时就朗读，在这一段时间中大家都受益不少。

晚饭后，屋子中烛火通明，人们烤着暖和的炉火，喝着热气腾腾的接骨木咖啡，静静听着外面的狂风怒号，烟斗中散发出芬芳的香气，对居民们来讲，这真是一种极大的享受。如果离乡背井、音信全无的人也谈得上乐趣的话，那他们的乐趣可谓是到了极点了。他们经常谈到祖国和长久没见面的朋友，及美利坚合众国的伟大——她的力量会一天天壮大起来的。赛勒斯·史密斯十分关心国家大事，他谈起许多往事、个人的见解及对未来的看法，他的伙伴们全都听得津津有味。

一天史佩莱偶然说：“亲爱的赛勒斯，你曾预言工商业会一直发展下去，可会不会早晚有一天发生全部停滞的危机呢？”

“停滞！为什么？”

“因为缺少煤，说句公道话，煤是最珍贵的矿产。”

“是的，煤确实是最宝贵的，”工程师答道，“金刚石其实也只不过是碳的结晶，大自然之所以要生产金刚石，似乎就是为了证明煤的宝贵。”

“史密斯先生，你是说，”潘克洛夫插嘴说，“我们炉子中烧的像是煤的金刚石？”

“不，朋友。”史密斯答道。

“不管如何，”吉丁·史佩莱接着说，“总有一天煤会完全烧完的，你不可能否认吧？”

“唉！煤的矿藏还有很多呢，10万个矿工每年才能开采1万万英担，到现在为止要想将煤采完还早得很呢。”

“随着煤的消耗量一天天的增加，”吉丁·史佩莱说，“我们能猜测得到，10万个矿工很快就要增加为20万个矿工，开采量也会加倍的。”

“当然，欧洲的煤矿很快都要用新机器来开采了，可等欧洲煤矿开采完之后，美洲和澳洲的煤矿还能维持一段相当长时期的工业消耗。”

“能维持多久呢？”通讯记者问道。

“最少能维持250年到300年。”

“我们这一代是能放心了，可我们后代的前途可有点糟糕了！”潘克洛夫说。

“人们总会发现别的东西的。”赫伯特说。

“但愿这样，”史佩莱说，“因为没有煤就没有机器，没有机器就没有火车、轮船、工厂及文明时代不可缺少的全部东西！”

“可他们还能发现什么呢？”潘克洛夫问道，“你能猜得到吗，史密斯先生？”

“大致上能猜得出来，朋友。”

“他们用什么来替代煤呢？”

“水。”史密斯道。

“水！”潘克洛夫喊道，“用水来当做轮船和引擎的燃料，用水来烧水！”

“是的，不过水已分解为它原有的元素了，”赛勒斯·史密斯说，“自然是用电来分解的，那时候水就成为一种强有力且能操控自如的力量了，所有伟大的发现都是依据一种不可思议的规律，彼此吻合，同时慢慢完善起来的。是的，朋友们，我相信早晚有一天水会变成燃料的，组成水的氢和氧可能会分开，也可能合起来，它会变成热和光的无尽源泉，它的力量之大，是煤根本比不上的。将来轮船的藏煤室和火车的煤水车中装的就不会是煤了而是这两种压缩气体了，这两种气体在炉子中燃烧起来，会产生很大的热能。因此我们完全不必担心，只要地球存在一天，它就能给人类供给一天的需要；只要我们不缺动物、植物和矿物三界，我们便不会缺光和热。我相信，等煤用完了之后，我们就要使用水来获取热能与温暖了。水就是未来的煤。”

“我希望可以亲眼看到。”水手说。

“你出生得太早了，潘克洛夫。”纳布说，他在讨论中仅说了这句话。

可打断谈话的并不是纳布，却是托普，它突然又怪声地叫起来，上一次工程师就曾为此觉得诧异。内部通道的尽头中有口井，这时托普边叫边绕着井口来回奔跑。

“托普为什么这般叫呢？”潘克洛夫问道。

“怎么连杰普也吼叫起来了？”赫伯特又加上一句。

的确，猩猩也和狗相同，表现出极为明显的不安，说也怪，这两个动物越来越暴躁和愤怒了。

“很明显，”吉丁·史佩莱说，“这个井是通向大海的，大约经常有海里的动物到井底来呼吸。”

“不错，不会有其他的原因了，”潘克洛夫转过身对狗说，“别叫，托普！还有你，杰普，去你自己的房间里去！”

猩猩和狗全都安静了下来，杰普回去睡觉，托普却还留在房里，当天晚上，它每隔一段时间总会低声咆哮几声。大家没进一步谈论这个问题，但工程师却自始至终为这件事而皱着眉头。

7月的余下几天不是霜便是雨。气温并没去年冬天低，最冷时也不过华氏8度。

虽然这年冬天不太冷，可风雪却尤其多，此外，海潮还经常威胁着“石窟”的安全。海面上经常有滔天的巨浪，似乎是被潜流掀起来似的，冲击到“花岗石宫”的石壁上，发出轰隆的巨响。

居民们倚在窗口，只见到滚滚的海水冲击到岩石下面，被撞得粉碎，愤怒的海潮明显是无能为力，这壮丽的景色不由让他们大加赞赏。波涛携带着耀眼的泡沫奔腾，整个的海滩，全消失在狂澜中，峭壁似乎浮在这浪花高达100多英尺的海面上。

在这般的风暴中，冒险出去是十分困难和危险的，因为大树还常常被刮倒，可居民们还保证每星期最少到畜栏去一次。幸好这块圈地有富兰克林山的东南支脉当做屏障，遭受不到飓风多大的袭击，树木、棚屋和栅栏全保存了下来，可瞭望岗上的家禽场却因为正迎着东面刮来的大风，损失就大了。鸽棚的屋顶都被刮走了两次，栅栏也被吹倒了。这些都要重新来修建，并且应修得比以前更加结实，因为林肯岛显然在太平洋中一个最危险的区域里。它似乎在大旋风的中心，狂风从四面八方不停地袭击它，就跟鞭子不停抽打陀螺似的，只不过是这个陀螺自始至终保持静止，而鞭子却围着它转动。8月的第一个星期，天气相对正常，恢复了以前似乎一去不复返的宁静。可一旦平静之后，天气又冷了起来，寒暑表都降到华氏零下8度（相当于摄氏冰点以下22度）。

8月3日，他们去荒岛东南靠近潦凫沼地的地方去打了一次猎，这次打猎，他们已筹备了好几天。猎人们看到些在这里过冬的水禽，看得眼红了，这里有数不清的野鸭、鹬、小水鸭，大家都同意过一天专门来打这些鸟。

不仅是吉丁·史佩莱和赫伯特，连潘克洛夫和纳布也都参加了这次打猎。只有赛勒斯·史密斯推说有工作需要做，没参加，他一个人留在家中。

打猎的人答应在傍晚时回来，随后就朝气球港出发，直奔潦凫沼地。托普和杰普也跟他们一起去了。他们刚渡过慈悲河，工程师就将吊桥扯起来回家了，他准备独自做一件事。

他要详细观察井的内部，井口和“花岗石宫”的通道都在同一平面上，它直通向大海，以前它就是格兰特湖的输水道。

为什么托普经常环绕着井口跑来跑去？为什么它会发出那样奇怪的叫声？可能是有什么东西使让它不安，将它吸引到井边来的吧？为什么杰普也跟托普表现出同样的急躁不安呢？这口井除了通往大海之外，还有其他的支路吗？它可以通往荒岛的其他地方吗？这全是赛勒斯·史密斯想知道的。他一心想趁着伙伴们不在家时去探井，现在这个机会来了。

只要有绳梯就很方便下到井底。自从有了升降梯之后，绳梯便放在那儿不用了。工程师将梯子拿到井口，井口的直径约6英尺，他将软梯的上端紧紧地固定住，另一端放进井中。随后他点上一盏灯，拿了把左轮枪，腰间还插了一把弯刀，便开始下井了。

井里空空洞洞，四周有许多突出的尖石，灵活的动物都可以沿着这些突出的尖石爬到洞口来。

工程师注意到这点，他借着灯光详细地查看了这些尖石，然而他并没有发现任何痕迹或破损的地方能够说明最近或是以前曾被当做阶梯使用过。赛勒斯·史密斯又向下走了几档，他举起灯来，四下探照。

他没看见一点可疑的东西。

当工程师跨到最后一档时，他到达水面了，这时水面很平静。不管是水面上还是井内其他地方，都没有任何孔道能通往峭壁的内部。史密斯用刀柄在石壁上敲了敲，墙上传出坚实的声音。那是结结实实的花岗石，绝对没有一种生物可以在里面开出一条路来。在海滩的岩石下层土地上，有条沟道将大海和井底连接起来，要从大海到井底，随后爬到井口来，必须要穿过这条沟道，这一点仅有水中的动物才可以做到。至于这条沟道通往什么地方，在海岸中的哪一点，那地方水有多么深，谁都没法回答上来。

赛勒斯·史密斯察看完毕之后，便上来了，他拉上软梯，盖好了井口。他回到餐厅里时，依旧在沉思地自言自语道："什么都没看到，可那里绝对是有东西的！"

第十二章　新船下水

傍晚时，打猎的人们都兴高采烈地满载而归了。的确，他们四个人手中所拿的东西，多到没法再多了。一串小水鸭像项圈一样挂在托普的脖子上，杰普身上也绕满了成串的鹬鸟。

"主人，"纳布喊道，"现在我们有事情来消耗时间了！将这些东西做成肉饼存起来，我们就不会发愁没有余粮了！可需要有人做我的帮手。我想找你，潘克洛夫。"

"不成，纳布，"水手答道，"我还要做船上的索具呢，我无法帮你。"

"你呢，赫伯特先生？"

"明天我要去畜栏，纳布。"少年道。

"那便只有你了，史佩莱先生，你愿帮助我吗？"

"我愿帮助你，纳布，"通讯记者答道，"可我要警告你，如果你的烹饪秘诀被我知道，我就会公开发表了。”

“欢迎，什么时候发表都可以，”纳布重复道，“什么时候发表都可以。”

第二天，吉丁·史佩莱就成了纳布的助手，在他的厨房中实习。工程师已将头一天自己探索的过程告诉史佩莱了，在这一点上通讯记者表示赞同史密斯的看法，尽管没找到什么，可还应继续探索的！

又持续下了一个星期的霜，居民们除了去照料家禽场之外，始终没离开“花岗石宫”。住所里充斥着让人垂涎欲滴的香味，这是在纳布和通讯记者大显身手时发出来的，可他们并没将猎获的全部野味都做成储藏食品，野味能在严寒中保存得很完好，于是就将野鸭和其他野禽不加腌制，留着鲜吃，他们觉得世界上再也没有比这更加鲜美的水鸟了。

在这个星期中，潘克洛夫在缝帆能手赫伯特的倾力相助下，船帆竟然完工了。索具也并不缺乏，因为找回了气囊和绳网，他们从网子上获得了上好的绳索，水手将它们全利用上了。除了在船帆上添加结实的棉绳外，还剩下许多绳子，都做成了升降索、护桅索、帆脚索等等。至于船上使用的滑车，赛勒斯·史密斯依照潘克洛夫的主意使用车床制作了一些。因此在船造好之前，整套的索具便全完工了。潘克洛夫还做了一面美国国旗，国旗上的蓝、红、白三种颜色是从一些染料植物中获得的，这种植物荒岛上很多。不过，在美国国旗上代表合众国 37 个州的光辉灿烂的 37 颗星之外，水手还添加上了第 38 颗，代表“林肯州”，因为他觉得他们的岛已归入伟大合众国的版图了。他说：“就算事实上还没归并，但心里已归并了！”

这期间，他们将国旗升在“花岗石宫”中央的窗户上，居民们朝着它欢呼了三声，以表敬意。

这时候，寒冷的季节即将结束，他们的第二个冬天仿佛也能平安地度过了，但在 8 月 11 日的夜间，瞭望岗的高地差不多受到了完全的破坏。

忙了一天之后，居民们都睡得很熟，但在第二天清晨 4 点钟时，托普的叫声将他们惊醒了。

这次狗并不是在井边叫，却在门口叫，它用前爪挠门，仿佛想将门打开似的。杰普同样尖声地叫喊着。

“喂，托普！”纳布喊道，他是第一个被惊醒的。可狗叫得更凶了。

“这到底是怎么回事？”史密斯道。

大家都急忙穿上衣服，冲到窗口，将窗子打开。

下面是一片冰雪，朦胧中只看见一片灰色。他们什么都看不见，可他们只听见在远处的黑暗中传来了奇怪的叫声，显然有一群还没看见的动物侵袭到海边来了。

“那是些什么？”潘克洛夫道。

“可能是狼，可能是美洲豹，也可能是猴子。”纳布答道。

“糟糕！它们快要到高地了！”通讯记者说。

“我们的家禽场，”赫伯特大声道，“还有我们的菜园！”

“它们从哪里过来的呢？”潘克洛夫问道。

“绝对是谁忘了将桥扯起来，”工程师答道，“它们都是从桥上过来的。”

“不错，”史佩莱说，“我忘记将桥扯起来了。”

“你干的好事，史佩莱先生！”水手道。

“已发生的事没法挽回了，”赛勒斯·史密斯说，“现在我们最好商量一下该怎么办。”

赛勒斯·史密斯和他的伙伴们都匆忙地互相商量。野兽绝对已跨过桥，侵袭岸边了，不管它们是些什么东西，都能登上慈悲河的左岸，来到瞭望岗上。因此必须尽快迎上去阻止它们，必要时，还要跟它们拼一场。

“可这到底是些什么野兽呢？”当他们听见野兽叫得更响亮时，这个问题又被提了出来。赫伯特听了之后吃了一惊，他记得第二次到红河发源地时，曾经听到过这种声音。

“是狐狸！”他叫道。

“快去！”水手大声喊道。

大家分别拿起斧头、马枪和左轮枪，跳进了升降梯，没多久就到岸边了。

这一大群饥饿的狐狸是十分恐怖的动物，尽管如此，他们还是毫不犹豫地冲上去射出第一排子弹，黑暗中出现了几点亮光，就将对方吓退了。

最主要的问题是拦住这群强盗，不让它们到高地上去，要不然菜园和家禽场就都会遭受无情的蹂躏，造成巨大的损失，特别是对麦田来说，也许都是无法弥补的损失。可它们仅有通过慈悲河的左岸才可以入侵到高地，如果把守住这条河与花岗石峭壁间的狭窄堤岸，就能阻挡住它们了。

大家都很清楚这一点，在赛勒斯·史密斯的指挥下，他们全都到了指定地点。这时狐狸在黑暗中凶悍地乱窜。史密斯、史佩莱、赫伯特、潘克洛夫和纳布构成一道攻不破的防线。托普张开血盆大口，站在人们前面，杰普挥动一根有着节疤的大棍子，像拿着棍棒在舞蹈似的，紧跟在托普的后面。

天色还十分昏暗，只有当他们开枪时，才能借助左轮枪的火光见到对方，它们最少有上百只，眼睛通红，就像燃烧着的火炭。

“不可以让它们过来！”潘克洛夫厉声喊道。

“它们是过不来的。”工程师道。

它们没有过来，并不是它们不想过来——事实上后面的狐狸正朝着前方涌过来，而居民们不停使用左轮枪和斧头进行格斗阻止它们冲过来。已有几只狐狸被打死在地上了，可它们的数目仿佛并没减少，可能它们的后援正源源不断地朝桥上涌过来。

移民们不久便只好同狐狸肉搏了，他们受了几处伤，幸好伤势很轻。一只狐狸像山猫似的扑到纳布的背上，赫伯特一枪将它打死，这才将纳布救了下来。托普愤怒地战斗着，它冲过去咬住狐狸的脖子，一会儿便咬死一只。杰普凶猛地挥舞着武器，他们要想叫它留在后面都办不到，显然，因为它生来目光尤其敏锐，在黑暗中也能看见东西，因此它总是冲在前面战斗最激烈的地方，它还时不时发出一种尖叫，表示出极大的兴奋。有时候它跑出去很远，在射击时火光一现，才发现它正在五六只大狐狸的包围中冷静的应战。

战斗终于结束了，居民们通过整整两个钟头的激战，才获取了胜利！天刚刚破晓，他们便看到对方越过桥头，朝北窜去，纳布立刻跑过去将桥扯起来。等到晨曦照亮战场时，居民们发现沿岸这一带死的狐狸足足有 50 多只。

“杰普呢！”潘克洛夫喊道，“杰普去哪里了？”杰普失踪了。它的朋友纳布大声地喊它，它还是第一次没回答朋友的呼唤。

大家全都去找杰普，人人都提心吊胆，怕在尸堆中发现它。他们将染红积雪的尸体全扫在一边，最终在一堆死狐狸中找到了杰普，这些死狐狸的肢体全都残缺不全了，可能都是这个勇敢无敌的杰普拼命使用棍子殴打的结果。

可怜的杰普手中还握着半截棍子，它在没有了武器之后，寡不敌众，胸前受了好几处重伤。

“它还活着呢。”纳布在它身旁弯下腰喊道。

“我们一定要救活它。”水手说，“我们要将它当做自己人一样好生照看它。”

杰普似乎听得懂似的，它将脑袋倚在潘克洛夫的肩膀上，似乎在向他致谢。水手自己也受了些伤，但他的伤势也跟伙伴们相同，很轻微。因为他们有精良的火器，对方差不多始终无法逼近，因此，仅有杰普的情况较严重。

纳布和潘克洛夫将杰普放在升降梯里，它只是有时低声呻吟着。大家慢慢地将它升到“花岗石宫”上去，随后从床上拿了个垫子，让它躺在垫子上，将它全身的伤痕都很小心地洗干净了。看来杰普并没受到致命伤，只不过因为失血过多，因此十分虚弱，创口包好之后不久，它就发起了高烧。杰普躺下来了，饮食严格按规定供给，就像纳布所说的，“完全要像一个病人一样”。他们让它喝了几杯清凉的饮料，那是从“花岗石宫”的药草箱中取出的药泡成的。杰普最初并不安静，可呼吸慢慢就正常了，大家让它安稳地睡了。托普也经常蹑手蹑脚地——人们不妨这样说——过来探望它的朋友，它对于大家的看护仿佛表示十分满意。杰普一只手露在床铺外边，托普很关怀地舔着它的手。

他们趁着白天将死狐狸运到远西森林中去，将它们全部都埋了起来。

这一次袭击差点造成惨痛的后果，对居民们来说这是一次教训。从此之后，他们绝对要问清楚吊桥是不是已经扯起来了，在绝不可能受到侵犯之后，才敢去上床睡觉。

焦急等待了好几天，杰普终于慢慢好转了。因为它身体结实，才脱离了危险，热度慢慢减退，吉丁·史佩莱稍懂些医道，这时他告诉大家，它已没有生命危险了。8月16日，杰普的饮食恢复了正常，纳布给它做了好几份可口的菜肴，病“人”吃得很香，假如说杰普有什么毛病的话，那便是它有点贪吃，这个缺点，纳布始终没给它纠正过来。

“你说应该怎么办呢？”纳布对吉丁·史佩莱说，因为史佩莱经常劝他不要将猩猩宠坏了。“除了吃之外，可怜的杰普就没其他的乐趣了，我十分愿意在这方面为他效劳！”

躺了十天之后，在8月21日，小杰普起床了。它的伤势已痊愈了，确定地说，再过不久，就能恢复原来的体力和灵活。跟所有大病初愈的人相同，它的胃口尤其好，通讯记者让它尽量多吃些，他相信猩猩有自己节制的本能，这种本能人类通常是没有的。纳布见到他的徒弟恢复了饭量，感到很高兴。

“尽量吃吧，我的杰普，”他说，“什么都不用留，你为我们流了血，我无论如何都会想办法使你恢复健康的。”

8月25日，大家突然听见纳布在喊他们。

“史密斯先生、史佩莱先生、赫伯特先生、潘克洛夫，来啊！来啊！”

当时纳布正在杰普的房间中，居民们听到他的叫喊，就从餐厅中跑过去了。

“怎么回事？”通讯记者道。

“看啊！”纳布笑着说。他们看到什么呢？原来小杰普在“花岗石宫”的过道中，像个顽皮的孩子一样，叉着两腿，一本正经地坐在那里安静地抽着烟！

“我的烟斗，”潘克洛夫喊道，“它把我的烟斗拿走了！喂，我的好杰普，我将它送给你吧！抽吧，老兄，抽吧！”

杰普规矩地喷着烟，似乎感到十分满意。史密斯对这件事并不感到奇怪，他举了很多事子，说明驯养的人猿是可以养成吸烟的习惯的。

从这天起，小杰普就自己备了只烟斗，这是水手以前的烟斗，向来都吊在他房里靠近烟草的地方。杰普它自己装烟，自己使用火炭点烟，在猿猴中，恐怕再也找不到比它更加逍遥自在的了。忠实的杰普与善良的水手，先前就已结下了深厚的友谊，现又有了共同的爱好，不难理解，他们的友谊会更进一步了。

“可能它真是一个人，”潘克洛夫经常对纳布说，“如果有一天，它开口跟我们说话，你会觉得奇怪吗？”

“不，肯定不会的，”纳布道，“相反地，它一直没跟我们说过话，这才让我觉得奇怪呢，现在它就差说话了！”

“假如有一天它对我说：‘潘克洛夫，我们都换个烟斗吧。’”水手接着说，“我还是会认为很有趣。”

“是啊，”纳布说，“只可惜，它生来就是个哑巴！”

9月初，残冬都已到了尽头，大家再次忙着去工作了。造船的工程进展得十分迅速，甲板都已完全铺好了，船身的内部全是用蒸汽熏弯的肋材——它的形状正好适合船的轮廓——牢固地连接到一起。

木料十分充裕，潘克洛夫向工程师建议做个双层内壁，这样，船身就会更加牢固些。

史密斯也无法预测到未来会遇到什么情况，因此便同意了水手的意见，将船造得越结实越好。9月15日，船的内部和甲板都完全竣工了。为了堵塞漏缝，他们将海藻晒干，作为填絮，用锤子将它们凿到木板的夹缝中去，又从松林里寻找到很多的松脂，熔化之后，涂在上面。

这只船驾驶起来十分简单，他们先是使用石灰将沉重的花岗石砌成压仓的底货，这些东西总共重12000斤。

压仓的石块上还铺了层甲板，船的内部分为两间仓房；仓里有两条坐板，也能当做橱柜。桅杆的底部支撑着两仓之间的隔板，通过两个仓口就能从甲板上到船舱中去了。

潘克洛夫没花费多大的气力，就找到一棵适合做桅杆的树，那是一棵没节的小枞树，只要将桅座砍成方形，顶部刨圆就可以了。桅杆、舵和船身用的铁活全是在“石窟”中制造好的，尽管粗糙些，却十分结实。在10月的第一周，终于连帆架、桅柱、帆杠、圆材、桨等全部都做好了，大家都同意作一次环岛的试航，以便熟悉一下船的航行性跟能利用的程度。

在这期间，所有必要工作都要照常进行。摩弗仑羊和山羊又新添了些羊羔，必须要让它们有吃有住，因此将畜栏扩大了。移民们也去过其他的地方，比如蛤蜊场、养兔场、煤矿区和铁矿区，以及一直都没探索过的远西森林地带，那里有很多的飞禽走兽。他们又发现了一些土生的植物，这些植物尽管不是那么迫切需要，却也增加了“花岗石宫”蔬菜储藏室中的品种。

那是些番杏科植物，其中有的跟好望角产的相似，长着有肉厚的叶子，可以吃，有的种籽中含有淀粉质。

10月10日，新船下水了。造船工作获得了完全的成功，潘克洛夫喜气洋洋。船上的索具全装备完毕，用滚轮将船推到水边之后，潮水一涨，在一片移民的欢呼声中，船便浮了起来。潘克洛夫叫得尤其起劲，他这时真是得意忘形呀。再说，船造好之后，他的工作还并不能算完，因为还需要他来进行调度指挥。在大家一致推荐下，他光荣地接受了“船长”这一称号。为了让潘克洛夫船长满意，现在必须要给船起一个名字，经过一再商量，最后大家全赞成使用“乘风破浪”这个名字。潮水将乘风破浪号一浮起来，大家便看出来它在水中十分平稳，很方便驾驶。试航就决定在当天进行，他们便离开海滨，做一次航行。天气十分好，海面上风平浪静，尤其是南部海滨这一带，因为当天是西北风。

“全体上船。”潘克洛夫船长下达了命令。他们在动身前先吃了早饭，大家觉得最好将食品带些上船，因为他们这次航行可能到傍晚才会回来。

赛勒斯·史密斯同样也想要来试试这只船，因为，船的图样是他自己设计的，只是按照水手的意见，进行了一些修改。但他并不像潘克洛夫那般信心十足，水手后来再没提到过去达抱岛的事，史密斯十分希望他可以就此打消这种念头。的确，让两三个伙伴乘着这只载重不会超过15吨的小船去冒险，工程师是无论怎样都不会赞成的。

10点半钟，全体——托普和杰普也包含在内——都上了船，赫伯特将深陷入慈悲河口沙滩的铁锚拔了出来，他们升起船帆，桅顶飘扬着林肯岛的旗号，乘风破浪号由潘克洛夫驾驶着，朝着海洋出发了。

船沿着联合湾吹过来的风向前行驶着，就像潘克洛夫所说的，跑得非常快。它的主人们见到这种情况，都十分满意。绕过遗物角和爪角之后，船长抢风而行，让船顺着荒岛的南岸前进。这时能看出来，它的航行情况相当好，没超过风向的五个方位之外。海员们全都很高兴，他们船的性能相当好，必要时，肯定会给他们很大的帮助，只要风和日暖，航海肯定会顺利的。

潘克洛夫现在让船连续行驶，距离气球港有三四英里。这时他们看清了海岛的全貌，那是一幅新的景象，沿岸一带，从爪角到爬虫角，景色不停变化，森林里枞树的深色跟其他树木的青绿形成了鲜明的对比，一眼望去，满目苍翠，只有富兰克林山的顶峰，还累积着皑皑的白雪。

“多美啊！”赫伯特道。

“是的，我们的岛很美好，”潘克洛夫说，“我爱它就像爱我可怜的母亲似的。我们刚来时孤苦伶仃，可现在我们这五个从天上掉落下的人还缺什么？”

“什么都不缺少了，”纳布答道，“船长，什么都不少。”

因此这两位勇士欢呼三声，向海岛表示敬意！

这时，吉丁·史佩莱一直靠着船桅，描绘着前面展开的活动画面。

赛勒斯·史密斯沉默地看着。

“史密斯先生，”潘克洛夫问道，“你认为我们的船怎么样？”

“好像不错。”工程师道。

“好！现在你觉得它能航行到较远的地方去吗？”

“到哪儿去，潘克洛夫？”

“比如说，到达抱岛去。”

“朋友，”史密斯答道，“假如碰到什么紧急情况，我也不妨坐乘风破浪号去更加远的地方，可你要知道，我看着你去达抱岛，真的很不放心，又不是非去不可，又何必要去冒险呢。”

“每人都想了解一下邻居的情况，”水手说，他的想法依旧没变化，“达抱岛是我们的邻居，并且是唯一的邻居！按礼貌也应去拜访一次。”

“哎哟！”史佩莱说，“我们的朋友潘克洛夫突然讲究起礼节了！”

“我什么都不讲究。”水手反驳道。工程师坚持反对让他很不高兴，可他又不想让工程师替他担心。

“你想，潘克洛夫，”史密斯接着说，“你一个人肯定是不会到达达抱岛的。”

“只需一个人陪我去就可以了。”

“就算这样，”工程师答道，“这样一来，林肯岛上的五个居民便有减少两个的危险。”

“六个居民，”潘克洛夫说，“你忘算上杰普了。”

“七个，”纳布补充道，“托普也能算得上一个。”

“一点都不危险，史密斯先生。”潘克洛夫回答说。

“也许不危险，潘克洛夫，可我再说一遍，这样做事实上是一种没有必要的冒险。”

固执的水手并没回答，话谈到这里就暂时告一段落，但他决定将来还是要接着谈下去的。他没想到，一会儿便发生了一件事，这件事却成全了他，并且让最初只不过是一种不一定具有意义的愿望一下子变为一桩必须要做的好事。

离岸航行了一会儿之后，乘风破浪号又朝着气球港的海岸驶去。必须要查探一下沙洲和礁石之间的海峡，必要时，还需要布置浮标，因为小溪将会成为停泊船只的港口。

他们距离岸边超不过半英里，必须要迎面斜兜着海风调节前进。因为风被一部分高地挡住了，乘风破浪号的速度十分缓慢，这时，甚至船上的帆都无法鼓起来，海面平静得像镜子一样，仅仅偶尔有风吹过来，才会泛起一阵阵波纹。

赫伯特一直站在船头上指挥着在海峡中的航行方向，这时他突然大声喊道：“向风行驶，潘克洛夫，向风行驶！”

“怎么回事，”水手道，“有礁石吗？”

“不……稍等会儿，”赫伯特说，“我也看不清楚，再向着风……现在往右。”

赫伯特一边说，一边侧着身子，将一只手伸进水里去，捞出一件东西来，叫道：“一只瓶子！”

他手中拿着一只塞着软木塞的瓶子，捞这个瓶子的地方距离海岸超不过几锚链远。

赛勒斯·史密斯将瓶子接过来，他一声不吭地拔出瓶塞，从中拿出一张已浸湿的纸来，上面写着：

“遇难人……达抱岛：西经 153 度，南纬 37 度 11 分。”

第十三章　寻找遇难者

“一个遇难的人落在达抱岛上！”潘克洛夫大声道，“离我们几百英里！啊，史密斯先生，现在你不会再反对我去了把。”

“不错，潘克洛夫，”赛勒斯·史密斯说，“你尽快动身吧。”

“明天如何？”

“就明天吧！”

工程师手中还拿着瓶子中的那张纸，他详细查看了一会儿，随后接着说：

“朋友们，从这张纸上，从它的措辞上我们能得出这样的结论：首先，达抱岛上的遇难人具有十分丰富的航海知识，因为他所写的达抱岛的经纬度跟我们测量出来的完全相同，并且他连分度也大致计算了出来；其次，他不是英国人便是美国人，因为他写的是英文。”

“完全符合逻辑，”史佩莱说，“有了这个遇难人，就能说明我们在岛上找到的那只箱子是从哪里来的了。既然有遇难的人，那肯定有过遇难的船，潘克洛夫想造船，并且偏在今天试航，对这遇难的人来说，不管他到底是谁，都算得上是他的运气。再晚一天，瓶子可能就会撞在石头上撞得粉碎。”

“的确，”赫伯特说，“乘风破浪号恰好从它飘过的地方经过，真是太巧了！”

“你认为这件事奇怪吗？”史密斯向潘克洛夫问。

“我仅觉得碰巧，”水手回答说，“你觉得有什么奇怪的吗，史密斯先生？瓶子总会漂到一个地方去的，既然可以漂到别的地方去，那为什么就不可以漂到这里呢？”

“可能你说得很对，潘克洛夫，”工程师答道，“不过……”

“可是，”赫伯特说，“还没办法证明瓶子在海中已漂浮多久了。”

“不错，”吉丁·史佩莱说；“这张纸条似乎还是最近才写的。你认为呢，赛勒斯？”

“很难说，我们将来会知道的。”史密斯答道。

谈话时，潘克洛夫并没闲着。他转了船的方向，乘风破浪号扯起满帆，迅速地朝着爪角驶去。

每人都在想着达抱岛的遇难人。他们去救还来得及吗？在移民们生活中，那是件大事！他们自己同样是遇难人，但别人恐怕都没这般幸运了，他们有责任去帮他。

他们绕过爪角，大概 4 点钟时，乘风破浪号便在慈悲河口抛锚了。

当晚他们便积极准备新的远征。看来就由潘克洛夫和赫伯特两人去探险最合适，因为他俩人都清楚该如何行船。假如第二天（10 月 11 日）启程，13 日他们就能到达目的地，因为以现在的风势来说，不需要 48 小时就能航行 150 海里。在达抱岛上停留一天，回来需要三四天。因此，预计在 10 月 17 日他们就能返回林肯岛了。近来天气晴朗，温度有所回升，风势似乎也十分稳定，全部都有利于这两位勇士远离海岛去完成这个壮举。

大家决定，让赛勒斯·史密斯、纳布和吉丁·史佩莱留在“花岗石宫”中，可史佩莱提出了不一样的意见，他毕竟没忘记自己是《纽约先驱报》的通讯记者，他表示就算游泳过去也十分愿意，绝不会错过这种机会，因此他被批准参加远征了。

傍晚时，大家忙着将所有需要的东西全搬到船上去，其中有铺盖、器皿、武器、弹药、指南针及能吃一周的粮食，这些工作很快便做完之后，移民们便回到“花岗石宫”去了。

第二天清晨 5 点钟，大家相互告别，这时，彼此都有点依依不舍。潘克洛夫扬起了帆，朝爪角出发了，他们必须要绕过爪角，往西南前进。

离岸都已四分之一海里了，乘风破浪号上的旅客们还看见在“花岗石宫”的高岗上有着两个人在朝着他们挥手惜别，那就是赛勒斯·史密斯和纳布。

“朋友们，”史佩莱不由喊道，“15 个月以来，我们还是首次分别呢。”

潘克洛夫、通讯记者和赫伯特也朝他们招手致意，不久之后，“花岗石宫”便消失在爪角石壁的后面了。

这一天上午，乘风破浪号一直都在林肯岛以南这一带，没过多久，他们再看一下海岛，海岛就像是个绿色的篮子，高耸在海岛中间的便是富兰克林山。从远处看，山岗并不很突出，它吸引不到船只的注意。大概走了一个钟头的光景，他们已距离爬虫角 10 海里左右了。

现在已看不清一直伸展到富兰克林山山脊的西海岸了，3 个钟头过后，整个的林肯岛全消失在水平线下边了。

乘风破浪号航行的情况十分好，它穿过波浪，迅速地朝前驶去。潘克洛夫张起前帆，根据指南针，掌控着直线方向前进。赫伯特和他轮换掌舵，少年的双手十分牢稳，水手连一丝毛病都挑不出来。

吉丁·史佩莱有时跟这个人谈谈，有时跟那个人谈谈，必要时，他也帮助照顾下绳索，潘克洛夫船长对他的两个水手觉得十分满意。

傍晚，一钩新月在苍茫的暮色中闪出了片刻，不久便落了下来，要等到16日，才可以看到上弦月。夜色十分昏暗，可满天星斗，能断定明天还依旧是晴天。

潘克洛夫小心地将前帆落下，防止在满帆时忽然受到夜风的袭击。夜晚这般平静，这样小心可能是多余的，可潘克洛夫是个谨慎的水手，这样做并没一点错。

通讯记者在夜里睡了半宿。潘克洛夫和赫伯特在舵旁轮流休息，两个钟头换一班。水手相信赫伯特跟相信自己一样，少年的沉着和果断足够证明他的信任是正确的。潘克洛夫像船长指挥舵手一样指示着他，赫伯特一刻都没让乘风破浪号的前进方位出现偏差。第一夜平安度过了，10月12日白天的情况同样是这样。他们严格地保持着往西南方向前进，假如乘风破浪号没遇见别的海流，它肯定会直接驶入达抱岛的视线范围内。

当时在他们一路经过的海面上四下观望且无人，偶尔有只庞大的信天翁或军舰鸟飞到枪弹的射程之内来，吉丁·史佩莱不由想起这是不是他上次利用来带信给《纽约先驱报》的那只呢？达抱岛和林肯岛间的一带洋面，似乎只有这种鸟时常往来。

“可是，”赫伯特说，“现在正是捕鲸船经常到南太平洋的季节，真的，我想再也找不到比这更为寂寞的海面了。”

“并不像你所说的那般寂寞。”潘克洛夫说。

“我不清楚你的意思。”通讯记者说。

“还有我们在海面上，难道你们将这只船当做难船，将自己当做小鲸了吗？”

潘克洛夫一边说，一边笑。

傍晚时，他们预计乘风破浪号离开林肯岛以来，也便是说在这36小时之内，已航行120海里了，它的每小时速度达到3海里到4海里。现风势很小，并且可能立即就会停下来。尽管这样，如果预计的不错，航线也正确，明天破晓时，他们便能看见达抱岛了。

在10月12到13日的这一夜，吉丁·史佩莱、赫伯特和潘克洛夫都没睡觉。因为盼望着天明，他们不免有点激动。这次冒险的前途如何，很难预料！他们是不是快要到达抱岛了呢？他们所要救的那个遇难人还在岛上吗？这个人到底是什么人？这几个移民一向团结得很好，他们的团结会不会因多个人而受到破坏呢？此外，那个遇难人愿意换个困守的地方吗？毋庸置疑，全部这些问题，明天都能得到解决，可现在却让他们安不下心来。天一亮，他们的眼睛便全都望着西方的水平线。

“陆地！”潘克洛夫喊道，那是清晨6点钟。

潘克洛夫是不可能看错的，陆地绝对在那里，我们不难想象乘风破浪号上的水手们这时有多么的高兴。再过几个钟头，他们就能登上达抱岛的海滩了！

达抱岛的海岸十分低，只比水面稍高一点点，现在距离他们超不过15英里了。

乘风破浪号朝着海岛开去，船头稍偏往它的南部，太阳从东方升起，阳光照射着一两处海峡。

“这个小岛绝对要比林肯岛小，”赫伯特说，“可能跟我们那个岛一样，都是因为海底地震形成的。”

11点钟时，乘风破浪号距离海岛不过2海里了，潘克洛夫一边寻找适合登陆的海岸，一边小心翼翼地在陌生的海面上前进。现在能清楚地看到达抱岛了，能看见岛上丛生着一些橡皮树及其他的大树，它们的品种都与林肯岛上的相同，令人觉得诧异的是，岛上并没一缕能表示人迹的炊烟，整个的海岸上，也没一点有人的痕迹。

可纸条上写得十分清楚，那里有一个遇难的人，并且他在等待着。

这时，乘风破浪号穿过礁石，驶进了曲折的海峡，潘克洛夫万分小心地注意着每个弯曲的部分。他让赫伯特掌舵，自己则站在船头，观察海水，手里握着帆索，准备随时下帆。吉丁·史佩莱拿着望远镜，焦急地朝海岸瞭望，却什么都没发现。

12点钟时，乘风破浪号的船身终于到陆地了。水手们抛下船锚，将帆收起来，随后登岸。

毋庸置疑，这就是达抱岛，因为按照最新的航海地图，在新西兰和美洲间这带太平洋上，再也没有其他的岛屿了。

他们将船牢固地拴好，防止退潮时海水将它冲走，然后潘克洛夫和他的伙伴们都全副武装，踏上了海岸，准备爬到半英里之外一座250至300英尺高的小山上去。

“站到那座小山顶上，”史佩莱说，“我们先要看清岛的全貌，随后再搜查就方便得多了。”

“史密斯先生到林肯岛上的第一件事，便是爬上富兰克林山。”赫伯特说，“我们在这里也会这样做的。”

“一点都不错，”通讯记者说，“这便是最好的行动方针。”

探险家们一边说，一边在一块空地上向前走，这块空地一直延伸到小山脚下。成群的野鸽和海鸥在他们四周振翅飞翔，看起来都跟林肯岛差不多。空地的左边同样是片丛林，他们听到灌木丛中有沙沙的响声，野草同样在摆动，说明里面隐藏着什么胆小的动物，可依旧看不出来岛上有人。

到了山脚下，潘克洛夫、史佩莱和赫伯特仅费了几分钟，便爬到山上去了，他们急切地绕着水平线查看。

他们现在所处的小岛，四周不过6英里，海角、地岬、港湾和河流都十分稀少，样子是一个拉长的椭圆形。四面一直到天边全是单调的大海，看不到一片陆地，也看不到一叶孤帆。

这个树木丛生的小岛和林肯岛不一样，林肯岛有些地方荒芜贫瘠，有些地方丰饶富庶，变化很大。相反的，这里到处全是绿荫，其中也有两三座小山，却都并不高。一条河流在椭圆形的海岛上斜淌而过，穿过一大片草地，向西流入大海、入海的河口非常窄。

“这个海岛的面积相当小。”赫伯特说。

“是的，”潘克洛夫接着说，“对我们而言，是嫌太小了些。”

“并且，”通讯记者说，“岛上似乎并没有人。”

“的确，”赫伯特答道，“一点也没看到有人居住的痕迹。”

“下山去。”潘克洛夫说，“搜查搜查。”

水手和他的两个伙伴便下了山，回到停泊乘风破浪号的地方。

在深入内陆之前，他们决定先徒步绕海岛巡视一周，这样在搜查时，便不会遗漏任何地方了。顺着海滩走起来并不是很困难，仅有几处有大岩石阻挡住道路，可他们毫不费力地便绕了过去。探险家们朝南进发，他们惊起了一大群的海鸟和海豹，海豹一见远处有人来了，立刻便跳进水里去了。

“这里的海豹，”通讯记者说，“已不是第一次见到人了，它们怕人，表明它们对人还是了解的。”

他们走了一个多钟头，到达小岛的南端，这里的尽头是个突出的海角，随后顺着西岸向北前进，这一带同样是沙石海岸，背后衬托着一片繁茂的丛林。

步行了4个钟头，将整个海岛全都搜遍了，不管在哪里都没有人居住的痕迹，海滩上也没有发现任何的脚印。

他们不得不觉得达抱岛根本没有人，或现在已没人了，这一点是十分奇怪的。可能那张纸条是几个月前甚至几年前写的，因此遇难的人不是已返回祖国了，便是悲惨地死去了。

潘克洛夫、史佩莱和赫伯特一边猜测——这些猜测多少有些可能性——一边在乘风破浪号上赶快吃饭，以便在天黑之前继续搜索。吃完饭，已是傍晚5点钟了，他们立即进入了森林。

很多动物一见他们便四处逃散，其中主要是山羊和猪，一看就知晓它们是欧洲种。

毋庸置疑，曾有捕鲸船来过这里，这些猪羊便是船上留下的，随后在岛上繁殖起来的。赫伯特决定活捉几只带回林肯岛。

现已能确定这个小岛曾有人来过。更为充分的证据是：森林里的道路似乎被践踏过，树木有许多被斧头砍倒，到处是人类劳动的痕迹。可树木全是很多年前砍倒的，都腐朽了，木头上被斧头砍过的地方全长满了绒状的青苔，并且道路上生长着很深的荒草，很难发现树桩。

“可是，”吉丁·史佩莱说，“这不仅能证明有人曾到岛上来过，并且还能证明他们在岛上居住过一个时期。这些人到底是谁，还有多少人遗留在这么？”

“按照纸条上所说的，”赫伯特说，“仅有一个遇难的人。”

“好吧，如果他依旧在岛上的话，”潘克洛夫说，“我们是不会寻找不到他的。”

他们继续向前搜索，水手和他的伙伴们自然而然地顺着通向大海的河流，斜穿海岛，向前走去。

如果欧洲种的动物和双手劳动的遗迹能当做有人到过岛上的铁证的话，那么这里的某种植物一样能说明这一点。有些地方，在林间空地上，明显曾经种过能食用的蔬菜，按时间大约在很久之前。

尤其让赫伯特高兴的是，他发现了很多马铃薯、菊苣、酸模、胡萝卜、白菜和芜菁，只要搜集些它们的种籽，就能拿到林肯岛的土地上去播种了。

“棒极了，哈哈！”潘克洛夫道，“这些东西对纳布合适，对我们同样合适。就算我们寻找不到遇难的人，这次航行也算不上白来，真是上天保佑我们呀。”

“不错，”吉丁·史佩莱说，“不过按照我们所发现的这片开垦土地的情况来看，恐怕岛上已很长时间没人住了。”

“的确，”赫伯特说，“不管是什么样的居民，他肯定不会不照料这么重要的农作物的！”

“是的，”潘克洛夫说，“遇难人已经走了……我们只能这样假设……”

“只好觉得纸条是很久之前写的，是吗？”

“当然。”

“照这么说，瓶子是在海中漂了很长的时间，才到林肯岛周围的。”

“那有什么不可能的吗？”潘克洛夫说，“天晚了，”他接着说，“我觉得现在最好暂停搜索。”

“我们回船上去吧，明天重新开始。”通讯记者说。

那是最好的办法，他们正准备往回走，忽然赫伯特指着树木间的一团黑影叫道：“一所房子！”

三个人立即一起朝房子跑去。在苍茫的暮色中，勉强可以看出那是个使用木板钉成的房子，上面盖着一层厚厚的防雨布。潘克洛夫一个箭步冲了过去，推开了半掩的门，房子却是空的！

第十四章　林中的野人

潘克洛夫、赫伯特和吉丁·史佩莱，在黑暗中静悄悄地站着。

潘克洛夫大喊了好几声。

都没有回答。

水手将一根小树枝点着，一会儿，树枝便照亮了整个小房间，看来屋里完全是空的。房间后面是一个粗陋的壁炉，炉中有些残灰，上边放着一抱干柴，潘克洛夫将壁炉点着，木柴便噼里啪啦燃烧起来了。

这时，水手和他的两个伙伴才看见房间里有张凌乱的床铺，潮湿、发黄的被单能表明很长时间都没使用。壁炉的一角还放着两把都已生锈的水壶和一只铁锅。碗柜中放着几件水手的衣服，全都生锈了。桌上有个锡饭具，还有本《圣经》，全都受潮腐蚀了；墙角还有几件工具，有一把铲子、一把鹤嘴锄和两支猎枪，一支猎枪都已损坏了。在一个用木板制作的架子上，放着一桶还没动用过的火药、一桶枪弹和几匣雷管，全部的东西都蒙着厚实的、可能是经年累积起的尘土。

“这里面并没人。”通讯记者说。

“没有人。”潘克洛夫道。

“这间房里很长时间都没人居住了。”赫伯特说。

“是的，很久了！”通讯记者答道。

“史佩莱先生，”潘克洛夫接着说，“我想我们不用返回到船上去了，就在这房子中过夜也不错呀。”

“你说得对，潘克洛夫，”吉丁·史佩莱说，“就算屋主人回来了，嘿！他可能也不会反对有人占用他的屋子的。”

“他不会回来的。”水手摇头道。

“你觉得他已经离开这个岛了吗？”通讯记者问道。

“如果他离开了海岛，肯定会将他的武器和工具带走的，”潘克洛夫回答说，“这些是难船上遗留下唯一的东西，你不知道遇难的人是多么地重视这些东西吗？不！不会的！”水手肯定重复地说道，“不，他并没离开这海岛！假如他自己造了艘船，离开这里，他更不会留下这一时都不能缺少的必需品了。不！他还在岛上！”

“还活着吗？”赫伯特问。

“可能死了，也可能还活着。可如果他死了，我想他是不会自己把自己埋了的，我们至少还能找到他的尸体！”

他们决定在这已没人的住所中过夜了，墙角那堆木柴足以维持室内的温度。关上门之后，潘克洛夫、赫伯特和史佩莱就在凳子上坐下，他们话谈得十分少，可想的却相当多。他们幻想着各色的事情，也期待着这些事情的出现。他们急切地想听见外面的声响，可能忽然有人推门进来，站在他们的面前。尽管这所房子像完全被遗弃了似的，但是假如有上述的事情发生，他们也丝毫都不会感到诧异，他们随时都准备好跟这个遇难友人握手，这群友人正等着他呢。

但是，没人声，门也没打开。时间就这么过去了。

这一夜对于水手和他的伙伴们而言，是多么的漫长啊！仅有赫伯特睡了两个钟头，因为他的年龄，是正需要睡眠的时候，他们三个人都急于想继续昨天的探险，急着要搜索小岛最隐蔽的角角落落！潘克洛夫的推论是十分合理的，因为房屋被遗弃，而工具、器皿和武器却依旧留在这里，因此几乎能确定，房主人已死了。因此大家同意去找他的尸体，最少要给他举行基督教徒的丧葬仪式。

天亮了，潘克洛夫和他的伙伴们立即开始查看这个房子。这所房屋盖在一个很适宜的地方，它坐落在一座小山的背后，有五六棵美丽的橡胶树将它覆盖。房屋的前方是树林，中间有块使用斧头开辟出来的宽阔的空地，因此从房屋中能望见大海。这片空地周围围着一排东倒西歪的木栅栏，空地一直伸延到海边，海岸的左边便是河口。

房屋是使用木板盖的，一看便知道了，那些木板原来是只船的船壳跟甲板。也许这只破船漂到小岛的海岸上，最少有一个水手逃出性命，他便使用手头的工具，使用难船的残骸盖成了这所木板房。

吉丁・史佩莱为了进一步证实这个假设，他在屋子中来回踱了一会，在一块木板上见到几个已模糊不清的字迹，这块木板可能就是原来难船的外壳：上边写着：

"不……颠……"

"不列颠尼亚，"潘克洛夫被通讯记者叫来之后一看，喊道，"这通常是船的名字，不过我没法确定它是英国船还是美国船！"

"这倒没什么关系，潘克洛夫！"

"不错，"水手说，"假如船上脱险的水手依旧还活着的话，不管他是哪国人，我们都需要救他。可在重新搜查之前，我们还是先去一趟乘风破浪号。"

潘克洛夫下意识地对他的船不放心，可能岛上真的有人，可能有人占了……可他又想到这种假定一丝依据都没有，便耸了耸肩。不管如何，水手依旧愿意回船吃早饭的。这一段走过的路并不算远，几乎还不足 1 英里。他们一边走，一边察看丛林深处，只见到上百只的山羊和猪在里面窜动。

离开房屋 20 分钟之后，潘克洛夫跟他的伙伴来到了小岛的东岸，只见乘风破浪号依旧好好停在那里，船锚深陷在沙滩中。

潘克洛夫不由松了一口气。这只船算得上是他的孩子，而闲时挂念子女则是父亲的权利之一。

他们回到船上吃早饭，吃得足以支撑到很晚再吃中午饭。然后他们继续探险，这次搜查得相当仔细。的确，岛上唯一的居民也许已经死了。因此，潘克洛夫和他的伙伴们主要是寻找死人而不是活人的踪迹。可搜查的结果依旧是徒劳无功，这一天上午，他们在覆盖小岛的密林中什么都没找到。现在几乎可以确定，假如说遇难的人已死了，却还找不到他的遗骸，那么，多半是因为野兽将它连骨头都吃光了。

“明天早上天一亮我们便动身。”潘克洛夫对他的两个伙伴说，这时大概 2 点钟，他们正在一丛具有浓荫的枞树下，休息几分钟。

“我觉得我们能将遇难人的器具拿回去，这也不算白来一趟。”赫伯特补充道。

“我也同意，”吉丁·史佩莱说，“这些武器和工具能将‘花岗石宫’的仓库充实起来，补充枪弹和火药也是相当重要的。”

“是的，”潘克洛夫说;“可我们不要忘了，还要捉一两对猪，那是林肯岛所没有的……”

“也不要忘了搜集种籽，”赫伯特补充道，“它能让我们得到新大陆的各种蔬菜。”

“那我们最好还是在达抱岛上多待上一天，”通讯记者说，“这样就能将对我们有利的东西全搜齐了。”

“不，史佩莱先生，”潘克洛夫说，“我依旧主张明天一早就动身。我认为风向很有可能转往西面，我们来的时候一帆风顺，回去时最好还是一帆风顺。”

“那就不要浪费时间吧。”赫伯特站起身来说。

“我们不会浪费时间的，”潘克洛夫说，“赫伯特，你去搜集种籽，因为你比我们都内行，你搜集种籽时，史佩莱先生和我一起去猎猪，尽管没有托普，我想我们还是能想办法捉到几只的！”

因此赫伯特就一直朝小岛上生长着农作物的地方走去，水手和通讯记者则进入了丛林。

很多种和猪相差无几的动物在他们面前奔跑，动作相当灵活，仿佛很难靠近它们。

追赶了半个钟头后，猎人们终于将躺在密林中的一对猪抓住了，可正在这时，他们忽然听到海岛北部约百米光景的地方传来一阵呼喊，喊声中还掺杂着可怕的尖叫，听起来根本不像是从人嗓子中发出来的。

潘克洛夫和吉丁·史佩莱撒腿就跑，水手原已准备好绳子捆猪，这时也让它们趁机逃跑了。

“是赫伯特的声音。”通讯记者说。

“快跑！”潘克洛夫道。

水手和史佩莱急忙朝发出叫喊的方向拼命跑去。

幸好他们跑得快，一转弯，他们便看到少年被一个野人按倒在一块空地上，这个野人看起来像只庞大的人猿，正准备伤害赫伯特。

潘克洛夫和吉丁·史佩莱立即朝这个怪物扑去，将它放过来按倒在地，从他手中救出了赫伯特，随后将它牢牢地绑起来。水手天生是个大力士，吉丁·史佩莱也是条壮汉，怪物挣扎了一会儿，还是被紧紧地缚住，无法动弹。

“你受伤了吗，赫伯特？”史佩莱问。

“没有，没有！”

“啊，要是他被人猿伤害了，那就……”潘克洛夫叫道。

“他不是人猿呀。”赫伯特说。

潘克洛夫和吉丁·史佩莱听了之后，看了看躺在地上的怪物。果然，他并不是人猿，确实是一个人。可这个人的模样多凶狠呀！这是一个可怕到无法形容的野人，尤其让人毛发悚然的是，他仿佛已经残暴得丧失全部人性了！

乱蓬蓬的头发，直垂到胸前的胡须，赤身裸体，仅在腰间围了一块破布，野性未驯的眼睛，一双指甲相当长的大手，颜色跟红木差不多的皮肤，硬得跟牛角般的双脚——这便是那个怪东西的形象，可到底还得叫做人。可人们不妨这样问：在他的躯体中，到底是人类的心灵，还是动物的兽性呢？

“你能确定这是个人，或曾经是个人吗？”潘克洛夫对通讯记者说。

“嗨！这是没问题的。”史佩莱答道。

“那么，他绝对是遇难的人了？”赫伯特问道。

“是的，”吉丁·史佩莱说，“可这个不幸的人已全部丧失人性了！”

通讯记者说得对。就算这个遇难的人曾是个文明人，但孤独的生活也让他变为一个野人了，更糟糕的是，可能让他变成一个人猿。他紧咬牙，喉咙中发出沙哑的声音，牙齿十分锐利，跟野兽吃生肉的利齿相同。

他肯定早就丧失记忆了，很久以来，他已忘了该如何使用枪械和工具，连火都不会生了！看得出来他相当灵活，可体力发达却引发智力退化。吉丁·史佩莱跟他说了几句话。他似乎不懂，甚至仿佛都没在听。可通讯记者从他的眼睛中能看出来，他仿佛并没完全丧失理智。俘虏不再挣扎，也不想再摆脱自己的束缚。他以前也曾是人类的一分子，现看见人，感情是不是过于激动了呢？是不是他的脑海中忽然闪出一些记忆，又重新恢复人性了呢？假如让他自由，他会不会逃跑，还是会留在这儿？这说不准，他们也没去试，吉丁·史佩莱朝他打量了很长时间，随后说：

“不管他现在是什么，以前是什么，未来会成为什么，我们都有责任将他带回林肯岛去。”

“对，对！”赫伯特说，“我们细心照料他，或许能启发他恢复出一线智慧之光。”

“灵魂是不会死的，”通讯记者说，“假如能将一个人从愚昧中拯救出来，这才是件值得开心的事。”

潘克洛夫怀疑地摇了摇头。

“总之，我们绝对要试试看，”通讯记者说，“人道要求我们这样做的。”

的确，身为基督徒和文明人，这都是他们的责任。他们三个人全明白这一点，并且他们深信赛勒斯·史密斯也肯定会同意这种做法。

“就让他绑着吗？”水手问。

“假如放松他的脚，他或许能走的。”赫伯特说。

“我们先试试看吧。”潘克洛夫说。

他们将俘虏脚上的绳子割断，却还是牢牢地绑住他的两手。他自己站起身来，却没逃跑的意思。他们走到他身旁去，那双冷酷的眼睛狠狠看了下这三人；然而他似乎丝毫不记得自己跟他们是同类，或最少以前是同类。他的唇边不时发出嗞嗞声，他的外貌相当野蛮，可他并没准备反抗。

在通讯记者的提议下，将这个不幸的人带到小屋中去。或许看到自己的东西，他能有所感悟！或许星星之火能照亮他那陷于混沌的智慧呢，能让他麻木的灵魂再次活跃起来。房屋并不算远，几分钟之后，他们便走到了，可俘虏什么都不记得了，仿佛对任何东西都丧失感觉了。

这个可怜的人初来时或许还有理性，可能是通过在小岛上长期困守，孤独才将他变为现在这个样子。除此之外，他们再也无法相信他怎会退化到如此野蛮的程度。

通讯记者又想到，让他看火光，可能会产生些效果。片刻之后，炉膛中便燃起一堆熊熊烈火，这种漂亮的火焰，通常连野兽都会被吸引过来。起初，炉火仿佛引起了这个不幸人的注意，可他随即便转过身去，眼睛中智慧的光芒也消散了。显然，现在没其他的办法可想，只能将他带到乘风破浪号上去。他们便这样办了，潘克洛夫则留在船上看着他。

赫伯特和史佩莱又返回岸上去做他们没做完的工作；过了几个钟头，他们回到海边，带来了器皿、枪支，大批的蔬菜和种籽，不少野味和两对猪。

大家全都上了船，就等着早上的涨潮，乘风破浪号便要起锚开船了。

俘虏被放到前仓，他一声不吭地待在那里，十分安静，就像个聋子或哑巴。

潘克洛夫递了些熟肉给他吃，却被他一手推开了，毋庸置疑，这些东西都不适合他的胃口。可他一看到潘克洛夫在他面前拿出一只鸭子——那是赫伯特打来的——就跟野兽似的抓了过去，狼吞虎咽地将它吃了下去。

“你觉得他会恢复理智吗？”潘克洛夫摇着头问。

“可能，”通讯记者回答说，“只需我们小心看护，或许能产生些效果的。孤独将他变为现在的样子，从现在起，他就不会孤独了。”

“这个可怜的人这种样子肯定已很久了。”赫伯特说。

“或许。”吉丁·史佩莱说。

“他年纪大概有多大？”少年问道。

“很难说，”通讯记者说，“他满脸全是浓胡子，看不清他的真实面貌！可他的年纪已不轻了，我想他大概在50岁左右。”

“你注意到没有？史佩莱先生，他的眼睛陷得多深呀！”赫伯特说。

“是的，赫伯特，可我要补充一句，跟他的外表相比，他的眼睛还显出些人性。”

“无论如何，我们都等着看吧，”潘克洛夫说，“我倒很想知晓史密斯先生会对我们这位野人的看法。我们来寻找的是人，可带回去的却是个……不过我们也算尽了自己的努力。”

这一夜就这样过去了，他们都不知晓俘虏睡着没有，可是，尽管解除了他的束缚，他并没有动。他就跟野兽那样，被捉住时，起初都有些发愣，过些时野性便会又发作了。

第二天是10月15日，就像潘克洛夫预言的那样，天一亮，天气便出现了变化。风向转向西北，这对乘风破浪号的归航是十分有利的，可同时天气也越来越冷，这也给航行添加了很多困难。

清晨5点钟就起锚。潘克洛夫收起了主帆，朝东北，直向林肯岛行去。

第一天，航行中没出现任何事故。俘虏安静地在前仓待着，他曾是个水手，或许船身的颠簸能引起他良好的反应。他是否能够回忆起以前的职业？可他始终安静地待在那里，看样子他不觉得郁闷，仅有些惊讶。

第二天风势更强了，北风越来越大，结果乘风破浪号掌握不到正确方向。不久之后，潘克洛夫只能逆风而行，海浪一再拍打到船头，尽管他一句话都没说，可对海里的情况却感到有点不安。如果风势再不缓和下来，绝对要说，回林肯岛的时间就要比到达抱岛来的时间长多了。

果然，乘风破浪号在海中航行了整整两天两夜，到17日清晨，依旧没看到林肯岛的影子。因为航行速度时快时慢，于是，既不可能估算出已走了多远，又很难知道确定的方向。

又过了24小时，依旧看不到陆地。狂风迎面刮来，海上波涛汹涌。船上的帆篷都紧缩着，他们不停变换着方向。18日那天，一个大浪整个朝着乘风破浪号盖下来，如果不是水手们事先将自己绑在甲板上，他们就要被海浪卷走了。

潘克洛夫和他的伙伴们正忙着解掉自己身上的湿衣服，出乎意料地，这时俘虏竟来帮助他们，他仿佛忽然恢复水手的本能，从仓中跑了出来，用一根圆木材将一块舷壁打穿，让甲板上的水向外流去。等船里的水流完之后，他又一声不吭地走进仓里去了。潘克洛夫、吉丁·史佩莱和赫伯特十分惊讶地看着他做这些。

他们的处境确实很麻烦，水手很担忧，并且这种担忧并不是没一点道理的，他们深怕已在大海中迷失了方向，再也不会找到原路了。

夜晚十分昏暗和寒冷。直到 11 点钟时，风势才开始减弱，大海也平静了下来。因为船身不再那般颠簸，速度也大大加快了。

潘克洛夫、史佩莱和赫伯特都不想睡，他们小心翼翼地望着大海。摆在他们面前的仅有两种可能，不是距离林肯岛不远，破晓的时候就能看到它，就是乘风破浪号被海流冲到十分远的地方，再也找不回以前正确的航线了。潘克洛夫的性情向来都是乐观的，这时他虽然心中十分烦躁，却并没失望，他紧握着舵柄，恨不得一下子就穿透四周的黑暗。

凌晨 2 点钟时，他突然向前跳起来，大声喊道："光！光！"

果然，在东北方向大约 20 海里之外的地方，有一点亮光，林肯岛便在那里，显然这是赛勒斯·史密斯燃烧起的野火，给他们指明航行的方向。潘克洛夫的航线过于偏北了，因此他掉过头来，直朝着有光的地方驶去。火光在水平线上燃烧，跟一颗一等星似的，明亮地照射着。

第十五章　陌生人的泪珠

第二天是 10 月 20 日，乘风破浪号已航行了 4 天，最终在这天早上的 7 点钟，慢慢朝着慈悲河口的沙滩驶来。

赛勒斯·史密斯和纳布对于变天与伙伴们的迟迟不归感到十分不安，天一亮他们便爬上了瞭望岗，最后终于看到了那只延期的船。

"谢天谢地！他们终于回来了！"赛勒斯·史密斯大声道。

纳布更是相当高兴，他跳起舞来，旋转身子，拍手道，"啊！我的主人！"看他的那副样子。

工程师最初推测出这遇难的人不会在乘风破浪号上，他觉得不是潘克洛夫没找到达抱岛上的遇难人，便是这个不幸的人不愿离开他的岛去换个困守的地方。

果然，乘风破浪号的甲板上仅有潘克洛夫、吉丁·史佩莱和赫伯特三人。

工程师早就与纳布在沙滩上等着了，船一靠岸，史密斯没等到旅客们上岸，便说："你们现在才回来，真将我们急坏了。朋友们！你们碰到什么意外没有？"

"没有，"吉丁・史佩莱答道，"正相反，一切都十分顺利。经过的情况我们全会告诉你们的。"

"可是，"工程师说，"你们的搜索却没成功，去时是 3 个人，回来时依旧是 3 个人！"

"对不起，史密斯先生，"水手说，"我们一共是 4 个人。"

"你们寻找到遇难的人了吗？"

"是的。"

"你们将他带回来了吗？"

"是的。"

"活的吗？"

"是的。"

"他在哪儿？是什么人？"

"他是，"通讯记者答道，"说得更为准确些，他以前是一个人！赛勒斯，我们所能答复你的仅仅是这些了！"

随后他将探险的全部经过和搜查时碰到的情况都告诉工程师，岛上唯一的房屋怎么会长期的被遗弃没人住，最后怎样捉住这已不像人的遇难者。

"问题就在这里，"潘克洛夫接着说，"我不知道我们该不该将他带回来。"

"当然应该，潘克洛夫。"工程师很快地说。

"可这个可怜的家伙并不懂人事呀！"

"目前或许是这样的，"赛勒斯・史密斯说，"但仅在几个月之前，这个可怜的家伙还跟我们相同，是个人呢。要是我们之中有谁长时间孤独地住在这个岛上，谁知晓会变成什么样子呢？剩下孤单一人是最大的不幸！朋友们，既然你们发现这个可怜的家伙变成这样，我们就应该相信，孤独能迅速摧残人的理智！"

"可是，史密斯先生，"赫伯特问，"你怎么会觉得这个不幸的人是近几月才变成这般野蛮的吗？"

"因为我们发现那张纸条是近一段时间才写的，"工程师答道，"而写这张纸条的应该是这个遇难的人。"

"或许是这个人一个已死去的同伴写的。"吉丁・史佩莱说。

"那是根本不可能的，亲爱的史佩莱。"

"为什么？"通讯记者道。

"如果是这样的话，纸条上便会提到有两个遇难的人了，"史密斯答道，"可他仅提到一个人。"

随后赫伯特简单地叙述了旅途中所发生的事，他详细地讲到风暴正激烈时，俘虏忽然变成水手的奇事，这说明他脑子中可能闪过一些念头。

“好，赫伯特，”工程师说，“你注意这件事十分正确。这个不幸的人并不是没法医治的，绝望将他变成这样，可在这里遇见他的同胞，既然他还有灵魂，我们便要拯救他的灵魂！”

他们将达抱岛上的遇难人从乘风破浪号的前仓中带了出来，工程师对他很同情，而纳布则表示十分惊奇，刚上岸时，他便表现出有逃跑的迹象。

可赛勒斯·史密斯走过去，将一只手搁在他的肩膀上，样子显得十分威严，同时又用那无比慈悲的目光看着他。这个可怜的人在这种崇高感情的影响下，很快便安静了下来，垂着眼睛，低着头，不再抗拒了。

“可怜的人！”工程师嘟囔地说。

赛勒斯·史密斯长时间地注视着他。仅从外表来看，这个可怜的人已根本不像个人了，然而与通讯记者的想法有些相同，史密斯发现他的眼睛中有一丝无法用言语形容的智慧之光。

大家决定让这遇难人，也就是那陌生人——他的伙伴们以后都这样叫他——在“花岗石宫”中单独住一间房子，到那里他便逃不出去了。他们毫不困难地将他领到那里，通过细心的看护，可能有一天他会变为林肯岛上居民们的一个伙伴的。

通讯记者、赫伯特和潘克洛夫全都饿得要命，纳布急忙准备早饭。在吃饭时，赛勒斯·史密斯详细地听他们讲了到小岛探险的所有经过。他也赞同伙伴们的看法，陌生人不是英国人便是美国人，他们由“不……颠……”这名字能联想到这点。此外，从浓密的胡须与纠结蓬松的头发来看，工程师还可以隐约看出盎格鲁—萨克逊人的特征。

“可是，”吉丁·史佩莱对赫伯特说，“你一直没有给我们说，你到底是怎样碰到这个野蛮人的。我们什么都不清楚，只知道假如我们没及时去救你，你就会被他掐死了！”

“哎呀！”赫伯特答道，“我也说不清楚那到底是怎么回事。我记得当时我正搜集植物，突然听见轰隆一声，似乎有什么东西从大树上掉了下来。我几乎都没时间转身，那个不幸的人——无疑他是藏在一棵树上的——比我现在说的还快，一下子便扑到我的身上了，如果不是史佩莱先生和潘克洛夫……”

“我的孩子！”赛勒斯·史密斯说，“你冒了很大的危险。可是，假如没有这次冒险，这个可怜的人或许还隐藏着让你们找不到，我们便不会有一个新的伙伴了。”

“那么，赛勒斯，你准备将他重新变成人吗？”通讯记者问。

“是的。”工程师回答说。

吃过早饭，史密斯和他的伙伴们都走出“花岗石宫”，再次回到海滩上来了。他们忙着将乘风破浪号上的东西给搬下来，工程师将武器和工具仔细地看了一遍，但在所有东西上都找不到可以证明陌生人身份的痕迹。

大家都觉得在小岛上捉到的猪对林肯岛十分有用，他们将猪送进猪圈，它们很快便在那里安居了下来。

两桶弹药和几匣雷管同样很受欢迎。大家都同意，在“花岗石宫”的外边或上面的石洞中建立个小型火药库，这样就能不必害怕爆炸了。棉花火药还能继续使用，它的效果相当好，没理由因为有了普通的火药就不再要它了。

卸完货物之后，潘克洛夫说：“史密斯先生，谨慎起见，我想最好将我们的乘风破浪号放在一个适合的地方。”

“将它放在慈悲河口合适吗？”赛勒斯·史密斯问道。

“不行，史密斯先生，”水手答道，“如果是放在慈悲河口，便会有一半的时间要搁在沙滩上，那是会受到磨损的。要知道，它是一艘上等的船，我们回来时，一路上受到那么大的风浪袭击，它还是航行得十分稳当。”

“不可以让它浮在河上吗？”

“当然可以，史密斯先生，可那里没东西遮挡，一刮东风，我相信乘风破浪号就会受到波浪的冲击。”

“那么，你准备将它放在哪儿呢，潘克洛夫？”

“放在气球港，”水手答道，“那条小河外有岩石挡着，看当做我们的港口正好。”

“不嫌太远吗？”

“不！离‘花岗石宫’仅3英里，再说，我们还有一条平坦大道通到那儿！”

“那就这样办吧，潘克洛夫，将你的乘风破浪号送到那里去。”工程师说，“可我总想将它放在这附近的地方，我们好照管它。等我们有空，绝对要给它筑一个港口。”

“好极了！”潘克洛夫叫道，“筑个有灯塔，有码头，有船坞的港口！啊！史密斯先生，跟你在一起，什么都好办了。”

“是的，勇敢的潘克洛夫，”工程师说，“可有个条件，那就是需你倾力相助，因为在我们全部的工作中，你能一个人干三个人的活儿。”

因此赫伯特和水手又上了乘风破浪号，他们拔起锚，扯起帆，一阵风将它飞快地吹往爪角去。两个钟头之后，它便停泊在气球港平静的水面上了。

陌生人住在“花岗石宫”中已好几天了，居民们是否可以说说他的野性子已逐渐驯化了？在他蒙蔽了的心灵最深处，已燃起更为明亮的火焰了吗？简单地说，他的灵魂已返回到肉体了吗？

是的，回答是确定的，并且情况发展得十分快，赛勒斯·史密斯和通讯记者简直不敢相信这个不幸的人以前有过完全丧失理智的时候。陌生人在露天中生活习惯了，在达抱岛上无拘无束，自由自在，因此初来的时候总是一声不吭十分生气，大家都怕他从“花岗石宫”的窗口中跳到沙滩上去。后来他慢慢平静了下来，大家也便让有了更多的自由。

他们对他寄予希望，而且是十分大的希望，这完全是很有道理的。陌生人已忘了茹毛饮血的本性，逐渐食用稍文明些的营养品，他现在看到熟肉，也不像在乘风破浪号上时那般起反感了。赛勒斯·史密斯乘他睡着时，给他剪短了头发与乱蓬蓬的胡子，这些须发跟鬃毛似的，让他的相貌看起来更为野蛮。他那遮身的破布也换为较适合的衣服了。因为大家的照料，陌生人初步有点人样了，似乎连他的眼睛都显得温和了。确定地说，当他以前脸上洋溢着智慧的光辉时，肯定是相当漂亮的。

史密斯每天总要与这个伙伴一起待上几个钟头，他走到陌生人身边来，做各种各样的工作，吸引他的注意。的确，星星之火就能照亮他的心，脑海中的一丝回忆就能勾起他的理智，在乘风破浪号上中途遭遇风暴时，这点就得到了证明！此外，工程师在说话时还特意放开嗓子，方便通过听觉和视觉来触动他那麻痹的心灵。有时这个伙伴，有时那个，有时候全体都跟他一起做这种工作。他们谈的最多的便是跟航海有关的事，一个水手听了这些事情肯定会感兴趣的。

陌生人对他们的谈话时常表示出关注，居民们没过多久便相信了，他可以听懂其中一部分。有时他显得十分苦闷，表明他的精神十分痛苦，那是不会错的，因为从他的表情上就能看得出来。有好几次，他们觉得他马上就要开口说话了，结果他还是什么都没说。不管如何，这个可怜的人总是十分沉默和忧郁！

可他的沉默会不会是仅存在表面呢？他的忧郁会不会仅仅是因为孤独所造成的，现在还无法肯定。在相对的环境中，每天只能看到极为有限的东西，接触的也总是这几个移民——不久他就会习惯跟他们生活在一块儿了——什么都不会缺少，吃得饱，穿得暖，在这种情况下，他的习惯自然而然地会一天天地改变。然而，他喜欢这种新生活吗？或者，换句更为恰当的话，他是不是会像动物对主人那般“驯服”，这是个十分重要的问题。赛勒斯·史密斯很急于获得答案，可他又不愿草率地对待他的病人（在他眼中，那陌生人便是个病人）！他会逐渐复原吗？

工程师随时都在注意着他！不妨用这样的话说，他在等他的灵魂出现，并且随时要抓住它！居民们都衷心关注着史密斯治疗的每个步骤，他们也帮助他展开这项人道主义的工作，不久之后，可能潘克洛夫还表示怀疑，其他的人都跟工程师一样了，都满怀信心与希望了。

正如前面所说，陌生人十分安静，甚至对工程师表示依恋，显然，他已受到工程师的影响了，因此赛勒斯·史密斯决定对他展开一次试验，他时常注视着眼前的海洋，现在要将他从大海的面前带到森林的边缘，可能这一片绿树会让他回忆起多年来自己所生活的地方！

“可是，”吉丁·史佩莱说，“一旦让他自由，他会不会逃跑呢？”

“这正好试一试。”工程师道。

“好吧！”潘克洛夫说，“这个家伙出去之后，呼吸到新鲜的空气，非得撒开两腿逃走不可！”

“我不相信。”史密斯说。

“那我们试试看。”史佩莱说。

“试试看吧。”工程师道。

这是10月30日的事，达抱岛上的遇难人在“花岗石宫”中已被监禁了9天。这一天天气十分暖和，阳光明朗地照射在海岛上。赛勒斯·史密斯和潘克洛夫都走到陌生人的房间中去，只见他靠着窗躺着，凝视着天空。

“来吧，朋友。”工程师对他说。

陌生人立即起来了，他注视着赛勒斯·史密斯，并且跟随着他走，水手也跟着他们，对这次试验并不抱什么希望。

走到门口，史密斯和潘克洛夫帮助他进入到升降梯中，这时纳布、赫伯特和吉丁·史佩莱已在“花岗石宫”前面等待着他们，升降梯下降了，几分钟之后，大家全都集合在沙滩上。

居民们全走开了些，让陌生人可以独自随意活动。

他朝大海走了几步，容光瞬间焕发了起来，可他一点都没准备逃跑。他凝视着被小岛隔断的、漫上沙滩来的一片细浪。

“这不过是海，”吉丁·史佩莱说，“看来这并不会引起他逃跑的念想！”

“是的，”史密斯道，“我们应将他带到高地上的森林边缘去，在那里试验的结果就能当做结论了。”

“他就是想跑也没办法跑，”纳布说，“吊桥都扯了起来。”

“呃！”潘克洛夫说，“这样的人是不会在乎甘油河那种小河的！他只需要一跳，就可以过去的！”

“我们很快就能知道了。”史密斯只是简洁地说，他依旧是看着病人的眼睛。

因此陌生人被带到慈悲河口，大家都爬上河的左岸，到瞭望岗上。

那里是森林的边缘，树木十分美丽，微风吹过，树叶稍微有点摆动，他们来到这里，陌生人深呼了口气，似乎贪婪地吸着大气中的芬芳。

居民们全紧跟在他的身后，随时防备着。如果他准备逃走，立即就能将它抓住！

果然，这个可怜的人准备跳到他与森林之间的河流中，一刹那间，他一蹲身，仿佛就要纵身跳下去似的，可立即又退了回来，在昏沉的状况中，一大颗泪珠从他的眼睛中掉了下来。

“啊！”赛勒斯·史密斯叫道，“你又变为人了，因为你可以流泪了！”

第十六章　新的伙伴

是的！那个不幸的人流泪了！他的脑子中肯定是回想起什么事情了，用赛勒斯·史密斯的话来讲，这几滴眼泪又让他变为一个人了。

移民们都退到不远处的地方，让他在高地上独自待着，让他感到自由，可他并没准备利用这种自由，过了一会儿，史密斯就将他带回“花岗石宫”了。又过了两天，陌生人似乎慢慢愿跟大家生活在一起了。确切地说，他在听别人说话，并且听得懂，可奇怪的是，他坚决不跟移民们说话，这样同样能确定，因为有天傍晚，潘克洛夫在他的房门口听到他在自言自语：“不！在这儿！我！决不！”

水手将那些话告诉了伙伴们。

“这里面肯定有什么让人心酸的秘密！”史密斯说。

陌生人开始使用起工具，在菜园里干活了。他在干活中停顿时，总独自待在一旁，因为工程师事先嘱咐过，因此大家都没打扰他，显然他是情愿保持孤独的，假如有人走到他的面前，他便会倒退几步，胸前起伏不断喘着气，似乎挑着重担子似的！

是过分的悔恨让他变为这样的吗？他们只好这样想着。有一天，吉丁·史佩莱不禁说：“他之所以不说话，恐怕是因为问题实在太严重，说不出口！”

他们必须要耐心等待。

又过了几天，那是 11 月 3 日，陌生人正在高地上干活，突然停了下来，手里的铁铲也掉到地上了；史密斯在不远处看着他，只见他再次流起泪来。一种遏止不住的同情心让他朝着那个不幸的人走去，他轻碰了下陌生人的胳膊。

“朋友！”工程师说。

陌生人想要避开他的眼睛，赛勒斯·史密斯却去握他的手，他很快便缩了回去。

“朋友，”史密斯坚定地说，“我希望你可以看我一眼！”

陌生人看着工程师，似乎铁片被磁石吸住似的，在史密斯的感召下终于屈服了。他想逃跑，可这时他的表情忽然一变，他的眼睛闪烁着亮光，很多话争着要从他的嘴中蹦出来。他再也无法控制自己了！……最终，他叉起两手，用沉重的嗓音朝赛勒斯·史密斯发问："你们是谁？"

"跟你一样，一群遇难的人。"工程师充满感情地说，"我们将你带到这儿来，带到你的同胞中来。"

"我的同胞！……我没有！"

"你的四周都是朋友。"

"朋友！……我的朋友！"陌生人双手捂着脸叫道，"不……决不……离开我！离开我！……"

随后他跑到俯临大海的高地边缘去，在那儿一丝不动地站了很久。

史密斯返回到伙伴们的身边，将刚发生的情况告诉大家。

"是的！这个人肯定有什么秘密，"吉丁·史佩莱说，"看起来似乎是个通过忏悔重新做人的人。"

"我们带回来个什么样的人呢？"水手说，"他有秘密……"

"我们别询问这些秘密，我们要尊重他。"赛勒斯·史密斯立即便打断了他，"就算他犯了什么罪，他也用最为痛苦的方式赎清了，我们应将他看为无罪的。"

陌生人独自在海岸上待了两个钟头，他肯定在回忆这过去的一生——这一生绝对是悲惨的——移民们的眼睛始终没离开过他，却也始终没打扰他。两个钟头之后，他仿佛下定了决心，终于来找赛勒斯·史密斯了。他两眼哭得通红，但这时已不再流泪。他的表情相当谦卑，他显得焦急、腼腆、羞惭，眼睛自始至终都没离开过地面。

"先生，"他对史密斯说，"你和你的伙伴们都是英国人吗？"

"不，"工程师答道，"我们是美国人。"

"啊！"陌生人应了一声答道，接着小心地说，"幸好！"

"你呢，朋友？"工程师问。

"英国人。"他急忙道。

他似乎说这几个字十分费劲似的，说完之后，便退到海滩上，在瀑布和慈悲河口之间相当不安地来回走动。

走过赫伯特身边时，他忽然站住脚，压低了嗓子问："几月了？"

"11月。"赫伯特回答说。

"哪一年？"

"1866年。"

"12年，12年！"他叫道。

然后他忽然离开了赫伯特。

赫伯特将他们的问答告诉了大家。

"那个不幸的人，"吉丁·史佩莱说，"连哪年哪月都不清楚了！"

“是的！”赫伯特补充道，“我们在小岛上找到他时，他已在那里待了12年了！”

“12年！”史密斯接着说，“啊！通过一段堕落的日子，再独居12年，这能相当严重摧残一个人的理智的！”

“我是这样想的，”潘克洛夫说，“这个人并不是遇难流落在达抱岛上，而是因为犯了什么罪，被放逐在这里的。”

“肯定像你说的那样，潘克洛夫，”通讯记者说，“假如真是这样，那么将他放在海岛上的人或许有一天会来接他的！”

“那时他们就寻找不到他了。”赫伯特说。

“可是，”潘克洛夫接着说，“既然他们肯定回来，那么……”

“朋友们，”赛勒斯·史密斯说，“在没进一步了解之前，先不要讨论这个问题。我相信，这个不幸的人忍受了无数的苦难，不管他犯了哪种错误，他已用最可怕的方式，赎清了罪恶，因为想摆脱这副重担，他感到十分郁闷。我们不要逼他将以前的历史告诉我们！毋庸置疑，到时他肯定会告诉我们的，等我们知道之后，我们就能决定采取什么样的行动了。再说，只有他能告诉我们他对未来能回到祖国是不是还怀着希望与信心，可对于这点我表示怀疑！”

“为什么？”通讯记者问。

“因为，如果他确定有一天能被救回去，他就会等着那天，就不会向海中扔纸条了。那是不会的，有可能的是，他被判处老死在小岛上，他再也没想过会重新看到同类！”

“可是，”水手说，“有一件事我不清楚。”

“什么事？”

“如果这个人流落在达抱岛上已12年，那能料想得到，当我们见到他时，他已成为野人好几年了！”

“那也可能。”赛勒斯·史密斯说。

“照这么说，纸条肯定是他多年之前写的。”

“当然，不过看起来纸条却像是近期才写的”

“还有，你怎么知道装纸条的瓶子不是经过好几年才从达抱岛漂到林肯岛的呢？”

“是啊，那并不是没可能的。”通讯记者说。

“它会不会已在林肯岛的岸上搁了很长时间呢？”史密斯说。

“不，”潘克洛夫答道，“因为当我们捡到它时，它还在漂。我们决不会认为瓶子在岸上搁了一个时期之后，还能被海水冲走，因为南岸一带各处都是岩石，在那里肯定会被撞得粉碎的！”

“不错。”赛勒斯·史密斯若有所思地说。

“还有，”水手接着说，“假如纸条是老早写下的，已在瓶子中封了好几年，那它肯定会受潮的。可现在根本不是那样的，我们发现它保藏得十分好。”

水手的论证十分正确，他指出个不可思议的事实，因为当移民们在瓶子中发现纸条时，看起来它还是近期才写的。并且，纸条上还十分准确地写着达抱岛的经纬度，可见写这张纸条的人跟通常的水手不同，具有很丰富的水文学知识。

“这中间还有没法解释的问题，”工程师说，“可我们不要急着要求我们的伙伴讲话，等他愿意时，朋友们，我们再听他说！”

一连好几天，陌生人一声不吭，也没有离开高地的四周。他不停地干活，一刻都不停，一分钟都不休息，不过总在僻静的地方独自干。他不回“花岗石宫”吃饭，尽管一再邀请，他依旧不去，仅是独自吃些生蔬菜。晚上，他也不回到给他指定的房间，总是待到丛树下，天气不好时，则蜷缩在岩石缝里。他还是跟以往在达抱岛的时候一样，住在森林中！移民们费尽了口舌劝他改良生活，他依旧不肯，因此大家只好耐心地等待。时机快成熟了，他受到了良心的驱使，差不多是不由自主地做了一次恐怖的自白。

那是 11 月 10 日，晚上 8 点钟，天快黑时，陌生人忽然到居民们的面前来了，当时大家全聚在平台上。他的眼睛折射出异常的光芒，他又恢复到堕落时代的野蛮面貌。

赛勒斯·史密斯和他的伙伴们看见他都大吃一惊。在一种恐怖的感情支配下，陌生人的牙齿发出一阵阵响声，似乎是发高烧的病人似的。他怎么了？他看到同类之后觉得难以忍受吗？他不愿恢复文明的生活方式吗？他依旧留恋从前的野蛮生活吗？看样子像是的，因为他断断续续地说：

“我为什么要到这里来？……你们有什么权利硬让我离开我的小岛？……你们觉得我和你们有什么关系吗？……你们知道我是谁，我干过什么吗，我为什么一个人留在那儿吗？谁告诉你们我不是被遗弃在那里，并且是被判决要老死在那儿的？……你们知道我的曾经吗？……你们怎知道我以前没有偷盗、杀人，怎知道我不是个恶棍——一个该死的东西——只配远离人类，像野兽般生活呢？说！你们知道吗？”

移民们静静地倾听着，没打断那个可怜的人的话，这些断断续续的自白，似乎是不由自主地从他嘴中迸出来。史密斯朝他走去，准备安慰他几句，可他急忙倒退几步。

“不！不！”他叫道，“只问你一句话——我到底有没有自由？”

“有。”工程师答道。

“那么，再见！”他大喊了一声，就像个疯子一样跑开了。

纳布、潘克洛夫和赫伯特也跟着朝森林的边缘跑去，可他们空手而归。

“我们应该让他去！”赛勒斯·史密斯说。

“他不会回来了！”潘克洛夫叫道。

“他总会回来的。”工程师答道。

又过了好几天，可史密斯总是坚持觉得那个不幸的人迟早会回来的，那是不是一种预感呢？

“那是他的野性最后一次发作，”他说，“悔恨的心情触动了他的内心，可重新过孤独的生活，同样会压制他的野性的。”

在这段时间内，各种工作都还在继续着，畜栏也跟瞭望岗同样忙碌，因为史密斯想在那儿开辟出一个农场。不用说，赫伯特从达抱岛上搜集来的种籽全都小心翼翼地播了下去。高地变成了一片广阔的菜园，设计周到，照料仔细，居民们的双手从来都没闲过。同时工作也总做不完，因为种植的蔬菜越来越多，必须要扩大园地，这些园地将会替代草场，变成一片真正意义上的麦田。好在海岛的其他地方同样有很多野草，也不至于饿坏野驴。并且，将深水环抱的瞭望岗变为菜园，将牧场迁到山岗之外的地方去，这样会好得多，因为牧场并不怕猿猴和野兽侵袭，也不需要保护。

11月15日，开始第三次收割了。18个月之前，他们仅种了一粒麦，可现在的麦田变得多宽呀！第二次种下去60万粒，现收得了4000蒲式耳，也便是有5亿粒麦了！

现小队中的粮食十分充足，每年只需播种10蒲式耳，收入所得就足以人畜食用了。11月份的后半个月，收割完毕之后，他们就开始将庄稼变为人的粮食。不错，他们有了小麦，可这还不是面粉，因此必须要有一个磨坊。第一个瀑布已作为制毡厂的动力来源了，赛勒斯·史密斯准备利用流向慈悲河去的第二个瀑布当做磨坊的动力；经过商量之后，大家决定在瞭望岗上建设一个简易的风磨，制造风磨并有没建立磨坊困难，高地面临大海，能确定海上常有微风吹来。

“不用说，”潘克洛夫说，“风磨较有意思，还能使我们周围的景色变得更加优美！”

他们开始选木料了，以便制造风磨的骨架与机械。湖的北边有好几块大石头，拿来当做磨石十分容易，至于风翼，可以用气囊上那用不完的布料来做。

赛勒斯·史密斯制作好模型，磨坊选定在湖岸上，也就是家禽场稍偏右些的地方。几根结实的木料支着一个扇轴，上面安着风磨的骨架，这样它就能随着风向带动全部的机械一块转动了。工程进展得很快。纳布和潘克洛夫变成相当娴熟的木匠，因为他们只需按工程师的模型制作就可以了。

不久之后，在选定的地点上，便竖立起一个圆柱形的亭子来，它的样子很像个胡椒瓶，屋顶尖尖的。四根风翼都被铁夹子牢固地定在中央轴上，跟中央轴保持着适当的角度。亭子里的各种机械都顺利地安装好了，包括：两块磨石——一块固定的，一块活动的——一只漏斗——那是只方形的大木槽，上面大，底下小，麦粒从它底下漏到磨石上——一个振荡槽——用来将麦粒慢慢灌到磨眼——以及筛粉机——它能筛出面粉留下麸皮。他们的工具相当趁手，工作也不难——说老实话，磨坊的机械确实都比较简单——问题就在于时间了。

全体人员参加了磨坊的建设工作，12月1日，大功告成。潘克洛夫跟通常一样，对自己的工作感到十分的满意，毋庸置疑，磨坊的设备是相当完善的。

“现在只等一阵好风了，”他说，“我们就能顺利地磨我们的麦子了！”

“一阵好风，当然，”工程师说，“可别刮得太大了，潘克洛夫。”

“呸！风越大我们的风车转得越快！”

“不必让它转得太快，”赛勒斯·史密斯说，“根据经验，当风翼每分钟转动的次数相当于风在每秒钟走过的尺数的6倍时，磨坊便能达到最大的工作量。和风每秒钟走24英尺，能让风翼在1分钟内转动16次，转得再快也就没必要了。”

“好极了！”赫伯特叫道，“东北方正好有阵微风吹来，很快就能帮我们完成任务了。”

居民们都急于想尝尝林肯岛的第一块面包，因此没理由再延迟开工了。这天早上他们磨了两三蒲式耳小麦，第二天早饭时，“花岗石宫”的餐桌上便出现了一块顶呱呱的面包，唯一的缺点便是还不够松软，可能是发得不好。人人全都吃得咂咂有声，他们的快乐是溢于言表。

在这期间，陌生人一直都没出现。吉丁·史佩莱和赫伯特几次到“花岗石宫”周围的森林中去找他，都没找到他，连他的踪迹都没发现。因为他长时间没回来，他们感到十分不安。当然，在这鸟兽成群的森林中，以前达抱岛上的野蛮人肯定不会不知道该怎样生活。然而，假如他恢复了以前的习惯，如果因为这种无拘无束的生活促使他的野性复发，那该怎么办？可史密斯总是一口咬定，这个亡命之徒会回来的，毋庸置疑，那只是一种预感。

“是的，他肯定会回来的！”史密斯信心十足地重复着道，这一点，别的伙伴们却没同样的感觉。“当那个不幸的人在达抱岛上时，他知道他是孤单一人！在这里，他知道同伴们都在等待着他！他既然已谈出一部分以前的生活，那么这个忏悔的人绝对会回来将所有经过都告诉我们的，到那时，他便属于我们了！”

事实证明赛勒斯·史密斯的预言是完全正确的。12月3日，赫伯特离开高地，去湖的南岸钓鱼。他没带武器，因为直到现在为止，这部分荒岛还没出现过猛兽，他们也从不戒备。

这时，潘克洛夫和纳布正在家禽场中工作，史密斯和通讯记者在“石窟”中制造小苏打，因为之前剩下的小苏打全用光了。

忽然传来一阵喊叫声。

“救命啊！救命啊！”

赛勒斯·史密斯和通讯记者都离得太远，没听见。潘克洛夫和纳布却听见了，急忙离开家禽场，拼命朝湖边跑去。

然而，谁都没想到陌生人却在这儿，他在他们的前边跑着，纵身一跳，越过森林和高地间的甘油河，上了对岸。

赫伯特面前有一只可怕的美洲豹，样子跟上次在爬虫角打死的那只相差无几。他突然吃了一惊，靠在一棵树上，这时，野兽一蹲身，正准备扑过去。

陌生人手中仅有一把刀，此外什么武器都没有，可他却直朝猛兽冲去，野兽见到新的敌人，立即转身迎上来。

搏斗的时间十分短，陌生人很灵活矫健，他一手有力地掐到美洲豹的喉咙，像使用钳子夹住它似的，另一只手攥紧刀子便刺到了野兽的心口，野兽的利爪抓破他的肉他也不顾。

美洲豹死了，陌生人一脚将它的尸体踢开，正准备溜走，这时居民们全都赶到战场上，赫伯特缠住他，叫道：“不，不！你不要走！”

史密斯朝他走来，陌生人看到工程师，不由皱起眉头。他的衬衫撕破了，肩膀上鲜血直流，他也不管不顾。

“朋友，”赛勒斯·史密斯说，“我们刚欠下了你一笔人情。你冒着生命危险，救了我们的孩子！”

“我的生命！”陌生人嘟囔地说，“我的生命算什么？一文不值！”

“你受伤了吧？”

“不要紧。”

“你能将手伸给我吗？”

赫伯特正准备抓住他那只刚援救自己的手，陌生人立即叉起两臂，胸前不停起伏，沉下脸来，看样子他又想要逃跑，通过一番激烈的斗争，他忽然问道：“你们到底是什么人？说给我听吧！”

他还是第一次要求移民们讲述他们的来历，可能等他们谈过之后，他就会介绍自己的历史了。

史密斯简单地叙述了他们离开里士满之后的所有经过，叙说他们是怎样的努力，现在手中有了哪些财富。

陌生人聚精会神地倾听着。

随后工程师向他介绍了大家，吉丁·史佩莱、赫伯特、潘克洛夫、纳布和他自己，他接着说，自从他们到达林肯岛之后，最大的安慰便是从达抱岛乘船回来时，因为他们新添了一位伙伴。

陌生人听了之后，涨红了脸，将头垂在胸前，满脸全是惶惑不安。

“现在你知道我们是什么人了。”赛勒斯·史密斯接着说，“我们可以握握手吗？”

“不。”陌生人沙哑地道，“不！你们是正经人！可我呢……”

第十七章　陌生人的真面目

陌生人说的最后一句话证明了移民们的猜测是完全正确的。他有段伤心的往事，看起来他像已完全赎清自己的罪恶了，可他的良心却没宽恕自己。不管如何，这个罪人依旧感到惭愧，他忏悔自己的过去，他的新朋友们热诚地想跟他握手，而他却认为不配将自己的手伸给那些诚实的人！不过，经过美洲豹的事件之后，他没再返回森林，从那时起，他连“花岗石宫”的范围之外都没出去过。

他的一生到底有些什么秘密呢？陌生人以后会谈出来吗？这都只能等到日后再看了。可大家全都同意，绝对不追问他的秘密，他们要表现得没一点疑惑的样子跟他生活在一块儿。

他们的生活跟从前相同，连续好几天，赛勒斯·史密斯和吉丁·史佩莱在一块工作，有时当化学师，有时做实验家。只有和赫伯特一起去打猎时，通讯记者才会离开工程师，因为再让少年去森林中单独行动实在是太冒险了，他们必须要随时小心。纳布和潘克洛夫有时在厩房和家禽场中，有时在畜栏中，再加上“花岗石宫”中工作，他们从来都不会没工作干。

陌生人依旧是单干，他又恢复了以前的生活，不吃饭，睡觉就睡在高地的大树下，坚决不跟伙伴们发生联系。居民们挽救了他，可他们的集体生活对他而言，却似乎是无法容忍的！

“可是，”潘克洛夫说，“他又为什么需要人们去救他呢？为什么要将那张纸条扔到海里呢？”

“他总会解释给我们听的。”赛勒斯·史密斯总是这样说。

“什么时候？”

“可能会比你想的要早些，潘克洛夫。”

果然，他自己坦白的日子快到了。

12月10日，也是他回到“花岗石宫”周围来的一星期之后，史密斯看到陌生人朝自己走来，用平静且谦逊的声调说：“先生，我请求您件事。”

“说吧，”工程师说，“不过我先要问你个问题。”

陌生人听了这话，脸立即涨得通红，准备往后退。赛勒斯·史密斯清楚这个罪人脑子中想的是什么，毋庸置疑，他怕工程师问他以前的人生。

史密斯拦住了他。

“伙伴，”工程师说，“我们不仅仅是你的伙伴，并且还是你的朋友。我希望你可以相信这点，现在你有什么话想说，就说给我听吧。”

陌生人一手捂住眼睛，他全身颤抖着，一时说不出话来。

“先生，”他终于开口了，“我请求你能答应我件事。”

“什么事？”

“距离这儿四五英里的地方，你们有个养家畜的畜栏。这些家畜都需要有人来照料。您可以让我住在这里吗？”

赛勒斯·史密斯十分同情地注视着这个不幸的人，过了会儿，然后才说：“朋友，畜栏中的厩房仅能勉强住牲口。”

“对我就十分合适了，先生。”

“朋友，”史密斯说，“你做任何事我们全不限制。你愿住到畜栏中，那样也行。然而，我们随时都欢迎你到‘花岗石宫’中来。可既然你要住在畜栏中，我们便需要给你整理一下，让你舒服地住到那里吧。”

“不管那些吧，我自己会安排好的。”

“朋友，”史密斯说，他总是故意使用那个亲密的称呼，“这件事应该怎样办才好呢，你应让我们来决定。”

“谢谢您，先生。”陌生人说完之后，便走了。

工程师将他的提议告诉了伙伴们，大家都同意在畜栏中盖所木头房子，他们要将它盖得尽可能舒适些。

当天，移民们便带着必须的工具一起到畜栏去，不到一个星期，房屋便落成了，只等着房客搬进去。这所房子盖在距离兽棚大概 20 英尺的地方，在那里照看羊群十分方便，现在畜栏中已经有 80 多只羊了。他们还制造了些家具：一张床、一张桌子、一条板凳、一只碗柜和一只箱子，又拿了一支枪、一些弹药和工具到畜栏中去。

陌生人到现在都没见到自己的新居，他让居民们在那儿工作，自己则留在高地上，毋庸置疑，他想将他的工作全做完了。因为他的劳动结果，整个的地面全都已翻遍了，只等着到时播种了。

12 月 20 日，畜栏中已完全收拾好了。工程师告诉陌生人他无论何时搬进去都可以，陌生人答应说当天晚上便到那里去睡。

这天傍晚时，移民们全集合在“花岗石宫”的餐厅中，这时是 8 点钟，他们的伙伴就要跟他们分别了。居民们怕因为他们在场，陌生人势必要向大家辞行，这样或许会引起他的不安，因此他们将陌生人单独留下来，全体都回到“花岗石宫”中去了。

他们在大厅中谈了几分钟，忽然听见有人轻轻敲门。陌生人进来了，他没什么开场白，张嘴便说：“诸位先生，在我离开你们之前，你们应知晓我的历史。我来告诉你们吧。”

这几句简单的话让赛勒斯·史密斯和他的伙伴们都深深感动了。

工程师站起身来。

“我们并没要求你，朋友，”他说，“你有权保持沉默。”

“我应该说出来。”

“那么，坐下吧。”

“不，我要站着。”

“你说吧。”史密斯说。

陌生人站在一个光线较弱的房间角落里，他没戴帽子，两手在胸前交叉，摆好了这种姿势，然后，就好像逼迫自己似的，使用一种喑哑的嗓音开始讲起来，在讲的过程中，他的听众一次都没打断他。下面便是他的故事：

“1864 年 12 月 20 日，苏格兰贵族哥利纳帆爵士的游船邓肯号在澳大利亚西海岸南纬 37 度的百奴衣角停泊着。游船上有哥利纳帆爵士和他的夫人、一个英国陆军少校、一个法国地理学家、一个女孩子和一个男孩子。那两个孩子是格兰特船长的儿女，一年前格兰特与他的水手们跟着不列颠尼亚号一块失踪了。邓肯号船长是约翰·门格尔，船上总共有 15 个水手。

“游船到澳大利亚海岸来的缘由是这样的：6 个月之前，邓肯号上的人在爱尔兰海捡到一个瓶子，里面有着一张纸条，纸上写着英文、德文和法文。大意是说，不列颠尼亚号遇险之后，还有三个人活了下来，那便是格兰特船长和他的两个水手，这三个人都流落在一个海岛上，纸条上注明了海岛的纬度，可写着经度的地方却被海水侵蚀了，已无法认出来了。

“这个纬度是南纬 37 度 11 分，尽管不知经度，可只要不管大陆还是海洋，只要沿着 37 度线前进，最后肯定能够找到格兰特船长与他的两个伙伴所待的地方。英国海军部迟迟不前去找他们，哥利纳帆爵士却决定要用尽全力将船长找回来。玛丽和罗伯尔·格兰特，这两个孩子也跟他取得了联系。因此爵士的全家和格兰特船长的儿女都准备乘邓肯号游船远航。邓肯号离开了格拉斯哥，朝大西洋进发，经过麦哲伦海峡，进入到太平洋，一直赶到巴塔戈尼亚。他们以前看了纸条，觉得格兰特船长被当地的土人掳去了。

“邓肯号的旅客在巴塔戈尼亚的西岸登陆了，随后游船开到东岸的哥连德角去等待他们上船。而哥利纳帆爵士则沿着 37 度线横穿巴塔戈尼亚，一路并没发现船长的踪迹。因此又在 11 月 13 日回到船上，以方便横渡大西洋，继续去寻找。

“邓肯号一路穿过透利斯探达昆雅群岛和阿姆斯特丹群岛，但都没找到，在 1854 年 12 月 20 日那天，我已说过了，它抵达了澳大利亚的百奴衣角。

“哥利纳帆爵士准备像横穿美洲一样穿过澳洲，因此他登了陆。在距离海岸几英里的地方，有个爱尔兰人的农场，农场主人殷勤地招呼了旅客。哥利纳帆爵士向爱尔兰人讲明了来意，并且问他，在一年多之前，是不是曾有一只叫做不列颠尼亚号的三桅船在澳大利亚的西海岸这一带沉没。

“爱尔兰人从来都没听过沉船的事，然而，没想到他的仆人中忽然有人走上前来说：

“‘阁下，谢天谢地！假如格兰特船上还有人活着，那么他肯定就在澳大利亚一带。’

“‘你是谁？’哥利纳帆爵士问。

“‘跟你一样，阁下，都是苏格兰人，’仆人说，‘我是格兰特船长手下的一个水手——不列颠尼亚号船上的遇难人。’

“这个人叫艾尔通，按照他的证明文件，不错，他确实是不列颠尼亚号的水手。可就在触礁时，他和格兰特船长拆散了，直到那时，他始终觉得船长和其他的水手都死了，自己是不列颠尼亚号侥幸逃脱的唯一一个人。

“‘不过，’他接着说，‘沉船的地方并不是澳大利亚的西岸，而是东岸，如果像纸条上说的，格兰特船长的确还活着，那他肯定已被当地的土人俘虏了！我们应去东岸找他。’

“这个人说话很直率，看样子他十分有把握，他的话仿佛是不会错的。爱尔兰人也雇用他一年多了，也能证明他忠实可靠。因此，哥利纳帆爵士也相信他是诚实人，就根据他的意见，决定沿着 37 度线，横穿澳大利亚。哥利纳帆爵士和他的夫人、两个孩子、陆军少校、法国地理学家、门格尔船长跟几个水手组成一支小队，由艾尔通当做向导出发了。邓肯号由大副汤姆·奥斯丁率领着，往墨尔本驶去，在那里等待哥利纳帆爵士的调度。

“他们出发的日子，是 1854 年 12 月 23 日。

“然而，应该说明的是，艾尔通是一个叛徒，不错，他以前是不列颠尼亚号的水手长，可因为他和船长发生过争执，便企图煽动水手叛变，将船抢过去，因此在 1852 年 4 月 8 日，格兰特将他丢在澳大利亚的西海岸上，自己开船走了。根据海上的规矩，这样做是很正确的。

“因此，这恶棍根本不知晓不列颠尼亚号遇险的事情，他只是听哥利纳帆爵士说过之后才知道的。他自从被抛弃之后，便化名彭·觉斯，当了一群逃犯的头子。他之所以大着胆，一口咬定船是在东岸遇难的，目的就是将哥利纳帆爵士引到那里去，让他远离他的船，随后抢走邓肯号，利用这只游船在太平洋上做海盗。”

陌生人说到这里，停了一段时间。他的嗓音有点颤抖，可他又继续说了下去：

“小队开始横贯澳大利亚的远征了。让彭·觉斯（也便是艾尔通）当向导，他们肯定会倒霉不可。他事先与其他犯人串通好，让犯人有时在前面，有时在后面。

“这时，邓肯号已被打发到墨尔本去修理了。犯人们必须让哥利纳帆爵士命令游船离开墨尔本去澳大利亚的东岸，因为在那里劫船十分容易。艾尔通将小队带到离东岸不远处的地方，进入一片大森林，爵士在那里进退不得，没一点办法，因此准备给艾尔通一封信，让他送给邓肯号的大副，信上命令游船立即驶到东岸的吐福湾，因为远征队几天之后就能走到那里了。艾尔通正准备在那儿与他的党羽会合，当这封信交给他时，这个叛徒的真正面目就被揭穿了，他只有逃跑这一条路。但是，这封信能让他得到邓肯号，他会不惜所有力量得到这封信。艾尔通最终得到了这封信。两天之后，他到达了墨尔本。

“直到现在，这个恶棍的阴谋都进行得十分顺利，按照他的计划，只要邓肯号能开进吐福湾，罪犯们便会不费一点力气地将船抢过来，将船上的人全杀光，然后彭·觉斯就能在海上称雄了……可老天爷没让他实现这可怕的阴谋。

“艾尔通到达墨尔本之后，将信交给大副汤姆·奥斯丁，大副看了信便立即启航了。可第二天艾尔通发现大副没朝澳大利亚东岸的吐福湾出发，却往新西兰的东岸航行。你们想，艾尔通该多么的悔恨与失望呀！他想要将大副拦住，可奥斯丁将信给他看了！……果然，信上确实写着新西兰的东岸——原来法国地理学家将目的地写错了，真是不幸中的万幸。

“艾尔通的所有计划都变成泡影了！他气极了，开始无所顾忌地蛮干起来。因此他们给他戴上手铐脚镣。他就这样被带往新西兰的海岸，他的党羽和哥利纳帆爵士的下落如何却完全不知晓。

“邓肯号在新西兰的海岸直等到 3 月 3 日，那天艾尔通听到炮声。原来是邓肯号开的炮，过了一会，哥利纳帆爵士与他的伙伴们便到船上来了。

“经过的情形却是这样的：哥利纳帆爵士克服了重重困难与危险，终于走完所有路程，到了澳大利亚东岸的吐福湾。他拍出一个电报，告诉墨尔本‘邓肯号并不在此地！’回电是：‘邓肯号于本月 18 日启航。目的地不详。’

“哥利纳帆爵士只好断定：他的游船已落在彭·觉斯手中，已经沦为海盗船了！

“然而，哥利纳帆爵士并没因此放弃寻找格兰特船长的目的。他是个勇敢且慷慨的人。他搭上了一只商船，朝新西兰的西岸驶去，随后沿着37度线，横穿新西兰，结果依旧没发现格兰特船长的踪迹。可出乎他意料之外——可以说得上是天意的安排，他竟在东岸寻找到邓肯号，大副一直指挥着它，已在那里等了他 5 个星期了！

“这天是 1855 年 3 月 3 日。哥利纳帆爵士登上了邓肯号！艾尔通同样在船上。爵士将他喊来，要这个恶棍讲出他所知道关于格兰特船长的所有情况。艾尔通却不肯说。因此哥利纳帆爵士对他说，在下次靠岸之后，立即要将他交给当地的英国官方。艾尔通还是一声不吭。

“邓肯号继续顺着 37 度线航行。在这期间，哥利纳帆爵士夫人使用说服的方法感化了这个恶棍。最后她的力量全奏效了，艾尔通答应讲出他所有知道的情况，但是他向哥利纳帆爵士提出了一个交换的条件，那便是，宁可将他遗留在太平洋的任何一个岛屿上，也不要将他交给英国的官方。哥利纳帆爵士一心想知道格兰特船长的消息，便答应他了。

“因此艾尔通叙述了自己的一生，当然，从格兰特船长将他留在澳大利亚海岸的那天开始，之后的情况他便根本不知道了。

“不管如何，哥利纳帆爵士依旧履行了他的诺言。邓肯号继续航行着，不久便到了达抱岛。他们准备让艾尔通在这里登岸，也正好在那里——正好也是在 37 度线上——他们寻找到了格兰特船长和另外两个水手，这真算得上是个奇迹。

“因此罪犯便到了这个荒凉的小岛上去替代这三个人。当他离开游船时，哥利纳帆爵士说：‘艾尔通，这里离任何陆地都十分远，无法与人类取得联系。邓肯号将你遗留在这个岛上，你是没有办法逃跑的。你将会一个人留在这里，至于你的心里到底想些什么，上天会知道的。你不会失踪，也不会被人们所遗忘，就像格兰特船长一样。尽管你不值得让人们去怀念，可人们还是会怀念你的。我清楚你在什么地方，知道该到什么地方去找你。我绝对不会忘记的！’

“邓肯号扬起了帆，很快便不见了。那天是 1855 年 3 月 18 日。

“艾尔通孤零零地独自住在岛上，可他并不缺少火药、武器、工具和种籽。

“格兰特船长在岛上盖了所房屋，能供罪犯自由使用。他只需住下来，在寂寞里赎清自己以前的罪过。

“先生们！他后悔，他为自己的罪恶而觉得羞愧，他十分痛苦！他对自己说，等到有一天人们来接他离开小岛时，他绝对要配得上才回到人群中去！这个不幸的人遭受了无数的折磨！他辛勤地劳动，想要通过劳作，将自己改造为新人！他每天祈祷，想要通过祷告，能悔过自新！两年、三年，时间就这样过去了。艾尔通在孤独之中，变得十分谦卑，他期待着水平线上的来船，问自己赎罪的期限是不是快到头了，他吃尽了人间所没尝过的苦难。啊！对于一颗正在忏悔中煎熬的心而言，孤独是多么可怕呀！

“可是，上天肯定觉得给这个不幸的人的处分还是不够，因为他感到自己在逐渐变为一个野蛮人！他感到自己慢慢养成了野蛮的性格！他不清楚是不是在一个人生活两三年之后转变的，可他最终还是变成你们所找到的那个可怜的家伙！我不说你们也知晓了，先生，我就是艾尔通——彭·觉斯。”

赛勒斯·史密斯和他的伙伴们听完之后，立刻站起身来，他们的激动是没法用语言形容的。这是多么悲惨、沉痛与绝望的一幕啊！

“艾尔通，”史密斯站着说，“你以前有很大的罪行，可上天觉得你的罪恶已赎清了！现在你可以回到同伴们中间来，这便是一个证据。艾尔通，你已得到了宽恕！现在，你愿做我们的伙伴吗？”

艾尔通向后退了几步。

“让我们握个手吧！”工程师说。

艾尔通抓住工程师伸来的手，他的眼泪不由自主地流了下来。

“你肯跟我们住在一块儿吗？”赛勒斯·史密斯问。

“史密斯先生，再让我一个人待一段时期吧，”艾尔通回答说，“让我一个人住到畜栏的房子里吧！”

“随你的便吧，艾尔通。”赛勒斯·史密斯说。艾尔通正准备退出去，工程师又向他问了一个问题：“再问一句，朋友，既然你自己愿过孤独的生活，那你为什么又要将纸条扔到海里，让我们按地点去寻找呢？”

“纸条？”艾尔通重复道，他仿佛没听懂这到底是什么意思。

“是的，我们捞到个瓶子，里面有张纸条，上面准确地写着达抱岛的位置！”

艾尔通摇了摇头，想了一会儿后说：“我从来也没将什么纸条扔到海里呀！”

“从来都没有吗？”潘克洛夫叫道。

“从来都没有！”

艾尔通鞠了一躬，走到门口，跟大家分别了。

第十八章　收发电报

赫伯特跑向门口，只见艾尔通拉动了升降梯的绳子，在黑暗里消失不见了。他回到屋中，叫道：“可怜的人！”

“他肯定会回来的。”赛勒斯·史密斯说。

“史密斯先生，”潘克洛夫大声说，“这到底是怎么回事？这么说，难道瓶子真的不是艾尔通扔到海里的？那会是谁扔的呢？”

不错，这确实是个问题！

“是他扔的，”纳布答道，“不过那个不幸的人已半疯了。”

“是的！”赫伯特说，“他已记不清自己都干过些什么。”

“这个问题只能这样解释了，朋友们，”史密斯很快便说，“我现在才知晓艾尔通怎么会知道达抱岛的准确位置的，原来在他没被遗留在岛上之前，曾发生过那样的事，所以他才会知道的。”

“可是，”潘克洛夫说，“假如他在写纸条时，并没变成一个野兽，如果他是七八年前将瓶子扔到海里的，那纸条怎么没潮湿呢？”

“这表明艾尔通记错了，”赛勒斯·史密斯答道，“后来他才丧失理智的。”

“这才正确！”潘克洛夫说，“要不然就没有办法解释了。”

“的确，没法解释。”工程师说，他仿佛不愿再继续谈下去。

“可是，艾尔通说的全是实话吗？”水手问道。

“是的，”通讯记者回答说，“他的故事全部都是真实的。关于哥利纳帆爵士乘游船远航，及远航的结果全都登载在当时的报上了，我记得十分清楚。”

“艾尔通说的确实是实话，”史密斯补充道，“不用怀疑，潘克洛夫，这样会让他痛苦的。人在这样谴责自己时，总是会说实话的！”

第二天，12 月 21 日，移民们全下到海滩，爬到高地，发现艾尔通并不在那儿。他回到畜栏时，已是深夜了，移民们觉得最好还是不要去打扰他。有些一时无法做到的事，时间肯定可以做到。

赫伯特、潘克洛夫和纳布继续干着他们的日常工作，史密斯和通讯记者在当天便回到“石窟”去进行以前的工作了。

“你知道吗，亲爱的赛勒斯？”吉丁·史佩莱说，“昨天你在瓶子这个问题上所做的解释，完全不能让我满意！你怎么能觉得那个不幸的人写了纸条，将瓶子扔到海中，可自己竟一点都不记得了呢？”

“并且也不能确定是他将瓶子扔在海里的呀，亲爱的史佩莱。”

“那你是怎么想的……”

“我什么都没想，什么也都不知道！”赛勒斯·史密斯打断了他，“直到现在，还有很多事我都无法解释，我只好将它也当做一桩无法解释的事情！”

“的确，赛勒斯，”史佩莱说，“这些事情真的很莫名其妙！你的被救、海滩上搁浅的箱子、托普的冒险，最后还有这个瓶子……这些谜会不会永远都得不到答案呢？”

“不会！”工程师很快地说，“绝对不会的，就算要钻到海岛地底下去，我也要弄出个水落石出！”

“或许有一天，有机会可以让我们寻找到打开这些秘密的钥匙！”

“机会！史佩莱！我决不相信机会与神秘。这里发生了很多不可思议的事，但总会有个原因，这个原因我绝对要找出来。不过现在，我们还需要工作和观察。”

1月份到了，到了1867年。大家都辛勤地开展着夏季的工作。一连好几天，赫伯特和史佩莱都到畜栏那边去打猎，他们告诉大家，艾尔通已在专门为他准备的房子中住了下来，他成天忙着照顾托付给他的羊群，这样一来，伙伴们便不需每隔两三天就要去畜栏一趟了。然而，为了免得艾尔通长时间的寂寞，居民们还是时常去看他。

因为工程师和吉丁·史佩莱心中抱着一些疑惑，因此在海岛的这部分地区有一个人管理也是十分必要的，假如发生什么意外，艾尔通也可以通知到“花岗石宫”里的居民们。

然而有的事情是必须在发生后立即告诉工程师。除了跟林肯岛的秘密有关的问题之外，还有其他或许发生的事，也应尽快让居民们知道，如果见到来船，西海岸有船遇险，及可能有海盗来到岛上等情况。

因此，赛勒斯·史密斯决定要让“花岗石宫”跟畜栏能够随时取得联系。

1月10日，他向伙伴们告知了他的计划。

“怎么，你准备干些什么，史密斯先生？”潘克洛夫问道，“难道你是想装电报？”

“一点儿都没错。”工程师回答说。

“电的吗？”赫伯特叫道。

“电的，”赛勒斯·史密斯答道，“制造电池的必要材料我们这儿都有，最困难的便是要有个拉铁丝的工具拉铁丝。可是，我觉得这个问题也是可以解决的。”

“好吧，”水手说，“未来有一天大家都可以坐上火车，我才高兴呢！”

因此他们着手准备起来，一开始先做最难办的，也就是制造铁丝，假如因为铁丝做不成，也就不用制造电池和其他的附件了。

前面已说过，林肯岛的铁质相当优良，因此用来拉铁丝十分合适。史密斯第一步便是先制作模板，这是一种钻有不同大小的圆锥形窟窿的钢板，它能逐渐让铁丝达到要求的粗细。工程师准备利用瀑布当做动力，就在离大瀑布仅有几英尺的地上，埋了个结实的架子，将煅成的钢板牢固地固定在架子上。压榨机便在这里，并且现在正闲着，只要使用巨大的力量推动卷轴，它就能将铁丝拉长并卷上去。这是一项细致的工作，需要万分的小心。他们事前将铁做成铁棍，两头锉尖，随后将铁棍插在拉模板最大的窟窿里，卷轴一面卷一面将它拉了出来，抽长到25英尺到30英尺，随后再将它松开，依次在较小的窟窿中，重复相同的操作。最后，工程师得到了长40到50英尺的铁丝，将这些铁丝全连接起来，就能毫不困难地从“花岗石宫”一直架到5英里之外的畜栏去。

赛勒斯·史密斯安装好机械之后，立即将拉电线的工作交给伙伴们，自己去制造电池了。没过几天，拉铁丝的工作便完成了。

现在需要制造一种直流电池。大家知道，现代电池通常都是用炭精棒、锌和铜做成的。工程师一点铜都没有，他找遍了林肯岛也都没找到，只好不用它。炭精就是煤气工厂中让煤去氢之后，在蒸馏器中所得的石墨，是能做出来的；可想要取得炭精，就必须要花费很大的力气制造一种特殊设备。至于锌，大家或许还记得，在遗物角拾到的那只箱子中便衬着这种金属，用来做电池再合适不过了。

赛勒斯·史密斯考虑成熟之后，决定尽可能模仿倍柯勒尔在1820年的发明，制造一种十分简单的电池，这种电池只需锌。其余的东西，硝酸和钾碱，工程师全都有了。

这种电池是利用硝酸和钾碱相互作用而成的，它的构造是这样的：工程师用很多玻璃瓶盛上硝酸，瓶子上塞着塞子，玻璃管经过塞子，插进瓶中，管子的下端还开着小孔，外面由装着黏土的布口袋紧密包扎着，管子是准备浸在硝酸里的。工程师事前将各种植物烧成灰烬，制作成钾碱溶液，随后将溶液从管子上端倒进去，这样，硝酸和钾碱就能通过黏土相互作用了。

然后，赛勒斯·史密斯又使用两块锌片，一片浸在硝酸中，一片浸在钾碱溶液中，两块锌片之间都有金属线连着。一股电流立即产生了，电流从瓶里的锌片传达到管里的锌片。管里的锌片便变成阳极了，瓶里的锌片也就变成电池的阴极了，将每一个电瓶所产生的电流全加在一起，就足够发电报使用了。这便是赛勒斯·史密斯的天才的、简单的创造，这个创造能让"花岗石宫"和畜栏之间建立起电报联系。

2月6日，开始在通向畜栏的道路上竖立起电线杆，电线杆上还装有拉电线用的玻璃绝缘器。几天之后，电线便架好了，随时都准备输送每秒钟10万公里的电流，土地则当做这种电流的回路。

工程师总共制造了两套电池，一套放在"花岗石宫"里，一套放在畜栏里。因为这样畜栏有事就能通知"花岗石宫"了，"花岗石宫"有事也能通知畜栏，这样是有很大的好处的。

至于收报机与发报机，制造起来十分简单。两地的电线都分别绕在磁铁上，那是一块软铁，上面缠绕着导线，这样，两极之间就能通电了。电流从阳极出发，经过线路，当它通过磁铁时，磁铁就会被暂时磁化了，随后电流再从地底下返回到阴极来。一旦电路中断，磁铁立即就会失去磁性。只要将一块软铁放在磁铁前，电路接通时，就会将它吸住，电路中断时，它便会掉下来。史密斯将铁片的活动装置制作好，余下的工作就十分简单了，只需在一个圆盘上写明字母，在铁片上安装上指针，两个电站之间就能联系了。

2月12日，所有都准备好了。这天史密斯发出了第一个电报，问畜栏里是不是一切都好，没一会儿工夫，艾尔通就发回了一个让人满意的回答。潘克洛夫高兴得都快发狂，从此之后，他每天早晨和晚上都会打电报给畜栏，每一次都可以得到回电。

这种通讯的方法有两个优点：第一，他们能知晓艾尔通是不是在畜栏里，第二，这样艾尔通就不再是完全的孤单一人。就这样，赛勒斯·史密斯依旧每星期都去看他，艾尔通也时常到“花岗石宫”来，每次来时，他都会受到十分热情的款待。

美好的季节就在这样的日常生活中度过了。小队的资源，尤其是蔬菜和粮食，一天天都在增加，从达抱岛带回来的植物生长得也十分好。

瞭望岗的高地上也呈现出一片欣欣向荣的景象。第四次麦秋依旧是丰收，能想得到，谁都不去计算收下的麦子足不足 4000 亿粒了。尽管潘克洛夫曾有这个打算，不过赛勒斯·史密斯却告诉他，就算每分钟能数 300 颗，一个钟头能数 9000，他也要 5 千多年，才可以完成这个任务，善良的水手认为还是最好放弃这个念头。

天气十分好，白天相当热，可一到傍晚，因为有海风调度大气的温度，“花岗石宫”里的居民就感到十分凉快了。在这期间，也曾有过几场暴风雨，尽管历时不长，可来势十分凶猛，整个林肯岛全被风雨慑服了。电光闪闪，雷声隆隆，通常持续好几个钟头。

在这期间，这小岛很繁荣。

家禽场中的住宅已经全挤满了，居民们便以过剩的“人口”当做食粮，可还应将“人口”减少到一个适当的数字才可以。猪已生下猪仔了，能想象出，纳布跟潘克洛夫为了去照料它们，曾花费了不少的时间。吉丁·史佩莱和赫伯特常常骑着野驴出去，现在它们已添了一对十分漂亮的小驴，在通讯记者的帮助下，赫伯特变成了十分优秀的骑手，他们也经常用牲口拉车，有时向“花岗石宫”里运木柴、煤炭，有时则运送工程师所需的各种矿产。

在这期间，他们曾深入远西森林，展开了几次探险。探险家们到那里去也不用担心中暑的问题，因为阳光很难穿过他们头顶的茂密枝叶。他们视察了全部的慈悲河左岸，沿岸便是从畜栏通向瀑布河口的道路。

居民们在这几次的探险过程中，总是全副武装，因为他们经常碰见凶猛的野猪，并且与他们进行搏斗已不止一次了。在这个季节中，他们也跟美洲豹展开过激烈战斗。吉丁·史佩莱对美洲豹恨透了，他的学生赫伯特则是他最有力的帮手。因为他们时常携带着武器，也不用怕碰见这种野兽了。赫伯特是天不怕地不怕，通讯记者则是惊人地沉着。“花岗石宫”的餐厅中，已挂起 20 张斑斓的兽皮了，如果再这样继续下去，猎人们很快就能达到他们的目的——让岛上的美洲豹绝种。

有时工程师也加入远征，到海岛上这一带陌生的地方来，他十分仔细地观察这个地带。在那广阔无际的森林深处，他注意的并不是兽迹，而是些其他的踪迹，可他自始至终都没发现什么值得怀疑的东西。跟他一块来的还有托普和杰普，它们也都没表示发现这里有什么奇怪的东西。托普在井口也不止一次地咆哮了，可工程师已到井中去探索过了，也没有结果。

箱子里的照相器材自始至终都没用过，这期间，吉丁·史佩莱在赫伯特的协助下，使用它在荒岛上风景最美的地方，照了很多的相片。

照相机的物镜扩大能力十分强，是一架十分精良的仪器。此外，所有必要的印相器材——涂底板用的柯罗定、让底板能够感光的硝酸银、定影使用的亚硫酸钠、涂湿印象纸的氯化钠、浸印相纸用的醋酸钠和氯化金——全都不缺少。连印相纸都有，什么全都准备好了，在没有将底片放在印相夹里之前，首先要将印相纸放在硝酸银的溶液中浸几分钟。

通讯记者和他的助手不久就变成技术高超的摄影师了，他们拍了很多风景照片，比如在瞭望岗上拍的、以富兰克林山当做远景的海岛全景，山石巍峨的慈悲河口，背后衬着山岭的林间空地和畜栏，爪角和遗物角的奇形怪状的地势等。

摄影师们也没忘记给岛上的全体居民照相，他们一个都没遗漏。

“照相让我们分身了。”潘克洛夫说。

水手的那张相片则挂在“花岗石宫”的墙上，照得十分清晰。他站在相片前方，看着自己的样子，高兴得都着了迷，就仿佛到了百老汇大街最豪华的橱窗前似的，舍不得离开。

可必须要承认，最成功的相片，毋庸置疑，还要数杰普那张。它一本正经地坐在那里，那副样子根本无法形容，照片照得跟真的一样！

“看起来它似乎正要扮鬼脸！”潘克洛夫叫道。

如果小杰普还不算称心，它就实在太挑剔了。可它十分满意，它那副趾高气扬的样子，多少带着几分自负。

随着3月的到来，炎夏终于结束了。下雨时间多了起来，可天气依旧很热。这里的3月相等于北半球的9月，天气并不像理想中的那般舒适，或许这说明严寒要来得更早些吧。

21日清晨，人们简直要觉得已看见初雪的景象。事情则是这样的，赫伯特一早从“花岗石宫”一个窗口望了出去，突然大叫了起来：“瞧啊！小岛上全布满雪花了！”

“这时下雪？”通讯记者一边问，一边向少年走来。

伙伴们全都跟着走了过来，他们仅能确定一点，那就是：不光是小岛，并且连“花岗石宫”下的整个海滩，全部都变成白茫茫一片了。

“肯定是雪！”潘克洛夫说。

“真像雪呀！”纳布说。

“可温度表上现在有58度呢（摄氏14度）！”吉丁·史佩莱说。

赛勒斯·史密斯凝视着这雪白的一片，一句话都没说，在这个季度里，温度又是这般的高，他真不清楚该如何解释这个现象。

“啊呀！”潘克洛夫叫道，“我们种的东西全要被冻死了！”

水手正准备下去，敏捷的杰普却已抢在他的前面，滑到沙滩上面去了。

可是，猩猩还没着地，积雪就向半空中飞了起来，只见雪花四散，几分钟之内，连阳光都被遮住了。

“鸟！”赫伯特叫道。

原来真的是大群的海鸥，它们全身长着雪白靓丽的羽毛。这些鸟成千上万地全栖息在小岛与海岸上，直到它们消失在远处时，移民们依旧在目瞪口呆，四周的景象就像是在女巫的魔杖一触之下，突然从寒冬变为炎夏。可惜这个变化实在太突然了，通讯记者和少年都没来得及打下这种鸟来，因此他们也无法知晓它们的种类。

几天之后，便是3月26日了，两年之前，遇难的人就是在这一天从高空被抛在林肯岛上的。

第十九章　环岛航行

两年了！移民们两年来没与他们的同胞们发生过任何联系！他们从没得到过文明世界的消息，他们流落在这个荒岛上，就像是在宇宙中最小的行星上似的！

现在他们的祖国发生了什么事？故乡的情景时常呈现在他们的眼前，当他们离开家乡时，国土正因为内战而四分五裂，或许，现在南方叛徒依旧在流着血呢！对居民们而言，这是最痛心的事，他们时常谈论这些，可他们一点都不怀疑，北军为美利坚合众国的荣誉而战斗的事业最终肯定取得胜利。

两年来，没有一只船曾开到海岛的视线范围来，最少他们从没见到过。显然，林肯岛并不在平常航线之内，并且没有人知道有这个岛——这一点，已从地图上得到了证实——要不然，尽管没有港口，船只也能来补充淡水。现在一眼望去，四周海上什么都没有，移民们只能依靠自己了，想办法返回故乡。

然而，还有个得救的机会，在4月的第一周，移民们有一天在“花岗石宫”的餐厅中议论起这个问题来。

他们起初谈到美国，谈到故乡，要想能再见到故乡，希望真的是太小了。

“确定地说，我们仅有一个办法，”史佩莱说，“只有这个办法能离开林肯岛，那便是造一只可以航行几百海里的大船。我认为既然小船能造得出来，大船同样不会困难的！”

“有了大船，”赫伯特补充道，“我们就能像到达抱岛去那样，没一点困难地去帕摩图群岛了。”

“我不反对，”潘克洛夫说，他在航海的问题上一直是投赞成票的，“尽管我不反对，可近处航海与远航不同！到达抱岛去时，不管我们的小船碰到多大的狂风，我们也能知道，海岛就在周围，可1200海里却是段十分长的路程，而离我们最近的陆地最少也有这么远！”

“在这一情况下，你不准备去冒险吗，潘克洛夫？”通讯记者问道。

“只需你们都愿意，我什么风险都能去尝试，史佩莱先生。”水手答道，“你们都知道，我是天不怕地不怕的！”

“并且，你们也不要忘了，现在我们中间又多了一个水手呢。”纳布说。

“谁？”潘克洛夫问。

“艾尔通。”

“不错。”赫伯特说。

“那要看他愿不愿意跟我们一块儿走了。”潘克洛夫说。

“废话！”通讯记者说，“假如他还住在达抱岛，哥利纳帆爵士的游船到那里去时，你想艾尔通会不愿意走吗？”

“你们忘记了，朋友们，”这时候赛勒斯·史密斯说，“艾尔通住在那个岛上时，最近几年来都是失去理智的，可问题并不在这儿。问题在于我们到底能不能指望苏格兰游船回来，将我们救走。哥利纳帆爵士曾答应过艾尔通，等到他觉得艾尔通赎清罪恶时，他就会来接他离开达抱岛，我相信哥利纳帆爵士肯定会来的。”

“对，”通讯记者说，“我还补充一句，他很快就会过来的，因为艾尔通被放在荒岛上已足足12年了！”

“好吧！”潘克洛夫说，“爵士肯定会来的，并且很快就会来，这我都同意。可他的船停在哪儿呢？停在达抱岛，不是林肯岛。”

“这更能肯定了，”赫伯特说，“地图上根本就没有林肯岛。”

“因此，朋友们，”工程师说，“我们必须要在达抱岛上做些准备，让人们知晓艾尔通与我们在林肯岛上。”

“当然，”通讯记者说，“这件事再容易不过了，只要在格兰特船长与艾尔通住过的那个房子中留张通知，上面写清林肯岛的位置，哥利纳帆爵士跟他的水手肯定会看见的。”

“真可惜，”水手说，“我们第一次到达抱岛去时，竟没想到这样做。”

“当时我们怎么会做呢？”赫伯特说道，“那时我们并不知晓艾尔通的历史；根本不知晓有一天有人会来接他的，可惜现在真知道他的历史了，天气却已经很冷了，无法到达达抱岛了。”

“是的，”史密斯说，“现在都已经太迟了，我们只能等到明年春天再去。”

“万一苏格兰游船在开春之前来了呢？”潘克洛夫说。

“这个可能性不大，”工程师答道，“因为哥利纳帆爵士不会选择冬天到这一带来航海的。不是他已到过达抱岛了——也就是说，在艾尔通跟我们在一起的5个月中去过——现又离开了那里，就是他还没来过，需再过一段时期才会来，这样，等到10月天气好转时，我们便去达抱岛，留一张通知在那儿，应该来得及的。”

“如果邓肯号恰好在几个月之前来过这里，”纳布说，“那实在就太可惜了！”

“但愿不是那样的，”赛勒斯·史密斯说，“但愿上天不剥夺我们仅存的这个机会。”

“我想，”通讯记者说，“不管如何，等我们再去达抱岛一次，就能知道有没有指望了，假如游船已来过了，他们肯定会留下些痕迹的。”

“那是肯定的，”工程师说，“因此，朋友们，既然我们还有回国的机会，我们就该耐心等待，如果这个机会已错过了，我们也应等等看，研究怎么做才是最合适的。”

“不管如何，”潘克洛夫说，“不管使用什么办法，如果我们真要离开这林肯岛了，那绝对不是因为我们觉得这不舒服，这一点大家都十分清楚！”

“没错，潘克洛夫，”工程师说，“而是因为我们不愿远离世界上最为亲切的东西：家庭、朋友和故乡！”

商量好之后，他们便不再谈造大船向北到太平洋群岛，或向西到新西兰去的准备了。大家都忙着干日常的工作，预备在“花岗石宫”中度过第三个冬天。

同时大家都一致同意，要在暴风雨到来之前，使用小船做一次环岛航海。到现在为止，移民们还没有视察过所有的沿海地带，他们对西岸和北岸——从瀑布河口到颚骨角，及颚骨角之间像张开的鲨鱼嘴似的狭长海湾——的情况，还是一知半解的状态。

航海的计划是由潘克洛夫提出的，赛勒斯·史密斯也完全同意，因为他自己也想看看他这片领土。

天气变化不定，可气压计的变动却不剧烈，因此他们预计天气还不会太坏了，然而，在4月份的第一个星期，气压忽然一度降低，等到再次上升时，又一连刮了五六天的大风，随后指针才保持在29.9英寸的高度上，看样子是对航海很有利的。

他们决定在4月14日动身，乘风破浪号停泊在气球港，装足了粮食，准备作一次长时间的旅行。

赛勒斯·史密斯将航海的计划告诉了艾尔通，建议他也一起去。可艾尔通愿留在岛上，因此大家决定，在伙伴们航海期间，艾尔通暂时住到“花岗石宫”中来。杰普奉命留下来陪他一块儿，它并没提出抗议。

4 月 16 日清晨，全体移民——包括托普——全部都上船了。一阵微风从西南方吹了过来，乘风破浪号斜兜着风，离开了气球港，朝爬虫角驶去。岛的四周总共长 90 英里，从气球港到爬虫角间的南岸长达 20 英里。因为刮的是迎头风，因此必须要靠近海岸航行。

他们花了整整一天的时间，才赶到爬虫角，因为离开气球港之后，仅有两个钟头是退潮，其余 6 个钟头他们都在跟涨潮斗争，逆流航行。绕过海角时，天都已经黑了。

潘克洛夫向工程师建议，收缩两帆，继续缓慢前进。可史密斯主张在距离岸几锚链的地方抛锚，以便明天白天去视察这片海岸。同时，大家都希望能仔细探索海岸，因此他们都同意在夜间停航，假如天气好的话，尽量保持在靠近岸的地方抛锚。

他们就在海角下边度过了一夜，风已停了，四周万籁俱寂。除了水手之外，乘风破浪号上的旅客们几乎都没像在“花岗石宫”的房间中那样睡得安稳，可他们到底还是睡了。第二天 4 月 17 日，天刚亮，潘克洛夫便扬起了帆，只需保持着左舷的航向，他们就能顺着西岸前进。

这片漂亮的森林海岸，移民们都是熟悉的，他们曾徒步到这儿来探索过。可这次依旧引起了他们的极大兴趣。他们尽可能靠岸前进，以便看得清楚些，海面上各处都飘着树干，他们都是在东躲西让。航行中也曾停过几次，让吉丁・史佩莱在风景最美好的地方去拍照。

大概中午时，乘风破浪号到达了瀑布河口。对面的左岸，能看见一片稀疏的树木，3 英里之外，连这些树木也都少了起来，在西边的山岩上，仅有一簇簇生长的树木，荒芜的山脊倾斜着，一直到海滨这一带。

海滨的南部与北部的差别多大呀！相比之下，一边是树木茂密，土地肥沃，一边是地形崎岖，荒凉贫瘠！人们不妨像某些国家那样，将后部分海岸叫做铁滩，它的外表荒芜杂乱，看起来似乎是远古时代地质海中涌出的玄武岩结晶形成的。假如居民们当初落在这部分荒岛上，这些大石头肯定会让他们大吃一惊的！他们在富兰克林山山顶上眺望时，由于立足点太高，没能看到这峻峭的海岸，现从海上能看得十分清楚，它的样子十分荒凉，或许世界上再也找不到这般荒凉的地方了。

乘风破浪号沿岸又航行了半英里，能看得出来，这部分海滨全是大小不同的岩石，高度从 20 到 300 英尺不等，各色各样的都有，圆的像塔楼，棱柱形的像教堂的尖顶，角锥形的像方塔，圆锥形的像工厂的烟囱。连北冰洋上的冰山也没它们那般奇形怪状！有的地方，岩石之间仿佛搭着桥梁，有的地方，一连串的拱门就跟波浪似的一望无际。有的地方，巨大的洞窟显得相当雄伟，有的地方则是一排排石柱、尖塔和拱门，能压倒任何一座“哥特式”的教堂。人们所无法想象到的自然界的天工，在这片绵延八九英里的雄伟海滨上，都有了。

赛勒斯·史密斯和他的伙伴们全都出了神地看着，他们一句话都没说，可托普却没这种心情，它连续叫了几声，从玄武岩的峭壁间传出了无数的回声。工程师发现托普叫得有点奇怪，就跟它在“花岗石宫”的井口所发出的叫声相同。

“我们往岸边靠近些吧。”他说。

因此乘风破浪号尽可能地贴着乱石的海岸前进。或许这里有什么值得探索的洞窟吧？可史密斯什么都没看见，这儿没一个洞窟，没一个缝隙能让任何一样东西藏身，峭壁的底部经常遭受着波涛的冲刷。托普不久便停止不叫了，因此他们与海滨保持着几锚链的距离，又继续前进了。

荒岛的西北部，海岸又变成平坦多沙了。沼泽洼地上，到处都生长着树木，移民们也曾来过这里视察过，这一带跟刚看到的荒凉海岸完全不一样，因为有很多的水禽而显得充满有生机。当天晚上，乘风破浪号便靠近陆地，在荒岛北部的一个小海湾中停泊了下来，这是周围海水最深的地方。这一夜过得相当安宁，随着夕阳西下，海面上又变得风平浪静了，直到第二天破晓时，才继续刮起微风。

因为上岸方便，小队的打猎老手——赫伯特和吉丁·史佩莱——便去游逛了两个钟头，他们带回了好几串野鸭和鹬，托普表现出非凡的才能，幸亏它机灵，打下来的鸟一只都没遗失。

早上8点钟，乘风破浪号扬帆起航了，因为正赶上顺风，并且风势很快便加大了，它飞快地朝北颚角驶去了。

“恐怕会要刮狂暴的西风了，”潘克洛夫说，“昨天太阳落山时，西边一片通红，今早又出现了马尾云，似乎不是好兆头。”

马尾云是卷云的一种，它们散布在头顶距离海面不足5000英尺的高空。看起来似乎是一片片轻盈的粗棉花，这种云常常预告给人们天气将要发生突变。

“那么，”史密斯说，“我们将帆尽可能全张起来，尽快赶到鲨鱼湾去躲避吧。我想那里可以保护乘风破浪号的安全。”

“完全正确，”潘克洛夫说，“并且北边的海滨，全部都是沙子，看起来真的没意思。”

“就算在鲨鱼湾耽搁今天一晚及明天一整天也不要紧，”工程师接着说，“那里是值得详细搜索的。”

“恐怕并不是愿不愿的问题，而是必须那样不可了，”潘克洛夫说，“西边的天色相当不好，天气很快就会变了！”

“不管如何，我们赶到颚骨角去，总算得上是一路顺风。”通讯记者说。

“风倒也是好风，”水手说，“可我们必须要逆风行船才可以进港，但愿我可以顺利地穿过这带生疏的海面。”

“按照我们在鲨鱼湾南岸的情况来看，”赫伯特补充道，“这部分海面似乎全是礁石。”

“潘克洛夫，”赛勒斯·史密斯说，“你觉得该怎样办就怎样办吧，我们全听你的。”

“不用担心，史密斯先生，”水手说，“我是不会没办法的！我宁愿让刀子刺进我的肋骨，也坚决不让礁石撞坏乘风破浪号的肋骨！”

潘克洛夫所说的肋骨，指的就是船在水里的部分，他将它看得比自己的骨肉还重要。

“几点钟了？”潘克洛夫问。

“10 点钟。”吉丁·史佩莱回答。

“离颚骨角还有多远的距离，史密斯先生？”

“差不多还有 15 英里。”工程师答道。

“也就是说，还需两个半钟头，”水手说，“12 点多钟，我们就能到达颚骨角的海面上了。倒霉的是，那时恰好赶上退潮，海水要向海湾的外面流的。再加上会有风浪，恐怕想进去很难。”

“尤其今天又是满月，”赫伯特说，“4 月里的潮势是十分大的。”

“那么，潘克洛夫，”赛勒斯·史密斯问道，“你不可以在颚骨角周围什么地方抛锚吗？”

“快要变天时，在临近陆地的地方抛锚！”水手叫道，“你到底在想些什么，史密斯先生？那绝对要搁浅！”

“那你准备怎么办呢？”

“我要想办法停在海面上，等待涨潮，也就是说，直到傍晚大概 7 点时，如果光线依旧足够亮的话，我就会争取进港，要不然，我们就只能整夜停留在海面上，一会儿靠岸，一会儿离岸，等明天早上太阳出来时再进去。”

“我已说过了，潘克洛夫，你想怎么办就怎么办。”史密斯说。

“唉！”潘克洛夫说，“如果海滨能有一个灯塔，水手们便会觉得方便很多。”

“是的，”赫伯特说，“这次好心的工程师无法点火引我们入港了！”

“真的，亲爱的赛勒斯，”史佩莱说，“我们一直还没向你道谢呢，老实说，如果不是那次火，我们肯定无法回到……”

“火？”史密斯听了通讯记者的话之后，十分惊奇地问道。

“我们指的是，史密斯先生，”潘克洛夫回答说，“在乘风破浪号回到岛上来之前的几个钟头内，我们十分着急，要不是 10 月 19 日那天夜里，你在瞭望岗上点着了一堆火，我们就会开到林肯岛的上风头去了。”

“是啊，是啊，幸亏我想出了这个好主意！”工程师说。

“这一回，”水手接着说，“除非艾尔通能想到这点，要不然就没人能为我们效劳了！”

“不，不会有人了！”赛勒斯·史密斯说。

几分钟之后，工程师看到只剩通讯记者与自己在船头，便弯下腰来，低声对他说：

“我能肯定，史佩莱，10 月 19 日那天夜里，我绝对没在瞭望岗或荒岛的其他地方点过火！”

第二十章　海上的船

事情就像潘克洛夫意料的那样出现了，他的预言是很少能出错的。风越刮越大，很快便由微风变成真正的暴风了，它的速度竟达到每小时 40 到 45 英里，船如果在海中遇到这种风，就算紧收着中桅的帆，也会跟飞一般的向前的，乘风破浪号在快 6 点时赶到了港湾口，可是这时潮势却变了，因此它无法入港。因此他们只好跟海岸保持一定距离，以当时的情况来讲，就算潘克洛夫想到慈悲河口去，也无法办到。他将三角帆升在主桅的顶上，作为暴风帆，让船停下来，船头对着陆地。

风势虽然紧，好在有陆地能阻挡着，波涛并不算太高，因此，他们就不必顾虑时常威胁小船的海浪了。乘风破浪号的压仓情况十分良好，所以肯定不会翻船，不过，假如有大量的海水打到甲板上，船骨经受不住，还是有可能会打坏的。潘克洛夫是个经验丰富的水手，他什么都防备到了。当然，他对自己的船十分有把握，可他还是带有几分焦急的心情，等候着天亮。

这一夜，赛勒斯·史密斯与吉丁·史佩莱没机会谈话，可工程师在通讯记者耳边所讲的那件事，及笼罩着林肯岛的神秘力量，却是十分值得讨论的。吉丁·史佩莱不停地考虑这件新的、不可思议的怪事——荒岛的海滨上竟会出现野火。火的确是看到了！并且是他和赫伯特、潘克洛夫一块儿看到的！那堆火在黑夜中代表着林肯岛的方位，他们始终都认为火是工程师点的。可现在赛勒斯·史密斯却一口咬定他绝没做过这种事！史佩莱决定等乘风破浪号回去之后，立即重新研究，并且主张让赛勒斯·史密斯将这些怪事告诉伙伴们。或许大家会决定一起在林肯岛全部各地进行一次彻底的搜查。

不管如何，这天晚上，在港湾入口处的陌生海岸上并没出现野火，小船整夜都停泊在海面上。

当东方的水平线上曙光初现时，风势微微减弱了些，改变了两个方位，这让潘克洛夫进入狭港更加容易些。早上快7点钟时，乘风破浪号朝北颚角的上风头开去，经过海峡，在海面上进行滑行，这里四周全是奇形怪状的熔岩峭壁。

“嗯，”潘克洛夫说，“这个海湾是停泊船只的好地方，容纳一整个舰队还是绰绰有余！”

“真奇怪，”史密斯说，“这个港湾是因为两道火山喷发的岩浆凝结而成的，肯定经过几次爆发，才会累积成这个样子。结果将港湾的四面全给挡住了，我相信就算是在暴风雨最猛烈时，这儿也会像湖里那样平静的。”

“当然，”水手说，“这里仅有两个海角夹成的隘路透风，并且北面的海角还遮挡着南边的海角，风要想刮进来是十分困难的。我敢说我们的乘风破浪号就算在这儿整整停留上一年，它的锚也会一丝不动的！”

“这个港湾对他而言，是大了些！”通讯记者说。

“不错！史佩莱先生，”水手说，“我也觉得只停泊乘风破浪号，这个港湾确实是大了些，可如果美国舰队想在太平洋中寻找个军港，我想再也找不到比这儿更好的地方了！”

“我们现在在鲨鱼的嘴里呢。”纳布提到港湾的样子说。

“正往它嘴里走呢，我的好纳布！”赫伯特说，“你怕它将嘴闭起来，不让我们出去吗？”

“不怕，赫伯特先生，”纳布答道，“可我并不太喜欢这个港湾！它的样子真的很难看！”

“你们瞧！”潘克洛夫大声说，“我正准备将这个港湾献给美国，纳布却又看不起它了！”

“别的先不谈，这儿的水足够深吗？”工程师问道，“对乘风破浪号足够深，对我们的装甲舰而言却不一定足够。”

“这很简单，马上就能知道。”潘克洛夫回答说。

于是水手在一根长绳子上绑住一块铁，当做铅垂线，展开测量。这根绳子差不多有50寻长，可全放下去之后，还碰不到底。

“瞧！”潘克洛夫叫道，“我们的装甲舰能来了！它们不会搁浅！”

“的确，”吉丁·史佩莱说，“这个港湾就是个无底洞，要知道海岛既然是火山爆发所构成的，那港里有这样的深渊也不奇怪了。”

“这些峭壁肯定是笔直的，”赫伯特说，“我相信就算潘克洛夫用一根比刚才那根长五六倍的绳子，也肯定不会碰到峭壁底下的海底的。”

“这也不错，”通讯记者接着说，“可潘克洛夫，有一点我需要告诉你，这个港湾有一个很大的缺点！”

“什么缺点，史佩莱先生？”

“少一个通往荒岛内陆去的豁口，或通路。我寻找不到一个能登陆的地方。”

不错，熔岩所形成的峭壁上确实没一处能登岸的地方。峭壁构成了一道无法超越的障碍，看见它就能让人联想到挪威的峡湾，只是这里看起来更荒凉冷落罢了。乘风破浪号尽可能贴近断岩前进，但连一块能供应旅客们登岸的堤埂都没发现。

潘克洛夫只能安慰自己说，必要时，只需一个地雷，很快就能在这峭壁上炸出一个缺口来。他们都在港湾中待着，显然没有一点事可做，因此水手就将船头调向海峡，下午 2 点钟左右，他们便通过了港湾。

“唉！”纳布这才轻松舒了口气。

颚骨角距离慈悲河不足 8 英里。乘风破浪号船头对着“花岗石宫”，一阵微风便鼓起船帆，它在离岸一海里的海面上迅速地往前驶去了。

巨大的熔岩峭壁过去之后，不久便到了这奇特的沙丘地带，工程师就是在这里奇妙地被救的；这一带经常有成万的海鸥飞过来。

大概 4 点钟，潘克洛夫驾船从小岛的地岬往右驶去，进入了小岛与海岸间的海峡，5 点钟时，乘风破浪号就在慈悲河口的沙滩上抛锚了。

移民们跟他们的住宅阔别了 3 天。艾尔通在海滩上等着他们，杰普也高兴地跑来迎接了，它低声叫着，表达着高兴。

现在，荒岛的沿岸已全都搜索过了，可并没有发现一点可疑的地方。如果有什么神秘的东西在荒岛上住着，他只可能隐藏在盘蛇半岛的无法穿越的森林里面，因为仅有那里移民们还没去搜过。

吉丁·史佩莱和工程师讨论了这些情况之后，他们决定让伙伴们都了解岛上出现的怪事，在全部这些怪事之中，最近发生的一件最让人无法理解的事。

可是，当谈到海岸上有人点火的问题时，史密斯止不住又会问——几乎已经问了 20 遍了——通讯记者：“你肯定见到火了吗，是不是火山的局部爆发，或是什么流星呢？”

“不是的，赛勒斯，”通讯记者答道，“肯定是人点的火，不信你去问潘克洛夫和赫伯特。他们和我都一样看到的，他们能证明我的话。”

因此，又过了几天，4 月 25 日晚上，当居民们都聚在瞭望岗上时，赛勒斯·史密斯就开始对大家说：“朋友们，我认为我有责任提醒你们注意岛上所发生的一些事情，希望大家可以对这个问题提出自己的看法。这些事情，说起来是十分神奇的……”

“神奇！”水手喷了一口烟，叫道，“我们的岛上真会有神奇的事情吗？”

“不，潘克洛夫，不过能肯定地说，是神秘的，”工程师答道，“除非你可以解答史佩莱和我现在都无法明白的问题。”

“你说吧，史密斯先生。”水手说。

“好吧。”于是工程师说，“你清不清楚，我掉在海里之后，怎么会到四分之一英里之外的内陆来，同时自己竟一点都不清楚？”

“或许是当时失去了知觉……”潘克洛夫说。

“那是讲不通的，”工程师说，“还有，当时你们住的‘石窟’，离我躺的山洞足足有5英里远，托普怎么会找到那里去的，你知道吗？”

“狗的直觉……”赫伯特说。

“这种直觉也实在太奇怪了！”通讯记者说，“再说，当天夜里狂风暴雨一直都没停过，可托普到‘石窟’时，身上却是干的，并且一点泥都没有！”

“我们接着谈，”工程师又说，“托普在湖里和儒艮进行了一场搏斗之后，又怎么会莫名其妙地被抛到水面上来的，你们知道吗？”

“不明白！我承认，一点都不明白。”潘克洛夫答道，“还有儒艮侧面受的伤，那似乎是被什么利器割伤的，这件事我同样是不明白的。”

“还有，”史密斯说，“小西瑞身上怎么会有一颗子弹呢；没有遇难船只的遗迹，又怎么会有一只箱子好好地搁在海滩上的；装着纸条的瓶子怎么也偏偏在我们试航的时候出现；正在我们需要船只时，为什么我们的平底船那么巧也断了绳子，又那么巧从慈悲河上漂往我们的身边来；在猿猴侵袭我们之后，软梯怎么会那巧地从‘花岗石宫’上落下来；最后，艾尔通一口咬定他从来都没写过纸条，怎么会跑到我们手中来呢；这些问题你们全都明白吗？”

当赛勒斯·史密斯在一件一件地举出荒岛上发生过的这些怪事时，赫伯特、纳布和潘克洛夫全都是你瞧着我，我瞧着你，不知道应如何回答，这一系列的事情，今天是头一次被归纳在一块儿，他们听了之后，不由得感到很惊讶。

“不错，”潘克洛夫到底承认了，“你说得对，史密斯先生，全部的这些事都很难解释！”

“还有，朋友们，”工程师接着说，“最近还添加了一件事，比起之前的事，恐怕更会离奇些！”

“什么事，史密斯先生？”赫伯特立即问道。

“潘克洛夫，”工程师接着说，“你曾说过，当你们从达抱岛回来时，林肯岛上出现了篝火，是吗？”

“当然。”水手答道。

“你能确定你的确看见这堆火了吗？”

“当然能肯定，那天看见火光，就跟我现在看到你这样千真万确。”

“你同样也看见了吗，赫伯特？”

“怎么，史密斯先生，”赫伯特叫道，“那堆火就跟一等星那般亮呀！”

“可那是不是一颗星呢？”工程师追问道。

“不是，”潘克洛夫回答说，“当时天上乌云密布，并且，不论怎样，星星也绝对不会低到水平线上来呀。史佩莱先生和我们一样都看到了，他能证实我们的话。”

“我再补充一句，”通讯记者说，“就是火光十分亮，就像一片闪电似的。”

“是的，是的！一点都没错。”赫伯特附和着说，“看起来肯定是点在‘花岗石宫’的高岗上的。”

“好吧，朋友们，”赛勒斯·史密斯说，“10 月 19 日那天夜里，纳布和我都没在海滨上点过火。”

“你没点过火？”潘克洛夫这下吃惊不小，连话都说不下去了。

“我们没离开‘花岗石宫’，”赛勒斯·史密斯说，“假如看到海滨上有火，那肯定是别人点的！”

潘克洛夫、赫伯特和纳布全都愣住了。这绝对不是看花眼了，他们确实在 10 月 19 日夜里看到过一堆篝火。

是的，他们不得不承认，这里面有秘密！每当林肯岛遇到紧要关头时，总有一种不可思议的力量在起作用，这种力量确实是在帮助移民们，这激起了他们的好奇心。会不会有什么东西隐藏在最隐蔽的地方呢？必须不惜一切代价证明这点。

史密斯还向伙伴们提起件事，托普和杰普有时奇怪地在沟通“花岗石宫”与大海井口边来回走动，工程师告诉大家，他曾探索过井底，没发现一点可疑的东西。经过这次谈话，小队全体都决定，等到季节转暖之后，他们就立即搜查一下整个荒岛。

可是，从这天起，潘克洛夫就显得有点坐立不安了。他曾觉得荒岛是自己的私有财产，现在他却认为似乎这份财产已不完全属于自己了，而是跟另外一个主人共有的了，并且不管水手愿意与否，他都认为自己在受这个人的支配。纳布和他常谈起这些无法解释的事情，因为他们向来疑神疑鬼，他们简直就觉得有什么超凡的力量在暗中统治着林肯岛了。

从 5 月份起——也便是北半球的 11 月——天气开始转冷了。看起来今年的冬季肯定冷，并且还会来得早些。于是他们立即开始准备过冬。

尽管冬天会十分冷，可移民们都已准备得十分好了。这时摩弗仑羊的数目已经很多了，供应着大量制造毡子所需的羊毛，他们做成了很多这种温暖织料的衣服。

不用说，他们也给艾尔通准备了一套这样舒适的衣服。赛勒斯·史密斯向他提议到“花岗石宫”来跟他们一块过冬，因为在这里居住要比畜栏舒服得多，艾尔通答应等畜栏里的工作完成之后立即就过来。4月中旬，他搬了过来。从此，艾尔通和大家一起过着集体的生活，在任何场合，他都贡献了自己的力量，然而他还是那样谦恭且忧郁，不能跟伙伴们一块有说有笑。

居民们在林肯岛上的第三个冬天，大部分时间都是在“花岗石宫”中度过的。有好几次狂风暴雨，似乎将他们的基石都震动了。滔天的巨浪似乎要漫过整个海岛，不管什么样的船只，只要停泊在岸边，肯定会被撞得粉身碎骨。在某一次风暴中，慈悲河泛滥起的洪水，有两次差不多要将桥梁都给冲走了，每当怒潮冲击海滩时，扬起一片片水花，堤岸被掩盖得都看不到了，因此必须要加固岸上的桥身。

这种暴风雨同夹着雨雪的龙卷风没什么两样，风暴给瞭望岗的高地上带来了巨大的灾害，这是能想象得到的。磨坊和家禽场的损失特别重大，移民们往往不得不立即将它修好，要不然家禽的安全就会遭受到极大的威胁。

在天气最坏时，曾有几只美洲豹与成群的猿猴闯到高地的边缘来，这些灵活胆大的野兽，被饥饿所迫，是很有可能跳过河的，尤其是在河水结冰时，想过来十分容易，这点让居民们十分担心。如果没人守护，它们一旦过来之后，农作物和家畜就难免遭殃，因此通常要用枪来接待这些危险的客人，不让它们靠近。这一冬移民们并没缺活干，除了户外的不算，他们总有着上千条的计划，来装饰他们的“花岗石宫”。

碰到下霜的日子，他们也曾到广阔的潦凫沼地去打过几次猎。这里有数不清的野鸭、鹬、短颈野鸭和其他的水禽，吉丁·史佩莱和赫伯特在杰普与托普的配合下，几乎都是百发百中。猎人们去这一带猎场也比较方便，不管是跨过慈悲河桥，从通往气球港的大路去也好，还是从遗物角绕过峭壁去也好，离“花岗石宫”也都只不过二三英里的路程。

冬季的四个月——6月、7月、8月和9月，就这样过去了，在这期间天气确实是够冷的。可是，总的来讲，“花岗石宫”并没受到风暴多大的威胁，畜栏也是如此，因为它不像高地那样暴露在外面，有富兰克林山挡住一部分，前面还有森林和海岸的峭壁，因此袭击过来的风暴已十分微弱了。那里的损失也不大，10月间艾尔通回到畜栏中去暂住了几天，他动作快，手艺好，不多久就将损坏的地方全修补好了。

在这个冬天，并没发生过什么新鲜的奇怪事。虽然潘克洛夫和纳布哪怕是碰到最不值得一提的小事，也会联想到是不是有什么神秘的来源，可还是没什么怪事发生。托普和杰普不再留意井边了，也不再显得有什么不安了。看起来这一系列的怪事仿佛都中断了，不过晚上他们还是经常在“花岗石宫”中谈起这些事情，并且他们要彻底搜查荒岛的决定并没有改变，连最难探索的地方也不愿意放过。就在这时，一件很重要的事情让赛勒斯·史密斯和他的伙伴暂时改变了他们的计划，这件事情，或许会产生很可怕的后果。

这时是 10 月，转眼间，就要春回大地了。大自然都在苏醒，森林的边缘是些松柏科的常绿树，其中的山茂、喜马拉雅杉及一些别的树，都已长出了嫩叶。

大家或许还记得，吉丁·史佩莱和赫伯特在林肯岛上拍摄风景照片已不止一两次了。

10 月 17 日下午，快 3 点时，晴朗的天气引诱着赫伯特，他想拍几张联合湾的风景照片，联合湾就在瞭望岗的对面，它一头是颚骨角，一头是爪角。

水平线上清晰可见，大海和湖面同样平静，只有在和风的吹拂下，微微激荡起涟漪，阳光闪耀着，四处反射出片片的银光。

照相机依托在“花岗石宫”中餐厅的一个窗口上，俯瞰着海岸与整个港湾。赫伯特按照平常的方法拍下这些风景，底片感光之后，他就到一个阴暗的角落里去定影了。

随后他又回到亮处来，仔细观看，赫伯特看到底片的海平线上有个看不清楚的小黑点。他反复洗了好几处，准备将它去掉，可洗不掉。

“这是镜头上的斑点。”他是这样想。

可因为好奇心的驱使，他从望远镜上拧下一个倍数很大的放大镜来，准备仔细看一下这个斑点。

他刚看下去，立即就大叫一声，放大镜差点儿从手中掉落。

他立即跑到赛勒斯·史密斯那儿，将底片和放大镜递给工程师，指着底片上的那个小黑点。

史密斯仔细看了一下，随后抓起望远镜就冲到窗口。

望远镜缓慢扫过水平线，最后停在所要找的那个点上，赛勒斯·史密斯放下望远镜，仅说了一句：“一只船！”

果然，在距离林肯岛不远的地方，有一只船停泊在那里！

【第三部】　岛的秘密

第一章　海盗旗帜

这群遇难的人从气球上掉到林肯岛上来已有两年半了，在这期间，他们跟外界始终都没有联系。有一次，通讯记者曾将他们所在的地点写在一封信里，让一只鸟将信带往大陆去，但这仅是个机会，不能对它抱十分大的希望。艾尔通是唯一参加到小队中来的人，当时的情况都已经叙述过了。在10月17日那天，在这荒凉的海岛上，突然出乎意料地望见了一只船。

那是铁一般的事实！那边有只船！它仅仅是路过这儿，还是想要靠岸呢？到底是什么情况，几个钟头之后，居民们就能知道了。

赛勒斯·史密斯和赫伯特立即将吉丁·史佩莱、潘克洛夫和纳布喊到“花岗石宫”的餐厅中来，告诉他们发生了什么事。潘克洛夫拿起望远镜，很快在水平线上扫射了一遍，然后停在他们所指的那点上，也就是照相底片上模糊不清的那点。

“谢天谢地！真的是一只船！”他喊道，但他并没带着很满意的口气。

“它是往这儿开的吗？”吉丁·史佩莱问道。

“现在还很难说，”潘克洛夫回答说，“因为仅有桅杆露在水平线上，船身还都看不到。”

“那应该怎么办？”少年问道。

“等着吧。”史密斯回答说。

居民们沉默了很长时间，这是他们来到林肯岛之后遇到的最重要的一件事。他们都沉浸在由这件事情所引起的所有思想、感情、恐惧与希望里。当然，居民们所处的环境跟平常流落在荒芜小岛上的难民不同，那些人常常要为艰苦的生存与残酷的自然进行斗争，并时常会因为思乡而感到苦恼。可在这里，尤其是潘克洛夫和纳布，他们觉得既愉快，又富裕，因此，如果有一天真的要离开这个荒岛，甚至他们还会感到遗憾。居民们凭借着他们的智慧，将这片土地开发了，他们已习惯了这里的新生活。但是这只船不管是从大陆、甚至可能是从他们的家乡带过来消息的。因此，在看见船时，他们内心的激动是难以想像的！

潘克洛夫依靠在窗口，不时拿起望远镜，从这时起，他就一直注视着那只船。它的位置在东面 20 海里的海面上。因为距离十分远，移民们还没办法发出信号。信号旗是没有办法看到的，枪声也听不到，甚至点起烽火来，船上同样不会看到的。但有一点是能肯定的，那就是：这个高耸着富兰克林山的海岛肯定逃不了船上守望者的视线。可这只船到这儿到底是干什么的？是偶然到这儿的？太平洋的这个区域在地图上除了达抱岛之外，并没有其他的陆地，而达抱岛本身也不在从波里尼西亚群岛、新西兰和美国海岸启航的船只经常跑的航线之内。这个问题每个人都在考虑，赫伯特忽然做了回答。

“那会不会是邓肯号呢？”他大声说。

前面都已说过了，邓肯号是哥利纳帆爵士的游船，它曾将艾尔通遗弃在小岛上，日后还会来将他接回去的。达抱岛离林肯岛并不算远，经线距离仅有 150 英里，纬线距离也只不过 75 英里，在林肯岛上还能望见往那个岛驶去的船只。

“我们肯定要告诉艾尔通，”吉丁·史佩莱说，“立即将他喊来，只有他可以告诉我们这只船到底是不是邓肯号。”

大家都表示同意，于是通讯记者便跑到联系畜栏和“花岗石宫”的电报机旁，发了一个电报：“速来。”

几分钟过后，铃响了。

艾尔通的回电是：“即来。”

因此居民们继续守望着船只。

“如果是邓肯号，”赫伯特说，“艾尔通可以不费一点困难就认出来的，因为他曾在那只船上待过一个时期。”

“如果艾尔通认出了它，”潘克洛夫接着说，“他肯定十分激动！”

“是的，”赛勒斯·史密斯说，“但愿那真的是哥利纳帆爵士的游船，艾尔通现在已经可以回邓肯号去了。不过我担心可能会是别的船。这一带海面是海盗经常出没的地方，我总害怕海盗会到我们的岛上来的。”

“我们能防御。”赫伯特叫道。

“那当然，孩子，”工程师含笑道，“要是可以不防御，那不是更好吗？”

“这样推论是完全没有必要的，”史佩莱说，“航海的人不清楚有林肯岛，连最新的地图上也没将它标出来。不过，赛勒斯，一只船无意之间发现了新陆地，它一定会去察看并且不会错过的，你说是不是？”

“当然。”潘克洛夫答道。

“我也是这样想的，”工程师补充道，“甚至能这样说：访问和察看还没被人发现的陆地与岛屿，那是船长的责任。而林肯岛正是这样的一个海岛。”

“那么，”潘克洛夫说，“如果这只船来了，并且就在离我们的岛几锚链的地方下了锚，我们应该如何办？”

这个突如其来的问题一时得不到回答。赛勒斯·史密斯考虑了一会儿，然后跟往常同样，用镇静的口气道：“怎么办？朋友们，应该就这么办：我们要跟船上取得联系，我们代表美国占有这个岛，随后乘这只船离开这里，将来再同愿跟我们来的人返回岛上，明确地占领它，将太平洋上的这个有用的基地贡献给美利坚合众国。”

“哈哈！”潘克洛夫喊道，“我们送给国家的这份礼物可真的不小呀！开拓的手续差不多都完成了：岛上的每一部分全都命名了，这里有天然港口、贮水场、道路、电报设备、船坞与一些制造场。只差将林肯岛标志在地图上了。”

“但是，假如有人乘我们不在时来夺取它呢？”吉丁·史佩莱说。

“该死！”水手喊道，“我宁愿一个人留下守着它。你们将这个任务交给我潘克洛夫吧，他们绝对不能像扒手那样将荒岛从我手中抢走的！”

一个小时过去了，可还无法确实这只船是不是往林肯岛开的。它近了一些，但到底是往什么方向航行的呢？这点潘克洛夫无法判断。不过，这时正刮着东北风，那只船多半是往右方逆风行驶。并且现往林肯岛开来又恰巧是顺风；海面上风平浪静，地图上没浅滩的标志，它尽可放心大胆开进来。

艾尔通在快 4 点钟时——在邀请他的一小时之后——赶到了“花岗石宫”。他走进餐厅，说：“各位先生，有什么吩咐吗？”

赛勒斯·史密斯照例朝他伸出手来，然后将他领到窗口。

“艾尔通，”他说，“我们请你来是有件十分重要的事，我们发现了一只船。”

起初艾尔通的脸色稍微一变，他的眼睛暂时暗淡下来，随后他从窗口探出身去，看了下水平线，但什么都没看见。

“用望远镜仔细看一下！”史佩莱说，“艾尔通，可能是邓肯号到这里来接你回去了。”

“邓肯号！”艾尔通嘟囔地说，接着，又不由自主地道，“这么快就赶来了吗？”说完之后，他用两手捧着头。

在荒岛上独居了 12 年，难道他还觉得不足以弥补自己的罪恶吗？这个悔过自新的人，不管他自己看来也好，或别人看来也罢，难道还不认为他已得到宽恕了吗？

“不，”他说，“不是！绝对不是邓肯号。”

“你看，艾尔通，”工程师说，“我们要事先知道将会发生什么事。”

艾尔通拿起望远镜，朝着大家所指的方向看去。他默默地对着水平线一丝不动地看了几分钟，随后说：“确实是一只船，但我想并不是邓肯号。”

“为什么你觉得不是邓肯号呢？”吉丁·史佩莱问道。

“因为邓肯号是只游船，而这只船上与附近却连一点烟都没有。”

“或许它是张着帆在行驶，”潘克洛夫说，“它现在的方向似乎是顺风，距离陆地这样远，它或许要节省些煤。”

“可能你说得对，潘克洛夫先生，”艾尔通答道，“这只船灭了火，我们只能等它走近些，那时就能知道会发生什么事情了。”

说完之后，艾尔通便在房间中的一个角落中坐下，没再说话。移民们又谈起了那只陌生的船，但艾尔通没参加谈话。大家的心情都十分激动，觉得工作都做不下去了。吉丁·史佩莱和潘克洛夫尤其显得神经过敏，他们不停地来回走动，一刻都坐不住。赫伯特却觉得好奇。只有纳布跟平时那样安静。难道他的主人所处的地方并不是他的祖国吗？至于工程师，他正陷入了沉思之中，他的心里与其说是盼望着这只船来，还不如说是怕它来。这时，船距离荒岛又近了些。他们从望远镜里能确定：这是只双桅船，却不是太平洋海盗时常用的那种帆船。所以，先不妨肯定：工程师的顾虑是没有必要的，这只船在海岛周围出现并不会带来危险。潘克洛夫仔细看了一会之后，确定这是一只双桅船，它张着中桅帆和上桅帆，正顺着右舷，斜对着海岸驶来。艾尔通也可以确定这一点。不过，那时刮的正是西南风，要是双桅船继续往这个方向驶来，很快就会被爪角挡住的。那时要守望它就需爬到气球港周围华盛顿湾的高岗上去。糟糕的是，这时已是傍晚 5 点钟，在那片苍茫的暮色中，很快就要什么都看不到了。

“天黑了我们该怎么办？”吉丁·史佩莱问道，“要不到海边去燃起一堆火来，表示出我们在这儿？”

这是个很重大的问题，尽管工程师还多少保留着他的预感，但最终还是同意了。在夜间这只船或许会一去不复返，它走了之后，还会有别的船再到林肯岛周围来吗？谁可以预见到移民们的前途呢？

“是的，”通讯记者说，“不管它到底是什么船，我们都应让它知道这个岛上有人居住。如果错过这个送上门来的机会，或许会遗憾一辈子的。”

因此大家决定由纳布和潘克洛夫赶到气球港区。在天黑时，燃起一堆火来，这样火光肯定会引起这艘船的注意。

但是，当纳布和水手正要离开“花岗石宫”，那只船突然改变了方向，直迎着联合湾驶去了。它驾驶得十分熟练，很快就靠近了海岸。于是，纳布和潘克洛夫就暂时不走了。大家将望远镜交给艾尔通，让他确定这只船到底是不是邓肯号。苏格兰游船邓肯号同样是一只双桅船。现在那只船离岸仅有 10 英里了。要看清楚的是：它的两根桅杆间到底有没有烟囱。

水平线上还十分清晰，察看起来相当容易，艾尔通很快放下望远镜说：“不是邓肯号！肯定不是它！”

潘克洛夫接过望远镜，迎着来船。它的载重能看出来在三四百吨之间，船身很狭窄，樯帆齐整，结构十分精巧好看，这肯定是一只航海的快船。但到底是哪一国的船呢，这依旧很难说。

“不过，”水手接着说，“船顶上有面旗在飘着，只是我看不清它的颜色。”

“半小时之后就能确定了，”通讯记者说，“并且，那只船的船长明显就是想上岸，因此，不是今天就是明天，我们就能与他见面了。”

“那倒没什么关系！”潘克洛夫说，“最好能清楚我们要与什么样的人打交道，要是我可以认出船旗就好了。”

水手说话时，始终没离开望远镜。天黑了，风也随之停了下来，船上的旗帜都垂成一卷，这就更不容易看清了。

“那不是美国旗，”潘克洛夫嘟囔地说，“也不是英国旗，要是是英、美的旗帜，红颜色是十分容易就能看出来的。也不是法国旗或德国旗，也不是俄国的白旗，也不是西班牙的黄旗，似乎是一面单色旗。让我想想，在这带海面上，我们常碰见的是哪种旗？智利旗吗？那是三色的。巴西旗吗？那是绿的。日本旗吗？那是黄色和黑色的，而这……”

这时，微风又将这面陌生的船旗给吹开了。艾尔通拿起水手放下的望远镜一看，他暗哑地叫道，“是面黑旗！”

的确，一面阴沉沉的旗子在桅杆上飘着，现在他们开始对来船感到十分可疑！

那么，工程师的预感似乎是对的？那是一只海盗船吗？它在太平洋上出没，要与横行一时的马来船争霸呢？它到林肯岛沿岸来到底干什么？他们觉得这是个无名的荒岛，准备将它作为窝藏赃物的仓库吗？它是准备在沿岸找一个过冬的港口吗？难道居民们的这片净土竟要成为不名誉的藏身所，成为太平洋海盗藏身的巢穴吗？

他们不禁产生出这些念头。此外，船旗的颜色自然是值得注意的。啊！是海盗的旗号！如果当初那批罪犯的罪恶阴谋得逞了的话，邓肯号肯定也会挂上这种旗号的。大家立即开始讨论起来了。

“朋友们，”赛勒斯·史密斯说，“或许这船只是想在沿岸巡视一下。也许船上的人都不会上岸，这都是可能的。但是，不管如何，我们都必须尽量隐藏起来。瞭望岗上的风磨实在太显眼。艾尔通和纳布赶快去将风翼落下来。‘花岗石宫’的窗户也必须使用树枝密密盖住。将火全熄灭了，一点也都不要暴露出岛上有人的样子来。”

“我们的船呢？”赫伯特说。

“噢，”潘克洛夫答道，“藏到气球港了，我不信那些流氓可以寻找到它！”

工程师的命令全都立即执行了。纳布和艾尔通都爬上高地，作出了必要的警戒，将所有住人的迹象全隐藏起来。当他们进行这项工作时，其他的人都到啄木鸟林的边缘去拾了很多树枝和爬藤回来。从远处来看，它们似乎是天然的枝叶，“花岗石宫”的窗户就像这样被伪装起来了。同时，枪支弹药也都准备好了，防止突如其来的袭击。

等到所有都准备好了之后，史密斯说：

“朋友们，”他的声音显得有点激动，“如果这些歹人想要侵占林肯岛，我们肯定要保卫它，对不对？”

“对，赛勒斯，”通讯记者答道，“必要时，我们可以牺牲性命去保卫它！”

工程师朝伙伴们伸出手来，大家全都热烈地紧握着他的手。

仅有艾尔通一个人还蹲在角落里，没跟大家在一块儿。这个过去的罪犯或许认为自己还没资格这样去做！

赛勒斯·史密斯猜透了艾尔通的心思，便走到他的身旁。

“你，艾尔通。”他问道，“你准备怎样做呢？”

“尽我的责任。”艾尔通答道。

因此他站在窗边，从浓密的枝叶中往外看去。

那时正好是7点半。太阳已在20分钟前消失在“花岗石宫”后面了。因此东方的水平线慢慢朦胧起来。这时，双桅船继续往联合湾驶去。它驶过爪角之后，就顺着上涨的潮流向北而去，因此，现它正对着瞭望岗的高地，距离这里只不过有两英里。双桅船这时总算进入了广阔的海湾了，如果在爪角和颚骨角间画出一条直线，那么这根线正经过船的右舷后部。

这只船是不是准备深入海湾呢？这是第一个问题。一旦入港之后，会不会在那里抛锚呢？这是第二个问题。最后，它会不会仅仅是巡视一下，不让船员们上岸就会开走呢？这些，在将来的一个多钟头内，他们就会知道了。但现在只能等待。

赛勒斯·史密斯看到这只挂着黑旗的可疑的船之后，感到十分不安。他和他的伙伴们到目前为止工作都进行得十分顺利，这只船会不会给他们的工作带来威胁呢？这只船的船员们没可能会是别的，只有可能是海盗，他们是不是曾来过这里来呢，因此在驶近荒岛时，挂上他们的旗号呢？岛上以前发生些无法理解的怪事，这是否表明他们曾侵占过这个地方呢？有些地方居民们还没去侦探过，那里是不是有海盗的同伙准备与船上的海盗取得联系呢？

史密斯暗自考虑着这些问题，不知道应如何回答。他只觉得双桅船来了之后，将要对他们的安全带来极大的威胁。

不管如何，他和他的伙伴依旧决心战斗到底。现在迫切需要知道：海盗的人数到底多不多，他们的武器是不是会比移民们装备得更优越些。但怎样才能得到这个情报呢？

黑夜到来了，新月已消失了，黑暗笼罩着荒岛与海洋，水平线上盖着一片黑压压的阴云，光线一丝都透不进来。风也随着暮色消失了，听不到树叶的沙沙作响，岸边也有潺潺的水声。船上的灯火全部都熄灭了，因此一点都看不到它。就算还在荒岛附近，也寻找不到它的踪迹了。

“好吧！谁知道呢？”潘克洛夫说，“或许这只该死的船会在夜里开走，到明天早上我们便看不到它了。”

这时，黑暗中忽然闪出一道亮光，并且传来了一声炮响，仿佛回答水手的问题似的。

船依旧在那里，并且船上还有炮。

亮光闪过后 6 秒才听到炮声。

因此，这只船离岸大概 1.25 英里。

这时，铁链从链孔中哗啦啦地放了出来。

双桅船在“花岗石宫”的视线中抛锚了。

第二章　艾尔通侦察

海盗们的企图已十分明显了。他们在距离岛不远的地方抛锚，显然准备第二天使用小艇在沙滩上登陆！

赛勒斯 · 史密斯和他的伙伴们随时都准备采取行动。尽管他们下定了决心，可依旧不能麻痹大意。如果海盗们登陆之后，不到岛内来进行视察的话，他们还能隐藏起来。海盗们或许只想从慈悲河中获取些淡水。如果真是这样，他们也有可能不会发现距离河口 1 英里半的那座桥与“石窟”的工场。

但船顶上为什么要挂起那面旗呢？为什么还要开出那一炮呢？毋庸置疑，这纯粹是为了示威，要不然就表示他们要占领荒岛了。史密斯知道，船上的武器装备得很完备，林肯岛上的移民应使用什么来对付海盗们的炮火呢？只不过仅有几支滑膛枪罢了。

“不管怎样，”赛勒斯 · 史密斯说，“我们的阵地是不会被攻破的。现在‘花岗石宫’的出口有芦苇与乱草掩蔽着，敌人是发现不到它的，因此他们是不可能攻进来。”

“但我们的农场，家禽场，畜栏，我们的全部！”潘克洛夫一边跺脚一边嚷道，“要不了几个钟头，他们就会将这里所有都毁了！”

“是的，全部都会被毁灭的，潘克洛夫，”史密斯答道，“可我们没法阻止他们。”

“他们人多吗，这也是个问题，”通讯记者说，“如果他们只有十来个人，我们是可以阻止他们的，但或许有四十、五十，甚至更多呢！”

“史密斯先生，”艾尔通一边朝工程师走过来，一边说，“你可以让我去一趟吗？”

“去干什么，朋友？”

“到船上去打探一下敌人的实力。”

“但是，艾尔通……”工程师犹豫不决地道，“你这样做是会有生命危险的……”

“可为什么不可以呢，先生？”

“这并不是你的分内之事。”

“分外的事我也该做。”艾尔通答道。

“你准备坐小船去吗？”吉丁·史佩莱问道。

“不，先生，我泅水去。坐船是会被他们发现的，仅一个人却能从风浪间游过去。”

“那只船距离岸有 1.25 英里，你知道吗？”赫伯特说。

“我是一个熟悉水性的人，赫伯特先生。”

“我告诉你，这样做会有生命危险的。”工程师说。

“不要紧，”艾尔通答道，“史密斯先生，我请求你能答应我的请求，我觉得这或许是我重新做人的一个机会。”

“去吧，艾尔通。”工程师答道，他深信假如拒绝他的请求，这个改邪归正的罪犯肯定会深感伤心的。

“我和你一块儿去。”潘克洛夫说。

“那你就是不信任我！”艾尔通立即说。

随后他又腼腆地叹息了声：“唉！”

“不要这样！不要这样！”史密斯带着鼓舞的口气大声道，“别误会，艾尔通，潘克洛夫并不是不信任你。你理解错他的意思了。”

“确实是这样，”水手说，“我只提议将艾尔通送到小岛上。尽管可能性十分小，但或许已有匪徒上岸了。在这种情况下，想要阻止他发出警报，两个人也并不算多。既然他建议要单独去，我就会在小岛上等他，让他一人上船。”

事情商量妥当之后，艾尔通就准备好出发了。他的计划十分冒险，但是夜色十分昏暗，或许有成功的可能。只需能到达船边，抓到最主要的链条，艾尔通就能查看出船上的人数，甚至或许还可以听到海盗们的意图。

艾尔通和潘克洛夫在伙伴们的陪伴下，赶到了下面的海滩上。艾尔通脱掉衣服，全身抹上层油，防止受冻，因为海水还十分凉。事实上他或许不得不在水中待上几个小时。

这时，潘克洛夫和纳布去搬停在慈悲河上几百英尺长的小船了。他们回来时，艾尔通将衣服搭在肩膀上，就只等着动身了。居民们全跑过来与他握手。

此时艾尔通和潘克洛夫将船撑开了。

10点半时，这两个冒险家就消失在黑暗里了。他们的伙伴们到“石窟”那儿等着他们。

小船顺利地穿过海峡，在对面的小岛上靠岸了。他们一举一动十分小心，深怕有海盗在附近活动。经过仔细侦察之后，确定小岛没人。因此潘克洛夫跟在艾尔通后面，急忙穿过小岛，石洞里的飞鸟也被他们给惊动了。然后，艾尔通毫不迟疑地朝海里一跳，无声无息地往双桅船游过去。船上刚亮起灯，正好显示出它的准确位置。潘克洛夫蹲在乱石堆里，等待着他的伙伴返回。

这时，艾尔通在水面上用力地往前游去，一点也没发出水声。他仅将头露出水面，两眼凝视着暗黑色的船身，船上的灯光倒映在水中。他所考虑的是自己能完成任务，至于这一带常有鲨鱼出没等这类的危险，却一点也没想到。水流带着他向前，没过多长时间就离开海岸了。

半个钟头之后，艾尔通神不知鬼不觉地赶到船边了，抓到了船上的主链。他自己喘了一口气，随后攀着主链，一直爬上船只的最前端。有几条水手裤在那里晾着，他穿上一条，然后稳稳站住脚跟，静静倾听着。船上的人都没睡，相反，有的在谈笑，有的在唱歌。他们一边高谈阔论，一边谩骂，最让艾尔通触到隐痛的是这几句话：

“我们得到这只船真的是呱呱叫呀。”

“在海里航行起来很不错，不愧称作‘飞快’号。”

“诺福克的船队没一只可以追得上它。”

“船长万岁！”

“鲍勃·哈维万岁！”

艾尔通无意听见了鲍勃·哈维的名字，那是一个胆大包天的水手，同时也是艾尔通以前的澳洲伙伴，他现在还在干犯罪的勾当。当艾尔通听见这段话时，他的心情是能想象到的。鲍勃·哈维在诺福克岛的海岸掠夺了这只双桅船，船上装有武器、弹药、器皿及各种工具。这只船以前是准备开往三明治群岛的一个岛屿去的，自从被他抢到手之后，那一帮罪犯就变成了海盗。这些匪徒时常出没在太平洋上，抢劫经过的船只，屠杀船上的人，比马来海盗更惨无人道。

罪犯们一边开怀畅饮，一边高声谈笑，追述着以前所做的那些可耻的勾当。艾尔通还从他们的谈话中得知：船上的船员全是从诺福克岛上逃出来的英国罪犯。

现在不妨谈谈诺福克岛的情况。在澳大利亚往东，南纬29度2分，东经165度42分的地方，有一个小岛，四周6法里，岛上有座华特山，海拔1100英尺。

这个诺福克岛上曾监禁过英国感化院中最为顽固的罪犯。当时岛上的罪犯有500名，岛上不仅纪律森严，并且还有苦刑威逼着他们。此外还配有150名士兵进行监管，这150名士兵全是听总督指挥的。很难想象有比他们还要坏的暴徒能聚集在一块了。虽然对他们的监管相当严厉，但是还是有些人逃跑，不过这种事都是很个别的。他们突袭船只，将船抢过来，在玻里尼西亚群岛一带四处骚扰。

鲍勃·哈维和他的伙伴以前是这样做的，这也是艾尔通以前的愿望。鲍勃·哈维掠夺了停在诺福克岛旁的飞快号，将船上的人全给杀死了。一年来，他指挥着这只船在太平洋上四处骚扰，现在他是一个真正的海盗了，并且他是艾尔通的旧相识！

这些罪犯大部分全在船尾仓内，但也有几个躺在甲板上高谈阔论。

他们一边饮酒喊叫，一边继续谈话。艾尔通知晓飞快号是偶然来到林肯岛周围的。鲍勃·哈维从没到过林肯岛上。正与赛勒斯·史密斯想象的一样，他在航行中发现了这块地图上没标记的陌生陆地，就打定主意要去岛上视察，如果中意的话，就将它作为双桅船的大本营。

至于飞快号上挂的黑旗，与模仿军舰在降旗时放出的礼炮，那纯粹都是海盗们的示威行为，那不是什么信号，因为当时他们跟林肯岛上并没一点联系。

居民们的领地现在面临着十分严重的危机了。荒岛上有贮水场和港口，还有能藏身的“花岗石宫”；此外，经过居民们精心开发，岛上的各种资源都变得十分具有价值了。这一切对罪犯们而言，显然是很便利的。一旦它落在海盗们手中，就会变成最优越的藏身地；而且既没人知晓这个地方，很可能在极长的时间内，就可以保证他们的安全了。显然，他们都不会重视居民们的生命的。鲍勃·哈维和他的部下考虑的第一件事，就是要惨无人道地全部杀死他们。因为这些罪犯准备在岛上住下来，并且当飞快号外出打劫时，还可能要留下几个人去看守，史密斯和他的伙伴们就会束手无策了。因此，只能进行斗争了，只好不管使用任何手段将这些不知同情的恶棍全歼灭。艾尔通这样想着，他知道赛勒斯·史密斯肯定也会这样想的。

但抵抗与取得最后胜利有没有可能呢？那就要看船上的装备及人数了。

艾尔通决定不惜一切代价查清这点。他上船一个钟头之后，船上的喧哗声慢慢静下来了。不少的罪犯都已烂醉如泥了，因此艾尔通便毫不犹豫地冒险爬上飞快号的甲板。那时灯光已经全灭了，仓面上全是漆黑。他抓到船头，攀住牙樯，一直爬到前甲板上，从东倒西歪的罪犯们中穿了过去，在船上环绕了一圈，发现飞快号有四门大炮，这些炮能发射8磅到10磅重的炮弹。他用手一摸，便知道那全是后膛炮，这种炮十分新颖，操纵灵便，威力很大。

甲板上大概躺着10个人，但肯定还有许多人睡在下面。从他们的谈话中，艾尔通知晓这船上总共有 50 人。对林肯岛上的 6 个居民而言，要跟这么多的人战斗，实在不是件很容易的事！幸亏艾尔通一片热心，现在赛勒斯·史密斯能知晓敌人的实力，并且能适当安排，就不至于惊慌失措了。

艾尔通已完成了任务，只等回去将任务完成情况告诉伙伴们了，他准备到船头，后下水。

但是，就像他自己说的那样，分外的工作他也要干，因此他生出了一个英勇的念头：牺牲自己，来挽救林肯岛与岛上的移民。赛勒斯·史密斯绝对是打不过这 50 名匪徒的。海盗们的武器十分精良，不管是集中主力直捣“花岗石宫”，还是用围困的方法让他们全饿死，这都能达到他们的目的。这时艾尔通又想起了他们的保护人，他们让他脱胎换骨，变成一个好人，对他而言，那可真的是恩重如山。但是，他们都会遭到无情地屠杀了，他们的劳动成果将会受到破坏，他们的岛屿将会沦为海盗的巢穴！他对自己说：他就是造成这很多不幸后果的主要原因，因为他的老伙伴鲍勃·哈维只不过是实现了他以前的计划。想到这里，他不禁毛发悚然。于是，他产生出一个一不做二不休的念头，决定炸毁这只船与全船的人。就算他自己也会在爆炸时牺牲，但他也算得上尽自己的责任了。

艾尔通没一点迟疑。要找火药库并不算难，因为它通常都在船的后半部。做这种勾当的船肯定不会缺少火药的，只需一粒火星，就能瞬间将它炸毁了。

艾尔通悄悄顺着中仓甲板走去，甲板上各处全躺着熟睡的人，他们大多都是喝醉却不是睡着了。主桅的底部有一盏灯，附近支着一个枪架，上面各种武器都有。

艾尔通从枪架上拿了一支左轮枪，他看了一下，就知道里面装满弹药。这样就能用来完成这件破坏工作了。于是他一直奔往船尾，去后仓下的火药库。

甲板上光线十分昏暗，想要走过去，而不被那些半睡半醒的罪犯绊倒却不是件容易的事。每当他绊到他们身上，他们就会开口谩骂，或一脚踢过来。因此艾尔通不得不一再停下了。最终赶到了后仓的隔板旁，并找到了通向火药库的那扇门。

艾尔通没别的办法开门，只能用力将它打开，于是他便动手打门了。想要开展这项工作，就必须砸坏门上的挂锁，这样难免会发出响声。但是他的腕力十分大，一下子就拧坏了挂锁，库门便打开了。

这时候，突然有一只手搭在艾尔通的肩膀上。

“你到这里来做什么？”一个高个子的人站在灯影中，粗鲁地问道，他很快将灯光照在艾尔通的脸上。

艾尔通后退了几步。灯光一闪，他认出了正是他当年的伙伴鲍勃·哈维，但是对方肯定已经不认识他了，因为他觉得艾尔通早就死了。

“你到这里做什么？”鲍勃·哈维抓住艾尔通的腰带，又问了一句。

可艾尔通并没回答，他挣脱掉了他的手，准备冲到火药库里去。只要对着火药箱开出一枪，就大功告成了！

“帮忙呀，伙计们！”鲍勃·哈维大叫道。

两三个强盗被他喊醒了，他们都跳起身来，朝艾尔通扑了过去，想将他按倒在地上。他立即闪开身子，开了两枪，两个罪犯就倒下了。但他自己也因为来不及躲避，肩膀上被砍了一刀。

艾尔通眼看自己的计划实现不了，鲍勃·哈维已将火药库门关好了，并且甲板上稍有点响动，海盗们全部都惊了起来。艾尔通要保全自己来帮助赛勒斯·史密斯战斗，因此他只能逃走！

但是，还能逃得了吗？这是个问题。不过，艾尔通决心要尽所有努力回到伙伴们那去。

他的枪里仅剩下四颗子弹。刚才打出两颗，有一颗打的是鲍勃·哈维，但没将他打伤，最多也是轻伤。艾尔通乘着敌人暂时后退时，冲上扶梯向甲板跑去。经过灯下面时，他用枪托一下子将灯打灭了，因此四周一片漆黑，这就有利于逃跑了。这时，有两三个海盗惊醒了，他们从扶梯上跑了下来，艾尔通的第五枪便打倒了其中一个，其余的还不知到底发生了什么事，就向后退去。艾尔通两步跳上了甲板，3 秒钟之后，一个海盗几乎掐住了他的咽喉，他的最后一颗子弹正中这海盗的脸，然后他快速越过舷栏朝海里跳去。

艾尔通划行了不足 6 下，枪弹就跟冰雹似的朝他四周打来。

船上的枪声响了，躲在小岛岩石下的潘克洛夫到底会怎样想呢？蹲在“石窟”里的史密斯、通讯记者、赫伯特和纳布又会怎样想呢？他们 4 个人扛着枪都冲到海滩上，准备随时抵抗敌人的攻击。

他们觉得艾尔通肯定遭到了海盗的攻击，已被打死了，或许匪徒们还会乘黑夜到岛上来呢！

他们焦急不安地等待了半个小时。枪声已停止了，但艾尔通和潘克洛夫全都没回来。小岛已被敌人侵占了吗？他们应尽快去援救艾尔通和潘克洛夫吗？该怎么去呢？这时正在涨潮，海峡肯定是渡不过去的。船也不在这里！史密斯和他的伙伴们的焦急是不难想象的！

快 12 点半时，他们两个人所乘的小船最终靠岸了。艾尔通肩膀上受了些轻伤，潘克洛夫依旧安然无恙，大家都用最热烈的拥抱来欢迎他们。

他们立即躲到“石窟”中去，在那里，艾尔通将所有经过说了一遍，还说到他准备毁灭这只船的计划。

人人都朝艾尔通伸出手来。艾尔通也坦白地表示他们的处境是相当危险的，海盗都被惊动了，他们已知晓林肯岛上有人，他们会全副武装，强行登陆的。他们无所顾忌，一旦居民们落在他们的手中，就别想活命了。

“好吧，我们都不会白白牺牲的！”通讯记者说。

“我们都进去守望吧。”工程师答道。

“我们还有逃脱的机会吗，史密斯先生？”水手问。

“有，潘克洛夫。”

“嘿！ 6对50！”

“是的！ 6个！不包括……”

“谁？”潘克洛夫问。

赛勒斯手指着上面，并没回答。

第三章　双桅船沉没

这一夜就这样平安无事地过去了。居民们都在生死关头，并没离开他们在“石窟”的岗位。另一方面海盗们似乎并没有上岸的企图。自从在船上对艾尔通放了一通枪之后，就没再放一枪了，甚至没一点声音来证明他们还在小岛周围。莫非它已拔锚启航了？或许它怕和对手交锋，已离开海岸了吧？

但是，并不是这回事，破晓时，居民们透过清晨的薄雾看到一团朦胧的黑影，那便是飞快号。

“朋友们，”工程师说，“雾让海盗看不到我们，让我们的行动引不起海盗们的注意。更要紧的是，要让那些罪犯觉得岛上的人有很多，足以抵抗他们。因此，在雾散之前，我觉得我们最好这样准备：将我们的人分成三路，第一路在‘石窟’这里把守，第二路在慈悲河口把守，至于第三路，我想最好还是放在小岛上，因为在那里能阻止他们——最少能牵制他们——登陆。我们有两支步枪和四支滑膛枪，每个人都可以武装起来，我们有的是弹药，能尽量去用。我们不用害怕船上的滑膛枪，就算是大炮也不用顾忌。有那些岩石掩护着，他们能怎样？我们只要不从‘花岗石宫’的窗口向外开枪，他们就不会用炮将它炸得无法收拾。要怕的便是进行肉搏战了，因为罪犯们数量众多。所以，我们绝对要想办法不让他们登陆，同时也不可以暴露自己。因此，别舍不得用弹药，尽量开枪，但要瞄准了再放。我们每个人要争取打死8个到10个敌人，绝对要将他们完全消灭掉！”

赛勒斯·史密斯已经将他们的情况讲清楚了，他的嗓音十分镇定，似乎在调度一件工作，却不是在指挥一场战斗。他的同伴们都默许了这个部署。现在要做的，就是在雾散之前各就各位，准备战斗。纳布和潘克洛夫立即到“花岗石宫”上面去，拿来了大量的弹药。吉丁·史佩莱和艾尔通全是射击能手，他们每人拿了1支射程差不多能达到1英里的步枪。4支滑膛枪分给了史密斯、纳布、潘克洛夫和赫伯特。

每个人的岗位是这样部署的：

赛勒斯·史密斯和赫伯特埋伏在“石窟”周围，负责把守“花岗石宫”下的海岸。

吉丁·史佩莱和纳布则埋伏在慈悲河口的岩石中，河上的吊桥都已扯了起来，他们负责阻击任何人乘船渡河或在对岸登陆。

艾尔通和潘克洛夫需要划船穿过海峡，在小岛上各据一点。这样，火力能同时从不同的地点发射，罪犯们就会觉得岛上不仅有许多人，并且还有十分坚强的防卫。

如果艾尔通和潘克洛夫无法阻止海盗登陆，并且马上就要被海盗的小船切断退路，他们就应乘船返回岸上，去其他地点。

在出发到各个阵地之前，移民们都作了最后一次握手。

潘克洛夫拥抱着他的孩子赫伯特，尽力压制自己的感情，随后他们便分手了。

过了一会儿，史密斯和赫伯特在一块，通讯记者和纳布在一块，全消失在岩石后边了。艾尔通和潘克洛夫仅用了5分钟就顺利地穿过海峡，登上了小岛，各自隐藏到东岸岩石丛中。

他们都看不到了，他们自己也看不清雾中的那只船。

这时是早上6点半。

不久雾就慢慢散开了，船的中桅在水气中露了出来。几分钟之后大片的浓雾经过海面，很快就被微风给吹散了。

这时飞快号完全露了出来，它的锚链上系着根曳索，船头朝北，左舷对着海岛。就像史密斯所预计的那样，它距离岸不过1.25英里。

阴沉沉的黑旗依旧在船上飘着。

工程师在望远镜里看到船上的四门炮全对着荒岛，显然他们都准备好随时开火。

这时候，飞快号还没动静。大概有30个海盗在甲板上走动着，有几个在船尾，另有两个站在桅索中，手中拿着小型望远镜，详细观察着海岛。

显然，鲍勃·哈维和他的部下对夜间船上所发生的情况很难理解，那个半裸体的人强力打开了火药库的门，并且与他们展开了格斗，他总共开了6枪，打死了他们中的一个，打伤了两个，最后那个人被他们打死了吗？他回到岸上了吗？他到底是从哪里来的？他的目的是什么呢？就像鲍勃·哈维所想的那样，想炸毁双桅船吗？这些问题肯定让罪犯们完全摸不着头脑。但是，有一点他们是能确定的：

飞快号面前的这个无名海岛上是有人居住的，并且这里很可能有很多移民准备随时保卫它。然而，不管岸上也好，还是高岗上也罢，都看不到一个人。海滩上似乎完全没有人，也找不到一点房子的影子，是不是居民们全逃往内陆了？这个海盗船长似乎就是这样推测的，他十分仔细，肯定会先进行侦查的，然后再让他的部下上岸。

一个半小时都过去了，船上依旧没有准备进攻或登陆的样子。显然，鲍勃·哈维依旧犹豫不决。就算使用倍数最大的望远镜，潜伏在岩石中的居民，他还是一个都看不到。至于“花岗石宫”的窗口所遮的绿枝与爬藤，尽管在光滑的岩石上显得十分触目，可能根本都没引起他的注意。的确，他怎么会想到，在那样高的地方，人们竟能将坚硬的花岗石台变成一个能居住的房屋呢。从爪角起顺着整个的联合湾直到颚骨角，没有任何东西能让他觉得岛上有人或是可能有人。

8点钟时，移民们终于看到飞快号上有人行动了。一只小船被放了下来，7个人跳了进去。他们全都带着滑膛枪，一个人掌操舵索，4个人划桨，另外两个人伏在船头勘察着岛上的行动，准备随时开火。他们的目的十分明确，就是要做侦察，而不是登陆。如果准备登陆的话，来的人肯定会更多。海盗们从他们的瞭望台上能看到，荒岛的海岸外有个小岛，岛和小岛间的海峡宽半英里。可是，赛勒斯·史密斯按照小船前进方向立即判明，他们并不准备进入海峡，而要在小岛上登陆。

潘克洛夫和艾尔通各自隐藏在岩石的夹缝中，看着小船直朝他们划过来，等着它进入射程之内。

小船小心地前进着，每隔很长的时间才划一次桨，现在已能看到，有一个罪犯手中拿着1根铅垂线，准备测量被慈悲河冲陷的海峡到底有多深。这说明鲍勃·哈维准备尽量将船靠近海岸，船上有30来个海盗在索具间凝视着小船的行动，并寻找着能安全靠岸的界标。小船在距离小岛不足两锚链的地方停住了。掌舵的人站了起来，寻找最为适合上岸的地方。

这时只听到两声枪响，轻烟从小岛的岩石中缓缓上升，掌舵的人和测水的人全倒在船里了。艾尔通和潘克洛夫的枪弹同时命中他们两人。

几乎同时又听见更大的一声炮响，双桅船的船边喷射出一团烟雾，掩护艾尔通和潘克洛夫的岩石顶上被一个炮弹击中，炸得碎石横飞，但两个射击手都没受伤。

小船上的人破口大骂，并且立即向前继续驶来。掌舵的已换了一个人，其他的人都迅速地划着桨。出乎意料的是它不仅没掉头回去，反而又沿岸驶来，准备绕过小岛的南端。海盗们拼命地划船，想逃离出步枪的射程。

他们绕了半个圆圈以后，来到离遗物角岸边5锚链内的地方，又在双桅船大炮的掩护下，往慈悲河口驶去。

他们的意图明显是想进入海峡，切断小岛上移民的退路，不管小岛上到底有多少人，要让他们处在两船的火力范围之内。

小船又朝着这个方向行驶了一刻钟，四周连一点声音都没有，海面上风平浪静。

潘克洛夫和艾尔通知晓自己有被切断后路的危险，但他们并没离开岗位，他们不愿在进攻的敌人与飞快号炮火之间暴露自己，同时他们也相信，防守着河口的纳布和吉丁·史佩莱，及埋伏在“石窟”周围岩石间的赛勒斯·史密斯和赫伯特肯定会来援助他们的。

在第一次射击之后20分钟，小船离慈悲河不足两锚链了。这时正开始涨潮，因为海峡十分窄，水势照例很湍急。海盗们的船全被冲到河口了，他们费了九牛二虎之力，才保持到海峡的中流。但是，当海盗驶进慈悲河口的适当距离之内时，纳布和史佩莱立即给他们两枪，这两枪全没落空，小船中又有两个人倒下了。

船上立即对准冒烟的地方又开了一炮，但还跟刚才一样，只是将岩石打得粉碎。

现在小船上仅剩下3个有用的人了。它顺着水流，像箭一般冲过海峡，通过史密斯和赫伯特的前面。他们觉得还不在射程之内，就没射击。然后小船在仅剩双桨的推动下，绕过小岛北端，返回到双桅船那里去了。

到现在为止，岛上的人没任何抱怨。他们的敌人却都倒了大霉，已有4个海盗不是死，就是重伤。相反地，居民们却都没受伤，并且每枪都打中了敌人。如果海盗继续这样进攻，如果他们还准备利用小船登陆的话，那么，他们会被一个个被歼灭的。

现在能看出工程师调度有方了。海盗们会觉得对方不仅人多势众，并且武器优良，不是能轻易取胜的。

小船逆水划行着，半个钟头之后，才靠拢飞快号。当他们与受伤的人返回到船上时，只听见一片鬼哭狼嚎，接着又没一点目的地开了两三枪。

但是，现又有十来个罪犯怒不可遏地跳到小船中来，他们或许还受着昨夜事件的影响。同时也放下了第二只小船，里面坐着8个人。第一只小船直往小岛划去，准备赶走小岛上的移民，第二只想要强袭慈悲河口。

在这种情况下，潘克洛夫和艾尔通的处境显然很危险，他们认为必须返回本岛不可。

但是，他们还是等第一只小船进入射程之内后，准确地开了两枪，小船上的人立即便陷入混乱之中。潘克洛夫和艾尔通这才顶着密集的火力，离开他们的阵地，迅速地穿过小岛，跳到小船中。当第二只小船到南端时，他们都已经渡过海峡了，藏到“石窟”中去了。

他们刚刚回到赛勒斯·史密斯和赫伯特的身边，海盗们便占据了小岛的各处。这时慈悲河口也传来枪声。海盗的第二只小船正在迅速地往慈悲河口驶去。在船上的8个人当中，吉丁·史佩莱和纳布把其中两个打得奄奄一息。小船在没有办法控制下朝礁石上撞去，到慈悲河口时，小船都已经进水了。但是，那6个活着的人却高举滑膛枪防止浸水，在河右岸登陆了。等他们发觉自己暴露在埋伏的火力范围之内时，就往遗物角枪弹打不到的地方逃去了。

实际上的情况是这样的：小岛上总有12个罪犯，其中有几个一定是受伤了，但他们还有只小船。岛上有6个罪犯，因为吊桥都扯了上来，无法过河，因此他们是到达不了“花岗石宫”那里的。

“喂，”潘克洛夫闯到“石窟”，大声说，“喂，史密斯先生，现在，你看应该怎么办？”

“我想，”工程师答道，“现在已经转入一个新的战斗局面了。罪犯们肯定不会这样傻，甘心守住那个不利的阵地！”

“他们是无法渡过海峡的，”水手说，“有艾尔通和史佩莱先生在那儿，就能阻挡住他们。你知道，他们的步枪可以打到1英里之外的地方！”

“当然，”赫伯特答道，“可是，两支步枪怎能抵挡得住双桅船上的大炮呢。”

“船还没到海峡里来呢！”潘克洛夫说。

“但是，如果它到海峡中来呢？”史密斯问道。

“那是不可能的，它如果那样做了，便有可能要搁浅和覆灭了！”

“这依旧是有可能的，”艾尔通说，“在落潮时，不错，可能会有搁浅的危险，但是罪犯们或许会趁着涨潮时到海峡中来的。那时，在它的炮火攻击之下，我们的阵地就会坚守不住了。”

“该死！”潘克洛夫喊道，“这帮可恶的家伙似乎真的在起锚。”

“我们或许只能躲到‘花岗石宫’中去了！”赫伯特说。

“还是再稍等会吧！”赛勒斯·史密斯说。

“可史佩莱先生和纳布呢？”潘克洛夫说。

“到时他们会上我们这儿来的。艾尔通，做好准备，现在用到你和史佩莱的步枪了。”

果然，飞快号起锚了，它显然准备驶近小岛。退潮的时间已过去了，潮水上涨还需要一个半钟头，在这种情况下，双桅船前进是十分方便的。至于说开到海峡，潘克洛夫并不同意艾尔通的意见，他觉得双桅船是不敢这样冒险的。

这时，小岛上的海盗已慢慢赶到对岸边上了，与本岛只相隔一道海峡。

海盗们仅有滑膛枪，因此伤害不到埋伏在“石窟”与慈悲河口的居民。海盗们想不到对方准备有射程远的步枪，因此自己暴露在对方的火力之下还一点也不知情。于是，他们就在没有一点掩蔽的情况下，观察小岛，并巡查了海岸。

他们的妄想没多长时间就破灭了。艾尔通和吉丁·史佩莱的步枪开始响了起来。毋庸置疑，枪弹给罪犯们带来了很不幸的结果，有两个倒下去了。

因此他们惊慌起来，其余的10个人连受伤的伙伴都不顾，在小岛的另一旁迅速地逃跑了，连滚带爬地登上了的小船，拼命划了起来。

“一共少了8个了！”潘克洛夫喊道，“的确，史佩莱先生和艾尔通简直就是听到口令似的，几乎都同时开枪。”

“诸位，”艾尔通一边说，一边装上子弹，“现在情况更严重了，双桅船要开动了！”

“它正在起锚呢！”潘克洛夫叫道。

“是的，它已经动了。”

事实上，他们都能清楚地听到绞盘的声音。飞快号最初是被锚拉住的，起锚之后，它就往岸边漂来了。风正好从海面上吹过来，船上将三角帆和前桅帆张了起来，慢慢靠近了海岛。

慈悲河和“石窟”这两个阵地上的人都隐藏得很好，但他们却隐藏不住激动的情绪。一旦自己暴露在敌船炮火面前，他们就根本没办法还手了。还有比这更可怕的吗？怎样才能阻止海盗们登陆呢？

赛勒斯·史密斯充分感受到这一点，他思考着应该如何办。不久大家就需要他做出决定了。但是，应该怎样决定呢？依靠储藏食品充足，躲在“花岗石宫”中，连续好几个星期，甚至几个月都困在那里？这样固然很好！可是以后怎么办呢？海盗们照样会成为岛上的主人的，他们会恣意蹂躏它，到一定程度时，他们便会使用报复手段屠杀被围困在“花岗石宫”中的人。

不过，现在还有最后的一个机会，鲍勃·哈维或许不会冒险将船开到海峡中来，而是仅停留在小岛外。如果真是这样的话，他距离海滨还有半英里，在这段距离之外，射击的威力并不会太大的。

“绝不会！”潘克洛夫重复说，“如果鲍勃·哈维是一个航海老手，他绝对不敢到海峡中来的！他肯定知道，当海水并不高时，双桅船是可能遇险的！丢了船之后，他应该怎么办呢？”

这时，双桅船已靠近了小岛。能看得出来，它正努力向下方开。风力很小，潮流的力量也大大衰退了，鲍勃·哈维完全能控制住他的船。

它按着小船走过的路线，对海峡展开侦查，并且大胆地向海峡中开进。

现在海盗的企图十分明显，他准备将船侧炮火对着“石窟”，朝打死同伴的开枪地点展开攻击。

飞快号没过多久就驶过小岛的顶端，并十分顺利地绕了过去。船上将主帆扯了起来，抢着风，直朝着慈悲河口对面驶来。

“该死的东西！他们都来了！”潘克洛夫说。

这时，纳布和吉丁·史佩莱返回到赛勒斯·史密斯、艾尔通、水手和赫伯特这里来了。

通讯记者和他的同伴在撤退之前看出最好就是放弃慈悲河的阵地，因为在那里根本没办法应对双桅船，于是他们便采用了这个聪明的举动。在紧要关头，他们最好还是团结在一起。吉丁·史佩莱和纳布是从岩石后面躲闪地跑了回来，尽管引起了一阵射击，可并没打中他们。

“史佩莱！纳布！”工程师大声说，“你们受伤没有？”

“没有！”通讯记者答道，“仅是枪弹跳起来蹭破了点儿皮，那只该死的船已开进海峡中了！”

“是的，”潘克洛夫说，“10分钟内，它就会停到‘花岗石宫’的前面了！”

“你有计划吗，赛勒斯？”通讯记者问。

“现在还来得及，我们只能躲到‘花岗石宫’里去了，罪犯们是看不到我们的。”

“我同意，”吉丁·史佩莱说，“不过，如果被围困起来……”

“到那时我们再见机行事吧。”工程师说。

“那么，我们就快走吧！”通讯记者说。

“史密斯先生，能让我与艾尔通留在这里吗？”水手问道。

“那有什么用呢，潘克洛夫？”史密斯回答，“不，我们不要分散！”

现在一点也不能浪费时间了。移民们都离开了“石窟”。弯曲的山石把他们遮挡得很好，因此双桅船上的人并没发现他们正在撤退。但两三声枪响，与子弹打碎岩石的声音表明飞快号距离他们不远了。

移民们都跳上升降梯，上升到“花岗石宫”门口，奔到大厅，前后只用了1分钟。前一天晚上他们关在家里的托普和杰普依旧在里面。

他们回来得正是时候。居民们透过树枝看见飞快号在烟雾缭绕中开到了海峡里。枪声不停在响，四门大炮对着已没人的慈悲河阵地与“石窟”盲目地轰击。岩石都被打成了碎片。每发一炮，海盗们全都欢呼一阵子。幸好史密斯将窗户遮了起来，大家都希望“花岗石宫”能幸免于难。但是，正在这时，突然有一颗炮弹，穿过屋门，打到走廊中来。

“我们被发现了！”潘克洛夫喊。

或许移民们还没被发现，但是有一点能确定了：鲍勃·哈维觉得这部分悬崖上所遮的枝叶有点可疑，因此就向这个地方开了一炮。他立即加强了进攻，第二炮将遮蔽的树叶打开了，花岗石壁上的洞口就此暴露了出来。

移民们真的陷入绝境了，掩蔽所已暴露。他们既无法阻挡猛烈的炮火，也不能保护这片石壁——在炮火的轰击下，碎石在他们的四周横飞。现在唯一的办法就是到“花岗石宫”的上层甬道中去躲避。至于住房，只能随它去了。正在这时，突然传来一阵低沉的响声，接着便是一片惨叫声。

赛勒斯·史密斯和他的同伴们急忙往一个窗口奔去。

一股水柱猛不可当地将双桅船抛了起来，一下子就将它冲为两半，不到 10 秒钟的工夫，连船带人全沉到海里了！

第四章　打捞沉船

“船炸了！”赫伯特喊道。

“是的！就跟艾尔通点着了火药似的，爆炸了！”潘克洛夫一边说，一边跟纳布和少年一块跳进升降梯。

“这到底是怎么回事？”吉丁·史佩莱问道，这个意想不到的结局让他愣住了。

“嗯！这下我们能知道了……”工程师迅速地说。

“我们能知道什么？……”

“别着急！别着急！来吧，史佩莱。最主要的是，这些海盗全部都被歼灭了，这可是件大事！”

赛勒斯·史密斯催着通讯记者和艾尔通赶去海滩，与潘克洛夫、纳布、赫伯特会合在一块儿。

整个双桅船都没有了，连它的桅杆都看不到了。它全被水柱给抛了起来，朝侧边倒了下去，随后就那样沉没了。毋庸置疑，这是因为漏水漏得太厉害了。可这一带的海峡不足 20 英尺深，可以确定，在水浅时，沉船的船沿甚至可以再露出水面。

沉船上的一些东西都在水面上漂着，一个木筏漂出仓口，逐渐露到海面上来，上面备着不用的圆材、养鸡的笼子——中间的鸡还活着呢——箱子和木桶；可沉船的残骸却看不到，既没甲板的木料，也没船身的肋材，飞快号的忽然失踪让人感到不可思议。

可船上的两根折断了的桅杆，最终摆脱了桅索和支索，漂了上来，上面上还挂着帆呢，有的卷着，有的则铺在水面。艾尔通和潘克洛夫不耐烦等待退潮，便跳进小船，准备将沉船的残骸拖上海滩或小岛。可是，正当他们要将小船摇开时，吉丁·史佩莱的一句话将他们拦住了。

“那6个登上慈悲河右岸的罪犯上哪里去了？”他说。

的确，千万不能马虎，尽管船已在岩石上撞得粉碎，可那6个人却在遗物角登岸了。

居民们往那边看了一会儿。并未看见一个亡命之徒。可能他们看到自己的船在海峡中沉没之后，便逃到荒岛的内陆去了。

“我们以后再来对付他们，”史密斯说，“他们还有武器，碰见他们仍有危险，可现在是六对六，双方的实力是相同的。还是先解决最要紧的问题吧。”

艾尔通和潘克洛夫努力朝沉船的地方划去。

海面十分平静，两天之前，才是新月，正是潮水较高时，最少还要整整一个小时，双桅船才会露出海峡的水面。

艾尔通和潘克洛夫用绳子将桅杆和圆材缚住，将绳子的一端带往海滩上。在居民们的一起努力之下，沉船的残骸全被拉了上来。然后潘克洛夫和艾尔通又驾驶着小船，将漂浮的东西全给捞了起来，其中有鸡笼、木桶和箱子，立即送到“石窟”去。

水里也漂浮起几具尸体。艾尔通认出其中就有鲍勃·哈维，便指着他，激动地对他的伙伴讲：“以前我也是干他这行的，潘克洛夫。”

“可现在你已经洗手不干了，勇敢的艾尔通！”水手热情地说。

浮起来的尸体很少，这确实十分奇怪。他们数来数去，总共只有五六具，这些尸体，不久便被海流冲往大海中去了。其余的很大一部分罪犯很可能是没来得及逃开，船身倒在一旁，全给留在底下了。现在海流将那些倒霉的家伙的尸体冲走，倒减少了移民们一项悲伤的任务——将它们埋葬在荒岛上。

赛勒斯·史密斯和他的伙伴们花费了两个小时的时间，将圆材拖上沙滩来，然后再将船上的帆给铺开，准备将它们晾干，这些帆一点都没损坏。他们一心一意地工作着，很少讲话，可他们脑袋里却想得更多！

得到这只双桅船，换个意思说，得到船上的所有物品，可说是添加了一笔数额巨大的财富。的确，一只船就像是个小世界，小队的仓库中能增加很多有用的东西。它如同在遗物角捡到的那只箱子，不过比它大很多。

“还有，”潘克洛夫心中想，“难道不可以让双桅船再次浮起来吗？如果船底仅有一个窟窿，那是能修补好的。这只船足足有三四百吨重，跟我们的乘风破浪号相比，更加像样些！我们能乘着它去更遥远的地方！我们想上哪儿就上哪儿！史密斯先生，我一定要跟艾尔通一块儿去仔细看看，在它身上费一番气力是很值得的！”

的确，如果双桅船还可以航行的话，那么移民们回国的希望就会变得更大了。可是，要想决定这样重要的问题，必须等到退潮之后海水降低时，因为只有那时，才可以详细检查整个的船身。

等到将财物安全地运上岸之后，史密斯和他的伙伴们才同意来吃早饭。他们全都很饿了，幸好离食品室并不远，纳布又是个厨师中的快手。因此他们就在“石窟”周围吃了早饭，不用说就能猜出来，他们在吃饭时，谈的全是小队意外脱险的奇迹。

“只可以说是奇迹，”潘克洛夫一再说，“那些流氓被炸得正是时候！‘花岗石宫’正遭受威胁！”

“你能猜得出来吗，潘克洛夫，”通讯记者问道，“到底是怎么回事，是什么东西引发了爆炸？”

“嗨！史佩莱先生，再简单不过了，”潘克洛夫回答说，“犯人的船不像 军舰那样有纪律！犯人同样也比不上水手。火药库肯定是开着的，他们不断地开火，可能有哪个粗心大意或笨手笨脚的人，一不留神就把火药库点着了！”

“史密斯先生，”赫伯特说，“让我觉得奇怪的是，爆炸并没发挥出更大的作用。爆炸的声音很小，并且炸坏的木板与肋材也不多。看起来它似乎不是炸毁的，却是撞沉的。”

“你认为这点奇怪吗，孩子？”工程师问道。

“是的，史密斯先生。”

“我也认为奇怪，赫伯特，”他说，“可是等我们检查过之后，肯定会得到解答的。”

“怎么，史密斯先生，”潘克洛夫说，“难道你也觉得飞快号是像触礁似的，被撞沉下去的吗？”

“如果海峡中有礁石，”纳布说，“这有什么不可能的？”

“胡说，纳布，”潘克洛夫说，“当时你都没看见。我可看得十分清楚，就在双桅船沉没之前的一刹那，一个大浪将它抛了起来，然后它就朝左边倒下了。如果仅仅是触礁，它会跟正常船那样，安静地沉到海底的。”

“就因为它并不是只正常的船！”纳布说。

“算了，我们很快就能知道了，潘克洛夫。”工程师说。

“我们很快就能知道了，”水手随着说，“不过我敢用我的脑袋打赌，海峡中肯定没有岩石。史密斯先生，我们将话说清楚，你是不是认为这件事有点奇怪？”

赛勒斯·史密斯并没回答。

“触礁也好，爆炸也罢，”吉丁·史佩莱说，“不管怎样，潘克洛夫，你都应承认，这件事情正好出现在紧要关头！”

“是的！是的！”水手说，“可问题并不在这儿。我是问史密斯先生看出有什么奇怪的地方没有。”

“我有点说不上来，潘克洛夫，”工程师说，“我仅能这样回答你。”

这个回答完全不能让潘克洛夫感到满意。他一口咬定是“爆炸”，坚决不放弃这个想法。海峡底下有着一层细沙，就跟沙滩那样，水浅时，他常常跨过海峡去，因此，他坚决不同意那里会有什么暗礁。

并且，双桅船下沉时，水势十分高，也就是说，就算涨潮时有岩石暴露在水面上，当时的水量也足以让任何船只浮起来，不致遭受到岩石的阻碍。因此，触礁是没有可能的，船并没遭受到撞击，能确定它是炸毁的。

必须承认，水手的论点并不是没有一点依据。

快一点半时，居民们都登上小船去看沉船。遗憾的是，没能将双桅船上的两只小船给保留下来：有一只都已交代过了，在慈悲河口被撞得粉碎，根本不能用了；另外一只是与双桅船的下沉一起失踪了，还没再露出来，肯定也撞坏了。

这时，飞快号的船身刚露出水面。双桅船在一边歪着，这是因为它的桅杆全折断了，又经过猛烈的震动，压仓的底货便改变了位置，让全船失去了重心，它的龙骨整个都能看见了。当时海底有一种不可思议的惊人力量将它给翻了过去，同时还产生了一股庞大的水柱。

居民们在船的附近来回划动着，随着潮水下退，他们就算不能证实失事的原因，最少也能查明产生的后果。

临近船头部分，距离七八英尺的地方，双桅船的龙骨两侧遭受到极为严重的破坏。最少有 20 英尺长的一段，两边都开着一个大缺口，要想将这样的窟窿堵住是没有可能的。不仅没了船底的铜包板与木板——毋庸置疑，肯定是炸成灰烬了——甚至那连接它们的肋材、铁螺丝和木钉全都不见了。那是一种奇妙的力量，让整副龙骨和整个的船身从头到尾全脱落了。龙骨本身，从纵梁上也断裂了好几处，都已完全折断了。

“我想，”潘克洛夫叫道，“这只船以后很难再浮起来了！”

“那没可能了。”艾尔通说。

“先不说这些，”吉丁·史佩莱对水手说，“如果真的发生爆炸，那这个爆炸的结果也真的太奇怪了！它将船底炸裂了，却没炸坏甲板与楼顶！这些大窟窿完全不像是火药库炸的，似乎是用石头砸的。”

“海峡里一块石头都没有！”水手说，“你说什么我全都同意，就是不同意你再说海里没有石头。”

“我们想办法进船中看看吧，”工程师说，“或许进去之后，就能知晓它是怎样遭到破坏的了。”

这是最为可行切实的办法了。大家都同意了，并且，这样还能将全船的财物进行清点，做出一个安排，给收藏起来。

现在想进船十分容易，潮水还继续在下退，甲板上都已经能走人了。压仓的底货全是些沉重的铁块，已从几处漏到船壳外来了。海水从船身的窟窿中流了出来，发出哗啦啦的声音。

赛勒斯·史密斯和他的伙伴们都拿着斧头，顺着破碎的甲板向前走去。甲板上堆积着各种箱子，阻挡住他们的去路，箱子在水中泡的时间不算长，或许里面的东西还没损坏。

居民们忙着将全部的货物放置在适当的地方去。低潮的时间仅有几个小时，他们必须尽可能利用这段时间。艾尔通和潘克洛夫在船身的入口处寻找到一些索具，能用来将木桶和箱子吊起来。他们将货物装在小船里，运上岸，立即又返回运送各种物件，至于整理，准备以后再做。

总的来讲，居民们十分满意，因为他们很快便发现双桅船上有各色的货物。就像进行大规模沿海贸易的玻里尼西亚商船那样，它装载的有五花八门的物件，器皿、工业品和工具，应有尽有。甚至不管他们想要些什么都能找到，大家都觉得这些东西正是林肯岛上小队现在迫切需要的。

然而，赛勒斯·史密斯却一直在发愣，不仅双桅船的船身受到了巨大的损伤——这一点前面都已说过了，至于事故到底是怎样造成的姑且不谈——就连它内部装置，尤其是在靠船头的地方，也给损坏了。似乎曾有什么威力极大的炮弹打到双桅船里来似的，隔板和支柱全都遭到破坏。移民们把箱子搬开，就很方便从船头走到船尾。这些箱子并不是些沉重的大件，却是些很普通的小件，因此并不算是难搬，箱子上那写着起运地点的字迹，全都看不清了。

因此居民们走到双桅船的船尾，原来那里是舵楼甲板。按照艾尔通的指点，他们应在这里找到火药库。赛勒斯·史密斯觉得火药库并没爆炸，或许还能遗留下几桶火药，并且，火药平常都是有金属封皮包装着的，应该不会受潮。

事实果然就是这样的。他们从子弹堆中寻找到20桶火药，桶中全衬着铜皮。他们小心翼翼地将桶抬了出来。潘克洛夫亲眼看过之后，才相信飞快号并不是炸沉的，而且，火药库所在那部分船身，所遭受的损失最小了。

“或许不是炸沉的，”顽固的水手说，“可要说是石头，我能肯定，海峡里一块都没有！”

“那么，事情到底是怎么发生的呢？”赫伯特问道。

“我不知道，”潘克洛夫回答说，“连史密斯先生都无法弄清楚，那就谁也不会明白了，并且再也不会有人明白了！”

他们搜查了几个小时，潮水逐渐上涨了，必须暂停工作。他们不必担心海水会将船冲走，因为它已像抛了锚似的，牢固地定在那里了。

因此，等到第二天再开展工作也没一点问题；可船尽管已失事沉在那儿了，最好还是赶紧将船中剩下的物资给抢救出来，因为它不久就会整个陷进海峡的流沙中去了。

这时是傍晚5点钟，居民们都忙了一天了。他们的晚饭吃得津津有味，吃完之后，尽管十分疲倦，大家还是忍不住要将飞快号上的货箱全打开看一下。

大部分箱子都装着衣服，能想象得到，它们很受大家的欢迎。整个小队都足够穿了——各种尺码的衣服和鞋子全都有。

“我们太阔了！”潘克洛夫叫道，“可我们怎么处理这所有的东西呢？”

水手看到了烈性酒桶、烟叶桶、火器和刀剑、棉花包、耕作用具、木匠细木匠和铁匠的工具，还有很多盒各种各样的种籽，高兴得不由欢呼起来，因为在水里时间不算长，这些东西一点都没受潮。如果在两年前得到这些东西，他们将会怎样的珍惜啊！不过，尽管勤劳的移民们现已经有了工具，这些宝贝对他们还是十分有用的。

“花岗石宫”的仓库相当宽阔，可要想在天黑之前将所有东西全收拾好，还是来不及了。并且，还不能忘了，飞快号的6个亡命之徒依旧还在岛上，他们很有可能是一群穷凶极恶的匪徒，移民们必须要随时提防着他们。慈悲河上的桥全扯了上去，可一条河流或小溪是无法将这些罪犯挡住的，在走投无路时，他们什么都能干得出来。

他们不久前能研究出最为妥当的办法，可现在却只能在“石窟”周围站岗，因为箱笼物件就堆积在那里。居民们就在夜间轮换值班守护着。

天亮了，罪犯们也没来骚扰。杰普和托普守在“花岗石宫”脚下，如果有动静的话，它们便会随时报告给大家的。接着，10月19日、20日、21日，一连3天时间，他们全在忙着整理东西。不管货物也好，索具也罢，每一样值钱的或有用的东西全都保存起来了。落潮时，他们就检查船舱；涨潮时，便整理抢救出来的东西。船身的铜包板大多都已揭了下来，船身一天天地向深处陷去。可是，艾尔通和潘克洛夫不等流沙将船底漏下去的沉重东西吞没，就潜入到海峡的水底，将双桅船的锚链、压仓的铁块全部都捞了上来，甚至还有四门炮，这些东西全都使用空桶将它们浮起来的。

很明显，小队的军火库与“花岗石宫”的仓库都因为沉船而变得充实了。潘克洛夫一向十分热心制定计划，这时他已经在盘算在海峡和慈悲河口的上面建设个炮台了。他准备利用四门大炮，阻挡一切舰队——“不管有多么强大”——进犯林肯岛领海！

等到双桅船上的东西全部都运完了，仅剩下一个空壳时，天气开始变坏了，一下子就将它消灭干净了。赛勒斯·史密斯原来还准备将船炸开，然后把岸上的残骸收拾一下，可东北方吹过来一阵狂风，再加上狂潮一涨，工程师就正好节省些火药了。

23 日到 24 日的夜间，整个的船身全碎散了，一部分残骸被抛在海滩上。

至于船上的那些文件，不用说，虽然史密斯仔细搜索尾楼的橱柜，可一点都没被发现。海盗们肯定将与飞快号以前的船长和主人有关的标志全部都销毁了，船尾也没漆着港口的名称，因此没有办法知道它的国籍。可是，按照它那两只小船的船型，艾尔通和潘克洛夫都觉得这只双桅船是英国制造的。

出事之后的一星期——与其说是出事，还不如说是最奇妙的好运气，因为移民们全是这样才保全下的——就算在水浅时，也见不到沉船。船倒是消失了，但“花岗石宫”却因为接收了船上的所有财产而富裕起来。

然而，要不是因为纳布的原因，这次神秘的爆炸肯定也永远无法解释。10 月 30 日，纳布在海滩上散步时，捡到一块铁筒的厚片，上面带着爆炸过的痕迹。这块厚铁片的边缘被扭得里进外出、残缺不全，样子像是被炸药的爆破造成的。

纳布将铁片拿给他的主人，当时工程师正在与伙伴们在“石窟”的工场里。

赛勒斯·史密斯仔细看了一下铁筒，随后转向潘克洛夫。

“朋友，”他说，“你坚信飞快号不是被撞沉的，是吗？”

“是的，史密斯先生，”水手答道，“我们都清楚，海峡中是没有礁石的。”

“可是，或许它是撞在这块铁片上的呢？”工程师一边说，一边将破铁筒给他看。

“什么，这就是块破筒子！”潘克洛夫很怀疑地叫道。

“朋友们，”史密斯接着说，“你们都还记得吗，在双桅船沉没之前，曾有一个水柱将它抛了起来吗？”

“记得，史密斯先生。”赫伯特答道。

“好，你们想知晓水柱是怎样被掀起来的吗？就是它。”工程师举着破筒子道。

“它？”潘克洛夫说。

“是的！这个铁筒便是水雷的残余！”

“水雷！”工程师的伙伴们全都大叫了起来。

“那么是谁布的水雷呢？”潘克洛夫问道，他还不能表示同意。

“我仅能告诉你，那不是我布的，”赛勒斯·史密斯回答说，“可水雷的残迹就在这里，你们能估算出它的力量到底有多大！”

第五章　海底的水雷

于是，水雷在海底爆炸将全部的疑问都给解释清了。赛勒斯·史密斯是绝对不会错的，因为在南北战争中，他曾试制过这种恐怖的爆炸武器。这个铁筒中装着炸药——硝化甘油、苦味酸或其他类似的药品，就是因为它的作用，海峡中的潮水才会掀成一个圆顶，船底才会发生炸裂，导致立即下沉，因为船身被破坏得十分严重，因此一沉下去就再也没有办法浮起来了。装甲舰遇见这种水雷，也会跟渔船似的被炸毁了，飞快号碰上之后，当然更经受不住了！

是的！所有都真相大白了，现在只有一个问题——海峡中的水雷到底是怎么来的？

“因此，朋友们，”赛勒斯·史密斯说，“现在我们不用再去怀疑了，这里肯定有一个神秘的人，或许跟我们相同，他也是遇难之后，被遗弃在荒岛上的。我之所以要这么说，是要让艾尔通也知晓我们这两年来所遇见的各种怪事。尽管我们有好几次都得到了他的帮助，可我还是没法想象出，这个陌生的恩人到底是谁。他屡次在暗中帮助我们，到底有什么目的，我全都不清楚。可他确实在帮助我们，并且按照性质来看，只有具有惊人的才干，才会这样做的。艾尔通和我们一样受到了他的恩惠，因为当我从气球上掉下时，如果是他将我从海中救起来的，那么写纸条，将瓶子放在海峡中，让我们知道我们的伙伴所处的地方，也肯定就是这个陌生人。我还需补充些事实：那只箱子，将它放在遗物角，让我们获得所有必需品的是他；在荒岛的高地上点起篝火，让你们可以寻找到陆地的也是他；打了一枪在西瑞身上的是他；在海峡中布置水雷，炸毁双桅船的，也同样是他；一句话，一切我们无法解释的怪事，全是这个神秘人做出来的。因此，不管他到底是谁，是遇难的人也好，是被流放在我们岛上的人也罢，我们都应去感激他，要不然，我们就变成了忘恩负义的人了。我们所欠下的这笔人情债，希望有一天我们可以还清它。”

“你说得很对，亲爱的赛勒斯，”吉丁·史佩莱说，“不错，岛上藏着一个能说得上是万能的人。他的力量对于我们有着莫大的好处。我还需补充一点，就是假如我们承认在实际生活中有超凡的事，那么，这个陌生人的本领就算得上是超凡入圣了。是不是他暗中在‘花岗石宫’的井中探听我们的消息，因此掌握了我们所有的计划？是不是他在我们第一次试航时，将瓶子扔给我们的呢？是不是他把托普从湖中扔了出来，刺死儒艮的呢？是不是他把你从海中救了出来呢？按当时出现的那些事的情况来讲，让我们不由得会这样想：如果这些事情全是一个人干的，那他几乎都有了呼风唤雨的能力了。”

通讯记者的论点十分正确，每个人都有同感。

“是的，”赛勒斯·史密斯接着说，“如果能确定给我们解围的是一个人，我同意他具有平常人所不具备的本领。现在这都还是个谜，可如果可以找到这个人，这个谜就解开了。因此，目前的问题是，我们到底应该尊重这个仁慈的人，随他隐藏着却不去惊动他，还是尽量将他找出来？你们对于这个问题有什么意见吗？”

“我的意见是，”潘克洛夫说，“不管他究竟是谁，他都是个勇敢的人，我十分佩服他！”

“话虽然不错，”史密斯说，“可我问的并不是这个，潘克洛夫。”

“主人，”纳布说，“我的意见是，我们能尽量去寻找你说的那个人；可我想，如果他不愿露面，那我们依旧是找不到他的。”

“你说得不错，纳布。”潘克洛夫说。

“我也赞同纳布的意见，”吉丁·史佩莱说，“可我们却不能因此就不再去探险了。不管我们是否能找得到这个神秘人。至少我们应尽到寻找他的心意。”

“你呢，孩子，谈谈你的意见吧。”工程师对赫伯特说。

“呵！”赫伯特兴奋地说，“他先是救了你，现在又救了我们大家，我真的很想谢谢他！”

“当然，孩子，”潘克洛夫说，“我们每人都想谢他。我向来不喜欢刨根问底，可要能够面对面看他一眼，挖我一只眼睛我也是心甘情愿的！我想这个人肯定长得十分英俊，高高的个子，身体魁梧，留着十分漂亮的胡子，亮光光的头发。还有，他肯定是坐在云彩上，手中托着大地球。”

“潘克洛夫，”史佩莱说，“你说的是万能造物主的形象。”

“或许是的，史佩莱先生，”水手答道，“不过，我所想象的就是这个样子！”

“你呢，艾尔通？”工程师问。

“史密斯先生，”艾尔通回答说，“在这个问题上我思考不出更好的办法了，你所采取的办法便是最好的办法。如果你要我跟你们一块去搜的话，我随时都准备好和你们一块儿去。”

“谢谢你，艾尔通，”赛勒斯·史密斯答道，“可我希望你可以回答我的问题，怎么想的便怎么说。你也是我们的伙伴，你已为我们冒过好几次险了。我们在作出任一项重要决定时，都应与其他人相同，也跟你商量。所以，你还是谈谈你的意见吧。”

“史密斯先生，”艾尔通说，“我觉得我们应尽所有力量将这个陌生的恩人找出来。或许他是孤单一人，或许他在受着苦难，或许他需换一种新的生活。你们说得很对，我也应还他的人情。肯定是他，并且只能是他曾到过达抱岛，他在那里看到了你们所知的那个可怜的人，并且让你们知道了，有一个不幸的人在那儿等候着你们的救援！因此，多亏了他，我才再次变为人。不能，我永远都不能忘了他！”

“那么，就这样决定了，”赛勒斯·史密斯说，“我们要尽早开展搜查。这一次对于荒岛的每个角落都不能放过。我们连最隐蔽的地方也都要去搜索，希望这位陌生的朋友可以明白我们的用意，并原谅我们！”

几天以来，移民们都在积极整理干草，展开田间收割。他们准备先将所有能做完的工作尽可能做好，然后再去实施他们的计划——探索荒岛上还没到达过的地方。从达抱岛移植过来的蔬菜，现在也到了收获的时候了。全部都收拾好了，好在“花岗石宫”中地方有的是，将岛上的所有物资运来都能装得下。小队收获的东西都有条理地藏在那里。能想象出，存放的地方十分安全，既不用怕动物糟蹋，也不怕歹人劫掠。

间隔着厚实的花岗石壁，根本不用担心受潮。居民们使用鹤嘴锄与火药，把上甬道的很多天然石洞全给扩大了，因此，“花岗石宫”就成了一个综合仓库，里面存放着所有的粮食、武器、工具和不用的器皿——一句话，整个小队的物资全存放在里面了。

从双桅船上得到的大炮是很优良的武器，在潘克洛夫一再要求下，终于使用绳索和辘轳将它们吊到“花岗石宫”里来。他们在窗洞间凿出了几个炮眼，不久之后，就能在花岗石壁上看到光亮的炮口了。他们在那样高的地方，能俯瞰整个的联合湾。这里就像是个小的直布罗陀，每个船舶，只要在小岛周围抛锚，就会暴露在这座高空炮台的射程之内。

“史密斯先生，”11 月 8 日那天，潘克洛夫说，“现在我们的炮台都已筑好了，不妨试一下大炮的射程。”

“你觉得这样有用吗？”工程师问道。

“不但有用，而且十分有必要！要不然，怎能知道我们那些呱呱叫的炮弹可以射多远呢？”

“试吧，潘克洛夫，”工程师答道，“可是，我想还是将普通火药原封不动地留着先不要用，在试验时使用棉花火药，因为棉花火药是用不完的。”

“大炮能经得住棉花火药的爆炸吗？”通讯记者问道，他也跟潘克洛夫相同，都急于想试试“花岗石宫”中的大炮。

“我想是可能经得住的，”工程师说，“但我们还应谨慎些。”

工程师想得很不错，大炮钢质很优良。这是用锻钢铸造成的一种后膛炮，按理可以填装大量的火药，射程很远。事实上，要想获得实际效果，弹道就需尽量低伸，而要想获得这种力量，就必须有很大的初速，将炮弹推动前进。

“初速跟火药的多少是成正比的。”史密斯对伙伴们讲，“在制造这种大炮时，全部都要由所用的金属是否具有最高度的抵抗力来决定，钢是毋庸置疑的抵抗力最好的金属。因此，我完全有理由相信，我们的炮能安全地经受爆炸气体的膨胀，试射效果绝对是良好的。”

“等我们试过之后，就更能确定了！”潘克洛夫说。

不用说，四门大炮收拾得跟新的差不多。自打水中捞起来之后，水手在它们身上花费了不少的气力。他用了很多时间去磨光、上油、擦亮和拆洗零件！现在它们锃亮得跟美国海军巡洋舰上的大炮一模一样。

于是，这一天，四门大炮便在全体居民——包括杰普和托普——面前按照次序试放了。前面都已说过了，棉花火药的爆炸威力相等于4倍的普通火药，他们考虑到这点后，给大炮装上适量的棉花火药，炮弹是圆锥筒形的。

潘克洛夫站在那儿，手抓住拉火绳的末端，准备随时发射。

史密斯将手一挥，便开炮了。炮弹穿过小岛，直掉到海中，距离没有办法进行精确估算。

第二炮瞄准遗物角尽头的岩石，炮弹打在一块距离“花岗石宫”差不多有3英里的尖石头上，炸得碎石四溅。这一炮是赫伯特瞄准后发射的，他对自己的第一炮感到十分的骄傲。可潘克洛夫却比他还要骄傲！因为这一炮打得这般漂亮，而荣誉又属于他最亲爱的孩子。

第三炮瞄准着联合湾南边的沙丘，一炮射去，打在4英里之外的沙地上，然后炮弹又蹦起落到海中，一片水花溅起。

在放第四炮时，赛勒斯·史密斯稍多加了些火药，打算看最多可以射多远。因为怕发生爆炸，大家全站得十分远，然后用一根长绳子拉火。

一声巨响过后，移民们立即跑到窗口，大炮的效果非常好，只见炮弹在距离“花岗石宫”快5英里的颚骨角擦过岩石，掉到鲨鱼湾中去了。

“好哇，史密斯先生，”潘克洛夫叫道，他的欢呼声几乎与炮声不相上下，“你看我们的炮台到底怎样？太平洋上的海盗全到‘花岗石宫’前来都不要紧！如果没我们的许可，谁都别想登陆！”

“信不信由你，潘克洛夫。”工程师说，“这样的试验还是不做为好。”

“嗯？”水手说，“那应该怎样对付还在岛上游荡的那6个坏蛋呢？难道让他们去糟蹋我们的森林、田地和农场吗？这些强盗全是不折不扣的美洲豹，我觉得我们应该毫不犹豫地使用炮火对付他们！你说呢，艾尔通？”潘克洛夫对着他的伙伴说。

艾尔通犹豫了一下，并没立即回答，赛勒斯·史密斯对潘克洛夫冒失地提出这个问题感到十分遗憾。特别让他感动的是，艾尔通竟自卑地说："我曾也是只美洲豹，潘克洛夫先生。我没权利发言。"

于是他缓慢地走开了。

潘克洛夫这才明白了过来。

"我真不是个人！"他大声道，"可怜的艾尔通！在这里，他跟大家都一样，有他自己的发言权！"

"是的，"吉丁·史佩莱说，"可是他越沉默，我们越应该看重他，我们应理解他追悔往事的心情。"

"当然，史佩莱先生，"水手说，"你不用操心，我以后不会再这样了。我宁可自己咬掉舌头，也不愿让艾尔通伤心！现在将话说回来，我认为对待那些强盗就不应客气，我们必须尽快将他们从岛上消灭掉。"

"这是你的意见吗，潘克洛夫？"工程师问道。

"一点儿都没错。"

"在他们对我们还没什么新的敌对行动之前，你就准备毫不留情地去追捕他们吗？"

"他们做的难道不够吗？"潘克洛夫问道，他不懂得去仔细考虑。

"或许他们会改变！"史密斯说，"或许他们会悔过。"

"他们会悔过！"水手耸耸肩叫道。

"潘克洛夫，你想想艾尔通吧！"赫伯特拉住水手的手说，"他已改邪归正了！"

潘克洛夫挨着个看着他的伙伴们，他一点都没想到他的意见会遭到反对。这些流氓是跟鲍勃·哈维的狐群狗党一块儿到岛上的，他们是屠杀飞快号所有船员的凶手。潘克洛夫将他们看作一群野兽，必须毫不迟疑毫不留情地将他们全消灭掉，他秉性直率，因此觉得不能与这帮人打交道。

"好吧！"他说，"每个人都反对我！你们准备饶了这帮匪徒！很好，但愿我们不会后悔！"

"只要我们随时保持警惕，"赫伯特说，"哪会有什么危险呢？"

"哼！"通讯记者说，他还没表示自己的主张，"他们是6个全副武装的人，要是各自躲在一个角落中，朝我们每人放一枪，他们立刻就会变成岛上的主人了！"

"他们为什么没这样做呢？"赫伯特说，"因为他们不准备这样做，这是十分明显 。再说，我们也一样是6个人。"

"好吧，好吧！"潘克洛夫说，他是没有办法说服大家的，"让这些好人爱干什么便干什么吧，也不用为他们操心了！"

"潘克洛夫，"纳布说，"不要让你自己当恶人！如果有个不幸的人站在你的面前，在你的射程内，你同样不会开枪的。"

“我会像打疯狗般一枪将他打死的，纳布。”潘克洛夫冷冷道。

“潘克洛夫，”工程师说，“你向来听我的话，在这个问题上，你可以听听我的话吗？”

“我能按照你的意思去做，史密斯先生。”水手说，可是他一点也没有改变自己的看法。

“很好，那么，除非他们先朝我们进攻，要不然我们坚决不攻击他们。”

尽管潘克洛夫算计着这样做一点好处也没有，可大家就这样通过对海盗采取的行动了。他们不准备进攻，只准备防守。荒岛地面很大，并且土地肥沃。如果这些坏人还有良心的话，他们就有可能改邪归正。他们不想在这种环境中获得新生吗？不管怎样，按照人道主义的要求，这样等待他们还是很有必要的。移民们不能像从前那样无所顾忌地来回走动，以前只需提防野兽就可以了，现在却有6个罪犯出没在荒岛上，或许他们还是些很坏的人，情况确实是严重的。而且对胆子小的人而言，这等于失去了安全的保障！当然，现在移民们有理由反对潘克洛夫的看法，还觉得不要紧。以后这种看法是不是正确呢？只能拭目以待了。

第六章　海上的神秘人

移民们的头等大事就是彻底搜查全岛，这一点早就决定了。搜索有两个目的：一方面是要找出那个神秘人，因为现在已经能确定岛上有这样一个人；另一方面，还要进一步了解6个海盗的情况，他们藏身何处，现在过着怎样的生活，他们有什么可怕的地方。赛勒斯·史密斯本打算一点也不耽误，立即就出发，可探索要好几天的时间，最好还是将各种必需品和工具装在车上，以方便组织露宿。恰巧有一只野驴伤了腿，暂时不能拉车，必须要它休息几天。因此，只能将动身的日子订在11月20日，向后推迟了一星期。这个地方的十一月相等于北半球的5月，正好的大好风光。太阳到达了南回归线，现在是一年中白天最长的时候。所以，想去探险，现在是最适合的时候，就算探险的主要目的无法达到，至少也会有新的发现，尤其是自然物产方面的发现；因为史密斯提议要探索的是一直到盘蛇半岛尽头的远西森林。

大家都同意了，利用出发前的9天，做好瞭望岗上的工作。

此外，还需艾尔通到畜栏中照料家畜，大家决定让他在那儿先住几天，等把厩房里的饲料预备充足之后，再回到“花岗石宫”来。

艾尔通临动身时，史密斯考虑到岛上不像以前那样安全，就问他是否需要一个人陪他。艾尔通说不必了，因为工作一个人完全能照顾得过来，至于危险，他是一点都不怕的。假如畜栏或周围发生什么事情，他能立即打电报告诉“花岗石宫”中的居民。

9日清晨，天刚亮艾尔通便出发了，他驾着一只野驴，拉着大车出发了。两个钟头之后，打来一个电报，告诉大家畜栏中平安无事。

在这两天里，史密斯一直在忙一件事，这件事办好之后，“花岗石宫”就不惧怕任何突袭了。格兰特湖南端以前的缺口早堵死了，并且也被长出的草木遮住了一部分，现在必须将它完全挡住。要进行这项工作，再容易不过了，只要让湖水再升高两三英尺，就能将洞口全淹没了。要想提高湖面，只需在湖的两个缺口处各自建立个水闸，因为湖水就是由这两个缺口流入甘油河和瀑布河的。

移民们满怀信心地开展着工作，这两个水闸宽超不过8英尺，高超不过3英尺，他们将石块密实地垒起来，不久就砌成水闸了。

这项工程完成时，外人做梦也不会想到这部分湖底下有一条通道，想不到从前湖水就是从这里流出去的。

当然，供应“花岗石宫”蓄水池用水与带动升降梯的小河依旧小心地保存着，而且，确保不会断水。这样，只需将升降梯吊起来，这个可靠的安乐窝就绝对万无一失。

这项工程完成得十分快，潘克洛夫、吉丁·史佩莱和赫伯特还能抽出时间去气球港一次。水手十分着急，他总是害怕罪犯们已到过停泊乘风破浪号的小海湾那里了。

“那些先生们全是在南岸登陆的，”他说，“如果他们顺着海滨前进，或许会发现小港。那时，我们的乘风破浪号就相当于白扔了。”

潘克洛夫的顾虑并不是没有依据的。看起来，气球港确实要去看一下。11月10日，吃完午饭之后，水手和他的伙伴们便带着武器出发了。潘克洛夫特意在大家面前，将两颗子弹分别装到他的步枪的两个枪筒里，一边摇摇头，他那副样子似乎在说，不管到底是谁——就像他自己所说的，“人也好，畜生也罢。”——只需走到他的面前，就会倒霉的。吉丁·史佩莱和赫伯特也都拿着枪，大概3点钟时，三个人就离开了“花岗石宫”。

纳布将他们送到慈悲河拐角的地方，等他们过了河之后，就将桥给扯了起来。他们约定在回来时，放枪为号，纳布听到枪声，便来恢复两岸间的交通。

他们顺着通往荒岛南岸的道路，一直向前走着，这一段距离仅有3.5英里，可吉丁·史佩莱和他的伙伴却足足用了两个钟头。他们仔细查看了沿路各处，茂密的森林，潦凫沼地，并没有发现亡命之徒的痕迹；毋庸置疑，罪犯们还不知晓移民的人数与已采取的防御手段，因此仅占了荒岛的一小部分。

赶到气球港，只看见乘风破浪号安静地漂浮在小海湾上，潘克洛夫十分高兴。气球港四周有矗立的峭壁遮挡住，地势十分险峻，不管是在陆地上或是海中，都很难发现它。

“快来吧，”潘克洛夫说，“那些坏蛋还没到过这里。俗语说得好：‘深山有虎豹’，他们肯定藏到远西森林中去了。”

“还好，”赫伯特说，“如果他们找到乘风破浪号，他们肯定会乘着它逃跑的——那样一来，我们就不能再去达抱岛了。”

“真的，”通讯记者说，“我们应送张纸条到那里去。如果苏格兰游船过来接艾尔通回去的话，就可以知道林肯岛的位置与艾尔通的新住址了。”

“嗯，乘风破浪号随时就在那准备着，史佩莱先生，”水手说。“我们立即乘着它动身就行！”

“我想，潘克洛夫，那要等我们在荒岛上搜查完之后再去。如果我们可以寻找到那个陌生人就好了，或许他了解达抱岛就像了解林肯岛那样清楚。不要忘记，那张纸条肯定是他写的，或许，连到底能不能指望游船回来，他也都知道！”

“可是，”潘克洛夫大声道，“他到底是谁啊？他这样了解我们，可我们一点都不了解他！假如他只是个遇难人，那他为什么要隐藏不出来呢？我们都是老实人，我想老实人总不会让人讨厌吧。他是自己到这里的吗？如果他想离开这里，他可以离开吗？他还在这里吗？他还会继续待下去吗？”

潘克洛夫、吉丁·史佩莱和赫伯特一边闲谈，一边走上乘风破浪号去看船上的甲板。水手看了下系锚缆的短桩，忽然叫道：“嘿，真是奇怪！”

“怎么回事，潘克洛夫？”通讯记者问。

“是这样的，这个扣并不是我系的！”

潘克洛夫指着那根将锚缆系到短桩上的绳子。

“什么，这不是你系的？”吉丁·史佩莱问。

“不是！我能发誓，这是个拱结，我通常是打活扣的。”

“你肯定记错了，潘克洛夫。”

“我绝对没记错！”水手声明道，“我的手系起扣来都成了习惯了，一个人的手总是不可能有错的！”

“那么，是不是罪犯们来过船上了？”赫伯特问道。

“那我就不清楚了，”潘克洛夫说，“反正是有人曾拔过乘风破浪号的锚，这是能确定的！瞧，这儿又是证据！锚缆被抽出来了，卷索并不在锚缆孔中了。我再重复一遍，有人曾用过我们的船了！”

“可是，要是罪犯们发现了它，他们肯定会将它抢去使用，甚至还会乘坐它逃跑呢。”

“逃跑！能跑到哪里去……去达抱岛吗？”潘克洛夫问道，“这只船这样小，你想他们有胆量乘坐它去冒险吗？”

“再说，他们还不一定知晓那个岛呢。”通讯记者接着说。

“不管怎样，”水手说，“就跟我生在葡萄园，名叫潘克洛夫那样没有错，我们的乘风破浪号已被偷航过了！”

水手十分肯定，吉丁·史佩莱和赫伯特都觉得没办法解释。自从潘克洛夫将这只船带到气球港之后，显然有人曾或多或少动过它了。水手更是确定曾有人拔过锚，然后又将锚抛下去。这样进行往返两道手续，除非是使用它去航行，此外还会有什么样的企图呢？

“可我们在岛上怎么没见到乘风破浪号在海中走过呢？”通讯记者说，他急于将全部反对意见一下全提出来。

“怎么，史佩莱先生，”水手答道，“只需在夜间遇见顺风，两个钟头之内，它就能走到海岛的视线之外去了。”

“好吧，”吉丁·史佩莱接着问，“我还要问个问题，罪犯们驾驶乘风破浪号去干什么了，而且用过之后，为什么又要将它送回港口来？”

“嗯，史佩莱先生，”水手答道，“这点我们完全不用多费脑筋，只能将它列入那些不可思议的事情中去。现在主要的问题是乘风破浪号还在这里，并且现在就在这里。如果不幸让罪犯们第二次将它劫走，恐怕我们就不用准备在这儿找到它了！”

“那么，潘克洛夫，”赫伯特说，“我们将乘风破浪号带回去，让它停到‘花岗石宫’周围不好吗？”

“也好也不好，”潘克洛夫答，“还是不好的成分占大多数。慈悲河口一点都不适合停船，那里的潮势实在太猛了。”

“可能不能将它停到‘石窟’底下的沙滩上呢？”

“或许可以，”潘克洛夫回答说，“不管怎样，既然我们肯定要离开‘花岗石宫’展开一次远征，我想，当我们不在时，还是将乘风破浪号留在这儿相对安全些，在岛上的匪徒没有肃清之前，我们最好还是将它放在这里。”

“我完全同意，”通讯记者说，“如果碰到变天，至少这里不会像慈悲河口那样，完全暴露在外面。”

“可如果罪犯们再到这里来呢？”赫伯特说。

“孩子，”潘克洛夫回答说，“即使他们在这儿找不到它，也很快能在‘花岗石宫’的沙滩上找到它的！反正当我们不在时，没有一点办法能阻止他们将船抢走！因此，我赞同史佩莱先生的意见，还是将它留在气球港。不过，如果等我们回来之后，还无法肃清这帮流氓的话，那时我们就会谨慎些，将船放到‘花岗石宫’周围去，等不再惧怕骚扰，再另作打算了。”

“对，就这样决定吧，我们走吧！”通讯记者说。

潘克洛夫、赫伯特和吉丁·史佩莱回到“花岗石宫”之后，将所有经过全告诉了工程师，工程师对他们现在的办法与未来的打算，都表示赞同。他还答应水手，会去勘探一下小岛与海岸间的海峡，看看能否使用水闸，在那里开辟出一个人工的港口。如果能办得到，那么，乘风破浪号就会永远摆在移民们面前，能随时去照顾它了，甚至在必要时，还能将它锁起来。

当天晚上，他们打出一个电报给艾尔通，要求他从畜栏中带回两只山羊，因为纳布想让它们适应高地上的水土。奇怪的是，这次与以往不同，在电报发出之后，艾尔通并没回电。工程师不由得惊讶起来。但也有可能当时艾尔通并不在畜栏中，甚至他已动身返回“花岗石宫”了。事实上他到畜栏去已有整整两天了，临行前约定在10日晚上，最迟在11日早上返回。因此移民们都在瞭望岗上等待着艾尔通。甚至纳布和赫伯特一直都迎到桥边，准备一看见他们的伙伴，就立即放下吊桥。

可直到晚上10点钟，还没有艾尔通的信号，于是，大家建议最好再发个电报，要求对方立即回答。

可是，“花岗石宫”的电报铃依旧没有响声。

居民们十分不安，这是出什么事了吗？是艾尔通已不在畜栏里，还是他依旧在那里，但不能自由活动了吗？他们能在这茫茫的黑夜中赶到畜栏去吗？

大家商量了一下，有的建议去，有的建议不去。

“可是，”赫伯特说，“或许是电报出现故障，通报不灵了吧？”

“那也是有可能的。”通讯记者说。

“那就等到明天吧，”赛勒斯·史密斯说，“的确，艾尔通有可能收不到我们的电报，我们也同样可能收不到他的。”

他们都在等待着，自然，他们的心情是十分焦急的。

第二天，11月11日，天大亮时，史密斯又发出一个电报，依旧没有回音。

他接着又重复试了一次，结果还是那样。

“到畜栏去！”他说。

“都全副武装！”潘克洛夫补充道。

大家立即想到，“花岗石宫”中不能没人，决定让纳布留下看家。纳布将伙伴们送到甘油河畔，将吊桥扯起来，随后躲在一棵树后面，等他们或艾尔通回来。

如果海盗们忽然出现，要夺路进来，纳布能开枪去阻止他们，万一阻挡不了，最后还可以躲进“花岗石宫”去，只需将升降梯一吊起来，他就能安如磐石了。

赛勒斯·史密斯、吉丁·史佩莱、赫伯特和潘克洛夫4个人赶往畜栏去，如果真找不到艾尔通，他们就去周围的森林中搜索。

早上6点钟，工程师和他的3个伙伴越过甘油河，纳布则藏身在左岸的一个顶上长满龙血树的小丘后。

居民们从瞭望岗的高地离开，径直走到畜栏路。他们都扛着枪，哪怕碰到再小的敌对行动，都准备随时开枪。两支步枪和两支滑膛枪早都装满子弹。

路的两旁全都是密林，罪犯们各处都能藏身，再加上他们拥有武器，这些敌人确实是可怕的。

移民们走得十分快，一路上一句话都没说。托普在前方带着路，有时一路奔跑，有时钻进森林中去，可始终都保持着安静，似乎没碰到什么意外。他们相信这只忠实的狗是不会让他们忽然受到惊吓的，只要有任何点危险，它便会大叫起来。

赛勒斯·史密斯和他的伙伴们都继续前进着，路旁便是从“花岗石宫”通向畜栏的电报线。走了快两英里，他们还没发现任何能解释疑问的地方。电报杆全好好地竖立在地上，电线也都照常拉着。可是，这时工程师发现电线似乎松了，一路领先的赫伯特走到第74号电线杆时，忽然停下来叫道：“电线断了！”

伙伴们连忙都赶了过去，来到少年所站的地方。只见电线杆倒在路边，连根都被拔了起来。疑问忽然得到了解答，显然，“花岗石宫”和畜栏两处发出的电报都没收到。

“这根电线杆不像是风刮倒的。”潘克洛夫说。

“不错，”吉丁·史佩莱说，“齐根的土也被挖了出来，这是人们用手拔出来的。”

“还有，电线也同样断了。”赫伯特指着断线道。

“是最近才破坏的吗？”史密斯问道。

“是的，”赫伯特回答说，“肯定是不久前才被破坏掉的。”

“到畜栏去！到畜栏去！”水手大叫道。

居民们现在所处的地方正是“花岗石宫”与畜栏的中间，还需走2.5英里。他们全加快了速度，急忙向前赶去。

的确，也许畜栏中出了什么事。固然艾尔通发出的电报都没收到，但是他的伙伴们所考虑的并不是这个。更让人难以理解的是：艾尔通承诺在前一天晚上返回，结果却没回来。一句话，切断“花岗石宫”与畜栏间的联系绝对是有意的，而这个破坏联系的人除了那些罪犯之外，还会有谁呢？

居民们急忙往前赶去，每个人心里都非常焦急。他们真心喜爱这新来的伙伴，他会不会被以前的党羽杀害呢？

他们不久便到了一处地方，这儿路旁有条小河，河水是由红河中流出的，它成为了畜栏牧场的水源。这时他们的脚步都慢了下来，为的是免得在要战斗时，喘不上气，他们的手指全都扣着枪的扳机，大家注视着四周的森林，托普阴沉沉地在咆哮，仿佛预告着有什么不幸的事就要发生了。

终于，从树木间露出畜栏的栅栏，看不到有破坏的痕迹。大门依旧照关着，畜栏中静悄悄的，既听不到往日咩咩的羊叫，也听不到艾尔通的吆喝声。

“我们都进去吧。”赛勒斯·史密斯说。

工程师向前走着，他的伙伴们在 20 步之外跟着他，仔细警戒，准备随时开枪。

史密斯将门上的内闩拨开，正准备推门进去，这时，托普忽然大叫起来。只听到“砰！”的一声，紧接着便是一声惨烈的叫声。

一颗子弹打中了赫伯特，他立即直挺挺地倒在地上。

第七章　抢救赫伯特

潘克洛夫一听到赫伯特的喊声，便急忙跑了过去，手里的枪都扔到地上了。

“他们将他打死了！”他叫道，“我的孩子！他们将他打死了！”

赛勒斯·史密斯与吉丁·史佩莱也朝赫伯特跑来。

通讯记者听了一下，确定可怜的少年的心脏是否还在跳动。

“他还活着呢，”他说，“可必须要将他送到……”

“送到‘花岗石宫’中去吗？那是不可能的！”工程师答道。

“那么，就抬进畜栏中去吧！”潘克洛夫说。

“赶快。”史密斯说。

他从栅栏的左角绕过，就在那里，他看到一个罪犯正拿着枪对着他，一枪打来，将他的帽子打穿了。工程师没等到罪犯开第二枪，就一刀刺到他的心口中，这一刀比他开枪更可靠些。说时迟，那时快，罪犯便倒在地上了。

这时，吉丁·史佩莱和水手都翻过栅栏，跳到围栏里，拉开了里门的门杠，跑到空屋中去了，不久之后，可怜的赫伯特便躺在艾尔通的床上了。过了一段时间，史密斯也赶到他的身边。

水手看到赫伯特晕过去，感到相当悲痛。他抽噎了一阵又哭一阵，一会儿又拿脑袋去撞墙。工程师和通讯记者都没办法让他平静下来，他们自己也都悲痛得说不出来话了。

然而，他们也都知道，现在只能依靠自己，才能将面前这个可怜的受苦的孩子从死亡的边缘救过来。吉丁·史佩莱的一生中经过了很多事情，因此掌握了些医药的常识。他什么都稍懂一点，他曾有好几次不得不去医治刀伤和枪伤。在赛勒斯·史密斯的协助下，他开始对赫伯特展开必须的治疗了。

通讯记者一上来便愣住了，因为赫伯特躺在那儿已失去了所有的知觉，或许因为流血过多，或许是枪弹力量太猛，打到骨头上，激烈的震荡也是引发“休克”的原因之一。

赫伯特面色苍白，史佩莱摸着他的脉搏，感到十分微弱，每隔很长时间才能跳动一次，似乎就要停止似的。

病情十分严重。

他们将赫伯特的衣裳解开，让他露出胸膛，用手帕止住流血的部位，随后使用冷水洗擦他的心脏部位。

赫伯特的伤口是个椭圆状的窟窿，它的部位在胸膛之下，第三根与第四根肋骨之间，枪弹就是从那儿打进去的。

接着赛勒斯·史密斯和吉丁·史佩莱帮可怜的少年翻过身来，翻身时，少年微微呻吟了一声，他们几乎都觉得这是他临终之前的叹息了。

赫伯特的背后还有处创伤，鲜血染满了伤口，那是枪弹穿出去的地方。

“谢天谢地！”通讯记者说，“枪弹并不在身体中，我们用不着将它取出来了。”

“可心脏呢？”史密斯问。

“并没碰到心脏，如果碰到的话，赫伯特早就死了！”

“死了？”潘克洛夫便哼了一声。

水手只听到通讯记者所讲的最后两字。

“没有，潘克洛夫，”赛勒斯·史密斯说，“没有！他并没死。他的脉搏依旧在跳动。他还呻吟了一声呢。为了你的孩子着想吧，你还是平静些吧。我们很需要沉着，不要闹得大家全都沉不住气，朋友。”

潘克洛夫不再开口了，可他听了之后，又引起了他的伤心，大粒的眼泪从他脸上滚了出来。

这时，吉丁·史佩莱正准备集中思想，有条不紊地展开医疗。经过检查，他确定枪弹是从前胸中进去的，从后边穿了出来。可枪弹在穿过身体内部时，产生了哪些破坏呢？它触碰到哪些重要的器官呢？这对一个真正的外科医师而言，也很难一下判断出，更不要说是个通讯记者了。

可是，有一点他十分清楚，那就是：必须要防止伤口发炎而造成血脉不通，然后和因为创伤（或许是致命的创伤！）而引起的局部发炎与高烧展开斗争。现在，应用什么敷药，使用什么消炎剂呢，怎样才可以防止发炎呢。

别的先不用管，现在最重要的还是尽快将两处创口敷裹起来。吉丁·史佩莱觉得不必再用温水洗涤伤处，也不用挤压创口，因为那样会造成流血。赫伯特出血已太多了，现在已因为流血过多而变得很虚弱。

因此，通讯记者觉得最好简单地使用冷水洗涤这两处创口。

赫伯特向左侧身躺着，尽量保持着这个姿势。

“不能让他动，”吉丁·史佩莱说，“这个姿势对他的背上与胸部的创口排脓十分有利，应保持这个姿势，现在必须让他保持最绝对的休息。”

“什么！我们不可以将他抬回‘花岗石宫’去吗？”潘克洛夫问道。

“不能，潘克洛夫。”通讯记者回答道。

“我绝对要跟这帮匪徒算账！”水手大声道，他带着很吓唬人的气息，挥舞着拳头。

“潘克洛夫！”赛勒斯·史密斯说。

吉丁·史佩莱又继续再诊断，赫伯特的面色依旧是惨白得让人害怕，通讯记者心里十分焦急。

“赛勒斯，”他说，“我并不是个外科医生。我简直不知道应该怎么办了。你应给我出些主意，介绍点经验！”

“鼓起勇气来，朋友，”工程师一边说，一边紧握着通讯记者的手，“诊断时要冷静些。只能想一件事：绝对要挽救赫伯特！”

吉丁·史佩莱觉得责任重大，本来已经鼓不起勇气来，这几句话又让他恢复了以前的沉着。他紧紧挨着床坐，赛勒斯·史密斯则站在旁边，潘克洛夫将自己的衬衫撕下，没精打采地在制作绷带。

史佩莱向赛勒斯·史密斯做出解释，他觉得最先应止住出血，但不能去堵塞创伤，因为内脏被打穿了，不能将脓血留在胸膛中。

史密斯则表示完全同意，于是通讯记者决定不立即缝合两个伤口，暂时将它们敷裹起来。好在这两处创口都不需要扩创。

发炎是有极大可能发生的，居民们有没有阻止发炎的灵药呢？

有的。他们有一种，那是大自然慷慨地供应他们的。他们有冷水，那是用来防止伤口发炎的最为有效的镇静剂，治疗极为严重症候的灵药，现在的医生，都在使用它。冷水还有个好处，它可以让创口保持绝对休息，在所有过早的敷裹情况下去保护创口。这是一个很大的优点，因为按照经验，伤口最初几天与空气接触是十分危险的。

吉丁·史佩莱和赛勒斯·史密斯使用他们简单且良好的理智，展开了上述的判断，然后像最好的外科医生那样，展开了医疗救治。他们将敷布敷在可怜的赫伯特的两处创口上，不停地使用冷水来保持敷布的湿润。

水手一开始便在屋中生起了火，各种生活必需品屋子中都有，这里有枫糖，还有各色的药草——就是少年从格兰特湖畔采集过来的那些种类——因此他们便熬了些清凉的饮料，当他们喂给少年时，他完全已失去了知觉。他的体温很高，经过了一昼夜，他仍然没有苏醒。

赫伯特的生命算得上是千钧一发，这根头发随时都有可能会断。第二天是 11 月 12 日，史密斯和他的伙伴们总算有了点希望。赫伯特从长期的昏迷中苏醒了，他睁开了眼睛，认出了赛勒斯·史密斯、通讯记者与潘克洛夫。他讲了两三句话，到底发生了些什么事情，他完全都不知道了。大家将经过告诉他，史佩莱要求他坚决不能动，告诉他已没生命危险了，再过几天，创口就能复原了。赫伯特几乎都没感到一点痛苦，因为他们时常用冷水清洗，创口没发炎。化脓的过程十分正常，体温也没再增高，现在希望这个可怕的创伤不要造成不幸的后果。潘克洛夫逐渐放下心来。他现在就像是个修女，一个坐在爱儿床旁的慈母那样。

赫伯特又昏沉地睡着了，可这次他睡得相对自然。

“再说一遍，你是很有信心的，史佩莱先生，”潘克洛夫说，“再说一遍，你绝对要救活赫伯特！”

“是的，我们要救活他！”通讯记者说。“伤势十分严重，甚至枪弹穿透了他的肺，可打穿了肺也同样不会致命。”

“上帝保佑你！”潘克洛夫说。

能想象出，居民们在畜栏中的 24 小时内，脑子中所想的仅有看护赫伯特的问题。他们既没考虑到如果罪犯们返回，自己会碰到哪些危险，也没计划应如何预防未来。

这一天，当潘克洛夫守护在病床边时，赛勒斯·史密斯和通讯记者谈到现在做什么。

首先，他们仔细检查了畜栏。没有艾尔通的影子。这个不幸的人是不是被以前的同伙架走了？他是不是展开了反抗，在斗争时被打败了呢？后一个假定的可能性十分大。吉丁·史佩莱爬上栅栏时，清楚地看到一个罪犯顺着富兰克林山的南部支脉逃跑，当时托普朝他赶去。慈悲河口的岩石将罪犯们的小船撞毁，让他们的企图完全粉碎了，这个跑掉的亡命之徒便是他们其中一个。还有被史密斯刺死的那个歹徒，依旧躺在畜栏的外边，他自然也是鲍勃·哈维的党徒。

畜栏并没受到什么损坏。大门照样关得好好的，牲畜也没逃到森林中去。不管是在屋里，还是在栅栏中，他们都没发现一点格斗和破坏的痕迹，不过艾尔通的武器与他一起都不见了。

“这个不幸的人受到了袭击，”史密斯说，“他是一个擅长自卫的人，最后肯定是抵挡不住了。”

“不错，恐怕就是这样的，”通讯记者说，“罪犯们看到畜栏中什么都有，肯定就在这里住下了，直到看到我们到这里来才逃走的。同时，还有一点也十分明显，不管艾尔通是死是活，我们赶到这里时，他已不在这里了！”

“我们要去森林中去搜索，”工程师说，“将这些匪徒从岛上全消灭掉。潘克洛夫曾准备像逮野兽那样追捕他们，这种预见是十分正确的。如果早这样做了，就不会出现这些不幸的事故了！”

“是的，”通讯记者说，“不妨我们现在狠起心来干！”

“可是，”工程师说，“我们还只能在畜栏中暂住一个时期，等到赫伯特不会因移动而出现危险时，再将他带回‘花岗石宫’去。”

“可纳布呢？”通讯记者问道。

“纳布是不会遇到危险的。”

“可是，如果他因为我们老不回去而感到着急，冒险到这里来呢？”

“他不能来！”赛勒斯·史密斯迅速地说，“他在半路上会被杀死的！”

“可他有很大可能会来寻找我们！”

“唉，如果电报还算灵，我们就能警告他！可现在办不到了！我们决不能将潘克洛夫和赫伯特单独留在这里！好吧，我一个人去‘花岗石宫’一趟。”

“不可以，不可以！赛勒斯，”通讯记者说，“你不可以暴露自己！这样冒险是完全没必要的。匪徒们肯定在监视着畜栏，他们躲在附近的密林中，你一走，我们的不幸事故立即就会由一件变为两件了！”

“可纳布呢？”工程师重复道，“他已一整夜没得到我们的消息了！他肯定会上这里来的！”

“并且他也不知道应像我们这样去小心提防，”史佩莱补充说，“他肯定会被打死的！”“难道就真没办法去警告他了吗？”

当工程师在动脑筋时，他的眼光正落在托普身上，托普来回走动，似乎在说：“我不正在这里吗？”

“托普！”赛勒斯·史密斯叫道。

托普听到主人在叫它，立即跳起身来。

“对，托普能去呀，”通讯记者清楚了工程师的意图，“我们不能到的地方，托普都可以去！能让它将畜栏的消息带给‘花岗石宫’，然后再将‘花岗石宫’的消息给带回来！”

“快！”史密斯说，“赶快！”

史佩莱从笔记本上急忙撕下一张纸来，在上面写到：

赫伯特受了伤。我们在畜栏。自己留神。别离开“花岗石宫”。罪犯到周围来过没有？让托普将回信带给我们。

这封短信将要告诉纳布的话全包括在内了，同时也提出了居民们所想知晓的一切。他们将纸条折了起来，系到托普颈部一个显眼的地方。

“托普，我的托普，”工程师一边说，一边抚摩着它，“纳布，托普！纳布！去，去！”

托普听到之后，来回乱跳。它知晓工程师的意思，它知道大家需要它做什么。到“花冈石宫”的路它是十分熟悉的，用不了一个钟头，它就能完成任务，而不管是赛勒斯·史密斯还是通讯记者，现在要通过这条路，都要冒着十分大的危险，可托普却能在野草和密林中间，神不知鬼不觉给穿过去。

工程师走到畜栏门口，将门打开。

“纳布，托普！纳布！”工程师重复道，又指了指往“花岗石宫”的方向。

托普向前一跳，差不多立即就不见了。

“它会到达那里的！”通讯记者说。

“是的，并且确定它还会回来的，忠实的托普！”

“几点钟了？”吉丁·史佩莱问。

“10点钟。”

“一个钟头以内，它就能到了。我们都等着它回来吧。”

他们将畜栏的门关上，工程师和通讯记者又返回到屋里来。赫伯特还没醒，潘克洛夫自始至终都保持着敷布的湿润。史佩莱一时觉得没什么可做，就忙着准备些营养丰富的食品，同时他还时不时注意着山那边的栅栏，因为匪徒很有可能从那边展开攻击。

居民们都焦急不安地等待着托普。快11点钟时，赛勒斯·史密斯和通讯记者都拿着步枪，站在门后，准备一听到狗叫便去开门。

他们深信这点，要是托普平安到达“花岗石宫”，纳布肯定会立即打发它回来的。

他们等了差不多有10分钟，突然听见一声枪响，接着便是几声狗叫。

工程师立即打开大门，只见100英尺之外的森林中有一缕烟，他立即朝那儿开了一枪。

托普几乎立即就跳到畜栏来了，他们赶紧将大门关上。

“托普，托普！”工程师两手把忠实的托普的脖子搂住，叫道。

它的颈部拴着张纸条，上面便是纳布写的几个大字。

赛勒斯·史密斯念道：

“花岗石宫”周围没有海盗。我不会乱动的。可怜的赫伯特。”

第八章　绝境之中

事实说明，罪犯们依旧在周围监视畜栏，企图将居民们一个个地杀死。对待这些强盗并没有其他的办法，只能将他们看作野兽。居民们必须加倍小心，因为现在的形势对这帮匪徒十分有利，他们看得到居民，可居民却看不到他们，他们能采取冷不提防的突击，而本身又不会受到意外的袭击。因此史密斯作出了一些安排，准备住在畜栏中。这里的食品还能维持一个很长的时期。艾尔通的房子中备有各种生活必需品，因为居民们来得突然，罪犯们来不及将东西抢走便吓跑了。按照吉丁·史佩莱的估计，事情的经过很可能是这样的：

这6个罪犯在岛上登陆之后，顺着南部海滨前进，他们从盘蛇半岛的海岸这边一直走到海岸那边，并没冒险进入远西森林，却到达了瀑布河口。从河口沿着右岸能一直走到富兰克林山的支脉下，在那里寻找到一个安身的地方并不困难，这样，没多久就发现当时没人居住的畜栏了。他们就在那里正式地住了下来，随时准备实现他们恐怖的阴谋。艾尔通回到畜栏中让他们吃了一惊，可他们到底是用什么办法打败了这个不幸的人——其余的情况便不难想象得到了！

不错，现在仅剩下5个罪犯，可他们却都是全副武装，并且在森林中出没。如果冒险去森林中，就等于送上门让他们攻击；对于他们的进攻，既不能不预防，也不能去阻止。

“等着吧！现在想不出其他的办法了！”赛勒斯·史密斯一再地说，“等赫伯特好了之后，我们要在岛上展开一次全面的搜捕，那时就能拿这帮罪犯出一口气了。这便是我们大规模出征的目的，同时……”

“我们还需要去寻找那位神秘的保卫者，”吉丁·史佩莱接着讲出工程师想说的话。“啊，应该承认，亲爱的赛勒斯，在这次最要紧的关头，他却没保护我们！”

“谁知道呢？”工程师说。

“这话到底是什么意思？”通讯记者问。

“我们还没到山穷水尽的地步呢，亲爱的史佩莱，他或许会在另一个场合，运用他那创造性的力量。可这不是现在的主要问题，现在最重要的是赫伯特的性命问题。”

这是居民们最为担心的事。又过了几天，幸好可怜的少年，情况并没有恶化。冷水始终维持着适当的温度，因此到目前为止，创口一点儿都没发炎。因为靠近火山，水中蕴含着少量的硫，通讯记者甚至认为它可以直接起到医疗作用。多亏四周的人不停看护，赫伯特才保住了性命，化脓比之前少得多，热度也逐渐下降了。因为他们严格地限制他的饮食，因此他的身体变得十分虚弱，并且之后还要继续一个时期，然而清凉的饮料却能尽情地喝，同时，对他而言，只需保持绝对的休息就会有莫大的好处。赛勒斯·史密斯、吉丁·史佩莱和潘克洛夫敷裹少年的创口的技术已很高明了，屋子中的布料全被他们用完了。赫伯特的创口上被敷布和棉花盖着，包扎十分适当，以方便让创口合拢而不致最后发炎。通讯记者在敷裹的过程中相当仔细，他知晓这道工序的重要性，他一再向伙伴们谈到绝大部分的外科医生全承认这件事实，那就是：良好的敷裹比良好的手术更为有效。

10 天之后，11 月 22 日，赫伯特的身体明显好多了，他开始吃一些营养品。他的脸上又重现以前的光彩，他睁着亮晶晶的眼睛朝看护们微笑。尽管潘克洛夫费尽力气，不停嘴地与他说话，将最稀奇古怪的故事讲给他听，好不让他有机会开口，可他还是说了几句。赫伯特问到了艾尔通，他觉得艾尔通还在畜栏中，因为没看到他，觉得有点奇怪。水手为了不让赫伯特感到难受，只好说艾尔通与纳布一块儿去保卫“花岗石宫”了。

“哼！”潘克洛夫说，“那些强盗！这些家伙一点都不值得怜惜！史密斯先生还想使用仁义道德去说服他们呢！我也会给他们讲仁义道德，不过我的仁义道德却是大粒的子弹！”

“之后就没再看到他们吗？”赫伯特问道。

“没有，孩子，”水手回答说，“可我们总会找到他们的，等你好了之后，我们就能出去瞧瞧了，看这些拿着暗箭伤人的胆小鬼有没有胆量露面！”

“我的身体还十分虚弱呢，我的潘克洛夫！”

“不要紧！你的体力会逐渐恢复的！一颗子弹打穿胸口算什么？简直就是开玩笑，这种事情我见多了，没什么了不起的！”

终于情况好转了，如果不再有什么并发症，赫伯特就基本痊愈了。可是，如果他的伤势比现在更加严重——比如枪弹在身体中没取出来，或必须要锯断手足——那时该怎么办呢？

“真的，”史佩莱不止一次地说，“一想到会碰到这种意外时，我就止不住会打寒噤！”

“可是，如果到了不动手术就不可以时，”史密斯有一天对他说，“你还会犹豫吗？”

“不会，赛勒斯！”吉丁·史佩莱说，“那可是谢天谢地，幸好没发生这样的并发症！”

居民们以前曾屡次运用他们简单且良好的理智进行分析与讨论，这次和以往一样，幸亏他们的常识丰富，结果再次成功了！但会不会碰到用尽他们的所有科学知识，却仍解决不了的问题呢？社会上是必须要各种人才相互依赖的，岛上却仅有他们这群人。赛勒斯·史密斯很清楚这一点，有时他问自己，如果碰到他们都无能为力时，那应该怎么办？他还有另外一种看法，他和他的伙伴们通常都是幸运的，似乎现在进入到一个不幸的阶段了。能这样说，自从他们从里士满逃出来，两年半时间，他们都是想要什么就有什么。岛上给他们提供了大量的矿物、植物和动物。自然界也不停地供应各种物资，他们也就不停地依靠自己所拥有的科学知识，充分加以使用。

因此，小队是很幸福的。并且，在某种情况之下，一种不可思议的力量还在帮助他们！……可是，这全部都仅仅是从前的情况了。

一句话，赛勒斯·史密斯觉得他们逐渐不再那么幸运了。

的确，因为罪犯们的船来到荒岛的沿海这带，尽管海盗们可以说是神秘地被毁灭了，但最少有 6 个逃离了这场灾难，他们在岛上登陆了，想捉住剩余的 5 个残匪差不多是没有可能的。艾尔通肯定被他们杀害了，他们都携带着武器，第一次使用武器，就差点要了赫伯特的命。史密斯时常想：这仅是厄运带给移民们的第一次打击吗？通讯记者也时常这样来回思索，他还觉得，向来给他们很多帮助的神奇且有效的援救，现在也都不灵了。不管这个神秘的人到底是谁，反正绝对是有这个人，他是不是已经离开荒岛了？是不是也到了他没办法的时候了？

这些问题都是没法回答的，但我们却不能这样觉得，因为如果史密斯和他的伙伴们说出这番话来，他们都会灰心绝望的。绝对不能这样说。面对自己的处境，他们分析了所有的可能，准备随时应付任何一种不利的局面。他们会坚忍不拔、不屈不挠地准备面对未来，就算到最后要受到灾难性的打击，他们也会勇往直前地去战斗。

第九章　入侵高地

少年的身体已开始渐渐地好转了。现在就等一件事，就是等他病好到一定程度，将他抬到“花岗石宫”去。不管畜栏盖得再好，里面什么都不缺，但总比不上“花岗石宫”那样舒服，那里更适合恢复健康。并且，畜栏里也没有那里安全，尽管居民们十分小心，他们还是怕罪犯们暗地中朝他们开枪。在“花岗石宫”中就不一样了，它处在坚固且高耸的峭壁中，在里面什么都不用顾虑，所有进攻的企图都会失败的。因此他们焦急地等待着，等到赫伯特不会因为移动而给创口造成危险时，他们便要动身了。通过啄木鸟林虽有很多的困难，但他们还是下定决心要搬回去。

他们没有纳布的消息，可他们并没为这件事而担心。勇敢的黑人在"花岗石宫"中坚守，是不会遭到攻击的。他们没再派托普去那里，因为将这只忠实的狗送给敌人射击，只能让居民们丧失一个最为得力的助手，绝对不会有一点好处的。

因此，尽管他们急着要回"花岗石宫"中聚会，但还在等待着。工程师见到自己的兵力分散，让海盗们有机可乘，觉得很苦恼。自从艾尔通失踪之后，只有他们 4 个人在对抗 5 个匪徒，而赫伯特自然不能计算在内了。这一点，勇敢的少年十分关心，他很明白自己给大家所造成的困难。

11 月 26 日，当赫伯特睡着时，赛勒斯·史密斯、吉丁·史佩莱和潘克洛夫细致讨论了他们现所在处的环境，应如何对付海盗的问题。

"朋友们，"他们谈过纳布及无法与他进行联系的问题之后，通讯记者说，"我的想法跟你们一样，要是从畜栏路上冒险走回，那么，只会挨打，不能还手。依我看，我们倒不如大张旗鼓地去追赶这帮匪徒。"

"我完全赞同，"潘克洛夫说，"我敢说我们都不是害怕吃子弹的人，就拿我来说吧，只需史密斯先生答应，我随时都能冲到森林中去！真是岂有此理！都是人，不是一个还能抵一个吗？"

"可抵得了 5 个吗？"工程师问道。

"我和潘克洛夫一块儿去，"通讯记者说，"我们两个人都全副武装，带着托普……"

"亲爱的史佩莱，还有你，潘克洛夫，"史密斯说，"我们都冷静地考虑一下吧。如果罪犯们躲到荒岛上的一个地方，如果我们将那个地方探清，就只等将他们赶出来，我是会直接朝他们发起攻击的，可事实恰恰相反，他们绝对会先开枪的，这一点不用怀疑。"

"可是，史密斯先生，"潘克洛夫叫道，"子弹不一定能打得到。"

"可赫伯特却被打中了，潘克洛夫，"工程师说，"并且，你再想想，你们两个人从畜栏离开了，这里仅剩下我一个人防守了。你想，你们走时，罪犯们会看不到吗？他们很清楚这里没别人，仅有一个受了伤的孩子与我，难道不会将你们放到森林中去，乘你们不在时，向这里发动袭击吗？"

"你说得十分正确，史密斯先生，"潘克洛夫憋着一肚子气回答说，"他们清楚畜栏中什么都有，他们会用全部的力量去再次霸占畜栏的，你一个人自然是挡不住他们的。"

"唉，如果我们在'花岗石宫'中就好了！"

"如果我们在'花岗石宫'中，"工程师说，"情况就完全不一样了。在那里将赫伯特留给一个人照顾，而其他的 3 个人全到森林中去搜查，那我就根本不用担心了。可现在我们都在畜栏中，最好还是等到大家可以一块儿走时再离开这里吧。”

赛勒斯·史密斯的论点是无法辩驳的，他的伙伴们很明白这点。

“如果艾尔通还活着那就好了！”吉丁·史佩莱说，“可怜的人！他返回到集体中仅仅是那么短的一段时期。”

“这是否说他已死了。”潘克洛夫用一种奇特的嗓音补充了一句。

“那么，潘克洛夫，你觉得匪徒们没有将他杀死吗？”吉丁·史佩莱问。

“是的，要是对他们有利，他们绝不会杀死他的。”

“什么？你觉得艾尔通一看到他曾经的党羽，便会忘记我们对他的好处……”

“那谁知道呢？”他也认为这种可耻的想法有点说不出口，因此吞吞吐吐的。

“潘克洛夫，”史密斯抓住水手的胳膊说，“这是一个十分坏的想法，假如你坚持要这样说，会让我很痛心的。我敢担保艾尔通是忠实可靠的。”

“我也敢保证。”通讯记者连忙补充道。

“是的，是的，史密斯先生，我错了，”潘克洛夫说，“我的想法确实太坏了，这样想是没一点根据的。可我有什么办法呢？我已晕头转向了。成天关在畜栏中让我烦得要命，我从未像现这样不安心。”

“耐心点儿，潘克洛夫，”工程师说，“亲爱的史佩莱，你觉得再过多长时间才能将赫伯特抬到‘花岗石宫’去呢？”

“那十分难说，赛勒斯，”通讯记者答道，“只要有一点不小心，便有可能引发很严重的后果。可他现在一天天地在好转，要是再继续增加体力，那从现在开始，8 天之后——嗯，我们再等等吧。”

8 天！这也就是说，要延迟到 12 月初才可以返回“花岗石宫”。现在春天都已过去两个月了，气候十分好，也逐渐热了起来。荒岛上森林的枝叶也都长得十分茂盛，按季节讲，收割时节也快到了。因此，回到瞭望岗的高地之后，除了按计划彻底搜索荒岛之外，接着便是要下地干活了。

从这一点能看出，移民们像这样困在畜栏中，所受的损失是十分严重的。

他们在这种环境下做出了身不由己的让步，可他们内心中是很焦急的。

有一两次，通讯记者都冒险去栏外的路上，在栅栏四周巡视。由托普陪着他，吉丁·史佩莱扣着扳机，准备随时应对任何危险。

他并没有碰到什么灾难，也没发现一点可疑的踪迹。只要有一点点的危险，托普便会警告他，既然没叫，能这样说，至少当时是没什么可顾虑的，罪犯们或许在荒岛的其他地方干别的勾当去了。

11 月 27 日那天，吉丁·史佩莱展开了第二次的侦察，这次他去了山的南部，冒险朝森林中深入了四分之一英里。这一次他觉得托普好像闻到什么，它不像以前那样漫不经心了，它来回跑动，在野草与灌木中搜索，似乎闻见什么可疑的东西似的。

吉丁·史佩莱紧跟着托普，他一边鼓励它，唤起它的注意力；一边留神监视，他躲在树后面，准备随时开枪。托普所闻见的，或许不是人，因为按照以前的习惯，要是人，它总会阴沉地低吼。现在它并没怒吼，可见周围并没危险，也没危险要到来的迹象。

过了快 5 分钟，托普依旧在搜索，通讯记者小心地跟在它的后面。忽然，托普朝一棵枝叶繁茂的灌木冲去，一会儿便衔出一块破布来。

那是一块肮脏的破布，史佩莱立即将它带回畜栏。移民们仔细看了一下，发现那是从艾尔通背心上撕下来的一块毡子，正是“花岗石宫”工场中独一无二的产品。

“你瞧，潘克洛夫，”史密斯说，“不幸的艾尔通也曾反抗过，罪犯们硬将他架走了！你还怀疑他会不忠诚吗？”

“不怀疑了，史密斯先生，”水手回答说，“我早就后悔不应该这样怀疑了！可是我觉得通过这件事，能得出一个结论来。”

“什么结论？”通讯记者问。

“艾尔通并不是在畜栏中被杀的！既然他挣扎过，那么被架走时，他肯定还没死。因此，或许他还活着呢！”

“的确，这都是可能的。”工程师答道，他依旧在沉思。

艾尔通的伙伴们现在抱着这样的希望了，在这之前他们都是这样想的，艾尔通在畜栏中遭到了袭击，像赫伯特那样，被一枪打倒了。要是一开始时罪犯们并没打死他，如果他们将他活着架到荒岛的其他地方去，能否认为他现在还在做他们的俘虏呢？或许罪犯们中有人认出了艾尔通是往日的逃犯首领，化名为彭·觉斯的澳洲伙伴。谁知晓他们会不会妄想让艾尔通再次入伙呢？如果他们可以让艾尔通变成叛徒，对他们而言，用处是十分大的！

通过大家的分析，畜栏中的人都觉得这件事对自己有利，他们不再觉得再也找不回艾尔通了。艾尔通这方面而言，只要他还是俘虏，他肯定会想尽办法从匪徒们的魔掌中逃离出来的，这对居民们而言，将会是个很有力的帮助！

“不管怎样，”吉丁·史佩莱说，“要是艾尔通真能侥幸逃出来，他肯定会直接去‘花岗石宫’的，因为他还不清楚匪徒们这次的暗杀阴谋，以及赫伯特成了阴谋的牺牲品的事，所以他绝对想不到我们会困守在畜栏中！”

“啊！但愿他在那里，在‘花岗石宫’中！”潘克洛夫叫道，“但愿我们同样在那里！要不然这些流氓尽管没法破坏我们的房子，他们却很有可能去洗劫我们的高地、农场与家禽场！”

潘克洛夫现已变成一个十足的庄稼汉了，他从心底牵挂着他的庄稼。但是要说明，最急着想回“花岗石宫”的却是赫伯特，他清楚现在居民们最好是返回到那里去，但大家却都因为他而固守在畜栏中！因此，他脑子里仅有一个念头——离开畜栏，什么时候可以离开？他相信他已能经受得住迁移的劳累了，他深信在自己那间面朝大海、有海风调节空气的房间中，他的体力肯定能恢复得更快的！

他好几次催促吉丁·史佩莱，可史佩莱始终都没下令动身，他的理由十分正确，创伤还没完全好，怕在路上再次迸裂开。

可是，不久之后发生的一件事，让赛勒斯·史密斯和他的两个伙伴不得不答应少年的请求。天晓得，这个决定竟会带给他们无限的悲痛和悔恨。

11 月 29 日晚上 7 点时，三个居民正在赫伯特的房中谈话，忽然听见托普急促的吠叫声。

史密斯、潘克洛夫和史佩莱抓起枪就向外跑。托普在栅栏底下一边叫，一边跳，但它似乎十分高兴，并不是发怒。

“有人来了。”

“是的。”

“不是敌人！”

“会不会是纳布？”

“或许是艾尔通？”

工程师和他的两个伙伴话都没说完，便有一个东西翻过栅栏，跳到畜栏里来了。

原来是杰普，是小杰普自己来了。托普立即朝它表示热烈的欢迎。

“杰普！”潘克洛夫叫道。

“肯定是纳布派它来我们这儿的。”通讯记者说。

“那么，”工程师说，“它身上肯定有信。”

潘克洛夫急忙跑往猩猩身边去，确定地说，假如纳布有什么重要的消息需要传给他主人，他再也寻找不到比杰普更为可靠迅速的通讯员了，不仅移民们没办法穿过的地方它可以走，甚至连托普都走不过的地方，它都可以过去。

赛勒斯·史密斯没有猜错。在杰普的脖子底下有一个小口袋，口袋中有一张纳布亲笔写的纸条。

当史密斯和他的伙伴们看见下面的话时，他们的懊恼是能想象得到的。

星期五早上 6 点钟，

高地遭到了罪犯的侵袭。

大家你看看我，我看看你，一句话都没有说，然后回到屋子中去。他们应该怎么办？罪犯们都在瞭望岗上！那便代表着灾难、抢劫和破坏。

赫伯特看到工程师、通讯记者与潘克洛夫进来，就已猜到他们的处境可能又变坏了，等到看到杰普，他便不再怀疑，“花岗石宫”肯定是受到不幸的威胁了。

“史密斯先生，”他说，“我绝对要走，我能经得住路上的劳累，我绝对要走。”

吉丁·史佩莱走到赫伯特的身旁，看了他一会儿，然后说：“那么，我们便走吧！”

到底用担架抬赫伯特，还是使用艾尔通驾来的大车呢？这个问题没多久便决定了。用担架抬对受伤的少年相对合适些，但它需两个人来抬，也就是说，要是在路上碰到攻击，要自卫便少了两支枪。相反，假如利用大车，不就可以将全部的人手都腾出来了吗？至于害怕路上颠簸，他们如果将赫伯特现在铺的垫子放在车上，尽可能小心地前进，不就能避免了吗？这是能办到的。

大车拉过来了，潘克洛夫把野驴套上，赛勒斯·史密斯与通讯记者将赫伯特连垫子一块抬了起来，放到大车中去。天气十分好，明媚的阳光从树木中穿过，照耀着。

“枪都准备好了吗？”赛勒斯·史密斯问道。

所有都准备妥当了。工程师和潘克洛夫每人都拿了支双筒枪，吉丁·史佩莱则带着他的步枪，现就只等着出发了。

“你不感到难受吗，赫伯特？”工程师问道。

“史密斯先生，”少年回答说，“你放心，我肯定不会死在路上的！”

说话时，能看得出来，可怜的少年鼓起了他所有的精力，在坚强的意志下，他振作起极为微弱的力量来。

工程师心里觉得一阵阵难受，他还有点犹豫，不想发出出发的命令。可这样会让赫伯特失望的——或许会让他灰心郁闷而死。

“走吧！”史密斯说。

畜栏的门打开了。杰普和托普知晓什么时候应当保持安静，它们都在前面引路。大车出来之后，门又关上了。潘克洛夫则牵着野驴，缓慢地朝前走去。

要是不走畜栏路，另选一条小道，绝对要比这条路安全，可是，那便要从树底下穿过，大车走起来十分不方便。因此，尽管罪犯们很熟悉这条道路，但他们还是必须要从这里走不可。

赛勒斯·史密斯和吉丁·史佩莱一边一个，都跟着大车前进，准备随时迎敌。其实，这时罪犯们很有可能还未离开瞭望岗的高地呢？

纳布显然是在发现罪犯之后，立即就将信写好发出去的。信上写的时间是早上6点钟。机灵的猩猩习惯了来畜栏，差不多用不了三刻钟，就能从5英里之外的“花岗石宫”赶到这里来。因此，在这路上时他们是不会碰到什么危险的。如果需要开枪格斗，或许也需等到离“花岗石宫”不远处才会有可能。可移民们还是小心戒备着。杰普手中拿着棍子，和托普两个有时在前，有时在路旁的森林中搜索，都没遇到什么危险。

潘克洛夫作为向导，带领着大车缓慢地前进。离开畜栏时，是早上7点半。走了一个小时，5英里的路程已经走了4英里，还没出现什么情况 。沿路的情况与慈悲河到格兰特湖间整个的啄木鸟林那样，全是静悄悄的，没一丁点动静。森林中安静得如同居民们第一天着陆时一样，没一点人迹。

快赶到高地了。再走1英里，就能看到甘油河上的吊桥。赛勒斯·史密斯猜想吊桥肯定还好好地架在河上，他觉得如果罪犯们已跨过桥梁，渡过环绕高地四周的小河，小心起见，他们肯定会将吊桥放下来，当做后退的余地。

终于，通过树木间的一个空隙，能看到海平线了。大车依旧在前进，护送的人谁都不想让它停下来。

这时，潘克洛夫忽然勒住野驴的缰绳，用沙哑的嗓音大叫：“啊！这些强盗！”

他手指着前面，只见到一股浓烟从磨坊、棚屋与家禽场的房舍升向天空。

在浓烟中，有一个人在行动，那便是纳布。

伙伴们喊了一声，纳布听见之后，立即朝大家奔过来。

原来罪犯们把高地破坏了，离开这里都快半个钟头了！

“赫伯特先生呢？”纳布问道。

吉丁·史佩莱返回大车旁边来。

赫伯特已昏迷过去了！

第十章　宝贵的药物

现在移民们不再考虑罪犯给“花岗石宫”所带来的危害及高地所受到的破坏了。赫伯特的病情很危急，大家都没心思去顾及其他的事。这次移动的结果是否会造成致命的内伤呢？通讯记者也不敢断定，可他和他的伙伴们都快要绝望了。大车走到河道拐弯的地方。他们用树枝制作了一个担架，将不省人事的赫伯特连垫子一块放到上面。10分钟之后，赛勒斯·史密斯、史佩莱和潘克洛夫都赶到峭壁下，让纳布将大车带到瞭望岗的高地上去。升降梯向上升起，不久之后，赫伯特便躺在“花岗石宫”中自己的床上了。

他们费尽了很多心思才让他苏醒。赫伯特醒来就发现已经在自己的房间里了，于是他微微一笑，但是因为过度虚弱，他连一句话都说不上来。他的伤处本来已完全收口，吉丁·史佩莱害怕创口再次迸发，便检查了一下，幸好创口没开裂。那么，怎么会造成这种虚脱的现象呢？赫伯特的病情怎么会恶化到这个地步？刚检查完，少年就因为高烧而昏睡过去了。通讯记者和潘克洛夫一直都没离开他的床边。这时，史密斯将畜栏中发生的事情全都告诉了纳布，纳布也向主人讲述了高地上所发生的情况。

罪犯们是在昨天夜里才在森林边缘甘油河的渡口出现的。当时纳布正在家禽场周围瞭望，他看到有一个海盗准备渡河，就立即放了一枪，可在黑暗中，他不清楚打中没有。无论如何，匪徒们并没被这一枪吓跑，纳布差点都没来得及退往"花岗石宫"上去，至少在"花岗石宫"中他是安全的。

可是，他应该怎么办？眼看罪犯们就要破坏高地了，怎样才能去阻止他们呢？他能想出办法通知他的主人吗？此外，畜栏中的人当时处在什么情况下呢？赛勒斯·史密斯和他的伙伴们是11月11日动身的，现在都已29日了，19天了。纳布所获得唯一的消息，就是托普送过来的坏消息：艾尔通失踪了，赫伯特也身受重伤，工程师、通讯记者和水手全被围困在畜栏中！

怎么办呢？可怜的纳布不由得要问自己。他本人并不害怕什么，因为罪犯们是没有办法到"花岗石宫"上来的。可他们的建筑物、农场和全部的家当便要任凭海盗们糟蹋了！如果能让赛勒斯·史密斯去考虑应怎么办，至少让他知晓可能碰到的危险，那样不会更好吗？

接着纳布便想到能利用杰普，让它给史密斯送信去。他知道猩猩很聪明，这是很久以来就得到的证明。他们常常向它提到"畜栏"，因此杰普知晓这两个字的意思，大家或许还记得，它经常陪潘克洛夫一块儿驾车去畜栏。这时天还没亮，机灵的猩猩会想办法偷偷穿过森林的，再说就算罪犯们发现了它，也不过将它当成一个猩猩罢了。

纳布没有犹豫。他写好了信，系到杰普的脖子下，然后将猩猩带到"花岗石宫"门口，将一根长绳子放在地面；接着，他重复说了好几遍："杰普，杰普！畜栏，畜栏！"

猩猩知晓他的意思，它抓住绳子，敏捷地滑向海滩上去，随后便在黑暗中消失了，一点都没惊动罪犯们。

"做得对，纳布，"史密斯说，"可是，如果不通知我们，或许要更好一些！"

赛勒斯·史密斯之所以这样说，是因为他想到了赫伯特，因为这次迁移，极大妨碍了他的复原。

纳布讲完了。罪犯们一个都没到沙滩上来，他们摸不清岛上到底有多少人，或许还觉得有一支庞大的部队在防卫“花岗石宫”呢。他们肯定还记得：在双桅船进攻时，山石的高处和低处，都有许多的枪弹朝他们打来，他们肯定觉得这些人现在是有意不暴露行踪。可瞭望岗的高地却没“花岗石宫”的炮火掩护，他们能随意上去。因此他们便大肆破坏起来，他们抢劫、放火、捣毁所有，直到移民们回来之前半小时，才离开高地。当时他们觉得移民们还在困守畜栏呢。

罪犯走了之后，纳布急忙跑了出来。他冒着暴露自己甚至会被打死的危险，爬往高地，想扑灭将家禽场建筑物吞没的火焰。尽管没什么效果，但他还是坚持与大火进行斗争，直到大车赶到森林边缘时才住手。

这便是事情的经过。罪犯们的存在，永远是林肯岛一个危险的祸根。他们以前都生活得十分愉快，可从现在开始，却可能受到更大的不幸。

史佩莱和潘克洛夫留在“花岗石宫”中，跟赫伯特在一块儿，赛勒斯·史密斯在纳布的陪伴下，要亲自去查看这次破坏的范围。

侥幸的是，罪犯们并没到“花岗石宫”的脚下来，否则“石窟”的工场就会遭受破坏了。可是，从另一方面讲，就算“石窟”受到破坏，比起瞭望岗来，所受的损失还是相对较容易弥补的。史密斯和纳布朝慈悲河走去，爬上了河的左岸，并没看到罪犯的踪迹。在河的对岸与丛林深处，也没发现一点可疑的迹象。

现在大概有两种可能：一种可能是罪犯们在畜栏路上看到居民，知道他们回到“花岗石宫”了；另一种可能是他们破坏了高地之后，便深入啄木鸟林，顺着慈悲河逃跑了，因此并不知道居民们回来。

要是第一种情况，他们肯定又回畜栏去了，因为现在那里没人防守，却有很多贵重的东西。

要是第二种情况，他们肯定回到了他们安身的地方，等候机会，准备再次进攻。

因此，如果居民们采取守势，那肯定是不成问题的。可现在每一步肃清岛上匪徒的计划，都因为赫伯特的病情而推迟了。的确，尽管以他们现有的力量来讲，还能勉强对付这帮罪犯，可现在谁都离不开“花岗石宫”。

工程师与纳布来到了高地。各处都是一片荒凉，田地也被践踏了，眼看将要成熟的麦穗倒在地上，农场的其他部分也受到同样的损坏。

菜园同样被破坏了。幸好“花岗石宫”中还保存着一部分种籽，以后能将菜园恢复起来的。

家禽场的外壁与建筑物，及野驴的厩房，全被大火烧毁了。一些受惊的动物全在高地上彷徨着。焚烧时躲到湖上的飞禽，再次回到老地方，正在岸边戏水。

赛勒斯·史密斯的脸色显得比平常更加苍白，他觉得很难咽下心头的怒火，可他一句话都没说。他又看了一眼被破坏的田地及火场中依旧在上升的余烟，然后便返回“花岗石宫”去了。

后来的几天是移民们在荒岛上度过的最悲痛的日子！赫伯特明显变得更加虚弱了。看样子似乎是因为严重的生理失调，并且将要爆发出一种更为厉害的疾病。史佩莱害怕自己没力量与这种恶化的病势展开斗争！

事实上，赫伯特几乎每天都处在昏迷之中，神经错乱的症状也逐渐出现了。移民们唯一的药品便是清凉的饮料。现在热度还不太高，可不久之后，可能每隔一个时期就会发一次烧。果然，12 月 6 日那天，吉丁·史佩莱第一次发现了这个情况。

可怜少年的手指和耳鼻都变得惨白，起初他稍微有点打战，全身起了鸡皮疙瘩，不停地啰嗦着。他的脉搏既微弱也不正常，皮肤十分干燥，他觉得口渴得厉害。然后立即就是一阵痉挛，他发着高烧，皮肤变得通红，脉搏也加快了不少，随后出了一身大汗，热度似乎也随着降低了。这一阵发作差不多持续了 5 个钟头。

吉丁·史佩莱自始至终都没离开赫伯特。很明显，少年感染疟疾了。必须不惜一切代价去医疗，防止病况进入更严重的局面。

“如果想将病医好，”史佩莱对赛勒斯·史密斯说，“我们必须要有一种退热药。”

“一种退热药……”工程师说，“我们既没奎宁树皮，也没硫酸奎宁，不是吗？”

“不错，”吉丁·史佩莱说，“可湖边有柳树，或许柳树皮能当做奎宁的代用品。”

“我们赶快抓紧时间去试一试。”赛勒斯·史密斯说。

的确，柳树皮与七叶树皮、冬青树叶及蛇根草等一样，都已被合理地当做奎宁皮的代用药了。虽然它没奎宁皮那样名贵，显然还有试一试的必要。因为没法提取它的精华，他们只好不通过加工就拿来使用。

赛勒斯·史密斯在一棵黑柳树上削下几片树皮，带回“花岗石宫”中去，将它们捣成碎末，当晚便让赫伯特吃了下去。

这一夜并没发生什么重大的变化，就这样过去了。赫伯特的神经有点错乱，可夜间并没发烧，第二天白天的热度同样没有上升。

潘克洛夫又有了希望了，吉丁·史佩莱却什么都没说。或许发烧不是每天的，却是隔日一次，要再过一天才会再次发作，因此，他十分焦急地等着下一天。

有一点能看出，在这期间，赫伯特完全处于虚脱的状态，他的头部无力且眩晕，还有一个症状让通讯记者大吃一惊，赫伯特的肝脏开始充血了，不久之后，他的神经错乱得更为厉害了，这说明他的大脑也受到了影响。

吉丁·史佩莱对这个新的并发症简直一点办法都没有，他将工程师拉在一旁。

“那是一种恶性疟疾。”他说。

“恶性疟疾！”史密斯叫道，“你错了，史佩莱。恶性疟疾并不会自发的，肯定要事先有这种病菌潜伏着才会发病。”

“我并没弄错，”通讯记者说，“赫伯特肯定是在荒岛的沼泽地带感染上这种病菌的，他已发作过一次了，要是再发一次，而我们又没办法阻止第三次的话，他就会完了。”

“可柳树皮呢？”

“那不顶用，”通讯记者道，“要是不用奎宁预防恶性疟疾的第三次发作，那肯定是会丧命的。”

幸好潘克洛夫没听到这场谈话，否则他真的会疯了。

12 月 7 日的白天与这一夜晚，工程师和通讯记者有多么着急是不难想象的。

快中午时，第二次发作再次来临了。这一关是十分可怕的。赫伯特以为自己都瘫痪了，他将胳膊伸给赛勒斯·史密斯、史佩莱和潘克洛夫。小小的年纪马上就会死去，未免太早了些！这真是让人心碎的场面。他们只好将潘克洛夫打发去别处。

痉挛持续了 5 个钟头。很显然，赫伯特再也经不住第三次这样的摧残了。

这一夜是十分凄惨可怕的。在神经错乱中，赫伯特含糊地说了几句话，这几句话把伙伴们的心弦打动。原来他在与罪犯斗争，他叫唤着艾尔通，他不停恳求那个神秘的人——那个神通广大却不知名的保卫者，他的形象已铭刻在赫伯特的脑海中了。然后，他却耗尽了体力，再次陷入完全虚脱的状态。有几次吉丁·史佩莱觉得这个可怜的少年已经死了。

第二天是 12 月 8 日，赫伯特一天在昏迷的痉挛状态中度过。他那骨瘦如柴的双手紧抓着床上的被单。他们又给他吃了些捣碎的树皮末，可通讯记者并没抱多大的希望。

“要是在明天一早之前还没有有效的退热药给他吃，”通讯记者说，“赫伯特就肯定要死了。”

黑夜来临了，这或许是这位善良、勇敢且又聪明的少年的最后一夜了。按他的年龄来讲，他在任何方面都表现得出类拔萃，人人都像爱护自己的孩子那样地喜爱他。可今天晚上，他的命运实在难以让人乐观。唯一可以医治这种可怕的恶性疟疾的药品，唯一可以起死回生的特效药，却并不是在林肯岛上可以找到的。

12 月 8 日夜间，赫伯特精神错乱得更加厉害了，肝脏充血到一种恐怖的程度，大脑同样受到感染，他已认不清任何人了。

如果病情第三次发作，人就要死了。他还能见到明天的太阳吗？恐怕不能了。他已耗尽了体力，在发烧的间歇中，他像个死人一样躺在那里。

夜里 3 点钟时，赫伯特发出一声尖叫，似乎是因为极度的痉挛撕裂了他的身体似的。当时纳布距离他并不远，听见之后吓了一跳，连忙朝伙伴们所在的房间中跑去。

这时候，托普也莫名大叫起来。

大家急忙都冲到屋里，想让垂死的少年平静下来。这时赫伯特仿佛就要滚下床铺，史佩莱抓住他的胳膊，感到他的脉搏慢慢加快了。

这时是早上 5 点钟，初升的太阳逐渐照进“花岗石宫”的窗户。它告诉人们，那是一个晴朗的日子，可这却是可怜的赫伯特最后的一天了：

一线阳光把床边的一张桌子照亮。

潘克洛夫忽然指着桌子上的一件东西，惊叫一声。

一个长方形的匣子在桌子上放着，标签上写着：

“硫酸奎宁”。

第十一章　搜索小岛

吉丁·史佩莱拿起匣子，将它打开。匣子中盛着大概有 200 克莱因的白色粉末。他尝了一点，味道十分苦，因此所有的怀疑全被打消了，毋庸置疑，这便是提炼过的宝贵的奎宁，最为有效的退热剂。

必须一刻也不能耽误地让赫伯特将这种药粉吃下去。至于它到底是怎么来的，不妨过后再讨论。

“准备些咖啡！”史佩莱说。

没多长时间，纳布便端来一杯温热的咖啡，吉丁·史佩莱在里面加了大概 18 克莱因的奎宁，他们顺利地将这种混合液体给赫伯特喂完。

时间还可以赶得上，恶性疟疾第三次还没发作。他们多么希望它以后不会再发作了。

必须说明，现在每个人又都充满希望了。在这紧要关头，当大家全都绝望时，神秘的力量再次发挥出它的作用。

几个钟头之后，赫伯特平静了很多。现在居民们可以讨论一下这件事情了。陌生人的支援变得比以往任何一次都要明显。可是，他怎能在夜间深入“花岗石宫”的呢？这是不可思议的。岛上这位圣人的行动差不多跟他本人那样神秘。这一天，每隔 3 个钟头他们就让赫伯特吃一次硫酸奎宁。

第二天，赫伯特的病情明显好转了。当然，他还没脱离危险，疟疾这种病通常会复发，复发起来便是最危险的，可大家把他照顾得无微不至。此外，现在手中还有特效药，无疑送药的人又不在远处！因此大家的希望再次浮现出来。

他们这次并没失望。10 天之后，从 12 月 20 日起，赫伯特逐渐康复了。

他的身体还十分虚弱，只是没有再次发烧。大家对他进行了严格的饮食限制，可怜的孩子多自觉听话呀，遵守所有的规定！他多么希望能早日康复呀！

潘克洛夫就跟一个刚被从深渊中挽救出来的人似的，他高兴得快要发狂。在估计该有第三次发作时间过后，他紧抱住通讯记者，几乎让他无法喘气。从此之后，他就将通讯记者叫做史佩莱医生了。

然而，真正的医生却没发现。

“我们绝对要找到他！”水手一再说。

不管这个人到底是谁，肯定地说，一旦被好心的潘克洛夫找到之后，肯定会得到十二万分热烈的拥抱的！

1867 年随着 12 月份而过去了，在这年的年底，移民们受到了严峻的考验。1868 年开始时，天气十分晴朗，气候好像是热带那样炎热，幸好有海风吹来，才让人觉得凉爽些。赫伯特的健康正在逐渐恢复。他的床就在“花岗石宫”一个窗口，他能呼吸到含有臭氧的新鲜空气，这对于恢复健康，有很大的帮助。他的胃口也慢慢恢复了，纳布为他准备了多少美味的菜肴啊！

“给准备了这么多好吃的东西，大家都想患疟疾了！”潘克洛夫说。

在这期间，罪犯们都没有在“花岗石宫”周围出现。艾尔通同样没有下落，尽管工程师与赫伯特还希望可以再找到他，他们的伙伴却都觉得这个不幸的人已经死了。无论如何，这个疑问都不会存在太长时间的，只要少年复原之后，就能远征了。远征的结果将会有十分重大的意义。为了讨还血债，就必须要出动小队所有的力量，因此，他们可能还要等一个月。

可是，赫伯特的健康恢复得十分快，肝脏已不再充血，创伤也差不多收口了。

在 1 月份中，瞭望岗的高地上展开了极为重要的工作：工作的内容却只有一样，就是将劫后的庄稼，不管是小麦还是菜蔬，尽可能储藏起来。他们捡了很多麦粒与植物，准备在将来的半个季度中再次播种。至于家禽场的外壁与厩房的修复，赛勒斯·史密斯准备过一段时间再做。因为当他和他的伙伴们出发追踪时，罪犯们很有可能再次光临高地；给他们创造出一个再次破坏的机会，那就真的太不必要了。他们能等到将岛上的匪徒肃清之后，再着手修复工作。在 1 月份的第二个星期中，少年开始下床了。最初他每天能起来一个钟头，后来就是两个钟头，三个钟头。因为他的体质健壮，体力恢复起来也十分快。他今年 18 岁，身材很高，一看就知道以后会长成一个相貌堂堂的男子汉。从这时起，他的健康——史佩莱严格地指出还需休养——能迅速恢复。月底时，赫伯特都可以在瞭望岗与海滩上散步了。

他和潘克洛夫、纳布一起洗过几次海水浴，作用十分明显。赛勒斯·史密斯认为现在时机已成熟了，便决定在 2 月 15 日动身。在一年中的这个季节，夜晚很晴朗，这对搜索整个的海岛是十分有利的。

于是便展开准备远征的必要工作了。这项工作相当重要，因为移民们已下定决心，达不到他们的目标，坚决不返回“花岗石宫”。他们一方面需要歼灭罪犯——要是艾尔通还没有死，还要将他救出来；另一方面，还要找出那个真正掌控着小队命运的，到底是什么人。

在林肯岛上，居民们已经比较清楚的地方有：从爪角到颚骨角间全部的东海岸，宽广的潦凫沼地，格兰特湖的四周，畜栏路和慈悲河间的啄木鸟林，慈悲河流域与红河流域，最后，还有富兰克林山的支脉——畜栏建立的那个地方。

还有一些地方，尽管知道得不太彻底，但也探索过了，那便是：从爪角到爬虫角间华盛顿湾的宽广海岸，西边的沼泽森林海岸，及一直绵延到鲨鱼湾港口的一望无际的沙丘。除了上面所说的地方之外，覆盖盘蛇半岛的森林，慈悲河右边的全部地区，瀑布河的左岸，及支撑富兰克林山麓东、西、北三面支脉与山谷的荒野，他们还都没探索过。毋庸置疑，这里会有很多隐蔽的地方。按照保守的估计，岛上至少还有上千英亩的地方没去视察过。

于是，他们决定深入到远西地带去探险，并且搜索慈悲河右边的全部地区。

或许最好还是直接到畜栏中去，因为罪犯们为了方便抢劫，或为了安身，很可能再次躲到那里去了。可现在有两种情形：一种是罪犯已将畜栏破坏了，想去阻止已都来不及了；另一种便是罪犯们还坚守在那里。要是第二种情形的话，等到回来时再赶他们也不迟。

经过讨论之后，他们决定采用第一个计划：穿过森林，去爬虫角。他们要使用斧头开路，草草地开出一条 16 到 17 英里长的道路轮廓，从“花岗石宫”直到半岛的末端。

大车是完好无损的，野驴休息了很长一段时间，安全可以参加远征。食品、露营用具、轻便火炉及各种器皿全包好装在大车上。“花岗石宫”的兵器库目前而言是很完善的，他们从中间仔细挑选了一些火药与武器。有一点要记住，罪犯们或许就在森林中游荡，要走到密林深处，很有可能会被冷枪打中。因此，居民们要采取集体行动，不管什么理由，都不能离开队伍。

大家还决定，“花岗石宫”中一个人都不留，连托普和杰普也都一起参加远征。这所外人上不去的住宅是不需留守的。2 月 14 日是动身的前夕，这天是星期日。移民们都休息了一整天，并且还做了祈祷。他们看到少年尽管已完全恢复健康，可身体还有点弱，便在大车上安排了一个位子给他坐。赛勒斯・史密斯为了预防“花岗石宫”受到侵略，便在第二天破晓之后做出了一些必要的安排。以前用来攀登的梯子，拿到“石窟”中去了。他们将它深埋在沙地中，准备回来时用，因为升降梯的机械全一块块地卸开了，全套装置拆得一点都不剩。最后只剩潘克洛夫一个人留在“花岗石宫”中进行这项工作。拆完之后，他使用一根分成两股的绳子，下边由人拉着，从上边系下来。只需绳子一扯下来，上边的平台与海滩间便断绝交通了。

这一天天气十分好。

“今天够暖和。”通讯记者笑道。

“嘿！史佩莱医生，”潘克洛夫说，“我们能在树荫下走，保证连太阳都看不到！”

“走吧！”工程师说。

大车在“石窟”前的海滩上等候着，通讯记者让赫伯特上了车，至少要让他在头几个钟头的旅途中坐车行进，少年只好听从医生的话。

出发时间到了，小队动身了，纳布则牵着野驴前进，赛勒斯·史密斯、通讯记者与水手在车前边走。一路上托普高兴地蹦蹦跳跳，赫伯特在车中找了一个位子给杰普，杰普一点也不客气地坐了下来。

首先大车绕过慈悲河的拐角，翻过左岸往前走了 1 英里，然后过桥，桥这边便是通向气球港的大路。探险家们在路口朝右拐去，进入了全是森林的远西地带。

最初 2 英里内，树木稀疏，大车能顺利通行，只是时常需要斩断一些爬藤与灌木，在这段路途中，移民们还没遇到严重的麻烦。

茂密的枝叶阴影投在地面上，形成一片恰合人意的树荫。喜马拉雅杉、洋松、“加苏林那”树、山茂、橡皮树、龙血树，和其他很多有名的品种，一棵接着一棵，一望无际。岛上的各种鸟类在这里应有尽有：山鸡、啄木鸟、雉、猩猩、鹦鹉，及叽喳乱叫的美冠鹦鹉、鹦鹉与长尾鹦鹉。刺鼠、袋鼠和水豚看到人们走近，便飞似的逃跑了，这些都勾起居民们的回忆，他们想起了来到岛上之后第一次打猎的场景。

“可是，”赛勒斯·史密斯说，“我发现这些飞禽走兽都比以前胆小多了，从这点来看，最近罪犯们曾在这部分森林中走过，我们肯定能找到他们的踪迹。”

果然，他们找到几处像有一小队人在近期通过的痕迹，有的地方可能是为了沿路做记号，将树枝折断了；有的地方则留下一堆灰烬，黏土地上还留有一些脚印；可找不到一点露宿的痕迹。

工程师已指示大家不要打猎了，或许罪犯们就在森林中，一开枪就会惊动他们。并且如果打猎便会离开大车，走出一段距离。留下大车没人来看管是十分危险的。

走了半天后，离开“花岗石宫”有足足 6 英里，前进变得困难多了。为了经过密林，他们不得不去砍一些树木。在走进这种地方之前，史密斯总是十分仔细地先让托普和杰普进去，它们会忠实地执行任务，要是它们没发出一点警告回来，就能断定这里没有危险，既没罪犯，又没野兽。第一天晚上，移民们在距离“花岗石宫”

大概9英里的地方露宿了，旁边有一条小溪流入慈悲河，他们以前不知道这条小溪，可它的水路系统让土壤变得相当肥沃，这是能肯定的。居民们肚子饿了，便饱餐了一顿，然后安排如何平安过夜。要是工程师只需对付野兽，比如美洲豹或其他兽类，那需在帐篷四周点起火来，就能防御它们了；可有了罪犯，不但他们不会被营火惊走，相反，恐怕还会被引过来。考虑结果，最好还是把自己包围在漆黑的夜色中。

他们小心组织了守夜工作。大家都同意两个人一班担任警戒，每隔两个钟头便换班。虽然赫伯特一再提出，居民们还不让他守夜。因此，潘克洛夫和吉丁·史佩莱一班，工程师和纳布一班，就这样在营地四周站岗放哨。

夜晚仅有几个小时，与其说是因为没太阳而造成的，还不如说是因为枝叶太浓密而造成的黑暗。森林中十分寂静，只是偶尔传来几声美洲豹的怒吼与猿猴的叫声。小杰普仿佛尤其不爱听猴子叫。这一夜就这样平安无事地度过了。第二天2月16日，继续在森林中穿行，尽管途中有困难，但更让人烦恼的却是一路上觉得枯燥无味。这一天他们走了还不到6英里，因为时间大多都浪费在使用斧头开路上面了。

移民们就跟定居在那里的人那样，仅砍倒一些小树，将那些高大且美丽的树木都保留了下来。当然，砍大树也是需要花费很大的气力。可这么一来，道路便更加弯曲，因为转弯抹角的地方有很多，极大延长了他们的路程。

这一天，赫伯特发现了几种从前在岛上从未碰到过的新植物品种，比如叶子像泉水般四面披开的桫椤与刺槐。刺槐上除了结有野驴尤其爱吃的长荚之外，还有香甜可口的果肉。在这里，移民们还发现了几丛雄壮的卡利松。它们的树干是圆柱状的，顶上还有一簇锥形的绿叶，树身高达200英尺。卡利松是新西兰的万树之王，跟黎巴嫩的杉树一样远近闻名。

至于动物方面，除了猎人们已见过的之外，没其他的品种了。然而，尽管没法靠近，他们却看到一对澳洲所独有的大飞禽。那是一种名叫鸸鹋的食火鸡，身高达5尺，身上长有褐色的羽毛，隶属涉水鸟类。托普撒开四条腿，拼命朝它们赶去，可鸸鹋奔走的速度太快，一眨眼就将托普抛在后面了。

至于罪犯们所留下的痕迹，他们另外还发现了一些。有一堆余烬明显是近期才熄灭的，在它周围有一些脚印。居民们仔细检查了一下。他们一一测量了脚印的长度与宽度，很容易看出来那是5个人的脚印。这5个罪犯肯定曾在这里露宿过。要是有第六个人的脚印，那绝对是艾尔通的，可是，他们通过仔细研究，并没发现第六个人的脚印。

"艾尔通并没和他们在一起！"赫伯特说。

"不错，"潘克洛夫说，"既然并不在一起，那肯定是已经被匪徒们杀死了！这些流氓连个窝都没有，要不然我们就能像老虎似的追逐他们！”

“不错，”通讯记者说，“他们可能一直在各地漫无目的地漂荡，准备直到成为岛上的主人为止！”

“岛上的主人！”水手大声道，“岛上的主人！……”他重复着，似乎有只铁爪扼住了他的喉咙似的，他连话都说不上来。然后他说：“史密斯先生，”这时他的声音有点平静，“你知道我的枪中装的是一颗什么样的子弹吗？”

“不知道，潘克洛夫！”

“就是打透赫伯特胸膛的子弹，我能向你保证，绝对要用它打中目标！”

可是不管这个报复多么公平合理，也不能让艾尔通复活了。察看了留在地上的脚印之后，他们只好得出这样的结论：再也没希望跟他再见面了。

当天晚上，他们在距离“花岗石宫”14 英里的地方露宿。赛勒斯·史密斯预计他们距离爬虫角已不足 5 英里了。

果然，第二天他们便到达了半岛的尽头。森林的纵长方向全都走完了，可他们并没找到罪犯们的藏身之所，同样也没找到神秘陌生人的秘密住处。

第十二章　艾尔通活着

第二天，2 月 18 日，移民们预备去探索从爬虫角到瀑布河沿岸这一带的森林地区。这一带森林在盘蛇半岛的两岸间，宽超不过三四英里，是能进行彻底搜索的。这里的树木不仅高大，并且枝叶繁茂。能看得出来，这带的土壤比荒岛其余各地都要肥沃。人们或许会觉得是从美洲或非洲迁移到这个温带地区的一部分原始森林。他们推出的结果，觉得这些壮丽的树木所生长的地方的土壤肯定较热。原来这里的土壤表层相对潮湿，可内部却因为火山的烈焰，让温度上升了；这种温度在温带气候中，是肯定不会有的。这一带最为常见的树木是高大的卡利松与有加利树。

当然，居民们的目的并不仅仅为了欣赏美丽的树木。他们知道，在这方面林肯岛已完全有资格列入最初被称作“快乐群岛”的加那利的第一流岛屿之中了。可是，令人叹息的是，林肯岛现已不完全属于他们所有了！已有匪徒侵占了它，把它的海岸玷污，必须要将这帮匪徒彻底消灭干净！

他们搜索得十分仔细，西海岸并没有发现一点痕迹。这里连脚印、断枝及残留的营地都没发现。

“这一点我倒并不觉得奇怪，”赛勒斯·史密斯对他的伙伴们说，“罪犯们最初在荒岛的遗物角周围登陆的，穿过潦凫沼地之后，他们立即深入到远西森林。然后他们差不多是顺着我们从‘花岗石宫’出发之后所走的道路前进的。这便是我们可以在森林中发现踪迹的缘故。可罪犯们从登岸之后很快就发现这一带并没有适合居住的地方，因此，才又朝北去了，以致让他们找到了畜栏。”

“或许他们已回畜栏去了。”潘克洛夫说。

“我想并没有，”工程师说，“因为他们肯定会觉得我们要往那个方向搜索的。对他们而言，畜栏仅是个仓库，并不是能长期逗留的地方。”

“我赞同赛勒斯的看法，”通讯记者说，“我想，罪犯们肯定将老窝扎在富兰克林山的支脉间了。”

“那么，史密斯先生，立即到畜栏去！”潘克洛夫叫道，“我们绝对要将他们杀光。到现在为止，我们完全都是在浪费时间！”

“不，我的朋友，”工程师说，“你忘了我们还想知晓远西森林中到底有没有住宅。我们的远征是具有双重目的的，潘克洛夫。一方面我们肯定要惩治罪犯，另一方面，我们还想去回报别人的恩惠。”

“说得对，史密斯先生，”水手说，“可全是一样的，我觉得在那位先生不肯露面之前，我们是不会找到他的。”

事实上，潘克洛夫一语道破了大家所有的想法，陌生人的住所可能正跟他本人那样神秘。

这天晚上，大车停留在瀑布河口。照常他们组织了露营，照常展开守夜。赫伯特又是个健康且强壮的少年了。这种户外生活，不仅有海上吹来的微风，还有林间的新鲜空气，对他是有很大的好处。现在他已不再坐车上，而是走在小队最前面。

第二天，2 月 19 日，移民们从海岸离开了——在海岸的河口对面，各种玄武岩石堆在一块儿，构成一幅奇特的图案——翻到河的左岸。以前他们常从畜栏去西海岸，因此这条道路都有一部分被踩平了。现在居民们离富兰克林山大概还有 6 英里。

工程师的打算是这样的：仔细观察构成河床的山谷，小心朝畜栏周围逼近；要是畜栏中有人，就用武力将它夺取过来；要是没有人，就在里面留守，当做探索富兰克林山的前进据点。

移民们都同意了这个计划，因为他们都很急着想光复他们的全部荒岛。

一道峡谷将富兰克林山的两个最大的支脉给划分开来，他们就顺着这条峡谷朝前走去。河岸上各处树木丛生，在稍稍高些的山坡上就相对稀疏了。这里各处都是崎岖的山地，打埋伏最适合不过了，因此他们前进时很小心。托普和杰普在两旁的密林中来回跳，相互比赛着机智与灵活。夹岸一带没一点迹象能说明曾有人来过，没任何遗物能表明这里或周围有罪犯存在。傍晚 5 点钟时，大车在距离栅栏不足 600 英尺的地方停住了。栅栏被一排围成半圆状的树林给遮住了，因此都还看不到。

现在必须要去侦察下，确定畜栏中是否有人。罪犯们很有可能就藏在周围，要是白天大摇大摆朝畜栏走去，那就跟可怜的赫伯特那样，就相当于主动送上去让匪徒们攻击，因此，最好还是等到天黑之后再说。

可是，吉丁·史佩莱却建议不再耽误，立即侦察畜栏的路径；潘克洛夫同样忍耐不住了，他自告奋勇和通讯记者一块儿去。

“不，朋友们，”工程师说，“还是等到天黑再去吧，我决不能让你们任一人在白天暴露自己。”

“可是，史密斯先生……”水手还不愿答应。

“我求求你，潘克洛夫。”工程师说。

“好！”水手说，他换了一种方式来发泄心中的怒火，用船上人最常用难听的话，去辱骂那帮罪犯。

于是居民们便停留在大车旁边，小心地警戒着森林四周。

3 个小时这样过去了。风势慢慢减弱了，大树下却是鸦雀无声。就算是折断一根小树枝，脚踩到干枯的树叶上，或身子往草地上滑了一下，都能听得清楚。全都是静悄悄的。托普趴在草地中，将头搁在爪子上，同样没有表现出不安的样子。8 点钟时，天色已晚，在这种情况下，通常是适合去侦察的，吉丁·史佩莱表示准备随时和潘克洛夫出发，赛勒斯·史密斯表示同意了。托普和杰普留下来跟工程师、赫伯特、纳布在一起，因为它们要是在不恰当时叫起来，是会惊动匪徒的。

“不要大意，”史密斯对通讯记者与潘克洛夫说，“你们不用占领畜栏，只需弄清楚里面有人没有就行了。”

“好。”潘克洛夫说。

于是他们两个人便走了。

幸亏枝叶茂密，树底下全是漆黑一片，三四十英尺之外，便什么都看不到了。通讯记者和潘克洛夫十分小心地前进着，一听到一点声音，立即就停了下来。

他们彼此间保持着一段距离前进，这样目标就相对小了。老实说，他们都随时准备着听见枪声。离开大车 5 分钟之后，吉丁·史佩莱和潘克洛夫赶到森林边的空地前面，穿过空地，便是畜栏的栅栏了。

他们在那里停了下来，在这块没有树木的空地上，还有几丝不清的光线。30 英尺之外便是畜栏的大门，这时门似乎关着。从森林边缘到栅栏间的这 30 英尺是绝对要通过的，要是借用弹道学上的一个名词，不妨就叫它“危险区”。事实上，不管谁闯入“危险区”，只需在栅栏后放一两枪就能将他打倒了。吉丁·史佩莱和水手都不是临阵胆怯的人，可他们也都知道，要是不小心的话，不仅首先自己会成为牺牲品，并且还会影响他们的伙伴。要是他们被打死了，史密斯、纳布和赫伯特该怎么办呢？

潘克洛夫觉得罪犯们肯定已在畜栏中住下了。现在距离畜栏这样近，他一时冲动，便想向前走，通讯记者一手把他牢牢抓住。

“一会儿天就会黑透了，”史佩莱靠近水手的耳边低声说，“那时再行动。”

潘克洛夫焦躁不安地将枪托握住，尽量平息自己激动的心情，一边等待，一边低声诅咒。

不久，最后的一线余光也消失了。黑暗似乎从茂密的森林中袭来，将空地完全笼罩。富兰克林山似乎是一道巨大的屏障，矗立在西边的水平线上。纬度较低的地方也是这样，夜色没多久就来临了，现在正是时候。

通讯记者与潘克洛夫到达森林边缘之后，眼睛一直看着栅栏，畜栏中好像一个人都没有。栅栏的顶部构成一道直线，比四周的暗处稍稍黑点，能看得十分清楚。要是罪犯们在畜栏中，他们肯定会留下一人站岗的，防止突然受到袭击。

史佩莱抓着伙伴的手，一起朝畜栏匍匐前进，他们都准备随时开枪。

四周一片漆黑，连一丝光线都没有，这时他们来到了畜栏的门口。

潘克洛夫准备将门推开，但是正跟他们想象中的那样，大门都关着。水手发现外边的门闩并没闩上，因此能得出这样的结论：罪犯们在畜栏中，他们从里面将门关着，在外面推不开。

吉丁·史佩莱和潘克洛夫都听了一会儿。

栅栏中一点声音都没有，摩弗仑羊和山羊在牲口棚中睡着了，因此夜晚很宁静。

通讯记者和水手什么都没听见，他们自己都在思忖着，是不是应翻越栅栏，冲到畜栏中去。不，这样就会违背赛勒斯·史密斯的指示。

的确，这样冒险很有可能成功，但也可能会失败。要是罪犯们到现在还没一点怀疑，如果他们一点都不知晓居民们展开远征来搜索他们，也就是说，那便是有进行忽然袭击的机会的，是不是应该这样做呢？

通讯记者不准备这样做。他觉得最好还是等居民们聚齐了之后，再朝畜栏进攻。有一点是确定的：他们能偷偷地走在栅栏前面，好像这里也没人把守。这一点现在已清楚了，就能回到大车边去和工程师商量。

潘克洛夫或许也同意这个决定，当通讯记者转回森林时，他也并不反对，也便跟着回来了。

几分钟之后，工程师了解了现在的情况。

“好吧，”他想了一段时间，然后说，“我现在有理由觉得，罪犯们并不在畜栏中。”

“等我们翻过栅栏之后，”潘克洛夫说，“就能证实了。”

“到畜栏中去，朋友们！”赛勒斯·史密斯说。

“我们就将大车留在森林中吗？”纳布问道。

“不，”工程师答道，“它是我们的军火和粮食车，必要时，还能将它当堡垒用。”

“那么，前进！”吉丁·史佩莱说。

大车驶出了森林，静悄悄地朝栅栏驶去。这时夜色十分昏暗，四周还是跟刚才潘克洛夫与通讯记者爬行时那样，没一丝响动，遍地全是杂草，所以行走时一点声音都没有。

移民们准备随时开枪，杰普很听潘克洛夫的话，一个人留在后面。纳布使用一根绳将托普拴住，不让它向前跑。

空地很快就出现在眼前，这里一个人都没有，小队没一点儿犹豫地朝栅栏走去。很快就走过“危险区”了，没一声枪响，大车赶到栅栏前面，在那儿停了下来。纳布在野驴前面把缰绳勒住，工程师、通讯记者、赫伯特和潘克洛夫朝门口走去，看看到底是不是从里面关着的。

有一扇门开着！

“这到底是怎么回事？”工程师朝水手和史佩莱问道。

他们两个人全都愣住了。

“我敢发誓，”潘克洛夫说，“刚才这扇门是关着的！”

居民们开始犹豫起来了，潘克洛夫和通讯记者侦察时，罪犯们在畜栏中吗？毋庸置疑，当时他们确实是在里面的，因为既然门刚才还关着，那么只会是他们开的。可现在他们依旧在里面吗？还是刚有一个匪徒出去了呢？

所有这些问题都在一瞬间涌进居民们的脑海，但怎样才能解答这些问题呢？

赫伯特已朝栅栏走了几步，这时忽然退回来，一把抓住工程师的手。

“怎么了？”工程师问。

“有亮光！”

“屋子里吗？”

“是的！”

5个人一块儿向前涌去。果然，只见到面前的窗户中，有一线极弱的灯光在闪烁着。赛勒斯·史密斯立即打定主意。“罪犯们并没怀疑会发生什么事，他们都聚在这个屋子中，现正处在我们的控制之下！这是我们唯一的机会了！前进！”

居民们手中端着枪，走进栅栏，大车留在外面让杰普和托普去看管，居民们已十分小心地将它们拴在车上了。

赛勒斯·史密斯、潘克洛夫和吉丁·史佩莱在一边，赫伯特和纳布则在另外一边，同时顺着栅栏，在漆黑冷清的畜栏中搜索前进。

不久他们就走近关着的房门。

史密斯朝伙伴们做了一个手势，让他们别动。然后他走到被室内微弱灯光所照亮的窗户前。

他朝室内张望了一下。

桌子上点着一盏灯，桌子旁边是艾尔通以前睡的床铺。

床上躺着一个人。

忽然，赛勒斯·史密斯向后退了几步，沙哑地喊道："艾尔通！"

居民们立即闯进房门，冲到屋中去。

艾尔通似乎睡着了。从他的脸色上可以看出，他受过长期且残酷的折磨，他的腕部和踝部都有着大面积的伤痕。

史密斯朝他弯下身来。

"艾尔通！"工程师抓着他的胳膊叫道，在这种情况下能找到他，简直难以置信。

艾尔通听到有人在喊他，睁开两眼，痴呆地看了看史密斯，又看了看大家。

"你们！"他叫道，"是你们吗？"

"艾尔通！艾尔通！"史密斯重复叫着。

"这是什么地方？"

"在畜栏的房子中！"

"只有我们吗？"

"是的！"

"可他们总要回来的！"艾尔通大叫道，"你们快防备，快防备！"

然后他因为耗尽了体力，便晕了过去。

"史佩莱，"工程师大声说，"我们随时都有可能受到攻击。将大车拉到畜栏中来，然后闩上门，大家全回到这里来。"

潘克洛夫、纳布和通讯记者连忙去执行工程师的命令，时间一刻都不可以耽误，或许这时大车已经落到罪犯们的手里了！

通讯记者和他的两个伙伴没多久就穿过畜栏，赶到栅栏门口，这时托普正在栅栏外阴沉沉地咆哮着。

工程师也暂时离开艾尔通了，跑到外面来，想开枪参加战斗，赫伯特也跟他一块出来了。他们全仔细察看俯临畜栏的支脉顶峰。要是罪犯们埋伏在那里，他们是能将居民们一个个都打死的。

这时，月亮从东方升起来了，在森林的黑幕上空悬挂着。一片银白色的月光洒在栅栏中。畜栏中茂盛的树木、当做水源的小溪和遍地的绿茵，转眼间全被照亮了。靠山的一边，房屋和一部分栅栏也都沐浴在皎洁的月光中，只有对门的栅栏依旧处在阴暗中。

不久之后，一团漆黑的东西出现了。那是大车，它慢慢进入月光照耀的范围内。当伙伴们关门和上闩时，赛勒斯·史密斯听到门上传来了响声。

这时，托普忽然挣脱了束缚，一边愤怒地狂叫，一边朝畜栏的后面、也就是房子右边跑去。

“准备开枪，朋友们！”史密斯大声道。

移民们将枪端起来，准备随时迎击敌人。

托普还在不停地叫。杰普朝托普追去，同样也尖叫起来。

移民们都跟着杰普，赶到大树覆盖下的小溪边。在明亮的月光下，他们到底看见什么了？有 5 具尸体躺在河岸上！

这就是 4 个月之前在林肯岛上登陆的那些罪犯！

第十三章　毫无收获

事情到底是怎样发生的？是谁把罪犯们杀死的呢？是艾尔通吗？不，刚才他还在担心罪犯们会回来呢！

艾尔通刚说完那几句话之后，便失去了知觉。现在他已完全处于昏迷状态了，一动不动地躺在床上。

居民们都在胡思乱想，觉得十分纳闷。因为过度的激动，他们在艾尔通的房间中等了整整一夜，再也没到躺着罪犯们尸体的地方去。可能艾尔通也无法说明这些尸体到底是怎么回事，因为他连自己身处畜栏都不知晓。可是，至少他可以叙述一下这个恐怖场面发生之前的情况。第二天，艾尔通从昏迷状态中清醒了。分别了 104 天，他似乎还是老样子，伙伴们能和他再次见面，既惊喜又亲切。

艾尔通简短地叙述了事情所发生的经过——至少是他所知道的一切。

去年 11 月 10 日，也就是他来到畜栏的第二天晚上，罪犯们翻越栅栏，向他袭击。他们将他绑起来，堵住他的嘴，然后将他带到富兰克林山麓的一个幽暗的山洞中去，那便是罪犯们的巢穴。

他们已决定要在第二天将他处死，正好这时有一个罪犯认出他了，并且喊出以前他在澳洲所使用的名字。如果是艾尔通，这些匪徒便会没一点犹豫地将他杀害了！可这是彭·觉斯，所以他们便将他留了下来！

因此，从那时起，艾尔通便一再遭受老部下的胁迫。他们要他再次入伙，靠他的帮助，攻进他们一直都没能上去的“花岗石宫”，占据这所住宅，杀死所有移民，做岛上的主人！

艾尔通的意志是坚定的，这个往日的罪犯，现已悔过自新，得到了宽恕.他宁愿牺牲自己，也不愿意出卖他的伙伴。艾尔通被绑住身子，堵住嘴，在山洞中监禁了快4个月。

尽管罪犯们在岛上登陆之后不久便发现了畜栏，而且从那时起，都依靠艾尔通的物资来维持生活，但他们并没在里面居住。

11月11日，两个匪徒在畜栏中忽然发现居民们来了，便朝赫伯特开了一枪，其中一个逃回去了。他向其他的罪犯夸耀，说是打死了一个岛上的居民，可他却是一个人回来的。前面都已说过了，他的伙伴被赛勒斯·史密斯刺死了。

当艾尔通听见赫伯特牺牲了的消息，他的不安和绝望是可以想象的。现仅剩下4个居民了，可他们仿佛还遭受着罪犯们的威胁。这件事情之后，在居民们因赫伯特养伤而耽搁在畜栏中的全部时间里，海盗们一直都没离开山洞。甚至在他们劫掠过瞭望岗的高地之后，为了谨慎起见，他们还是在山洞中隐匿。

这时，他们对艾尔通便更为残酷了。因为成天被绑，他的手上和脚上到现在还有着血痕。要想逃走仿佛是不可能的，唯有等待着死。

这种情况一直持续到2月份的第三个星期。罪犯们极少离开他们的老巢，仅有时到荒岛的内陆或南岸一带去打猎，但他们心中还在等待机会。

艾尔通之后一直没听到关于伙伴们的消息，他认为已经没希望再和他们见面了。最后，受不住种种的虐待，这个不幸的人进入虚脱状态了，视觉和听觉都极大地减退了。从那时起，也就是说，两天来，什么情况他全都不知道。

“可是，史密斯先生，”他接着说，“既然我被监禁在那个山洞中，那我怎么会又到畜栏中来呢？”

“是啊，罪犯们又怎么会死在小溪边呢？”工程师反问道。

“死了！”艾尔通顾不上身体的虚弱，从床上半撑着起身来叫道。

伙伴们都扶着他。他想起来，在伙伴们的扶持下，艾尔通下了床。他们一块儿朝小溪边走去。

这时天已大亮了。

就在这河岸上，放着5个罪犯的尸体，看他们的样子似乎是被刚打死不久！

艾尔通愣住了。史密斯和他的伙伴们全默默望着他。纳布和潘克洛夫按照工程师的手势，去检查尸体。这时，尸体早已冰冷僵硬了。

尸体上并没有明显的伤痕。

通过仔细的检验，潘克洛夫才看到第一具尸体的额头上，第二具的胸膛上，第三具的脊背上，第四具的肩膀上，各自有一个小红点。这是一种极难辨认出的创伤，到底是怎么来的，依旧猜不透。

“他们全是在这儿被打中的！”赛勒斯·史密斯说。

“可用的是什么武器呢？”通讯记者大声问道。

“一种具有闪电效果的武器，不过我们并不知晓它的秘密！”史密斯回答说。

“可是谁打的呢？”潘克洛夫问。

“岛上的正义复仇者，”史密斯答道，“艾尔通，你就是被他带到这畜栏中来的。他再一次发挥出他的威力。我们自己做不成的，他全替我们做了。他总是在达到目的之后，避开我们。”

“那么，我们都去找他吧！”潘克洛夫叫道。

“是的，我们一定要找到他，”史密斯说，“可是，在他愿召见我们之前，我们是没办法找到这位创造奇迹的伟大人物的！”

居民们在这种肉眼无法看到的保佑下，自己的行动变得一丝用处都没有，赛勒斯·史密斯不由觉得烦恼且着急。这种相形见绌的情况通常会伤害一个人的自尊心的。同时使用拒绝别人感恩的方法来表达出自己的慷慨，这也包含着一丝看不起人的成分。因此，在赛勒斯·史密斯看来，反而在一定程度上降低了所有义举的价值。

“我们去找吧！”他接着说，“希望有一天我们可以向这位高傲的保卫者证明，我们并不是忘恩负义的人！如果我们能报答他，能够轮到我们去为他尽一丁点儿的义务，表示出我们的心意，就算要付出生命的代价，我们又有什么理由不去答应呢？”

从这天起，林肯岛上的居民便一心一意准备进行这次搜索了。每件事都激励他们要前去寻找这个谜的答案，这个答案只可能是一个的确赋有不可思议的能力——在某种程度上极度接近超凡——的人的名字。

几分钟之后，居民们返回屋中来。在大家照料下，艾尔通的精神和体力没多久便康复了。

纳布和潘克洛夫将罪犯的尸体运往离畜栏不远的森林中去，把他们埋葬了。

然后，他们向艾尔通讲述了在他被监禁期间所有发生的事情。艾尔通这才知道赫伯特受到的危险及居民们所经历的各种灾难。原来居民们都已觉得没希望再跟艾尔通重新见面，觉得罪犯们残酷地将他杀害了。

“现在，”赛勒斯·史密斯叙述完了之后，接着说，“我们还需要办一件事。我们的任务仅完成了一半。尽管以后能不再担心罪犯们的骚扰，可我们这次再次成为岛上的主人却不是凭借自己的力量达到的。”

“好吧！”吉丁·史佩莱说，“我们去搜索富兰克林山支脉一带全部错综复杂的山区吧。我们坚决不放过一个山沟与洞穴！啊！要是能发现秘密，朋友们，我便是第一个迎接秘密的通讯记者了！”

“要是找不到恩人，我们坚决不回‘花岗石宫’。”赫伯特说。

“是的，”工程师说，“只要是人力可以到达的，我们全部都要去做。可我还要再重复一遍，恐怕只有他愿见我们时，我们才会找到他。”

“我们便暂时住在畜栏中吗？”潘克洛夫问道。

“是的，”史密斯回答说，“这里粮食有很多，又恰好是搜查的中心。再说，要是有必要返回‘花岗石宫’，坐上大车很快就能到了。”

“好！”水手说，“不过我还有一个意见。”

“什么意见？”

“现在好天气一天天都过去了，我们不要忘了，还要航海。”

“航海？”吉丁·史佩莱问。

“是啊，去达抱岛，”潘克洛夫回答说，“或许苏格兰游船就快要来接艾尔通回去了。必须送一封信去达抱岛，讲明林肯岛的位置，还要说明艾尔通也在这里。或许现在都已太迟了，那还会有谁知道呢？”

“可是，潘克洛夫，”艾尔通问道，“你准备怎么航海呢？”

“用乘风破浪号。”

“乘风破浪号！”艾尔通大声道，“早就没有了！”

“我的乘风破浪号没了？”潘克洛夫立即从座位上跳起来叫道。

“不错，”艾尔通说，“8天之前，罪犯们刚在小港湾中发现了它，他们乘坐它航海，后来……”

“后来到底怎么了？”潘克洛夫紧接追问道，他的心一直在跳。

“因为没有鲍勃·哈维掌舵，他们一下子就撞到石头上了，将船撞碎了。”

“啊！这些强盗、土匪、不要脸的家伙！”潘克洛夫大骂道。

“潘克洛夫，”赫伯特拉着他的手说，“我们可以再造一只乘风破浪号，造一只更大的。铁器我们都有，双桅船上的整套索具都能拿来任意使用。”

“可你知道吗，”潘克洛夫说，“一只三四十吨的船，最少要五六个月才能造成呢！”

“我们可以想办法利用时间呀，”通讯记者说，“今年只能不去达抱岛了。”

“还有什么办法呢，潘克洛夫！”工程师说，“只能克制自己，冷静些。希望晚一点到达抱岛去，对我们也没什么害处。”

“唉，我的乘风破浪号！可怜的乘风破浪号！”潘克洛夫一听到自己引以自豪的船受到破坏，他的心都快要碎了。

失去了乘风破浪号，对居民们而言，确实是一件值得惋惜的事。他们都同意尽量弥补这个损失。这个问题解决之后，他们便要在这荒岛上最隐蔽的地方展开搜索了。

从 2 月 19 日破晓起，他们便出发探险，前后总共经历一个星期。山麓的支脉与无数的分支构成了错综复杂的谷地和丘陵。这些峡谷的深处——甚至或许连富兰克林山的内部也要包括在内——显然这正是他们要搜索的地方。要是有人准备在岛上找一个别人发现不了的住处，那到这里来是最合适不过的了。因为这些山谷的地形很复杂，因此赛勒斯·史密斯只好一点点来。

居民们最先查看了通往火山南部的山谷，瀑布河一开头便是从这个山谷中流过的。在这里，艾尔通将大家引到罪犯们藏身的山洞中去。在没送回畜栏之前，他就是在这里被监禁的。山洞还是跟艾尔通离开时那样，他们在里面找到数量不少的火药与粮食，全是罪犯们从别处搬来贮藏在这里的。

山洞周围的山谷有枞树和其他树木覆盖着，他们全都搜遍了。绕过西南支脉的拐角之后，移民们进入了一条峡谷，这里的景致十分像那分布奇特玄武柱的海滨。峡谷里的树木相对稀疏，乱石代替了青草。野山羊和摩弗仑羊都在岩石间跳着。从这一带起，便是岛上荒芜的地区了。尽管富兰克林山麓朝各地分散出的山谷十分多，但已能看出来了，峡谷跟畜栏的山谷一样，布满树木和有大量的牧草的山谷仅三条，畜栏的山谷西面临近瀑布河谷，东面靠着红河河谷。这两股小溪由周围各个山涧会合而成。因为它们的滋润，山南一带的土地十分肥沃，溪水流到下游之后，和很多支流会合在一起，形成了河流。慈悲河则是由啄木鸟林中相对大的泉水直接会合而成的，这种泉水延伸成无数的溪流，让盘蛇半岛的土壤获得了水源。

这三条水量十分充沛的河谷，哪一条都能被隐士选为藏身的地方，因为这里有所有的生活必需品。可居民们搜查个遍，各处都没发现人的踪迹。

那么，这位隐士和他的住所，是否在那些荒芜的峡谷深处、乱石丛中、崎岖的北部山峡或熔岩流过的地方呢？

富兰克林山的北麓仅有两条山谷，这两条山谷十分宽阔，却并不太深，里面一点草木都看不到，仅有铺在谷底的熔岩，零乱地散布着的很多岩石，包含各种火山岩石及大块的矿石。这一带需很长时间去详细搜查。这里有上千的洞窟，尽管不适宜居住，但却十分隐蔽，很难通过。

甚至居民们连阴暗的地道也会钻进去看看，一直深入山中，这些地道在火山爆发时期便存在了。因为这里曾喷发过火焰，洞内还保持着被熏黑的一片片的痕迹。他们举着火把，经过这些黑暗的走廊，连最小的洞隙都被逐个察看了。他们同样探测了那些十分浅的地道，可全部都是阴森森的，这些古老的地道看来从没人走过，也没人移动过一块岩石——岩石全保持着荒岛在海底火山将它们喷射出水面的状态。

尽管这些地道看起来很荒凉，相当阴暗，赛勒斯·史密斯却发现这里并不是没有一点声音的。

他们走到一个深达几百英尺直往深山内的阴暗洞底时，工程师突然听到一种低沉的轰隆声，并且因为有岩石的回声，声音便变得更大了，这让他觉得很惊讶。

跟他在一起的吉丁·史佩莱也听见了这种从远处传过来的轰隆声，这表明地下的火焰复燃了。他们倾听了很长时间，都觉得地底正在发生着化学变化。

“那么，火山还没完全熄灭吗？”通讯记者问道。

“在我们上次探索火山口之后，”赛勒斯·史密斯回答道，“或许又发生了什么变化，任一座被断定已熄灭的火山，都会再次爆发的。”

“可是，要是富兰克林山爆发起来，”史佩莱问道，“是否会给林肯岛带来危险呢？”

“我想不会的，”赛勒斯·史密斯回答说，“因为火山口就像是个安全的活门，有了它，烟和岩浆就能从这里喷出来，以前它们就是从这条出口出去的。”

“如果岩浆向着岛上的富饶地区冲出一个新的出口来，情况那就不一样了！”

“亲爱的史佩莱，”赛勒斯·史密斯说，“为什么你会觉得它不会像以前一样呢？”

“嗯，火山总是捉摸不定的。”通讯记者回答道。

“注意，”工程师说，“富兰克林山的斜度让山涧水朝我们现在所探索的山谷这边流，如果改变流水方向，除非再发生一次地震，改变山的重心才可以。”

“可现在恐怕随时都会发生地震。”吉丁·史佩莱说。

“随时，”工程师说，“不错，尤其是在地下的力量停歇了很长时间，现在才刚开始复活，是有可能碰到一些障碍的。在这种情况下，亲爱的史佩莱，如果火山爆发的话，便会给我们带来严重的后果了。最好火山完全没有复活的意思，不过我们是没办法阻止的，是不是？但是，就算真的爆发了，我想瞭望岗也不会受到多大的威胁。因为瞭望岗和富兰克林山间的地面都很低，如果岩浆朝格兰特湖流过来，它肯定会落在中途的沙丘上和鲨鱼湾周围的。”

“我们还没看到山顶上有表明火山快要爆发的烟呢。”吉丁·史佩莱说。

“不错，”史密斯说，“我昨天仔细看过山顶，火山口连一丝烟雾都没有。可经过的时间长了，喷火口的下部或许会堆积一些石块、岩石和凝结了的熔岩，这些东西随时都会因为堆积过多，将我刚才所说的活门堵住。可是，通过第一次猛烈的爆炸之后，所有的障碍便都全排除了。我们的荒岛就好比是锅炉，火山好比烟囱，我能向你保证，亲爱的史佩莱，到时它们不会因为受到气体的压力而爆炸的。不过，我还是这样说，最好火山不会爆炸。”

“但我们并没听错，”通讯记者说，“明明火山内部在响动！”

“你说得很对，”工程师一边说，一边又仔细听了一会儿，“里面出现了骚动，这是没疑问的。我们既无法预计出它的力量，又没法推测出它到底会造成什么样的后果。”

赛勒斯·史密斯和史佩莱从地道里出来之后，将这些情况全告诉了伙伴们。

“好哇！”潘克洛夫道，“火山想要作怪了！如果它高兴的话，就让它来吧！总会有人来制服它的！”

“谁！”纳布问道。

“我们那位好心肠的圣人，纳布，就是我们那位好心的圣人，如果火山胆敢开口，他会将它的嘴堵住的！”

从这件事上能看得出，水手对这位守护荒岛的神灵的信仰是很虔诚的。这种神秘的力量，到目前为止，已发挥过很多次了，而且每一次都是一种奇妙的表现方式。的确，他的力量仿佛是无边无际的。此外，他还知晓怎样逃避移民们最详细的搜查，虽然他们费尽了心机，虽然他们远征的热情甚至都达到了顽强的程度，他们依旧没法找到他。

从 2 月 19 日到 2 月 25 日，他们搜索了林肯岛的全部的北部地区，连最隐蔽的角落也都被查到了。甚至居民们一块挨一块地敲打岩石，一直搜索到山的边缘。他们就这样赶到了削平的火山锥顶。然后又赶到“大帽子”的山脊上，“大帽子”的底下便是火山口。

他们所做的还不仅这些，他们观察了深渊，在深渊的深处清楚传来轰隆声。但是，并没一点迹象能表明火山将要爆发——既没烟雾，石头也并不烫。至于移民们想要找的人，不管是在这里，还是在富兰克林山的其他部分，都没发现他的踪迹。

接着，他们便去搜查沙丘。虽然想去鲨鱼湾的平地都很困难，可他们还是从上到下，详细查看了高耸在海湾中的熔岩峭壁。但是，没有人！什么都没有！

总之，这两句结论表明他们在白费力气，徒劳无功，赛勒斯·史密斯和他的伙伴们甚至都失望到有点愤怒。

现是应该考虑回家了，因为这种搜索是无法无限期拖延下去的。居民们觉得这个神秘的人绝对不住在这荒岛上，这一点是能确定的，因此他们不由想入非非。尤其是潘克洛夫和纳布，他们觉得这事情不仅神秘，因此他们向超脱凡人之外的境界去想。

2 月 25 日，居民们返回到“花岗石宫”中来。他们使用弓箭，将双股的绳索射到门槛口，恢复了地面与住宅间的交通。

又过了一个月，在 3 月 25 日那天，他们纪念了来到林肯岛的 3 周年。

第十四章　一派和谐

里士满的俘虏们已逃出来 3 年了。在这 3 年中，他们多少次谈论过所念念不忘的祖国啊。

他们深信内战早已结束，他们觉得北军的正义事业是一定会胜利的。但是，在这场可怕的战争中，到底发生了哪些事情呢？到底有多少人为它洒了鲜血呢？他们有多少朋友在这场战争中牺牲了性命呢？这些问题都是他们时常谈起的，但是现在他们还不知晓什么时才可以再次回到祖国。如果能回去一趟，哪怕是仅仅几天，只要与文明世界恢复社会联系，在故乡与林肯岛间建立交通，然后再返回到岛上来，也便满足了。那时他们找到的这块土地已属于他们的祖国了，难道这个理想无法实现吗？

想实现这个理想，仅有两种可能：或有船到林肯岛周围来，或移民们自己造一只船航行到距离这里最近的陆地上去。

“只好等我们那位好心的圣人提供给我们回国的工具了。”潘克洛夫说。

的确，就算有人告诉潘克洛夫和纳布，有一只 300 吨重的大船在鲨鱼湾或气球港等待着他们，他们也一点不觉得奇怪。现在在他们的脑子中，不管什么事都有可能发生了。

可赛勒斯·史密斯却没那么有信心，他劝他们要去面对现实，尤其是在造船这个问题上，更应现实些，因为这确实是一件紧急任务——必须要尽快乘船将写清艾尔通新地址的信件送到达抱岛去。

乘风破浪号是没有了，造一只新船最少要 6 个月。不过冬天快要来临，在开春之前，是无法航海的。

“我们有足够的时间在天气转暖之前做好所有准备。”工程师在和潘克洛夫商讨这些问题时说。“朋友，既然我们需要再次造船，我想最好还是将它造得大些。要等苏格兰游船去达抱岛，那是十分靠不住的。它可能在几个月之前就去过达抱岛，因为没寻找到艾尔通的踪迹，已离开了。要是造一只大船，能在必要时，我们可以乘着它到玻里尼西亚群岛或新西兰去，那不更好吗？你觉得怎么样？”

“史密斯先生，”水手回答说，“我觉得大船和小船都可以造，木料和工具并不缺少，仅仅是时间问题。”

“造一只 250 吨到 300 吨的船，需要几个月？”史密斯问。

“最少七八个月，”潘克洛夫答道，“并且冬天快要到了，要知道在严寒封冻时，做木工活儿是很难的。我们估计必须要耽搁几个星期的工作。如果可以在明年 11 月将船造好，就已经很不错了。”

“好，”赛勒斯·史密斯说，“那正是去航海的好时间，去达抱岛也好，到更远的地方去也行，不管是哪种性质的航海，那个季节都适合。”

“那么，便这样吧，史密斯先生，”水手说，“你设计图样，工人随时都有。我想艾尔通会是个得力的帮手的。”

跟居民们商量了之后，大家都同意工程师的计划。的确，这算得上是最好的办法了。造一只二三百吨的大船，肯定要花费很大的劳动力，但移民们认为过去曾成功过，因此具有很大的信心。

于是赛勒斯·史密斯便忙着设计船的图样和制作模型了。在这期间，伙伴们去砍伐树木，将木料运来制作肋材、船骨和铺板。远西森林中有十分好的橡树和榆树，他们将上次远征时所打开的通道开辟成一个能通行的道路，将它叫做远西路，砍下来的树木全运到“石窟”中去，造船所就在那里设立。上面所说的那条路，因为选择树木的缘故，开辟得很弯曲，可这样一来，向盘蛇半岛的大片地区去倒十分方便了。

有一点是值得注意的：伐树和锯木料的工作必须要加快了，因为湿木料是无法使用的，必须要通过一段时间的木料才会干燥。因此，木工们在 4 月份工作得十分紧张，只有在秋分时节刮暴风，工作才受到一些影响。小杰普十分灵巧，对他们有十分大的帮助，它有时上树系绳子，有时使用结实的肩膀扛着砍下的树干。

“石窟”旁边盖了一间大棚子，将全部的这些木料都堆在那里，等着开工。

4 月份天气十分晴朗，跟北半球 10 月的天气相差无几。在这期间，其他工作也都没停顿，都在积极地进行着。不久之后，瞭望岗高地上被摧毁的遗迹全消失干净了。磨坊已再次建立了起来，家禽场中也建起了新的建筑物。因为鸟类大量增加了，这些建筑物绝对要扩大不可了。厩房里现在有 5 头野驴，除了一头小驴之外，其余 4 头都训练得十分好，既愿拉车子，又愿让人骑。现在小队有一张犁，他们经常使用两头野驴拉犁，跟约克州和肯特基的真正的耕牛那样。移民们都分工合作，从来也没觉得劳累。正因为这样，这些工人们都在锻炼中形成的健康谁还能比得上呢？每当傍晚，他们为了建设远景而提出上千条计划时，“花岗石宫”中是多么愉快和欢乐啊！

当然，现在艾尔通和大家在一块儿工作，再也没提回畜栏住的话了。但他依旧愁眉不展，很少说话，时常跟伙伴一块儿工作，却很少跟大家一块儿谈笑。但在紧张时，他却是一个十分可贵的工人——强壮、敏捷、灵巧、聪明。人人都很器重他、爱护他，这一点他是能感觉得到的。

在这期间，他们并没放下畜栏不管。每隔一天，总会有一个居民驾着车或骑着驴去照顾摩弗仑羊和山羊，并且将纳布所要的羊奶给带回来。一路上有机会还能去打猎。因此，去畜栏最勤的是赫伯特和吉丁·史佩莱。他们总是带着上好的猎枪，由托普带着路去打猎，“花岗石宫”中也从没断过野味，大的有水豚、刺鼠、袋鼠和野猪，小的有野鸭、山鸡、松鸡、啄木鸟和鹬。除此之外还有兔场与蛤蜊场的产品、捉到的海龟、游到慈悲河来的美味的鲑鱼、高地上的蔬菜与森林中的野果，真是花式繁多，大厨师纳布一个人差不多都招架不住了。

当然，畜栏与“花岗石宫”间的电报线又恢复了。要是某一个居民到了畜栏，认为需要在那里过夜，他们就发电报联系一下。现在，荒岛上又恢复安全了，居民们不用担心受到一点攻击——至少是人的攻击。

可是，已发生过的事，还是很有可能再次发生的。随时都有可能有海盗甚至是逃犯朝岛上攻击。鲍勃·哈维的秘密计划或许还有别的伙伴及党羽知道，他们很可能会去效仿他，来做一样的尝试。因此，移民们细心地注意着荒岛附近的海面，每天都使用望远镜扫视联合湾和华盛顿湾间的水平线。当他们到畜栏去时，同样小心注意着西边的海面。在支脉上，他们能看见很大一部分的西边水平线。

他们并没有发现任何可疑的东西，但小心戒备还是很有必要的。

一天晚上，工程师向伙伴们宣布了一个要为畜栏设置防御设施的计划。为了谨慎起见，他觉得应该加高栅栏，并在侧面建立起一个木堡，在必要时，居民们能利用它来防御敌人。“花岗石宫”因为所处的地势好，能说得上是攻不破守得住。因此，不管是什么海盗，一旦登陆，就会将畜栏及它的建筑物、贮藏物资和牲畜当做目标了。要是移民们被迫守在里面，他们也应可以保卫自己，而不受一点危害。这个计划是很值得考虑的，但他们需等到明年春天才可以实行。

5 月 15 日前后，新船的龙骨便搁在造船所里了。不久，船首材和船尾材也都用榫头分别接在龙骨的两头，都直立了起来。龙骨是用上等的橡木制造的，长达110英尺，上面能横架一根宽25英尺的中央船辐。但是，木匠们做完这些工作之后，严寒和坏天气便来临了。在之后的几个星期中，他们安装了第一批船尾的肋材后，就只能暂时停止工作。

在这个月最后几天里，天气变得十分坏，有时东风和暴风同样猛烈。工程师有时为造船所的棚屋担心，然而，他却没办法将它盖在其他临近“花岗石宫”的地方，因为小岛仅挡住从大海冲往海岸的一部分怒潮，在暴风雨猛烈时，甚至波涛会一直冲到花岗石壁的脚底下。

幸好这些顾虑并没变成事实。风向改为东南，“花岗石宫”的全部海滩都有遗物角给帮忙挡住风了。

潘克洛夫和艾尔通是造船中最为热心的人，他们俩都是不怕风吹雨打的好汉，不管是好天还是坏天，总是抡起锤子便干起来。但下过这场雨之后便是一阵严寒，木质纤维跟铁那样坚硬，工作起来很困难。6月10日前后，造船工程不得不停顿了。

赛勒斯·史密斯和他的伙伴们都有着那样的感觉，林肯岛冬季的气候是十分寒冷的，寒冷的程度跟新英格兰各州（这几州和赤道间的距离差不多与林肯岛和赤道间的距离完全相同）差不多。在北半球，最少是在美洲的英国属地和美国北部，是因为北极周围地势平坦，没有高的山地阻挡北风，所以才十分寒冷。但在林肯岛，就无法这样解释了。

“人们都注意到了，”有一天史密斯对伙伴们说，“在纬度一样的地方，岛屿和沿海地区不像内陆那样寒冷。比方说，我经常听说伦巴第的冬天并没有苏格兰的冬天暖和，这是因为苏格兰周围的海洋一到冬天就将它在夏天所吸收的热全散发出去的原因。因为岛屿可以受到这种影响，因此它的情况会比大陆要好得多。”

“那么，史密斯先生，”赫伯特问道，“林肯岛为什么不符合平常规律呢？”

“这也是很难理解，”工程师回答说，“不过，我想这是因为林肯岛的位置在南半球的缘故，南半球会比北半球冷，这一点，孩子，你是清楚的。”

“是的，”赫伯特说，“就拿冰山来讲，南太平洋纬度较低的地方就比北太平洋纬度较低的地方要多。”

“不错，”潘克洛夫说，“我在捕鲸船上当水手时，我曾在合恩角附近见过冰山。”

“那么，”吉丁·史佩莱说，“林肯岛之所以那么冷，或许是因为不远的地方有浮冰或冰山的原因。”

“你的看法确实十分有道理，亲爱的史佩莱，”赛勒斯·史密斯说，“显然我们受到的严寒是因为靠近冰山，我还请你们注意一个纯属于自然的道理。它也能说明为什么南半球会比北半球冷。事实上，太阳和南半球的距离在夏天较近，因此在冬天肯定会远些。这便是寒暑两季温度十分悬殊的原因。要是我们觉得林肯岛的冬天尤其冷，反过来我们也别忘了，这里的夏天也特别热。”

“可，对不起，史密斯先生，”潘克洛夫皱着眉说，“为什么将我们的南半球划分成像你所说的那样呀？这，这并不公平！”

“潘克洛夫先生，”工程师笑着说，“不管到底公不公平，我们也只好顺着它。之所以会划得这般特别，道理也是这样的：按着适合的力学定律，地球绕着太阳的轨道，不会是圆形的，而只会是椭圆形。在地球运转过程中，经过椭圆形中距离太阳较远的一个极点时，它便是在远日点上；在另外一个时候，当它距离太阳较近时，便在近日点上。现在，在南半球的冬季，就是我们距离太阳最远时，因此，这一带地区也就十分冷。这是没办法阻止的。潘克洛夫，不管人类的学识到底有多丰富，也绝不会改变宇宙的规律。”

“但是，”潘克洛夫坚持向下说，“人类的知识是十分丰富的。史密斯先生，如果将人们所知道的全部都写成一本书，这本书到底该有多厚呀！”

“但是，要是把不知道的全部也写成一本书，那本书也该有多厚呀！”史密斯说。

不管到底是什么原因，6月份照样带来了严寒，居民们只能整天坐守在“花岗石宫”中。啊！他们——尤其是吉丁·史佩莱——对这种监禁生活觉得多腻烦呀！

“喂，”通讯记者有一天对纳布说，“不管你去哪里，要是你可以大发慈悲给我订一份报来，我绝对将我未来能够得到的所有财产全给你，说了便算数！真的，对我来说最大的享受便是每天早上可以知晓前一天各地发生的事情了！”

纳布便笑了起来。

“老实说，”他说，“我想知道的仅有我的日常工作！”

事实上，室内跟室外一样，都有很多工作可做。

经过3年的不断艰苦奋斗，林肯岛小队的繁荣已达到全盛的时代。双桅船的毁坏是一个新型的富源，除了整套的索具能装备正在建造中的新船之外，还有各色的器皿和工具、枪支和弹药、衣服与用具，全都储藏在“花岗石宫”的仓库中。甚至也不需去制造那种粗糙的“林肯毡”了。居民们在过第一个冬天时曾挨过冻，但现在不管天气有多坏，他们都不害怕了。他们有很多亚麻布制品，但使用时仍十分节省。赛勒斯·史密斯使用氯化钠——其实也就是海盐——顺利地获得了小苏打和氯。小苏打十分容易变成碳酸钠，再将氯做成氯化钙，工程师就这样将它们用在各种家庭用处上，尤其是用它们可以将亚麻布漂白了。此外，他们跟古老的家庭一样，最多一年洗不过四次衣服。应附带说明，吉丁·史佩莱在等邮差给他送报的同时，还跟潘克洛夫充当了十分优秀的洗衣工人。

冬季的6月、7月、8月也这样过去了。这几个月天气酷寒，平均温度仅有华氏8度，比去年冬天还要低些。但是，看那“花岗石宫”中的炉火多旺盛呀！花岗石壁都被烟熏成一条条的，跟斑马身上的花纹那样。在距离他们不远的地方就出产木柴，因此他们能大量地去增添。只是煤炭运输起来相对困难些，但在造船时，剩下很多零碎木头，能让他们节省一些煤。

岛上的人畜都十分平安。必须承认，小杰普有点怕冷，这似乎就是它唯一的弱点，居民们只能给它制作件厚实的睡衣穿。它是一个多好的仆人呀！——聪明、热心、慎重、不知疲倦，也不喜欢多说话，它是完全具有资格当选为新旧大陆猿猴类中的模范！

“它啊！”潘克洛夫说，“既然它拥有四只手干活，当然它的工作应做得更好些！”

事实上，这个机灵的动物确实做得十分不错。

自从上次在山的附近展开搜查之后，已有7个月了。在这期间，包括天气转暖的9月份，荒岛上的圣人完全没有音信，他也没有采用任何方法去显示他的力量。事实上，就算发挥出力量，也是无法显现出来的，因为移民们并没遇到让人头痛的困难。

甚至赛勒斯·史密斯注意到，尽管陌生人有时曾通过“花岗石宫”与居民们获得联系，并且托普的直觉也曾感觉到这一点，但在这期间，却没一点痕迹表明这个事实。托普也不咆哮了，猩猩也不再觉得不安了。这两个朋友——它们确实是朋友——既不去地下井的井沿上守望，也不再像工程师第一次看见的那样奇妙地叫喊了。但是，那些谜是不是永远都得不到答案了呢？他能肯定之后不会再碰到什么紧急场合，让这个神秘的人当场出现吗？谁知道未来的事会怎样呢？

寒冬到底是过去了。然而，就在大地回春的开始几天，出现了一件事。这件事很可能会引起极为严重的后果。

9 月 7 日，赛勒斯·史密斯查看了火山口，只见到山顶上烟雾缭绕，第一缕蒸汽向天空升去。

第十五章　神秘人的召唤

居民们都听见了工程师的紧急通知，放下工作，默视着富兰克林山的顶峰。

火山它复活了。蒸汽穿过火山口底下积累的矿石岩层开始升起来了。但是，地下火是否会引起猛烈的爆炸呢？这是十分难预料的。不过，即使火山会爆发，也不见得林肯岛就会遭殃。火山中流出来的岩浆也并不一定会变成灾祸，向北的山坡上有一条条凝结的熔岩，从这里能看得出来，荒岛已经受过这种考验了。并且，按照火山口的形状——它的缺口是在上面的边缘部分开着的——还能断定，岩浆多半会喷发在与富饶地区相对的那部分荒岛上去的。

但是，曾经的情况却不一定能够回答未来的问题。在火山的顶峰，通常是将以前的火山口给堵塞了，再钻出一个新的火山口来。这种情况在南半球和北半球都曾有过，比如埃得纳火山、波波卡提佩特峰和奥里萨巴火山都是这样的。在爆炸前，什么情况都有可能发生。事实上，时常伴随火山爆发而发生地震，这就足以改变火山的内部结构，给岩浆再打开一条新的路。

赛勒斯·史密斯向伙伴们解释了这些事，他一点也不夸张地给大家讲明了正反两种的可能性。总之，他们都是无法阻止的。同时也应说明，除非发生地震，将地面动摇，要不然“花岗石宫”差不多是不会受到危险的。但是，要是从富兰克林山的南边开辟出一个新的火山口出来，畜栏就会受到严重的威胁了。

从这天起，山顶的烟就从未消失过，并且能看出，尽管其中没夹带火焰，喷出来的烟却越来越高、越来越浓了。特别是中央火山口相对较低的地方，喷出来的烟就更加浓了。

不管如何，随着季节的变暖，工作又再次干起来了。造船的工作仍在加紧进行着。赛勒斯·史密斯又利用岸边的瀑布，建立起一个水力锯木场，这么一来，树干就能很快锯成铺板和托架了。这套机械装置跟挪威乡村锯木场中所用的一样简单，先使用一个水平的机械装置转动木块，再用另一个垂直机械装置将钢锯转动，这便是所有的必要器材了。工程师使用一个车轮，两个滚筒和几个滑车，将它顺利地安装起来了。9月底，在造船所中将来的纵帆船的骨架形成了，肋材也就几乎完工了，所有船骨暂时用箍条缚着，船的轮廓大致都能看出来了。这只纵帆船船头十分尖，后半部细长，肯定是适合远航的。但铺板工程还需一段十分长的时间才可以完成。幸好在海盗的双桅船爆炸之后，他们将船上的铁制品全部保留下来了。潘克洛夫和艾尔通从铺板和损坏了的肋材上拔下了很多螺丝钉和很多铜钉来，这就能少做很多铁活儿，但木工活儿却怎么都做不完。

为了在高地上展开收割、堆积干草与收获各种农作物，造船的工程暂停了一个星期。农忙完了，所有时间也都投入到安装纵帆船的工作中。一到晚上，工人们全都筋疲力尽。为了不浪费一点时间，他们将吃饭的时间也改变了，12点钟才吃午饭，不，直到天黑之后才会吃饭，吃完之后便上“花岗石宫”去，立即睡觉。

有时他们谈到一些有趣的问题，同样也会拖延睡觉的时间。在这种情况下居民们谈到未来，如果乘纵帆船到有人居住的陆地去，是很可能改变他们所处的环境了，因此他们愉快地谈起那时会有哪些变化。但是，在谈论这些计划时，总会有一种思想发出来占着上风，那就是：以后他们还会回到林肯岛来的。这块领地是他们用无数的劳动开发出来的，一旦跟美国取得联系，就能得到新的动力，因此，他们绝对不会放弃它。特别是潘克洛夫和纳布，他们都想在林肯岛上过一辈子。

“赫伯特，”水手说，“你永远都不会离开林肯岛的，是不是？”

“是的，潘克洛夫，尤其是你打定主意要留在这里，我就更不会离开这儿的。”

“我早都打定了主意，孩子，”潘克洛夫说。“我在这儿等你。你将你的妻子和小孩全带到这里来，我要将你的孩子教导成活泼天真的小家伙！”

“那就这样吧。”赫伯特红着脸笑着说。

“还有你，史密斯先生，”潘克洛夫满腔热忱地说，“你永远都是岛上的领袖！啊！岛上到底能养活多少人呢？最少一万人！”

他们都这样谈笑着，让潘克洛夫滔滔不绝地往下说。最后，按照他们的理想，通讯记者真办成了一份报纸——《林肯岛先驱新报》！

人的心情就是这样。人类之所以成为万物之灵，就是因为有一种愿望：从事一种永垂不朽的事业，这种事业在他本人死了之后，还可以万古长存。正是因为这种信念，人类才树立起自己的权威，才当之无愧成为世界的主人！

除了这些之外，谁知道杰普和托普对它们的将来是不是也怀着理想呢？

艾尔通暗自地说，希望能再次见到哥利纳帆爵士，让他知道，自己已经改过自新了。

10月15日晚上，谈话时间拖得比以往长了些，已9点钟了。虽然大家都不想去睡觉，可还是忍不住打出哈欠来，表明现在是休息时间了。潘克洛夫正往床边走去，餐厅里的电报铃忽然响了起来。

赛勒斯·史密斯、吉丁·史佩莱、赫伯特、艾尔通、潘克洛夫、纳布，每个人都在场，居民们谁都没到畜栏中去。

赛勒斯·史密斯站起来了，伙伴们都你看着我，我看着你，都不敢相信自己的耳朵。

“这到底是怎么回事？”纳布叫道，“是魔鬼在打铃吗？”

没人回答。

“在这暴风雨的天气中，”赫伯特说。“是否是电流的感应……”

赫伯特的话都没说完，大家全注视着工程师，只见他否定般地摇摇头。

“等一会儿，”吉丁·史佩莱说，“要是信号，不管到底是谁，他肯定会接着再发的。”

“可你觉得会是谁？”纳布大声道。

“谁？”潘克洛夫回答说，“除了他之外……”

又是一声铃响，将水手的话打断了。

史密斯赶到电报机旁，往畜栏发出一个问题：

“你要什么？”

没过多久，指针在字码表上给“花岗石宫”的居民们作了回答：

“立即到畜栏来。”

“总算有答案了！”史密斯大声道。

是的！总算有答案了！秘密将要揭穿了。在一种极为强烈的兴趣鼓舞下，居民们的疲劳全都忘得干干净净了。这种兴趣催促着他们赶到畜栏中去，将休息的念头给完全打消了。他们一句话都没说，很快便离开了“花岗石宫”，赶到海滩上。仅有杰普和托普留在家中，这次他们并不需要它们的陪伴。

夜色十分昏暗，新月已跟太阳一起西沉，黑压压的阴云如同穹窿似的低低笼罩在头上，遮盖得透不过一丝星光。远处暴风雨中爆发出几道闪电，把水平线照亮。

或许在几个钟头之后，岛上就会到处一片雷声，这一晚的天气十分险恶。

但是，不管天色多昏暗，他们还能寻找到熟悉的畜栏路。

他们爬到慈悲河左岸，赶到高地，过了甘油河上的吊桥，走上经过森林的大道。

他们的步伐十分快，每个人都无法抑制自己的兴奋心情。毋庸置疑，现在他们很快就能知道这个猜了很长时间的哑谜的答案了！这个答案也便是那神秘人是谁；他和居民们的生活有多大的关系，为他们效劳时是多么慷慨呀，他是多么神通广大啊！如果这个陌生人没跟他们共处在一块儿，不清楚他们的日常琐事，没听过“花岗石宫”中的每一句谈话，他怎能总在紧要关头去帮助他们呢？

每个人都怀着心事，快步朝前走去，在树枝构成的拱门底下，全是一片漆黑，看不到哪是道路。森林中鸦雀无声，在这种气压很低的情况下，飞禽走兽全是静悄悄的，连一丝吹动树叶的微风都没有，只听到居民们的脚步声在封冻的地面上发出的回响。

走了快一刻钟，潘克洛夫打破了四周的寂静说：“我们应带一个火把。”

工程师答说：“我们能在畜栏中找到火把的。”

史密斯和他的伙伴们离开“花岗石宫”时是9点12分。慈悲河距离畜栏5英里，9点47分时，他们已经走了3英里。

这时，闪电将黑暗的森林照亮，也照亮了全部的海岛。电光闪烁，让他们几乎都无法睁开眼睛。显然，暴风雨马上就要来临了。

闪电越来越亮，并且越来越频繁，远处的雷声在空中轰隆地响着，空气十分沉闷。

居民们似乎有一种无法抗拒的力量推动着，急忙赶路。

10点钟时，一道耀眼的闪电把畜栏的栅栏照亮。当他们走到门口时，霹雳般的雷声便响了起来。

不一会儿，史密斯便带领着大家，通过畜栏，赶到房屋的门前。

电报是由畜栏中发出的，因此陌生人或许就在这屋中。但是，窗户上却没透过光来。

工程师把门敲了几下。

没回答。

赛勒斯·史密斯将门打开，居民们走进了屋子。屋中一片漆黑。纳布划了一根火柴，很快就点着了灯，灯光把房屋中的每个角落都照亮了。

屋子中一个人都没有，和他们上次离开这里时一样。

“我们是被错觉给迷惑了吗？”赛勒斯·史密斯嘟囔地说。

不！这是不可能的！电报清楚地指出：

“立即到畜栏来。”

他们走到专放电报机的桌子旁，全部都很正常，电池还好好地装在匣子中，电报机依旧保持着从前的样子。

“最后到这儿来的是谁？”工程师问。

“是我，史密斯先生。”艾尔通回答说。

“那是在……”

“4 天之前。”

“啊！一张通知！”赫伯特手指着桌上的一张纸条，大叫道。

纸上用英文写着：

“顺着新电线一直走。”

“走吧！”史密斯大声说。他已明白了，电报并不是从畜栏中发出的，而是通过一根添加在旧线上的电线，从神秘的住处直接打往“花岗石宫”的。

纳布将点着的灯拿起，大家都离开了畜栏。这时暴风雨的来势很凶，闪电之后，紧接着便是雷声，在闪光中，不时能看到烟雾缭绕的火山顶。

在畜栏的房屋与栅栏间没找到电报线。工程师跑到第一根电线杆旁，在电光的闪烁下，只见绝缘物上有一根新线直拖在地上。

“有了！”他说。

这根电线拖在地上，就跟海底电缆似的，外面由一层绝缘物体包着，保护电流在里面自由流通。它似乎通过森林和富兰克林山的南部支脉，一直向西拉去了。

“跟着它走！”赛勒斯·史密斯说。

居民们立即顺着电线，急忙朝前走去。

雷声不停轰鸣，连说话都听不见。不过，现在大家全在尽快赶路，也顾不上说话了。

赛勒斯·史密斯和他的伙伴们爬上畜栏的山谷与瀑布河谷间隆起的支脉，从最狭窄的地方跨过瀑布河。有时电线架在较低的树枝上，有时就在地上拖着，指引着他们。工程师觉得陌生人的住处很可能在山谷尽头，可能电线到那儿便到头了。

可事实完全不是那样的。他们不得不爬上了西南的支脉，再下到贫瘠的高地上来，高地的尽头便是奇特的、荒凉的玄武岩峭壁了。居民们时不时弯下腰来摸电线，事实上现在已能确定，电线是直接通往大海去的。他们长时间以来都没找到的住所，肯定就在沿海一带的岩石深处。

天空就像着了火似的，电光不停地闪耀着，有几道闪电直接打到浓烟环抱的火山顶上，火山似乎喷起火来。快 11 点钟时，居民们赶到了俯临西边大洋的峭壁上。起风了。在 500 英尺之下的地方，浪涛翻腾着。

按照史密斯的估计，他们已离开畜栏有 1 英里半了。

电线顺着峡谷的一面悬崖，从一大堆岩石中拉了进去。岩石勉强支持着平衡，居民们都顺着电线，冒险从上边走了过去。这里随时有掉到海中的危险，尤其是下坡十分困难，但他们没考虑危险，他们已无法控制自己了。一种无法抗拒的力量，就跟铁石似的，吸引着他们往那个神秘的地方走去。

这个峡谷，就算在白天也是很难通过的，但他们却几乎自己都不清楚怎么走的，居然从峡谷中走了下去。

他们在亮光中走着，岩石纷纷滚落在地上，迸发出火星来，就像是一个个大火球。史密斯则在前面领路，艾尔通走在最后。他们一步步地向前走，他们一会儿在湿滑的石头上摔倒了，一会儿再次挣扎起来，继续朝前爬行。

电线忽然拐到海滩上的岩石那边去了，海滩上到处都是暗礁，波涛时不时冲刷着岩石，居民们已到了玄武岩峭壁的尽头。

这里有一道十分狭窄的分水岭，它与海面都保持着相互平行的水平方向。居民们顺着电线，在分水岭上向前走。不到100步，分水岭便平缓地降落到海面来了。

工程师在暗中摸索着，发现电线钻到海底了。

他的伙伴们全都愣住了。

他们大叫起来，觉得很灰心，差不多是绝望了！难道他们必须要钻到水中去找海底的洞穴吗？按当时大家的感情十分冲动的情况下，他们是毫不犹豫会这样做的。

工程师把大家拦住了。

他将伙伴们领到一个石洞中。

“等一会儿，”他说，“现潮水正高，落潮时，路自然会现出来的。”

“你怎么会知道的……”潘克洛夫问道。

“如果我们没办法去他那儿，他就不会让我们来了！”

赛勒斯·史密斯的口气中充满了自信，谁都没反对。况且，他的看法似乎也是合乎逻辑的。峭壁底下很可能有一个洞穴，尽管现在涨潮的时候被海水淹没了，但只要潮水落下去，就能通行的。

他们还要等很长的时间，居民们都默默蜷缩在一个深洞中。这时，倾盆大雨倾斜下来，雷声从山石间发出轰隆的回响。

居民们的情绪十分高涨，他们的脑海中产生了数不清的稀奇古怪的念头。他们估计能看到一个相貌堂堂、与凡人不同的神灵，因为只有那样的人才会符合他们想象中岛上的神秘圣人的样子。

到午夜时，史密斯拿着灯去海滩下探测。

果然不出所料，水落下去之后，露出一个巨大的洞口。电线通过折过一个直角，从洞口进入到广阔的港湾。

赛勒斯·史密斯返回到伙伴们身边来，简单地说：“再过一个钟头，洞中就能通行了。”

“那么，真的有洞吗？”潘克洛夫问。

“你还是不相信吗？”史密斯回问了一句。

“可洞中的水位肯定会十分高的。”赫伯特说。

“我觉得有两种可能性，一种是洞中一点水都没有，能让我们徒步走进去，一种是尽管有水，但有交通工具提供给我们使用。”史密斯说。

一个钟头过去了。大家冒着雨爬到海面上。这时水面上露出的洞口已有 8 英尺了，跟一个桥孔似的，澎湃的波涛在下边汹涌着。

工程师弯下身去，只看到一个黑色的东西在水上漂浮，他将它拉了过来，原来是只系在洞内尖石上的小船。船身全包着铁皮，里面还放着两把桨。

“上船！”史密斯说。

居民们立即都上了船，纳布和艾尔通拿着桨，潘克洛夫则掌着舵，赛勒斯·史密斯拿着灯在船头照路。

最初小船穿过一个椭圆形的檐顶，然后顶部忽然升高。但四周一片漆黑，灯光又十分暗，既无法看出洞的宽度、长度和高度，又无法知晓它有多深。这个玄武岩的洞窟中一点声音都没有。外面的声音——甚至连轰隆的雷声——也都无法穿过它的厚壁，传到这里面来。

世界上很多地方都有这种巨大的洞窟，它们是在地球的地质时代所构成的天然地窖。有的里面充满了海水，有的里面则藏着整个的湖泊。这样的洞窟十分多，比如赫布里底群岛中史泰法岛上的芬加尔山洞；布列塔尼半岛上道亚尼尼士港马甲特的洞窟；科西嘉岛波尼法西俄港的洞窟；挪威来福德的洞窟；及肯特基州的 500 英尺高、20 多英里长的巨大的曼摩斯山洞！自然界在世界各地都开凿出了这种山洞，让人们欣赏。

现在居民们探测的洞窟是不是一直通往荒岛的中心呢？时不时工程师发出简短的指示，潘克洛夫按照指示驾船，弯曲地走了一刻钟。

忽然，工程师命令道：“再偏右些！”

小船便改变了方向，靠近右壁前进。工程师想知道电线是否还沿着这边往洞中通过。

电线依旧钉在这里的岩石上。

“向前走！”史密斯说。

小船使用两桨推动着，在黑黝黝的水中前进着。

他们又向前划了一刻钟，这时距离洞口大概有半英里了，只听到史密斯又喊道：“停住！”

小船便停了下来。只见一道夺目的光芒将巨大的洞窟照亮，这个洞窟深深开凿在这荒岛的地心。居民们从来没想过会有这种地方。

在 100 英尺的头顶上，高高悬着圆形状的拱顶，很多玄武岩的石柱在支撑着。这些无数的石柱从地球构成的最初年代便竖立起来 了，柱子上有很多参差不齐的穹窿及奇特的花边。玄武岩的栋梁都是一个套着一个，高度在40英尺到50英尺之间。虽然洞外的怒潮正在奔腾，可这里面的海水却总是平静冲刷着栋梁的底部。工程师指出明亮的光源，它把整个洞窟照亮，全部石壁被照得一片光亮。

在亮光的照射下，水波同样反映出片片银光，小船似乎在上下两片光亮夺目的地带间漂浮着。

中心光源朝四面八方发射出光芒，它清楚地照亮了洞中每个角落，每块凸出的岩石。这种光的性质是无法瞒住居民们的。这是一种电力的光源，从它那银白的颜色上就可以说明这点了。它是洞中的太阳，它将整个洞窟照亮。

赛勒斯·史密斯做出一个手势，双桨再次划了起来。溅起的水花，如同一阵珠光宝气的细雨。小船向光源驶去，现在离那里已不足半锚链了。

这里的水面宽度快350英尺。在耀眼的光源后，有很大一片玄武岩的石壁，完全把那边的出路堵住。洞窟的这部分十分宽大，海水构成一个小湖。穹顶、四壁、尽头的悬崖、所有的棱柱和尖顶全浸浴在电光中，它们都被照耀得灿烂夺目，仿佛光就是从它们本身发出来的。

湖中心漂浮着一个长长的、跟雪茄烟似的东西，它一丝不动，安静地躺在水面上。亮光就从它的两边发出来，就如同是从两个白热的炉灶里放射出来的那样。它的外形十分像一头巨大的鲸，长大概有250英尺，高出水面有10到12英尺。

小船缓慢朝它驶去。赛勒斯·史密斯站在船头瞭望着，兴奋得无法自制。然后，他忽然抓住通讯记者的胳膊，叫道："是他！肯定是他！他……"

然后，他向下一坐，嘟囔着说出一个名字，仅有吉丁·史佩莱听到他说的。

通讯记者显然是知晓这个名字的，因为他听了之后，立即起了一种奇特的反应，接着，他沙哑地说："他！那个极逍遥自在的人！"

"是他！"史密斯说。

在工程师的指挥下，小船赶到这个奇怪的漂浮物旁边来了。他们停在它的左边，这里有一道光芒穿过厚实的玻璃射出来。

史密斯和他的伙伴们全登上平台，那里有一个敞开的仓口，大家都从仓口冲下去。

扶梯的尽头则是一片甲板，上面有电灯照着，甲板的尽头则有一扇门，史密斯上去将门打开。

那是一间装饰得富贵堂皇的屋子，居民们很快通过这间屋子，走到隔壁的书房，在书房中，从亮丽的天花板上投下一片光辉。

书房的尽头则是一扇大门，同样是关着的，工程师打开了门。

这是一间十分宽敞的大厅。它跟博物馆似的，陈列有各种珍贵的矿物制成品、艺术品及神奇的工业品。居民们看到这很多东西，几乎觉得自己突然到了"太虚幻境”了。

他们见到在一张高贵的沙发上有一个人躺着，那个人仿佛根本没注意到他们的到来。

这时史密斯开口了。他的伙伴们觉得很惊讶，只听到他说：“尼摩船长，是您让我们来的吗？我们来了。”

第十六章　伟大的尼摩船长

躺在沙发上的人听了之后，站了起来。电灯光照射在他的脸上，他的相貌端庄，高高的额头，双眼炯炯有神，胡子雪白，头发又多又长，全垂到肩膀上。

他从长沙发上站了起来，一只手还在椅背上撑着，他的态度很安详。能看得出来，他的体力因为患病而慢慢衰弱了。但他说话的声音还十分洪亮，他带着很惊讶的口吻，说着英国话：“先生，我没名字。”

“可我知道您！”赛勒斯·史密斯说。

尼摩船长使用锐利的眼光盯着工程师，仿佛要将他吞下去似的。

然后，他再次靠到长沙发的垫子上去了。

“算了吧！现也没什么关系了！”他嘟囔地说，“反正我快要死了！”

赛勒斯·史密斯走到船长身边来，吉丁·史佩莱则握着他的手——从手的温度能知晓，他正在发着高烧。艾尔通、潘克洛夫、赫伯特和纳布都在较远的角落里恭敬地站着。这个豪华的大厅中充斥着明亮的电光。

这时尼摩船长将手缩了回去，打出一个手势，让工程师与通讯记者坐下。

大家都怀着激动的心情凝视着他，在他们面前的便是被大家尊称为“岛上的圣人”的这个人。一个万能的保卫者，在不同情况下，一再援救他们的人，他的每一次援救都是那般的有效，他们欠这位恩人多少的恩情呀！潘克洛夫和纳布本以为会发现一个超凡入圣的神灵，可他们见到的不过是一个人，并且是一个快要死的人！

尼摩船长觉得谁都不会知道自己的名字，可是，赛勒斯·史密斯怎么会知道他呢？为什么他听见这个名字，就要忽然站起身来呢？

船长又再次躺倒在长沙发上了，他将头搁在一条胳膊上，看着坐在旁边的工程师。

“您知道我以前的名字，先生？”他问道。

“是的，”赛勒斯·史密斯回答道，“以及这只神奇的潜水船的名字……”

“您说的是诺第留斯号吗？”船长微弱地笑了笑。

“是的，诺第留斯号！”

“可您……您知晓我是谁吗？”

“知道的。”

“我与人间已隔绝往来很多年了，我在海底生活了漫长的30年，这是我唯一找到自由的地方！到底是谁泄漏了我的秘密呢？”

“是一个并不受你约束之下的人，尼摩船长，因此不能责怪他背信。”

“是几年前偶然到我船上的那个法国人吗？”

“他们并没死，并且还写了一本叫《海底两万里》的书，讲述您的历史。”

“那仅是我一生中几个月的历史！”船长急躁地把他的话打断。

“不错，”赛勒斯·史密斯说，“但是，这几个月奇特的生活足以让人们了解你……”

“是一个罪人，是吧？”尼摩船长说，他的唇边露出一丝高傲的笑，“是的，可能是一个人类唾弃的暴徒！”

工程师并没开口。

“是不是，先生？”

“这不应由我来断定，尼摩船长，”赛勒斯·史密斯回答道，“至少是关于您以前的生活，我跟世界上其他的人都一样，不清楚您为什么要选择这种奇特的生活方式。在不了解情况之前，我也无法对事情的结果做出判断。可是，自从我们来到林肯岛之后，总有人伸出善意的手保护着我们，因为有了这个善良、慷慨且又万能的人的帮助，才让我们的生命得以保全，而这个善良、慷慨且万能的人便是你，尼摩船长，这一点我是清楚的！”

“是我。”船长简单地说。

工程师和通讯记者立即站起身来，这时，伙伴们也已靠拢了过来，他们准备用语言和神情来表示内心的感激。

尼摩船长打出一个手势来制止他们，他抑制不住激动的心情，对大家说：“等你们将故事听完吧。”

于是船长简单地讲述了他生平的往事。

他的叙事十分短，可他却不得不振作起最后所有的精力将故事说完。很明显，他在跟十分衰弱的身体作斗争。赛勒斯·史密斯几次恳求他休息一段时间，但他摇了摇头，似乎再也活不到明天了。

当通讯记者提出要给他医治时，他说：“没用，我已是快死的人了。”

尼摩船长是印度的达卡王子，当时本德尔汗德还保持独立，他是本德尔汗德君主的儿子，印度英雄第波·萨伊布的侄子。10 岁时，他的父亲将他送到欧洲去接受全面的教育，准备将来他的才能和学识，可以领导全国人民和压迫者展开斗争。

达卡王子天资聪明，从 10 岁到 30 岁，他就积累了各方面的知识，在科学、文学和艺术方面都有极高的造诣。

他漫游了全部欧洲。因为他出身贵族，又很有资财，因此到处都有人奉迎。但是，什么诱惑都无法引起他的兴趣。虽然他年轻、英俊，可他总是十分严肃、沉默。他的求知欲很强烈。内心也燃烧着复仇的火焰。

那时候，达卡王子心中充斥着愤怒。他憎恨一个国家，一个他从来都不愿去的国家；他仇视一个民族，他始终都拒绝与他们妥协。他痛恨英国，同样地他也十分关注英国。

他之所以这样，是因为作为一个被征服者，他对征服者有着血海深仇，侵略者从被侵略者那里是无法得到宽恕的。达卡王子是第波·萨伊布家族中的成员，他的父亲是一位仅在名义上臣服联合王国的君主，因此，他是在恢复主权和报仇雪恨的思想影响下成长的。他热爱自己的祖国，他的祖国跟诗那般美丽，可却受着英国殖民者的奴役。他从不踏上他所诅咒的、奴役着印度人民的英国人的土地。

达卡王子成为一个十分有修养的艺术家，知道各种高深的科学的学者及通晓欧洲各国宫廷政策的政治家。仅从表面来看，人们或许会将他看成一个埋头学习而轻视行动的世界主义者，一个十分阔气的旅客——目空一切、自命清高、心无祖国及走遍天涯的人。

事实上，他根本不是那样的人。这位艺术家、科学家、政治家有着一颗印度人的心，他立志要报仇，希望有一天可以收回国家的主权，赶走外来侵略者，让祖国独立。

1849 年，达卡王子返回到本德尔汗德，他娶了一位印度的贵族女郎。跟他一样，她也为祖国的灾难而感到十分愤慨。他们生了两个孩子，夫妇俩都很喜爱他们。但是，幸福的家庭生活并没让他们忘记印度的解放事业，他在等待着机会。后来，终于机会来了。

或许是英国对印度的奴役和压榨实在太重了，群众都纷纷对英国殖民者表达出不满，这给达卡王子带来了十分有利的条件。他将自己对外国侵略者的仇恨，深深铭刻在广大人民群众的心中。他不仅走遍印度半岛上仍在独立中的地方，并且来到了直接被英国统治的地区。他同时带来了第波·萨伊布为捍卫祖国在赛林加帕坦英勇牺牲的消息。

1857 年，印度士兵爆发了武装起义，达卡王子便是这次起义的中心人物，他组织了这次规模巨大的抗英运动。他为这项事业贡献了自己全部的能力和资财。

他总是身先士卒，在战斗的最前线。他十分谦逊，他跟那些为解放祖国而斗争的英雄一样，从没想过自己的生命。他参加过二十次战役，受伤了十次。终于，最后一批起义者在英国的枪炮中牺牲了，但他却逃离了虎口。

英国在印度的势力从来没受到过这样的危机。如果印度士兵真跟他们所希望的那样，获得了外来的援助，那么，恐怕联合王国在亚洲的势力就要崩溃了。

那时，达卡王子的名字无人不晓。那位英雄并不躲藏，他公开作战。英国当局悬赏想要他的头颅，尽管没人出卖他，但他的父母妻儿却在他还不知晓他们为他所冒的危险之前，便成了他的替身。

这次，正义的事业再次被暴力镇压下去了。但是，文明永远不会倒退，客观规律必定推动文明的前进。印度士兵的起义失败了，以前的印度君主的土地再次沦为英国后殖民地。

达卡王子虎口逃生，回到本德尔汗德深山中。从此之后，他便一个人生活在那儿。不仅他对人类的全部表示厌恶，并且对文明世界也充满了仇恨，他永远都不想再回到世界上了。他变卖了自己余下的财产，集结了二十几个最忠实的同伴，在某一天全部失踪了。

那么，他去哪里寻找文明世界所无法找到的自由呢？在水底下，在海洋深处，人们无法追踪他的地方。

这位军事家变为学者了。他在太平洋的一个荒岛上建立造船所，根据自己的设计，建造出一艘潜水船。他使用了一些方法——这些方法以后是会被人们发现的——有效地使用了万能的电力。他用电当做动力、照明和发热的源泉，供应他的浮力装置的全部需要，而这种电的来源却永远都不会枯竭。海中有数不清的宝藏，有无数的鱼类、无数的海藻和巨大的哺乳动物，不仅有自然界所供应的全部，还有人类遗失在海底的各种物资。这些宝藏充分地满足了王子与他的同伴们的需求。因此他最热心向往的事就这样实现了，他再也不必跟外界联系了。他将他的潜水船命名为诺第留斯号，自称尼摩船长，神不知鬼不觉地藏在海洋深处。

多年来，这个神奇的人从南极到北极，将各个大洋游遍。一个被文明世界所遗弃的人，他在那些陌生的地方搜集了数不清的财宝。1702 年，西班牙大帆船在维哥湾丧失的百万资财成了他使不完的财富。他常常用这笔巨款来帮助那些为争取独立而去奋斗的国家，同时却不愿暴露自己的名字。

很久以来，他都与外界隔绝。1866 年 11 月 6 日的夜间，突然有三个人落到他的船上。一个是法国教授，一个是教授的仆人，还有一个是加拿大的鱼叉手。当时美国的林肯号巡洋舰正在追逐诺第留斯号，这三个人就是在两船互撞时，滑落在他的船上的。

尼摩部长听教授讲起，才知道诺第留斯号有时被人们当做巨大的鲸类哺乳动物，有时被人们当做海盗的潜水船，到处都有人在海中搜寻它。

这三个人偶然从大洋中来到船上，接触到他神秘的生活；本来他是能将他们送回陆地的。但他并没这样做，竟将他们软禁起来。他们在这里足足待了7个月，在海底航行了两万法里，这期间所碰到的全部奇迹，他们全都亲眼看见了。

这三个人谁也不清楚尼摩船长曾经的历史。1868年6月22日，他们乘坐诺第留斯号上的一只小船逃走了。可当时诺第留斯号在挪威海岸周围被卷入了大旋涡的中心。因此，船长很自然地觉得这三个逃跑的人肯定会被可怕的旋涡卷走，死在海中的。他绝对没想到那个法国人和他的两个伙伴竟会那般凑巧，被抛上海岸，并获得了罗佛敦群岛渔民们的救援，更不知晓法国教授回国之后，出版了一本书，讲述了7个月来在诺第留斯号上曲折离奇的航海经过。这些情况公开之后，引起了广大读者的好奇心。

在这件事情发生之后很长的一段时间中，尼摩船长继续在各种海洋里漫游。但他的同伴一个个死去了，最后他们在太平洋的珊瑚礁上寻找到了长眠的墓地。后来，这群寄居在海底的人，仅剩下尼摩船长一个人了。

这时他已60岁了。尽管无依无靠，但他还是将诺第留斯号开到一个海底的石洞，以前他时常将这样的石洞当做停泊船只的海港。

这些港口，有一个便在林肯岛的海底下，那时它已成为诺第留斯号的藏身之所。

船长在林肯岛已居住了6年。他不再去航海，只是安静地等着度过自己的残生。这时他应回到以前的同胞那儿去了；也就是在这个时候，他无意之中看到南军的俘虏乘坐的气球从天而降。他穿着潜水衣在距离岸几锚链的海底行走，正好赶上工程师掉下海来。在同情心的驱使下，船长救起了赛勒斯·史密斯。

首先他想到的是避开这5个遇难的人。但是，火山的作用让一部分玄武岩升出水面，堵住他藏身的海港，他再也无法从地窟中出去了。尽管轻便的小船不怕水浅，还可以穿出洞口，但诺第留斯号却不行，因为它吃水十分深。

因此尼摩船长只好留了下来。他注意到这些赤手空拳、一无所有的荒岛上的落难人，但他又不准备暴露自己。后来他慢慢发现这些人诚实、勇敢且团结友爱，他很关心他们的奋斗。他不由自主地去了解他们生活中的疾苦。他穿着潜水衣，能不费一点困难地到“花岗石宫”内部的井底，顺着凸出的岩石爬往井口去。就这样，他听到居民们回忆曾经的往事，谈论现在和未来的情况。他从他们那儿知道，为了废除奴隶制，美国国内出现了大规模的内战。是的，这些人在岛上的光明磊落的行为改变了尼摩船长对人的看法。

尼摩船长把赛勒斯·史密斯救活；他还将托普从湖中救出来，又将它领到“石窟”那儿去；将箱子里装满很多对居民们有用的东西并放在遗物角，将平底船送回慈悲河；在猩猩进攻“花岗石宫”时，将绳梯从上面给扔下来；把纸条装在瓶子中，让他们知晓艾尔通在达抱岛上；将水雷放在海峡底下，引发双桅船的爆炸；给居民们送去硫酸奎宁，把赫伯特从垂死之下救了过来；最后他还使用电弹打死了罪犯，他掌握了这种电弹的秘密，这种电弹是他猎捕海底动物用的。这样，很多看起来十分神妙莫测的事情全解释清楚了。这所有都表明船长的慷慨和才能。

然而，这位伟大的愤世嫉俗的人热衷于所有的善举，他还要将一些有益的意见说给他的受惠人；另一方面，他心脏跳得十分厉害，感到自己的死期不远了。于是，就跟我们所知道的那样，他使用一根从畜栏通到诺第留斯号的电线，将“花岗石宫”的居民们全邀请到这里来。如果他早知道赛勒斯·史密斯会熟悉他的历史，会用尼摩船长的名字来称呼他，他或许就不会请他们来了。

船长讲述完了他的一生，接着赛勒斯·史密斯便开口了。他追溯以前发生的每件事，这些事情，对于小队说来都有很大的好处。他代表伙伴们和他自己向这位慷慨的义士表达谢意。

但尼摩船长却并不关心这个，他的脑子中似乎在盘算着一件事。他没握工程师伸过来的手，只是说：“现在，先生，您知晓了我的历史了，你下判断吧！”

显然船长是暗指一件重要的事情才会这样说的，这件事情是落在他船上的那三个陌生人所亲眼看见的；法国教授当然已将它写在自己的作品中，并且所起的影响十分巨大。这件事情便是：在教授和他的两个伙伴逃脱前不久，诺第留斯号在北大西洋遭到一艘巡洋舰的追逐，最后它跟一只撞墙车似的一点不留情面地将巡洋舰撞沉了。

赛勒斯·史密斯听懂了船长的暗示，他并没回答。

“那是一艘英国人的巡洋舰，先生，”尼摩船长大声道，一刹那，他又变为达卡王子了，“是英国人的巡洋舰！可您要知道，是它来攻击我的！我被挤在一个狭浅的海湾中……我必须要闯过去，因此……我便闯过去了！”

后来，他十分镇静地说：“我是主张正义和公理的，不管在哪里，我尽力做我能做的好事，同时也做我应做的‘坏事’。要知道，正义并不等同于宽容！”

接着沉默了一段时间，然后船长再次问了一遍：“你们对我有什么样的看法，先生们？”

赛勒斯·史密斯朝船长伸出了手，严肃答道：“先生，您的错误是在于您觉得曾经的事还可以重来，您抗拒了必然趋势。这样的错误有人会赞美，也有人会责难，仅有上帝可以明断是非，而从人情上来讲，是应获得原谅的。一个人错误地觉得自己想做的是对的，这种人，人们可以去攻击他，但依旧尊敬他。您的错误并不能让您失去别人的钦佩，您的名字一点也不用担心历史的判断。历史十分喜爱英勇豪迈的事迹，同时也十分谴责这种事迹所造成的后果。”

尼摩船长的胸膛激动地起伏着，他将手举起来指着天空，嘟囔地说："我到底错了还是对了呢？"

赛勒斯·史密斯回答说："所有伟大的事业全从上帝那儿来，最后还会回到上帝那儿去。尼摩船长，您救了我们这些老实人，我们将会永远怀念您的。"

赫伯特已走近船长，他跪了下来，吻了船长的手。

垂死之人的眼睛中噙着晶莹的泪水。

"我的孩子，"他说，"愿上帝保佑你！"

第十七章　兑现承诺

天亮了，但曙光却无法照到这洞窟的深处。这时正在涨潮，海水淹没了洞窟的入口。从诺第留斯号的天窗中射出去的人造光还跟从前那样照往远处，光亮夺目，浮船附近的海水都泛起一片银波。

这时尼摩船长精疲力竭地在长沙发上躺着，准备将他搬到"花岗石宫"中去是不行的，因为他已表示过，要跟那些无价之宝守在一起，在诺第留斯号中等着将要到来的死亡。

尼摩船长虚脱了很长的时间，差不多已经失去了知觉。赛勒斯·史密斯和吉丁·史佩莱小心查看着这垂死之人的情况，他的体力明显衰退，曾经一度强壮有力的身躯，现在变成一个将要出窍的灵魂寄托的躯壳了。他的所有的生命全集中在心脏和头脑里。

工程师和通讯记者悄悄商量了一下，还能去帮助这个垂死的人吗？就算不能挽救他的生命，能不能让他再多活几天呢？他说过自己已是无法救活的人了，他一点也不害怕地等候着死亡。

"我们都没办法了。"吉丁·史佩莱说。

"可他死的原因到底是什么呢？"潘克洛夫问。

"一句话，生命衰退了。"通讯记者回答道。

"不过，"水手说，"如果我们将他抬到外面阳光底下去，呼吸些新鲜空气，他或许会好起来的。"

"不，潘克洛夫，"工程师回答说，"这种尝试是没用的。再说，尼摩船长也坚决不会答应离开他的船的。他已在诺第留斯号上住了30年了，他死也要死在这里的。"

尼摩船长肯定听到赛勒斯·史密斯的话了，他稍微抬起身子，他的声音更微弱了，但始终都是那般清楚。

“你说得很对，先生。”他说。“我死也要在这里……这便是我的愿望，我对你有一个请求。”

赛勒斯·史密斯和他的伙伴们都到长沙发旁边来了，这时他们将坐垫给他放好，让他躺得更加舒服些。

电灯的亮光穿过天花板上的花玻璃将整个大厅照亮。他们只见到船长在观看房中的奇珍异宝，他依次观赏了漂亮的隔板挂毡上的图画——那些意大利、佛兰达斯、法兰西和西班牙大师的杰作；雕像座上的大理石像与铜像；靠近后半部隔板的华丽的风琴，养着各种珍贵水族的养鱼缸——里面有海藻、植虫、极为名贵的珍珠项圈；最后，他的目光在这个博物馆的人字墙上停留着，上面刻有题铭，那是诺第留斯号的一句箴言：

“动中之动。”

他带着珍惜的神情观赏着这些艺术界和自然界的珍品，仿佛这都是最后的一眼。他多年来全寄居在大海的深处，所能看到的就仅是这些东西了。

赛勒斯·史密斯并没打扰船长的沉思，等他再次开口。

过了几分钟——在这几分钟内，他肯定是在回顾着自己的一生——尼摩船长转过来对居民们说：

“各位先生，你们觉得对我应尽什么义务吗？”

“船长，相信我们，要是可以延长您的寿命的话，我们愿意献出我们的生命。”

“那么，”尼摩船长接着说，“只要你们答应我实现我最后的愿望，就算报答了我为你们做的全部了。”

“我们全答应您。”赛勒斯·史密斯说。

这个诺言将他自己及他的伙伴们全都包括在内了。

“各位先生，”船长说，“明天我就会死了。”

赫伯特正要叫出来，船长打出一个手势，制止了他。

“明天我就会死了，我并不希望埋在其他地方，只求葬在诺第留斯号中。这便是我的坟墓！我的同伴们全长眠在大海的深处，我也要跟他们长眠在一块儿。”

居民们默默听着他的话。

“请尊重我的愿望，”他接着往下说，“这个洞窟的出口被堵死了，诺第留斯号困在里面无法出去。但是尽管无法出去，至少沉在这个深渊中，将我的遗骸葬在这里却是不成问题的。”

居民们恭敬地听着垂死的人所说出的话。

“明天等我死了之后，史密斯先生，”船长说，“您和您的伙伴们便离开诺第留斯号，让全船的财宝当做我的陪葬。现在你们已知道达卡王子的历史了，我仅留给你们一件纪念品，那边有个保险箱，里面装着价值十分高的金刚钻。其中大部分全是我做丈夫做父亲时留下的纪念品，那时候我还觉得有可能玩赏呢。此外，里面还有我和我的朋友们在海底搜到的很多珍珠。将来你们能好好地使用这些财宝。史密斯先生，就像您和您的伙伴这样的人，绝对不会因为手中有了钱便产生灾祸的。我'升天'之后还要参加你们的事业，我相信你们的事业肯定会有极大的发展。"

他因为过度虚弱，不得不休息一会儿，然后又说：

"明天你们将保险箱拿走，离开这间大厅，把门关上。然后你们去诺第密斯号的甲板上，将中仓口放下来，把整个的船全关闭好。"

"我们绝对照办，船长。"赛勒斯·史密斯说。

"好。然后你们便登上你们来时坐的那只小船。但是，在离开诺第留斯号之前，不要忘记做一件事：在船尾的吃水线上，有两个大旋塞。你们去将旋塞打开，海水灌进贮水槽之后，诺第留斯号便会逐渐沉到水底下去，躺入大海的深处了。"

船长看到赛勒斯·史密斯的表情，就清楚他心中所想的，因此加了一句：

"不用害怕，你们只不过埋的是一个尸体！"

赛勒斯·史密斯和他的伙伴并没向尼摩船长提一点建议。船长已谈出了最后的心愿，他们没其他的事可做，只等着照办了。

"你们答应了吗，诸位先生？"尼摩船长问。

"答应您了，船长。"工程师回答。

船长朝居民们打出一个手势，表达感谢，并要求他们暂时离开这里，让他去休息几个钟头。吉丁·史佩莱准备在他身旁陪着，防止意外，但垂死的人却拒绝了。他说："我可以活到明天，先生。"

大家都离开大厅，穿过书房和餐厅，走到前边装设有电动仪器的机房。这套仪器不仅可以提供电热和照明的用电，还可以供应诺第留斯号的机械动力。

诺第留斯号本身就是一个奇迹，它的内部还包含着很多的奇迹。工程师看了之后，不由诧异得说不出来话。

居民们都登上平台，平台比水面高出七八英尺。他们在这儿看到一个大圆孔，外面嵌着一块十分厚的玻璃凸透镜，亮光便是从这里射出去的。圆孔后一看便知道是舵轮仓，当诺第留斯号在海底航行时，舵手便在这里面掌握着方向。在航行中，电灯光肯定能照到十分远。

赛勒斯·史密斯和他的伙伴们都默默站了一段时间。刚才所看到的和听到的一切给他们留下了深刻的印象。他们跟这个多次帮助过自己的保护者结识了仅仅几个钟头，现在他很快就要死了，想到这里，他们便觉得十分难受。

不论后人会怎样评价这个不平凡的人的一生，可人们还是永远不会忘了达卡王子的形象的。

“多了不起的人啊！”潘克洛夫说，“他真的可能是在海底生活的吗？我想他在海底所得到的宁静也不会比别处的多一点的。”

“要是坐上诺第留斯号，”艾尔通说，“我们肯定能离开林肯岛，去有人的地方。”

“我的天！”潘克洛夫叫道，“我坚决不会冒险乘这样的船。在水面上航海，还行；在水底下，我坚决不干！”

“我相信，潘克洛夫，”通讯记者说，“像诺第留斯号这样的潜水船肯定是极易驾驶的，我们肯定很快就能熟悉它的性能。在海底既不用怕暴风雨，又不怕撞船。到海底下几英尺的地方海水就跟湖中那样平静了。”

“或许吧，”水手说，“但我宁愿乘一只装备完善的船在海上顶着狂风航行。船总是在海面上走的，在海底下走我真是不敢想像！”

“朋友们，”工程师说，“潜水船的问题并没什么可说的，至少不用说诺第留斯号的问题。诺第留斯号并不是我们的，我们没权利去处理它。况且我们也坚决不能使用它。现在上升的玄武岩已将洞窟出口堵住了，诺第留斯号根本没办法驶出洞外去。除了这个之外，尼摩船长的愿望是要跟它一块儿埋葬在海底。他的愿望则是我们的法律，我们绝对要按照他的愿望去做。”

赛勒斯·史密斯和他的伙伴们的谈话持续了很长时间，然后他们去了诺第留斯号的内部。他们在那儿吃了些东西，又返回大厅中去。

在他们离开之前，尼摩船长曾进入虚脱状态，这时他的精神有些恢复。他的眼睛放射着本有的光芒，甚至他的嘴边还露出一丝微笑。

居民们全围在他的身旁。

“诸位先生，”船长说，“你们都是既诚实又勇敢的人，你们为公共的福利贡献了自己的力量。我经常观察你们的行为，以前我尊重你们——现在我仍尊重你们！让我跟您握手吧，史密斯先生！”

赛勒斯·史密斯把手伸了出来，船长热烈地将它握住了。

“很好！”他嘟囔地说。

接着，他又说：“我自己的事情也说得够多了。现在应该谈谈你们及和你们所寄居的这个林肯岛相关的问题了。你们想要离开这个岛吗？”

“我们还想再回来，船长！”潘克洛夫立即说。

“再回来吗？潘克洛夫？”船长微笑地说，“真的，我知道你热爱这个岛。因为你们的努力，这个岛改变了以前的模样。你们都是岛上的主人！”

“船长，”赛勒斯·史密斯插嘴道，“我们准备将它合并到美国，因为它在太平洋里的位置十分重要，我们要将它开辟成海港。”

“你们都是在为自己的祖国着想，先生们，”船长说，“你们为祖国的富强与荣誉而辛勤工作。你们做得很对。一个人——他应活在祖国！死在祖国！可我，我死的地方距离我所爱的都太遥远了！”

“最后您还有什么心愿需要我们转达吗？”工程师激动地说，“有什么纪念品需要送给您遗留在印度深山中的那些朋友吗？”

“没有，史密斯先生，我没朋友了！我是我这一代最后一个了，认识我的人都觉得我早就死了。——还是谈谈你们的事吧。寂寞和孤独是十分可怕的，是人们所无法忍受的。我曾以为能独自生活！……因此，你们应想尽所有办法离开林肯岛，再次回到你们的故乡。我清楚那些匪徒将你们造的那只船给撞毁了。”

“我们准备造一只大船，将我们载送到距离最近的陆地上去，”吉丁·史佩莱说，“不过，即使我们的目的达到了，早晚我们还会回林肯岛的。我们眷恋这个地方，有很多事情回想起来让我们永远都忘不了它。”

“比如说，我们就在这里认识尼摩船长的。”赛勒斯·史密斯说。

“这是我们唯一可以安家的地方！”赫伯特补充道。

“我会长眠在这里，如果……”船长说。

他没将话说完，停了片刻，然后简洁地说：“史密斯先生，我想跟您……单独说几句！”

工程师的伙伴们都尊重垂死之人的意见，退了出去。

赛勒斯·史密斯仅和尼摩船长谈了几分钟，就又将伙伴们唤了进来。但他没将尼摩船长吐露给他的私事说给大家。

这时，吉丁·史佩莱看护着船长，他耗尽了全部的精力，已无法与病体进行抗争了。

这一天也平安无事地度过了。居民们一刻都没有离开诺第留斯号。时间已到了黑夜，但在洞窟中，却是无法分辨出黑夜白天的。

尼摩船长并不觉得痛苦，他只是明显地衰退着。因为死期到来，他那高贵的面容一丝血色都没有，但他还是表现得很平静。他不时嘟囔呓语，说的全是复杂的经历中所碰到的事情。生命明显在衰退，他的四肢都已发冷了。

偶尔他还跟围在旁边的居民们说话，朝他们露出最后的微笑，这一丝微笑，在他死后还一直保持着。

午夜刚过，尼摩船长耗尽全力地将两臂交叉在胸前，他似乎准备在死后也保持这个姿势。

1点钟时，他仅有的目光中还有一丝生气，向来炯炯有神的眼睛里露出垂死的光芒。他嘟囔地说着：“上帝，祖国！”然后安详地死去了。

赛勒斯·史密斯把身子弯了下来，侍奉他归天。达卡王子早就是历史人物了，现在连尼摩船长也都成了曾经。

赫伯特和潘克洛夫放声大哭，艾尔通默默地流泪，纳布纹丝不动地跪在通讯记者旁，跟一尊雕像似的。

然后，赛勒斯·史密斯将手放在死者的头上，庄严地说："愿他的灵魂回到上帝身边去！为我们死去的恩人去祷告吧！"

几个钟头之后，居民们实现了船长临终之前的愿望，履行他们的承诺。

赛勒斯·史密斯和他的伙伴们拿着恩人唯一的纪念品——装有价值亿万的财宝的保险箱，从诺第留斯号离开了。

神奇的大厅里依旧灯火辉煌，他们小心地把大厅的门关上，接着又将通往甲板的铁门严实地关上，让海水一点也透不进诺第留斯号中去。

然后移民们跳到系在潜水船旁的小船。

这时，他们将小船划到诺第留斯号的船尾，船尾的吃水线周围有两个大旋塞通往贮水槽，这是为了让船下沉而设置的。

他们把旋塞打开，海水将贮水槽灌满。诺第留斯号慢慢向下沉去，最后从湖面上消失了。

居民们还可以亲眼看到它在水中向下沉。船上发射出的强烈光芒将半透明的海水给照亮，洞窟慢慢黑暗下来。最后，大片的电光也都消失了，没一会儿，诺第留斯号——现它已成为尼摩船长的棺材——沉在大洋深处。

第十八章　危险来袭

天亮时，居民们都默默返回到洞窟的出口，为了纪念尼摩船长，他们将这个洞叫做达卡洞。现在正是落潮时，他们没有任何困难地从拱形洞口下穿过去，海水从右边冲刷着船身。

他们将小船小心保存在这儿，不让它遭受海水的冲击。为了以防万一，潘克洛夫、纳布和艾尔通又将船拉回了洞内，放在洞壁旁的沙滩上，在这里是不会受到损伤的。

暴风雨在夜里就已停了，最后几声低沉的雷响在西方逐渐平静了下来。尽管雨已不下了，可天空中还遍布阴云。10月份是南半球春天的第一个月，总的来讲，这个月的天气看不出有一点好转的迹象。风向正从一个罗盘方位转往另一个方位，这便不再指望会有明朗的天气了。

赛勒斯·史密斯和他的伙伴们都离开了达卡洞，径直去畜栏。纳布和赫伯特一路小心地将船长从畜栏拉往洞窟的电线给收了回来，将来或许会有用的。

居民们一路上说话很少，10 月 15 日夜间所发生的种种事情给他们留下了深刻的印象。尼摩船长——那及时帮助他们的陌生人，那个在他们想象中具有超凡力量的人，已离开人间了。他和他的诺第留斯号都埋在深渊中。居民们每个人都觉得比以往更加孤单了。他们以前经常期待的那种神奇的力量已不在了，连吉丁·史佩莱，甚至是赛勒斯·史密斯也少不了产生出这种感觉。因此他们向畜栏出发时一句话都没说。

早上快 9 点钟时，居民们便返回到“花岗石宫”了。

大家以前就有过决定，要加快进行造船工作。这回赛勒斯·史密斯更是将所有的时间力量投入其中，以求达到这个目的。将来的一切是无法预料的，要是有一只坚固的船，要是这只船在坏天气航海也不惧怕，在需要长时间航行时也不觉得小的话，肯定地说，对于移民们是有非常大的好处的。船造好之后，就算居民们不准备立即离开林肯岛，到太平洋玻里尼西亚群岛的任一个小岛或新西兰的海岸，最少也要去达抱岛，将关于艾尔通的通知留在那儿。这项准备工作是很有必要的，因为苏格兰游船很可能会再次来这一带海洋的。在这一点上一丝都不能马虎，这是很重要的。

因此造船工作再次开始了。赛勒斯·史密斯、潘克洛夫与艾尔通在纳布、吉丁·史佩莱和赫伯特的帮助下，拼命地在工作，除非有其他更重要的事，才不得不暂时停止。要注意的是，万一刮起秋分的暴风，就没办法航海了。他们要想在刮风之前赶到达抱岛去，便必须在 3 月初将船造好，也就是说，5 个月之内新船必须完工，因此木匠们一刻空余时间都不放过。飞快号上的索具全给保留了下来，他们不需制造索具，只需制造船身就可以了。

1868 年年底前，他们开展着这项重要工作，其他的几乎都不干。两个半月之后，肋材摆正了，第一批铺板也都放妥了。这时已看得出赛勒斯·史密斯的设计巧妙，船在海中肯定能航行得十分好。

潘克洛夫工作很积极，甚至伙伴们把斧头放下，拿起枪去打猎，他也会发牢骚。但为了迎接冬天，“花岗石宫”中是必须要保持一定数量的储备物资的，这样一来却引起了潘克洛夫的不满。工人们一从造船所离开，勇敢且忠实的水手就会不满。每当发生这种情况时，他就很不满，便赌起气来，一个人干 6 个人的活儿。

整个夏天，天气都无法让人满意，还有几天热得吃不消，大气中充斥着雷电，通过一阵狂风暴雨，才凉爽了。难得有几天听不到远处的雷鸣，轰隆的雷声不停地响，这便是地球上赤道地区的特色。

1869 年 1 月 1 日出现了空前未有的暴风雨，荒岛上也几次响起了霹雳声，闪电击倒了很多大树，湖的南岸有很多高大的榆树覆盖家禽场，其中有一棵也被劈倒了。这种大气现象跟地心变化有关吗？大气的振荡和地底的变动有没有牵连？赛勒斯·史密斯觉得有关系，因为伴随着暴风雨的发作，火山复活的征兆也显现出来了。

1月3日天刚亮时，赫伯特拿着缰绳准备给一头野驴套上，他爬上瞭望岗的高地之后，发现火山顶上冒起了一大股如同帽子般的烟雾。

赫伯特立即告诉居民们，大家听了之后，很快跟他一块儿出来观察富兰克林山的山顶。

“啊！”潘克洛夫大声道，“这一次喷出的并不是水汽了！看样子这个大家伙不仅是喘气，它还要冒烟！”

水手的这个比喻正好表达出火山口发生的变化。3个月来，火山口都在喷着水汽，尽管水汽有时浓，有时淡，但始终仅是因为内部矿物质沸腾而引起的。可现在却不是水汽了，替代水汽的是一股浓烟，它就像是一根灰色的柱子，底部宽达300多英尺，上升到距离山顶七八百英尺的高空，然后四边散开，就像是个巨大的蘑菇。

“喷烟口中有火了。”吉丁·史佩莱说。

“这火我们没办法扑灭！”赫伯特说。

“应将火山去掉。”纳布一本正经地说。

“说得好，纳布！”潘克洛夫大笑道，“那么，这项工作要你来负责了！”

赛勒斯·史密斯离开了伙伴，朝前走了几步，凝视着富兰克林山中冒出来的浓烟。他还倾听了一段时间，仿佛远处有轰隆声。然后，他又返回到伙伴们前面，说：

“不错，朋友们，我们无法欺骗自己，现在就要发生重大的变故了。现在火山内部不仅在沸腾，而是已着了火，没有疑问，我们将会遭受到火山喷发的威胁了。”

“那么，史密斯先生，”潘克洛夫说，“我们要等着观看它的爆发吧。如果爆发得好，我们便鼓掌。我觉得我们完全不用为这件事情操心。”

“或许就像你所说的那样，”赛勒斯·史密斯说，“因为古代的岩浆出口现在开着，正因为这样，所以以前岩浆喷发出来，一直往北边流。可是……”

“可是既然火山爆发对我们没好处，最好还是不要爆发的好。”通讯记者说。

“那谁知道呢？”水手说，“或许这个火山中有什么宝贵的东西，如果将它喷出来，我们还能利用呢！”

赛勒斯·史密斯摇了摇头，仿佛这个突然来的现象不会有好结果似的。他没跟潘克洛夫那样，将爆发的后果看得那般轻松。就算因为火山口的位置的原因，岩浆不会直接威胁岛上的森林和已开拓的地带，但爆发之后还是会引发其他“并发症”的。事实上，火山爆发通常会带着地震。林肯岛又是一个由不同地质构成的岛屿，有的地方是玄武岩，有的地方是花岗岩，北边则是凝结的熔岩，南边是很肥沃的土壤；这些物质不可能会结合得十分紧密，因此也有崩裂的危险。因为这个原因，尽管熔浆四溢不一定会出现严重的灾祸，但要是因为大地结构的动摇而让整个的荒岛解体，则会导致不堪设想的后果。

艾尔通趴在地上，将耳朵贴在地面听了一段时间，然后说：“我似乎听见一种低沉的轰隆声，就像一辆拉着铁条的马车发出的声音。”

居民们聚精会神地听了一段时间，证明艾尔通并没听错。在轰隆的响声中，还夹着一种地下的轰鸣，构成一种“渐强”的节奏，然后又逐渐消失下去了，仿佛地底下出现一阵狂风暴雨，慢慢又过去了似的。但他们却听不到通常所说的爆炸声。由此，他们得出这样的结论：水汽和浓烟能从中央管道中自由排放出去，安全活门十分宽大，不会产生激变，因此也不用担心爆炸。

“好了！”潘克洛夫说，“我们还不去工作吗？让富兰克林山去尽量地冒烟、轰鸣、吼叫和喷火吧，我们没理由停工站在这儿！来吧，艾尔通、纳布、赫伯特、史密斯先生、史佩莱先生，今天大家都要参加工作！我们现在要去装内龙骨了，12 条胳膊也不会多。新船造好之后，我们还使用老名字乘风破浪号叫它，好不好？我计划在两个月之内，让我们的新乘风破浪号在气球港上漂！所以，一个小时也不能浪费！”

在潘克洛夫的号召下，居民们全走往造船所去安装内龙骨了。内龙骨是十分厚的木料，它构成了船的下部，将船身的肋材牢固地结合在一块儿。每个人都参加了这项艰巨的工作。

这一天是 1 月 3 日，他们全天都在工作，顾不上去考虑火山的问题。再说，从“花岗石宫”下的海滩上也没看到富兰克林山。但是，尽管这一天天气很晴朗，太阳在运转中，却有一两次被庞大的阴影遮住了，这表明有一股浓烟从太阳与林肯岛间通过。岸上的风将这些水汽全刮到西边去了。赛勒斯·史密斯和吉丁·史佩莱都注意到这几次天空阴暗的情况。火山复活的现象一定在进一步发展。他们经常讨论这个问题，但工作并没有停顿。不管从哪方面来看，都应尽快将船造好，这是最为重要的前提。万一出现了变故，只要居民们有了船，就有了十分可靠的保障。或许这只船未来会成为他们唯一的避难所，可这谁知道呢？

晚饭过后，赛勒斯·史密斯、吉丁·史佩莱和赫伯特再次爬上了瞭望岗的高地。这时天已黑了，因为四周是昏暗的，他们能看得出来，火山口上升的水汽和烟雾中是否夹带着火焰或火山中喷出来的白热物体。

“山口着火了！”赫伯特比他的伙伴更敏捷些，他最先跑到高地上。

富兰克林山距离他们大概有 6 英里。这时，它就像一个庞大的火把，顶端缭绕着一团烟火。山顶上浓烟滚滚，里面夹杂的可能是岩烬和熔渣，因此在茫茫的暮色中，火光显得十分微弱。但整个的荒岛上却被一片黯淡的红光笼罩着，在红光映照下看得到矗立在高岗上朦胧的树影。水汽就像旋风般升上去散为一大片，将天空遮满了，只能隐约地看到几颗星星在闪烁。

“变化得太快了！”工程师说。

“这也不稀奇，”通讯记者说，“火山已复活很长时间了。你也许还记得，赛勒斯，我们第一次碰见水汽是在满山寻找尼摩船长的住处时。要是我没记错的话，那应该是在 10 月 15 日前后。”

“是的，”赫伯特说，“也就是在两个半月之前！”

“因此，地下火已燃烧了 10 个星期了，”吉丁・史佩莱接着说，“现在它们发展到这个程度也没什么大惊小怪的！”

“你认为地面有些运动吗？”赛勒斯・史密斯问。

“我感觉到了一些，”吉丁・史佩莱回答说，“可这离地震还差得十分远呢。”

“我并没说我们已受到地震的威胁了，”赛勒斯・史密斯说，“愿上帝保佑我们不要受到地震！现在不是地震，这个震动是因为地心的火焰达到高热而产生的。地壳其实就是锅炉的锅身，要知晓，在蒸汽的压力下，锅身就会跟响亮的金属片似的颤动。现在出现的便是这种现象。”

“多漂亮的火焰啊！”赫伯特叫道。

这时一串火花从火山口中直喷出来，尽管蒙着一层水汽，还是能看得出火花的亮光。弯曲的火舌头跟上万的火星朝四面八方散开。有的把浓烟驱散，留下一道道白热的粉末，直飞出烟雾的范围之外，同时还发出连串的爆炸，就像一排机关枪在发射。

赛勒斯・史密斯、通讯记者和赫伯特在瞭望岗的高地上停留了一个小时，然后才走下海滩，又返回“花岗石宫”中去了。工程师全神贯注地在想心事，他想得出神，吉丁・史佩莱忍不住问他是不是在担心火山爆发就会直接或间接地发生危险。

“也能说是，也能说不是。”赛勒斯・史密斯道。

“不过，”通讯记者说，“我们所能碰到最大的不幸，不就是能让荒岛崩毁的地震吗？我觉得这倒不用害怕，因为出口通畅，水汽和岩浆可以喷出去。”

“不错，”赛勒斯・史密斯说，“我倒也并不害怕通常因为地下气体膨胀而引发地面震撼的地震，怕的是还有其他的原因会引起严重的后果。”

“什么原因呢，亲爱的赛勒斯？”

“我也无法确定，需考虑考虑。过几天我去山中看一下，就能知道得更多些了。”

吉丁・史佩莱不再开口了。尽管火山在爆炸，并且爆炸得越来越猛，尽管爆炸的回声传遍荒岛，但不大的工夫，“花岗石宫”的居民们便进入梦乡了。

1月4日、5日、6日，3天就这样过去了。造船的工作在紧张地持续着。工程师并没有进一步说明什么，只是全身心地投入造船工作。这时富兰克林山上覆盖着一片阴暗且险恶的烟雾，烈焰中喷出些白热的岩石，有的喷出来之后，又掉回火山口中去了。老拿这件事开玩笑的潘克洛夫看见之后，不由喊道：“啊，这个大家伙还在耍剑球啦！它还是一个魔术家。”

喷出来的物质再次掉进深渊中去了。从这点来看，尽管内部的压力已让岩浆上涨起来，好像还没升到齐火山口那样高。面朝东北的缺口有一部分是能看得见的，至少它还没往北部山坡流岩浆。

造船的任务很紧急，但荒岛其他各处的工作移民们也不能不去做。首先他们必须去畜栏，因为摩弗仑羊和山羊全圈养在那儿，必须要给它们补充饲料。大家决定让艾尔通第二天——1月7日——去那里。畜栏中的工作他是十分熟悉的，就他一个人也可以忙得过来，可这时潘克洛夫与其他的人却意外地听到工程师对艾尔通说：“既然你要去畜栏，我陪你一块儿去吧。”

“可是，史密斯先生，”水手叫道，“我们的工作期限十分近了，你再一走，我们就会少两个人了！”

“我们明天便回来，”赛勒斯·史密斯说，“我是必须要到畜栏去的。我需要了解一下火山爆发情况。”

“火山爆发！总是火山爆发！”潘克洛夫带着不满的表情说，“不错，火山爆发是件大事！可我就是不在乎。”

不管水手到底有什么意见，工程师准备第二天去畜栏中的事情还是决定了。赫伯特要和赛勒斯·史密斯一块儿去，但工程师不愿引起潘克洛夫更大的不满，也就作罢了。

第二天天刚亮，赛勒斯·史密斯和艾尔通便跳上两匹野驴拉的大车，迅速地奔往畜栏中去。

大片的烟雾在森林上空飘过，富兰克林山的火山口不停地向烟中增添烟垢。那些弥漫在空中的浓烟明显是包含着各种的杂质。它们那种奇特的不透明的颜色跟重量，并不是单从火山中得来的。在这些浓烟中，还悬浮着跟浮石粉般的尘状岩烬和最细微的淀粉粒那样的灰色尘埃，这些尘埃十分轻微，通常可以在空中飘荡好几个月。1783年冰岛的火山爆发之后，一年多了大气里还弥漫着火山的灰烬，连太阳光想透过来都十分不容易。

但是，这种粉状的物质还是下降时多，现在就是这种情形。赛勒斯·史密斯和艾尔通快到畜栏时，天空突然下了一阵跟细火药面般的“黑雪”，地面上立即变了样。树木、草场全不见了，上面覆盖着一层几寸厚的烟灰。幸好这时刮着东北风，大部分浓烟都被驱到海上去了。

“真奇怪呀，史密斯先生。”艾尔通说。

“情况十分严重。”工程师说，“这种浮石粉和全部这些矿物质的灰尘表明火山底层正发生着重大的激变。”

“有没有别的办法？”

“除了观察情况发展之外，没有其他的办法。因此，艾尔通，你在畜栏中照样做你的工作，我需要上红河发源地那儿去一趟，观察一下北山坡的情况。然后……”

“然后怎么，史密斯先生？”

“然后我们便去查看达卡洞，我需要去看看那边的情况。总之，两个小时内我绝对回来。”

因此艾尔通便到畜栏中去了。他一边等工程师，一边忙着照料摩弗仑羊和山羊。羊群在火山爆发最初的征兆下，都觉得有点不安了。

这时赛勒斯·史密斯爬上东部支脉的顶峰，穿过红河，来到他们第一次旅行时看到硫磺泉的地点。

事情变化得多厉害呀！现在他看到的烟不是一股，而是13股。这些烟向外刮着，似乎地底下有活塞在猛烈推着似的。地球的这部分地壳明显受到惊人的压力，大气中充斥着各种气体，还有跟水蒸气混合在一块的碳酸气。这一带平地上所铺设的火山凝灰岩，是长期以来从岩烬的粉末中凝结成的硬石块。赛勒斯·史密斯感到脚下的凝灰岩在颤动，但他并没发现新的岩浆。

工程师将富兰克林山的北山坡全看过之后，没岩浆这点是更为确定了。火山口中冲出很多的火柱和烟柱，一阵岩烬如同雹子似的落在地上。但岩浆并没涌出火山口，这表明火山物质还没上涨到中央管口的最上方。

“可我宁愿让岩浆漫出来，”赛勒斯·史密斯自言自语道，“那样至少就能知道岩浆是在从老路向外流的了。不然谁敢说它们并不会开一条新路呢？但危险并不在那儿！尼摩船长事先都已看清这点了！不，危险并不在这儿！”

赛勒斯·史密斯往广阔的堤道走去，堤道延长下去的地方则是鲨鱼湾的外围。现在他能在这边仔细观察古代岩浆流过的路径。他完全能确定，最近一次火山爆发已经是很久之前的事了。

然后，他又从原路返回了。一路上他仔细听着地下的轰隆声，偶尔有几下震耳的爆炸打断了一直不停的沉雷声。早上9点钟，他便回到畜栏了。

艾尔通正在等着他。

“牲口已照料妥了，史密斯先生。”艾尔通说。

“好，艾尔通。”

“它们似乎很不安稳，史密斯先生。”

“是的，这是直觉在向它们报警，直觉是不会骗它们的。”

“你准备好了没？”

“带一盏灯，艾尔通，”工程师说，“我们立刻就走。”

艾尔通按照他的话做了，他们将野驴的缰绳卸下，让它们在畜栏中游荡。赛勒斯·史密斯则带领着艾尔通，从外边关了门，然后走上通向西岸的羊肠小道。

他们走过的土地遍布浓烟中掉下的尘埃。森林中没有野兽，甚至连鸟类也都飞走了。有时微风将地上的烟灰扬起，把他们包围在尘土的旋涡中，彼此互相都看不到。为了防止让烟灰迷了眼睛与呛住嗓子，他们小心地用手帕将双眼和嘴巴捂住。

因为有了这种障碍，赛勒斯·史密斯和艾尔通不可能走得很快，再加上空气很闭塞，仿佛已燃烧掉一部分的氧气，已经不再适合呼吸。每走一百步，他们便不得不停下来。因此，等工程师和他的伙伴赶到有巨大的玄武岩和斑岩构成的荒岛西北岸山石顶峰时，已是10点多钟了。

艾尔通和赛勒斯·史密斯开始往陡坡下走，他们差不多每步都按照那个狂风暴雨的夜晚所走的通往达卡洞的险路。这次是大白天，下坡不像上次那样危险，并且冲刷过的岩石上还有着一层烟尘，因此脚步会更加稳些。

他们没多久便来到了海岸尽头大概高40英尺的分水线。赛勒斯·史密斯记得这道高耸的分水线是慢慢倾斜到海面上的。尽管这时候潮水十分低，但还看不到海滩。冲击着玄武岩石块的波涛十分浑浊，那是因为掺杂了火山烟垢的原因。

赛勒斯·史密斯和艾尔通很快就顺利地找到了达卡洞的入口，他们在洞口前的最后一块岩石旁停了一会。

“铁皮小船应是在那一面。”工程师说。

“在这儿呢，史密斯先生。”艾尔通一边说，一边将保存在拱门底下的轻便小船拉了过来。

“上船，艾尔通！”

他们都跨上小船，微微起伏的波浪将它送到洞窟的十分低的拱门底下。艾尔通在这里使用火刀石将灯点着，他将灯放在船头，让灯光向前照，然后拿起桨来。赛勒斯·史密斯则掌着舵，朝阴暗的洞窟中驶去。

诺第留斯号不再使用它的电光来照耀洞窟了，船上的电灯光或许还没灭，但却没有一丝光亮从尼摩船长长眠的深渊中透到上面来。

尽管灯光微弱，但还可以照引着工程师顺洞窟的石壁缓慢前进。在穹窿底下——最少是在靠外的这一部分——跟死一般的寂静，可再向里走一会儿，赛勒斯·史密斯便清楚地听见火山内部传来的轰隆声了。

“那是从火山中传来的。”工程师说。

除了这种声音外，他们很快便闻见一种强烈的气味，一闻见这种味道就知晓这里在发生化学变化。这种带有硫磺味的水蒸气几乎让工程师和他的伙伴无法透过气来。

“尼摩船长顾虑的便是这个，”赛勒斯·史密斯嘟囔地说，他的脸色变了，“不过，我们还要去洞底。”

“向前走！”艾尔通一边说，一边弯腰拾起双桨，将小船划往洞窟的尽头。

进洞 25 分钟之后，小船来到了洞窟的深处。

这时赛勒斯·史密斯站了起来，将灯光投在石壁上。这一堵石壁把洞窟和火山的中央管道隔开了。石壁到底有多厚？可能有 10 英尺，可能有 100 英尺——这没办法估计。但地底下火山的响声实在太清楚了，估计石壁也不会太厚的。

工程师察看了石壁的下部之后，又将灯绑在桨上，观看高处的玄武岩石壁。

就在这里，石壁上有很多不容易看清的缝隙，一种刺鼻的水蒸气也从缝隙中钻了出来，散布在洞窟的空气中。石壁上还有几处很大的裂缝，有的一直向下裂到距离水面仅有二三英尺的地方。

赛勒斯·史密斯沉吟了一会儿，低声道：“是的！船长说得很对！危险就在这儿，这个危险实在太可怕了！”

艾尔通一句话都没说。赛勒斯·史密斯打出一个手势，他又划起桨来。半个钟头之后，他和工程师又返回到达卡洞口来了。

第十九章　小岛毁灭

赛勒斯·史密斯和艾尔通在畜栏中逗留了整整一天，将全部都料理完毕，第二天——1 月 8 日——便回到“花岗石宫”里来了。

工程师立即召集了全体伙伴，告诉大家，林肯岛的危险就在面前了，谁都没办法拯救他们脱离危险。

“朋友们，”他的声音显得很激动，“我们的岛并不是一个可以与地球共存的岛。它早晚会毁灭，毁灭的原因便藏在这岛内，这是没办法挽回的。”

移民们你看着我，我看着你，又看看工程师，他们还不大清楚他的意思。

“你解释一下吧，赛勒斯！”吉丁·史佩莱说。

“我所要解释的，”赛勒斯·史密斯说，“换句话说，我要将尼摩船长在跟我所作的几分钟单独谈话中告诉我的事情告诉给你们。”

“尼摩船长！”居民们叫道。

“是的，这是他在临死之前为我们准备尽的最后一次义务！”

“最后一次义务！”潘克洛夫大声道，“最后一次义务！你们未来会看见的，尽管他死了，但他还会给我们尽别的义务的！”

“船长到底说了些什么呢？”通讯记者问。

“我想告诉你们的，朋友们，”工程师说，“林肯岛跟太平洋中的其他岛屿不一样，尼摩船长告诉我，它的基础早晚会崩溃的。”

“这是不可能的事！林肯岛绝对不会这样的！”潘克洛夫叫道。尽管他十分尊敬赛勒斯·史密斯，但在这点上，他却表示反对地耸了耸肩膀。

“听着，潘克洛夫，”工程师接着说，“我要将尼摩船长告诉我的话说给你们听。昨天我去达卡洞探索了，已亲自证实了他的话。这个洞窟在荒岛下一直延伸到火山底下，火山的中央管道与洞之间仅仅隔着一层洞底的石壁。这片石壁上有很多裂缝和洞隙，现在火山内部发出来的硫磺气体已从缝隙中透出来了。”

“怎么？”潘克洛夫忽然皱起眉头说。

“后来我发现这些缝隙因为内部压力的影响已变宽了。玄武岩的石壁慢慢裂开了，早晚它会裂成一条大口，让火山管道与灌满海水的洞窟相互沟通。”

“好哇！”潘克洛夫打趣说，“让海水将火山淹灭吧，然后便没事了！”

“完全不是那样的！”赛勒斯·史密斯说，“等海水灌进洞窟中，经过中央管道进入荒岛内沸腾的岩浆那儿去，那时林肯岛便会炸到天上去了——如果地中海的海水灌进埃得纳火山中去，西西里岛也同样会发生这种情形的。”

居民们听了工程师这几句表明事态严重的话后，都没回答。现在他们清楚自己将要遭遇的危险了。

应该说明，赛勒斯·史密斯一点都没有夸大这些危险。火山的位置差不多都是靠海或傍湖的；很多人都以为只需开一条通道将水灌进去，就能让火山熄灭了。可他们却不知道这样可能会造成地球局部爆炸的危险，就像锅炉里的汽体碰到高热忽然膨胀的情形那样。火山内部洞穴中的热度有几千度，水灌进去之后立即便会化成气体，这样便产生出一种忽然的能量，这种能量是任何屏障都无法阻挡的。

因此，将要到来的恐怖剧变威胁着荒岛。达卡洞的石壁还能保持多长时间，林肯岛也就能存在多长时间，那是没有疑问的。这已不是几个月几个星期的问题，而是几天，甚至有可能是几小时内的问题。

居民们的心情首先是十分悲伤，他们并没太多考虑自己将会遇到的危险，他们考虑的是向来依赖它生存的荒岛将会毁灭。他们开拓了这个荒岛，他们热爱这片土地，他们想让它变得繁华无比。但是，无数的心血全都要白费了，很多劳动都浪费了。

潘克洛夫忍不住落泪了，他并不想隐藏自己的悲痛。

移民们研究了当前的形势，最后大家都同意不再浪费一点时间，要拿出所有力量来加速赶造和装配新船，因为这是林肯岛居民唯一可以得到安全的出路了。

因此，每个人都参加了造船工作。现在播种、收割、打猎及补充“花岗石宫”的储备物资还有用吗？不管要在海上航行多么长的时间，仓库中现存的物资都足以保证船上的需求了。但最要紧的是：必须将船造好，让它能在无法避免的灾难到来之前供他们使用。

现在他们热烈地开展着工作。1 月 23 日前后，船上的甲板已铺好一半了。到现在为止，火山顶上还没出现新的变化。火山口还在喷射着水汽、烟火和白热的岩石。但在 23 日夜间，岩浆到了火山第一层的表面，覆盖在另一个火山锥上的帽状火山锥也不见了。只听到天崩地裂的一声响，居民们最初以为荒岛炸了，他们连忙从“花岗石宫”中跑了出来。

这时大概是清晨 2 点钟。

天空仿佛是火烧似的。上面火山锥——它是一堆高有 1000 英尺的岩石，大概有亿万斤——被抛到地面上来，把荒岛的整个地基震动。幸好这个火山锥偏北，因此落在大海与火山间的沙石和凝灰岩的平原上了。火山口扩大之后，喷上天空的火焰就更明亮了，反射出来的光线将天空照得通红。同时，一股岩浆的洪流从新的山顶涌出来了，如同一条长瀑布直泄而下，又像是花瓶中的水盛得太满，往外面溢出来似的。跟着岩浆，有成千的火舌头顺着山坡向下滚。

“畜栏！畜栏！”艾尔通叫道。

不错，岩浆正往畜栏流去。新的火山口面朝东方，因此，岛上的富饶地区、红河的源头和啄木鸟林立即就要受到毁坏了。

移民们听到艾尔通的叫喊之后，急忙朝野驴的厩房跑去，大车很快就套好了。每个人都只抱着一个念头，那就是：尽快到畜栏去，将关在那里的牲口放出来。

快早上 3 点钟时，他们赶到了畜栏。受惊的摩弗仑羊和山羊在大声尖叫，表明它们的恐惧。已有一股燃烧的物质和岩浆从山坡上泄到牧场上来了，一直到栅栏边。艾尔通把大门打开，吓慌的牲畜朝四面八方逃去。

一个钟头之后，畜栏中便充斥着沸腾的岩浆，它们让横贯畜栏的河水变为一片蒸汽，房子跟干草似的烧光了。栅栏的木桩一根都没剩，根本无法认出这儿曾有过畜栏。

想跟这种灾害进行顽抗，那简直就是在开玩笑，甚至能说得上是发疯。面对着自然界的巨大变动，人们是一点办法都没有的。

现在天已亮了，这天是 1 月 24 日。赛勒斯·史密斯和他的伙伴们想在返回“花岗石宫”之前，弄清楚泛滥的岩浆大致要向哪一个方向流。从富兰克林山起，地势慢慢在东海岸倾斜了下去，尽管有茂密的啄木鸟林隔着，恐怕岩浆的洪流依旧会冲到瞭望岗的高地上去的。

“格兰特湖会保护我们的。”吉丁·史佩莱说。

“但愿吧！”赛勒斯·史密斯简洁地回答了一句。

居民们想去富兰克林山较高的火山锥坠落的那片平原上，但岩浆将他们挡住了。岩浆沿着红河河谷和瀑布河河谷分为两路流了下来，所流过的地方，将河水都给蒸发了。想要跨过岩浆的洪流是根本不可能的，相反的，居民们不得不向后撤。火山去了顶之后，已不像以前那样了，上面替代古代火山口的是一片平顶，就像是个桌面。南边和东边各自有个喷口，岩浆不停从里面涌出，清楚地形成两股洪流。新火山口上冒出一片夹杂着灰垢的烟尘，它们与大气中的密云混在一块，把整个的荒岛给笼罩了。连成一片的雷鸣都在轰隆隆地响着，很难分清这到底是雷声还是火山的轰隆声。燃烧的石块从火山口中直射到1000多英尺高的上空，然后如同开花弹般的爆炸了。一道道的闪电与火山互相媲美。

早上快7点钟时，居民们的阵地再也无法守住了。因此他们就到啄木鸟林的边缘去藏身。不仅是抛射出来的石块如同雨点般降落在他们的附近，甚至顺着红河河谷流下来的岩浆也将切断畜栏的路。最近的一排树木全着了火，树脂忽然被蒸发得响亮地爆裂开，其他相对干燥的树，在洪流中还没爆裂。

居民们再次走上了畜栏路，他们走得十分慢，时不时回头张望。因为地面倾斜，岩浆很快向东流去了，下层的岩浆才刚凝固，接着流来的沸腾岩浆立即又将它们淹没了。

这时，红河河谷的主要洪流造成的威胁越来越大了。这部分森林全部都着火了，大股浓烟在树梢上翻着，树干已被岩浆吞没了。

居民们在大概距离红河河口半英里的湖边停下脚来，现在是决定生死的问题了。

赛勒斯·史密斯习惯考虑重要的问题，同时他也清楚，不管问题有多严重，他的伙伴们听了之后，也可以经受得住。于是他说：“现在有两种可能：一种是湖水能阻挡住岩浆的前进，这样荒岛上有一部分就能保留下来了，不致整个覆灭；另一种是洪流把全部远西森林漫过，让地上一草一木都不剩；要是这样，我们便没别的指望了，只能在这些光秃秃的石头上等死，要是荒岛爆炸，或许我们的死期还会提前。”

“既是这样，”潘克洛夫手叉着两臂跺着脚说，“还需造什么船呢？”

“潘克洛夫，”赛勒斯·史密斯说，“我们要尽到最后的努力！”

这时岩浆的洪流吞没了一部分漂亮的树木，从森林中冲出一条道路，一直流到格兰特湖的边缘。这里有段高岗，如果它的体积再大些，就能阻挡住洪流前进的道路。

“动手！”赛勒斯·史密斯大声道。

大家马上领会了工程师的意思，他们是能阻挡洪流的，让它注入湖中去的。

居民们连忙朝造船所跑去，拿了很多铲子、铁锹和斧头回来。他们使用泥土和倒下的树木，在几个钟头内建造了一道3尺高、几百英尺长的堤防。到完工时，他们觉得仿佛前后只不过几分钟。

他们完成得正是时候，岩浆不久便流到堤防脚下来了。它就像洪水漫过河岸般泛滥起来。岩浆的来势十分凶猛，似乎想冲倒这道唯一能阻挡它吞食全部远西森林的障碍。但堤防十分牢固，紧张地相持了一会儿之后，洪流便泄到20英尺之下的格兰特湖中去了。

居民们屏住了气，一句话都没说，呆呆地看这场水火之战。

这场水火之间的博弈是多么壮观呀！笔墨怎能形容出这个惊心动魄的场面呢？沸腾的岩浆流到湖中，让湖水蒸发为水汽，发出呲呲声。蒸气在空中直上，升到十分高的地方，就像一个大锅炉的汽门忽然被打开了似的。但不管湖中的水到底有多少，最后它总会干涸的，因为湖水已没法补充了，而岩浆却夹杂着白热的物质不停地流进湖中。

第一股岩浆流进湖里之后便凝固了，它们堆积起来没多久就高出水面了。新的岩浆又泻在它的表面，依次变成岩石，但岩石距离湖中心一步步接近，这样便堆成了一个突起的堤坝，看起来它们慢慢要将整个湖填满了。湖水倒是无法泛滥，因为岩浆把它们的空间给侵占了，它们便蒸发为水汽了，到处全是一片刺耳的呲呲声。水汽被风吹走之后，如同雨点般掉在海上。突堤越来越长，凝结的岩块相互堆积在一块儿。以前平静的湖面上，现在是一大堆热气腾腾的岩石，似乎是上升的土地构成的一片广阔的浅滩。如果在脑子中虚构一幅这样的图画：湖水正被飓风掀起来时忽然碰到暴寒而冻结起来，那么就能大致想象出这股无法阻挡的洪流注入湖内3小时之后的情景了。

这次，水被火打败了。

不管怎样，岩浆向格兰特湖的方向倾注下来，对居民们还是很有利的。他们又能多活几天了。瞭望岗的高地、“花岗石宫”及造船所，暂时都能保全下来了。现在必须利用这几天时间来进行辅板，仔仔细细填塞船缝，尽快让新船下水。然后居民们就能到船上去避难了，等船下水之后再装索具。如果荒岛因为爆炸而毁灭，那在岸上是不可能获得安全的。“花岗石宫”这个石洞尽管一向是安全的藏身之所，现在却随时都有可能会崩溃。

在之后的6天里，从1月25日到1月30日，居民们全在进行造船工作，做了差不多20个人的工作，他们几乎片刻都没休息。火山口喷射出的火光，让他们日夜都能工作。岩浆还在向外流，只是或许流得比以往少。幸亏是这样，因为格兰特湖差不多都已填满了，如果有更多的岩浆流来，那肯定会浸到瞭望岗的高地上，然后从那儿流向海滩上的。

但是，尽管荒岛的这边有一部分被挡住，西边的情形却并不是这样的。

第二股岩浆的洪流是顺着瀑布河的河谷流来，这条河谷很宽阔，再加上两岸地势十分平坦，因此洪流没碰到一点障碍。沸腾的岩浆涌入远西森林。在每年的这个时期中，因为气候酷热，树木全被烤干了。树木立即起了火，火势十分猛烈，不仅火焰从这个树干绵延到那个树干，甚至高处的树枝也变成了火的媒介，尤其是树枝全交叉在一块，蔓延起来则是更加迅速。树顶的火势好像比树根岩浆的洪流前进得更加快。

美洲豹、野猪、水豚、“考拉”及各种飞禽走兽全惊惶地朝慈悲河沿岸及通往气球港的大路那边的潦凫沼地逃去。居民们正在忙着工作，连最凶猛的野兽也都不怕了。他们从“花岗石宫”离开了，也不在“石窟”里住，仅在慈悲河口搭一个帐篷，在那里露宿。

赛勒斯·史密斯和吉丁·史佩莱每天都要去瞭望岗的高地上。有时赫伯特也跟他们一块儿去，但潘克洛夫从来都不去，他不忍心去看现在岛上彻底受到摧毁的惨象。

这确实是让人痛心的场面。岛上除了盘蛇半岛的尽头还留有一丛苍翠的树木之外，其他的森林地带一点儿都不剩了。到处全是奇特的树桩，烟火将它们熏得漆黑，上面的树枝都没了，这一带的劫后森林甚至比潦凫沼地更加荒凉。岩浆的侵袭可说是无孔不入，向来生气勃勃的青葱原野现在仅剩下一片光秃秃的火山凝灰岩。瀑布河与慈悲河的河谷中，再没一滴水流向大海了。如果格兰特湖也完全干涸了的话，居民们便会没水喝，幸好岩浆保留了南边的一角湖水，那便是岛上全部可以喝的淡水了。西北方矗立着轮廓鲜明的嶙峋的火山坡，它就像一只巨爪从上面把荒岛抓住。多凄凉且可怕的景象啊！居民们向来住的是肥沃的领地，那里有覆盖着的森林，有水源灌溉，在辛勤劳动下，还收获了十分丰富的物产，现在一下子变成了荒凉的山石，他们除了保存的食粮之外，连维持生活的必需品也都没了，这是多让人痛心的事啊！

“真让人心疼死了！”有一天吉丁·史佩莱说。

“是的，史佩莱，”工程师说，“愿老天爷给我们时间让我们造完这只船，现在它是我们唯一的避难所了！”

“赛勒斯·史密斯，火山不是已爆发得不那么猛烈了？要是我没搞错的话，那么火山尽管还在喷岩浆，可喷得比之前少了。”

“那倒没多大的关系，”赛勒斯·史密斯说，“问题是火依旧在山下面燃烧呢，海水随时都会灌进去。我们就像是船上的一群旅客，船上失了火，但我们无法扑灭，同时又知道火肯定会烧到火药库中去的。干吧，史佩莱，干吧，一个小时都不要浪费了！”

又过了8天，在这8天中，也就是说，直到2月7日，岩浆还在不停泛滥着，只是火山爆发还仅限在以前的范围之内。赛勒斯·史密斯很担心岩浆泛滥到海边来，因为那样造船所就无法保住了。此外，这时居民们觉得荒岛的结构颤动了起来，这让他们很惊慌。

这一天是2月20日，还需要一个月，新船才可以落成下水。荒岛能维持到那时吗？按潘克洛夫和赛勒斯·史密斯的意思，等船身完工之后，立即就让它下水。甲板、干舷、内部的木制品与索具都能等到未来再补做，主要的是要让移民们在荒岛之外有个可靠的避难所。或许将船带到气球港去——也就是说，尽量让它远离爆炸中心——要好些，因为万一发生剧变，他们的船处在小岛和花岗石壁间的慈悲河口，是有被砸碎的危险。因此航海家们集中全力，赶紧做船身。

到了3月3日，他们预计在10天之内，能让新船下水。

居民们在林肯岛上的第四个年头，通过了无数艰苦的考验，这时他们心中又产生了希望。潘克洛夫一直因为他的领地受到破坏和毁灭而闷闷不乐，这时也多少开朗些了。不错，他的希望是在他的船上的。

“我们要将它造成，”他对工程师说，“我们一定要将它造成，史密斯先生，并且也正好是时候，现正在过渡到秋天，再后来就是秋分了。到不得已时，我们就将船靠在达抱岛，在那儿过冬。可是将达抱岛和林肯岛比较一下吧，啊，真倒霉！谁想到会出现这种事呢？”

“我们继续干吧。”工程师总是这样说。

因此他们抓紧了每一分钟的时间，又继续工作。

“主人，”又过了几天，纳布问，“如果尼摩船长还活着，你觉得这一切还会发生吗？”

“当然会的，纳布。”赛勒斯·史密斯说。

“就拿我来说吧，我就不会这样想！”潘克洛夫凑在纳布耳边说。

“我也是这个看法！”纳布一本正经地说。

3月份的第一个星期，情况又险恶了。上万条玻璃丝般的岩浆，雨点般地降落在荒岛上。火山口的岩浆再次沸腾起来了，把山脊一带流遍了。洪流顺着凝固了的凝灰岩表面流去，将第一次火山爆发之后残存下来的几棵干枯的树干也都摧毁了。这次洪流朝格兰特湖的西南岸流了过来，一直流过甘油河，进入到瞭望岗的高地。它给移民们事业的最后一次打击是十分可怕的，磨坊、内院的建筑物及厩房全都损坏了，受惊的家禽朝四面八方逃去，托普和杰普也表现出很害怕的样子，仿佛直觉已告诉它们，就要大难临头了。在第一次火山爆发时，荒岛上已死了很多野兽，剩下些没死的寻找不到别的地方安身，全都躲在潦凫沼地上，仅有少数的野兽逃到瞭望岗的高地上来，将这里作为它们的收容所。但是，现在连最后的收容所也都不允许它们避难了。岩浆的洪流沿着花岗石壁边缘，向海滩倾泻下来，构成一道火光闪闪的瀑布。这幕惊心动魄的场面是无法形容的，仅能将它比做岩浆的尼亚加拉大瀑布，它的上面全是白热的水蒸气，下面则是沸腾的物质。

居民们全被驱逐到最后的堡垒中去了。尽管新船的上部缝隙还没填好，但他们还是决定让它立即下水。

他们决定在第二天——3 月 9 日——早上就让新船下水，潘克洛夫和艾尔通都做好了必要准备。

但是，在 3 月 8 日的夜晚，一股水蒸汽从火山口中喷了出来，一直升到 3000 英尺的高空，如同一根十分巨大的柱子，同时还爆发出惊天动地的爆炸声。显然出现了这种情形：达卡洞的石壁遭受到气体的压力而崩裂了，海水经过中央管道灌进火坑，立即蒸发为水汽，但火山口无法将所有蒸汽排出来，因此出现了一次激荡空气的大爆炸。这次爆炸的声音，就是在 100 英里之外都能听见。山岩的碎片飞到太平洋，几分钟之后，海水便漫过林肯岛所在的地方了。

第二十章　最终获救

一块孤零零的岩石，30 英尺长，20 英尺宽，高出水面还不足 10 英尺——这是唯一没被太平洋海水所淹没的土地。

"花岗石宫"的废墟全部都在这儿了！庞大的石壁崩塌下来，砸成碎块，几块比较大的岩石堆砌起来，构成了这块陆地。被炸成两半的富兰克林山的较低火山锥、鲨鱼湾的熔岩峡口、瞭望岗的高地、安全岛、气球港的花岗石块、达卡洞的玄武岩，甚至连远离爆炸中心的狭长的盘蛇半岛也都包括在内，所有的一切全消失在海洋深处。林肯岛仅剩下这条长方形的岩石，现在它成了 6 个居民加上托普的避难所。

牲畜全在这场灾难中死去了，鸟类和岛上的几种典型动物有的被压死，有的被淹死；让人叹息的是，倒霉的杰普也被活活压死在地底下了！

赛勒斯·史密斯、吉丁·史佩莱、赫伯特、潘克洛夫、纳布和艾尔通这几个人并没死，原来当时他们全聚集在帐篷底下，在荒岛被炸成碎片，然后像雨点般朝四面八方落下来时，他们全被抛到海中去了。

当他们浮到水面上来时，只看到半锚链之外有这么一堆石头，于是他们便游了过来，在上面站住了脚。

他们已在这堆光石头上过了 9 天了。倒霉的居民们只有在遭难之前从“花岗石宫”的仓库中带出来的一些粮食，再有便是岩石低洼处的一些雨水。连他们最后的希望——新船——也都被砸得粉碎。他们没办法离开这堆礁石，既没有火，也没有取火的方法，看样子他们是必定要死了。

尽管他们尽量节省粮食，每天所吃的仅能勉强维持生命，但到了 3 月 18 日，到底还只剩下两天的余粮。在这种情况下，他们所有的科学知识和智慧全都没有用处了，仅有上帝掌握着他们的命运。

赛勒斯·史密斯依旧那般沉重，吉丁·史佩莱就有点急躁不安了，潘克洛夫则是憋着一肚子气，在礁石上来回走，赫伯特一刻都不离开工程师，看着他，似乎在向他求救（但他也没办法），纳布和艾尔通更是听天由命了。

“唉，真倒霉！真倒霉！”潘克洛夫不停嘴地说，“如果能有一个核桃壳将我们载到达抱岛去也就好了！但我们什么都没有，什么都没有！”

“尼摩船长死得也倒是时候。”纳布说。

在这之后的5天里，赛勒斯·史密斯和他的伙伴们十分小心地节约他们的粮食，他们吃些东西仅能让他们不至于饿死。他们的身体都很虚弱，赫伯特和纳布则都表现出精神错乱的症状来了。

在这种情况下，他们还有一线希望吗？不能！他们还有机会呢？盼望有船进入到礁石的视线范围中来吗？按照已往的经验，他们了解得十分清楚，船只是从不到太平洋的这部分来的。要是恰在这时候，苏格兰游船到达抱岛去找艾尔通，那真的是天意，他们还能指望这点吗？那简直是不可能的。再说，居民们也没将通知送到达抱岛表明艾尔通换了地址，因此，就算邓肯号真的去了那里，船长搜遍全岛也寻找不到，那时他们肯定会回到纬度较低的地区去的。

不！没得救的希望了。他们只能在这堆岩石上等着恐怖的死亡，等待着饥渴来将他们的生命结束。

他们躺在礁石上都只有一口气了。四周发生什么事，他们也都不知道。只有艾尔通有时还用尽全力抬起头来，绝望地看了看无人的海洋。

3 月 24 日清晨，艾尔通忽然朝水平线上的一个黑点伸出手来。他把身子撑起，先跪在地上，后站了起来，似乎在用手发信号。

礁石周围来了一只船。它明显不是漫无目标的。在蒸汽的推动下，它开足了马力，朝着礁石驶来。其实，如果移民们有充足的精力观察水平线的话，几个小时之前他们就能看见这只船了。

“邓肯号！”艾尔通嘟囔地说了一声，随后他便不省人事地倒在石头上了。

赛勒斯·史密斯和他的伙伴们经过细心的照料，都苏醒过来了。他们醒来之后，发现自己身处在一只游船的船舱中，也不清楚是怎样死里逃生的。

艾尔通的一句话将全部都说明了。

“邓肯号！”他嘟囔地说。

“邓肯号！”赛勒斯·史密斯喊了起来。他把手举起来说，“啊！全能的上帝！您发了慈悲，将我们保全下来了！”

不错，这就是邓肯号，哥利纳帆爵士的游船。艾尔通在达抱岛赎罪已满 12 年了，现在格兰特船长的儿子罗伯尔指挥着邓肯号，奉命来接他回国。

不仅居民们被救活了，并且还在回国的途中。

“格兰特船长，”赛勒斯·史密斯问道，“你在达抱岛上没找到艾尔通，离开那里之后，又怎么会想起要到东北 100 英里之外的地方来的呢？”

“史密斯先生，”罗伯尔·格兰特回答道，“不仅这是为了来找艾尔通，并且还是为了找你和你的伙伴。”

“我和我的伙伴？”

“毫无疑问，你们是在林肯岛的。”

“在林肯岛？”吉丁·史佩莱、赫伯特、纳布和潘克洛夫很诧异地一块儿叫了起来。

“你怎么会知道有个林肯岛的呢？”赛勒斯·史密斯问，“连航海地图上都没它的位置。”

“我是看了你们在达抱岛留的那封信才知道的。”罗伯尔·格兰特说。

“一封信？”吉丁·史佩莱大声问。

“一点都没错，信就在这儿，”罗伯尔·格兰特说，一边拿出一张标清林肯岛经纬度的纸条来，“这上边写着艾尔通和 5 个美国移民所在地。”

赛勒斯·史密斯看了之后，发现笔迹跟畜栏中那张纸条上的一模一样，于是叫道：“是尼摩船长写的！”

“啊！”潘克洛夫说，“原来是他驾着我们的乘风破浪号，一个人冒险去达抱岛的！”

“就仅为了去送这封信。”赫伯特补充道。

“怎么样，我并没说错吧，”水手大声说，“船长死了之后，还给我们尽了最后的一次义务。”

“朋友们！”赛勒斯·史密斯很激动地说，“愿仁慈的上帝怜悯我们的恩人尼摩船长的灵魂！”

赛勒斯·史密斯说到了最后，居民们全都摘下帽子来，嘟囔地念着尼摩船长的名字。

然后艾尔通走在工程师身旁，简单地说，“这只保险箱放在哪儿呢？”

在荒岛下沉时，艾尔通冒着生命危险将这只保险箱保全下来了。现在他忠实地将它交给了工程师。

“艾尔通！艾尔通！”赛勒斯·史密斯深深受到了感动，因此他对罗伯尔·格兰特说，“先生，你们抛弃的是一个罪犯，但他经过忏悔，现已变成一个诚实的人。当我和他握手时，我觉得骄傲。”

这时，罗伯尔·格兰特才知道尼摩船长的奇异历史及林肯岛上的移民们的情况。船上的人观测了这片遗留下的浅滩，从今往后，就要将它标志在太平洋的地图上了。观测完了，船长立即下令启航。

半个月之后，移民们返回了美国大陆，他们发现，通过一场残酷的斗争，真理和正义最终获得了胜利，祖国又恢复到了和平的环境。

林肯岛的移民们使用尼摩船长留下的一箱财宝，将其中大部分用来在爱荷华州买了一大片土地。在这些财宝中他们留下一颗最好的珍珠，用被邓肯号拯救回祖国的遇难者的名义送给了哥利纳帆夫人。

移民们在这块土地上劳动，也就是说，追求富裕和幸福，创造所有他们曾准备让林肯岛具备的良好条件。他们建立了一块宽广的聚居地，并且用沉没在太平洋中的荒岛的名字来给它命名。那里的一条河就叫做慈悲河，一座山也叫做富兰克林山，一个小湖也叫做格兰特湖，森林也就变成了远西森林。这里便成了一个陆上的海岛。

在工程师和他的伙伴们智慧的双手下，一切都欣欣向荣起来。以前林肯岛的老居民一个都不缺，他们发誓要永远生活在一块儿。纳布与他的主人在一块儿，艾尔通准备随时为集体效劳，潘克洛夫当庄稼汉比以前当水手干得更起劲，赫伯特在赛勒斯·史密斯的教养下，顺利地完成了自己的学业，吉丁·史佩莱创办了《林肯岛先驱新报》，它成为世界上消息最灵通的报纸之一。

赛勒斯·史密斯与他的伙伴们那里，每隔一段时间就会有客人来访，其中便有哥利纳帆爵士和他的夫人，约翰·门格尔船长和他的夫人玛丽·格兰特，罗伯尔·格兰特和麦克那布斯少校，以及所有和格兰特船长、尼摩船长的一生有关的人，都经常来这里。

总的来讲，大家都十分幸福，他们和曾经一样紧密地团结在一块儿。但是，他们并没有忘记那个岛，他们从一无所有地到那里，生活了 4 年，到后来什么都不缺。现在那里仅剩下一堆被太平洋波涛冲击着的花岗石，以及尼摩船长的坟墓。